新人文

返本与开新

中国传统文论的当代阐释

党圣元 著

河南大学出版社

图书在版编目(CIP)数据

返本与开新:中国传统文论的当代阐释/党圣元著. —郑州:河南大学出版社,2010.12

ISBN 978-7-5649-0337-4

Ⅰ.①返… Ⅱ.①党… Ⅲ.①古典文学—文学理论—中国—文集 Ⅳ.①I206.2—53

中国版本图书馆 CIP 数据核字(2010)第 253904 号

责任编辑 李景奇
责任校对 王可佳
封面设计 吕 玮

出　版 河南大学出版社
地址:郑州市郑东新区商务外环中华大厦 2401 号　邮编:450046
电话:0371—86059701(营销部)　网址:www.hupress.com
排　版 郑州市今日文教印制有限公司
印　刷 河南省诚和印制有限公司
版　次 2011 年 11 月第 1 版　**印　次** 2011 年 11 月第 1 次印刷
开　本 787mm×1092mm 1/16　**印　张** 28.25
字　数 448 千字　**定　价** 50.00 元

(本书如有印装质量问题,请与河南大学出版社营销部联系调换)

作者像

目　录

自 序

收入这本论集中的这些篇什，系我从20世纪80年代中期进入中国古代文论研究领域以来，所撰写的中国古代文论研究方面的学术论文的一部分。光阴荏苒，岁月如斯。如果从我于1986年在《思想战线》1986年第3期发表自己的第一篇学术论文《谈“易象”》算起的话，到如今，已经是二十五年的时光了。在此期间，扪心而论，应该说自己还是潜心向学、始终艰辛地跋涉在学术研究的崎岖山道上的。尤其是从1999年到2010年在文学所任职的十一年期间，庶务繁杂，甚至时不时会遇上一些意想不到的干扰和困难，但是由于始终将学术研究视为安身立命之所，而不敢有所懈怠，所以依旧研读不辍。每到公务之余，或者周末和节日放假时，更是足不出户，尽可能地杜绝外出交游，“宅”在家读书、思考、写作，充分体味一种于独处孤寂中获享之乐趣和满足。

然而，由于才情平平，学养也不够深厚，故而所获极其有限。所以，我把收入本文集里的这些论文，仅仅看做是二十多年来自己在学术研究的崎岖山道上跋涉之时，所留下的一串串深浅不一的脚印；看做是记录了自己在陋室青灯下展卷研读，与古今哲人智者对话时产生的种种成熟不成熟、在理不在理的思绪和想法，而不敢有所自负，甚至连所谓“敝帚自珍”的念头也不敢存有。

这些论文，尽管论域或大或小，但都是围绕中国古代文论研究中的一些诸如概念范畴、古代文论典籍或文论家、古代文体批评现象、文论史现象，以及关于古代文论研究的学术理念、学术方法论，或者古代文论研究学术史等个案问题而发表议论，选题比较广泛，均与自己平时的阅读、思考兴趣有关。这些论文，除少数几篇外，其余均在相关的学术刊物上公开发表过，而没有作为论文发表的几篇，亦作为自己曾经参与过的一个集体课题的一本书里的若干章节出版过，我借此次编辑这本论集的机会，恢复了其论文的本来面目而收进来了。在编辑的过程中，除做了一些必要的引文核对和文字订正方面的事情而外，没有做别的方面的改动，尽管自己当年在个别论文中表达的观点，现在已经有了新的思考和变化，个别论文的论证也明显有疏漏之处，但是出于尊重历史的态度，不做修改或补充，任其保持原来的面貌。

从事人文研究，应该不断地在学术理念和学术方法两个层面总结和反思自己。本论集上编中的几篇论文，实际上就是我在反思自己的过程中写就的。除此而外，我还发表过《对当前古代文论研究中几个问题的思考》、《新世纪文学史理论研究的格局、问题意识及方法范式》两篇论文。将它们合而观之，大体上可以看出我在从事中国古代文论研究中所坚持的理念与方法，这里就不再赘言了。在以往之反思的基础上，近来我集中思考了一个问题，就是在当下的思想文化语境中，应该建立一种国学视野下的文化通观意识和“大文论”观念，以为我们研究古代文论的学术理念和方法论。

这是因为，以往我们对于传统文学思想的研究，往往习惯于以作家和作品分门别类地设篇定章，这种方法虽然具有较为广泛的普适性，但常常容易忽略思想体系发展之内在逻辑和历史的连续性。因此，我们在研究中应该重视内在的文学观念史和外在的思想文化史并重的研究方法，前者的理论假设在于文学思想具有内在的整体性，其观念范畴具有自足的逻辑关联，因而侧重于文论系统内部观念之间的内在结构；后者则将文论史放在历史时代的变局之中，考察各个时代文学思想的不同衍生形态以及与诠释者所处的时代背景、思想氛围和关联。这就要求我们必须以一种务实求真的态度，重建国学视野下的文化通观意识，充分尊重中国思想文化史上文史哲合一的学术大传统，在还原的基础上阐释和建构中国传统的“大文论”话语体系。我还认为，在具体的个案研究中，史述性质的历时性梳理与文论范畴间的关联性研究，实际上是不可分的，也是不能分的，而在研究范式上，则应该采取宏大叙事与微观范畴相结合的研究方法，一方面注重知识学角度的梳理，包括思想谱系、知识谱系以及阶段特征的论述，以便深入探讨传统思想文化对于传统文论生成、发展的整体性影响，从而对文学思想发展历程中的转型、变迁等重大过程进行有效的解释；另一方面，则应该以问题为线索，从观念史进程的层面对单个文论范畴进行系统的梳理和阐释，尤其是对文论元范畴和原初批评意识进行梳理和阐释，旨在通过源流分析和衍生范畴、概念的研究，达到以更微观的单位诠释思想文化本源之可能性。于此，刘勰在《文心雕龙》中所采用的“振叶以寻根，观澜而索源”

和"擘肌分理，唯务折衷"的态度和方法，确实应该奉为楷模。而只有这样，我们方才可以对中国传统的以天—地—人、道—圣—经为轴心，层层展开、层层交织在一起，与传统的伦理、政治、哲学、历史、宗教等同生共长（有时甚至附着于伦理、政治、哲学、历史、宗教上面），因而具有超乎寻常的开放性和生命力的"大文论"体系达到较为深切的认识。我以《返本与开新》为题来为本书命名，亦是为了更加突出这一意旨。所谓"返本开新"，原本是现代新儒家在讨论中国文化的出路问题时的一种主张，其强调在中国文化建设中，既要坚持民族自身的文化传统，而又不自我阻绝于西方文化，在融会贯通中开辟中国文化之新境。应该说，这种关于中国文化发展路径的理念，符合当代中国文化发展的内在逻辑，因而在人文知识界得到了较为广泛的认同。于是，近年来，以《返本开新》为题目的论著，尤其是单篇论文颇为不少，我也于2008年在《西北大学学报》上以此为题目发表过一篇反思中国古代文论研究中的阐释方法的论文。所以，在为本论集命名时，再次选择之。

多年来，当一种论著发表出来之后，我都要重新读一遍，每次都会从中发现一些自己在撰写和修改时没有发现的问题和疏漏。即使本论集出版之后再重读之，恐怕情况也会如此。我想，我们需要读者，需要批评，其意义也正在这里。因而，在此特别寄希望于同行专家以及其他读者朋友们的批评指正。

最后，我要特别感谢促成该书出版的河南大学出版社总编辑张云鹏先生和责任编辑李景奇女士，以及曾经为我发表过收入本论集中的一些论文的学术刊物的责任编辑们。

是为序。

党圣元

2011年于京北寓所

上编

论中国传统文论经典诠释中的视界融合问题

从特定意义上来讲，中国古代文论研究实际上是一种经典诠释的学术过程。在研究过程中，无论是对于文论史之梳理和描述，还是对于具体的文学观念或者概念、范畴的内涵意蕴之分析揭示，以及对于传统文学思想理论体系之建构，都是以对于传统文论典籍的诠释为基础和出发点的。由于这一诠释是在一定的学术理念、方法论的支持和驱动下进行的，所以当时的社会思想文化语境无不对其产生影响和制约，而形成特定的诠释语境。在经典诠释中，存在着经典文本（诠释客体）所内蕴的历史角度与研究者（诠释主体）的当下角度两种维度，二者之间存在着一种张力关系，构成了诠释过程的所谓“视界”。这种张力主要体现为迄今为止中国现代性推进过程中的古与今、中与西文化观念之冲撞和相互渗透。本文主要论述在中国传统文论研究中，古与今、中与西不同文化视界融合对于传统文论经典诠释之重要学术意义，以就教于方家同好。

一

在 20 世纪中国社会思想文化和学术语境中，传统与现代的关系，实质上也就是古与今、中与西、体与用等的关系。众所周知，在百年来的中国文学发展历程中，种种观念、思想学说相互冲撞，激起了一股股思潮，引发了一场场论争，而传统与现代这一组范畴，则始终起着“关键词”的作用，从而成为一个关乎中国文学命脉、走向的原点性问题。可以说，在很大程度上，整个 20 世纪中国文学思潮的发展演变，就是围绕着这一文化焦点问题而展开、推进的。对于已经跨入新世纪门槛的当下中国文学研究而言，传统与现代的关系这一问题所蕴涵的意义非但没有减小，还变得更加重要了。

综观 20 世纪以来围绕这一问题所进行的论争，相当一部分人在价值判断与选择上陷入了古今、中西二元对立的认识误区，形成了激进主义与保守主义的两军对垒，前者主张“全盘西化”，对民族文化、传统文学思想持虚无主义态度；后者则因循守旧，以“国粹主义”者自居。我们亦可以将二者之间的观念对抗概括为“荣今虐古”与“荣古虐今”两种文化发展观的冲突，彼此在价值判断与选择上存在着一道深深的鸿沟，以至于输攻墨守，争端大起。在“荣今虐古”一方，如“五四”前后的“西化”论者，对传统文化不作区分精华与糟粕的辩证分析，而一概仇敌之，视其为滋生民族卑劣无耻根性之罪恶渊薮，故而认为统统属于毁弃之列，且不容反对者有讨论的余地。甚而迁怒于汉字本身，认为中国文字既难传载新知识，且为腐毒思想的巢窟，所以将其废弃一点也不可惜。① 当时许多激进者置身于东西方社会发展的巨大时差中，看到了西方科学民主给社会带来的进步与繁荣，而将中国社会发展严重滞后的原因，完全归结于传统文化、文学，并因而对传统文化、文学产生绝望，认为只有彻底抛弃传统才能有社会的发展进步可言，是为典型的“荣今虐古”。从我们今天的认识来看，这种对于传统的态度，就批判精神而言，或许有其一定的历史合理性成分，但是将社会发展的制约因素完全归结于人文传统方面，不问青红皂白，主张摧毁传统，割断古今，实行文化上的“休克疗法”，则无疑是片面的、非理性的。我们肯定“五四”新文化运动的历史进步意义，但对其偏失亦毋庸讳言。而且，这种以狂飙突进式的情绪化的政治批判代替冷静的理性思考分析的文化批判，为后来思想文化领域轻贱传统的政治与文化偏见播下了种子，以致使我们看到，现代化被理解为是对传统的简单抛弃，反传统被利用为一种社会、文化变革和政治斗争的主要驱动力量，一而再、再而三地执行之，并演变为一种时尚，在百年中国文化的发展历程中“全盘西化”论虽然数次破产，但终不能被彻底汰洗干净，其亚种总是在一定的时候滋生出来。而在“荣古虐今”一方，则又表现为另一种极端，他们虽然承认西方的物质文化先进，并乐于享用，然而在精神文明方面则严分夷夏，深信华夏人文优于域外人文，文化、文学、道德者还是自家的好，“五四”前后反对社会变革、反对新文化运动的一批守旧人物可为其代表。而且这种意识现在也不能说已经灭绝，如20世纪90年代初期出现的以否定中国近现代反封建和反帝爱国文化传统为目的的文化保守主义思潮，以及80年代中后期以来渐渐流行开来的

---

① 陈独秀：《答钱玄同〈中国今后之文字〉》：“中国文字，既难载新事理，且为腐毒思想之巢窟，废之诚不足惜。”见《新青年》第四卷四号。

主张恢复儒学内圣之学，亦即心性之学，并将其视为一种意识形态的替代产品从而需作当下认同的新儒学思潮，尽管对其分析不能简单化，但其具有文化保守主义的色彩则是毋庸置疑的。比较而言，应该说"荣今虐古"思潮对现代中国文化产生的影响要更大一些，我们看到在百年中国文化思想的历史进程中，一些人往往在社会政治思潮的策使下，反传统意识极度延伸，以致粗暴对待传统，"妖魔化"传统，最终将传统置于被审判的位置，从对其展开的一次次的批判中获得即时性的政治效应，而从根本上忽视了对其资源价值的利用。

中国古代文论的现代研究，就是在这样一种大的社会文化背景下展开的，"荣今虐古"与"荣古虐今"的二元对立于其中也有复杂曲折的表现。一般地说，中国古代文论研究是一种对历史经典的诠释活动，其遭遇的诸多问题，无不可以通过对这种诠释活动中的诸多关系之分析来加以探究。因此，从这一意义上来说，以经典诠释活动为研究对象的西方哲学诠释学的相关理论，对中国古代文论研究的学科反思自然就具有了重要的启示。综观百年学术史，传统文论研究中的"古今视界融合"问题，也是其中一个极其重要而迄今尚未厘清的问题，而文化时间上古与今的关系、文化空间上中与西的关系，以及科学主义与人文主义、求是与致用、研究者个体与理论传统整体、经典解读与理论创造等诸般关系，皆可置于此"视界融合"中加以融会贯通之分析，所以，"视界融合"云云，似可作分析传统文论之现代遭际之收结点。

从学科属性来看，古文论研究既属于"历史"学科，同时也属于"理论"学科，因此，经典解读与理论创造之关系，无疑是该学科的基本问题之一。西方现代诠释学"视界融合"论，一方面强调对传统经典之解读总离不开解读者之理论创造性，另一方面同时强调一切人文理论之创造又总离不开对历史经典之解读，在理论创造中解读经典，在经典解读中创造理论，两方面断不容支离割裂，而既往研究一大流弊却正在将两方面支离割裂。与此相关，既往研究之流弊，以古今关系论可谓"历史性"或"传统性"视界之缺失，以中西关系论可谓"自主性"视界之缺位，以科学人文关系论可谓"主体性"视界之缺如及与之相伴的"主观性"、"随意性"视界之泛滥。这些流弊又是复杂地交织在一起并衍生出其他诸多弊端，比如，传统视界之缺失导致的是"荣今虐古"，而与之相对的"荣古虐今"又往往体现为"主体性"视界之缺如；再如，"荣今虐古"往往还表现为认同于西方中心论，如此等等。对历史传统的高度重视，乃是“视界融合”论及西方现代哲学诠释学相关思想最为基本之精神趋向，这对我们传统文论之研究当尤具启发性。我们认为，中国古代文论现代研究之进一步良性发展，有待于对以上种种流弊之矫正及在诸般视界之不断循环融合中一种“创造性”研究视界之不断生成，这种创造性视界之生成，表明中国古代文论对我们现代文学思想之创造性发展，应该也可以起到极其重要的作用，不断充分开掘传统文论资源，绝非中国现代文论发展的权宜之计。视界融合，是中国古代文论研究基本的方法论基础，是古代文论范畴、理论之现代诠释所应遵循的重要原则，是中国文论走向综合创造的重要途径。

二

“视界”德文原作“horizont”，中文又译作“视野”、“视域”、“视阈”、“地平线”、“边缘域”等（在本文中，除了引文而外，统一使用“视界”），此概念是当代西哲汉斯—格奥尔格·伽达默尔哲学诠释学中提出的一个重要的术语。我们首先看伽氏相关的经典表述：

只要我们不断地检验我们的所有前见，那么，现在视域就是在不断形成的过程中被把握的。这种检验的一个重要部分就是与过去的接触，以及对我们由之而来的那种传统的理解。所以，如果没有过去，现在视域就根本不能形成。正如没有一种我们误认为有的历史视域一样，也根本没有一种自为的现在视域。理解其实总是这样一些被误认为独自存在的视域的融合过程。我们首先是从远古的时代和它对自身及其起源的素朴态度中认识到这种融合的力量的。在传统的支配下，这样一种融合过程是经常出现的，因为旧的东西和新的东西在这里总是不断地结合成某种更富有生气的有效的东西，而一般来说这两者彼此之间无需有明确的突出关系。

与历史意识一起进行的每一种与流传物的接触，本身都经验着本文与现在之间的紧张关系。诠释学的任务就在于不以一种朴素的同化去掩盖这种紧张关系，而是有意识地去暴露这种紧张关系。正是由于这种理由，诠释学的活动就是筹划一种不同于现在视域的历史视域。历史意识是意识到它自己的他在性，并因此把传统的视域与自己的视域区别开来。但另一方面，正如我们试图表明的，历史意识本身只是类似于某种对某个持续发生作用的传统进行叠加的过程，因此它把彼此相区别的东西同时又结合起来，以便在它如此取得的历史视域的统一体中与自己本身再度相统一。①

"视界融合"涉及的是"过去(传统、流传物、本文等)"与"现在(解读者、诠释者等)"之间的关系，而"融合"云云表述的是两者之间的一种"紧张关系"或者说是一种富于张力的关系，而偏于这两者中的任何一方，则会使这种张力废弛，从而不能形成良性的视界融合。"正如没有一种我们误认为有的历史视域一样，也根本没有一种自为的现在视域。理解其实总是这样一些被误认为独自存在的视域的融合过程"，历史客观主义误认为有一种"独立存在"的历史视界，而主观主义则误认为有一种"独立存在"的现在视界——这截然对立的两者的相通之处在于：都误认为文化的历史空间与现在空间是相互隔绝、独立存在的。西方思想现代性的重要表现之一，就是假设所谓"现代"与"传统"的彻底断裂——这种现代性断裂思想，可能是西方文化对中国现代文化影响最大的地方，许多信奉现代性的中国学者坚信：现代文化空间乃是在与传统彻底断裂基础上形成的独立自足的空间，并且认为只有在与传统彻底断裂的基础上，才能形成所谓文化现代性，进一步的逻辑就是中国文化要现代化就必须彻底与自己的历史文化传统断裂。同样重要的是，西方文化中现代与传统之断裂是发生在其自身内部的，而中国文化中现代与传统的断裂则还受到来自其自身外部即西方文化的冲击的影响。因此，如果说，文化现代性意味着与传统之断裂的话，那么，中国文化的现代性则意味着与传统更深刻、更严重的断裂。比如在学术界、文化界一个流行甚广的观点，认为"中国现代文学"只能用"中国现代文学理论"来分析，而所谓"中国现代文学"又是在西化的基础上发展起来的，所以适合分析"中国现代文学"的最终就只能是西方现代理论，这样一来，西方现代文学理论竟然成了中国现代文学理论之"独立存在的"、"自为的现在视界"，"中国古代文学理论"不再能对这一独立封闭的"现在视界"形成任何影响了，对"中国现代文学"已彻底地丧失了诠释力，进而，中国古代文论研究最多也就只具有考古学、博物学的价值——这也是许多反对古

① 参见(德)汉斯—格奥尔格·伽达默尔：《真理与方法——哲学诠释学的基本特征》上卷，洪汉鼎译，上海译文出版社 1999 年版，第 393～394 页。

代文论现代转化说法的基本认识之一。但是,我们今天强调传统文论的价值,并非旨在复古,因为“复古”云云,恰恰是把研究视界封闭在独立自足的“历史视界”之中了,同样也掩盖了传统与现在的“紧张关系”,强调传统文论价值的重要目的之一,是为了打破我们西化的“现在视界”的封闭性,重建我们与传统合理的紧张关系,“与历史意识一起进行的每一种与流传物的接触,本身都经验着本文与现在之间的紧张关系。诠释学的任务就在于不以一种朴素的同化去掩盖这种紧张关系,而是有意识地去暴露这种紧张关系”——用哲学诠释学视界融合理论来分析古代文论研究中的流弊,其基本“任务”之一也正在此。

哲学诠释学更多的是关注诠释活动中“人”与“历史传统”的关系,“视界融合”论所强调的首先正是作为理解者、诠释者的人的“视界”与历史“视界”之融合。日人丸山高司《伽达默尔——视野融合》一书对伽达默尔哲学诠释学思想作了专题性梳理,作者认为:“在为历史所规定的同时重新成为历史——理解的活力中引发‘视野融合’。这,就是伽达默尔的中心思想。”①他认为哲学诠释学的理论是建立在“理解的历史性”上的②,而“我们总是已归属于某种特定的‘传统’。所谓传统不仅仅是过去的单纯的遗物或遗迹,而是从过去传承到现在的东西。正是它形成了现在的我们的‘成见’”③,“所谓‘理解’就是‘传承的运动与解释者的运动的内在的互动’。在这一互动中,过去的视野和现在的视野不断融合”④。而哲学诠释学对于近代的“主观性立场”的批判,就表现为揭示和强调“事先规定我们的存在的历史,可以说是‘实体’性的存在。这是自我意识或自我感知绝对不可以回收的东西”,伽达默尔强调指出,“实际上,并不是历史属于我们,而是我们属于历史”⑤——这也是“视界融合”论的基本精神之一,而这表

① (日)丸山高司:《伽达默尔——视野融合》,刘文柱等译,河北教育出版社2002年版,第1页。

② (日)丸山高司:《伽达默尔——视野融合》,刘文柱等译,河北教育出版社2002年版,第82页。

③ (日)丸山高司:《伽达默尔——视野融合》,刘文柱等译,河北教育出版社2002年版,第98页。

④ (日)丸山高司:《伽达默尔——视野融合》,刘文柱等译,河北教育出版社2002年版,第107页。

⑤ (日)丸山高司:《伽达默尔——视野融合》,刘文柱等译,河北教育出版社2002年版,第95页。

明"'理解'有着辩证法的结构。首先,它有着朝向传统的归属性。其次,在与过去的相遇中,发觉过去的他者性,通过这一点来确认自己的成见。最后,在'视野融合'中建立新的共通性,从而形成新的自己理解"①。伽达默尔受黑格尔思想影响颇大,在他看来,作为历史传统的经典本文之视界存在局限性和片面性,而作为诠释者的人的视界也存在局限性和片面性,只有在两种视界之互动融合之中,两者各自的局限性和片面性才能被扬弃——对诠释者视界的强调,绝不意味着赋予其绝对全面的合法性,对诠释者视界片面性之高度警醒,恰是视界融合论的另一基本点。

三

古代文论研究中的一个突出流弊"虐古荣今",一方面是无视我们今人对历史传统的归属性,另一方面又是无视诠释者自身的局限性和片面性。今天我们反对"虐古荣今"绝非旨在复古,我们的落脚点不是"古"而同样也是"今"。"虐古荣今"者之迷失不在对"今"之重视,而在对"今"之封闭,重视传统文论的价值不是为了复古,而恰是为了"今"之发展,因为传统中蕴涵着"今"之发展源源不断的文化精神力量。

就历史之"连续性"与"断裂性"关系而言,视界融合论强调二者的高度统一:"连续性"表明人的理解、诠释活动对历史传统的归属性,"断裂性"则为理解、诠释活动中主体创造力的发挥提供了可能。一方面,"我们总是被抛入到某种特定的成见之中,并以此保持着与过去的'共通性'或'连续性'"②;而另一方面,丸山高司《伽达默尔——视野融合》一书分析道:

> 我们能够对过去的"倾诉声"侧耳倾听,也因为过去和现在之间产生了断层。与过去"相遇"本身就因为在这其中能体会到文化的异质性与隔绝性。诚然,与过去的完全隔绝不可能产生理解。但是与此相反,在与过去存在完全连续的情况下,理解反而显得不必要了。试图理解也就是理解这一课题产生于亲密与疏远的两极之"间"。一方面,过去拥有与我们相联系的"共通性"这一性格;另一方面,又与我们相

① (日)丸山高司:《伽达默尔——视野融合》,刘文柱等译,河北教育出版社 2002 年版,第 106 页。

② (日)丸山高司:《伽达默尔——视野融合》,刘文柱等译,河北教育出版社 2002 年版,第 98 页。

隔绝的“对象性”这一性格。因此，在与过去相遇中，我们与过去之间产生了一种紧张关系。但是，这种紧张关系却是动辄就要隐藏起来的。因此，当前最重要的问题是，我们要如实地把握与过去相遇时产生的这种紧张关系。①

与此相关经常会出现两种“陷阱”，“第一情况，我们试图性急地将过去的原文同化为现代所期待的意思”，“第二，为了避免第一陷阱，而清醒地觉察这一‘时代的间隔’，试图通过过去自身来理解过去”。② 在一次论战中，德里达正是以“断裂”论批驳伽达默尔的③，这从反面可以表明伽达默尔绝非片面强调文化历史之断裂性，同时也高度重视文化历史之连续性，这也就构成视界融合论的再一基本点。在这方面，古代文论研究中盛行的一个流弊，是对历史传统之“断裂性”的过度强调，或可称之为“过度断裂”论。这种过度断裂论的结果是使我们经常陷入以上所谓的两个“陷阱”之中：一方面总是“试图性急地将过去的原文同化为现代所期待的意思”，这在古代文论现代转化的一些研究中是或多或少地存在的；另一方面“为了避免第一陷阱，而清醒地觉察这一‘时代的间隔’，试图通过过去自身来理解过去”，此即所谓客观历史主义，而避免落入陷阱的途径就在于保持我们与过去的“紧张关系”。

我们这里不妨再检审一些古代文论研究中的历史观问题。著名古代文论研究专家郭绍虞强调，“对于古人的文学理论，重在说明而不重在批评”，“是叙述而不是表彰，是文学批评史而不是文学批评”，要“保存古人的面目”，但他也指出自己的《中国文学批评史》“固然重在材料的论述，然亦多加以论断的地方”，“论断”则必融入自己的时代的视野，可见纯客观的历史主义是很难行得通的，比如他把古文论史从北宋与南宋之间划作两大阶段，这样的划分是否保存了古人的面目就是个问题。再如胡适在审查郭著时指出，在材料方面，郭用《礼记・表记》孔子“情欲信，辞欲巧”而不用“辞

---

① (日)丸山高司:《伽达默尔——视野融合》，刘文柱等译，河北教育出版社2002年版，第99～100页。

② (日)丸山高司:《伽达默尔——视野融合》，刘文柱等译，河北教育出版社2002年版，第101页。

③ 参见(日)丸山高司《伽达默尔——视野融合》(刘文柱等译，河北教育出版社2002年版)一书第152～154页的相关分析。

达而已矣”，“未免被主观的见解影响到材料的去取了”①，可知即使不进行诠释，在材料的去取上也就无可避免地要融入研究者的视野了。再如罗根泽，强调要“袪阴阳褊私之见，存历史事实之真”，“成见最要不得，特别是历史家，一有成见，则‘事实的历史’便被摈于成见以外，不易发现。成见的来源很多，最主要的是‘时代意识’”。他举例分析说，“五四的学者，因为时移事改，知道了古人之传统的载道观念曲解历史，却不知自己也正作曲解历史的工作；不过不依据传统的载道观念，而改依五四的缘情观念而已”，“譬如编著中国文学史或文学批评史者，如沾沾于载道的观念，则对于六朝、五代、晚明、五四的文学或文学批评，无法认识，无法理解。如沾沾于缘情的观念，则对于周、秦、汉、唐、宋、元、明、清的文学或文学批评，无法认识，无法理解”，而难能可贵的是罗先生并未将客观历史主义绝对化，他指出，“袪除成见才能客观。绝对的客观是没有的。如法朗士所说，吾人永远不肯舍弃自己，永远锁在自己的躯壳及环境，所以没有真正的客观”——这正是哲学诠释学所特为强调的所谓“合理的偏见”。罗先生还指出：

> 但因时代意识所造成的主观成见，则以我们得时所厚，可以袪除。我们亲自看见五四以前的载道文学观，亲自看见五四的对载道文学观的革命，又亲自看见五四的缘情文学观被人革命。使我们的主观成见，由时代意识造成，又由时代意识袪除。这并不是我们比古人聪明，是古人没有见过象我们这多的时代意识。假使见过这多时代意识的我们，仍然自锁于一种胶固的时代意识以编着史书，致使历史的真象，无法显露，不唯对不起历史及读者，也对不起时代及自己。②

我们不妨将此与前引德人伽达默尔的话对读：

> 历史意识本身只是类似于某种对某个持续发生作用的传统进行叠加的过程，因此它把彼此相区别的东西同时又结合起来，以便在它如此取得的历史视域的统一体中与自己本身再度相统一。

---

① 参见郭绍虞《中国文学批评史·自序》相关部分，商务印书馆1934年版。

② 以上引罗根泽语，见罗根泽《中国文学批评史》第一册第20～25页相关论述，上海古籍出版社1984年版。

二人之语几可互训，视界融合乃是一个相续不断的历史过程，这一历史过程使我们的视野不断地扩大，我们强调今天不能以西学的某种观念去裁剪古代文论，而应回到其文化语境，恢复其历史丰富性，而恢复传统文论历史丰富性对于今天的重大意义，就在于可以使我们的“现在视野”更加开放，在与传统文论视界不断地融合之中，我们现在乃至未来的文论才能获得真正的丰富性。

对于我们来说，古代文论近一个世纪的现代研究过程也已成为一段“历史”，历史连续性与断裂性之关系论，也有助于我们反思这段现代化之“历史”，并对这段“历史”作“同情之了解”。近一个世纪的现代化，确使我们今天的文论与传统文论之间出现了非常明显的“断层”，对于今天进行所谓“文学原理”研究的中国现代学者来说，中国古代文论之“异质性与隔绝性”似乎要远远强于西方文论，国学较之西学对他们而言要更为“疏远”——首先这是中国现代文论之事实，其次这种现状是累积了近一个世纪才历史地形成的，最后对这段发端于上世纪初的现代史也应作历史的分析。如果说历史之连续性体现了我们对传统的归属性的话，那么，历史之断裂性则体现了我们对传统的创造性，不管怎么说，五四先贤们对传统文化采取毅然决然的“过度断裂”态度，初衷确是为了创造中国文化新的传统。这其中一种近似规律的现象似可表述为：只有与当下延伸着的历史拉开一定距离，才能对传统有所新创，而拉开距离就是一种“断裂”——而这种现象显然不仅仅出现在中国文化现代化之初。从西方来看，标志其现代化的发动的所谓“文艺复兴”，首先就是要与其当时正在延伸着的历史即中世纪的历史拉开距离，或者说对当时正在延伸着的中世纪历史进行了“断裂”，而这种历史断裂恰恰是通过“复古”来进行的，即跳过中世纪回归古希腊传统，文艺复兴以来回归的主要是柏拉图传统，20 世纪的西方大哲如海德格尔又对这种柏拉图主义的现代传统进行再断裂，而要回归到更早的柏拉图、苏格拉底以前的希腊传统。在中国古代学术史上，宋学是对当时延伸着的汉学历史传统的断裂，而清代之朴学又对当时延伸着的宋学历史进行了再断裂，要跳过宋学，回归到汉学传统；从中国古代文学史来看，唐人标榜汉魏是为了与当时延伸着的齐梁文学传统拉开距离，明人标榜唐诗则是对当时延伸着的宋诗传统的断裂，如此等等。由此来看，中西历史似乎都表明：“复古”恰恰是对历史的一种“断裂”，而断裂是为了创造，这就是钱锺书所谓的“一切成功的文学革命都多少带些复古——推倒一个古代而另抬出旁一个古代”，而通常的情况则是所推倒的古代往往是离自己时代最近的那个“古代”，也就是依旧在当时延伸着的历史传统，如朱明前之赵宋等等（这是钱锺书在相关分析中未特为标出的）。“复古”是对历史的一种“断裂”，而“断裂”历史的方式却不仅仅只有复古一种，最明显的例子就是在强调要对历史传统进行大断裂的五四新文化运动之中，“复古”就是个几近一无是处的概念。钱锺书有《论复古》一文，对郭绍虞《中国文学批评史》一书的“复古”观进行了批评：

> 读了郭绍虞先生大作《中国文学批评史》上册，发生好多感想，论复古也是一个，目的倒并不在批评郭先生，也非为复古辩护，更不是反对复古，虽然郭先生是不甚许可复古的。我只想把历史的事实研究，分析，看它们能给我什么启示，能否使我对于复古采取和郭先生同样的态度。藐视复古似乎是极时髦的态度，假使我学不像时髦，这是我的不幸。①

“藐视复古”确是当时学术界、文化界一时之风气。

> 从现在郭先生主张魏晋的文学观念说来，唐宋的“复古”论自然是“逆流”或“退化”了；但是，假使有一天古典主义反过身来（像在现代英国文学中一样），那末，郭先生主张魏晋的文学观念似乎也有被评为“逆流”的希望。在无穷尽、难捉摸的历史演变里，依照自己的好恶来定“顺流”、“逆流”的标准——这也许是顶好的个人主义，不过，无论如何，不能算是历史观。有“历史观念”的人“当然能知文学的进化”；但是，因为他有“历史观念”，他也爱恋着过去，他能了解过去的现在性（the presentness of the past），他知道过去并不跟随撕完的日历簿而一同消逝。②

“过去的现在性”已暗含视界融合论之意。一时代有一时代之文学，一时代也有一时代之文学观念和思想，在历史上这些文学观念和思想却曾出现此

---

① 钱锺书：《钱锺书散文》，浙江文艺出版社 1997 年版，第 502 页。
② 钱锺书：《钱锺书散文》，浙江文艺出版社 1997 年版，第 505 页。

消彼长之现象，某种文学思想在某一时代得到充分的发展和展示，到了另一时代另一种文学思想取而代之得到充分的发展和展示，而线性的进化论历史观认为后起的文学思想总要比前于此的文学思想更接近真理，这种历史观假设历史是朝着一个绝对正确的唯一的真理发展的，但文学历史发展的合目的性也许在于人类文学思想丰富性的不断展示，而不在于接近某种唯一正确的一元化的文学思想，而作为"得时所厚"的历史后来人的我们，幸运之处就在于可以比前人更清晰地看到，任何一种文学思想都有其合理性也都有其局限性，因此以历史上一种文学思想为唯一正确而其他文学思想一无是处，或者发明一种全新的文学思想而以为唯一正确进而可以取代历史上其他所有"落后"的文学思想，其失恐怕还不在狂妄，而在对不起我们的时代，当然也对不起历史。我们历史后来人在文学思想上确有"进步"，但这种"进步"恐怕不是发现了什么更正确的唯一真理，而是发现了文学思想无限丰富的潜能。钱锺书希望在其《论复古》之"下篇"能论述以下几点更具理论性的问题：

> (一)文学革命只是一种作用，跟内容和目的无关；因此(二)复古本身就是一种革新或革命；而(三)一切成功的文学革命都多少带些复古——推倒一个古代而另抬出旁一个古代；(四)若是不顾民族的保守性，历史的连续性而把一个绝然新异的思想或作风介绍进来，这个革新定不会十分成功。①

钱氏所讲的第四点突出了"历史的连续性"，而且此点显然并非漫无所指，直接针对的正是五四以来的西化之风，而问题在于，所谓"复古"也是对这种"历史的连续性"的某种断裂。这里似乎可以概括性地指出：看来，断裂历史有两种途径，如果说"复古"是一种"纵向回溯"之断裂法的话，那么还有一种与之相对的"横向切断"之断裂法，即借助本文化传统之外的文化来使本文化当下延伸着的历史断裂，这方面最典型的例子就是借助西方现代文化对当时延伸着的中国古代文化历史进行大断裂的五四新文化，钱锺书断言这种"横向切断"之革新"定不会十分成功"。"纵向回溯"与"横向切断"产生的实际效果有何不同，当是值得深入探究的问题，兹姑不论。《论

---

① 钱锺书：《钱锺书散文》，浙江文艺出版社 1997 年版，第 509 页。

复古》的结语是：

> 日月无休息地运行，把我们最新的人物也推排成古老陈腐的东西；世界的推陈出新，把我们一批一批地淘汰。易卜生说得好："年轻的人在外面敲着门呢！"这样看来，"必死不朽"的人就没有重见天日的希望么？不然！《新约全书》没有说过么？"为什么向死人堆中去找活人呢？——他不死了，他已在坟墓里站起来"。①

可见钱氏对传统"复活"之期许，今天，通过对西方哲学诠释学基本精神之了解，吾人更易生吾道不孤之感。

四

历史地也是积极地来看，现代化使我们与传统文化"疏远"也可以成为一件好事，因为与历史传统拉开一定距离，实际上也为我们进行文化创造腾出了空间。只是我们对在我们当下依然延伸着的西化历史也要进行"再断裂"，而"纵向回溯"则是这种再断裂的具体途径。然而，"得时所厚"的我们却绝不应再像五四先贤们那样走极端，否则就像罗根泽说的"不唯对不起历史及读者，也对不起时代及自己"，反过来说不仅对不起我们自己的时代，也对不起五四先贤们。"事先规定我们的存在的历史，可以说是'实体'性的存在。这是自我意识或自我感知绝对不可以回收的东西"，这种规定我们的存在的"历史"，既包括我们的古代文化历史，也包括我们近一个世纪的文化现代化乃至西化的历史。五四先贤以西化来断裂传统是为了创造传统，这是我们对五四历史传统"同情之了解"，我们今天强调古代传统文化的价值对五四西化传统来说是某种程度上的"再断裂"，而我们与五四先贤的目的却一样，也是为了在新的社会历史条件下、在新的理论视界中创造和发扬传统。

一般认为，伽达默尔所谓"视界融合"主要涉及的是文化视界之时间性或历时性差异，西人围绕"视界融合"产生的种种争论，可以说体现出的主要是一种文化时间上的焦虑或历史焦虑；而对中国现代学术来说，除此之外，还遭遇着文化视界之空间性或共时性差异，即文化视界之中西差异，而

① 钱锺书：《钱锺书散文》，浙江文艺出版社 1997 年版，第 509 页。

中国现代学者也就承受着双重焦虑,即还承受着文化空间上的焦虑或文化焦虑,而且这种文化焦虑于我们而言可能还更为严重。如前所述,"视界融合"又与所谓"断裂"有关,与双重焦虑相应,于我们中国现代学者而言还面临着双重断裂:除了文化时间上的与历史传统的断裂外,还有文化空间上的断裂,即文化上中西之断裂。因此,如果说在西方"视界融合"就已涉及许多复杂问题的话,那么,在现代中国,"视界融合"就面临着更为复杂乃至纠缠不清、剪不断理还乱的问题。当然,主要建立于文化时间上的对话、视界融合论的基本原则,同样适用于分析文化空间上的对话、视界融合。

文化空间上的视界融合涉及的一个基本问题是理论的普适性问题,最直观地来看,两种文化视界融合至少是这两种视界要有所交叉,而其交叉部分所涉及的内容当较具普适性;文化视界融合同时也是一种文化对话,两种文化若全无交叉之处则根本无法对话,两种文化的具有某些相通之处从而对两者来说具有普适性,乃是两种文化得以对话必不可少的基本平台。钱锺书曾在《谈中国诗》一文中指出:

> 所以,你们讲,中国诗并没有特特别别"中国"的地方。中国诗只是诗,它该是诗,比它是"中国的"更重要。好比一个人,不管他是中国人,美国人,英国人,总是人。有种卷毛凹鼻子的哈巴狗儿,你们叫它"北京狗"(Pekinese),我们叫它"西洋狗",《红楼梦》的"西洋花点子哈巴狗儿"。这只在西洋就充中国而在中国又算西洋的小畜生,该磨快牙齿,咬那些谈中西本位文化的人。每逢这类人讲到中国文艺或思想的特色等等,我们不可轻信,好比我们不上"本店十大特色"那种商业广告的当一样。中国诗里有所谓"西洋的"品质,西洋诗里也有所谓"中国的"成分。在我们这儿是零碎的,薄弱的,到你们那儿发展得明朗圆满。反过来也是一样。因此,读外国诗每有种他乡忽遇故知的喜悦,会领导你回到本国诗。这事了不足奇。希腊神秘哲学家早说,人生不过是家居,出门,回家。我们一切情感、理智和意志上的追求或企图不过是灵魂的思家病,想找着一个人,一件事物,一处地位,容许我们的身心在这茫茫漠漠的世界里有个安顿归宿,仿佛病人上了床,浪荡子回到家。出门旅行,目的还是要回家,否则不必牢记着旅途的印象。研究我们的诗准使诸位对本国的诗有更高的领会,正像诸位在中

国的小住能增加诸位对本国的爱恋，觉得甜蜜的家乡因远征增添了甜蜜。①

以上这些话，一方面对所谓中西文化本位论者进行了调侃，另一方面同时强调本国诗对人的家园之感。钱氏认为不仅文学创作如此，文学理论也如此，其在《中国固有的文学批评的一个特点》中指出：

我们不说中国文学批评，而说中国固有的文学批评，因为要撇开中国文学批评里近来所吸收的西洋成分，我们不说中国旧文学批评，而说中国固有的文学批评，因为这一个中国旧文学批评的特点，在中国新文学批评里，多少还保留着。

这种近似东西文化特征的问题，给学者们弄得澜污了，我们常说，某东西代表地道的东方化，某东西代表真正的西方化；真实那个东西，往往名符其实，亦东亦西。

又云：

所以，我们所谓中国文评的特点，要是：(一)埋养在自古到今中国谈艺者的意识田地里，飘散在自古到今中国谈艺者的著作里，各宗各派的批评都多少利用过；惟其它是这样的普遍，所以我们习见而相忘。(二)在西洋文评里，我们找不到它的匹偶，因此算得上中国文评的一个特点。(三)却又并非中国语言文字特殊构造的结果，因为在西洋文评里，我们偶然瞥见它的影子，证明一二灵心妙悟的批评家，也微茫地、倏忽地看到这一点。(四)从西洋批评家的偶悟，我们可以明白，这个特点在现象上虽是中国特有，而在应用上能具普遍性和世界性，我们的看法未始不可推广到西洋文艺。②

钱氏所谓的“中国固有的文学批评的一个特点”，指的是“把文章通盘的人化或生命化”，当然这显然不是“唯一”特点。在钱氏看来，许多东西其实是

① 钱锺书：《钱锺书散文》，浙江文艺出版社 1997 年版，第 538～539 页。
② 钱锺书：《钱锺书散文》，浙江文艺出版社 1997 年版，第 388～391 页。

亦东亦西的，只不过一些方面在西方文化中发展得明朗圆满一些，在东方文化中则可能发展得不够充分，反之亦然：唯其发展有充分不充分之分，故相异；唯其发展不充分但也能“偶然瞥见它的影子”、“微茫地、倏忽地看到”，故相通；唯其既相异又相通，故方有视界融合与对话——此诚为明通之论。钱氏在上文中举了很多中国古典的例子以证明“把文章通盘的人化或生命化”是“中国固有的文学批评的一个特点”，也举了一些西洋的例子以“证明一二灵心妙悟的批评家，也微茫地、倏忽地看到这一点”，最终表明中国固有的文学批评的这个特点是具有“普遍性和世界性”的。没有“差异”也就没有“对话”，而只有自说自话；没有“相通”也无“对话”，而只有各说各话。而各说各话也还是自说自话。“对话”绝不会最终消除“差异”，因为“差异”之消除就意味着“对话”之终止。钱锺书在他的其他著述中作中西比较时指出经常出现的两种基本情况是“貌（名）同实（意）异”与“貌（名）异实（意）同”，名实异同之辨，既需广博之知，同时也需通透之识，而在中西比较中常见的以名同即为实同、以名异即为实异的现象，往往正是研究者相关知识基础薄弱、辨识能力欠佳而造成的。

20世纪以来，中国文学思想变迁中存在着两种不同的对待传统与现代的态度，并且一直影响至今。但是，在这一问题的认识上能持符合历史理性之见解者亦大有人在，并且已为社会发展证明为正确，这就是包括文学理念在内的新世纪中国人文的发展进步只能是走中西融会贯通而综合创造的路子。所谓融会贯通、综合创造，即为走出古今、中西二元对立的认识误区，立足于弘扬民族主体精神和优秀传统文化精神，放眼世界，广采博纳，审慎辨析，融通中西，列类古今，重在创新。超越“荣今虐古”还是“荣古虐今”之二元对立之途径，只能是对文化视界融合的高度重视，并把这种融合不断推向深入，在不断的良性的深度的视界融合与古、今思想之间不断的诠释学循环中，古文论思想的无限丰富性才会不断地得以展现，同时中国现代文论的理论视界才会不断地得以拓展，中国现代文论视界之自主性才会不断地得到加强，进而才可能成为丰富世界诗学思想的一支重要的文化精神力量。

（原载《中国社会科学院研究生院学报》2006年第6期）

返本与开新:本体性阐释与中国古代文论当代性意义之生成

在理论创新业已成为当下最响亮的学术口号和目标之背景下,中国古代文论在当代的生命力和阐释方向,也就是古代文论的当代性意义,越来越成为学界关注和讨论的焦点问题之一。面对传统文论研究如何走向当代社会和当代文化语境这一问题,首先必须反思我们研究中的价值思维方式和具体的学术理念。从理论层面来看,"当代性"问题的提出,其根本目的首先在于消除笼罩在古代文论研究上的种种遮蔽和误区,以期从学术立场阐发和彰显其当代意义,并为现代人所遭遇的生存困境和文学困境寻找一条可能的解决路径。

长期以来,囿于西方近代哲学及文艺学观念,学界往往将古代文论置于近代知识论和知性科学的背景下加以观照,致使对古代文论的本体论价值和当代意义完全估计不足,古代文论的知识特性、表达方式乃至学术担当与价值意义一度就被遮蔽在这种近代误读之中。在研究阐释中,完全囿于近代哲学的知识论和本质主义的思维逻辑,在总体上并不能展现古代文论的知识宗旨与精神特质,使得中国古代文论在当代知识状况下被看成是一种过时的理论,缺乏对当代问题的回应。所以,中国古代文论的当代性意义及其生成问题的提出,首先便是针对这种对于古代文论的近代误读,并导致其当代意义被遮蔽而言的。

纵观中国古代文论研究的百年学术史,我们认为,从研究理念、研究方法、价值目标,一直到研究中所具体运用的知识工具,乃至于研究范式的形成与嬗变,都是导致学术创新、学术增长和学术范式生成的最为直接和有效的驱动力量。所以,如何在当代思想文化和学术语境下阐发传统文论的当代性意义,如何对于传统文论研究的当代性价值诉求达到一个在历史和逻辑两个层面既适合当前学术文化和理论话语建构所需,又符合深化传统文论研究自身的学理要求的准确定位,对于推动中国古代文论研究的进一步深化具有关键性意义。本文重点探析本体性阐释路径与中国古代文论当代性意义生成之关系，不足之处，祈请方家批评指正。

一

中国古代文论当代性意义和价值的生成，其作为地方性知识上升为普适性知识的一个重要途径是对古代经典的重新“阐释”，这种“阐释”不再仅仅只是一种方法，而是西方现代哲学解释学所强调的“本体性的阐释”，古代文论的当代性意义只能在这种“本体阐释”中生成。西方现代解释学有关经典阐释的基本观念，超越了西方及中国传统的解释学理论，实现了由视阐释为方法到视阐释为本体的重大转向，一般称之为“阐释”观念的“本体化”转型。这种“阐释”之“本体化”转型，较好地回应了经典阐释活动中诠释个体（创造性、先见等）与经典文本、主观与客观、传统与现代乃至唯科学主义与人文主义等诸要素之间的矛盾等问题。如果稍加引申或改造，我们还可以把理论与现实等关系纳入这种本体性阐释中来分析：阐释者所处的不断发展变化的社会现实，同样也是经典阐释中的一个重要因素而总要介入其中。总之，我们可以把这种本体化阐释，作为古代文论研究进一步发展并不断实现其当代性价值的基本路径。

探讨本体性阐释与中国古代文论当代性意义之生成问题，首先遇到的一个无法回避的问题是在作为一种知识和思想生产过程的古代文论现代阐释活动中，如何处理阐释与评价两者的关系，这是古代文论研究中的一个基本问题，更是本体性阐释中的一个关键性问题。这里，我们不妨先从德国著名思想家马克斯·韦伯(Max Weber)所提出的所谓“价值中立”开始展开相关讨论。

“价值中立”是韦伯吸收实证主义社会科学方法论中价值中立思想和新康德主义，把事实与价值、价值联系与价值评价作区别的相关主张的思想产物。韦伯的“价值中立”有如下两层含义：一是研究者一旦依据自己的价值观念选择了研究课题，他就必须停止使用任何主观的价值观念，而必须遵从他所发现的材料的导引，而不管使用这种材料的结果对自己是否有利；二是在研究的过程中，要严格区分事实范畴和价值范畴、事实认知和价值认知、事实判断和价值判断，不能有所混淆，以致犯下从“事实的陈述”而推出“应该的陈述”的错误。韦伯致力于建立一种社会学的纯粹的客观方法论，其“价值中立”思想主要体现在《社会科学认识和社会政策认识中的客观性》、《社会科学和经济科学“价值无涉”的意义》、《学术作为一种志业》等文章中，其基本的目的在于“存在的知识”与“应该存在的知识”之间的原则区分：“经验科学无法向任何人说明他应该做什么，而只是说明他能做什么——和在某些情况下——他想要做什么。”“使人们意识到这种显示在具体的价值判断之中的最终价值尺度，当然是它不必踏入思辨的领域就能成就的最后的工作。至于判断的主体是否应该拥护这些最终的价值尺度，那完全是他个人的事情，这涉及意欲和良知的问题，而非经验认识问题。”①

韦伯的这种研究方法之历史意义，在于把社会科学从神学和形而上学中解放出来，但其致命之处在于，将社会科学和自然科学等同，用客观主义排除社会科学研究中的既无法避免又不可或缺的价值倾向问题。加之，“价值中立”本身就是一种价值观，因而这种理论上的内在悖论所引发的争论，也就从未停息过。美国哲学家托马斯·库恩认为，科学的阶段性发展都是“范式”的变动，都基于世界观的变化，他将价值列入科学哲学，在科学研究中，价值问题不仅不能回避，而且应该特别关注。20世纪60年代以来，法兰克福学派的马尔库塞等人从反实证主义立场出发，认为科学技术表面上是“客观的”、“中立的”、排斥价值判断的，但实际上其本身就是一种意识形态，是造成“单向度社会”的根源，具有自觉地为资本主义现存制度辩护的性质，因此，他们的“批判理论”，首先就强调要摒弃价值中立的立场。

价值评价问题是社会科学研究中的一个核心问题，“价值中立”作为西方影响较大的方法论，近年来对我国的社会科学研究方法也产生了越来越大的影响，国内学术界对于“价值中立”的讨论，主要集中在三个问题上：一是学者有没有可能彻底实现价值中立，二是学者的价值中立是否是一个悖论，三是价值中立与学术客观性问题。越来越多的学者已经认识到，研究的客观性并不能仅仅靠保持价值中立来解决。韦伯的“价值中立”理论，缺陷性与合理性并存，在国外学术界有严重分歧，在国内也有很大争论。我们既不能将其夸大为社会科学的普遍性方法论原则，也不能否认它的一定的合理因素，因为在社会科学研究中奉行有限度、有限制的价值中立原则，对保证社会科学研究的客观性和科学性不无意义。同时，又应该明确认识

---

① （德）马克斯·韦伯：《社会科学方法论》，韩水法、莫茜译，中央编译出版社1999年版，第5～6页。

到绝对意义上的价值中立原则的不可行性，这样可以保持我们对于社会科学研究中有可能受到的各种主客观因素影响的敏感意识，这对于社会科学未来的研究实践具有相当重要的意义。

随着韦伯思想在社会学和宗教学领域的大规模引进，相关探讨也开始进入了文论研究的视野中，古代文论作为社会科学的组成部分，同样面临着如何对待价值评价问题的理论难题。对于"价值中立"，我们可以从两个方面来看：一是即使是事实判断层面的彻底"价值中立"，也是不可能的，尤其是在中国经典阐释传统中，自《春秋》以降的中国古典诠释活动，实然与应然、事实判断与价值判断是如此深刻而具体的合而为一，以至于我们很难将事实判断与价值评价两者截然区分开来。二是作为方法论层面的"价值中立"引入文论研究，则具有重要的理论意义和现实意义，尤其针对盛行已久的所谓"古为今用"来说更是如此。古代文论研究的是过去的事件，包含了历史本然和历史叙述两层含义，历史不可复原，理论家对于文学思想进行的因果连缀、条理分梳，不仅来自他们掌握的史料多少和理论识力的高下，同时还必然带入个人的审美感受和时代的文学经验，因此，任何一种结论的产生，都具有意义的不确定性问题。实际上，事实判断与价值判断的不一致，是所有人文学研究中共同存在的问题。虽然人们尽力追求中立的态度和客观的知识，并将此设定为某种理想目标，但是，事实上，所有人文学科中始终深深地渗透着价值与意义。另一方面，不可忽视的是，百年来包括古代文论研究在内的传统文化研究，在功利主义色彩极强的"古为今用"的旗号下被任意割裂、肢解，然后再随意拼接，这方面的历史教训也不可谓不沉重，值得加以深刻反思处不在少数。

另外值得注意的是，强调"价值中立"的韦伯并未把人文社会科学研究完全混同于自然科学研究，他强调指出，人文社会科学的基本对象是"文化事件"，而"文化事件"的根本特征就在于"价值"和"意义"。这是人文社会科学与以"自然事件"为基本研究对象的自然科学最根本的区别。① 韦伯所处的时代，人文学还是一体化的学科群体，因此他所说的人文社会科学大体上相当于我们今天泛称的文史哲。从文学与文化的历史关系来看，文学的存在是具体的历史的存在，是人文传统延续中的一环，并没有一个孤

---

① (德)马克斯·韦伯：《社会科学方法论》，韩水法、莫茜译，中央编译出版社1999年版，第5页。

立、抽象的“文学本身”存在，古代文学作为一个过去的事件，它的内涵必定浓缩和积淀了所处时代的精神，它的意义的完成又有待于在其后历史岁月中的不断阐释而展开，因此，所有文学史图像的现代呈现都具有不确定性，并随着阐释者时空因素的转换而具有了当代意义。以中国源远流长的经学阐释传统来看，虽然有执著于原义考证的古文经以及清代考据学的兴盛，但是，更有一派站在时代思想前列，深谙经学传统的实践品格，在经典的注释中形成双向互动，将阐释者个体生命的体证与经典中凝聚的圣贤精神融为一体，实现个体生命的呈现向度与经典深度意义的成功契接，这样经典作为文本的整全意义才会显现出来。由此，阐释者也就成为经典价值的参与者与实践者，其身份也就从经学史家转变为经学家，譬如，一部《孟子》，注解何其多，朱熹、王夫之、戴震、康有为等人都作了注，但是他们所关注的，大抵并不完全是孟子的原义，而多有所谓“借他人酒杯，浇自家块垒”之处，旨在借此说自己的话，建构自家的体系，完成自我理解，因此，所选择的研究路数，多为价值的进路而非知识的进路，所追求的知识宗旨是意义，而非历史的简单复原与再现。

从一个较为宽泛的意义上来说，作为最古老的文化样式，文学与哲学、史学一样，是人类最切近自我精神世界的活动方式，是人类表达自身情感体验、展示精神智慧的基本方式。因此，中国古代文论研究存在的意义，最终绝不仅仅只是为了描述和还原业已发生的文学批评事件或批评文本本身，更是为了寻找一条重新体验古人文学经验、审美体验及其表达方式的途径，正是通过不断地叙述与追忆、溯源与回味，我们才能在更深层次上理解文学对于人类过去、现在的意义，才能对文学的未来有更确切的预期。当然，我们也可以将远古神话传说和三代卜辞文学等仅仅看做是纯粹的记录民族起源和社会生活的近乎“自然事件”的历时性事实，但是这样一来，我们就很难进入古人的生活世界，自然也就更难理解他们的精神世界了，更不用说其普适性精神价值在新的历史状况下的再生了。

如果说古代的经典是“文化事件”的话，那么，我们今天诠释古代经典就同样也是一种“文化事件”而非“自然事件”。有人把人文科学与自然科学的不同的方法表述成“阐释性”的与“描述性”的，因此，对包括古代文论在内的传统经典的现代研究就不仅仅是“描述性”的，而更应该是“阐释性”的。在传统形而上学的主客关系中，古与今、传统与现代是彼此对立的存在，研究文学思想的目的就在于把古代文论文本这种历史的流传物当做一个客观的、外在的对象描述出来，彻底地恢复其原貌。固然，人文的研究可以从文本的角度进行音韵、文字、训诂、订补、校勘、辨伪、辑佚等的原典考证，也可以借鉴一些类似自然科学研究中的实证方法来鉴别文本、作者的真伪，这也可以算是在一定程度上还原历史的本来面目。但是，如果我们的研究仅仅停留在这一步，实际上是不够的，因为文学研究的最终目的还在于通过阐释而揭示价值和意义。当代西方解释学创立人德国哲学家伽达默尔认为："历史理解的真正对象不是事件，而是事件的'意义'。"①所谓事件的意义，总是与当时的政治、经济、文化等社会生活以及背后隐藏着的价值向度、文化立场紧密相关。因此，伽达默尔在他的论著中花了很多篇幅，来批评那种企图恢复古代绝对原貌的历史观，他认为那是把历史上过去的东西看成独立于今天的、异己的他物或对象来研究的方法，是一种追求"物自身"的抽象观点。他主张研究历史的今人应该参与到历史的过去中，从而使过去成为一种永无止境的意义可能性的源泉，而不是成为消极的对象。

二

我们应该如何阐释传统文论？传统文论很古老，属于旧物，但是它并不简陋，更不丑陋，相反在这一"古物"身上蕴涵和折射着独特的诗性文化智慧的幽光。我们研究过程中的现代诠释，应该将诠释兴趣和价值诉求定位于发现这一"旧物"中的美丽，以及它在时间过程中的意义的延伸。

毫无疑问，在现代诠释的背后，蕴涵着每一个诠释者个人的文化、诗学眼光以及独特的学术理念，这是不可避免的，而且我们正是努力通过这种诠释来折射出处于转型期的中国学者的思想、文化、学术的姿态与价值趋向。毋庸讳言，已往我们所进行的传统文论的现代诠释，更多的是从西方文论的视点来体会、理解传统文论，体现的是西方的学术品位和标准，尽管这种理解和体会不乏深刻和敏锐之处，但是一味地以西方文论的视点来诠释中国传统文论，能真正理解和体会中国传统文论吗？因此，我们认为，在对传统文论进行现代诠释时，充分展示中国文化的视点是非常必要的。尤其是在当下，中国文化元素已经成为世界瞩目的热点，和平崛起过程中的

① （德）汉斯—格奥尔格·伽达默尔：《真理与方法——哲学诠释学的基本特征》上卷，洪汉鼎译，上海译文出版社 1999 年版，第 422 页。

中国更需要对自身的传统人文思想乃至传统的诗意文化倾注热情，而维护世界文化的多样性，也需要中国视点。这里所谓的中国视点，如果仅就古代文论研究而言，指在对传统文论进行现代阐释时，提问和价值评价是不可避免的，但是这里所进行的提问和评价，不应该是完全按照西方文化的问题意识和提问方式来进行，不应该是完全按照西方评判问题的标准来评判，而是需要根据从中国本土的文化现实中生成的问题来进行提问，以如何有利于解决中国现实文化问题为标准来进行评价，而这种提问和评价最终又能够获得世界的理解和认同，只有这样才能使我们的阐释具有一定的现实针对性和思想原创性。

中国传统文论的当代性意义并非是现成的，也不是一成不变的，而是需要我们一方面深入到历史情境中去，一方面又回到现实情境中来，在历史情境与现实情境两重视界之融合中，通过重新解读而发现之，通过“解蔽”而彰显之，这样才能重新生成传统文论的当代性意义。一方面，如果不历史性地回溯，便没有古代文论“过去视界”之呈现；另一方面，如果没有现实的诉求，便没有研究的“现在视界”之生成，而“过去视界”与“现在视界”的缺失，必将妨害当代语境与经典语境的动态生成。我们知道，所谓“现在”即是“过去”的“现在”，“过去”即是“现在”的“过去”；离开“过去”，“现在”根本无所附丽；离开“现在”，“过去”也将无处着落。这也就是说，回到古代文论的历史语境，是理解其“当代性”的一个前提，历史性地理解古代文论，是一个方法论前提。古代文论的当代性并不是一种现成的随手可取的状态，它有待于理论价值阐发和现实意义的生成，因而纯粹的“回到原典”已无可能，任何一种历史“还原”，其实都是对历史的某种阐释，而且阐释活动本身又必然隐含着阐释者的现实的文化立场，越深层次的阐发，其中所包含的历时性内蕴和当下性诉求就越深刻、越丰富。因此，所谓回到原原本本的古代文论，除了表明阐释者没有形成具有阐释价值的文化立场与时代理解而外，尚未真正理解到古代文论巨大的精神潜能。“回到原典”意味着阐释者的时代性、前见与古代文论的视界融合，其结果将会使古代文论中那些对当代社会精神生活富有解释力和范型意义的资源得以激活和释放出来，从而使古代文学遗产保持旺盛而持久的生命力。

在“回到原典”的过程中，除了阐释者的时代性而外，还有一个所谓“解释学循环”的问题存在。在西方解释学的语境中，解释的循环是理解的存在方式，是理解的展开。在早期施莱尔马赫的语境中，“解释学循环”作为理解文本的一种技艺，是指在对文本进行解释时，理解者根据文本细节来理解整体，又根据整体来理解文本细节，这种理解的循环运动沿着文本来回移动，在文本被完满理解时才会消失。对此，狄尔泰进行了发展，他认为循环包括三种相互依赖的关系，即单个词与文本整体、作品本身与作者心理状态、作品与它所属的种类与类型，这实际上就把循环扩展到解释活动中的理解与经验之关系中了。海德格尔认为未知文本的理解，永远由被理解的前结构所决定，完满的理解不是整体与部分之间循环的消除，而是这种循环得到最充分的实现。伽达默尔的理论，重在说明传统与理解之间的循环，正是知识的历史性表现。他认为理解就是不断地从整体到部分，再从部分到整体的过程，我们的理解必定受到传统的影响，而认识事物之后得到的解释又转变为新的传统，正是在这种循环中形成了新的问题视界，而视界的融合也是在这种循环中得以实现。

西方解释学的若干原则，在中国的经典阐释传统中，也可以找到一些相似或相近的成分。近些年来，一批具有中国传统文化背景的学者已经开始思考、研究中国古代经典中存在的阐释传统，并力图借助此一研究来构建一种不同于西方解释学传统的中国经典阐释学。这种研究路径，既可以视为站在中国文化本土立场上对西方解释学所关注问题的一种回应，也可以视为中西文化间所进行的一种平等、自由的对话，以期使我们当下语境中的传统文史哲研究实现“现在的视界”与“过去的视界”、“中学的视界”与“西学的视界”的融合。因此，在与西方解释学的观点与方法相互比较、相互对话的过程之中，尝试建构中国文化本位的古代经典阐释系统，确实可以视为一条古今、中外比勘会通的路径。

如果以解释学为平台作融通中西、古今的探索，我们必须充分注意西方现代哲学解释在对西方和中国的传统解释学理论超越中所取得的新进展、新成果，这种新拓展于我们思考古代文论的当代性问题无疑更具启发性。从西方解释学发展史来看，伽达默尔之前的方法论解释学或古典解释学中，有一个基本的前提，即承认有一个解释对象，文本的意蕴是客观的，是先于理解而存在的。如赫施说：“一个本文具有着特定的含义，这特定的含义就存在于作者用一系列符号系统所要表达的事物中。”①因此，解释的目的就在于获知作者或作品的原义，解释学在本质上是一种“技艺学”。建

① （美）赫施：《解释的有效性》，王才勇译，三联书店1991年版，第16～17页。

立在这一理论预设上的西方古典解释学，在解释问题的观念背景和展开方式上，与中国经典阐释学的传统是颇为相近的。对于具有悠久历史的中国经典阐释传统来说，经典所具有的原义是客观存在的、不证自明的，无论是作为最高真理的“道”，或是最高存在的“气”，或是最高理想的“志”，都深藏于经典之中，后学的任务就是要通过一定的方法和过程，将其内在意义显明出来。清人焦循在总结当时的经学研究境况时说：“今学经者众矣，而著书之派有五：一曰通核（主以全经，贯以百氏，协其文辞，揆以道理）；二曰据守（信古最深，谓传注之言，坚确不移，不求于心，固守其说）；三曰校雠；四曰摭拾（指辑佚）；五曰丛缀（丛考字句名物）。”①由此而观，在古人的经典阐释活动中，所关注的是具体的研究路径的选取，对于终极意义的存在是无需质疑的。实际上，在经学传统内部，无论是汉学与宋学之争，或是理学与心学之辩，所不同的只是对于阐释经典的途径与方法的体认而已，对于经典本身所蕴涵的微言大义，均无异议。这种对某种固定的终极意义的假设颇接近所谓的“原义”神话，如果真的存在某种恒定不变的“原义”的话，那么，这种“原义”在今天来看是否还具有当代性价值意义就存在很大问题。

现代阐释学有别于传统阐释学的一个最大不同之处，在于其实现了阐释的本体论转型。一百多年的西学东渐，形成了中国近代以来崇拜方法论的新的学术传统，这在清末的“中西体用”之争和五四时期的追求科学精神中都有鲜明的表现。中国近代以来积弱的国势滋生了对于西方科学方法的膜拜与推崇，新的方法论作为“用”的层面，被看成是揭示本质、显明“体”的重要前提，故而，各家各派在建构理论体系时，首标方法论。因此，学界对于西学方法论的热衷，基本上保持在“用”的层面，对于传统经典的阐释，多数学者还是从方法论的角度来认识的，并以此作为更深一步理解中国古代经典的途径。这种学术传统也在相当程度上左右了我们今天对于西方解释学的理解，按照这样的学术惯性，我们很自然地将西方解释学理解为一套方法论原则，加之它与我们传统学术中千年盛行的文字音韵、训诂考据、校勘辑佚之间有一定的类似性，所以我们寄希望于解释学的引进和消化，以期增加一种追溯中国式阐释谱系的参照路径。但问题在于，这种对于方法论的凸显，并不是西方当代解释学的主旨。

---

① 焦循：《辨学》，见《雕菰集》卷八，苏州文学山房刊本。

在经历了本体论转向之后，伽达默尔认为解释学从本质上是本体的，而不属于方法论。阐释的本体化，首先意味着对人文研究中唯科学主义的超越，伽达默尔解释学的主旨就是“抵制对科学方法的普遍要求”，对揭示事物本质的普遍性的科学方法持批判的态度。他认为解释学问题从其历史起源开始就超出了现代科学方法论概念所设置的界限，因此，哲学解释学的主流形态，是反对依赖于方法，而意在本体论建构。基于这一理解，伽达默尔颠覆了古典时代关于解释、理解的看法，否定将一切的理解均纳入解释学视野的宽泛用法，他指出：“这仍然与一种成熟的理解理论相去甚远。这看起来毋宁是‘解释学’问题出现的一般特征，即必须把一些远离我们的东西拉近，克服疏远性，在过去和现在之间建造一座桥梁。因此，解释学作为一种对待世界的一般态度，是在近代才取得它目前的这种形式的。”①因此，伽达默尔一再声称，哲学解释学不为解释提供方法和技术，也不指导人们如何去理解，所有的理解、解释，不过是人的自我理解，是此在的人的一种存在方式。法国哲学家保罗·里克尔同样指出：“所有诠释学的目的，都是要征服存在于经典所属的过去文化时代与诠释者本身之间的疏远和距离。藉由克服这距离，使自己与经典的时代合一，注释者才能够使其意义为自己所有：他使陌生成为熟悉，也就是说，他使它属于自己。这正是他透过理解他者而得到他所追求之自我理解的成长。因此，每一诠释学，无论外显地或隐含地，都是经由理解他者而有的自我理解。”②这里所言之“对待世界的一般态度”、“自我理解的成长”等表述表明，对人文经典的阐释，绝非像自然科学实验中从某种物质中提取某种元素那样，而是从经典中提取某种客观原义的过程。从具体过程来看，阐释不可能不融入阐释者个体的社会经验、生命体验等等；从目的来看，阐释过程也不仅仅只是为了单向度地去理解经典，同时也是阐释者理解自我、理解世界的过程。

阐释的本体化观念，也超越了唯历史主义与主观主义的二元对立。伽达默尔指出，我们隶属于历史，永远处于历史的变化之中，时时刻刻都不能外在于历史，因此，我们现在之人在看待过去时，必然是从已有的历史境遇出发，去看待过去。那么，这是否便意味着今人以现代的标准去看待过去，

---

① (德)汉斯—格奥尔格·伽达默尔：《哲学解释学》，夏镇平等译，上海译文出版社1994年版，第23页。

② (法)保罗·里克尔：《诠释的冲突》，林宏涛译，台北桂冠图书公司1995年版，第14～15页。

而会导致“六经注我”、“以今释古”的主观偏好呢？这里关键的问题，还在于对“现在的视界”与“过去的视界”的理解。如果将“现在的视界”与“过去的视界”割裂开，把现在和过去看成是相互孤立的、不相联系的客观事件，研究现在的就仅仅盯着当下而不关注历史，研究过去的就仅仅局限于古代的文本而不关注当下，那么，以现在的目光看过去，就必然形成以今度古的偏见。对此，陈寅恪先生的一段论述，常常为学者们所引用：“凡治中国古代哲学者，其对于古人之学说，应具了解之同情，方可下笔。盖古人著书立说，皆有所为而发。故其所处之环境，所受之背景，非完全明了，则其学说不易评价，而古代哲学家去今数千年，其时代之真相，极难推知。吾人今日可依据之材料，仅为当时所遗存最小之一部，欲藉此残余断片，以窥测其全部结构，必须具备艺术家欣赏古代绘画雕刻之眼光及精神，然后古人立说之用意与对象，始可以真了解。所谓真了解者，必神游冥想，与立说之古人，处于同一境界，而对于其持论所以不得不如是之苦心孤诣，表一种之同情，始能批评其学说之是非得失，而无隔阂肤廓之论。否则数千年前之陈言旧说，与今日之情势迥殊，何一不可以可笑可怪目之乎？但此种同情之态度，最易流于穿凿附会之恶习。因今日所得见之古代材料，或散佚而仅存，或晦涩而难解，非经过解释及排比之程序，绝无哲学史之可言。然若加以联贯综合之搜集及统系条理之整理，则著者有意无意之间，往往以其自身所遭际之时代，所熏染之学说，以推测解释古人之意志。由此之故，今日之谈中国古代哲学者，大抵即谈其今日自身之哲学者。所著之中国哲学史者，即其今日自身之哲学史者也。其言论愈有条理统系，则去古人学说之真相愈远。”①陈氏在这里所说的“自身所遭际之时代，所熏染之学说，以推测解释古人之意志”，大体就是伽达默尔所谓的“现在的视界”，而“盖古人著书立说，皆有所为而发。故其所处之环境，所受之背景，非完全明了，则其学说不易评价”，就是“过去的视界”。

那么，如何才能避免“隔阂肤廓”、“穿凿附会”，以达到同情之了解呢？陈寅恪先生主张“必神游冥想，与立说之古人，处于同一境界，而对于其持论所以不得不如是之苦心孤诣，表一种之同情，始能批评其学说之是非得失，而无隔阂肤廓之论”，这样才能达到对历史上过去人事的“真了解”。陈

① 陈寅恪：《冯友兰〈中国哲学史〉上册审查报告》，见《金明馆丛稿二编》，上海古籍出版社1980年版，第247页。

氏以史家之敏锐，意识到在历史阐释中，现代视界与历史视界之间的人为阻隔，是形成“隔阂肤廓”、“穿凿附会”弊端的缘由，但是，他并没有进一步说明所谓“与立说之古人，处于同一境界”、“具了解之同情”，究竟应该如何达到，什么是根本的条件和方法，以及达到“同一境界”是否就意味着历史阐释的完成。对此，西方解释学的研究是具有启发性的。伽达默尔认为，历史研究的主要兴趣并不止于知道古人的意图或主张，而在于理解历史事件的意义（这也就包括了陈氏所说的“古人立说之用意与对象”、“批评其学说之是非得失”），对于作品的欣赏主要也就不止于知道作者的本意，而在于读者与作者之间，所谓读者参与作品、解释者参与文本、观众参与游戏，等等。伽达默尔进一步认为，理解历史事件的意义及其根本条件，并不是将“过去的视界”看成是与后世隔绝的一种封闭的异己状态，而应该从古今历史传统的连续、流变中看待历史事件。

三

在解释学的视野中，孤立的“现在视界”（趋向于主观主义）与孤立的“过去视界”（趋向于客观历史主义）都是人为的割裂。从事历史研究，需要一种历史化的视界，伽达默尔指出：“理解一种传统无疑需要一种历史视域。但这并不是说，我们是靠着把自身置入一种历史处境中而获得这种视域的。情况正相反，我们为了能这样把自身置入一种处境里，我们总是必须已经具有一种视域。”①真正的理解，总需要一种“历史视界”，这是一种融合古与今、过去与现在的连续性的历史整体观，也是一种由“现在视界”与“过去视界”融合而形成的新的“大视界”，“一种唯一的视域”②，此时，“本文的意义超越他的作者，这并不只是暂时的，而是永远如此。因此，理解就不是一种复制的行为，而始终是一种创造性的行为”③，也就是历史的过去性与当代性、文本的客观性、阐释者的主体性在历史传统中相遇，最终达到解释学意义的“视界融合”。此一视界的意义，业已超越现在的界限而

① （德）汉斯—格奥尔格·伽达默尔：《真理与方法——哲学诠释学的基本特征》上卷，洪汉鼎译，上海译文出版社 1999 年版，第 391 页。

② （德）汉斯—格奥尔格·伽达默尔：《真理与方法——哲学诠释学的基本特征》上卷，洪汉鼎译，上海译文出版社 1999 年版，第 391 页。

③ （德）汉斯—格奥尔格·伽达默尔：《真理与方法——哲学诠释学的基本特征》上卷，洪汉鼎译，上海译文出版社 1999 年版，第 380 页。

上溯到过去,更照亮了未来。所谓的照亮未来,是说明一个历史事件的完整意义的形成,需要在随后的历史传统的传承中,融合历史的当代性而进一步地呈现出来。因此,所谓“大视界”,不仅沟通古今,而且指向未来,伽达默尔更强调“大视界”所具有的“更高的普遍性”,也就是要在此一视界中看到历史传统在后世流传中所显示的意义和效果,用他的话说,就是“效果历史”,即“真正的历史对象根本就不是对象,而是自己和他者的统一体,或一种关系,在这种关系中同时存在着历史的实在以及历史理解的实在。一种名副其实的诠释学必须在理解本身中显示历史的实在性。因此我就把所需要的这样一种东西称之为‘效果历史’。理解按其本性乃是一种效果历史事件”①。伽达默尔所理解的“效果历史”是理解者和理解对象之间相互作用、相互融合的历程,一部艺术品的效果史其实就是生生不息的重新理解的历史过程,它往往超越本身产生的时代,具有永恒的意义。因此,伽达默尔认为,艺术品的创造者可以投其所处时代的公众之好,但他的作品的真正存在却在于它自身所言说的东西,作品存在超越任何历史限制。在这个意义上,艺术品是一种永恒的现在。

虽然关于“理解”、“解释”,海德格尔和伽达默尔的知识论解释学与中国传统经典阐释理论,有着极不相同的理解,但是两者之间也不乏相通之处,即均有一个基本的共识,那就是万有相通、古今相通的观念。这大概也是西方解释学能够被中国学者广泛接受的原因之一。但是在如何相通上,也就是在采用的方法上,两者又存在着巨大的差异。以下分而论之,先看相通之处。

首先从相通的一面来看。实际上,在我们传统的阐释思想中,尽管没有如伽达默尔这样的理论层面表述,但是所谓设身处地的方法,却也是中国古人的共识。比如王夫之《读通鉴论·叙论四》云:“设身于古之时势,为己之所躬逢。研虑于古之谋为,为己之所身任。取古人宗社之安危,代为之忧患,而己之去危以即安者在矣。取古昔民情之利病,代为之斟酌,而今之兴利以除害者在矣。得可资,失亦可资也,同可资,异矣可资也。故治之所资,惟在一心,而史特其鉴也。”②船山所论,即是一种设身处地的内在体

---

① (德)汉斯—格奥尔格·伽达默尔:《真理与方法——哲学诠释学的基本特征》上卷,洪汉鼎译,上海译文出版社 1999 年版,第 384~385 页。

② 王夫之:《读通鉴论·叙论四》,见《读通鉴论》卷末,中华书局 1975 年版,第 2553 页。

验方法，这是其“通古今而计之”的史观的实现方法，这与伽达默尔所谓“自身置入一种历史处境中而获得这种视域”，表达的方式虽然不同，但是理论关注的维度大体相当。无论是中学“同情之了解”或“设身处地”，还是西学的“视界融合”、“效果历史”，在历史观上的预设是相同的，在宇宙观上也有相通之处。今人之所以能够理解或解释古人，在于历史具有连续性，文化传统是一个连续不间断的、一脉相承的整体。今天的历史既负载着过去，也孕育着未来，用太史公《史记》里的话来讲，就是“通古今之变”，用上述所引伽达默尔的话来讲，就是“现在视界”与“过去视界”融合而成的“大视界”。历史观的形成，在根源上，来自人们对于宇宙世界的总体认识，因此在外显的历史观背后，更隐藏着宇宙观的价值取向。在中学的主流传统中，是讲天人合一，如果借用王阳明《大学问》中的话来讲，乃“能以天地万物为一体”①；在西学传统中，在历史观和宇宙观上，虽多有不同，但自海德格尔以来，则追求“天地神人”四位一体的物观念②。总之，天地万物相通，古今一气流通，可以沟通古人与今人，融合过去与现在，以更广阔的视野观望人神之间、天地之间的混融，在万有相通的“大视界”中看古今事相，既要“设身处地”，遥想古人之处境，又要把自身带回“过去视界”，避免古今隔绝，以今度古。这种张弛有度的关系，既是一个理解历史的过程，更是一个自我理解的过程。这也就是为什么理解与解释的过程是一种创造性活动的原因。以上是说两者相通之处，那么，如何才能使古今相通或万有相通呢？

正是在如何相通上，中国传统解释理论与西方现代解释学所采取的途径与方法是完全不同的，一个要还原去蔽，反对先见，一个肯定先见，以之为知识的创造力量。正如上面已经谈论的那样，中国经典阐释传统中，对于记载圣人、先王之道的经典极为重视。经典是“义理之府”，如刘勰《文心雕龙·宗经》所云：“经也者，恒久之至道，不刊之鸿教也。”凡天地间一切道理、一切价值意义，皆可从经书中推衍出来，故而欲求圣人先王之道，必求之于经典。戴震认为，通过对经书的识字审音才能知“道”：“经之至者，道也。所以明道者其词也。所以成词者字也。由字以通其词，由词以通其

① 见《王阳明全集》卷二十六“续编一”，上海古籍出版社 1992 年版，第 967 页。

② 此是海德格尔在 1950 年发表《物》演讲中的观点，见《海德格尔选集》，孙周兴编译，上海三联书店 1996 年版，第 1165～1187 页。

道。"①因此，古人对于诠释的意义，也就格外地重视。譬如，《淮南子》以《诠言》为篇名，高诱注曰："诠，就也。就万物之指以言其征，事之所谓，道之所依也，故曰'诠言'。"颜师古在"策贤良问五道"中的"第一道"，也明确地解释了"诠释"一词，即"先圣设法，将不徒然，厥意如何，伫闻诠释"②。但是，诠释是难的，以文学批评为例，刘彦和分析了其中之主客观两方面的因素。一是各人先天不同，个性千差万别，《文心雕龙·体性》云："才有庸俊，气有刚柔，学有浅深，习有雅郑。"因而理解也就各执一词，《知音》云："夫篇章杂沓，质文交加，知多偏好，人莫圆该。慷慨者逆声而击节，酝藉者见密而高蹈，浮慧者观绮而跃心，爱奇者闻诡而惊听。会己则嗟讽，异我则沮弃，各执一隅之解，欲拟万端之变，所谓'东向而望，不见西墙'也。"二是作品本身不易鉴别，《知音》篇中以麟凤与麏雉、珠玉与砾石为例，两相比较，在彼此极端悬殊的情况下，鲁臣却误以麟为麏，楚人误以雉为凤，魏民误以夜光为怪石，宋客误以燕砾为宝珠，具体的器物尚且如此，何况文学作品呢？故云："形器易征，谬乃若是；文情难鉴，谁曰易分？"那么，如何才能达到正确的理解呢？一般来讲，传统的主流话语认为，要得到正确的理解和获得真知，首先要克服自身的先见，孟子讲"知人论世"，庄子讲"虚静"，荀子讲"解蔽"，都蕴涵了这一层意思。在古人看来，所谓的"先见"，乃主观的东西，以先入为主的方式去判断对象，是达到正确解释和理解的障碍。简言之，在中国经典阐释传统中，清除"先见"或"偏见"，是保证解释客观性的有效方法，因此，对于"先见"一类，是持否定态度的。

历史地看，西方传统的方法论解释学与中国传统解释理论是相近的，都强调解释者在解释中必须放弃自己的主观先见而达到与文本客观意蕴相一致，如施莱尔马赫和狄尔泰都否定先见的合法性，偏重于文本和作者。这就无法使西方传统解释学摆脱理解的客观性与文本的历史先见并存的两难困境。这个问题，到了海德格尔与伽达默尔，才有了革命性的转变，在他们的知识解释学中，传统和偏见是知识生产过程中的一种创造性力量。海德格尔把"前理解"和"先见"看成是解释和理解得以可能的条件，"把某某东西作为某某东西加以解释，这在本质上是通过先行具有、先行见到与先行掌握来起作用的。解释从来不是对先行给定的东西所作的无前提的

---

① 戴震：《戴震集》，上海古籍出版社 1980 年版，第 183 页。

② 颜师古：《策问十五道》，见《文苑英华》卷四百七十三。

把握。准确的经典注疏可以拿来当做解释的一种特殊的具体化，它固然喜欢援引‘有典可稽’的东西，然而最先的‘有典可稽’的东西，原不过是解释者的不言自明、无可争议的先入之见。任何解释工作之初都必然有这种先入之见，它作为随着解释就已经‘设定了的’东西是先行给定了的，这就是说，是在先行具有、先行见到和先行掌握中先行给定了的”①。海德格尔对“先见”的辩护，对哲学解释学产生了深远的影响，伽达默尔遵循着海德格尔的方向，通过对启蒙运动关于前见的成见的批判——他认为启蒙运动对前见的评判，本身就是一种前见，因而他要求为权威和传统正名——坚定地认为：“一切诠释学条件中最首要的条件总是前理解。……正是这种前理解规定了什么可以作为统一的意义被实现，并从而规定了对完全性的先把握的应用。”②对伽达默尔来说，没有偏见，没有理解的前结构，理解就不可能发生，我们存在的历史性产生着偏见，偏见实实在在地构成了我们全部体验能力的原初直接性。因此，偏见是一种积极的因素，它是在历史和传统下形成的。在伽达默尔的语境里，作为这种具体性而存在的偏见，主要是指“权威”、“传统”、“历史性”等，它们先于我们，是我们不得不接受的，“理解甚至根本不能被认为是一种主体性的行为，而应被认为是一种置身于传统的进程中的行为，在这个过程中过去和现在经常得以中介”③。没有偏见，就没有新传统的生成，偏见是知识生产保持连续性的力量，这就与传统知识观所认为的知识是通过清除“先见”和偏见而保持价值中立才能获得客观知识的说法大不相同了。

实现了由方法论向本体论的转向后，海德格尔还从存在论（本体论）的角度观察理解和解释现象，他强调指出，此在的人对文本和历史存在的理解和解释，实际上，也是人在对存在进行筹划的同时，对此在的自己进行了筹划。④ 伽达默尔进一步认为，意义是解释者和理解者“筹划”的结果，文

---

① （德）海德格尔：《存在与时间》，陈嘉映、王庆节译，三联书店 1987 年版，第 184 页。

② （德）汉斯—格奥尔格·伽达默尔：《真理与方法——哲学解释学的基本特征》上卷，洪汉鼎译，上海译文出版社 1999 年版，第 378 页。

③ （德）汉斯—格奥尔格·伽达默尔：《真理与方法——哲学解释学的基本特征》上卷，洪汉鼎译，上海译文出版社 1999 年版，第 372 页。

④ 参见倪梁康《现象学及其效应——胡塞尔与当代德国哲学》，三联书店 1994 年版，第 179～180 页。

本出现一种意义是因为解释者首先“期待”某种意义，如果没有解释者所带有的某种“期待”以及由此对文本的筹划，“意义”就不会出现，“谁想理解某个本文，谁总是在完成一种筹划。当某个最初的意义在本文出现了，那么解释者就为整个本文筹划了某种意义。一种这样的最初意义之所以又出现，只是因为我们带着对某种特殊意义的期待去读本文”①。对伽达默尔而言，只有经过这种筹划的意义才是真正的意义，这个意义是早已超出作者意图的意义，而属于整个传统的一部分，“本文的意义超越它的作者，这并不只是暂时的，而是永远如此的。因此，理解就不是一种复制的行为，而始终是一种创造性的行为”②。从这个意义上说，文本的原意是不存在的，即便是有，也是已经死去的意义。这种理解，对于哲学解释学来说具有决定性的意义，由此彻底地颠覆了方法论解释学的基本前提，也是与中国经典阐释传统完全不相同的见解。

四

以上通过中国古典阐释传统与西方早期、晚期不同解释学传统的比较，旨在说明，在当代阐释学理论的建构中，应该从中国的具体情境出发，借鉴西方解释学的现代成果，激活本身的学术资源。这里再具体讨论一下如何开掘中国古代文论当代性意义的初步设想。

总体而言，我们应该强调这样一种学术理念，即我们所需要的是对传统文论作本土化的理解和阐释，从而使中国古代文论成为“中国古代的文论”，而不是中国古代文论在西方文论躯干上的寄生。因此，首先，在对传统文论进行现代阐释时，我们要回到原典中去，力图通过对传统经典文本的重新解读，实现对古代文论作当代性意义的创新，这一步骤也可以说是使所谓“过去视界”清晰化。所谓重新解读，就是通过对第一手文本作历史的具体的理解和语境的分析，摆脱传统经学式的解释框架以及现代文论教条式的束缚，呈现出文本的原始知识谱系及其知识图景的原貌。我们这里强调的回到原典，主要目的是为了深入体认古代文论自身所独具的认知方式、话语类型、生存样态和知识宗旨，为面向未来的古代文论研究学术创新

---

① (德)汉斯—格奥尔格·伽达默尔:《真理与方法——哲学解释学的基本特征》上卷，洪汉鼎译，上海译文出版社 1999 年版，第 343 页。

② (德)汉斯—格奥尔格·伽达默尔:《真理与方法——哲学解释学的基本特征》上卷，洪汉鼎译，上海译文出版社 1999 年版，第 380 页。

建构一个可靠的理论平台，以期在可能性的古今中西参与交流中，实现“现在的视界”与“过去的视界”、“中学的视界”与“西学的视界”的融合，使“大文论”建设的构想成为一种现实的可能。

因此，要回到原典，首先就要超越对古代文论的误解、歧解和皮相之解，而重新理解和阐释。当然，中国古代并没有专门而纯粹的文学理论著作，加之特有的思维方式和表述形态，这就为我们重新阐释留下了较大的发挥空间。虽然我们承认任何对于历史文本的解释都不免受到阐释者自身的时代语境、知识状况、价值取向、情感方式等因素的影响，因而所理解的深度和广度不可避免地存在较大的差异，但正是这种差异，其间透露的时代思想氛围乃至阐释者的心路历程，构成了古代文论当代意义研究的一个重要组成部分。再者，古代文论不是封闭的，这就要求我们不能将自己局限于现有文艺学教科书的思维定势上，或者是再度自缚于自己所设定的一种新的理论体系中。我们必须回到古代文论的整体中，而不是某些已有的结论和判断上去，也不能用古代文论某些特定的范畴来随意引申或限定古代文论的理论视野。

这里还要特别强调的是，传统文论与西方文论存在着质的差异性，它的旨趣不在纯粹的思维驰骋，它的全部落脚点是生动丰富的文学现象和历史。因此，文本研究和提问水平是古代文论研究的基础性工作。同时，我们还应该高度重视凝结在文学经典作品中的文学经验，以与批评史上的经典文论文本所提供的文学经验相互印证，此亦是回到原典的题中应有之意。

其次，如果说第一步的工作是返本的话，即通过返本而完成对经典文本的原初意义的重新把握，那么，接下来的第二步就是开新，这一步骤可以使我们的“现在视界”清晰化。首先要强调的是，所谓回到原典的提法，并不是抛弃自身在当代生活世界中应有的学术立场与学术兴趣，自觉或不自觉地流露出文化守成立场与崇古贬新意识，而无视解释者身处的多元化历史语境和复杂的时代思想氛围乃至个人的经验际遇，无视阐释者与经典的当代意义生成之间的互动关系，将古代文论经典视为纯客观的和自主性的实体，彻底断绝其与现实生活和文化场域的关联，以期复原一个超越历史、超越时代的原原本本的古代文论。要克服这种偏见，首先是要祛除视界上的障碍。从本体论解释学的角度来看，古代经典的“意义”本来就不存在于静态的故纸堆中，而存在于历代解释者的解释中。因此，古代文论经典的

“意义”同样也存在于我们今人的解释之中，这并非是说我们今人要把经典本来没有的意义强加于经典，而是说经典的意义只能存在于我们的解释中，或者说经典“意义”作为历史的鲜活之物，只能在我们的创造性解释中得以现实的生成。这正是古代文论当代性价值重要而基本的立足点。

另一方面，我们今人的“现在视界”又不是凭空产生的，而恰恰也是历史地生成的，经典并非像我们想象的那样已经死去，而是曲折隐晦地时时刻刻在制约着我们。因此，并非是因为“现在视界”与“过去视界”处于割裂状态，而现在我们要把它们融合起来，事实上恰恰是我们根本无法彻底割裂这两者。以此来看，四五时期文化激进主义者们的做法其实是虚妄的。我们今天的做法，其实只是将“现在视界”与“过去视界”原本潜在的不自觉的融合，转变成显在的自觉的融合而已，这绝非是为了炫耀我们老祖宗曾有的荣光，而恰恰是自觉地去寻求我们今天文化进一步发展的本源性精神力量，以期超越中国当代文艺学的文化无根性危机；不是简单地为了强化所谓文艺学的“中国性”或“民族性”，而首先是为了给中国当代文艺学的进一步发展注入更为本源也更具可持续性的文化精神力量，这正是充分开掘中国古代文论当代性价值的现实的时代意义所在。

总之，“返本”与“开新”乃是对古代文论进行本体性阐释相互交织在一起的两个方面，即返本是为了开新，开新则必须返本。于此，我们的结论是：本体性的阐释路径，乃是发现、揭示进而实现古代文论当代性价值意义的一个重要而基本的路径。

（原载《西北大学学报》2008 年第 1 期）

中国古代文论的当代性意义生成问题

如果说"一切历史都是当代史"的话，那么，古代文学思想，在本质上都具有当代性，理当属于当代文论的范畴。问题在于，古代文论的"当代性"并非在任何历史与文化状况下都是特别凸显的，而其凸显显然有着现实和理论等诸多方面的深刻原因。本文将"当代性"作为一个问题提出来，并明确地将"当代性"意义作为古代文论的应有品格加以研究，是由于这一问题关涉到对古代文论乃至传统学术的生命力及其当代呈现的基本估价，关涉到西方文论乃至西学传统在当代中国文论研究境域中的中国成像及其发展前途，因此，在现实和理论两个方面，中国古代文论的"当代性"问题，理当引起学界同人的广泛关注和深入研讨。

一

首先从现实层面来看，"当代性"之凸显与当代人文研究所处的新语境，所出现的新情况、新问题，以及传统文化在当代的境遇密切相关。自20世纪90年代以来，世界历史进程出现了许多令人瞩目的变化，政治格局的巨变，高科技的飞速发展，全球化的迅猛发展，使整个世界已经处于一种普遍交往的时代，这一交往当然也包括人文方面的思想价值学说的对话交流，以及相互碰撞和相互渗透。同时，随着中国经济力量的日益强盛与文化自信心的逐步提升，当代中国的经济、政治、文化正在世界范围内产生着日益明显的影响。现实生活情境的重大变化，使包括文学在内的传统人文研究面临着一个新的历史机遇，古代文论在当代的生命力和阐释方向，也就是古代文论的当代性质和当代意义问题，自然便成为学界关注和讨论的焦点，促使学者加以重新审视和估价。

与一味守成的排拒变化姿态、缺乏学理依据的"创新"姿态相比，我们认为，"当代性"问题恰恰触及了当前中国古代文学理论批评史研究如何与新的时代氛围、文化语境同步的问题。这也意味着这种"当代性"的最终实现必须是对新的时代语境的科学理性的认识和驾驭。20世纪90年代以来，中国古代文论研究的学术理念和方法论逐渐呈现出一种多元化的走向。应当承认，在这种多元化的过程中，学人们的视野比以前宽广多了，学术空间也比以前大多了，这对于学术研究之推进和深化而言，其意义自不待言。但是，总体上来说，相关研究在参与时代重大主题这一点上却仍然存在着很大的欠缺。这其中重要原因之一就在于，从当代中国学术文化、学术建设的内在使命出发，真正关注新世纪中国文学理论“当代性”品格塑造的意识不强。因此，需要强调的是，在新世纪中国文学理论“当代性”问题上，无论文化批评的出场，还是马克思主义文论的重建，以及中国古代文论的现代转化，既是文学理论研究的内部学术自律和理论学术独立发展的必然要求，也是在外部语境发生改变的情况下，文学理论研究为了因应社会历史情境变化所作出的一种因应姿态。必须指出，在“当代性”引领下的新世纪中国文学理论研究，其旨趣并不在纯粹的思维、逻辑驰骋和概念、范畴拼接，它的思想落脚点最终应该是生活和社会历史。因此，提问和阐释水平自然是研究工作得以展开的基本前提，但是决定理论学术前进的最直接的因素却是在重大的时代文化主题方面的发言。这也是我们现在回答和解决“文论何为”这一提问的最基本的一个答案。我们应该清醒地看到，当前的文学理论批评对当下的文学现象的理论反映和学理阐释能力还亟待改进和提高，通过理论批评的学术实践活动而促进文学创作及其传播接受，为和谐社会文学艺术的发展进步和人民的精神生活乃至和谐世界建设而提供审美文化资源方面的支持的功能发挥得远远不够充分。面对我们所处的这个急速变革和发展的时代所不断生成的理论批评方面的新问题、新课题，我们的文学理论批评难免会显现出捉襟见肘的窘态。

在“创新”业已成为最能体现当前时代对于学术文化发展的价值诉求的最响亮口号的背景下，当代中国文学理论研究必然会在不远的将来形成自己的“当代性”。但是任何理论的创新过程，首先都必须对自己所依赖的理论平台(包括文学理论研究学术史在内的整个思想史进程)，以及当代社会历史条件和文化语境变迁等重大问题进行审理，这是一个无法回避的问题。人文思想研究的历史业已证明，一个学科在基础理论构架方面越是缺失，就越是只能赶别人的时髦。正是因为这一原因，在回答当前中国文学理论研究如何进入中国先进文化、和谐社会建设语境以及如何走向当代社会、文化语境这一问题时，必须首先反思我们研究中的价值思维方式和具体的学术理念，通过文学理论研究的“当代化”来促进、实现文学理论的“当代性”，从而促进新世纪中国文学理论研究的进一步发展。就此而言，“当代性”或者“当代意识”对于中国古代文论研究而言，既是一个充满激励性的口号，也是一个富有挑战性的问题。

再从理论层面来看，“当代性”问题的提出，其根本目的首先在于消除笼罩在古代文论研究上的种种遮蔽和误区，以期从学术立场阐发和彰显其当代意义，并为现代人所遭遇的生存困境和文学困境寻找一条可能的解决路径。长期以来，囿于西方近代哲学及文艺学观念，学界往往将古代文论置于近代知识论和知性科学的背景下加以观照，致使对古代文论的本体论价值和当代意义完全估计不足，古代文论的知识特性、表达方式乃至学术担当与价值意义一度就被遮蔽在这种近代误读之中。比如原苏联文艺理论体系所形成的解释框架，囿于近代哲学的知识论和本质主义的思维逻辑，坚守现实主义反映论等等，就是这种近代误读的典型，它们对近六十年来的古代文论研究均产生了程度不等的影响。正因为如此，相当长时期以来的置于西方近代哲学阐释框架中的古代文论研究，在总体上并不能展现传统文论的知识宗旨与精神特质；而以“通史”模式书写的传统文艺理论教科书，又并不以历史材料本身状况为根据，而是从现实政治需要出发，从意识形态的各种结论中提炼、拼接出各种主义和体系，然后套用到对传统文论经典文本的阐释上。基于这样的误读而建构起来的古代文论体系，在历史依据与理论逻辑两大基础性问题上并没有得到真实有效的论证，其知识合法性确实存在很大问题。凡此种种遮蔽与误读，使得古代文论在当代知识状况下被看出是过时的理论，认为其缺乏对当代问题的回应功能，所以，古代文论的“当代性”问题的提出，首先便是针对这种对于古代文论的近代误读，并导致其当代意义被遮蔽而言的。

纵观一个世纪以来的中国古代文论研究学术史，几代学人不仅在具体的理论阐释观点方面“当代化”的速度很快，而且在学科理念和方法论方面求新、求变的自觉意识也越来越强盛。这对于中国古代文论研究的进程产生了极大的学术推进作用。事实上，中国古代文论研究的百年学术史，从研究理念、研究方法、价值目标，一直到研究中所具体运用的知识工具，乃至于研究范式的形成与嬗变，都是导致学术创新、学术增长和学术范式生成的最为直接和有效的驱动力量。所以，如何在当代思想文化和学术语境下阐发传统文论的“当代性”，如何使对于传统文论研究的“当代性”达到一个在历史和逻辑两个层面既适合当前学术文化和理论话语建构所需，又符合深化传统文论研究的自身的学理要求的准确定位，对于推动中国古代文论研究的进一步深化便具有关键的意义。更为重要的是，中国古代文论“当代性”的建构，是与中国传统文化的复兴密切相关的，它理当成为21世纪中国文化新秩序建设中的重要组成部分。

古代文论对于当代文论话语建构具有不可或缺的思想和知识资源的意义，对于这一基本性质判断，迄今为止学界并未作出明确的界定。但是，在如何理解和估价古代文论的当代性及其基本内涵和缘由等问题上，研究者从不同角度，阐发了不同的看法。这些不同的意见，涉及了古代文论“当代性”问题产生的历史和现实语境，以及实现古代文论当代性价值的具体路径，因此出现分歧是再正常不过的事情了，而且这种分歧也有利于深化对问题的思考。

二

从哲学上来说，时间与空间乃是一切事物基本的存在方式，因此，我们考察古代文论当代性问题，也同样可以从文化时空两方面展开。

我们先从文化时间也就是历史的角度，来看古代文论的当代性问题。古代文论“当代性”问题的提出和强调，首先是为了突破中国文学理论进一步发展之瓶颈，而这种瓶颈又突出地表现在历史地形成的中国当代文艺学的文化无根性危机与古代文论在当代语境中的知识合法性危机两个方面，也正是在对这历史地形成的双重危机的超越中，古代文论之“当代性”获得其独特的时代意义，即只有首先将其纳入对中国当代文艺学文化无根性危机超越的进程中，古代文论知识合法性问题或可有望得以解决。

首先是广义上的中国文学理论学科发展到当下遭遇到了瓶颈。从20世纪90年代初开始，重新获得生机不久的中国当代文学理论就又面临着双重的挑战：一方面，是来自现代西方的文学、文化理论以及美学、哲学观念的挑战，蜂拥而至的各种名目的新“学说”、新“主义”开始在思想和知识两个层面上冲击着我们原有的文学理论；另一方面，中国市场经济的深入推进所引发的社会转型，也对包括文学艺术在内的整个人文活动提出了挑战，当然同样也对文学理论提出了挑战。以历史的眼光来看，在中国文学的现代化初期，西方文学及其理论被视为最先进、最现代化的典范，那时人们普遍认为，为了迅速实现现代化就必须不断接受这些资源，在相当长的历史时期内，这似乎是个毋庸置疑、不证自明的问题。但是，在经历了一个世纪的现代化之后,加之国际环境的重大变化,在我们看来,如果继续单纯地接受西方资源,似乎越来越成为问题,在对西方新潮疲于奔命的一轮又一轮的追逐中,我们的文化焦虑越来越强烈,文化认同感的缺失给我们带来了越来越大的精神压力,此即中国当代文艺学的文化无根性危机。古代文论"当代性"问题的凸显,即与此危机密切相关,更为重要的是,充分重视并发挥古代文论的"当代性"价值,乃是克服长期存在的中国当代文艺学文化无根性危机的重要途径之一。

从文艺学的整体来看,古代文论的当代性问题确实是一个开放的、可期待的思想视野。从我们所面临的当代文艺学的文化无根性危机问题来看,从当下各种阐发古代文论当代意义的"接着讲"的基本路径来看,古代文论的"当代性"仍然有待于通过回顾、对话、重新提问,才能得以重新发现和理解。古代文论的当代意义需要不断地生成,它并非是一个现成的结论体系,而是一个始终处于阐释过程之中的问题,因而它就不是一个封闭的体系,而是一种有待激活的精神资源。打个比方说,当我们说到发挥古代文论在当代文艺学理论建构中的作用时,并不意味着是在强调要服中"药"以排除西"毒"。虽然在中国现代文论的发展过程中,出现了严重的传统断裂现象,但是古代文论作为某种精神基因,依然潜隐在中国现代文艺学的肌体之中,只是从其体外移植进去的西学基因反客为主而压制着这些基因,使这些基因似乎处于一种休眠状态,而我们现在要做的正是要激活这些蛰伏着的基因。如果把古代文论设想成早已完全剥离于中国现代文艺学肌体的某种要素,似乎未免太低估了我们文化传统的伟大而深厚的精神力量。同样,我们也应该理性地看到,中国文艺学经历了一个世纪的现代化之后,西学因素也已经成为其肌体中无法剥离的基因,而并非是某种可以通过外科手术可以切除的附属物,对此我们应该有清醒的认识。种种或隐或显的文化原教旨主义的问题,首先还不是偏激不偏激的问题,而是可行不可行乃至必要不必要的问题。随着新世纪中国综合国力的进一步提升,我们的文化自信将不仅表现在对我们悠久的文化传统更充分的发扬上,同样也表现在我们将以更加开放、包容的胸怀对西方及一切有益于我们的其他民族文化的更充分的吸收上。

其次,作为中国现代文学理论研究的一部分,古代文论研究的进一步发展还遭遇到一些特殊的瓶颈。如果说相当长时期以来不断追逐西潮的一般文艺学研究,遭遇到了文化无根性危机的话,那么,古代文论研究所遭遇的则主要是知识合法性危机，对此双重危机的同时超越，应是中国当代文艺学研究整体突破的重要途径，而在此境遇中，古代文论的“当代性”问题，将会越来越充分地展示其非常独特的时代价值。

从积极的一面来看，现在许多学者宁愿把“古代文论”称之为“中国文论”，而这种提法的变化，虽然不乏后殖民语境的色彩，但是，我们从中也可以领悟出当代学者不但在文化的自信心上较之20世纪早、中期的学者有了很大的提高，而且对于传统文论的当代性和当代意义，似乎也已经达成了相当程度的共识。我们应当看到，无论是惊呼当代文论之“失语”，还是提倡古代文论之“现代转换”，既有其深刻的历史和现实的文化背景，也体现了当下中国极其复杂的时代文化、学术特点。这种情形近年来得到了学界同人的普遍关注，尽管对这一情形进行现象描述和实质分析很不容易，甚而至于是一件很艰难的事，但是大致说来，这种学术文化特点，既是近代以来中西文化碰撞和冲突的历史延伸，与全球化思潮所引发的文化自省和自觉意识等相关，又与改革开放以来中国经济腾飞给我们带来的逐渐提升的文化自信心密切相关；这种情形一方面昭示了文论研究领域面对当下文化、文学语境的现实问题时的束手无策的窘迫困境，另一方面却又演示为口号式的学术上的浪漫主义，有着极强的实用主义的功利性。这种情形对当代中国文艺学的影响将会是长期而深刻的，也是当前文艺学研究所处的语境和面临的一个主要问题。

在西学的不断冲击下，古代文论的知识合法性危机一次比一次更突出地表现出来，遂成为一个多世纪以来学界不断商讨的中心议题之一，而总体来说，古代文论知识合法性危机在当下不是缓解了，而是更加凸显了。一个不可回避的事实是，百余年来的西学东传，对我们的生活方式，进而对我们的经验方式、审美感知、言说方式乃至知识结构的改造，事实上构成了对古代文论经验方式的严峻挑战，并在某种深度上早已改塑了古代文论既有的文化品格，因此，一种原原本本的古代文论之完全复原已似乎无可能。

所谓的知识合法性问题，隐含的前提问题就是：谁合法？谁立法？对此，学界大体上有两种视阈或立场。一种情况是，认同西方文化的学者深受西方中心主义、逻格斯中心主义的影响，以古希腊，尤其是亚里士多德诗学理念以来乃至近代西欧诗学、美学的范型为主要参照，以“五四”以来的科学、理性、进化为尺度，认为中国古代充其量只有文学思想，而没有严格意义上的文学批评理论；另一种情况是，同情传统文化的学者认为，近百年来，我们所受的均为西方文论的训练熏陶，即使是主观感情上认为自己是在弘扬传统文化，但解释框架都在西方文化之内，因此在实际操作上，仍然是用西方的话语工具来宰割中国本土文论，形成了“以西释中”的解释传统与思维定势，因此并没有真正发掘出中国文论的真髓。以上两种情况尽管立场不同，但有相通之处，即都认为在百年来的传统文论研究学术史中，“立法者”始终是西方文论，我们的阐释话语中的对传统文论的知识合法性所进行的种种辩护，始终是从西方文论那里获得支持和验证的，而问题恰恰在于古代文论研究能否仅仅从西方文化尤其是从其文论中直接获得应有的知识合法性呢？

古代文论研究作为一门现代学科得以建立和发展，主要是仰赖当时所移植进来的西方现代学术建制，而其合法性则主要受到了同样源自西方的科学主义的支撑，在当时指导所谓现代化的“新文学”的主要是新输入的欧美文学思想理论，而中国文学批评史研究作为“整理国故”的一部分，与“新文学”的创作批评实践并没有多少直接关联，让古代文论远离中国现代文学的创作实践，这近乎是一种“去势”的做法，但似乎也正是这种“去势”，使古代文论的现代研究反而获得了合法性，进而也获得了相对平稳的发展。在科学主义屏障的保护之下，加之学科甫建，古代文论第一批现代研究者似乎还没有时间来反思所谓知识合法性等问题，相应地也没有我们今天如此严重的文化焦虑。

最近几年越来越凸显出来的古代文论知识合法性危机，又具体表现在古代文论研究的基本方法论和理论框架之中。在讨论借鉴西方文论的观点、方法解释中国古代文论这一问题时，多少年来一直被反复提倡因而成为研究中的一种主流方法，即用西方文论的学术范式、理论框架、概念和观点以及问题域来选择、梳理和阐释中国传统文论思想，现在最为关键的一个问题恰恰就是这种学术方法在知识和思想两方面是否具有合法性。近年来，包括笔者在内的一些学人对此提出了一些质疑。毋庸讳言，自 20 世纪 80 年代以来，中国古代文论作为一门学科的合法性即不断遭到质疑，其研究范围与边界、研究方法与方法论体系、理论资源与价值标准、批评史观与叙述范式，这一系列问题始终处于争论不息的状态。实际上，从 20 世纪初中国古代文学批评史学科的建立，到 20 世纪 80 年代的重写文学史理念的提出，再到 20 世纪末重建中国文论呼声的出现，中国古代文论研究所取得的进展，总是与自身的合法性危机意识联系在一起的，只是这种危机意识在当今的全球化语境中表现得更为突出罢了。另一方面，由于古代文论的研究对象似乎远离了人们的当下存在意识与审美体验，对于它所存在问题的研究梳理，是否可望从一个侧面联结中国文化的过去、现在和未来，对此，学界还是心存疑虑的。这种状况的形成，与中国社会的现代化进程息息相关，也是中国现代人文社会科学建设中很多隐而未决的问题淤积而成的结果，其中很多的因素并不是仅仅可以从学术的角度能够阐明的。

历史地来看，在用西方文论话语作为知识工具来解读和阐释中国古代文论时，自然会产生新的学语，并且以这些新学语为连接点，组成了有别于传统诗文评话语系统的新的现代批评史话语系统。在这些新学语的产生过程中，承传与重构的双向交织现象必然非常突出，有意和无意以及两者之间的误读所造成的话语系统中名词术语方面的文字标识的置换，也就成为必然之事。但是，关于这一问题，如果我们仅仅注意这种置换所产生的文字标识、言语外壳表层等现象是远远不够的，而更应该沿着思想、文化史的学术理路，深入分析其深层所发生的两种处于不同时空以及民族性方面也截然有别的文化之间相互观照、相互涵化的跨文化交流和融合的实质，而不能表面、片面而极端地认为古代文论现代研究就只是西方文化向古代文论单向殖民的结果，如此方才可以接近问题的实质，才能获得对于问题本身的深解和正解。

此外，理解和阐述过程中的误读，固然容易或曰必然要受到中西文化营垒两方面的责难，比如持西学文化价值立场和知识工具的人会提出其所导致的西学思想、知识信息的变异和丢失，而持中学文化价值立场和知识工具的人则会提出其所导致的传统思想、知识信息的扭曲、变异乃至丧失。我们看到，一个世纪以来，在关于传统文论现代性生成过程中的一系列大的讨论、争议，大体上都是由此而引发的。但是，对此我们也要辩证地看到它的积极性方面，就是其至少说明如同汉字文化圈构筑的近现代文化一样，传统文论在现代文论中并没有完全地缺席，而是在顽强曲折地发挥着作用，而西学与中学原有部分信息的遗失、变异，恰恰是中西双向互动而有所选择的结果。

实际上，不管怎么说，“中国文学批评史”学科建设的历史，实际上就是用与中国文化非常不同的西学范式来格义的历史，其间所经历的种种曲折坎坷、经验教训都是值得重视的。前辈学人以他山之石，如柏拉图、亚里士多德、康德、黑格尔、弗洛伊德、海德格尔等人的思想，来建构中国的文学理论，尽管运用的已经不是原本原色的西方思想或方法，但是均有不同的发现并取得不同的成果。从陈钟凡、郭绍虞、朱东润、方孝岳、罗根泽、刘大杰到第二代、第三代研究者等，皆有大小不等的贡献，各种尝试均有一定的价值与意义。事实上，“中国文学批评史”学科的形成过程本身，就正是中国古代文学思想与西方文论相互对话、相互比照，乃至融合互渗的过程。而中国古代文论学科今后进一步的发展与深化，将仍然离不开中西文论多方面更加深入的交流、对话与沟通，在这方面，西人的现象学、解释学给我们提供了可资利用的新视阈与方法，但对古代文论相关范畴、概念的整理、解读的方法，则需要更进一步结合传统文论经典文本的特性和古人的思维方式来为之，尽可能避免牵强附会或削足适履。我们应该尽力发掘中国文论不同于西方文论的特性与价值，改变裨贩跟风、移植对接的学术状况，但是，我们也应该明确地意识到，中西学术的交流互渗已是不刊之事实，因而中国文论的学术生长和发展，也必须在全球化与本土化之间保持必要的张力，尤其是中国文论的研究范式，更需要借鉴与更新，这样才能避免画地为牢、自说自话。

三

以上主要是从学术思想的内在理路而展开分析的，除此之外，我们还更应关注国内外新的时代状况对古代文论研究的影响。伴随着改革开放以来中国社会的发展，思想文化领域也出现了从“政治中心”到“经济中心”到“文化中心”的巨大转变，中国古代文论的研究也经历了从意识形态化到学术化研究范式的转变，当然，这也是当代中国人文科学研究的一种共同发展趋势。实际上，在更大的范围内来说，中国文论研究的这种变化，也是整个中国当代人文社会科学发展变化的一个部分，因此，它与人文社会科学研究的整体性转变是具有内在一致性的，而这大体上又可以从内部语境与外在语境两个方面来分析。

由内而看，中国现代文艺学的建立，是与国人引进西方社会科学的知识运动同时展开的，本身就是援西入中的一部分，这不仅表现在其学科性质、理论框架、研究范围主要是从西方知识范式中直接移植过来，而且在深层次意义上还意味着西学中这一系列的理论预设与研究方法在中国文艺学场域中被赋予的正当合法性。中国现代文艺学的这种天生“舶来性”与意识形态“宰制性”，在一定程度上自然形成了对于古代知识系统的排斥，这也是导致古代文论话语系统被迫边缘化的重要原因之一。不过，情况可能并不是这样简单的，从更深一层看，这是与整个人文社会科学生长的现代社会环境休戚相关的。

随着现代社会整体结构的转型，人类知识的增长方式也发生了根本性的变化，古典时代文史哲一体的智慧型知识系统，已经分化为专业化、工具化的科学与技术知识，用康德的划分，就是“纯粹理性”与“实践理性”，用现代学者的说法，就是“可编码的知识”与“意会性的知识”，或者“科学知识”与“非科学知识”，这也是对科学知识与人文知识巨大分野的一种现代表述，在数字化、定量化、可通约性、可重复性成为超级意识形态的今天，作为一种特殊的人文知识，古代文论本身并非现代意义上的科学知识或可编码化的技术知识，其知识宗旨首先是一种价值与意义，而非客观的普遍真理，因此，在现代社会对于知识需求发生总体转移的状况下，古代文论与其他传统人文学说一样，边缘化的命运不可避免。因而，我们可以说，现代社会知识结构的分化，也正是造成整个人文研究边缘化的内在根源。以上诸种因素，构成当下古代文论研究的不容乐观的知识状况，即内在生长乏力，外在形势严峻，理论创新与思想活力严重缺乏。

由外而看，近年来，世界范围内的人文理念、文化立场与出发点均发生了程度不等的范式转变。我们已经从单一的西方或欧洲中心论转变到多元立场、多极世界，黑格尔式的一极世界文明观业已被雅斯贝斯式的多极世界文明突破论所取代，因此，一向被视为具有普遍世界意义的西方价值标准也就转变为中国文化的参照系统和可资利用的对话资源了。同时，西方近代二元对立的思维模式也在逐渐转变，如主体与客体的对立、人与世界的关系，也由认识自然、征服自然和改造自然转变为人与自然的和谐相处；传统与现代的不相容，也逐渐转变为双向互动、视野融合的立场，或者说从传统叙事与启蒙叙事的价值冲突转向两者紧张关系的缓解；强调抽象概念、普遍意义的历史价值观也开始转向注重古今相通的整体意义，注重具体性、地方性的差异。

在这种背景下来重新审视古代文论当下的研究状况，总体上可以说，古代文论的研究正在进行自我文化身份的重新认同，可以说这一认同过程同时也是古代文论研究者自身文化身份和本土意识的一个重新回归过程。通过分析我们可以发现，西方近代以来专业化、工具化的“可编码的知识”或“科学主义”，其知识霸权已越来越受到当代人文知识分子的质疑和挑战，而这无疑也正是与此异质的古代文论重获知识合法性的重要契机，也为古代文论获得当代性价值提供了一个新的生长点。至于这个过程是长是短，现在尚难断言，但无论如何，关键在于我们已经在路上了。

强化文化认同的一个重要环节，是对古代文论的基本方法论特点及与之相关的思维特点的重视和研究。目前，我们对于中国传统文论自身的特性及治中国文论史的方法学，仍然在探索之中。今人应该有自觉自识，在自己的学术实践中致力于发掘中华民族原创性的诗性智慧与古已有之的治学方法，予以创造性的激活乃至转化。华夏民族长期的生存体验形成了对于宇宙世界、社会人事的独特看法，由此培育了传统文化中三才合一、整体圆融的观念与觉识。在古人的文化视野中，人象天法地，在构造上相同，在精神上共感，在表象上互为因果，人与天地、情与景、主体与客体、内根与外境浑然为一，天人、道器、体用贯通一体，神形、心物、知行一面两体，这就自然打通了“人与物”、“人与他人”、“人与自我”之间的二元阻隔，肯定了天地人之间的对话互涵、相成相济、相依相待，加之中国思想传统中言象意的符号系统、中庸平衡的方法论原则、充实与空灵的境界追求、生生不息的创造意识，共同铸造了具有中华特色的知识系统与体认方法。我们要超越西方一般认识论的框架与结构，首先就要认清中西学术不同的差异。梁漱溟先生在《东西文化及其哲学》中指出，东西文化的差异，主要在于两者对待人生的态度不同。西方是一种进取向前的态度，印度与之相反，所持的是一种避世退后的态度，而中国则是调和两者。① 此论大抵是对的，更深一步言，中国主流思想传统中并没有西学那样的主客二分与身心二元以及两者之间的价值冲突与精神紧张，因此，中西文化差异的最根本处，在于对人态度的不同。近代西方文化的建立是在19世纪对亚里士多德逻辑学的回归以及17世纪文艺复兴后科学革命的基础上产生的，故而对于人的认识，西学基本上采取知识方式的对待与类化指标的建构，在知、情、意的整体心理结构中，偏于“知”这一维度的强调。而在中国的思想文化传统中，从来就少有对人单纯进行知识化的处理，因为它所依生的知识体系是在阴阳对待、四时更迭与五行相生相克的直觉感受与天圆地方、天人同感的比附联想中建立的。对于中国古代这种独有的知识结构和体认方法，传统的经学、子学、玄学、佛学、理学、朴学均有自己的认知方法，这些方法需要今人

① 梁漱溟：《东西文化及其哲学》，商务印书馆2000年版，第62～63页。

进行深入细致的梳理与研究，但与古人不同的是，我们今天有了更多的文化参照系统，知己知彼，对于我们更准确地认识文化传统，更增添了一层视野。总之，我们认为，新世纪中国古代文论研究的主体性和学科范式的建立，既需要我们继承发扬传统学术，也需要我们在与西方文论相互比照、相互对话的过程中予以建构，在这一过程中，需要我们有充分的民族文化自信心和认同感，也需要冷静细致的创造性转化工作。就重要性而言，这两者都缺一不可。

那么，究竟何谓传统文论的“当代性”？我们将其概括为：“当代性”是传统文论的资源价值意义与当代文论话语建构的理论资源诉求相适应的一种理论视阈，“当代性”是传统文论参与当代文论话语建设的切入点，“当代性”是传统文论与当代文论互相融通的内在结合点。“当代性”实际上体现、渗透在现代阐释之中。因此，从古代文论的经典文本和原初意义出发，发掘和阐明古代文论经典文本的当代意义，应该成为一项基础性的工作。历史地来看，古代文论经典文本的原生形态是真正代表古代文论精神实质的理论表述，它与再生的现代文论形态存在着重大差别，其经典性和原创性的获得，跨越了数千年历史文化的检验，其学科知识谱系的呈现连贯而完整，文本自身的思想影响力持续而长远。因此，在研究过程中，我们应该重新认识古代文论的原初性的事实本体与整体性的真实面目，回到体现古代文论精神本真的原初形态与历史情境，并以之作为我们继续前进的出发点。从本质上看，经过系统的整理与阐释，回到古代文论的原生形态，寻找其新的理论视野和理论生长点，既能超越百年来学界谈论古代文论的“合法性”危机问题，又可以克服当前文艺学研究繁荣景象背后所显露的文化无根性困境，其意义和价值是不言而喻的。同时，这也是与当代中国的精神文化建设方向相一致的。进一步说，作为时代文化精神的彰显，充分发挥古代文论的“当代性”价值，有利于我们对于时代问题的本质性进行反思，对时代文化表征（症候）进行解答。因此，立足于时代特有的文化问题和境域，充分挖掘和发挥古代文论的当代意义，就成为新世纪中国古代文论研究的主体性和学科范式反思与重构之关键。

（原载《江西社会科学》2009 年第 4 期）

对话与中国古代文论当代性意义之生成

中国古代文论“当代性”问题，而今越来越受到学界的重视。如果说“一切历史都是当代史”的话，那么，古代的文学思想，在本质上都具有当代性，理当属于当代文论的范畴。问题在于，古代文论的“当代性”并非在任何历史与文化状况下都是特别凸显的，而其凸显显然有着现实和理论等诸多方面的深刻原因，也就是说其当代性意义存在着一个现实生成的问题。当代性问题关涉到对古代文论乃至传统学术的生命力及其当代呈现的基本估价，同时又关涉到西方文论乃至西学传统的中国成像及其发展前途。因此，基于现实和理论两个方面，古代文论的当代性问题，理当引起理论界的广泛关注和深入研讨。

促进传统文论当代性意义之生成，自然具有多方面的途径。其中通过中西、古今两个维度的对话来揭示古代文论的当代性意义是重要途径之一。因此，对话应该也可以成为我们探究古代文论当代性意义的一个交汇点，中国古代文论的当代性意义和价值可以在一种持续而深入的跨文化时空对话中不断地得到彰显和关注。本文试图对此问题予以析解，提出自己的一得之见，以就教于大方之家。

一

以形而上学、主客二元、本质主义等为特征的近代西学思维方式，已越来越陷入困境，当代西方思想家已经认识到，很有必要超越对人的社会化实践的一味强调以及人的自主性和中心主义的过分张扬，重建一种“人与物”之间的对话与交流模式，由“我与它”转向“我与你”①，如此以达到万物一体、主客不分的境界，以适应当代社会的时代精神对于新的理论思维范式的需求。一直追随西方文论而实现自身现代性的中国文论，也随之遭遇到了相通的“当代性”问题，在这里对我们最具激发性的是这种强调人与物（自然）之间亲和协谐关系的理念，恰恰与我们传统的文化精神颇为接近，此或正可谓跨越时空之殊途同归，而这无疑正是我们当下在中西文化对话中，发现和揭示中国古代文论当代性意义、寻求和实现其当代性价值的重要机遇和基本平台。

具体地说，与当代西方文艺学一样，中国古代文论本身也内含着一种超越“现代性”的价值立场和精神底蕴，在后现代的语境中，中国传统文论拒斥技术化与功利化，追求价值与意义而非普遍真理等被“现代性”解释体系所忽视或遗忘的部分，反而可能得以彰显而大放异彩，因此我们或许可以从传统文论之价值话语系统中发掘出对工业现代化社会种种文化蔽相以及“现代性”偏执的负面效应的批判性因素，传统文论对整体性思维方式的执守，与后现代思潮对“现代性”的解构之间有着较为相似的理论诉求和一致的价值向度，所不同者，只是在于两者的路径，一正一反而已。因此，从这一特点和意义上来讲，古代文论的“当代性”问题，也就在于其关注的问题在当代并未过时，正是共同的时代课题，把我们的传统研究与西方文艺思想联系在一起。当代人类生存和发展所遭遇的主要矛盾，已经不是传统意义上人和自然、人和人的矛盾，而是演变为人与自身所创造的物质世界、人的物质活动与精神异化之间的矛盾，因此，对于工业文明的批评和对人类文化走向新开端的引导，成为我们这个时代的主题，正是这一时代主题，使古代文论的精神价值得以重新呈现并使之具有“当代性”的品格。面对新的历史境域，面对全球化以及后现代思潮的冲击，置身于中国先进文化、先进学术建设的大潮中，发扬和彰显古代文论“当代性”的学术使命，从来没有像今天这样显得紧迫和重要。当然，围绕这一重大课题，不同学者，

---

① 德国宗教存在主义哲学家马丁·布伯在《我与你》中，将对象化的主客关系称为“我一它”，即自我世界与“它”之世界的二重性，世界于我便是相对立的“它”者。人通过筑居于“它”之世界，利用与我相关联的一切在者获取经验，满足欲望。布伯认为，人类若没有这种对象化的活动，就不能产生科学。但是，假如一个人仅仅停留于这种态度的生活，那人也就物化，失去了作为主体的意义，他就不能成为一个真正的人。参见马丁·布伯《我与你》，陈维钢译，三联书店1986年版，第45～51页。

基于不同的文化立场和身份认同，必定会采取不同的途径和方法来加以探究，而从“当代性”之开放性品格来看，这一点又是非常必要的。

西方文化的后现代转换，无疑会增强我们对自身传统文化的自信，至少我们会清晰地认识到，我们的传统文化并非像西方近代文化所认识的那样，是与现代文明截然对立的落后、低级乃至劣质的文化。西方近代的进步主义逻辑已使西方人自己颇为吃了一些苦头而有所醒悟，因而对我们无不具有殷鉴作用。当然，我们同时也要警惕一种虚幻的文化上的妄自尊大，以为三十年河东三十年河西，文化、文论上的“东方世纪”乃至“中国世纪”终于到来了，从此西方文化、文论将日趋没落，中华文化、文论将日趋强大，并最终将取代西方文化、文论的霸主地位。如此认识，其实恰恰依然沉陷在西方近代的二元对立及进化论模式中。我们说中国传统的文化智慧与西方后现代精神存在着某种相通之处，但是同时我们又必须指出，中国传统文论的当代性价值并不像某个现成存在的对象一样，可以从故纸堆中随手翻检出来，传统文论当代性意义之实现仰赖我们今人创造性的诠释或诠释的创造性，只有在创造性的当代诠释中，传统文化的当代性价值才能得以实现。而在当今的思想、学术活动得以进行的整体性语境中，要实现创造性诠释就离不开对话，对话的精神是亦此亦彼的共存共容的平等精神，而非非此即彼的文化进化论精神。因此，揭示和实现传统文论的当代性价值，依然离不开中西对话。

在哲学解释学的语境中，解释就是对话，就是理解，知识在对话中生成，理解本身就是一个对话事件，理解的过程就是一个对话的过程，对话与理解是相互贯通的。因此，我们可以说“对话”本身并非仅仅是一种方法论，而且还具有本体论的意义。伽达默尔认为：“只有当解释者倾听文本或世界，让文本或世界坚持它的观点，从而使自己真正向文本或世界开放时，解释学的对话才能开始。”①在解释者和文本或世界之间进行的解释学对话，可以使问题充分敞开并得到深度揭示，从而使新的理解成为可能。正是在解释者的视界与文本或世界的视界之间的相互撞击中，在参与性的对抗中，意义得以生成，它既开放了解释者的视界，也开放了世界的初始视界，并形成新的可能性视界。在解释学的对话理论中，语言提供了对话和

---

① (德)汉斯—格奥尔格·伽达默尔：《哲学解释学》，夏镇平等译，上海译文出版社1994年版，第11页。

表述的基础，是对话双方理解的媒介，并使对话者处于一个共同体之中。因此，理解在本质上是语言的，知识本质上也是语言的，语言是一切知识解释的结构因素，“在所有关于自我的知识和关于外界的知识中，我们总是早已被我们自己的语言包容”①。之前的海德格尔也一再提醒我们：“语言是存在的家。人以语言之家为家。思的人们与创作的人们是这个家的看家人。”②不难看出，在哲学解释学的对话理论中，语言不仅是类话语表达方式，而且更具有价值本体论的指向。

二

在当前可资借鉴的西学理论中，对话理论主要有三种，除了上述解释学的交互方式（主要强调的是人与语言、历史传统的对话）之外，还有巴赫金的对话理论和哈贝马斯的交往理论。巴赫金认为，理解包括两个主体各自独立且处于相互对话地位，因此理解在任何时候都具有应答性，也孕育着对话。对话是意义的呈现，意义来自于对话过程，意义的多面性不是在一个固定的视点或者单一的话语中就可以全面地观察到，相互矛盾的真理，需要在一种对话关系中得以凸显。③ 相对而言，巴赫金更多强调人与文本、文本与文本之间的对话，而德国哲学家哈贝马斯则相对强调主体与主体的对话。哈贝马斯把对话作为解决现代危机的基本方式，他认为知识的真理性只有通过话语的交往过程，即参与者不受外在和内在的任何压力和制约的理想的对话状况，才可以判别。真正的理性应该是在一种公共对话的空间体现，个人与个人之间、主体与主体之间通过交谈、对话，共同诉诸理性，才能达成某种程度的共识。哈贝马斯强调，要达成所谓的“理想的谈话环境”，对话是唯一可行的途径。④

与近代传统哲学的主体性原则重视、强调人对自然的改造、斗争不同，当代西方人文思潮转向重视、强调人与自然、人与人之间的交往与协调。

---

① （德）汉斯一格奥尔格·伽达默尔：《哲学解释学》，夏镇平等译，上海译文出版社 1994 年版，第 63 页。

② （德）海德格尔：《关于人道主义的书信》，见《海德格尔选集》，孙周兴编译，上海三联书店 1996 年版，第 358 页。

③ （俄）巴赫金：《文本问题》、《1979－1971 年笔记》，收入钱中文主编的《巴赫金全集》第二卷，河北教育出版社 1998 年版，第 302、393 页。

④ （德）哈贝马斯：《后形而上学思想》，曹卫东、付德根译，译林出版社 2001 年版，第 53～89 页。

哈贝马斯的对话交往理论也就是把哲学的重点由认识并征服自然的旧传统转向人与自然、人与人之间的相互交往与相互理解，由人对物的主体性转向人与自然、人与人之间的“互主体性”，因此，对话式是哈贝马斯论理学区别于传统哲学独白式的重要之处①。我们以此来观照中国古代学术思想，无论是孟子的天人相通、董仲舒的天人感应，还是朱熹的“与理为一”、王阳明的“吾心即理”，其意义的形成，都无需经过主体间的任何对话即可以确定的，这些“道”或“理”，都是“天”、“圣”之心独白式的产物，是天经地义、不证自明的存在，因此，古代思想家中（除老子）大抵缺乏形上的思考，将终极意义直接挂在“天”、“道”、“气”上，是颇为常见的做法，我们从《文心雕龙·原道》开篇中就能很明确地看到这一点。因此，从这个意义上讲，西方的对话理论，对于我们重新认识自己的传统，反省传统思想文化中对话意识之缺乏，有很大的借鉴价值。

总的来说，哲学解释学以及巴赫金、哈贝马斯等所谓的对话主要还不是指跨民族文化的对话，但其所倡导的对话基本精神原则，同样适用于不同民族之间的跨文化对话。国内有的研究者已从生存论的境域展开与海德格尔的对话，指出老庄之学与海德格尔在面对生存困境时，对形上意义的评判与超越具有深刻的一致性，而对于本体世界的探讨又体现出深刻的差异性，因而这种中西对话不仅对于文论的过去而且对于文论的未来均有着重要的意义。与当代西方阐释学的对话也是一个极为重要的领域，有的研究者将古代文论的经传传统与西方阐释学的方法进行比较，从两者的异同来探究当代文论的发展方向，认为古代文论解释传统中包含了与西方阐释学相通的方法，这种看法在很大程度上已被学界所接受，甚至有人认为，以此为契机，可以重建中国式的解释学。这种对话式研究的展开，无疑会使古代文论及其当代品格的研究更为深入和广泛。

“差异”是对话的基础，也是要进行对话的必要性所在，而之所以可以建立中西文化、文论的交互对话方式，是因为我们首先承认中西文化、文论存在着各自特色鲜明的知识特质。但是，这只是问题的一个方面，问题的另一方面在于，我们也必须承认在以往的东西方文化、诗学发展过程中，存在着诗心、文心相通甚至相同之一面，此即钱锺书所谓之“东海西海，心理

---

① 张世英：《天人之际——中西哲学的困惑与选择》，人民出版社 1995 年版，第 214～216 页。

攸同，南学北学，道术未裂”①者也。所以，我们又必须承认在长期的文化、思想发展过程中，人类创造出了特色各异的知识和思想，而在这些知识和思想中大体上又隐含着一个相对的知识共同体，在中西文化、文论对话中，尤其是在当下全球化语境中的中西文化、文论对话中，如果不承认各个地域性知识之间具有一定的可通约性，即不能在异中看到和发现同，那么在对话中我们得到的只能是无限的差异性和对抗性，而这样的对话最终将丧失一切意义，所谓文化、文论的古今中西之间的“大视界”也就是一句空话。特别是当下我们在强调文论知识和思想之多样性和丰富性时，如果还习惯于将各种文明对立起来，那就意味着我们不仅假设了一个无差别性的中国文化，也假设了一个无差别性的西方文化。而实际上，文化的差别既存在于中西文化之间，也存在于中西文化各自的内部，在不同文化的内部，又有时间和地域上的差异。以中国古代文化的区域性而言，从《诗三百》、《离骚》时代开始，就已经形成了不同的文化系统，每一个系统中间又有若干小的分支系统，而从秦汉以来的《吕氏春秋》、《淮南子》开始，就有了明确的文化整合意识。近人刘师培在20世纪初所作的《南北学派不同论》中，以黄河为界，概括论述了南北子学、经学、理学、考证学、文学在不同历史时段的特征，并更进一步指出，《诗三百》中雅、颂与国风，不仅有南北文化的差异，也有治世与衰世风格上的区别。② 今人也有以京派文化、海派文化、巴渝文化、关中文化等来分析中国不同地域的文化特征。作为“地方性知识”的一种，区域文化与区域文化、区域文化与国家或精英文化之间复杂、长期的历史互动，共同构成了研究者在某一“共时态”中见到的作为一体的中国文化。以西学而言，历史上的西方哲学也是形态各异的，并不存在一个普遍的西方哲学，比如现在普遍认为只要是探讨自然、社会、人之本原及其规律，思考宇宙人生的终极意义，追求精神智慧超越的，不论内容形式如何，都是哲学性的思索。张世英先生认为，“爱智的”在赫拉克利特那里，就是指人对万物（一切存在者）合而为一的一种协调一致的意识，当时还没有“哲学”一词。到了黑格尔，只把普遍性概念、理念构成的抽象世界的学问视为哲学。至于海德格尔，则把赫拉克利特、巴门尼德等人称为思想家，不

① 钱锺书：《谈艺录·序》，中华书局1984年版，第1页。

② 参见刘师培《南北学派不同论》，原载《国粹学报》第二、六、七、九期，1905年3月25日至10月18日出版，收入《刘申叔先生遗书》第15册，江苏古籍出版社1997年影印本。

叫哲学家。对此,张先生认为,他们这种看法并不能概括从前苏格拉底到后黑格尔的所有西方哲学,包括与概念知识系统并存的其他西方哲学。黑格尔、海德格尔对"哲学"的界定与看法,只是一家之言,我们尊重但不一定要盲从它。不是只有符合这种尺度的才叫做"哲学",才具有所谓的"合法性"。如果一定要按照黑格尔、海德格尔的标准,那么相当一部分西方哲学,以及阿拉伯、非洲、印度、中国与东亚的许多哲学智慧都会被抹杀掉。①以上所论,目的在于指出,我们考察文化差异时,要综合考察诸多层面、多种参照的因素,既要有宏观的把握,也要有微观的考察,而不能因为文化的融合一体化,或者是文化宽泛的整体差异而限制了我们的视野——对差异的发现会扩大我们的视野,也会给我们的研究不断地注入思想活力。

三

对话乃是揭示和实现古代文论"当代性"意义的一个重要的切入口,如果说现代性进入汉语知识界,是在20世纪中西文化碰撞中,中国文化不得不面对的一个问题的话,那么,对话性则是中国文论在当代语境中谋求发展的主动创新探索,它是中国古代文论在全球化语境中作为一门学科能够得以存在和发展的前提。"对话"本身的含义就极具包容性,这里的对话至少包括两层意思,一是古今(不同文化时间的)对话,一是中西(不同文化空间的)对话,并要在两种对话中搭建一种新的理论平台。

首先看古今对话。这种对话既包括克服古今知识层面上的隔阂,也包括对古人文化处境及心路历程的了解,在这一层面上的"对话",实际上就是把传统文学思想带入当代文化、文论对话中来。在这一对话过程中,我们需要坚持什么样的原则呢?在我们的研究领域内,至今在相当一部分学者的眼里,中国传统文化和文学思想同印度、埃及文化一样,俱属于地方性知识、思想。在他们看来,地方性便意味着特殊性,其与所认同的当代文论知识生产所要求的普适性是相互抵牾的,这种文化间的对抗关系妨害了对话的深入和有效性。情况其实不然,一是对话的深入是一个循序渐进的过程;二是对话的有效性是建立在文化的平等性之上的,以所谓普适性而拒绝承认参与对话的文化之间的平等性,所暴露出的仍旧是一种已经过时了

---

① 张世英:《进入澄明之境——哲学的新方向》,商务印书馆1999年版,第52～58页。

的文化沙文主义心态。所以，在此我们必须同样要倡导一种平等互补的对话精神，如果依然遵循西方近代的进步主义逻辑或进化论模式，以为处在前现代的我们古人的思想总是落后的，而接受了西方影响已被现代化的我们今人则是先进的，那么，就不可能有真正的对话。平等互补意味着，一方面，我们与古人一样都处在特定的文化时空之中，这种特定的文化时空赋予我们与古人不尽相同但却都同样不可避免的历史局限性；另一方面，虽然文化确实总是受到特定的历史时空限制，但文化同样也对特定的历史时空具有超越性，因而可以在一定程度上获得超越历史时空的普适性。其实所谓传统文论从来就不是某种万古不变的实体性存在，一方面，它们总是处在充满差异的历史性的变动之中；另一方面，在它们的内部，又总是存在着相当部分的具有相对稳定的因素，而这些相对稳定因素的普适性往往比较强。因此，古今对话除了需要平等性，也需要我们对古代文论的历史有一个整体性的把握，这种整体性同样也是对话有效性的基本要求之一。

其次看中西对话。中国当代文论话语系统的形成，事实上是西学东渐下现代人文学科创建过程中的产物，这一话语系统之理论体系、结构框架及核心范畴，大体是西方文论的一锅煮，但是，不可否认，传统文论中的一些核心价值成分，也程度不等地潜移默化地融入其中，在此前提下，不管是一味地排斥西学，或者一味地西化，单纯地“以中释西”或“以西释中”，而不是采取在对话基础上的中西互参互照，融会贯通，都极其容易导致内在思想理路上的二元对立模式，故均不可取。那么，一种切实可取的态度，就是将古今、中外不同的文学理念、范畴、体系放在一个交流平台上，逐渐形成有效的对话模式，在这种平等自由对话基础上形成的文学理论才是真实有效的。

在对传统文论进行现代诠释的过程中，中西文论之间的对话应予以提倡和鼓励，但是这种对话应该是平等的、理性的。学界已经认识到，从中西文论中选择一些文论家、流派、命题、术语、概念、范畴、表述方式、承传途径等进行对比分析，了解它们之间在文化内涵和美学意蕴方面的异同得失，可以加深我们对不同文论话语体系以及相关文化问题的认识。比较文论研究的意义，正在于可以为我们提供认识不同民族的文论的精神内涵和文化特点。我们知道，所谓“中国文学批评史”学科，实际上就是 20 世纪初前辈学者们在以西方文学理论批评作为参照系的情况下，以当时所接受的新的西方文学思想观念为连接点，反观中国本土的文学思想与观念，在现代文学理论的视阈中，使用现代人文学术的方法论工具，对传统文论进行阐释，并且进行观念剥离和体系梳理的一种系统建构的产物。如果没有西方文学理论批评作为参照坐标，前辈学者们就无从把包含在经史子集中的浩如烟海的传统诗文评话语，以及包含在这些话语中的理论批评术语、命题、概念、范畴剔选出来，组织建构为“中国文学批评史”。

但是，另一方面，在对传统文论进行现代阐释中，在发掘、体认传统文论的现代意义或者当代性时，我们也要审慎地防止出现这样的当代性误区，就是在问题意识、提问方式、内涵阐释和价值判断等方面，完全以西方文论为选择尺度，以致使得这种阐释成为一种话语和观念的模仿与克隆，最终使得传统文论资源成为西方文论的脚注。这种现象多年来就一直存在，今天依然没有消失。这方面的情况，不但存在于传统文论研究之中，在我们的日常文化活动中也比比皆是。比如，近年来，传统的民俗文化资源和传统节日受到了官方、文化投资商人以及民间的一致重视，而一些民俗学家、文化人类学家则为此充当了文化代言人的角色。这当然是非常值得赞赏的事情，但是问题在于，这些民俗学家在讲述中国传统节日的内涵和强调其价值时，势必要先举出一个洋节日来，然后在两者之间进行比附、画等号，以至于传统节日中的春节被称为中国的“圣诞节”，元宵节被称为中国的“狂欢节”，清明节被称为中国的“感恩节”，七夕节被称为中国的“情人节”。在当今全球化语境中，不同的文化比已往更加需要对话交流，并且在这种对话交流中相互沟通、相互融会。但是，如果一味地在中国传统文化、文论和西方文化、文论之间做比附，那么，除了说明我们的一些阐释者在文化知识方面的偏窄、文化立场方面的偏颇而外，尚且暴露了我们在文化自信心方面的严重不足，其结果就是造成我们传统文化资源意义内涵的严重流失。这些浅显的模仿和比附，虽然可以说明部分问题，在引起人们的关注和参与方面也有及时的效应，但同时也造成了认知上的混乱，消除了不同文化独有的概念所体现的文化差异性。也可能，这样的阐释，其动机是好的，就是鉴于文化大众对于传统文化的冷淡和意义认识方面的模糊，用一种能与他们现实所处的文化语境相适应，因而更能激发起他们的接受兴趣的话语方式来向他们推荐、传播一种文化符号，其用心自然良苦，但是这种将传统文化的“老酒”装进舶来的西方文化的“新瓶”，给传统文化符号披上一件当下消费文化时尚的婚纱，这样的理念和方法，在实质性意义上不但无益于对传统文化的传播推广，而且会让其再经受一次“开发”性毁坏。

关于这一问题，笔者以为罗根泽先生当年在其《中国文学批评史·绪言》中所说的一段话至今仍有积极的意义，他说："学术没有国界，所以不惟可取本国的学说互相析辨，还可与别国的学说互相析辨。不过与别国的学说互相析辨，不惟不当妄事糅合，而且不当以别国的学说为裁判官，以中国的学说为阶下囚。糅合势必流于附会，只足以混乱学术，不足以清理学术。以别国学说为裁判官，以中国的学说为阶下囚，简直是使死去的祖先，作人家的奴隶，影响所及，岂只是文化的自卑而已。"①所以，我们当下的要务应该是以整体还原传统文化的本来面目为前提，在此基础上重建传统文化、文论整体性的符号体系，以加深社会、大众对民族传统文化的认同。

四

我们也应该注意到，中国文学理论批评现代知识形态和话语表述方式的建立，如同中华民族百余年来的现代性进程一样，挟带着不可避免的文化价值评价与文化认同方面的痛感。在这种情形下，各种现代性方案竞相出场，无论是各种现代的或后现代理论话语的追新逐异，或者是有些偏激的文化民族主义情绪，在其特定的语境中都可以获得某种程度的理解和认同。这些理论话语的冲突，在表面上，反映了共存于同一时空中的异质性思想理念在话语权上的争夺；在深层上，反映的则是学界对中国社会所处的历史方位以及对中国文化走向的认识和判断上的冲突，而这又表明学界在这一系列重大问题的认识上，要达到某种意义上齐一的观念认同确实是非常困难的，因此共识还远远未能达成。当然，各种观念之间的冲撞与竞争，各种话语博弈之间的"同调"与"异调"，又不仅仅意味着争论，也意味着对话，而这种争论与对话本身，正好又表明了我们关于中国传统文论之当代性意义的探讨，应该提倡一种观念和话语的平等性与多样性。与"当代性"对应的必定是一个充满多种可能和多种张力的思想系统，因此，在我们讨论传统文论当代性意义的过程中，同样要倡导一种对话精神。

"对话"的另一途径就是从不同的学科视角出发，共同聚焦于传统文论研究中的某一个问题，这样可以建构适合中国传统文学理论批评自身特性的阐释系统。这其中同样涉及我们对历史发展的整体性理解问题。西方近代的历史观是进化论的，同时也是线性的，如此，人类文化的发展就是朝

---

① 罗根泽：《中国文学批评史》第一册，上海古籍出版社 1984 年版，第 32 页。

着一个绝对真理、一个绝对理想的文化样式前进的，在此线性的进步过程中，被后人淘汰的就是绝对没有价值的因素。这种历史观发展到黑格尔达到了登峰造极的地步，其后产生了具有相对主义色彩的历史观，对线性进化论历史观提出了挑战。今天看来，这不仅仅只是观念的差异，问题的实质更在于那种线性进化论历史观与历史尤其文化历史发展的实际情况并不完全吻合。后人对前人文化传统的选择，并不具有凝固不变的绝对的进步性与合理性，后人只是根据自身所处的独特历史境遇作出自己的选择，在这种选择中前人文化传统中被忽略乃至遗弃的部分并不意味着就是绝对落后的。历史的实际情况是，后人可能会跨越自己直接面对的前人而到更远的古人那里寻求自己时代文化发展的动力，这种情况在中国古代文学发展史中的历次复古运动中表现得尤为明显，比如明人批判宋诗而到唐诗中寻求诗歌发展的力量，而宋诗中又何尝没有对唐诗传统的继承呢，一般认为宋人选择的主要是唐诗中的中晚期传统，我们固然不必认同复古主义的历史观而认为中晚唐诗歌一定不如盛唐诗歌，但是如果完全按照线性的进化论历史观来衡量，则一定会认为宋人忽略或遗弃盛唐诗歌传统绝对是应该的，因为相比于中晚唐，盛唐在“进化”上已经是落后的了，然而这样的评价恐怕最终是难以令人完全信服的。此即表明，人类文化史尤其是文学艺术发展史的实际情况，尤其难以纳入线性进化论的历史模式中。所以，我们今天作历史同情之理解，对于唐以后中国传统诗歌史的发展，实际之情况是宋人根据自己所处的历史境遇而选择了唐诗传统中的一部分，明人则根据自身历史状况而选择了另一部分，而对于宋人和明人的各自不同的选择，我们今天不能绝对地按照“进步—落后”的二元对立模式来衡量和评价。超越线性的进化论历史观，对于阐扬古代文论的当代性意义，关系确实非同小可。

在对话中发现传统文论的当代性意义，还应把握它在当代的理论生长点，尤其需要注意那些长期被学界所忽视的传统文论中有价值的问题和观点。这些问题或观点在古人那里可能已有论述，但是又萌而未明或明而未融，总之没有充分展开、具体论述，而当代的思想文化和学术实践为这些问题的展开提供了现实的可能性，此正好可以为其在现实语境中找到一个新的生长点。这里尤其需要强调的是，我们既有的古代文论研究成果，总体来说在相当程度上是在西方近现代文论模式下取得的，虽然我们不能极端地说这些成果统统是削足适履的结果，但是其中确实也显而易见地过滤、遗漏掉了传统文化中很多有价值的东西，而西方文化的后现代转型，无疑为重新发现和揭示这些被过滤、遗漏掉的有价值的部分，提供了一个理论界面。所以，从这个意义上来说，中国古代文论的现代研究，并不像有些学者所认为的那样已到了山穷水尽的地步，其实还有着广阔的空间而大有可为。总之，我们不能局限于中国古代文论自身的历史来理解其当代意义，而要在一种更加广阔的学术视野下来理解前人已经提出的但并没有完全解决的许多问题，来认识其与当代各种思潮之间对话、互动、互补的关系，而不是将传统文论当做现成的理论框架简单地与当代思潮进行比较。因此，捕捉和响应时代性的问题，才是中国古代文论传统在21世纪得以活力重现，并且得到延伸和发展的根本途径。

另外，我们也注意到这样一种现象，正像当下文化市场盛行炒作一样，一些研究者热衷于西方文艺学的概念炒作、逻辑游戏，在一茬紧接一茬的新语码、关键词轮换中，丧失了自身的文化立场与信仰归宿。我们承认古代文论的当代性不是现成的而是开放的，但传统文论的当代性又绝对不等于是可以脱离历史与现实的“所指”的那种随意可能的“能指”意义与符号。所以在探讨传统文论的当代性意义之时，我们应该更深入地回到历史，同时又必须更广泛地关注现实，这两点对于寻求和实现中国古代文论的当代性意义同等重要。

总之，所谓的对话，应该是处于不同文化时空中的主体与主体、主体与文本、文本与文本等诸种因素之间的行为，而中国古代文论当代性意义的阐发，势必要求它与西方文论形成最广泛而深入持久的对话。于此，我们可以说，21世纪中国文论最重要的创新之一，应该是开启并揭示传统文论当代性价值之巨大可能性，而挖掘和阐发这种可能性，只有在与当代西方文艺思潮的平等对话中才能得以真正实现。同样，新世纪中国文艺学的进一步发展，也需要与传统文论形成最广泛而深入持久的对话，这种对话之意义绝不仅仅局限于单纯为克服中国现代文艺学的文化无根性危机，也不仅仅只是一种方法论上的权宜之计。我们应当从本体论的高度来认识古今对话的意义，这种对话是为了新世纪中国文艺学获得更本源也更具可持续性的文化精神力量，并且当代中国文艺学也只能在这种对话中成长、发展。更自觉地把古代文论引入当代文艺学，只是为了把理论之根植得更深，而理论之根植得更深也只是为了当代文艺学发展获得更大的文化精神力量。或许仅仅把“对话”视为“语境”还不够到位，事实上中西、古今对话乃是中国当代文艺学进一步发展的深厚的“土壤”，对于这块土壤，五四以来我们由于过度焦虑地忙着争辩孰优孰劣，而缺乏精耕细作，历史的发展或许到了我们该对这块土壤进行深耕的时候了。我们探究对话与中国古代文论当代性意义生成之归结点也正在于此。

（原载《社会科学辑刊》2008 年第 1 期）

断裂与融合:兼谈古代文论研究中的过度阐释问题

说到底,今人对于古代文论的研究,是一种现代阐释活动。在这种阐释活动中,“科学主义”与“人文主义”、“客观主义”与“主观主义”之间的冲突对抗,在方法论层面上长期困惑着我们,成为我们反思古代文论研究方法论时无法回避的一个问题。如何缓解它们之间的冲突对抗关系,使它们之间保持必要的张力,从而形成一种良性的互动关系呢?从诠释学的角度来看,这一问题实际上正是所谓的“视界融合”问题。

所谓中国古代文论研究中的视界融合问题,实际上包含着两层关系:所谓“视界”云者,涉及的是“过去(传统、流传物、本文等)”与“现在(解读者、诠释者等)”两者之间的关系;而“融合”云者,表述的是两者之间“紧张关系”的缓解,或者说是彼此之间富于张力之关系的建立。而偏于这两者中的任何一方,则会使这种张力废弛,从而不能形成良性的视界融合。但是,在对于这一问题的思考上,历史客观主义者认为有一种“独立存在”的历史视界,主观主义者则以为有一种“独立存在”的现在视界——这截然对立的两者的相通之处在于,都误认为文化的历史空间与现在空间是相互隔绝、独立存在的。西方思想现代性的重要表现之一,就是假设所谓“现代”与“传统”的彻底断裂,而西学东渐以来,这种现代性断裂思想可能是西方文化对中国现代文化影响最大的地方,许多信奉现代性的中国学者坚信,现代文化空间乃是在与传统彻底断裂基础上形成的独立自足的空间,并且只有在与传统彻底断裂的基础上,才能形成所谓的思想现代性、文化现代性。而进一步的逻辑就是中国文化要现代化就必须彻底与自己的历史文化传统断裂。值得注意的是,西方文化中现代与传统之断裂是发生在其自身内部的,而中国文化中现代与传统的断裂则还同时受到来自外部即西方文化的冲击。因此,如果说,文化现代性意味着与传统之断裂的话,那么,中国文化的现代性则意味着与传统更深刻、更严重的断裂。比如在学术界，一个流行甚广的观点认为"中国现代文学"只能用"中国现代文学理论"来分析，而所谓"中国现代文学"又是在西化的基础上发展起来的，所以适合分析"中国现代文学"的最终就只能是西方现代理论。这样一来，西方现代文学理论竟然成了中国现代文学理论之"独立存在的"、"自为的"现在合法性依据，而中国古代文学理论则不再能对这一独立封闭的话语体系形成任何影响了，其对中国现代文学也已经彻底地丧失了诠释力。进而，中国古代文论研究最多也就只具有考古学、博物学的价值。这正是许多反对古代文论现代转化说法的基本认识之一。所以，我们今天强调传统文论阐释中的视界融合，乃是为了打破单一的"现在视界"的封闭性，重建我们与传统之间的合理的关系。

首先，就诠释活动中"科学主义"与"人文主义"的关系而言，与视界融合论相关的现代哲学诠释学的基本精神之一，是在批评、反思近代以来唯科学主义弊端的基础上，倡导恢复和发扬人文主义传统。从西方近现代思想的整体发展史来看，所谓"科学主义"与"人文主义"，一直相互激荡，或者说两者之相互激荡，构成了西方近现代思想发展史重要的理论景观。比如早期有所谓笛卡尔与维科、几何学的精神与微妙的精神之相对待等等，而到了19世纪，早在狄尔泰之前，历史学家德罗伊森就明确把方法论的二元对立立场固定化了。在德罗伊森看来，历史学与自然科学在原理上就是异质的学问，自然科学的本质是进行"说明"，而历史学的课题是进行"理解"。自然科学是通过归纳寻找规律，然后再根据规律演绎地导出各个现象，即进行"说明"；而历史学则是对"精神"的感性的"表现"进行"理解"，后来狄尔泰坚持和发展了这一观点，而不同于自然科学"说明"的人文科学之"理解"活动，也就成为现代哲学诠释学主要的运思焦点。在自然科学的"说明"活动中是不存在所谓"视界融合"的，所以在伽达默尔看来，"视界融合"是作为"理解"活动的人文科学研究最重要的运思特性。

其次，就诠释活动中"客观主义"与"主观主义"的关系而言，超越这二者的二元对立，也是现代诠释学的基本精神趋向之一。伽达默尔诠释学的理论出发点之一乃是对西方"近代的主观性的形而上学"的克服。日本学者丸山高司把"客观主义"与"主观主义"这一对貌似截然对立的思想趋向，表述为是一种"反向翻版"关系。在人与经典文本之间，"视界融合"论首先强调了作为理解者、诠释者的人的主体能动性，所谓"合理的偏见"论就表明了这一点，但这又绝不意味着对主观偏见之随意放纵，从总体精神上来说，对主观主义“偏见”的高度警醒，恰是视界融合论的基本特点之一。从“意义”生成的角度来看，“意义”既不单纯地存在于客观性的文本之中，也不单纯地存在于主观性的心灵之中，而是存在于客体文本与主体心灵的双向互动也就是两者的视界融合之中。

从我们中国传统的经典诠释史来看，大致也存在着“客观主义”与“主观主义”两种趋向，如所谓“汉学”与“宋学”即与此略近。钱锺书曾在《管锥编》第二册对清代汉学中的“客观主义”流弊有所揭示，颇有启发意义。清人俞樾旁征博引释《老子》“道可道非常道”句中三“道”均为“言词”义，钱先生认为“俞说非也”，并以此为例分析道：“清代以来，治子部者，优于通训解诂，顾以为义理思辨之学得用文字之学尽了之，又视玄言无异乎直说，蔽于所见，往往而有。俞氏操术，即其一例，特尤记丑而博者尔。”①“清之为‘汉学’者至以《述而》两言‘好古’之‘古’，解为‘训诂’。信斯言也，孔子之道不过塾师训蒙之莫写破体、常翻字典而已”，“盖学究执分寸而忽亿度，处把握而却寥廓”，“一经笺释，哲人智士悉学究之化身，要言妙道皆字典之胜义”。② 汉学重训诂，宋学重玄思，宋学之理学又逐渐向心学蜕变，陆象山标榜“六经注我”，已开心学一派，王阳明发扬光大之，强调以“致良知”为治学宗旨，提倡“静坐内视”、“明心见性”，遂形成极有声势之姚江学派，“束书不观、游谈无根”逐渐蔚然成风。到晚明时期，心学完全蹈入坐而论道、空谈心性之虚妄之中。乾嘉朴学正是对此的矫正，其有学术史发展的内在理路在。这种汉宋消长现象在中国现代学术史中也依然有所表现。然而，尽管汉学与宋学、我注六经与六经注我，与所谓“客观主义”与“主观主义”存在相通之处，但却也不尽相同，最大的不同在于，由于西方现代唯科学主义的强力介入，一方面客观主义被推向极端，另一方面又出现了极端化的主观主义，两者虽然互相对抗，但是方法论的特点却非常一致，正是所谓的“近代的主观性的形而上学”。

与“视界融合”相关，另一西学概念“过度诠释”也已引起古代文论研究界的特别关注，这或许同样表明此一现象于古代文论研究现状而言，着实是搔到了痒处。“过度诠释”是意大利当代符号学教授昂贝多·艾柯提出的，其指出：“从（皮尔士所谓）‘无限义’这一观念并不能得出诠释没有标准

---

① 钱锺书：《管锥编》第二册，中华书局 1986 年第 2 版，第 404 页。
② 钱锺书：《管锥编》第二册，中华书局 1986 年第 2 版，第 405～406 页。

的结论。说诠释（‘衍义’的基本特征）潜在地是无限的并不意味着诠释没有一个客观的对象，并不意味着它可以像流水一样毫无约束地任意‘蔓延’。说一个本文潜在地没有结尾并不意味着每一个诠释行为都可能得到一个令人满意的结果。”又指出：“某些当代批评理论声称：对本文唯一可信的解读是‘误读’；本文唯一的存在方式是它在读者中所激起的系列反应；本文，正如托多罗夫在引述别人的观点时所说，只是一次‘野餐’会：作者带去语词，而由读者带去意义。”①他提出所谓“本文的意图”，强调“本文”在理解、诠释中发挥着不可忽视的作用。虽然强调诠释者主观随意性的“误读有理论”，在新近的古代文论研究中颇有市场，但是我们却不能认为其就是合理的。所谓“过度诠释”必然涉及所谓“度”的问题，一个常见的问题是：“我们用什么标准才能断定对本文的某个特定诠释是‘过度诠释’呢？有人可能会回答说，为了确定一个诠释为‘不好’的诠释，我们首先必须找到一个诠释是‘好’的诠释标准。”为此，艾柯争辩道：“我的看法正好与此相反。我们可以借用波普尔的‘证伪’原则来说明这一点：如果没有什么规则可以帮助我们断定哪些诠释是‘不好’的诠释，至少有某个规则可以帮助我们断定什么诠释是‘不好’的诠释。我们无法断定开普勒的假说一定就是最好的假说，但我们可以断定托勒密对太阳系的解释是不准确的。”②对于古代文本的诠释来讲同样如此，自然我们不能说哪一种诠解是唯一正确的，但哪些解释是不够准确的、不好的，其实对研究者来说也是不难判断的。“没有唯一正确之诠释”这一前提绝不必然导致“怎么诠释都行”这一结论。“过度诠释”与人文科学的独特性密切相关，一般来说对于自然科学无所谓“过度诠释”，这是因为自然科学中问题的正确答案是唯一的。在西方学术史上有使人文科学实证化、自然科学化的努力，我们可以把这种学术努力视为是出于对人文科学问题之答案不确定性的一种忧虑，这种忧虑可能还会持久地困扰着我们。但是，由这种忧虑而走向独断论，中西学术史都出现过这种情况，也并不能解决这一问题。总的来说，源自人文主义传统的西方哲学诠释学，是建立在对人文科学问题不确定性认同的基础上的，从积极的意义上来说，这恰恰是对人文学说开放性、多样化、多元化的

---

① （意）安贝托·柯里尼编：《诠释与过度诠释》，王宇根译，三联书店 1997 年版，第 28～29 页。

② （意）安贝托·柯里尼编：《诠释与过度诠释》，王宇根译，三联书店 1997 年版，第 61～62 页。

倡导，但同时也并不意味着对主观主义的任意放纵。在古代文论研究中，我们对主观主义的过度诠释确应保持足够警醒，但又不能因此而走向另一极端，彻底怀疑乃至否定理论诠释本身的价值。其实，主观、随意、想当然的过度诠释是容易做的，投入科学主义、客观主义的怀抱而只作文献之搜罗、整理，相对来说也是容易的，难做到的恰恰是既能克服主观随意性而又能坚守人文真理独特的开放性这一点，而恰恰只有如此做，才能充分实现人文科学作为一种独特的"精神科学"所可能施之于人类社会的价值。

艾柯还区分了另一种情况："《读者的作用》一书中，我强调了'诠释本文'与'使用本文'之间的区别。我当然可以根据各种不同的目的自由地使用华兹华斯的诗歌本文：用于戏仿，用来表明本文如何可以根据不同的文化参照系统而得到不同的解读，或是直接用于个人目的(我可以为自我娱乐的目的到本文中去寻找灵感)；但是，如果我想'诠释'华氏的本文的话，我就必须尊重他那个时代的语言背景。"所谓"诠释本文"，就是从作品与其社会文化语境相互作用的角度去分析作品，在中国古人的经典诠释学中，有所谓"用诗"与"解诗"之不同：用诗不妨断章取义，而解诗则不可。一般认为，古代文论研究不外"史"与"论"二途，"史"近乎"诠释本文"，而"论"则近乎"使用本文"。郭绍虞强调他的批评史书写，"对于古人的文学理论，重在说明而不重在批评"；"是叙述而不是表彰，是文学批评史而不是文学批评"。① 可以说他强调的是对古人著述之"诠释"而非"使用"。从学科特性上来说，作为理论性与历史性统一的古代文论研究，应以对经典文本之"诠释"而非"使用"为主。罗根泽认为，"文学批评家所编著的文学批评史，也可以分为两类：一是根据过去的文学批评，创立新的文学批评。这与功利主义的史学家有点相似。一是为自己的文学批评寻找历史的根据"；"为寻找学说证据而作史，其目的本不在史，我们也无需以史看待。为创立新学说而作史，其创立新说既要根据旧学说，则对于旧学说，必先明了真象。否则根据的旧学说既不'真'，创立的新学说也难'好'"；②"为自己的文学批评寻找历史的根据"往往是"使用"而非"诠释"经典文本；"根据过去的文学批评创立新的文学批评"近乎今日之所谓古代文论的现代转化，如此若仅仅只"使用"古代文论的只言片语恐怕就不行了，现代转化应建立在对传统

---

① 郭绍虞：《中国文学批评史·自序》，商务印书馆 1934 年版，第 2 页。
② 罗根泽：《中国文学批评史》，上海古籍出版社 1984 年版，第 23 页。

文论通透之诠释上，而一些所谓现代转化研究之重要流弊之一，恐怕正是缺乏对古代文论通盘、透彻、沉潜之"诠释"，往往是对古代文论只做脱离语境、断章取义之"使用"。片面地"使用"古代文论之失，在于"使用"者与古代文论所传承的深厚的历史文化传统之间未能建立起视界融合的关系，而只有在与传统文论之深度视界融合之中，传统文论才能真正成为开阔现代文论视界的文化精神力量。"诠释本文"与"使用本文"之关系，是我们古代文论研究依然要重视的一个重要问题。

极端主观主义的过度诠释，在古代文论研究中又往往表现为把古代文论及其范畴抽离于其产生的"语境"，而所谓"使用"经典文本更是完全脱离语境对其中的只言片语作断章取义之诠释，相应地，克服这种主观主义的过度诠释的重要途径也就在于回到语境。"语境"也是对古代文论研究有重要的影响的另一西学术语，这表明语境理论对古代文论研究的流弊也具有某种针对性。英国人类学家马林诺夫斯基曾提出"语境(context)"这一概念，后来伦敦语言学派的创始人弗斯接受了这个术语，"语境"就逐渐成为语言学的一个重要分支"语用学"中的一个重要术语。一般认为大致有三种语境：(1)语言语境(context of language)，主要指上下文，这也是狭义之语境，当然从字面上来说，context 本身就是指"文本(text)语境"；(2)情景语境(context of situation)，这是指语言外的事情，其中包括言语活动的参加者及其个性、场合(时间和地点)、话语的正式程度等因素，对此的强调我们古人称之为"知人"；(3)文化语境(context of culture)，此乃最广义的语境，对此的强调近乎我们古人所谓的"论世"。这种三分法对我们诠释经典文本极有启发，中国传统的"知人论世"式的诠释原则就可与此三分法相互打通。

在西方现代文学理论中，新批评等形式理论对所谓语境理论也多有运用，钱锺书《管锥编》第一册在诠释《左传》"不认不匿"句式时指出，"此类句法虽格有定式，而意难一准"，或为"因果句"，或为"两端句"，各举例分析后总结认为："只据句型，未由辨察；所赖以区断者，上下文以至全篇、全书指归也。脱于释典之思路文风，茫乎不晓，仅睹片言只语，何尝不可以因果释之?"又引王安石语"考其辞之终始，其文虽同，不害其意异也"，认为"乃明通之论"，与此相近之语有《孟子·万章》"不以文害辞，不以辞害志"和《庄子·天道》"语之所贵者，意也，意有所随"等等，凡此皆可谓中国之诠释学思想和原则。钱氏又征引古人数语，然后引出西语"语境"概念云："'文同不害意异'，不可以'一字一之'，而观'辞'(text)必究其'终始'(context)耳。论姑卑之，识其小者。两文俪属，即每不可以单文孑立之义释之。寻常笔舌所道，字义同而不害词意异，字义异而复不害词意同，比比都是，皆不容'以一说蔽一字'。"然后，钱氏又结合对乾嘉学派之分析而引出西学所谓"诠释学循环"：

> 乾嘉"朴学"教人，必知字之诂，而后识句之意，识句之意，而后通全篇之义，进而窥全书之指。虽然，是特一边耳，亦只初桄耳。复须解全篇之义乃至全书之指("志")，庶得以定某句之意("词")，解全句之意，庶得以定某字之诂("文")(引按：此即关涉所谓"语言语境")；或并须晓会作者立言之宗尚、当时流行之文风，以及修词异宜之著述体裁，方概知全篇或全书之指归(引按：此即关涉所谓"情景语境")。积小以明大，而又举大以贯小；推末以至本，而又探本以穷末；交互往复，庶几乎义解圆足而免于偏枯，所谓"阐释之循环"者是矣。

复又引戴震《东原集》卷九《与是仲明论学书》语"经之至者，道也；所以明道者，其词也；所以成词者，字也。由字以通其词，由词以通其道，必有渐"，及卷一〇《古经解钩沉序》语"经之至者，道也。所以明道者，其词也。所以成词者，未能外小学文字者也。由文字以通乎语言，由语言以通乎古圣贤之心志"。此诚为乾嘉家法，然而戴震在《东原集》卷一〇《毛诗补传序》中又云"余私谓《诗》之词不可知矣，得其志则可以通乎其词。作《诗》者之志愈不可知矣，断以'思无邪'之一言，则可以通乎其志"。对此，钱锺书分析道：

> 一卷之中，前篇谓解"文"通"志"，后篇谓得"志"通"文"，各堕边际，方凿圆枘。顾戴氏能分见两边，特以未通观一体，遂致自语相违。若师法戴氏、前邪后许之徒，东面不识西墙，南向未闻北方，犹搥折臂之新丰翁、偏枯臂之杜陵老，尚不辨左右手矛盾自攻也。《华严经·初发心菩萨功德品》第一七之一曰："一切解即是一解，一解即是一切解。"其语初非为读书诵诗而发，然解会赏析之道所谓"阐释之循环"者，固亦不能外于此矣。①

---

① 钱锺书：《管锥编》第一册，中华书局1979年版，第169～172页。

上面这些论述的一个重要脉络是打通诠释学与形式文论之语境论。

西方形式文论如新批评等所谓"语境"往往指最狭义的语境,即"本文语境",对此强调有加本身似并无问题,但形式文论另一方面却对根据"情景语境"、"文化语境"诠释本文忽视太过,以为如此诠释必生所谓"作者谬误"、"时代谬误"。相对而言,诠释学较之偏于一隅、只见一边、执持一边之形式文论要更为融通。仿"视界融合"语,我们不妨造一新语——"语境融合"。"本文语境"固然重要,但正如在本文语境内部"两文俪属,即每不可以单文孑立之义释之","皆不容'以一说蔽一字'",置于情景语境、文化语境之中,一篇之义亦不容"以一说蔽一篇",而需结合他篇而互诠,结合社会历史文化状况而通释,因此我们不妨将此称之为"本文语境"与"情景语境"、"文化语境"之"融合"。形式文论以前,传统所谓传记批评、社会历史文化批评或如国人所谓的索隐批评、以史证诗等之一大流弊是牵强附会、捕风捉影,将某篇章本无之义强加其上,这种情况古今中外往往有之,而形式文论对此等流弊确有解毒之功,但却也矫枉过正而产生毒副作用。其实,社会历史文化批评之弊,也不在对"文化语境"之强调,而在忽视"文化语境"与"本文语境"之"融合":本文对其所产生之时代文化状况确会有所反映,但显然时代文化之全部特征又不会在一个本文中全部反映出来,时代文化有之而本文未必有之,比如就是在阶级斗争最激烈之时代,也非所有文学作品内容就都必然与阶级斗争有直接联系,如此等等。同样,形式文论之弊也不在对"本文语境"之强调,而在忽视"本文语境"与"文化语境"之"融合"。实则,两者均"犹抛折臂之新丰翁、偏枯臂之杜陵老",执持一边而未见一体。同样,欲对"本文语境"、篇章之义与"文化语境"、社会历史状况作深入、充分之理解,亦需"循环":由社会历史文化状况解篇章之义,再由篇章看社会历史状况,再由社会历史文化状况重新审察篇章之义,如此循环往复,我们可否称之为"语境之循环"?综合来看,我们面对一个文本所要考虑的因素及其关系大致为:

字词(范畴)←→句←→篇章(文本语境)←→情景语境(知人)←→文化语境(论世)

欲解"句"之义需知句中字之义,反之,解"字"之义又需置于句中来解,在这方面我们在解读古文献时需充分注意汉语表述的一些重要的特点,比如任举《文心雕龙·神思》中一句“登山则情满于山，观海则意溢于海”为例，何谓“情”与“意”？作为汉字，“情”与“意”既相通又相异，比如明清诗话中多有批评赵宋诗歌以“意”为主者，彼“意”就相异于“情”，是说宋人乏情思。《神思》篇该句若解作：登山则生不同于“意”之“情”，观海则生不同于“情”之“意”，则未免令人发笑。而只能解作：情意随登山、观海而生，“情”、“意”一也，此为互文见义的一种表述方式，在汉语文本尤其骈文表述中极常见。“句”与“篇章”关系同样如此，古今中外话语表述中皆不乏正话反说、反话正说，而欲辨别究竟是正说还是反说，就必须置于“篇章”整体之中，断章取义之引述是可能闹出以正说为反说、以反说为正说的笑话的，西人新批评于此多有分析，兹不赘述。与此相关，在古代文论范畴研究中，多存在抽离于文本语境而望文生义之现象。极而言之，通篇皆正话反说、反话正说的现象也是有的，若就篇章论篇章，恰恰是无法把握篇章真实之意思，甚而至于会南辕北辙。由此可见，就文本论文本貌似极端的客观主义，于人文科学而言却同时也可能是极端的主观主义。于自然科学而言，其文本之意义是可以也必须抽离于其情景语境、文化语境的，一部自然科学著作，其具体表述可能会有著者的个人和民族特色，而这些个人、民族特色于科学之“意义”之理解无关紧要，甚至于会有碍于科学意义的精确表达。而在情景语境、文化语境中来解读，亦即知人论世，则恰恰是人文科学之“人文性”极其重要的表现。

（原载《清华大学学报》2009 年第 5 期）

学科、体系及书写体例：古代文论研究中诸问题的思考

今天的“中国文学批评史”是一个20世纪才产生、流行的概念，“中国文学批评史”作为一个学科也是在20世纪发展起来的。经过差不多一个世纪的发展，中国文学批评史的研究已经取得了巨大的成绩。20世纪上半叶，在中西文化大碰撞、大融合的语境中，中国文学批评史学科从草创到成熟，获得了极大的发展。进入新世纪以来，在全球化语境中，这一学科却在某些方面和某种程度上面临着越来越明显的冲击、焦灼，在这种冲击、焦灼中，既包含着一系列从学术理念到方法论方面的观念性危机，也孕育着一些新的文化认同和文学价值方面的积极性的选择契机。

新语境所产生的影响、制约作用是多层面的，必然会引发出许多学理性方面的深度问题，其中自然涉及我们对中国文学批评史的学科范围、体系建构、书写体例的反思与认同，甚至在某些方面的重新定位。本文主要围绕这一问题，谈谈自己的一些反思性意见，不当之处，祈请方家指正。

一

一般来说，中国文学批评史的撰写，需要处理如下两个层面的问题：第一是材料的辨别与取舍，第二是编写形式的确定。这两个问题看似简单，实则包含着复杂的观念与方法两个方面的问题。材料的去取与对“文学”及“文学批评”等的界说有关，这方面近一个世纪以来的批评史研究者或多或少地都受到了西方文学观尤其是近现代纯文学观的影响；在编写形式上，体例的转换体现的往往是研究基本范式的转换。今天这种学术运作方式的利弊都相对充分的显示出来了，值得我们认真而系统地加以反思。

我们现在所说的“中国古代文论”这一学科的产生与西方学术体系的引进有着密切的关系，通过对比可以见出各自的特点。就我国古典学术体

系看，主要还是在“经、史、子、集”的大框架下所作的进一步分类，这跟当时各学科运作的实际状况是一致的，并没有西人那样强烈的“理论史”意识。从集部所附的唯一与现在所称的古代文论学科相关的“诗文评”类所体现的内容看，也与现代以来形成的“古代文论”的表述样式差异甚大，其中包含有如纪事、感悟、评点、摘抄、说理等，及对法式、理论或概念的讨论等多种“混沌”的记述方式，学科边界意识相对模糊。近代以来的西方学术运作模式则将所谓的体系化了的“理论形态”从事实状态中抽取出来，将它们与多要素混杂的具体性相剥离，形成了所谓的体系化了的“概论”等，具体落实到文艺学上就有了文学概论、艺术概论、美学概论等似可独立演进与表述的理论系统。一般每一学科均有一概论形态，它们可以整体地解决一学科存在的那些基本问题。与之相配合，又有所谓的概论史、理论史等。从世纪初的情况看，不单单是文艺学领域，学术的各领域在当时都在大规模引进各种西学体制，包括概论与概论史等，也有许多是因现代大学纷纷建立后教学的需要而引进的教科书，它们极大地影响了我国的现代学科体系、体制的正式确立(比如朱东润就强调自己的《中国文学批评史大纲》难免有“讲义”的气息)。我们最初及后来延伸开来的古代文论编撰体制与这一重要背景密切相关，从而使得原来混杂一体的文论面貌倾向于向较为单纯的也更注重抽象概念演绎的方面渐次汇拢，并奠定了以后文论研究的主要路径，即注重对一些从历史中寻找出来的基本概念、范畴、命题等的解释。

如果先不论研究者的本意，而只从已成的研究实情看，以上这种研究方式的长期传承就导致了这样一些问题：一是批评史和文学史的割裂。实际上，在古典状态下二者之间的关联是十分密切的。古人提出某种文论观点、范畴、命题等并不是架空设置的，多数是直接针对具体的文学现象而发的，即表现了批评史对文学史的强烈依附，直到很晚，也还只有诗文家而没有专门的批评家的概念，批评还没有成为一种专类或职业，只是文学家工作的延伸。因而，如果为书写“批评史”而将原生态的批评史从特定的文学史中剥离出来，并不注意二者的原初生存关系及对之的必要揭示，理论研究就失去了对文学活动本身的“了解之同情”，就会使批评史失去最为基础的理论着落，甚至使人不知道这些文论观念在当时是从何而来、为何生发的。这在后来又导致了批评史与文学史研究界限的划分，似乎搞批评史者可以与文学史研究无缘，搞文学史者则又是另一派人。二是批评史与更宽泛意义上的批评观念的割裂。如果重新回到古典批评状态，可以看到，许多批评观念并不是以范畴、命题等的形式出现的。批评作为一种意识，其包容面要宽泛得多，范畴、命题只是其中的一小部分。这些由多样具体而至愈益抽象的批评观念一起构成了一时期批评的总貌，其间又有错综交融，在解释时也必有其不可脱落的关联性。只是找出若干有范畴形式的概念来说明一时期、一阶段的批评，不仅会忽略那些隐含在大量批评实践中的、抽象化程度看来不太高的批评观念或批评意识，同时也必然会导致研究上的片面性、随意性。即便有所谓的批评史本体存在，笔者觉得也不应缩减到只剩下一些我们现在在各种批评史著作中所能看到的少量的范畴、概念。三是批评史与复杂的文化语境的割裂。批评史研究自然有其特殊的对象，虽然我们并不一定非要将对文化语境的认识写进作为研究成果的文本之中，但这并不等于可以舍弃对后者的研究。这些道理由于这些年的学术进展已变得很容易理解了，古代文论的文化研究已成为该学科中最有展望价值的一种路径。但这在20世纪90年代前却是较陌生的，虽然也有因历史唯物主义的指导而引起的对社会背景的重视，但在这一前提下认识的背景基本上属于模式化、概念化、外贴的，与文论观、批评观所真实、具体产生的文化语境是两码事，而且前者在当时的论证上也是甚为薄弱的，文论史界尚缺乏对某一特定批评观所生发的文化、社会背景作真实考察的基本意识及在这方面的训练与能力，一般讨论仍限于十分狭窄的范畴论述的范围，而这也必然导致对这些范畴等的解释实际上都是很成问题的。

正是基于这些问题，对这一学科史的反思是必要的，并有必要扩大到对整个学科构成方式与运作模式的反思，包括对源头与过程的清理，这样的反思是具有学术史研究意义的。此外，我们已经看到，在以上取向的支配下，由于层层剥落造成的严重贫瘠及与多种十分生动体系间互动的隔绝，使这一学科的研究长期陷入一种令人沉闷的状态，并在一段时期里成了整个文学研究中最为滞后的一支。据笔者所知，在教学上，学生也同样不愿问津，对之视若畏途(自然包括因其枯燥与无实用意义)。这些年来除了资料整理上的工作有较大成绩及在个别区域做得较好，作为整体学科来看，则明显缺乏范式开拓的能力，在专业性进展上也多有限。由此便有了20世纪90年代后起始的对之做渐次改进的工作，及我们今天更有意识的学科性检审，而其中最为重要的，笔者认为，当务之急还是需要紧扣对古代文论事实本体的追寻，重新认识文论史的真实、完整的原生态状况，通过对此的较全面揭示来确定新的学术运行范则，而不是像前段研究那样离它越来越远。

研究目的在一定程度上决定着学科的研究范围和研究方法。当年郭绍虞本来是要写一部中国文学史著作，但因为文学史涉及面过于宽泛，难以把握，所以他决定先从一个侧面入手，于是就写出了一部批评史。他写批评史的目的是为了印证文学史，是在文学史的大范围内开出一个小的领域。实际上在他看来批评史应该是附属于文学史的。出于印证文学史的目的，郭绍虞等第一代研究者面对古代文论话语资源时就不像我们现在这样以一种理论的眼光来看待它，而主要是从诗文创作的角度来规定其价值与意义。在第二代研究者那里，例如敏泽、蔡钟翔、王运熙、张少康等人撰写批评史著作时情况就有所不同了，因为此时马克思主义文学理论体系以及各种各样的西方文论体系都相继引入，在这些理论体系的刺激下，这些学者试图梳理出中国古代文论自身的理论体系，这是与郭绍虞等人明显的不同之处。郭绍虞等人当然也受到了西方文学理论的影响(郭绍虞本人还翻译过不少西方文学理论论著)，但这种影响主要是在学科意识和某些文学观念方面，还没有像后来这样深入。那么，我们现在进行古代文论研究应该持有怎样的目的呢？如何才能形成我们自己的学术特色呢？这应该是我们深入思考的问题。

古代文论学科的研究范围要受到文学观念的影响是毋庸置疑的，但文学观念却不是影响学科范围的唯一因素。如研究目的对学科范围的影响作用就不容忽视。第一代研究者们的首要目的是确立学科，是规定一个具有合法性的言说领域，就像汉儒争立经学博士一样。这里也有一个话语权力的问题。以前没有一个批评史或古代文论的学科，现在要把它确立起来，首先要做的是什么？当然是划定独特的研究范围。没有独特的研究范围就没有必要建立学科了。所以郭绍虞、罗根泽等人所做的工作主要是将古代文论话语资源从其他话语形态中剥离出来，告诉人们，这些就是我们这个学科所要阐释的对象。至于如何阐释才是有效的、合理的，他们虽然也有筚路蓝缕之功，但却无暇深入思考。因为他们的研究目的在彼而不在此。但是对于我们今天的研究者来说，古代文论和批评史作为一个独立的研究领域是无须追问的，我们有合法性的言说领域。我们所关心的是如何在这个领域中发现新问题，是如何在研究的广度与深度上超越前人，从而达到现代学术的前沿。所以我们的研究就不再是剥离性的工作——占个地盘好吃饭，而是要对已有的地盘进行清理，追问这些话题何以成为本学科的研究对象，它们的生成演变轨迹和文化逻辑是什么，以及它们与地盘以外的话语形态究竟处于怎样的关系之中。对我们来说，研究的主要目的已经不是划出地盘，指出哪些问题属于古代文论的研究范围，哪些不属于这个范围，而是大大深化了。基于这样的研究目的，学科范围也就相应扩大了——有些第一代研究者认为不属于本学科范围的问题在我们看来就成了应该进行研究的重要对象。例如前面提到的文化史、政治史的问题，以及言说者的生存方式、交往方式、文化心态等等。如果说第一代研究者的工作是一个"醇化"的过程，那么我们就要由醇反杂。他们从整体性的话语形态中将文论话语剥离出来，我们则要将孤立的文论话语放回到整体性的话语网络中去，这样才能将研究引向深入。研究目的直接决定着研究者对研究方法的选择，而不同的研究方法又必然地导致研究范围的改变。在目的、方法、范围三者之间存在着互动的关系，研究范围的改变也会进一步影响到方法的调整。所以说，古代文论或批评史作为一个学科不是一成不变的，而是具有弹性的，是在目的、方法、研究范围三者间的不间断的互动中不断深化的过程。第一代研究者的贡献主要在于给出了一个言说领域，确立了一个相对独立的学科，并且梳理了研究对象最基本的意义与逻辑关系。这种贡献是巨大的，是其后一切研究者都无法置之不理的基础。但是仅仅停留在这个基础上做一些修修补补的工作也是远远不够的。

二

需要对以上问题再作些更深入的探讨。首先是在学科的建立与发展中所遇到的如何回应西学的问题。"五四"前后这个问题很突出，大家都在讲"中学"、"西学"，人家有什么，我们也应该有什么，学科对应问题受到普遍重视。到20世纪50年代以后，这一问题已不太迫切了。20世纪80年代以来，由于长时间的意识形态对峙产生的学术方面的隔阻，中西学术差异、差距等一类的问题又受到关注。现在虽说两种声音都有，有主张以西学模式来改造传统文论的，也有倡扬坚持民族主义的，但如果悬置意识形态与民族主义等外附的意义，仅从学术推进的方面讲，对西方史学、文化学领域近百年积累的成果与经验的汲用，仍是十分必要的。我们不能因为在早年的模式移用中出现了一些问题，就应当放弃与世界学术的不断交流，重视与发掘传统的研究范围不等于可以拒斥新的学术视野。当然现在我们越发认识到西学模式也是有层次、类别之分的，不可笼统而论。就以上提及的问题看，并不是指对一般意义上谈论的西方文论的借鉴，否则又进入到其他层面的话题中去了（如“转换”的话题），甚至再次回到我们所说的“概论学”的框架之中。因为我们研究的是一种史学——文论史在学术研究的类型上首先属于一种史学，而在这个层面上，中西研究有其共通之处，其方法应当是超越意识形态而具普遍性意义的。我们过去的研究虽然也可以说有不少成果，但总的来看，在研究的类型、层面等方面仍比较单调，包括所谓实证方法的处理也很简单、单调，因此，无论是更新学科范式也好，开拓学科疆域也好，都仍离不开借鉴西方学术范式之一面。

其次是学科的内在演化问题。我们不仅要注意到一些显在的学术意图及对之的公开表白，更应解析驱使某种学术态势成形与转向的力量。虽然如郭绍虞在其《中国文学批评史》绪论中便强调了批评对文学的后发性，这表明他本人是充分认识到批评史与文学史之关联的。但是，正如我们在前面说过的那样，由于所使用的编纂模式的某种潜在导向性，使得批评史已开始与文学史相脱节，直到后来的研究越走越远。为什么会导致后来出现这样的情况呢？原因很多，细析之需要作进一步的探讨，可以肯定的一点是这实际上反映了学科自身的自足化过程。正如现在的文学概论与文学创作实际相去甚远一样，似乎如果没有了距离，一学科的独特规则性就不易反映出来，但我们认为批评史毕竟不同于批评，更不同于理论、概论，仍需要回到原始的批评史状态中去寻找它的基本面貌及它与文学史的本来距离，至少这可以作为当前批评史研究反思过程中最重要的一项参照尺度。

此外，必须引起重视的一件事是，在20世纪里，学术界最繁忙的是引进体系与构造体系的工作，反映在史的方面，就是各种“通史”的大量诞生，仅以商务版20世纪30年代的“中国文化史丛书”而论，一揽子就推出几十种分类通史，可见当时对这一模式的热衷程度。实际上，这些通史基本上都只是一种简要的轮廓描绘，里面的细部大多未经研究，也就是说，在未有具体研究的情况下，便先有了总体体系。不可否认这段时期也有一些深入与富有成效的探索，但通史的编写却往往替代、掩盖，甚至抹杀了具体认真的学问方式，尤其是编写通史能迅速成为一时之“大家”、“名家”，当然给学人确定了一个颇富诱惑力的目标。这种模式一直影响至今，并给后来的研究带来了许多负面效应。从前几十年的情况来看，批评史界所选择的研究范围多数并未超出这些通史列出的条目，比如性灵说、神韵说、《诗品》、《诗式》等等，大家不断在这些封闭式的题目上低水平重复，而不是自己去阅读原作、发掘问题，大量的原始材料被搁置了，更不用说对原始情境的认知及进行有效的原创性研究。在评价上也是这样，很多是延续旧说而来，例如前面的学者出于他们的价值观和当时的历史语境，认为“前后七子”的文学观没有多大价值，而高扬“公安派”的文学观念，后来的学者几乎千篇一律地迎合其说，实际的情形当然远非如此简单，但因为不是自己深入研究材料，或也如通史式做法而停留在事实表面，无法通过综合更多的史料对之作新的判断，便很难发掘出具有新鲜的观点及有价值的考证。在这种所谓“大家”与“通史”模式的阴影覆盖下，批评史研究的道路便只能越走越窄。

这的确是古代文论这个学科发展中的大问题。实际上老一代学者在提出问题或划出研究范围时带有很大的随意性，这与他本人的知识储备、学术兴趣以及当时的社会需求、文化语境有直接的联系。当然，一种学术运作方式一旦形成后往往具有一定的惯性，后人不反思这种情况，以为他们提出的问题就是本学科的基本话题，是自明性的，这就沉陷在传统惯性之中了。这就无形中将自己的研究视野限制在一个狭小的范围之中，以至于整个学科的发展都受到极大的局限。我们现在要想使这个学科深入发展，就只有老老实实地回到古代文论话语产生的文化历史语境之中，看看它们究竟是怎样一回事。当然这并不等于我们对前辈学者的研究一笔勾销，我们还是要在他们的基础上接着说。克服传统惯性最好的方法是加强反思，我们不能放弃对他们进行反思的权力。我们一定要明白他们何以对那些古代文论概念、命题或人物感兴趣而不是另外一些，他们的选择标准与动机是什么。在此基础上，我们要尽可能地直接面对古代文论话语资源，进行重新选择与评价。这就需要在研究过程中有一个“除幻”或“去蔽”的环节，也就是将笼罩在学科发展过程中的那些似是而非的东西剔除掉。这主要有两个方面，一是意识形态的或者是政治无意识的幻象。研究者往往自觉不自觉地会在时代主流话语的影响下去选择研究对象，并给出种种与事实相去甚远的评价。例如 20 世纪 80 年代，“文学的本质是审美”的提法在文学研究领域居于主导地位，这一提法本质上是一种启蒙精神的产物，在当时有着远远超出学科范围的意义。在这种观念的直接影响下，古代文论研究也空前地高扬了古代文论中那些重形式技巧和审美特征的话语资源，而对注重美刺教化的观点则予以轻视。实际上，强调诗文的社会价值功能正是中国古代文学思想的特点所在，是不能够否定的事实。二是个人好恶与眼光的独特性而导致的幻象。我们的研究往往有一个通病，那就是研究谁谁就了不得，肆意夸大研究对象的价值，以此来证明自己的研究有意义，这也会对后来的研究者形成误导。所以只有冷静地对前人的研究进行反思，并对自己进行反思，追问自己为什么对这个问题有兴趣，何以会如此评价等等，然后切切实实地直接面对第一手资料，这样才能使古代文论的研究不断深入下去。

三

关于中西关系的文化难题，20 世纪上半叶陈寅恪在《王静安先生遗书序》中认为，王国维治学有三法："先生之学博矣，精矣，几若无涯岸之可望，辙迹之可寻。然详绎遗书，其学术内容及治学方法，殆可举三目以概括之者。一曰取地下之实物与纸上之遗文互相释证。凡属于考古学及上古史之作，如《殷卜辞中所见先公先王考》及《鬼方昆夷猃狁考》等是也。二曰取异族之故书与吾国之旧籍互相补正。凡属于辽金元史事及边疆地理之作，如《萌古考》及《元朝秘史之主因亦儿坚考》等是也。三曰取外来之观念，与固有之材料互相参证。凡属于文艺批评及小说戏曲之作，如《红楼梦评论》及《宋元戏曲考》、《唐宋大曲考》等是也。此三类之著作，其学术性质固有异同，所用方法亦不尽符会，要皆足以转移一时之风气，而示来者以轨则。吾国他日文史考据之学，范围纵广，途径纵多，恐亦无以远出三类之外。"① 对于此段话，需细加领会。陈先生对静安先生开风气之先是肯定的，但细审"所用方法亦不尽符会"，也非全部肯定、一味褒扬。受此影响，"取外来之观念，与固有之材料互相参证"，后来就成为古代文论研究的一种重要模式，而这种模式在王国维研究中的实际效用与在后人研究中的实际效果却不尽相同，这是因为研究者的知识储备、文化处境已发生了很大变化：首先从知识储备来看，王国维国学基础深厚，对民族传统之"固有之材料"掌握得相对比较全面，其学术上的成功或恰不在此模式本身，而在其深厚的学

① 陈寅恪：《王静安先生遗书序》，见《金明馆丛稿二编》，上海古籍出版社 1980 年版，第 219 页。

养，而今日之流弊表现为使这一模式成为“外来之观念”与“固有之材料”的机械拼接，其学术失败处恐怕也不能归咎于这种模式本身，而在于今天的我们对“外来之观念”知之不深，对自己民族传统的“固有之材料”又知之甚少，简言之，学养不逮也。其实，中西融通不是个“想不想”的问题，而是个“能不能”的问题，仅仅有中西融通之宏愿，而无中西深厚学养之沉潜培植，最终也就只能是空怀幻想而已，或自我标榜融通中西，恐怕也还是底气不足。其次从文化处境来看，中西文化关系发展到今天其实已发生了很大变化，随着现代化的不断发展，“现代性”理念已在中国社会的各个领域、各个层面都取得了压倒性的胜利，今天“全盘复古”几无可能。“五四”先贤们身处国门大开之初，一方面传统势力非常强大，另一方面他们自身的传统学养大都较为深厚，所以激烈攻击传统的他们实际所取得的学术成果，其实是离不开他们本身深厚的传统文化学养的。再看看“五四”以后中国的发展吧，内战、外战、再内战，再继之以“文化大革命”十年，到了今天，吾辈身上残存的传统文化学养还有几分？大致说来，造成我们民族文化传统的断裂，激进反传统的“五四”先贤们脱不了干系，但恶化的社会历史处境对文化传统的戕害作用恐怕要大得多。传统文化几乎深入“五四”先贤们之骨髓，可以说他们之反传统是有资本的，而今日再豪言什么反传统（如果说是古代传统的话），我们又有多大资本？“五四”先贤可以“荣今虐古”，我们今天再“荣今虐古”，大概只能施虐于影子了吧？这是我们今天反思“五四”激进做法时，所更值得注意的我们自身的真实的文化处境。

再看所谓体例难题。中国古代文论研究中宏大而严整的史学建构，以及线性的文学观念演进的叙事，与西方进化论的、决定论的、线性论的历史观有着复杂而深刻的内在关联，比如黑格尔就将人类历史视为绝对理念的演进史，如此等等。而从西方现代思想的发展来看，所谓西方中心主义与唯科学主义、历史决定论、独断论等几乎是在同时受到质疑，当西方解构主义大行其道时，西方传统的系统结构性的文化思维方式就面临着挑战，那么，古代文论研究中过分偏重系统结构的学术运作方式是不是也面临着挑战呢？至少这已值得我们加以深刻反思了，那种唯体系是瞻的看法与做法至少已受到了深刻的质疑。当然，我们也没有必要随着西人走向另一极端，我们在西方解构主义盛行的今天多大程度上可以恢复古人诗话、词话之类的学术运作方式，恐怕还是个很大问题，至少我们可以说结构系统化也非全无是处。早年，陈寅恪在《冯友兰〈中国哲学史〉上册审查报告》中就指出:“(今人)所著之中国哲学史者,即其今日自身之哲学史者也。其言论愈有条理统系,则去古人学说之真相愈远。”①断章取义,陈先生似乎反对条理化、系统化,其实不然,因为他对冯友兰条理性、系统性极强的《中国哲学史》是非常肯定的。“其言论愈有条理统系,则去古人学说之真相愈远”,此言用以描述古代文论研究中的一些流弊也是非常恰当的。其实,相关之病还不在“系统结构”,而在“系统结构”不是从材料中自然而然生长出来的,是为观念框架先行之病。马克思在《资本论》《第二版跋》中对《资本论》所运用的研究方法总结道:“研究必须充分地占有材料,分析它的各种发展形式,探寻这些形式的内在联系。只有这项工作完成以后,现实的运动才能适当地叙述出来。这点一旦做到,材料的生命一旦观念地反映出来,呈现在我们面前的就好象是一个先验的结构了。”②

探寻“形式的内在联系”,对于古代文论研究来说,就是探寻文献材料中的思想关联。要做到“系统结构”从材料中自然而然生长出来,一需充分占有材料而充分“入乎其内”,二需还能真正“出乎其外”——这就需要理论思辨之超拔之力。两方面做起来都属不易,但不得不下大工夫去做。或可偏胜,但必须同时兼顾另一方面——或云等到材料搜罗全了再行“阐释”,或云到今天材料已搜罗得足够多了,因而研究重心应转向“阐释”,两种说法都有问题,其实“材料搜罗”与“理论阐释”不应只是一种先后排列的线性关系:“先”把材料搜罗全了,“后”再进行理论阐释,或“先”把理论框架搭起来,“后”再去搜罗材料——两种做法都存在问题。“材料搜罗”与“理论阐释”之间更符合学术规律的关系应是一种“循环”关系:“先”搭理论框架固无不可,但需在其后搜集材料的过程中用材料去调整框架,而非相反削足适履以框架裁减材料,或把适合框架的装进框架,不适合的则避而不谈。也可以先行搜罗材料,但若同时没有理论之深思,材料搜集本身也会受到影响,常常是到偏僻角落去挖所谓新材料(此种作为绝对有价值),而触手可及且极具理论价值之材料却成为研究盲点。以上是基于历史的判断:近一个世纪的现代研究史,材料搜集、整理已有很大规模,理论阐释固多弊端,但也不能说全无是处,即使全是教训,这一个世纪的教训也足以使我们

① 陈寅恪:《冯友兰〈中国哲学史〉上册审查报告》,见《金明馆丛稿二编》,上海古籍出版社1980年版,第247页。

② 《马克思恩格斯全集》第23卷,人民出版社1972年版,第23～24页。

可以少走弯路了。古代文论研究的深入需强调深层规律性与内在体悟性的交融，如此才能建构起我们与古人真正的富有成效的文化对话关系。

（原载《甘肃社会科学》2007 年第 4 期）

中国古代文论的范畴和体系

关于中国古代文论范畴研究的意义，包括对于中国古代文学理论批评史学科本身的发展深化，以及对于当代文学理论批评的转型重建，其所具有的积极的、建设性的理论学术价值，已成为学界共识，时贤多有论说，笔者亦曾有专文论及①，故而不再赘言。本文主旨，试图论析中国古代文论的理论范畴体系问题，并且兼及其现代转化问题。毋庸讳言，对于中国古代文论范畴之体系的研究，基本上可以说尚处于萌动、起步阶段，这自然与此项研究工作之理论学术难度以及迄今为止的中国古代文学理论批评概念范畴、命题的整理、研究尚且还不能为进行其体系之研究提供一个非常坚实而充分的基础和出发点有关。但是，在更进一步地加强对中国古代文论概念范畴之全面而深入的系统化研究之同时，开展对其体系范式的探讨和建构，则无论如何是一项非常必要的、紧迫的学术任务。笔者以为，其至少具有如下四个方面的重要理论学术价值：(1) 研究中国古代文论范畴体系，是揭示传统文学理论批评及其范畴发展的内在逻辑和客观规律之根本途径；(2) 研究中国古代文论范畴体系，有益于总结、提炼传统文论理论思维机制方式及其经验；(3) 研究中国古代文论范畴体系，是认识传统文论在思想范畴方面的民族文化特征之重要方法；(4) 研究中国古代文论范畴体系，对于当代中国文学理论批评范畴及其体系之转型与重构，实现文论话语本土化之既定目标，亦是无法超越过去的主干工程之一。其学理上之必然，深究下去，需以专文论析之，这里仅简言之，恕不展开。

研究中国古代文论范畴体系，必然涉及中国古代文论范畴体系的哲学基础、中国古代文论范畴的理论视阈和思维特征、中国古代文论范畴体系的逻辑起点和中心范畴确认、中国古代文论范畴体系的结构网络和具体模式以及建构中国古代文论范畴体系的逻辑和历史原则诸问题。在本文中，

---

① 见拙文《中国古代文论范畴研究方法论管见》，《文艺研究》1996 年第 2 期。

笔者即准备围绕这些问题谈谈自己在思考、探讨中国古代文论范畴体系过程中的一得之见，谬误、失察之处，祈请方家教正。

一

在许多议论中国古代美学或文论特点的文章或论著中，我们随处可以看到这样的一种看法，即认为传统美学或文学理论批评是经验、直观以及模糊式的，缺乏理论性、逻辑性、思辨性、分析性、系统性等等，至于理论范畴体系就更无从谈起了，这差不多已成为定见。另外，在一些论析中国古代美学思想体系或理论范畴体系的著作或论文中还有所谓"潜体系"之说，即认为西方美学体系为"显体系"，中国古代美学体系为"潜体系"，并且尚有强分轩轾之意味。事实上，上述种种说法，除了说明中西文论或美学在思维机制、理论方式上之文化差异，以及表明立说者之文化立场而外，再不能真正说明和解决什么问题。如果以西方文论为标本，来衡定中国古代文论及其范畴和体系之体性，并且要找出相同的东西来，自然会令人失望。就事实而言，可以确切地说中国古代文论及其范畴有着自己的理论思维和逻辑方法，亦不缺乏分析性和系统性，中国古代文论和美学范畴有着自身脉络清晰的体系，只是在体性上不同于西方的而已。但是，由于文化认同和知识谱系方面的原因，便使得一些论者以为只有西方式的理论、逻辑、分析才是理论、逻辑、分析，而异于西方式的则不是；只有西方式的体系才算体系，否则便不是，再加上对于传统文化尤其是古人思维方式之隔膜，种种对中国古代文论及其范畴体系的误解与责难俱由此而出。

之所以有上述评析，是为了引出这样的一个话题，即中国古代文论范畴及其体系的思维特征、理论分析方式以及逻辑结构特点问题，也就是中国古代文论范畴体系的哲学基础问题。我们知道，在中国认识论发展史上有老子的对待统一方法、孔孟的"中庸"和经验方法、庄子的相对和"环中"方法、董仲舒的形上方法以及墨子形式逻辑思想和荀子的辩证逻辑方法，它们都具有哲学方法论的意义，代表着传统的思维、分析、逻辑方法以及理论表述特点。老、孔、孟、庄、董的哲学认识方法论人们较为熟知，这里着重谈谈墨、荀的哲学认识方式，尤其是逻辑方法论。墨子认为"言有三表"①，

---

① 《墨子·非命上》。

又云为“言有三法”①，其所谓“法”，即标准、法式之意，并以“轮人”之“规”、“匠人”之“矩”为例加以说明，即“规”为圆类之法，合规则为圆；“矩”为方类之法，合矩则为方。② 墨子的“法”的观点，在后来的《墨经》中进一步发展，作为认识和分析方法论之哲学意味更浓了，如云：“法，所若而然也。”③“法：意、规、员三也俱，可以为法。”④“效者，为之法也。所效者，所以为之法也。故中效则是也，不中效则非也。”⑤这里之“法”，即指立论之法式、标准；而“效”，则指建立法式以为“所效”，合“法”为“是”（即“中效”），不合“法”为“非”。这事实上已经上升到了认为在认识、分析事物时应建立具有普遍运用意义的公式、模型以进行推导、演绎的哲学方法论高度。除此之外，《墨经》中还提出了“类”、“故”、“理”三个范畴，更属于认识和逻辑推理方面的方法论范畴，其云如：“夫辞，以故生，以理长，以类行也者。立辞而不明于其所生，妄也。今人非道无所行，唯（虽）有强股肱而不明于道，其困也可立而待也。夫辞以类行者也，立辞而不明于其类，则必困矣。”⑥其中，“故”又分“小故”与“大故”，分别指必要条件与充足而必要的条件；“理”实际上涉及了形式逻辑的基本思维规律——同一律、排中律和矛盾律；“类”主要分析“同”与“异”，尤为重要的是“类同”与“不类”，就是根据事物之种属包含关系来进行推论、论证，即所谓“以类行之”。由此而可以看出，墨子及其后学所提出的认识、分析和评判事物的一系列方式和原则，已经具有了自觉的方法论意识和较为系统的理论化形态。尤其是墨子在提出“三表法”时所制定的所谓“有本之者，有原之者，有用之者”⑦三条标准，实际上已经形成了考察原始—审度其由—实践检验这样的方法论系统，故而才有“凡出言谈由文学之为道也，则不可而不先立义法”⑧云云。经验方法与理性方法、逻辑演绎方法与逻辑归纳方法兼而用之，理性须以经验来检验，经验须以理性来条理，为墨家学派哲学认识方法论的特点所在。当然，在经

---

① 《墨子·非命中》。
② 《墨子·天志中》。
③ 《墨经·经上》。
④ 《墨经·经说上》。
⑤ 《墨经·小取》。
⑥ 《墨经·大取》。
⑦ 《墨子·非命上》。
⑧ 《墨子·非命中》。

验与思辨之间，墨家学派无疑是更倾向于前者，对此我们亦毋庸讳言。

到了荀子，关于认识、分析、思辨的哲学方法论更有了长足的进步。荀子以“术”来代表方法，即所谓“五寸之矩，尽天下之方……则操术然也”①。并且亦强调要用“类”、“故”、“理”范畴作为分析、思辨之法式，提出了“不异实名”、“辨异而不过，推类而不悖”、“辨（辩）则尽故”②以及“举统类而应之”、“张法而度之”③、“以道观尽”④等一系列的命题，中心意旨是要求以全面一贯的道理来认识事物、分析事物和规范事物，以及通过充分把握“道”（理）来全面地（“尽”即全面之意）看问题以明所以然之故。针对当时其他学派在“心术”（认识、思辨方法）方面存在之“蔽”，荀子在方法论上提出了“符验”和“辨合”两个原则以为“解蔽”之方，即所谓：“善言古者必有节于今，善言天者必有征于人。凡论者，贵其有辨合，有符验。故坐而言之，起而可设，张而可施行。”⑤在此，“辨合”指正确的分析与综合，“符验”则指理论须以事实相验证。以上这些，构成了荀子的哲学方法论之主要内容。另外，在荀子之后，《易传》所提出的“一阴一阳之谓道”⑥之命题，以及在解释“睽卦”时所发挥的“天地睽而其事同也，男女睽而其志通也，万物睽而其事类也”⑦、“君子以同而异”⑧的观点，即主张以对立统一、相反相成的观念来认识事物构成，在分析问题时应注意同中之异、异中之同，这同样具有哲学方法论的意义。

先秦诸子之哲学方法论为中国传统认识论的理论思辨和分析方式奠定了基础，中和、中庸（执两用中）、对待、环中、一与多、合异与散同、正名、损益、观复、易简、通变、比类取象、比类运数、符验、辨合以及天人合一等思想认识方法原则便成为传统学术之理论思维传统，并且在具体运用中进一步发展，来探讨“性与天道”这一涵盖于各学术门类的传统学术思想中之总命题，因此而有董仲舒的“以类合之，天人一也”⑨的命题，有魏晋时期的

---

① 《荀子·不苟》。

② 《荀子·正名》。

③ 《荀子·儒效》。

④ 《荀子·非相》。

⑤ 《荀子·性恶》。

⑥ 《周易·系辞上》。

⑦ 《周易·睽·彖辞》。

⑧ 《周易·睽·象辞》。

⑨ 《春秋繁露·阴阳义》。

"辨析名理"的思潮，有南北朝时期范缜的质用统一和贾思勰的性能统一之说（实即"体用不二"，范氏之说用来阐明形神关系，贾氏之说用作分类之据），有王安石的"耦之中又有耦焉，而万物之变遂至于无穷"①以及张载的"体用不二"②和沈括的以"法"求"理"的观念与方法，以及有王夫之的"象数相倚"、"由用以得体"、"乐观其反"、"善会其通"和"理势统一"③等关于分析与综合统一、逻辑与历史统一的方法论原理，黄宗羲的"分源别派，使其宗旨历然"④的学术方法论，等等，不一而足。至于执两用中、通变观等作为理性方法原则在后世之普及，则实在是举不胜举。如果需要作一个简单的概括的话，我们可以说讲求"中庸"、"对待"、"天人合一"、"通变"、"体用不二"、"立象取比"以及"疏源通流"等方法原则构成了中国式的哲理思辨和理性分析及理论操作表述之主要特点，古人以此而察类（知其然）、求故（知其所以然）、明理（知其必然与当然），来实现"究天人之际"之夙愿。

中国古代文学理论批评经历了一个由非自觉到自觉的发展演变过程，但是这种分化并非意味着在学术义理上与其他思想部门完全分道扬镳，历代文论家在以文学为特定考究对象，对文之源、文之体、文之用以及作家、作品、鉴赏之义谛与体相和品次的研思中，亦始终以明性与天道、究天人之际为认知之最高境界，也就是说将自己的学思目标定位于思辨、冥悟天—地—人关系这一作为中国传统学术思想价值之宗的范围之内。所以，上述中国传统哲学认识论的思辨、分析以及理论操作方面之方法论原则，亦内化为他们的理性精神，而实际贯彻运用于创立概念和范畴、设定命题、营构体系以及具体的品评赏鉴活动之中。譬如，温柔敦厚、中和之美、"发乎情，止乎礼义"等文论概念或命题，便体现了追求"中庸"的哲学理性精神。正变、文质、真幻、虚实、刚柔、工拙、形神等术语概念的建立，则明显地禀承了老子哲学讲求对待、相反相成的思辨方法原则，故而表现出推崇艺术辩证法的美学精神。至于情景交融、物化、以物观物、神与物游、自然、意境等概念范畴，又无不充分地折射出"天人合一"的思想理性光芒。气范畴及其派

---

① 王安石：《洪范传》，见《临川先生论文集》卷650。

② 《正蒙·太和》："知虚空即气，则有无、隐显、神化、性命通一无二。"又《神化》："神，天德，化，天道。德，其体，道，其用，一于气而已。"见《张载集》，中华书局1978年版，第8、15页。

③ 王夫之：《周易外传》卷5、卷2，见《读四书大全说》卷9。

④ 黄宗羲：《明儒学案·自序》。

生出的概念范畴群在阐释功能方面往往兼及本体、作家主体以及作品，韵、味、趣等范畴亦具有指向作家、作品、接受效应三个方面的理论功能，则正是“体用不二”、体用一源而玄通相即之智性精神的表征。传统文学批评鉴赏之“人化”的美学评价方法及其所创建的诸如风骨、气韵等范畴，刘勰论文所云：“夫才量学文，宜正体制，必以情志为神明，事义为骨髓，辞采为肌肤，宫商为声气……义脉不流，则偏枯文体。”①荆浩《笔法》论书所云“凡笔有四势，谓筋、肉、骨、气”等等，虽说直接原因是受魏晋以来人物品评风气影响而致，但在更深层次的思维方式上却再明显不过地留下了《易经》“立象取比”即所谓“近取诸身，远取诸物”②之胎记。甚至从作为刘勰文学价值观念之纲要的“原道”、“征圣”、“宗经”，在建立文学价值的标准、法式和规范方面，我们实在不难发现其与墨子“三表法”及“类”、“故”、“理”范畴之间相关联的一些蛛丝马迹。凡此种种，不一而足。

以上所述在于说明中国传统的认识、思辨方式和理性精神，为中国传统学术提供了一个统一的哲学方法论基础，中国古代文学理论批评作为传统学术门类之一，在理论方法上，至少在上文所举思维、认知的体性方面以及它如重视“训诂”即名言概念之疏证诠释、“原始表末”即疏通源流等方面，与传统经学、史学等属同炉共炼境况。所以中国古代文论之理论范畴自有自己的分析性、思辨性、逻辑性、演绎性、系统性，并且有自己的体系结构。然而，人们在以西方文化为参照系观照中国文论时，往往手中操持西方文论之“规”、之“矩”而求“中吾规”、“中吾矩”，难“中”即云“不圆”、“不方”，即使或有一、二中者，亦云为“极为少见”、“偶见”之例，如叶维廉在其《中国诗学》开篇《中国文学批评方法略论》曰然，这又是一种什么样的“三表法”呢？

二

关于中国古代文论的民族特点，20 世纪 80 年代古代文论研究界曾经有过一次较为热烈的讨论。近年来，又陆续有一些论著或论文描述，数量不少，但大多以中西比较的方式进行，且几乎都冠以美学范畴的名义，然而在笔者看来差别并不大，所选美学范畴同时亦是文论范畴，理论视阈基本

---

① 《文心雕龙·附会》。

② 《周易·系辞下》。

没有超出文论范围之外，不过这倒表明了中国美学范畴研究与中国文论范畴研究之间存在着的交叉重叠性，可是前者又不能完全等同于后者。所提出的种种见解，有的合于实际，大家能取得共识；有的则先入为主，主观臆测，妄下论断，有悖于实际，不敢苟同。严格地说来，无论是勾勒中国古代美学范畴特点，还是勾勒中国古代文论范畴特点，实际上应该是对它们的理论形态及其特征之认识和描述，而且必须全面而深入地识别研究对象之内在肌理，从中国古代文论范畴理论体性之实际出发，以求所得结论与历史真貌相符。

范畴是思维的基本形式，思维对象和思维方式与范畴所诠指的对象及其所用的理论审视方式是一致的。因此，在传统认识思维方式之制约下，中国古代文论范畴形成了自己独特的理论形态，其主要特点，笔者以为主要可以概括为如下几点：

（一）中国古代文论范畴在理论指向和诠释方面具有多功能性。这里试以“气”范畴为例，加以说明之。“气”作为一个哲学范畴而被援引入文学理论批评，同时又成为中国古代文论的核心范畴之一的发展演变过程，这里不述，而仅对其丰富之内涵所体现出的理论功能的多指向性加以透视。在传统文学理论批评中，“气”范畴在不同的批评语境中指述的对象往往不同：(1) 指文之所由来，具有本体意义，体现了古人论文时之本体企望，属于文源说范围。如白居易曾云：“天地间有粹灵气焉，万类皆得之，而人居多，就人中，文人得之又居多。盖足气，凝为性，发为志，散为文。”①彭时亦云：“天地以精灵之气赋于人，而人钟是气也……而文章兴焉。”②归有光则云：“文者，天地之元气，得之者其直与天地同流。”③李德裕、刘将孙、钱谦益等论文亦发表过与上引三家完全一致的见解④。这里之“气”，指自然元气、天地之气，文论家们使用它诠释文之所由生与哲学家们使用它诠释天地万物之基始时之思理同出一辙，俱是在追溯一种源头性的实体存在物，所以中国古代文论中之文源说便有了“气—人—文”这样一个理论范型，而从特定的角度来看，“感物说”、“江山之助”等概念、命题，俱循此理论范式

---

① 白居易：《故京兆元少尹论文集序》，见《白氏长庆集》卷 68。

② 彭时：《文章辨体序》，见吴讷《文章辨体序说》卷首。

③ 归有光：《项思尧论文集序》，见《震川先生集》卷 2。

④ 请分别参见《李文饶论文集》外集卷 3《文章论》，《养吾斋集》卷 11《彭宏济诗序》，《牧斋初学集》卷 31《李君实恬致堂集序》、卷 40《纯师集序》。

之思理而来，而此二者则又属于创作论范围。(2) 指作家的气质、秉性、情操和创作心态，具有人格构成方面的意义，体现了古人论文强调作家内在精神素质和道德修养的特点，属于主体论范围。从孟子的“我善养吾浩然之气”①，到曹丕的“文以气为主”②，再到刘勰《文心雕龙》中《风骨》和《养气》二篇所倡，以及后来的韩愈的“气盛言宜”说③，和宋以降大量文论家关于作家的“养气”、“炼气”和志气、体气、才气等与创作、作品之密切联系的大量论述，通过对“气”这一范畴之使用，构成了中国古代文论对于作家主体道德、情感以及个性、才力与其写作及作品意蕴风格之间相互贯通的理论诠释系统，即“文气说”，于是所谓“胸襟”、“积理养气”便被视为文学创作中“第一义”性质之因素。如叶燮所言：“我谓作诗者，亦必先有诗之基焉。诗之基，其人之胸襟是也。”④朱庭珍则云：“诗人以培根柢为第一义，根柢之学，首重积理养气。”⑤而从思理上来看，则又兼及作家主体论和创作论，有朱庭珍在《筱园诗话》中所言为证：“养气为诗之体，炼气则诗之用也。”(3) 指文学作品中之审美因素。这是“人化”批评模式之具体运用。传统的生命哲学将气视为生命之本源，天地间动植万物，得气者生，失气者亡，而在文论家看来诗文亦然。他们将诗文看得如同一个活生生的人或自然界其他生机旺盛之动植物，亦有生气灌注其间，方为耐人寻味之作，否则索然无味，无异尸骸，此之谓文章之“生生”之理。所以，“气”在此又成了古人诠释文学作品的内在艺术生命力时喜好使用的一个范畴，即将“气”视为作品的艺术生命力之所在，如云：“我诗有生气，须人捉着，不尔，便飞去。”⑥“生气远出，不著死灰。”⑦“观于人身及万物动植，皆全是气之所荡。气才绝，即腐败臭恶不可近，诗文亦然。”⑧“气”作为文学作品之艺术灵魂，其审美价值在于使作品具有整体有机联系，从而呈现出一种力度、动感，古代文论中的“气骨”、“文气”、“气脉”、“气势”、“辞气”、“气格”、“气象”等概念俱

---

① 《孟子·公孙丑上》。

② 《典论·论文》。

③ 见《昌黎先生集》卷十六《答李翊书》。

④ 叶燮：《原诗》卷一，见《清诗话》下册，上海古籍出版社 1963 年版。

⑤ 朱庭珍：《筱园诗话》卷一，见《清诗话续编》(4)，上海古籍出版社 1983 年版。

⑥ 钟嵘：《诗品》“齐诸暨令袁嘏”条引袁嘏语，据吕德申《钟嵘诗品校注》，北京大学出版社 1986 年版，第 211 页。

⑦ 司空图：《二十四诗品·精神》。

⑧ 方东树：《昭昧詹言》卷一，见《通论五古》。

以此为指述对象。对此，叶燮在《原诗》中的论析最为透彻。他认为，“理、事、情”三者为诗之表现对象，但是，“然具是三者，又有总而持之，条而贯之者，曰气。事、理、情之所为用，气之为用也”。亦即理、事、情三者在文中须借气而行，故“得是三者，而气鼓行于其间，絪缊磅礴，儒随其自然。所至即为法，此天地万象之至文也”①。而且，文之“气”作为审美因素，指述的是作品内部的深层意蕴，而非外在形迹，所谓“气韵”、“气味”、“神气”即指此而言，刘大魁所谓“神气者，文之最精处也”②，说的正是这个。而传统文论审美鉴赏方法论中的“优游浸润”、“涵泳默会”③之命题，则正是从这些概念中导引、衍生出来的。另外，因于“气”范畴兼有指述作家内在精神素质特征和作品艺术审美因素的理论诠释功能，所以它又被用来指述与作家的创作个性密切相关的作家、作品的艺术风格特点，这样，“气”又成为风格论方面的一个范畴。在这方面，曹丕《典论·论文》中之“气之清浊有体”为首倡，后世论者不绝如缕，恕不征引，这就更加充分地体现了“气”范畴在理论诠释和指述方面的多功能性。此亦正好印证了我们在前面所指出的中国古代文论范畴在理论思辨方面坚持“体用不二”、“势能合一”原则的看法。其实，中国古代文论中的诸如“韵”、“味”、“趣”、“通变”、“文质”、“正变”、“因创”等范畴亦莫不如此，后四种范畴兼及创作论和文学史论两方面的理论诠释与指述。

（二）中国古代文论范畴之间存在着相互渗透、相互沟通的关系，因而在理论视阈方面体现出交融互摄、旁通统贯、相浃相洽的思理脉路。这首先体现为有些文论概念范畴之间往往可以互释，如“志”与“情”、“象”与“境”、“兴寄”与“比兴”、“境界”与“意境”、“趣”与“味”、“韵”与“味”、“气”与“神”与“韵”等等。当然，这并非是说它们在定义上完全等同，作为不同的概念范畴，它们都有各自的形成过程，亦有各自的内涵界定，在理论诠释和指述上也有不同的向度。但是，当一些文论家使用它们来描述创作或阅读接受过程中的美感体验，或指述作品内在之审美意蕴时，往往又不加区分，在此一批评语境中使用这个，在彼一批评语境中使用那个，但所指述和诠释的对象却是同一个，所表达的理论识见也完全一样，这就使得一些概

① 叶燮：《原诗》卷一，见《清诗话》下册，上海古籍出版社1963年版。

② 刘大魁：《论文偶记》十三。

③ 刘开：《读诗说》，见《刘孟涂集》卷1。

念范畴在一定的理论界域内意义等同，互通互用，唐宋以来的文论著作中这种情况是相当普遍的。其次，又表现为文论术语、概念范畴之间呈开放性关系，在指述对象和理论观照方位方面相互流动，相互移位，相互吸纳、相互补充，其结果则是促成了不同术语、概念、范畴之间的融合，由此产生新的概念范畴，而不是自我封闭，死死固守在既定的指述对象和诠释角度上一成不变。当然，这种开放流动、变化组合又不是毫无思理的杂乱组合，而是遵循着一定的"类"之取予（事物间的种属包含关系）与"辨合"（综合分析以正确把握规律）原则来进行的。比如，"象"与"意"经由"立象见意"（《易传》）、"象罔"（《庄子》）、"得意忘象"（王弼）、"境生象外"（刘禹锡）等中介环节，相互渗透接纳，由分殊而合一，组成"意象"这一新范畴。又比如"文"与"气"，则以"天人同构"、"感物而动"说等思想方式之推动为中介，使它们拢聚而合，构成"文气"范畴。这种例子我们还能举出很多，如"体"与"性"、"意"与"境"、"兴"与"趣"、"清"与"空"、"质"与"实"、"虚"与"白"等等，不一而足。这种概念范畴之间的渗透、融合而产生新的范畴，并非是以否定或扬弃原先的单个概念范畴之义理为代价，而是涵盖兼容之，因而便意味着理论观照之空间方位的调整和拓展，往往可以增加思维的有象性或具体性，加强思辨过程的体验性或感受性，使思理形式因素多样化而克服过于程式化之弊端，使其在指述和诠释功能方面向对象之更隐秘微妙处延伸。中国古代文论范畴的这一特点，是受传统思维认识的"合异散同"、"善会其通"的方法原则之影响而来的。西方文论的概念范畴之间因为过于封闭、对立，因而在指述和诠释艺术创作或阅读接受过程中的审美对象体性以及审美意识活动特点时往往"蔽于一曲而暗于大理"①，不能探幽阐微，中国古代文论的这一特点实际上正好体现了理论观照方面"解蔽"功能强的长处。

（三）中国古代文论范畴具有极为广且厚的内容涵盖面和阐释界域极宽的潜在理论因素，因此衍生性极强，一个元范畴或核心范畴往往可以派生出一系列子范畴，子范畴再导引出下一级范畴，范畴衍生概念，概念派生命题，如此"生生不已"。再加上因于理论视角融合、交汇而由两个或两个以上的单个范畴组成复合范畴这一特点，便出现了一系列概念范畴家族或曰部落，即由一个核心范畴统摄众多范畴、概念、命题的范畴群。譬如，以

---

① 《荀子·解蔽》。

"气"为核心范畴，衍生、导引出"文气"、"体气"、"养气"、"气韵"、"气象"、"神气"、"气势"、"气脉"、"气格"、"气味"、"气骨"、"逸气"、"生气"、"辞气"等理论范畴、概念，而由这些范畴、概念又派生出许多理论命题，如"文以气为主"、"情与气偕"、"气韵生动"以及"山水之象，气势相生"、"诗以气格为主"、"文以养气为归"等等，其情形恰可用"众星拱月"一语来形容之。关于"气"范畴及其由此而裂变衍生出的硕大无朋的审美概念范畴群，蒲震元先生在《生气远出，妙造自然》一文中详加统计，可谓搜列备至，可参之①。"象"、"意"、"兴"、"神"、"情"、"境"、"韵"、"味"、"趣"等核心范畴亦无不如此，都各自统领着一个范畴群。这无不说明中国古代文论范畴系统中的那些主范畴的理论抽象程度很高，思理向多角度辐射，因为只有这样才可以有宽广的阐释空间，才会具有如此强盛的理论概念、理论命题的衍生和繁殖力。这种范畴群的形成，使中国古代文学理论批评史上出现了若干个大的理论阐释系统，大体上又分别以"道"、以"中和"、以"通变"、以"气"、以"兴"、以"象"、以"神"、以"意"、以"味"、以"韵"、以"趣"等为轴心而形成了不同的范畴群，每一个范畴群我们都可以将其视为具有相对稳定的指述对象和诠释内容的理论阐释系统。当然，由于文学艺术本体问题、作家主体以及艺术创作和鉴赏过程中的审美意识活动问题之复杂性，各范畴群之间又有相互渗透、相互照应的关系，有的子范畴、概念可以同时属于两个或两个以上的范畴群。通过建立范畴来形成理论指述与诠释网络，确实达到了统之有宗、会之有元，在思理上不固执于一线，在思维内容上抽象与具象结合而不流于空疏或琐细。一般来说，每一大的范畴群中，都包含着象性、实性、虚性三种类型的概念范畴②，而每一类型的概念范畴又沿着象、实、体、虚四种思维逻辑范型展开概念、命题，且分别以存在于文学及其创作、鉴赏活动中的本体、属性、规律、关系、价值等问题为认识对象进行理论观照。或许有论者会以为中国文论范畴群的形成说明中国古代文学理论批评在理论思辨和逻辑上的杂乱无序，缺乏规定性，其实大谬，这反而说明传统文

---

① 见蒲震元《中国艺术意境论》，北京大学出版社 1995 年版。

② 张立文先生在《中国哲学逻辑结构论》(中国社会科学出版社 2002 年版)一书中认为中国哲学逻辑结构系统由象性范畴逻辑结构、实性范畴逻辑结构、虚性范畴逻辑结构三大系统排列而成，详见该著第三、四、五章。笔者同意此说，并认为受中国哲学思维逻辑方法论之影响，中国文论范畴系统、尤其是大的范畴群内部之系统结构亦体现了这种特征。对此笔者将另撰文加以探讨。

论在思理方面善于寓“一”于“多”，以“一”统“多”，亦即钱锺书先生从刘熙载论文的有关言谈中所概括出来的“一则杂而不乱，杂则一而能多”、“一贯寓于万殊”、“多多而益一”①，而用刘熙载的原话来讲就是“一在其中，用夫不一”②。

（四）中国古代文论范畴的理论思维，尤其是关于审美的理论思维在思辨分析和阐释的理论方法上力求使理论思维主体逼近、渗入思维对象（创作、鉴赏中的审美意识活动、作品的审美因素），并且在进行理论观照时运用与思维对象相同的审美艺术思维方式来审视、领悟、体验对象，从而使这种理论观照的结果本身亦具有一定的美感意蕴，具有一定的情感性、意象性、虚涵性，这也就使中国文学理论批评中的许多涉及艺术审美活动及美感经验的术语、命题、概念、范畴本身即审美化、艺术化，耐人咀嚼寻味。对于传统文论概念范畴的这种理论观照方式之定性，学界有体验型、经验型、具象型、直觉型、模糊型、体悟型、审美型等种种说法，这里无意于之一一辨析，而只想指出这种理论观照和指述方式并非只有体验而没有分析，只有具象而没有抽象，只有直觉而没有理性，只有体悟而没有思辨，只有模糊而没有确指，而是二者之间的结合，基于后者而又对其加以超越，不即不离，若合若分。就其“即”、“合”之一面而言，其可以使在理性思辨过程中必须做到的被剖分为二元对立的思维主体与思维客体合拢起来，克除触类条畅而各有所归的机械割裂弊端，主客合一，从而更为深入地体验、领悟文学艺术创作和阅读接受过程中的审美意识活动之幽妙隐微之处。论到这里，笔者以为正好可以用况周颐论读词之法的一段话来核之：“读词之法，取前人名句意境绝佳者，将此意境缔构于吾想望中。然后澄思渺虑，以吾身入乎其中而涵泳玩索之。吾性灵与相浃而俱化，乃真实为吾有而外物不能夺。”③况氏之“读词之法”确切地说是指赏鉴之法，与学术化的专业性的理论批评尚有不同，但后者在“思”、“虑”过程中果真乎能做到“以吾身入乎其中”、“相浃而俱化”？难道于对象之理论指述与诠释不是有益而无害吗？就其“离”、“分”之一面而言，只要是运用术语、命题或概念范畴进行审视、领悟和阐述，思维主体与思维客体尽管如何异质同构而多么相浃相洽，但

① 钱锺书：《管锥编》第一册，中华书局1979年版，第52页。

② 《艺概·文概》。

③ 《蕙风词话》卷1。

毕竟又有所切分，有所距离，所以无可避免地已经具有一定的抽象、思辨、分析、判断、归纳等理性思维形式，无论以何种形式，它最终还是要完成或曰达到自己的理论指述任务或目的；只要是使用术语、命题或概念范畴，就是以抽象化、普遍化的意念来超越取代具象性、个别性的指述对象，故而无论传统文学理论批评的理论思维如何具有审美艺术思维活动的特点，如何"直觉"、"体悟"等等，我们都无法不承认其思理中有理性成分之存在。在这一问题上，笔者以为如下一种见解比较中的，较为切合中国传统艺术理论批评思理之实际："首先，在思维的主客体合二为一的前提下，思维的形式因素与客体的形式因素保持一致，思维活动的形象同作为思维客体的物与人的以及心理意识中的形象互相贴近，相互融合。同时，思维主体的情感意识同思维客体的性质状态也物我不分，使后者含有了并表现出思维者的喜怒哀乐与人格个性。从这个意义上讲，体悟直觉思维是有象思维和表现性思维。其次，在思维的主客体一分为二的前提下，思维的形式因素与客体的形式因素劳燕分飞。思维活动有时也采用比较抽象的概念判断去指述与阐释早已是留下了思维者踪影的思维客体。同时，思维者的感情意绪与思维客体的属性形态拉开距离。思维者有时也用比较冷静超然的态度去审视、领悟和阐释已经含有思维主体情性的思维客体。就上述特征而论，体悟直觉思维又是一种具有一定抽象度的阐述性思维。"①引文中反复出现的"思维"系指中国传统艺术理论批评思维，而且偏重于其中的关于审美和美感理论批评，只是文中数次出现"有时"的字眼，说明论者对传统审美理论中的思辨、分析等理性因素看得比较淡，故而有传统审美范畴属于体悟直觉思维类型之结论，这则明显是以西方审美理论类型为取象运数的参照系了，而这又是笔者不能完全同意的。然而，论者的态度毕竟是非常审慎的，这在近年来的中西诗学比较研究中是非常少见的。有感于此，笔者以为在中西诗学比较中，应该多有一些诸如中国的思辨、分析、理性等如何如何，西方的思辨、分析、理性等如何如何；中国的体悟、直觉等如何如何，西方的体悟、直觉如何如何，而不要轻易下何者为中有西无、何者为西有中无之类的截然不容商议的判断。我们应该注意到中西审美理论思维中的"同质异构"情况，此处之"质"系指理论思维活动及其名称而言，"构"

---

① 赵仲牧：《审美范畴与思维模式——试论中国传统审美理论的体悟型思维》，见《思想战线》1979 年第 3 期。

指表现形态而言。关于中国古代文论范畴的这一特点，笔者以为在诸如“妙悟”、“顿悟”、“兴趣”、“气象”、“神思”、“兴会”、“辨味”、“神韵”、“性灵”、“熟参”、“寄托”甚至“意境”等概念范畴和由它们派生而出的种种相关命题中表现得最为突出。试仅以“妙悟”为例而申说之，以免上文议论流为空疏。“妙悟”被以禅喻诗的严沧浪论为“诗道”，此“诗道”在《沧浪诗话》中当然指创作诗之道与赏诗之道（包括学诗），并非是专意指学术性的论诗、评诗之道（学理）。然而，严沧浪从借用禅宗南宗“顿悟”之说而立“妙悟”一概念，恐怕他已经意识到了运用“诗道”（创作、鉴赏心态，以“别材”、“别趣”为特点）来论诗评诗，即“运用‘妙悟’的方式去审视和领悟思维对象中的‘妙悟’过程”①，似乎更可以在理论观照和指述方面逼近阐释对象，以获致艺术审美过程中之审美意识活动和美感体验的形态与特点之义谛，此正所谓“以不二之语，符不分之理”②。如《沧浪诗话·诗辨》论唐代诗人唯求“兴趣”的那段著名议论，无论从文字还是思理上均显得那么“透彻玲珑”，其中有具体之理论指述和诠释，有思辨，有分析，然而又融入“象”、“意”之中，如“空中之音，相中之色，水中之月，镜中之象”，似在有迹无迹之间，“不可凑泊”，确实可称之为“言有尽而意无穷”的诗意化的理论批评。沧浪论诗之“非关书”、“非关理”说曾遭世人诟病，其实无论作诗还是论诗都难能与“书”、“理”、“言筌”脱离干系，区别在于如何“关书”、“关理”、“言筌”，而中国式的理论批评之“关”法，便在于分析和阐述语汇以及思辨场域内往往有“象”、有“意”，并进而为一些理论术语、命题、概念、范畴命名也尽可能地选用颇具“意象”性的语汇。所以，中国传统审美理论、概念范畴往往能提供一种灵而动、似虚而实的理论思辨场景和指述、诠释效果。而从思维机制之根本上来说，此又承传统思维方法中之“比类取象”、“立象见意”而来。

关于中国古代文论范畴之理论特点，尚且还可以指出诸如具有学派性、多从哲学概念范畴中引入、对待性（指复合概念范畴所用及所指述、诠释之对象的对立统一关系与规律等）以及其他一些特点，多见有论，这里略之。

---

① 赵仲牧：《审美范畴与思维模式——试论中国传统审美理论的体悟型思维》，见《思想战线》1979年第3期。

② 慧达：《肇论疏》引竺道生《顿悟成佛义》语。

三

只要我们一旦以中国古代文论范畴体系结构为研究对象进入思考状态，就必然要首先弄清楚中国古代文论范畴体系之逻辑起点，即所谓元范畴问题，以及其具体展开情况，即所谓结构层次问题，其中又包括核心范畴确认问题。只有这样，才能做到对中国古代文论范畴体系模型有一个较为完整、较为合理的勾勒。

由于中国古代的文学理论批评，除刘勰之《文心雕龙》对文学进行了总体性理论观照，具有自己严密的理论体系框架和概念范畴、命题体系结构，被历代誉之为“体大思精”而外，其他尚有《荀子·乐论》、《诗大序》、《礼记·乐记》、《典论·论文》、《文赋》、《诗品》、《二十四诗品》、《岁寒堂诗话》、《文体明辨序说》、《曲律》、《原诗》等(远不止于这数种)理论批评著作，虽也可以说大致上具有自己的理论体系，但均属局部性质的，如或囿于文学功用价值范围，或只限于文学创作论或文体论或风格美学论等方面，或仅就一种文体如诗、文、曲等而进行本源、价值功用以及主体、创作、作品、风格、赏评等方面的理论指述与诠释。至于更多的情况，则是一些文论家在不同的著作、文章或诗作中片断式地发表自己在某一方面的文论见解，或因人而发，或因事而发，或因作品而发，总之是自由随意，不求全面系统，只求表达思理所到之识，这种情况亦包括一些部头不小的诗话著作，如《带经堂诗话》、《随园诗话》等，也属于片断性的谈艺论诗。这一情况虽缺乏系统性，然而如果我们将一些文论家如白居易、苏轼、王夫之等人散见于各处之文论见解收集到一起，加以适当的整合，还是可以发现这些文论家对于文学的理论认识有他们一定的系统性的，他们对于术语、概念范畴的使用也还是有一定的法式的。同时，又由于传统学术文、史、哲、经学等往往共生一处，尤其是在先秦时期尚属浑然一体，所以先秦两汉诸子之学不去说了，就是以后的许多史学、哲学、经学论著中，也包含了丰富的文学理论思想，包括文学理论概念范畴，比如史学中之“春秋笔法”同“诗史”、“尚简”、“用晦”等概念范畴的关系等，亦需要我们投注一定的目光，对其加以钩稽。所以，这就涉及整合、建构的问题，即以一定的原则、方法对传统文学概念范畴加以搜集、梳理，将它们综合在一起，形成一个有层次之分、有法度秩序而能充分体现传统文论及其概念范畴之思理特点的体系。毫无疑问，这一模式构拟，既要具有逻辑依据，要有一个次序井然的逻辑层面划分与排列，同时还要体现出历史运动。后一点很重要，因为文论概念范畴及其体系形成和发展演变展示着文论家理论思维之具体进程。有人认为中国古代文论范畴及其体系之形成发展属“自发性”、“盲目性”的，其实不然，而是具有思维认识演进、理论观念发展以及随着文学艺术创作实践之发展变化而一起推进之必然性。比如“兴”范畴以及由此而构成的范畴群（此类范畴群自身亦有一个小体系）之形成便颇能说明之。最早，孔子的“兴于诗”①、“诗可以兴”②之“兴”，是讲功用价值的，到了《诗大序》中作为“六义”之一之“兴”，除仍属关于诗之用方面的概念而外，又具有了指述所谓“托事于物”的修辞传达方法之意旨③，再到晋代挚虞所说的“兴者，有感之辞也”④，已初步透露出赋予“兴”触物起情即创作欲望萌生之意之端倪了。而发展到刘勰，他除了在《文心雕龙·比兴》中有因袭汉儒释“兴”之一面而外⑤，更循“兴”为触物起情（《文心雕龙·比兴》篇尚云：“兴者，起也。……起情故兴体以立。”）这一思理，在《文心雕龙·物色》篇中，从创作中之心物关系来诠释“兴”，将“兴”改造成为一个指述文学创作中主体审美感受体验的一个范畴了，如“四序纷回，而入兴贵闲”及“情往似赠，兴来如答”云云。刘勰之后，以及钟嵘《诗品·序》说出“文已尽而意有余，兴也”之后，“兴”作为一个范畴，其理论指述功能更加扩大，可以指作家的诸如胸襟、怀抱之主体条件，可以指作品之艺术形象、审美内涵，甚至还可以指阅读接受效果，而衍生出了诸如“兴会”、“情兴”、“兴寄”、“兴象”、“兴趣”、“兴味”、“感兴”、“意兴”等概念术语，其与文学创作之进步以及理论批评自觉意识程度之提高一起前进之历史发展轨迹历历可辨。所以，结论只能是中国古代文论范畴体系整合、建构应遵循历史与逻辑相统一的原则来进行。

关于中国古代文论范畴体系之逻辑起点即元范畴或曰最高范畴问题，鲜见有人论及。但是，我们可以从近年来的一些论中国古代美学范畴体系的文章中窥得一些。概而言之，大体上不外以下四种：(1) 以“和谐”为逻辑起点，认为它是“元范畴”、“总范畴”；(2) 以“意境”为逻辑起点，认为只

---

① 《论语·泰伯》。

② 《论语·阳货》。

③ 郑众：“兴者，托事于物也。”郑玄：“兴者，比善物喻善事。”孔颖达：“赋比兴是诗之所用，风雅颂是诗之成形。”见《毛诗正义》卷1。

④ 《文章流别论》，见《全晋文》卷67。

⑤ 《文心雕龙·比兴》：“兴之托喻，婉而成章，称名也小，取类也大。”

有它才体现中国艺术本质，故应居“中心范畴”（等同于元范畴）之位；（3）以“味”为“基础范畴”，理由是“味”为“联系审美主体与审美客体的重要纽带”，因而其理应“作为构建中国古代美学体系的核心范畴”，其是“中国古代美学的逻辑起点，又是它的归宿或落脚点”；（4）以“道”为逻辑起点与元范畴，原因在于中国美学以“道”源，求“道”、表现“道”而又归于“道”。① 上述诸见，第（1）种偏误在于将作为人与自然统一之思维模式和所追求之价值效应以及作为一种美学风格理想的一个范畴作为“起点”、“元”，非属终极叩问，只是从半道说起。第（2）种失误更大，因为无论从理论之涵盖面、抽象度、历史性等几个方面来看，“意境”范畴都够不上“元范畴”或“中心范畴”。第（3）种以艺术审美理论这一子系统取代全部的中国古代美学理论体系，将这一子系统中的核心范畴之一“味”放大为中国古代美学范畴体系之“逻辑起点”，显然不确。笔者同意第（4）种观点，但是理由又与该说论者有所不同。该说论者主要是从文学艺术的“创作过程”、“心理过程”、“欣赏过程”来考察说明“道”范畴对其他重要范畴之统摄性、派生性的，固然不无识见，合于实情，但是视阈又稍嫌狭窄了一些，只做到了静态的逻辑性离析，而缺乏动态的历史性考察。同时三个“过程”或曰层面的划分也涵盖不了中国古代美学或文艺理论范畴体系内部结构之全部内容，比如关于本源论、价值功用论、通变论（包括发展观和文学史观两方面）、文体论等方面的概念范畴在该体系建构中便付之阙如。笔者主张将“道”范畴作为中国古代文论或美学范畴体系之逻辑起点、元范畴，除了考察到“道”范畴在义理上之抽象性、统摄性、衍生性而外，更主要的是考虑到其与中国传统思维特征、价值观念、整体学术思想之渊源以及裂变之后的发展演进过程中的影响、制约关系。首先，“原道”观念是传统中国一切学术思想之圭臬，体现为以叩问深究“天人之际”、“性与天道”为思理目标，传统文学理论批评、传统美学在这一点上也毫不例外，我们并不能因为传统文论、美学主要以艺术创造和审美意识活动为思理对象便否认此。其次，对中国文化影响最深最大的儒、道两派都讲“道”，虽然“道”范畴在儒家那里主要指人道或仁道，在

① 这四种观点，依次见于周来祥和彭修银的《中西美学范畴的逻辑发展》（《文艺研究》1990 年第 5 期）、彭修银的《关于中国古典美学范畴系统化的几个问题》（《人文杂志》1992 年第 4 期）、皮朝纲主编的《中国美学体系论》（语文出版社 1995 年版）、詹杭伦的《当代中国美学研究的回顾与展望》（《四川大学学报》编辑部 1987 年印该刊丛刊第 10 辑《中国古典美学论集》）。

道家那里主要指自然之道，在价值分野上有所不同，但其作为各自学说之逻辑起点、建构基础即元范畴这一点却是共同的，而且，后来汉代的“董学”和宋、明理学作为当时的一种新儒学，在理论体系建构上也补上了先秦儒学缺少本根、本体论这一环节，此即宋、明理学将儒家的道德伦理价值学说充分地本体化了（即与宇宙、自然、本根、本源联系结合起来）。与此对应，传统文论、美学中所讲之文或美之“道”，一些文论家对“道”范畴之使用也表现出儒、道价值取向不同之差异。还有，有人以为“道”本为哲学范畴，将其“移植”到美学上来，不合适。其实，这里不存在“移植”问题，“道”范畴被文论家导入传统文论、美学之中并因此而滋生出种种概念范畴和命题，而且又将运思之最后落脚点安放在“道”上，这是实际存在的事实，“原道”论、道艺合一论等都充分地证明了这一点，此正所谓“道散为朴”（按：此为笔者自创语，“朴”指具体事物、事理，与老子之“朴散为一”之“朴”指述不同）、“万取而一收”者也。何况在某种程度上讲，“道”范畴在老子、庄子那里已经以“大”、“妙”等为中介而具有一定的审美意识化色彩了。其实，细究起来，传统文论、美学中之“气”、“神”、“象”、“意”、“境”、“通变”等范畴，无论哪一个又不是从哲学中导入的呢？所以，既然曰“逻辑起点”、曰“元”、曰“基础”，则任何确认都莫过于确认“道”范畴为传统文论、美学范畴体系之元范畴为合适矣。“虚者万物之始也”①，只有“道”这一虽属虚象性而又可以胎养出象形、象实、象虚、实象、实体、实虚以及虚实、虚体、虚虚等方面的所有概念范畴或命题之范畴，才能统领起中国传统文论、美学范畴体系之“大道”、“大法”，才能充分体现出中国传统文论美学范畴体系之文化哲学精神和学统特色来，而所谓“和谐”者、“意境”者、“味”者，则根本无法望其项背者也，它们太“实”了，仅属元范畴派生出来的一些主要范畴而已。

确认了这一点之后，我们再看中国古代文论、美学范畴体系是如何在以“道”为逻辑与历史原点即元范畴而具体展开的。首先，从原始或曰隐性潜在之层面来讲，其是根据天—地—人这一系统结构框架而展开的。其次，从第一级层次来看，其是根据气—人—文或物—心—文这一生成模式而展开的。降一个层次来看，其又具体地沿着由源到流、由体到用、由实到虚、由对待到统一之线路，围绕着作为一种文化或精神现象的文学艺术所涉及的里里外外、方方面面之关系而展开的，大体上可以列出自然、现实—

① 《管子·心术上》。

作家—创作—作品—品评赏鉴—功用—通变这样一个系列，而功用价值、通变发展除自成环节外，又寓于其他每一个环节之中。再降一个层次来看，其中的每一个环节，又有自己的系统，由若干概念范畴和命题组成，恕不例举。

行文至此，笔者曾尝试以数种方案制作几种图或表格，将中国古代文论、美学之概念范畴体系细加以勾勒，建立一个模式，以求醒目，同行观之可了然于心，但倍加努力而无法满意于心，只好放弃。因为要将一个相互联系紧密的有机整体性的东西条分缕析，付出的必然是割裂之代价，这种失败的例子多矣。如刘若愚在《中国的文学理论》一书中以艾布拉姆斯关于艺术四要素（作品、艺术家、宇宙、观众）之论为模子，离析中国古代文论为玄学论、决定论和表现论、技巧论、审美论、实用论六大类，便不敢赞许为成功。如将属于创作论之“神思”、“神”（书中以杜甫“读书破万卷，下笔如有神”为例）归于玄学论，而又将被严羽视之为“诗之极致”之“入神”解释为“形神”对待范畴之“神”，这样一来，严羽的所谓“入神”便成了“深入事物内部，把握它的灵魂和精髓”，并亦归入玄学论。事实上，严羽“入神”之“神”应当联系“妙悟”、“兴趣”、“妙境”来诠释之，可以说，“入神”是对这三者之涵盖，沧浪用“羚羊挂角，无迹可寻”来形容之。而按照刘氏在“玄学论”一章开头几节对中国文学理论中之“玄学论文学观”之定义及溯源，凡涉及指述文学与自然、宇宙、道之关系的文源论均归入“玄学论”，然而“神思”之“神”、“入神”之“神”与此定义相距何啻千里，更不要说其中误认此“神”为彼“神”之谬了。再如，白居易《与元九书》中的那段颇为有名的为诗定义的“根情、苗言、华声、实义”之谈，刘氏竟然可以割析为文学论、表现论、审美论、实用论。又如，对于刘勰的“原道”、“征圣”、“宗经”观念，刘氏将三者放在一起说便是“玄学论”，而且是“全面发展”之“玄学论”，但他去掉“原道”，便又将其定为“实用论”；在讲“玄学论”时，刘勰在《原道》篇中讲的“道沿圣以垂文，圣因文而明道”可以构成一个“玄学论”的“循环体系”，而《序志》篇中同样主张“本乎道，师乎圣，体乎经”，然而刘若愚却认为刘勰在该篇中“实用主义观点反而愈发明确起来”①了。该书中这样的例子多得举不胜举。也可能对于刘氏此书而言，问题重要的还不在于用西方模子套裁、分

---

① 以上所举刘氏观点见其《中国的文学理论》，中州古籍出版社 1986 年版，第41、42、32、28、121 页。

剪中国古代文学思想和理论概念范畴，而在于是否已经读懂了他所要诠释的对象，该书之撰既然缺乏准确理解中国文论体系这么一个前提条件，也就谈不上什么离析不离析了。所以笔者在此举而为例，便也就不成其为例子了。

但是，为了充分地观照中国古代文论、美学概念范畴体系，一定程度上的离析还是必要的，刘勰的《文心雕龙》不就是分为“文之枢纽”、“论文叙笔”、“割情析采”三大板块，而每一块中又分若干部分吗？所以，参照刘勰论文之思理以及古人讲求“有本之者，有原之者，有用之者”之义法，并且适当地引入现代文论、美学在体系结构上的一些思理方式，笔者以为可以按照文原论、文体论、功用价值论、作家主体论、创作论、作品论、风格论、批评鉴赏论、通变论（包括发展论、文学史观）九大类别，以概念范畴的主要的理论指述诠释功能为依据，将那些重要的、出现频率较高者分别归入某一类中，并根据其在传统文论范畴体系之历史—逻辑运动过程中所处级别高低而排列先后，如此则大致上可以显示出传统文论、美学概念范畴体系框架之基本轮廓来。恐怕目前我们所可以做到的也只能如此了，而且绝非轻易能达到。因为，以我们今天的知识结构，在思理方面与古人之视界融合一致已有一定难处，欲对一种建立在“体用一如”、“变常不二”方法论基础上的理论体系加以具体描绘，其内部错综复杂之网络关系，将会使你每往前挪半步都异常艰难。方东美在《中国形而上学中宇宙与个人》一文中论到中国哲学之“体用一如”、“变常不二”思理方式时说：“职是之故，中国哲学上一切思想观念，无不以此类通贯的整体为其基本核心，故可藉机体主义之观点而阐释之。”并云：“自其积极方面而言之，机体主义旨在：统摄万有，包举万象，而一以贯之；当其观照万物也，无不自其丰富性与充实性之全貌着眼，故能‘统之有宗、会之有元’，而不落于抽象与空疏。宇宙万象，赜然纷呈，然克就吾人体验所得，发现处处皆有机体统一之迹象可寻，诸如本体之统一，存在之统一，生命之统一，乃至价值之统一……进而言之，此类披纷杂陈之统一体系，抑又感应交织，重重无尽，如光之相网，如水之浸润，相与浃而俱化，形成一在本质上彼是相因，交融互摄，旁通统贯之广大和谐系统。”①面对通体沉浸在这样一种文化汁液中的传统文论、美学范畴体系，

---

① 方东美：《中国形而上学中宇宙与个人》，见《生命理想与文化类型——方东美新儒学论著辑要》，中国广播电视出版社 1992 年版，第 190～191 页。

恐怕也只能如方氏在这里一样，从大法、特征方面言之；说得太实反而太虚了，讲得虚些反倒更实。

四

作为一个命题，“中国古代文论的现代转换”之背后可能还隐含着一个反命题，否则这一命题在今天提出之意义就值得怀疑了，这里不论。孟子说过“《诗》亡然后《春秋》作”①，中国古代文学理论批评退出了现代以来的文学创作和鉴赏舞台，社会文化变迁终止了它对现实的文学运动之参与，它也就只能蜕变为一门专门化的学问了，因而便有了中国古代文学理论这一学科之出现。然而，对古代文论“今用”之思想一直存在于人们的观念之中，而在“今用”之基础上再提出“现代转换”之概念，笔者认为其中除涵盖了“今用”之意外，更突出了古代文论如何参入、如何适应当代文论系统这一意旨。对于这问题，人们已经议论久矣，批判继承、中西比较、现代诠释、以西观中、援西释中、新方法采用、跨学科宏观察示、重新建构等等。但是，无论如何，总不能跳出这样的一个怪圈：一方面，我们期待于通过对中国古代文论的现代诠释来促进当代中国文论之民族化；另一方面，又坚信这一诠释只能在以西方、当代科学的文艺观念为借鉴这一前提下方才可实现，这难道不是一个怪圈、一个悖论吗？我们的在文论方面的中与西、古与今的对话交流，就是这么艰难地进行着。然而我们也大可不必灰心，也可能就在这种对话交流中，人们可以为古代文论在未来的文论体系中找到一个生长点。

笔者以为，关于中国古代文论及其概念范畴之现代转换，在诠释与建构的过程中，存在着如下需予以重视的问题：(1) 尽可能做到视界融合，追随体验、把握古代文论家从创立概念范畴到在实际批评中运用的思维义法及理论特质，并且出入各家各派，统观各个断代，重新整合、建构传统文论思想及其概念范畴，使其思理更加明晰，义法更加井然。同时，又保持一定距离感，发现其中所存在着的抵牾和舛杂甚至简陋之处，以便剔除。(2) 诠释、建构过程中力求彰显对象中可能隐藏着的内在意涵，并且进一步从这一意涵中发掘出新的思路，导引出新的概念范畴或命题。(3)“活化”，即尝试运用传统文论之概念范畴进行思维，指述和诠释当代文论系统中需

① 《孟子·离娄下》。

要解决的理论课题，或作当代文学方面的实际批评，真正做到思理、义法层面上的运用，而不是名词镶嵌。而要达于此，又离不开治理论批评史所需种种功夫之强化。

作为一篇论文，似该打住了。于此搁笔之际，再次恳请博雅之者有以教我，则幸甚矣。

（原载《文学评论》1997 年第 1 期）

传统文论范畴体系之现代阐释及方法论问题

中国古代文论现代转化的学术文化价值已经逐渐被学界所认同，至今已成为文学理论研究领域的热点问题之一，无论是古代文论研究界，还是普通文学理论研究界，都非常关注其进展，许多学人围绕这一问题从各自的专业角度发表了大量的研究成果，从而使得讨论一步步地走向深入。中国古代文论现代转化并非仅仅是一个属于观念认识层面的问题，而更主要的是一个属于学术实践层面的问题，由于其涉及了一系列学术文化思想和方法论方面的问题，比如“现代转化”命题本身的界定、“现代转化”的目标与方向、“现代转化”的方法论以及前景展望等等，所以尽管大家对这一命题提出之价值意义可以认同，但是对如何进行“现代转化”却会因文化立场和知识结构的不同而产生分歧。这既是正常的，也是非常必要的，因为只有在多元的学术思想和方法的相互碰撞过程中，一些理论问题才能得到解决。笔者认为：中国古代文论现代转化是一个历史过程，“现代转化”的文化价值目标是重建当代文论话语系统，核心是中国古代文论范畴体系的转化。现代转化与现代阐释之间有着内在的关联，虽然现代阐释不等于现代转化，但现代转化是以现代阐释为基础的，也就是说现代转化是在现代阐释基础上所进行的一种文化选择，因而讨论中国古代文论范畴体系现代阐释的方法论问题，其意义是不言而喻的。本文即围绕这些问题谈谈自己的一得之见，祈请方家指正。

一

中国古代文论现代转化作为一个命题而被正式提出来，并且成为当前文学理论研究方面的热点问题之一，不过是近年来的事情。但是，确切地说，关于中国古代文论现代转化的实践，却从20世纪初就已经开始了。

熟悉近代以来中国文化、学术思想变迁经过以及中国古代文论研究史者都不难知道，早在20世纪初，王国维、梁启超等就已经在做这方面的工作了。如王国维，他在立足于民族文化本位之同时，又参融西方哲学、美学理论，创造"新学语"，在《人间词话》中对"境界"、"隔"与"不隔"等传统文论概念进行诠释，从而大大地丰富了这些概念的意涵。在笔者看来，这种从新的美学观念和方法出发对传统的东西所作的阐释，实际上便是在尝试对古代文论进行现代转化。1927年，陈中凡的《中国文学批评史》出版，其后又有郭绍虞、罗根泽等的中国文学批评史著作相继问世，中国文学批评史学科正式形成，而这一学科创建之意义正在于真正地实现了自觉地以近代学术研究的眼光来观照传统文学批评的历史，完成了研究观念和方法上的由传统向现代的转型，所以从诗文评到文学批评史，实际上就是中国古代文论由古典向现代的一种转化。从20世纪50年代初开始，"古为今用"成为文史研究的价值追求。在20世纪50年代末，又提出了建设有民族特色的马克思主义文艺学的口号，古代文论的研究受到重视，学术界以辩证唯物主义和历史唯物主义为指导思想，对传统文论进行梳理、研究，开展了一系列讨论，虽然不可避免地受到了庸俗社会学和极端功利主义的干扰，但是所取得的成绩亦不容忽视。因此，围绕建设有民族特色的马克思主义文艺学这一目标而对古代文学理论遗产加以整理、发掘，同样是在谋求古代文论的现代转化。

笔者在此提出古代文论现代转化的实践随着中国现代学术的产生就开始了，至今已近一个世纪之久了，这并非是轻视现在提出中国古代文论现代转化这一命题之价值，而只是意在说明中国古代文论的现代转化实际上是一个历史过程，并非一朝一夕可以完成之事。因为社会现实、学术思想文化总是处于流动状态，而人们对于传统资源的认识、利用也是因时而异的，也只有这样，才使得传统成为活的传统，而非死的，才为传统参入当下提供了一次次的契机，所以"现代转化"将是一个永远做不完的学术文化课题。

那么，我们今天提出中国古代文论现代转化这一命题之意义又何在呢？笔者以为，这一命题的提出具有其特定的学术文化思想方面的价值目标，即重新建构当代中国文学理论体系，实现文论话语的本土化。它是文论界同人在当前文化学术思想背景下认真地反思20世纪以来我国文学理论发展演变的历史，着眼于当代中国文学理论学科建设之未来而提出来的，因此可以说它是置身于当前多元化文化学术思想氛围中的当代中国文论面对种种价值可能而所能作出的一种最具有文化理性精神、最能体现理论学术的自主性价值抉择。世纪之交，我们的文学理论以什么样的理论形态进入21世纪，这是当前文学理论界同人都在思考的一个问题，而要对这一问题作出到位的思考，则首先必须在学术史的层面上对20世纪以来中国文学理论演变发展的历史作出深入的清理与反思，同时又必须清楚地了解和把握世界范围内当代文艺理论发展的态势与走向，二者不可或缺。在对历史与现实进行双向反思与观照的过程中，人们将不难达到如下之共识：建设有中国特色的文学理论体系，形成我们自己的既具有民族文化特点而又不隔绝于世界潮流的文论话语，是当前的文艺理论研究所面临的一个重要课题，也是下一个世纪中国文学理论发展的方向。为此，我们在实事求是地研究当代中国文学及理论批评现状之同时，既应该充分重视中国传统文论的资源价值意义，创造性地吸收古代文论的理论精华，又必须正确地借鉴西方文论中有价值的观点和方法，而鉴于20世纪以来中国文学理论批评嬗变的历史经验与教训，前者尤为重要，因为如果没有对传统文学理论的继承与融合，我国当代文学理论实际上便很难获得较为完整的理论形态和文化特质，便无法获得学科的自主性，更无法形成可持续发展所必需之内部文化机制。而要发掘利用传统文论资源，关键问题又在如何实现中国古代文论的现代转化。钱锺书先生在《古典文学研究在现代中国》一文中云："古典诚然是过去的东西，但是我们的兴趣和研究是现代的，不但承认过去东西的存在并且认识到过去东西里的现实意义。"①笔者认为，其正好可以作为"中国古代文论现代转化"这一命题提出之学理依据。

作为一个命题，"中国古代文论现代转化"包含着诸如古与今、中与西、体与用等几对矛盾，而这些矛盾又是已经困惑了中国文化、文论一个多世纪之久的老问题，因此可以说它的提出触及了20世纪以来中国文化和文艺思潮变迁过程中的一个焦点问题，体现了在当前社会文化转型所提供的思维空间以及人们的认识水平所能达到的程度这一前提条件下，文论界同人在清理、反思20世纪中国文化、文论发展历史以及学术思想得失之基础上，对当代文论发展中古与今、中与西、体与用关系的认识、解决向前推进一步之良好愿望和信心，而价值目标则是促进有中国特色的当代文论体系

---

① 钱锺书：《古典文学研究在现代中国》，见《钱锺书研究》第二辑，文化艺术出版社1990年版，第4页。

之建立。所以，作为一个命题，中国古代文论现代转化实际上是当代文论民族化、本土化的另外一种表述方式，它们可以相互包容、相互置换，既对普通文学理论研究提出了明确的文化目标，同时亦对传统文论研究提出了特定的价值要求，而且拆除了这两方面的研究之间在20世纪以来逐渐形成的不该有的藩篱，使它们在21世纪中国文论体系这一具有特定文化意涵的价值建构目标的统摄下走到了一起，不再相互疏离、相互对峙，而是围绕共同的"问题清单"，寻求共同的"话语"进行对话，从而为实现古代文论以及与普通文论研究的一体化提供了可能，否则这一命题在今天提出之意义就值得怀疑了。由于近代以来社会和文化学术思想之变迁，传统文学理论批评从"五四"以来逐渐退出了文学创作和理论批评的现实舞台，而一种理论一旦停止了对现实文学运动之参与，它也就只能被搁置在历史的橱窗之中，从而蜕变为一门专门化的学问，中国古代文学理论在20世纪的遭遇正复如此。虽然这样，然而对古代文论"今用"之思想却又一直存在于人们的观念之中，而我们今天在"今用"之基础上再提出"现代转化"之要求，笔者认为其中除涵盖了"今用"之意外，更突出了古代文论如何参入、如何适应当代文论系统以及当代文论如何接纳、如何安置古代文论这一意旨。对于这些问题，人们已经议论、实践久矣，批判继承、中西比较、现代诠释、以西观中、援西入中、新方法采用、跨学科宏观察示、重新建构等等，不一而足。但是，无论如何，总不能跳出这样一个怪圈：一方面，我们期待于通过对中国古代文论的资源利用来促进当代中国文论之民族化；另一方面，又坚信这一利用必须以现代诠释为中介，而所谓的现代诠释又只能是在以西方文论为范型、为工具这一前提下方可实现，这难道不是一个怪圈、一个悖论吗？我们在文论方面的中与西、古与今的对话交流，多少年来就是这么艰难地进行着。然而我们也大可不必气馁，也可能就在这种对话交流中，人们可以为古代文论在未来的文论体系中找到一个生长点。由此看来，中国古代文论现代转化更主要的是一个文化价值方面的命题，而由于文化立场、知识谱系之不同，人们对于中国古代文论现代转化这一命题本身的理解与界定、古代文论现代转化的目标与方向及其价值意义、转化的方法论原则以及实际操作等一系列问题的认识与实践便势必会有所不同。但是无论如何，在着眼于21世纪中国文论体系之建构，将中国古代文论作为一种重要的理论价值资源来利用，以重建当代文论话语系统这一点上，应该达成共识。

二

中国古代文论现代转化既然是一个历史过程，那么这一转化自然有一个由疏到密、由表入里、由浅入深而一步步逼近传统文论核心部分的经过，毫无疑问，这一核心部分就是中国古代文论的范畴体系，而这同时也是中国古代文论现代转化的核心。

回眸20世纪中国古代文论研究的历程，基本上是在批评史研究、理论专题研究和范畴研究三个方面展开的。但是，专题研究和范畴研究在事实上又是无法截然分开的，因为中国古代文论中的那些主要范畴，如"通变"、"气"、"意境"、"味"、"韵"等，在它们的产生和演变过程背后隐藏着丰富而复杂的历史文化、哲学因素，形成了它们深厚的理论内涵和多方位的理论指述和阐释功能，而且作为主范畴又派生出一系列子范畴，形成以一个主范畴为纲目、统领众多子范畴的所谓"范畴群"或曰"范畴家族"，所以足以构成一个个重要的理论专题；而中国古代文论中的一系列理论专题，如通变论、文质论、意象论、韵味说等等，又无不是由若干范畴构成其理论的系统质的，所以只有通过梳理、研究这些范畴的形成、演变历史以及考辨和诠释它们的理论意涵、指述功能，我们才可以对某一个理论专题有系统而深入的了解把握。所以，在以下的阐述中，将它们作为一个问题来讨论。

批评史撰写是以时代、批评家为单元，或曰以朝代为经、以人物为纬，重在描述、还原传统文学批评史的总体面貌，而目的则是为了"从文学批评史以印证文学史，以解决文学史上的许多问题"①，这种意向在早期的批评史撰写者中间具有一定的代表性。20世纪80年代以来陆续出版的几部批评史著作开始比较自觉地注意到了古代文学理论演变历史的梳理与研究，对一些理论命题和范畴的发生、发展做了大量的追溯源流、考察流变、阐释内涵的工作，与一般批评史著作的平面化叙述比较已有很大的不同，但是又毕竟要服从批评史写作的目的以及框架结构的要求，所以不能充分展开，因而终不能取代理论专题和范畴的研究。理论专题、范畴研究之所以有别于批评史研究，在于它们的研究对象往往是那些构成中国古代文学理论体系的主要命题或概念，研究的目的也不单单是为了描述、还原研究对象，而更重要的是对研究对象之理论意涵作出现代阐释，这就决定了它

---

① 郭绍虞：《中国文学批评史·自序》，商务印书馆1934年版，第1页。

们不能仅只从史的角度，不能仅只局限于某一个文论家或某一时期的材料，而是历时性考察与共时性研究相结合，就某一重要理论问题或范畴加以梳理、阐释。由于理论专题和范畴史的研究目的在于考察、阐释中国古代文学理论的发展历史和内涵特质，所以不但是探讨整个中国古代文学理论体系的一项基础性工作，而且对于当代文论的建构亦具有提供理论资源的不可替代的作用，其意义实在不可低估。正如有的论者所指出的那样："专题和范畴研究所以重要，最主要的一点即是它关注作为中国古代文论体系的基本构件所包蕴的理论内涵。对于古代文论的建设来说，这一点尤具特殊意义。如果说史的研究更多地与文学史相关的话，那么论的研究——专题与范畴的研究则更能吸引理论家或理论史家的兴趣。因为在他们看来，中国古人的文学思想并非只属于历史，更不应视为历史的陈迹，它们依然焕发着理论的活力，可以在重铸中国当代文论话语的工程中发挥巨大的作用。"①对于这一问题，笔者也曾在有关论文中作过阐述②，故这里不再展开。正因为如此，理论专题和范畴研究便一直是中国古代文论研究的重点之一。早在20世纪初，一些古代文论研究者便在梳理史料和考辨史实的基础上对有关理论专题或范畴进行考察，如对于传统文论史上的"体"与"派"、"神"与"气"、"动"与"静"、"文"与"质"等问题的考释。其后，视野逐渐开阔，考察范围逐渐扩大，内容广泛涉及文学的价值论、本体论、发展论、文体论、创作论、作品论、批评鉴赏论等方面，传统文论中的重要理论命题和主要范畴都得到了不同程度的梳理、研究，在史料征引和义理阐发上较前也有了长足的进步。尤其是80年代以来，随着社会科学研究的观念和方法的逐步拓宽，古代文论研究领域也及时地革新自己的研究观念和方法，体现在理论专题和范畴研究方面，便出现了从文艺心理学、文化哲学、比较诗学等角度切入古代文论的有关命题或范畴，对其内涵特质进行阐释的新的研究情况，因而使这方面的研究上了一个台阶。

但是，毋庸讳言，在以往的理论专题和范畴研究中，不同程度地存在着种种不尽如人意之处。比如，早期的研究，由于研究者从观念到方法还没有跳出旧学的圈子，因此理论视野较为狭窄，基本上还是在"以古释古"、

---

① 张海明：《回顾与反思——古代文论研究七十年》，北京师范大学出版社1997年版，第217页。

② 请分别参见拙文《中国古代文论范畴研究方法论管见》(《文艺研究》1996年第2期)、《中国古代文论的范畴和体系》(《文学评论》1997年第1期)。

“述而不作”,不能深入地发掘所要研究的命题或范畴之理论特质,故而离创造性的阐释尚有较大的距离;研究范围亦较为狭窄,选定的专题或范畴主要集中在关于文学的功能、价值思想方面,而对于大量的关于文学本体论方面的命题和范畴则注意不够,这说明还缺乏整体观照传统文学理论体系的意识。另一方面,一些研究者虽然能自觉不自觉地以域外文学理论为参照坐标,对有关命题或范畴的理论意涵加以阐释,但是有时又走向了“以西解中”的另一极端,削传统文论之“足”以适西方文论之“履”,研究者以西方文论为尺度,经过一番精心的剪裁,传统文论命题和范畴便被“异化”,被纳入与自己完全异质的另一话语系统,成为西方文论的一种注释。在这方面,20 世纪 50 年代以来至 70 年代末的研究,由于受前苏联文艺理论模式的强制性约束,对古代文论之理论内涵阐释不得不适应这一模式,最典型者莫如一些研究者曾经试图从现实主义与反现实主义之区分来分析、说明中国古代文学理论批评发展的进程,另外对某些文学观念或美学概念勉强作阶级划线排队,也是明显地受到了庸俗社会学的影响。20 世纪 80 年代以来西方现代文学、美学的种种观念和方法陆续被译介过来,并且迅速产生了“泛时效应”,影响所及,古代文论研究方面也不可避免地出现了将传统文论的一些命题或范畴与西方现代文论或美学作简单比附,如把传统诗歌审美论附会为“模糊美学”,把“味”说称为“接受美学”,正好犯了罗根泽曾经批评过的学术研究中“揉合异同”而“流于附会”①之忌。这就引出了一个视界融合问题,即我们在通过中西比较方法对中国古代文论作现代阐释时如何缩小乃至消除研究主体的知识结构、思维习惯与传统的知识特点、思维义法之间文化差异的问题。

这并非是说比较的方法在古代文论理论专题和范畴研究中不可采用,事实上从中西比较的角度来观照传统文学理论,在 20 世纪的古代文论研究中一直被采用着。如王国维研究传统诗学就是“取外来之观念,与固有之材料互相参证”②,而陈中凡撰写《中国文学批评史》则采用了“以远西学说,持较诸夏”③的方法。《中国诗学大纲》的作者杨鸿烈说自己的研究是

---

① 参见罗根泽《中国文学批评史》第 1 册,上海古籍出版社 1984 年版,第 31～32 页。

② 陈寅恪:《王静安先生遗书序》,见《金明馆丛稿二编》,上海古籍出版社 1980 年版,第 219 页。

③ 陈中凡:《中国文学批评史》,中华书局 1927 年版,第 6 页。

“把中国各时代所有论诗的文章，用严密的科学方法归纳排比起来（按：这里所说的‘严密的科学方法’实际上就是采用西方文学理论的逻辑分类思想——引者），并援引欧美诗学家研究所得的一般诗学原理来解决中国诗里的许多困难问题”①。另一批评史研究者方孝岳则提出了“比较文学批评学”的概念，认为“‘海通以还’，中西思想之互照，成为必然的结果”，而“‘比较文学批评学’，正是我们此后工作上应该转身的方向”。② 同样，钱锺书主张在研究中要探讨古今中外共同的“文心”，这是因为他认为“东海西海，心理攸同；南学北学，道术未裂”，所以在《谈艺录》中“颇采‘二西’之书，以供三隅之反”③。也正因为如此，钱氏《谈艺录》、《管锥编》在沟通中西文论方面取得了巨大的成就，对当代中国的古代文论以及比较文学研究产生了深远的影响。朱光潜说自己的《诗论》是运用文艺心理学的基本原理，来讨论诗的问题，“对于中国诗作一种学理的研究”④，而在他看来，“一切价值都由比较得来，不比较无由见长短优劣。现在西方诗作品与诗理论开始流传到中国来，我们的比较材料比从前丰富得多，我们应该利用这个机会，研究我们以往在诗创作与理论两方面的长短究竟何在，西方人的成就究竟可否借鉴”⑤。钱锺书、朱光潜、梁宗岱、宗白华等在研究中取得的成绩，与他们所运用的方法是分不开的。

此外，我们尚须指出，过去大量的理论专题和范畴研究，在对中国古代文论范畴体系及其结构特点的整体把握方面力度不够，有的甚至缺乏这方面的自觉意识。在已有的研究中，传统文论中的关于文学价值、文学发展、文学本体以及文体论、创作论、批评论、风格论等理论专题以及其中所包含的概念、范畴，鲜有未被注意到者，都得到了不同程度的梳理与阐述，但是这些理论专题和范畴是按照什么样的逻辑依据展开的呢？它们之间是依照何种方式与次序结构在一起的呢？这些问题在作单个概念范畴的考释时不一定也可以不涉及，但是当我们在作一个理论专题或一个范畴群的研

---

① 杨鸿烈：《中国诗学大纲》，商务印书馆1933年版，第1页。

② 方孝岳：《中国文学批评》，三联书店1986年版，第227页。

③ 钱锺书：《谈艺录》，中华书局1984年版，第2页。

④ 朱光潜：《文艺心理学·作者自白》，见《朱光潜美学文集》第1卷，上海文艺出版社1982年版，第6页。

⑤ 朱光潜：《诗论·序》（抗战版），见《朱光潜美学文集》第2卷，上海文艺出版社1982年版，第136～137页。

究时，就一定不能忽略掉了，因为正是它们体现了中国古代文论范畴体系的结构特点。问题在于这些逻辑依据、结构方式与次序以及我们在前面所谈到的中国传统的知识特点和思维义法在古代文论中到底存在不存在呢？回答是肯定的。中国古代文论具有悠久的发展历史，具有深厚的文化、哲学的土壤，形成了自己独特的话语系统，这些如果没有一定的深层逻辑依据和结构原则确实是不可想象的。如果我们一边对传统文论之特殊魅力赞叹不已，一边又认为它纯粹是属于经验型的、感悟式的，缺乏逻辑与系统，此便不是把它看做是一种关于文学的理论了，而是将它视为一个古老东方的“文化寓言”、“文化童话”了。而当我们这样认为时，正好说明在评估系统中有一个参照物，这就是西方文论的理论形态，“除却巫山不是云”，面对不同于西方文论的中国传统文论，对它的独特的理论形态，不是积极地体会、接受它们，而是怀疑它们的存在，这正是人们在西方学术长期影响下形成的一种文化认同方面的遮蔽。知识、理论可以有不同的形态，我们不能要求其只能以一种模式存在，因而不能认为我国古人对于文学的思悟、体会、言谈以及由此而产生的批评论著不是一种关于文学的“知识”。

我们在本节开头曾提出古代文论现代转化的核心是范畴体系，之所以如此，是由这一“转化”的价值追求所决定的。当代文论话语系统在重新建构过程中所需古代文论之参与，绝非是为当代文论提供一种可供寻章摘句的点缀品，而是对古代文论资源的有机利用，使其融入当代文论中来，具体而言，就是吸收其内在思维特性，选择其合理的观念、范畴乃至体系，以增加自身的民族文化底蕴，从而实现重建中国文论话语之目标。正因为如此，在近年来的古代文论研究中出现了一种非常值得注意的趋向，就是在已有的研究的基础上更进一步深入到对传统文论范畴之思维特征、逻辑义法、认知模式、指述方式以及其内在的体系结构特点展开研究，以充分认识把握古代文论的理论形态，有论者将这一现象概括为是“从范畴研究到体系研究”，并且认为这种“从微观渐及于宏观，从对概念、范畴的诠释逐渐拓展、深入到对我国古代文论或美学思想体系的深层研究”，是实现对我国古代诗学体系、文学理论体系或美学思想体系的整体把握以及进行现代阐释的一条有效途径，因而对当前中国古代文论现代价值的实现具有重要的意义。① 所以，无不值得我们充分注意。

---

① 参见蒲震元《从范畴研究到体系研究》，《文艺研究》1997年第2期。

三

但是，由范畴研究深入到体系研究，并进而对中国古代文论的理论形态作出清晰的体认和准确的阐释，又毕竟不是一件容易之事，其中存在着许多方法论方面的问题需要研究者认真思考，因为正如我们前面所言，成功的现代阐释对于古代文论的现代转化来说，是非常关键的。如果我们将古代文论的现代转化看做是与当代意识的一种成功的接轨的话，那么其中便存在着一个如何使其在方法和规范两方面适应当代学术水准的问题，因为任何对传统文化、学术资源的汲用，都不得不受到当时的学术方法和规范的制约。所以，讨论方法论问题绝非是多余。

首先，对于"现代转化"，即存在着不同的认识。有人认为所谓"转化"就是用在本土和外来文化基础上形成的现代汉语学理把古代意识转换为现代意识，或曰将古代文论翻译成现代汉语学术思想文化；有人认为把古代文论概念范畴的原意解释清楚就是转化了，因为这种解释就是现代的阐释；有人认为现代转化不一定要绝对地忠实古人，可以通过某种"误读"、"曲解"来为其注入新意，因为"转化"就是一种发展。而我们的看法则是应该以"视界融合"为前提，通过创造性的阐释，发掘传统文论的意涵，厘清其思维特征、基本范畴、形态乃至体系，同时通过必要的评估来彰显传统文论中所蕴涵着的理论价值。"转化"的重点应该放在传统文论范畴体系的体认和建构方面，同时尝试运用传统文论概念范畴进行思维以及运用与理论批评实践，以激活之，或曰活化之，从而使其真正参入、融合到当代文论话语系统中来，如此也就实现了"现代转化"的目的。"转化"是对传统资源的真实汲取、利用，而不是通过简单比附为其做现代包装，或者进行偷梁换柱式的改写，所以"翻译"、"误读"云者，皆不可取。当然，原封不动搬来就用，不进行必要的现代阐释和价值评估，必定食古而难化，让现代人之文化"胃口"承受不了，因而无补于当代文论话语重建之事。

其次，这里之所以一再强调"现代阐释"与"建构"两点，是由研究对象的特殊性所决定的，这便涉及传统文论范畴及其体系的理论形态特点问题。对于这一问题，笔者曾经在《中国古代文论的范畴和体系》①一文中从传统文论范畴的哲学基础、思辨特征、认知体性，传统文论范畴之知识类

---

① 见《文学评论》1997年第1期。

型、诠指方式、理论形态，以及它们的展开层次、相互结构关系乃至整个中国文论范畴体系的系统结构特点作过较为详细的论述，故不再重复，而仅作几点必要的补充性说明，以为是我们在进行“现代阐释”、“现代转化”时必须加以注意的。兹分述如下。

（一）“潜体系”问题。中国古代文论范畴体系属于“潜体系”，这一评估意见已得到了学术界广泛的认同，应该说是不无道理的。但是，在这里又必须要指出，当我们这样说的时候，已经表明了我们在对传统文论范畴体系特点进行体认时自觉不自觉地采用了一个参照系统，这就是西方的、现代的理论形态和学术范式，对此实在毋庸讳言。由于受中国传统文化的知识类型之影响，古代文论范畴及其体系与西方文论范畴及其体系比较，具有文化方面的质的差异，比如讲求名实相一、本末相兼、体用不二，注重内容涵盖面和阐释范围之宽广，从而使其多功能化；在认识审美、美感的本质时，显中探幽，力求观照现象背后所隐藏着的幽冥寂灭、超言绝象的本体存在（即“道”、“无”）；在分析和指述方面，运用与研究对象相同的审美艺术思维方式来体验对象，从而使其亦具有情感性、意象性、虚涵性，等等。另外，传统文学批评的表现形式灵活多样、长短不拘，除了如刘勰《文心雕龙》、钟嵘《诗品》、叶燮《原诗》等文论著作而外，大量的论著不以建构体系为专务，一个文论家的理论见解散见于他的许多篇文字之中，不全面了解，便不能完整地把握。还有，中国传统文论范畴体系及其结构颇具有一种超越性能很强的历史稳定性，其发展是渐进式的，后人是在充分继承前人的基础上再作一些补充、丰富，当然也有创新的发展工作，除极少数者外，在发展过程中一般没有质的改变，而是逐步丰富、逐步完善。其状犹如滚雪球，先有了一个小小的内核，然后越滚越大，而先秦思想正好提供了所需之“内核”。而西方文学理论批评家个人建构理论体系的意识非常强烈，后出之理论学说如果不对前面的理论学说构成一种解构、颠覆，便不能算是成功。由于文化心理、思维方式、语言习惯、知识类型、学术范式等方面的原因，西方的理论批评家在阐释时洋洋洒洒，下笔不能自休，而中国传统文论理论批评家则往往以从事艺术创作的态度来从事批评，在表述方面务求简约、凝练，点到为止。如果作一个比较，西方的文论就像汉大赋，而中国传统的文论则像六朝小赋。以上所言，仅仅就个人印象而言，并不是一种全称性的判断，这里有必要声明一下。所有这些，使得中国古代文论范畴体系与西方、现代的文论体系比较，便自然有些“潜”而不“显”了，如此而已。

所以，当我们采用这一说法之时，并不等于说传统文论范畴没有自己的体系结构方面的“自性”，而且这一体系结构，虽然对于我们今天的在思维习惯、知识谱系等方面已经与古人有了很大的差异的学者来说，由于文化隔膜的原因而自然是“潜在”性质的，有些地方甚至疑惑不解，但是对于古人来说自然没有什么文化上的隔膜，因而是“显在”性质的。笔者曾经考虑放弃这一说法，但是又想到事实上包括自己在内的当代学人尤其是中青年一代在思考、评估传统时，是无法摆脱内在的参照系统的，而这一说法之合理很大程度上正是真实地体现出了人们面对传统而所产生的印象，所以仍在使用。

（二）传统文论范畴体系的发展规律问题。中国古代文论范畴体系是在漫长的历史发展过程中形成的，在其发展演变过程中呈现出了这样几个具有规律性的特点：(1) 传统文论、美学范畴大都由传统哲学观念、范畴转化而来，在体系结构方面亦与传统哲学的体系结构有一致性。如果追溯一下众多范畴的源起，我们都可以从先秦儒家、道家、魏晋玄学以及佛学的思想学说中找到它们的“内核”。大体而言，关于文学价值功能方面的范畴多出自儒家，创作论、审美论方面的范畴多出自道家，本体论、发展论方面的范畴则与《周易》的关系最为密切，另外《吕氏春秋》、《淮南子》、《论衡》、玄学以及禅宗均不同程度地对传统文论范畴的产生和发展提供了资源。传统思想体系的特点是以“和谐”观念为原则，天地人三才相互沟通、相互渗透，圆融流动，本末相兼，整体观照，有机统一，充满了系统辩证的色彩，这些特点在传统文论范畴中也得到了充分的体现。所以我们在对古代文论范畴作现代阐释和体系建构时，必须首先对传统哲学范畴及其体系之特点有一个深入的了解把握，否则难以达到预期的目的。但是，对哲学范畴及其体系的研究又不能代替文论范畴体系的研究，这是因为文论范畴从哲学引入后，经过了创作、审美实践的运用，文化意识向审美意识转换的过程中，内涵、外延自然发生了一定的变化，难免有所调整、修正，所以在研究文论范畴体系时同时又需要将其与文学创作联系起来考察，以辨析哲学范畴与文论范畴之间的异同，在这方面，钱锺书对于哲学和文学在意与象之关系的认识上之同与不同的考释，辨析毫厘之间，堪称精湛，为我们提供了一个很好的典范。①(2) 传统文论范畴的形成与发展演进，与文体的发展演变

---

① 参见钱锺书《管锥编》第一册，中华书局 1979 年版，第 11～14 页。

联系密切，后者推动、促进了前者的发展、成熟。对此，我们可以举出魏晋南北朝文学艺术创作繁荣和文体革新与当时一系列文论和美学范畴的形成、唐宋诗体进步与当时诗学范畴的演进而趋于成熟、明清戏曲和小说兴盛与有关概念范畴的产生之间的密切关系，等等。总之，理论概念范畴的演进、成熟与文体的进步、成熟是保持同步的。所以，当我们考察文论范畴发展的历史分期时，除了需要把握思想文化、文学理论批评以及文学创作在不同发展阶段的不同特征而外，尚需注意到文体演化的阶段性特征，将它们综合起来加以分析研究，则大致可以见出传统文论范畴在不同的发展阶段所体现出的历史特征。之所以强调这一点，是因为其有助于我们还原传统文论范畴、体系的理论形态，虽然现代阐释不是还原历史，但是却又必须在还原历史的基础上进行的，不能有违于历史，否则就成了简单比附和主观臆测。(3) 传统文论范畴在不同时期的批评家或同一时期的不同的批评家那里的理解和运用情况不尽一律，因而具有学派性，比如，汉儒、陈子昂、白居易、朱熹等对“比兴”的诠释就相互不同，而明代前、后七子与公安派对有关概念范畴的理解和使用也是有差别的，故需仔细辨析，不能笼统言之。在这种情况以及前述两点的影响制约下，使得传统文论范畴在发展过程中承中有变，变中有承，内涵越来越丰富，包容性越来越大，体系越来越完善，当然也不免越来越庞杂。明代诗论家许学夷曾说：“古今诗赋文章，代日益降，而识见义论，则代日益精。……研究日深，故代日益精，亦理势自然耳。”①古今诗赋文章是否“代日益降”，大可商榷，但理论批评“代日益精”，却是千真万确之事。总之，我们认为，对古代文论范畴体系的规律性特点认识得越准确、深入，就越能充分地把握传统文论的理论形态及其独特价值所在，而越有助于进行现代阐释、体系建构乃至现代转化。

（三）整合与建构问题。对传统文论范畴体系加以必要的整合与建构，是现代阐释的题内应有之意。传统文学理论批评著作，刘勰的《文心雕龙》对文学作了全方位的整体性理论观照，具有严密的体系框架，因而被誉为“体大虑周”（章学诚语）；叶燮的《原诗》也有较为系统的理论体系，体现出较强的思辨能力，被认为能“极纵横博辩之致”（纪昀语）。此外，还有一些文论著作具有自己的一定的理论体系，这里不一一罗列。但是，大量的论著缺乏完整的理论体系，一些文论家的理论见解散见于他们的各种评论

---

① 许学夷：《诗源辨体》第35卷，人民文学出版社1987年版。

文字之中，然而其见解中又包含着许多真知灼见，如果将它们收集起来经过一定的归纳、排列，大致上也能显出一定的系统性。这就是一种整合，对于一个文论家来说是如此，对于众多的文论家来说同样存在着这样的问题。我们探讨传统文论范畴体系，不能将眼光仅仅盯在少数的几个文论家身上，而应该以开阔的视野，对任何在理论上有建树的文论家的见解均给予足够的重视，只有这样，才能对传统文论范畴体系有一个全面而完整的把握。所以，在充分占用资料的基础上，按照一定的原则、方法对传统文学概念范畴加以搜集、梳理，将它们整合在一起，形成一个有层次之分，有法度义理，逻辑与历史相统一而能充分体现传统文论及其概念范畴之特点的体系，这正是我们所需要付出努力之处，我们所说的建构即指此而言。按照这一原则，我们可以尝试对传统文论范畴体系作一个简单的描述，即以“道”为历史原点与逻辑起点（元范畴），根据天—地—人这一系统结构框架，依循气—人—文或物—心—文这一生成模式，由源到流，由体到用，由实到虚，由对待到统一，围绕着作为一种文化或精神现象的文学艺术所涉及的各个认知方面而具体展开，以范畴为基本单元，形成了文源论、文体论、价值论、通变论、主体论、创作论、作品论、风格论、批评论等九个层面或曰理论专题。其中，参照现代文学理论体系结构之痕迹非常明显，所以自然属于在现代阐释基础上的一种整合与建构。

我们在前面的阐述中曾提到“视界融合”、“创造性阐释”以及“活化”问题，笔者以为这三者在传统文论范畴体系的现代阐释和现代转化中应予充分注意。所谓“视界融合”，就是追随体验，把握文论家从创立概念范畴到在实际批评中运用的思维义法，消除文化隔膜，出入各家各派，统观各个断代，在还原的基础上重新整合、建构，使其思维更加明晰，义法更加井然。同时，又保持一定的距离，发现其中所存在的相互矛盾、舛杂甚至简陋之处，以便剔除。所谓“创造性阐释”，就是在诠释、建构过程中力求发掘对象中可能隐藏着的精妙意涵，并且进一步从这一意涵中开发出新的思路，导引出新的概念、范畴或命题。所谓“活化”，就是运用传统文论概念范畴进行思维，指述与诠释当代文论系统中需要解决的理论课题，或作当代文学方面的实际批评，真正做到思理、义法层面上的运用，而不是名词镶嵌，古代文论只有参入当代文学中来，才能活起来。

古代文论范畴体系的现代阐释与现代转化，实际上就是传统文化与现代文化的碰撞、对话，其中自然会产生许多文化上的冲突与变异，但是中国文化向来具有一种包容、融合精神，这无不对传统文论融入到当代学术文化中来提供了一个便利条件。钱穆指出："中国人常抱着一个天人合一的大理想，觉得外面的一切异样的新鲜的所见所值，都可以协调，和凝为一。这是中国文化精神最主要的一个特性。"①所以，中国古代文论现代转化这一跨世纪的学术文化课题是一定可以达到预期之目的的。

（原载《文艺研究》1998 年第 3 期）

① 钱穆：《中国文化史导论》，上海三联书店 1988 年影印本，第 162 页。

中国古代文学批评中的“进步观”

自近代以来，在中国古代文学史研究和文学史通史书写领域，通过科学主义的“新史学”为中介，受“进化论”学说之影响，在批判、清算传统的所谓“循环论”之基础上，形成了诸如“发展”、“进步”等价值范畴，并且成为文学史书写中的价值评价标准，影响了整整一个世纪的中国文学史研究和书写。在此语境下，中国文学批评史研究方面，也致力于对中国传统文学批评话语中的“发展”、“进步”观念之耙梳和诠释。对这一学术现象进行思想史层面的反思，以及如何认识评价传统思想、传统诗文评中的“发展”、“进步”观念，对于我们总结和反思 20 世纪中国文学史的理论建构和书写实践意义重大。本文厘清中国古代文学史观的内在理路，梳理“进步观”之思想与知识谱系及由传统变易发展观到现代意义确立之演变脉络，在此基础上，分析“进步观”由学术边缘走向中心之缘由，并对其学理背景及学术地位进行反思。

从中国古代文学批评史发展的内在理路看，我们今天所谓“进步观”的种种表征，在传统时代主流意识形态的语境中，往往是以思想异端的面目出现的。但是历史的发展并没有按照已有的逻辑进行，当中国社会的历史步入了内忧外患的近代以来，随着传统思想系统的崩溃和西学的引入，尤其是进化论、唯物观的深入人心，此一思想找到了理论的生成点，其反传统、反主流的思想品格不仅切合了社会变革之急需以及西学理论本土化之要求，而且对于传统信仰系统业已崩溃的中国思想界而言，亦是具有相当吸引力的现代转型方案，遂蓬勃发展起来，成为一个多世纪以来中国社会思想文化领域最时尚、最主流的话语形态，影响至今。在古代文学和古代文学批评研究领域中，也迅速将“进步观”的地位提升到与传统时代主流思想乃至国家意识形态抗衡的地步，成为与代表主流意识形态的落后思想针锋相对的进步思想，从而在相当程度上改变了历史本原状态，重新抒写了一部中国的文学批评史，并成为古代文学批评范式的现代学术转型中一个成功嫁接的范例。对于这一现象之形成进行剖析，既可以了解传统也可以启迪未来，本身就是一件很有意义的事情。

一、“进步观”之思想谱系

中国古代文学批评“进步观”之思想因子是在传统宇宙观、历史观和时间观所构成的古代知识系统中孕育而成的。虽然中国古代社会的历史在治乱交替、王朝更迭中流变着，但思想文化形成所依据的知识与信仰系统并无新变，加之秦汉至清以来中国社会的基本性质没有根本变化，因而形成了以复古观和循环观为主、“进步观”为辅的历史观和文学史观，其基本的学术品格定型于先秦。在我们对“进步观”之知识谱系进行审视之前，对其所依生的复古观、循环观进行一番梳理是非常必要的。

以复古观而论，发展于三代、鼎盛于西周的礼乐理念在中国思想史上营造了一种独特的复古文化模式，其最显著的特点是，轴心时代的诸子都认为上古存在一个乌托邦式的完美社会形态，并由此转化为真诚的信仰，对其极尽美化之能事。儒家的理想是尧舜等圣王治理的“有道之世”——“大同”；道家乌托邦指向尧舜之前“小国寡民”状态的“至德之世”；墨家提倡“兼相爱、交相利”的尧舜及三代圣王之世；即使是崇古非今，直面现实的法家，其思想体系中仍然隐含着对三代传统及其文明成就的认可。尽管诸子学术倾向各异，论证的角度不同，且他们对圣贤的认定与理想时代的标准也不同，但是他们在致力于探索社会改良方案与实施路径以回归他们的王道理想时，都具有相同的复古价值取向。在他们看来，人类起初都有无限美好的“黄金时代”，尔后便日趋堕落，今不如昔，一代不如一代，这是西周礼乐秩序崩溃后种种复杂情绪，诸如对现实社会的失望、对黄金时代的追忆以及对理想秩序重建的期待等等，共同交织而成的。这构成了中国历史上最主流的乌托邦，由此所形成的向后看的思维模式直接影响了古代学术思想中复古风气之盛行，从汉代今文经学的谶纬，唐宋“古文运动”，明清经学的注疏，清末龚自珍、魏源、康有为的“托古改制”，要么尊道统而复古，要么假复古之名行变革之实，无不借古人之名抒己心志。综观一部中国文学发展史，就是在“贵古”与“趋新”之间反复拉锯展开的一部文学批评退化史；细观中国文学史上各种文学观念，不论提出目的何在，多少都带有复古的理论色彩。这一方面促使了文学批评史上重质轻文、贵古贱今、文以载道以及政教传统的形成，同时亦是“原始表末”、“格以代降”、“用事”等思维模式形成之根本缘由。

以循环观而论，其思想渊源虽然可以追溯到《夏小正》中有关夏代天象与物候的周期性描述，也可以在殷商卜辞的六十甲子表与周原卜辞中月相往复循环的记载中觅得，但明确的理论形态在《周易》与五行说中。《周易》通行本之卦序，以乾、坤二卦开始，既济、未济二卦终结，代表宇宙万物的六十卦居中，其意在于：乾为天，坤为地，乾坤处于往复无穷的交流之中，万物由此而生，由此而变，此乃天地间第一大循环。凡日月往来，寒暑交替，阴阳变幻，人事兴衰、生死轮续，乃至国家、民族的兴衰递嬗，无不烙上这种循环往复的印记，此乃《周易》泰卦九三爻辞所谓"无平不陂，无往不复"的循环理论。《老子》五十八章有"祸福相因"的思想，《庄子·天下》有"道无终始"、"一虚一满"的自然循环，《孟子·滕文公下》有"天下之生久矣，一治一乱"，《孟子·公孙丑下》有"五百年必有王者兴"的社会人事循环，凡此种种，无不具有浓厚的循环论思想因子。循环史观创始于邹衍的"五德始终说"，此一学说把五行说应用于社会历史领域，认为人类社会的历史是遵循五行相生相克的规律而变化发展的。就中国古代史而言，虞土、夏木、殷金、周火的历史演变，便是依照土、木、金、火、水依次相生相克的秩序，按照《吕氏春秋·应同》的说法，历史的下一个阶段"代火者必将水"，到了水德，历史发展便完成一个循环，此后"水气至而不知，数奋，将徙于土"，社会历史就是在五行循环中周而复始发展的。这种循环史观在秦汉时期极为流行，汉代公羊学家有据乱世、升平世、太平世的社会兴衰治乱"三世"说，董仲舒创黑统、白统、赤统之朝代更替"三统"说。循环论之所以在古代思维体系中极为发达，这也是与自春秋以来王朝更迭而社会性质没有根本变化这一社会特征密切相关的。人们习惯在历史的循环往复和时间的永恒轮回中解释世间万事万物，所谓人之生死、家之荣辱、国之兴衰、天下之分合，都不离循环的路数。这既可视为古代诗歌回环反复与八股文章"起承转合"形成之思想缘由，亦是小说、戏曲中宿命论、因果报应思想大量存在的原因，更是文学批评中"一治一乱"、"一盛一衰"、"一文一质"、"一分一合"思维模式特别盛行之根本缘由。

在复古观和循环观所构成的主流意识形态的历史语境中，同生共长着以变易发展为主旨的"进步观"。从价值取向上看，与复古观憧憬历史的"本然"状态和循环观追求历史的"必然"状态不同，它追求历史"应然"的未来价值向度；从思想史的角度考察，所谓"进步观"有广义与狭义之分。就广义而言，凡是对古代整体知识系统以及在此背景下形成的主要思想传统，尤其是对天人观、历史观和时间观所构成的价值核心层面质疑或挑战的，都可视为“进步观”的代表。如荀子发端的天人相分思想对主流的天人合一传统的质疑，其后王充、柳宗元、王安石、王廷相、魏源等人的继承发展，在中国近现代思想史、哲学史和文学批评史的研究中，此一类常常被冠以唯物主义或具有进步性、人民性等名称。就狭义而言，是指对三代以来所形成的变易发展观的继承。在中国古代思想发展史上，复古观和循环观诚然占据了思想发展的主流地位，但求新求变的思想传统也一直存在，单从文学批评的思想发展来看，主要体现在核心范畴古今上，凡是认为今胜于古，对占据主导地位的复古论、循环论质疑的，都可视为古代文学批评中“进步观”的代表。这种更新通变的思想始终贯穿于传统文学发展中，时起时伏，时隐时现，虽然常常有来自于强大的正统思想对这些见解的打压，使之不能成为文学批评的主流思想，但在总体上仍然以极强的延续力、衍生力和包容性一直占据着古代文学思潮的一隅。

复古观、循环观和“进步观”是伴随着三代思想传统的崩溃，在春秋战国的社会剧变中萌生的，具有深厚的历史传统和人文内涵，代表了中国古代主要的文学批评史观。从学理逻辑上看，无论是向后看，还是向前看，都是乌托邦，都是源于对事物“已然”状态的不满所作的新的价值判断，因此，本质上并没有优与劣、进步与落后之别；从知识构成来看，虽然三者都萌生于社会思想的大变动时代，但是，复古观与循环观是在缺乏外来文明和异类资源的背景下，在本土思想资源的唤起与重新阐释中生成的，其价值源泉和思想基础来源于三代文化，因而先秦时期就相当成熟了。而变易发展观思想的若干因子虽然出现很早，但转换为具有现代学术色彩的“进步观”则完成于近现代的“西学东渐”中，在 19 世纪末到 20 世纪初的思想变革中，在旧学与新知的相互进入、相互交汇中最终完成其现代转型。故而三种文学批评史观在思想资源、生成模式乃至理论的适应度上都有很大的不同。前两者体系完善尤其不乏思辨上的意义，代有传人，故而牢牢地掌控了传统时代意识形态的核心地位；后者在思想体系、理论深度、理论传承诸方面并不具有优势，在传统时代有所发展，但从未占据主流地位，在思想史、文学史上的影响有限，响应者较少，但因其成功的现代转型，遂成为近代以来文学研究中最核心的价值取向之一，历久弥新，终成主流。

二、“进步观”之知识谱系

在中国古代文学批评史上，以变易发展、今胜于昔为主旨的“进步观”有深厚的学术思想基础和幽微不显的发展演变脉络，其兴起之内缘乃萌生于先秦的变易史观到中古时期反传统思想逮至明清时期的思想变革，外缘则是西学理论中进化论、唯物史观的引入。从先秦到明清，许多理论家表述了一定层面的进步理念，并逐步汇流成为古代思想发展中源源不断的一脉，其间亦出现了几次值得关注的理论总结阶段。

“进步观”的源头可以追溯到先秦。这是一个社会大变动的时期，三代礼乐文明在创造了丰硕的思想文化成就的同时，也带来了深刻的社会政治和精神文化危机：王室衰微，诸侯放恣，天子失官，大夫专权，学术四散，等等。处于思想交锋中的诸子从各自立场提出了变易发展的思想。孔子“信而好古”，对现实政治制度和社会思想有诸多批评，经常赞美尧、舜、禹等古代圣人，但他所持的并不仅仅是一种简单的复古思想，他主张因革，对三代礼乐制度之演变取一种发展的观点，《论语·为政》云：“殷因于夏礼，所损益，可知也；周因于殷礼，所损益，可知也；其或继周者，虽百世可知也。”孔子认为每代都会继承前代的思想制度，并会根据现实变化进行适当“损益”，去掉一些不合时宜的旧制度，增加一些社会需要的新内容。其后荀子更为强调变化，《荀子·礼论》云：“天地合而万物生，阴阳接而变化起。”他提倡法后王，《荀子·非相》云：“吾孰法焉？故曰：文久而息，节族久而绝，守法数之有司极礼而褫。故曰：欲观圣王之迹，则于其粲然者矣，后王是也。”先秦时期的重要典籍《周易》，强调“穷则变，变则通，通则久”的法则，提出了变化、更革、日新的思想，《周易·系辞上》云：“参伍以变，错综其数，通其变，遂成天下之文；极其数，遂定天下之象。非天下之至变，其孰能与于此?”尤为突出变化发展在自然、人事上的重要意义，这些思想对后世都产生了相当的影响。

法家倡导变法，认为治理社会的法则随着时代变化而变化，因而力倡社会历史的发展观。商鞅认为中国社会历史的发展经历了三个阶段，《商君书·开塞》云：“上世亲亲而爱私，中世上贤而说仁，下世贵贵而尊官……世事变而行道异也。”因而《商君书·更法》中提出：“治世不一道，便国不必古。汤武之王也，不循古而兴。商夏之灭也，不易礼而亡。然则反古者未可必非。循礼者未足多是也。”秦孝公用商鞅变法，奖励耕战，富国强兵，秦经六世吞并六国，一统天下。韩非进一步演绎了商鞅的社会发展阶段论，《韩非子·五蠹》中把历史划分为上古、中古、近古三个时代，他认为上古之世原始落后，人们构木为巢，钻燧取火，与禽兽虫蛇斗争；中古之世战胜洪水，前进了一步；近古之世，平定桀、纣暴乱，又前进一步；当今之世已经进入了人类社会历史发展的第四个时期，所以"圣人不期修古，不法常可，论世之事，因为之备"。韩非子认为无论从自然生活条件到社会政治环境，人类都是一代比一代进步的，不明此理，就如同缘木求鱼似的迂阔和刻舟求剑似的愚蠢了。

考察先秦时期的发展变易观，可以看到，思想家们所关注的领域主要在于社会政治与历史演进，尚未进入文学这一次生领域，但其求变的精神为后来许多思想家所继承和发扬，并逐渐在文学与文学批评领域展开。秦汉以后，随着大一统政治的形成和古代社会思想体系的确立完善，社会性质、政治制度、日常生活乃至人们的思维方式、精神世界、文化气质都基本定型而没有新的变革与突破，因而出现了一批主张变革进化的理论家，如王充、葛洪、刘知几、皎然、柳宗元、王安石、李贽、公安三袁等等，尤其是明清之际与晚清，变易观得到了更进一步的发展，代表人物如王夫之、章学诚、龚自珍、魏源等，他们的理论大多集中在文史哲领域，或大胆怀疑，或勇敢否定先秦以来的复古论与循环论，认为社会历史变化的趋势是不断向前进步的，肯定今胜于昔，后世超过前代，文学的发展亦不例外，故而也或多或少地涉及文学批评领域。

在中国古代文学批评史上，最早举起"进步观"大旗，考究古今利弊得失，致力于寻找文学批评正确立场者，东汉王充乃第一人。王充虽然师从班彪，思想体系也基本不离儒家范畴，但"细族孤门"的身份使其思想带有更多反传统、反主流的因素。他反对天人感应说，反对谶纬学说，反对拟古，与主流意识形态格格不入。针对汉代文学创作领域厚古贱今、模拟因袭以及复古主义倾向的普遍泛滥，王充明确反对"好高古而下今"的思维定势，嘲笑厚古薄今者"谓文当与前合"的观点，认为事物是殊类而不相似，故为文不能"强类"和"务似"，否则就会失却作者的本意或事物的原貌，即所谓"失情"和"失形"。在《论衡》一书中，王充多处批判"尊古卑今"、"褒古而毁今"、"好长古而短今"、"今之文不如古书"的世俗偏见，认为以时间先后作为批评标准并不符合文学发展的事实，他提出一系列新的文学批评标准，如真美、尚用、文质并重、独创、元气等等，其论有破有立，并不简单地

"非古"、"颂今"，而是具有较为通达的文学批评视野。也正因为王充对汉代以来的主流意识形态持否定立场，加之其论在理论思维方面的意义并不突出，因此他的思想在东汉一代基本上没有影响。晋代葛洪继承了王充反对尊古卑今的思想，认为今文不仅不逊色于古文，而且远远胜于古文，故《抱朴子·钧世》云："且夫《尚书》者，政事之集也，然未若近代之优文、诏策、军书、奏议之清富赡丽也。《毛诗》者，华彩之辞也；然不及《上林》、《羽猎》、《二京》、《三都》之汪秽博富也。"葛洪以文学进步发展观对"古"一概否定，因而得出《诗经》不如汉赋的结论，其反传统的勇气固然可嘉，但矫枉过正，片面强调今胜于古，又不免走向了另一个极端。

中古以后一批持"进步观"的思想家，不仅主张社会是不断发展前进的，各种典章制度随着时代而发展变化，而且认为这种发展变化有其自身发展的客观规律。如刘知几《史通·烦省》中承法家"古今不同，势使之然"而来的历史进化论，认为社会进化不是圣人主宰的，而是由"势"决定的，后有柳宗元、刘禹锡、王廷相、王夫之、章学诚、魏源对"势"认识的不断深化；又如唐代杜佑《通典》、宋代郑樵《通志》、元代马端临《文献通考》对于历代名物、制度、礼节沿革的述考，他们主要致力于政治制度和人文教化的理论建树，极具历史演进的目光，但目的在于资治，少有论及文学批评的；隋唐以后，中国文学史上出现了几次目标明确、口号鲜明、声势浩大的文学革新运动，如唐代陈子昂等倡导的诗歌革新运动、元白的新乐府运动、韩柳的古文运动、北宋欧苏的诗文革新运动、明代反复古文学思潮，直至近代梁启超、黄遵宪等的"诗界革命"、"小说革命"，凡此种种，都延续了先秦两汉以来的进步理念，具体到文学批评理论的建设上，较为重要的是明代反复古思潮。

明代反复古的文学思潮，针对前后七子"文必秦汉，诗必盛唐"的复古主义文学见解及其文学退化论，先有李贽，后有公安三袁。李贽认为文学是随历史而发展的，他以"童心"而不以时势先后作为评论文章的标准，故《童心说》云："诗何必古选，文何必先秦，降而为六朝，变而为近体；又变而为传奇，变而为院本，为杂剧，为《西厢曲》，为《水浒传》，为今之举子业，皆古今至文，不可得而时势先后论也。"他对明代的复古思潮与模拟倾向表达了强烈的不满。承其衣钵的三袁，以"天下无百年不变之文章"为口号，高举反复古主义大旗，对复古派诗文的流弊进行了尖锐而深刻的批判，形成了一系列鲜明的理论主张。他们以"势"论文学，其主旨在于"变"，如袁宏道《与江进之》云："辟如《周书》、《大诰》、《多方》等篇，古之告示也，今尚可作告示不？……世道既变，文亦因之，今之不必摹古者也，亦势也。”他们认为古今文学的不同在于时代的变化，文学之可贵在于变。三袁以“识”、“才”、“学”、“胆”、“趣”为诗文三昧的根本，以“独抒性灵”、“见从己出”的独创论来批判和纠正复古派的形式主义模拟论，思想体系较为全面。李贽、三袁的思想以强烈的反传统、反理性和提倡人性自由解放的精神，展示了具有近代思想色彩的革新品格与审美理想，表明一些新的质素开始出现在古代文学批评领域，尽管这些思想因素的影响还是微弱的，远远不能与传统的主流意识形态抗拒，其不久被晚明复古主义思潮的复兴所颠覆即为一个明证，但这毕竟为中国古代文学批评史留下了一个具有近代启蒙色彩的结尾，逮至清代袁枚《答沈大宗伯论诗书》中“诗有工拙而无今古”的说法，晚清龚自珍等人的文艺思想也仍然是对李贽、三袁思想的承续，从整体上看，不仅没有超越反而有所退步。明清时期反复古的思想运动是伴随着中国封建社会末期传统价值观的动摇以及意识形态的自我批评与更新展开的，而当所谓“天崩地解”、“破抉启蒙”的历史剧变来临时，中国古代知识体系本身已经不具有自我更化的力量，古代文学批评史也因此失去自我更新的能力而终结。

值得一提的是齐梁时代的刘勰，《文心雕龙》一书多篇论及文学发展观念，因此现代学者多从继承与发展的关系来肯定彦和之文学发展进步论。虽然刘勰在具体论及八十余种文体时，首明其所自，次考其演变，末察其所终，使人明了每一种文体发展流变的全过程，因而具有明确的历史意识；但从文学史观上考察，刘勰重传统胜于新创，在文学史观上所受复古观、循环观的影响胜于“进步观”，其新变的内容都是在“征圣”与“宗经”这些亘古不变的框架中进行的。《通变》中对历代文学的历史变迁作价值评价时归结为“从质及讹，弥近弥淡”，刘勰认为一部文学史的发展乃是今不胜古的质文更迭循环，这与明代胡应麟以“格以代降”来定格《诗经》以后诗歌的发展态势具有相同的价值取向，简明扼要地点出了文论家从古今对照中得出文学退化论的共同认识。实际上，视“通变”为复古之变，前人已经有很多研究成果，如纪昀评云“复古而名以通变”，黄侃认为：“彦和此篇，既以通变为旨，而章内乃历举古人转相因袭之文，可知通变之道，惟在师古，所谓变者，变世俗之文，非变古昔之法也。”①视“通变”为循环之变，也可以从《通变》

---

① 黄侃：《文心雕龙札记》，华东师范大学出版社 1996 年版，第 131 页。

篇中找到不少印证，如“明理相因”、“循环相因”、“莫不相循”，彦和在“质文之间”、“雅俗之际”言通变的思想，明显带有“一治一乱”、“一盛一衰”、“一文一质”的循环论痕迹。因此，就主体思想而言，刘勰虽然主张变易的发展观，但并非“进步观”，而是以复古观和循环观为主体的守成思想。《文心雕龙》一书的主导思想，与其所处时代是格格不入的，因而在很长的历史时期都无甚影响，其理论生命力直到近代以后才得以充分挖掘，始引起较大的学术反响。实际上，考察中国文学批评史，少有能够与传统彻底决裂的理论家，他们大都在传统的复归与时代的呼应中持一种矛盾的文化心态，虽然不乏新变的因子，但在整体历史观和文学史观上却毫无例外都是极为守成的，巨大的传统常常作为先在的知识资源规定了他们理解的视野和方向。类似的情况在清代叶燮的思想中也存在，虽然其“惟正有渐变，故变能启盛”的说法首次为新变找到了理论基础，但其“正变盛衰，互为循环”，也是明显承循环论的路子。

三、“进步观”之现代意义

中国古代文学批评中虽然有着久远的变易观传统，也不乏进步的某些质素，但是具有近现代思想色彩“进步观”的拈出并最终成为传统批评范式现代转型中一个成功例子，是滋生于近代以来中国积弱的国势，并与中国传统经学体系的崩溃和西方现代学术体系的引进密切相连的。“进步观”现代学术意义之确立，得益于中国近代以来一批先进的思想家，他们充分挖掘了《周易》“通变”以及荀子“合群”、“与天争胜”等思想中所包含的进化论乃至唯物史观的思想精髓，同时又极大地吸收了近代西方自然科学理论和社会政治学说，将二者逐步结合、熔炼从而创造出中国式的进步理论。从戊戌变法、辛亥革命、五四新文化运动到新民主主义革命这些中国近代史上的重大变革中，在进化论、实用主义、非理性主义、马克思主义唯物史观等思想武器巅峰与落退的交织中，“进步观”所确立的不断发展、不断进步的主旨伴随着新的世界观、价值标准的确立得以不断深化，并伴随着进化论之深入人心与唯物史观地位之强化最终确立了主导地位。

作为解释历史演进的世界观和求新求变的方法论，进化论不仅具有科学的理性精神，更重要的是它物竞天择、适者生存的思想内核在中国内忧外患的历史语境中契合了人们救亡图存的情感需求与寻求变革的社会心理，因而能迅速地被中国知识分子所接受并成为戊戌变法至五四前后影响最为广泛的思想潮流，衣被几代人，对 20 世纪中国思想文化产生了深远的影响。

康有为第一次将进化论引入社会历史领域，并与《周易》变易思想和公羊学“三世说”形式相结合，提出不中不西的社会进化理论。他认为人类社会发展的历程是从君主专制的“据乱世”进而到君主立宪的“升平世”再发展到民主的“太平世”这样一个从低级到高级的过程。严复依据达尔文的生物进化理论和斯宾塞学说的社会达尔文主义，将生物“物竞天择”、“后胜于今”的进化论直接应用于人类社会历史领域。其论完全建立在自然科学的基础上，突出了进化规律的普遍有效性，摆脱了传统经学的套路，具有更为完全意义上的近代科学品格。梁启超以社会历史的进化思想对传统的史学观尤其是孟子“一治一乱”的循环史观进行了尖锐的批判，他认为“凡在天地之间者，莫不变”，“变”乃“古今之公理”，①故而积极倡导思想解放与学术变革，提倡“史学革命”、“诗界革命”、“文界革命”、“小说界革命”，梁氏将进化论用于文学研究，影响极大，对于当时倡导以复古为通变的“宋诗派”、“桐城派”给予了致命的一击，牢牢地占据了文学批评领域的统治地位。刘师培更是以进化论研究中国古代学术史的躬行者，在《哲理学史序》中，他以达尔文“天择物竞”之说分析周末诸子学说，认为儒墨代表了天演学派，儒家之论近于达尔文，墨家之论近于赫胥黎；《论文杂记》从进化论的角度，对古代文学的语言通俗化进程给予了肯定的评价。② 其论中西对照比较，虽不免有穿凿附会之嫌，但字里行间亦不乏真知灼见，使人耳目一新，至今仍然不失其借鉴价值。

被恩格斯誉为 19 世纪自然科学的三大发现之一的进化论，以强调进步与发展、肯定创新与变革的思想内核贯穿了近代中国政治革命、思想革命和文学革命的各个领域。当运用于文学领域时，进化论所具有的现代品格、进步理念和乐观精神，能够迅速适应社会思想剧变时期所赋予文学的超值想象。在进化论思想的指导下，中国文学完成了由古典形态向现代形态转型的质变，文学批评领域也因此发生了巨大的变化，新的价值标准开始形成。

---

① 梁启超：《变法通议》，见《饮冰室合集》第 1 册，上海中华书局 1936 年版，第 1 页。

② 刘师培：《刘师培全集》第 1、2 册，中共中央党校出版社 1997 年版，第 512、81 页。

从梁启超倡导“政治小说”开始，一种新的文学批评标准就开始确立了。他拔高小说地位，视小说为造成中国群治腐败的总根源，将其视为国家兴亡的唯一问题来言说，因此认为必须改良小说才能振兴民族、富强国家。其小说理论，虽然像传统时代的文学批评一样，包含了对人文教化的关注而具有明确的政治倾向性，但以鲜明的现实针对性并融入了对民生疾苦的关怀与思想启蒙的要求，因而在一个灾难深重的时代颇能为国人所接受。五四前后，在进化论思想的影响下，新文化运动的倡导者彻底抛弃了崇古、复古的价值取向，在小说、诗歌、散文、戏曲等各个方面不断注入新的质素，从语言到形式、从内容到理念实现了彻底的革命。胡适的《文学改良刍议》中，打破了传统文学研究中占主流的复古观和循环观，将文学史的进程描绘成一个动态的发展过程：“文学者，随时代而变迁者也。一时代有一时代之文学……此非吾一人之私言，乃文明进化之公理也。”①在这种观念的指导下，他在《白话文学史》中将白话文学视为中国古典文学的正宗，认为白话文学取代文言文学是历史发展的必要结果；陈独秀在《现代欧洲文艺史谭》中，用进化论将欧洲近代文艺史的发展过程描述为古典主义、理想主义、写实主义到自然主义的由低到高的发展过程②；青年时代的鲁迅也是进化论的信仰者，他相信一代胜于一代，青年胜于老年，将来胜于过去，催进新的生长和旧的死亡，“后起的生命，总比以前的更有意义，更近完全，因此也更有价值，更可宝贵”③；1929 年谭正壁编《中国文学进化史》，更明确地将中国古代文学分为进化与退化两端，宣称“以进化的文学为正宗，而其余为旁及”，故不但“拒绝叙非文学的作家或作品，而且对于退化了的文学，也加以非议和忽视”④；逮至刘大杰 1939 年著《中国文学发展史》自序仍云：“文学的发展，必然也是进化的而不是停滞的了。文学史者的任务，就在叙述他这种进化的过程与实质，形式的演变以及那作品中所表现的思想与感情。”⑤

---

① 胡适：《胡适全集》第 1 卷，安徽教育出版社 2003 年版，第 6 页。

② 陈独秀：《现代欧洲文艺史谭》，见《青年杂志》第一卷第三、四号，1915 年 11 月 15 日、12 月 15 日。

③ 鲁迅：《我们现在怎样做父亲》，见《鲁迅全集》第一卷，人民文学出版社 1981 年版，第 132 页。

④ 谭正壁：《中国文学进化史》，上海光明书局 1930 年再版，第 11 页。

⑤ 刘大杰：《中国文学发展史》（上卷），古典文学出版社 1957 年版，第 1 页。

以进化论为理论武器所形成的“进步观”理念，极大地催生了在中国现代文学创作与研究中不断追求进步思想品格的确立，产生了广泛而深远的社会影响与历史效应。以今人之眼光观之，其学理基础有二：其一，所谓的“进步观”实际上是在西学体系并参照西方的现代化模式，对中国传统文学思想进行的价值重估，因此其批评话语的预设中已经暗含了对于这一参照模式所具有的先进性的认同；其二，“进步观”之确立也深受20世纪以来流行的矛盾论思维方式的影响，也就是将新与旧、传统与现代、进步与落后作为对立存在的二元，非此即彼。其先在的西方中心主义和二元对立思维模式固然可以使我们从另一个角度理解传统文化，但是对于传统本身，可能是一种误解。其实最早看出进化论弱点的是章太炎，他于1906年写《俱分进化论》一文反对进化论，认为善在进化、恶也在进化，进化与退化同时存在，故而“进化之恶，又甚于未进化”①；冯友兰在20世纪20年代所写的《一种新人生论》(上)中也认为：“中国近译演化为进化，愈滋误会。其实所谓演化，如所谓革命，乃指一种程序，其所生结果，为进步亦可为退步，本不定也。”②其论虽深刻，但惜其今日也未能引起足够的重视。

伴随着20世纪科学主义的破产，20世纪20年代以来，进化论以其内在的缺陷而被马克思主义唯物史观所取代。两相比较，其同在于，进化论与唯物史观是与复古的、循环的历史观相对立的进步发展观，都对社会历史的发展持肯定的价值判断，正因为两者都具有不断追求进步的相同理念，这也为当时激进的民主主义者迅速转化为马克思主义者提供了理论上的可能；其异在于，进化论是把生物的进化规律运用于人类社会，唯物史观则是从人类社会自身的生产力来解释社会进化的缘由，它提倡有别于生物进化的社会发展规律，这既能回答历史的问题又能回答社会人生的问题，因而具有更强大的理论说服力，加之被十月革命的胜利所证实，更强化了其科学实证品格，因此很快取代进化论成为新的思想主导范式。但在进化论影响下所形成的新胜于旧的价值理念和不断进步的理想主义乐观品格，却得到了进一步的强化。这种观念认为新的就是好的、进步的，而旧的就是不好的、落后的。表现在文学观念上，凡是与传统时代主流意识形态结

---

① 章太炎：《俱分进化论》，见《章太炎全集》(四)，上海人民出版社1982年版，第386页。

② 冯友兰：《人生哲学》第十二章，见《三松堂全集》(第一卷)，河南人民出版社1985年版，第515页。

合紧密的都是腐朽的、落后的，而凡是在当时以思想异端面目出现的都是积极的、进步的。

一种批评标准的形成，不仅取决于批评主体自身的需要、利益、情感，而且更受制于所处环境、历史传统以及自身的知识储备与行动目标等因素。以“进步观”论文学之失在于放大、夸张了主体的变革意图与创新理念，将古代文学思想中的某些倾向提升并扩大到与传统主流思想抗衡的地步，从而使一些论断偏离了历史的真相。而这样一种并不甚切合文学批评史真相的理论定位之所以能够成立并长期占据主流地位，并演变为一种根深蒂固的思想传统，更主要在于进化论、唯物史观在批评家诠释文学史的活动中起到了预设的理论导向作用。这些既定的传统至今仍然作为古代文学研究中知人论世的价值标准，支配着此一领域的研究，从而形成遮蔽历史真相的难以破除的偏见。

如果我们从经济、政治、文化、生态以及人自身发展完善的角度对历史发展中的“进步观”进行综合、系统的评价，可以发现，无论是被表述为按照既定模式和节奏直线发展的“进步观”，还是被表述为在新旧斗争与否定之否定中前进的“进步观”，在向我们展现了一种理想主义的乐观前景时，却忽略了进步过程中的失败和教训，忽略了不断进步理念下人类付出的惨重代价。20世纪以来，在战争杀戮不断重现、经济发展延缓停滞、生态环境整体恶化、科技负面效应渐次凸现之时，重新观照人类自身的存在命运，作为人类心灵支撑的理性主义进步观已经崩溃，人类社会的发展将持续进步的冥想与梦幻业已破灭。正如我们无法在进化与退化、进步与落后的两极之间，对其是否承载了人类社会发展的规律进行终极性证明一样，我们也无法对文学发展的过去与未来作出一劳永逸的解释。如果我们超越近代知识论中的真理意志，在考察中国古代批评史的发展观时，暂时悬置进步与保守、前进与落后等价值判断，而把问题放在更为广阔的历史语境中，提出有关进步的话语是如何由边缘走向中心并在一个多世纪中兴盛不衰的问题，可以发现，其意义绝不仅仅在于一种理论在历史实践中的突破，它更多地关乎话语权争夺中的文化策略与文化立场，更多地关乎新意识形态的建立，更多地关乎人类自身生存状态与历史命运的反思，因此，对其合法性与正当性乃至未来走向之质疑也就不可避免了。

（原载《文学评论》2008年第5期）

中国古代文论范畴研究方法论管见

系统而深入地整理和研究中国古代文学理论范畴及其体系，其意义是非常重要的。中国古代文学理论在其数千年的历史发展过程中积累了一套独特的概念、范畴，中国古代文论的民族特色便集中地体现在这些极其富有理论思维特点的范畴群及其体系之中。对这些数量众多、含义深刻的范畴加以整理和研究，并探讨研究其体系构成，不但是深入而准确地认识和评价中国古代文学理论内涵、特征以及揭示其发展规律的一个基本途径，而且亦是进行中外、古今文论比较研究的一项基础工程。而从更广的范围来讲，其与当代文论界同人正在努力思考的融汇古今、兼取中外之长以建构当代科学的、民族的文论体系的目标又是一致的。通过整理和研究中国古代文论范畴及其体系，传统文论的理论价值可以得到充分的阐释，给当代文论提供一种宝贵的资源汲取，从而有力地促进其本土化、民族化的发展。走出封闭的圈子，将传统文论范畴及其体系放到传统文化哲学的大背景下来考察、研究，采用一种将文论与文化哲学结合起来的研究方法，是切实可行的，说到底这也是我们面对当代学术思潮演变态势时的一个必然的选择。本文主旨就是结合近年来国内的古代文论范畴研究情况，谈谈笔者对于如何将传统文论范畴与传统文化哲学结合起来进行研究的一些意见。

一

将传统文论、传统文论范畴与传统文化哲学结合起来进行研究的方法，有利于拓展研究的视阈，有利于传统文论范畴研究向纵深发展。

从发生学的角度来看，传统文论概念、范畴的产生与中国古代文化哲学有着非常密切的血缘关系，它们中的绝大多数都是从中国古代文化哲学概念、范畴中导引出来的。比如传统文论中的道、气、中和、阴阳、刚柔，象、文质、通变、形神，自然、才性、境界等范畴，最初都属于哲学范畴，后来被引入文学理论批评，并且随着文学理论批评意识的自觉，而愈来愈被赋予确切、具体的文学理论方面的意蕴，从而也就具有了自己区别于作为哲学范畴时的特殊内涵，即获得了相对独立的美学含义，亦有了自己特定的使用范围。但是，这些文论概念、范畴从哲学中分离出来之后，并没有完全摆脱传统哲学思想对它的影响制约，随着传统哲学思想的发展，这些文论概念、范畴也往往随之而发展变化，从而又增添了新的内涵成分，并且对于文学理论批评产生新的影响和渗透。当然，这种影响和渗透非但没有消解该概念、范畴原有的文学理论含义，反而使其在新的哲学精神的充实下呈现出新的理性思辨的特点。这也就是说，中国古代文论范畴有着非常深刻的文化哲学基础。这是因为在传统文学理论批评的发轫时期，先秦诸子的文艺思想与文艺批评方法与他们的哲学思想及其方法论原则是浑然一体的，影响所及，自然形成了传统文论及其范畴与传统哲学及其范畴互相渗透、互相交融的特点。熟悉传统文论史者都知道，在中国古代文学理论批评发展史上具有代表性的文论家，一般都具有自己的哲学意识，有的则兼著名哲学家与文论家于一身，如董仲舒、葛洪、嵇康、韩愈、刘禹锡、柳宗元、王安石、苏轼、王廷相、李贽、王夫之等等。

正因为如此，所以传统文论中的一些重要范畴，往往既维系着中国古代文论之甲令，同时又与传统文化哲学之圭臬紧密相连。比如传统文论中的道、气、中和、阴阳、虚静、象、言、意、形神、性情、势等概念范畴，既是传统文论之精魂，又是传统哲学之核心，也是传统书画、音乐、舞蹈等所要追寻的终极价值目标，有的甚至还是中医、气功基础理论之出发点和最高境界的奥妙之所在。譬如“气”，可谓是一个极其古老的文化哲学概念。据考证，早在殷周甲骨文和青铜器铭文中就有了“气”字，虽然这时它还不具有哲学意义。到了春秋时期，人们已经开始以“气”的观点来说明各种自然现象和社会现象，如《左传》昭公二十五年所记子产以“六气”的观点解释“礼”和“情”的产生。但是，这里的气仍具有朴素直观的性质，还没有上升到哲学范畴的高度。后来的老子、孟子、管子、庄子、荀子都讲“气”，但是由于“气”在各家的理论体系中所占据的位置不同，含义因此也不同。在孟子那里，“气”是一种由道德情感所转化来的内在生命力；在老、庄那里，“气”是从“道”到“物”的一个中间环节；在管子、荀子那里，“气”则成为天地万物的本原，代表着物质世界的统一性。这时的“气”，已发展成为一个哲学范畴了。“气”这一哲学范畴一旦形成，便对中国文化产生了极其深远的影响，各种文化门类都援用这一范畴来构建自己的理论学说，并由此而衍生出了一系列子范畴。单就文学艺术而言，自曹丕提出了“文以气为主”的命题之后，便陆续出现了风气、生气、神气、气象、气韵、气格、文气、养气等概念，文论家使用它们来评价作家主体特征或作品的艺术境界，这便说明“气”已经成为一个文论范畴、审美范畴了。而就其渊源来讲，它们都是从传统文化哲学中的“气”这一总的范畴中导引出来的。中国古代哲学中的精气说、元气说，既是本体论哲学，又是生命哲学，而作为文论范畴和审美范畴的“气”，也与艺术本体以及主体生命视境有关。我们看到在“气”这一范畴所代表的审美意识的影响下，中国传统文学艺术经常透露出一种探求宇宙永恒、追问生命价值的意向，如屈原之《天问》、曹操之《观沧海》、张若虚之《春江花月夜》、苏轼之《赤壁怀古》等，而从陶渊明、谢灵运肇始，到唐代王维、孟浩然等人的田园山水诗，亦都不同程度地表现出对宇宙本体、人生价值的叩问之意向，应该说这正是“气”这一古老的文化哲学精神在文学中的折射。从“气”是一个文化哲学范畴，又成为一个文论范畴，当然也是一个审美范畴这一例证，我们可以看出中国文化的历史传承性和大化流行的一般规律。

这里所举的“气”的范畴的衍变及其向文论、美学的汇通仅是一个例证。事实上，传统文论中的象、形神、言意、文质、通变等范畴亦莫不如此。它们都有其极深的文化哲学根源，都是由相同的文化哲学范畴衍变而来的。所以，将传统文论范畴与传统文化哲学范畴联系起来作整体考察，尤其是考察文化哲学范畴向文论范畴汇通、演变的过程，从文化哲学的高度来研究问题，才能搞清楚一个文论范畴产生、形成及发展的全过程，才能对该范畴的义理有一个透彻的认识，并深刻地领悟该范畴所代表的审美意识所蕴涵着的浑厚的文化哲学精神。而通过这样的实践，我们将不难发现，对于包括文学艺术、文论、美学在内的传统文化的各个门类而言，古老的传统文化哲学精神成为一种共享性的资源。

这种将传统文论范畴与传统文化哲学精神结合起来进行研究的方法，实际上意味着研究过程中思维空间和认识角度的拓展，其得来的必将是对研究对象更深透的理解和更合乎其原始本义的把握。比如，只要我们认识了先秦文论与先秦文化哲学的内在连缀关系，那么在研究阐释孔子“温柔敦厚”、“兴观群怨”、“中和”以及汉儒的“美刺”、“讽谏”等文论概念范畴之时，便会自觉地将它们放到三代以来礼乐文化体系中去考稽其历史成因及其价值取向，从而更深刻地体会到它们以及整个儒家诗教理论的思想性质。如果不从礼乐文化的层面上解析它们的内涵，而仅仅从文学的层面，尤其是从由西方移入的文学理论教义的框架出发来认识之，则是很难深入其堂奥，准确理解其义理以及正确阐释其功能作用和文化特征的。对于文学理论批评尚处于不自觉的先秦时期，毫无疑问应该是这样的，即便是到了文学理论批评已经处于自觉发展阶段的魏晋以来的各个时期，也概莫能外。魏晋南北朝时期可以说是传统文论概念、范畴形成的一个关键时期，中国文论、美学中的许多重要范畴均在这一时期诞生、形成，或初现端倪。这固然与当时的文学艺术创作发展以及理论批评的空前活跃密切相关，但是如果离开了当时多元化的文化哲学精神的影响，恐怕非但文论范畴的发展本身，就是文学艺术创作也要暗淡失色许多。如"气韵"、"神似"、"形象"、"风骨"、"象外"、"境界"等文论和审美概念范畴的形成，便均受到了来自于魏晋三大思潮即所谓魏晋名理学、魏晋玄学以及魏晋佛理学的文化哲学精神的巨大影响，而人物品鉴、才性之辨、玄学清谈以及佛教的"格义"则起了具体的中介作用。所以，要梳理、研究六朝文论概念、范畴，必须将其与当时儒文化衰颓后出现的儒、释、道新关系及其所形成的文化哲学精神结合起来加以体认，如此方能对这些文论范畴形成的历史因缘以及包括美学特质和文化精神在内的义理有一个透彻的把握。唐、宋时期是传统文论概念、范畴家族成员进一步增加以及文论范畴体系进一步走向成熟的阶段，而这又与当时禅宗思想的流行、儒道释合流以及理学的兴起关系甚为密切。尤其是禅宗思想对于其时的文学艺术创作和理论批评的浸染可谓既广且深，可以说诸如"象外"说、"味外"说、"理趣"、"妙悟"、"兴趣"等概念、范畴的提出和形成，从某种程度上来说都是文学与禅学联姻的产物。这亦说明任何时代的文学、文论、文心都与该时代的文化哲学精神互通气息，血脉相关。所以，只有将文论概念、范畴与文化哲学加以整合，才能在还原的基础上对某一文论范畴作出更准确、更全面的解读。

当然传统文化哲学亦有其自身的丰富内涵和体系构成。大抵来说，以《尚书》、《三礼》、《春秋》、《论语》等为代表的儒家的礼乐文化哲学精神，以老庄道论为代表的道家的"自然"、"无为"的文化哲学精神，以《周易》"易"之"三义"即"不易"、"变易"、"简易"为代表的文化哲学精神，是构成其结构体系的主要成分，后来的佛禅所代表的文化哲学精神亦加入了传统文化哲学系统。它们对传统文论概念、范畴及其体系的形成和发展产生了积极的催化和推动作用，传统文论概念、范畴部分源自儒家，部分源自道家，部分源自释家。当然在其形成、发展过程中并不胶柱于一家一派的思想立场，而往往是对各家的思想兼采并收，融会贯通，如“意象”范畴的形成便受到《庄子》中的言意论和《易传》中的言、象、意关系论的双重影响，而“意境”范畴的形成则明显地受到了庄、玄，尤其是佛教的影响。这便要求我们在研究某一文论范畴与传统文化哲学精神的关系时应以综合的眼光来考察之，而不应胶柱于一家一派。

总之，研究对象的特殊性往往对研究方法产生一定的规定性。所以我们在此提倡的将传统文论范畴与传统文化哲学相结合的研究方法，实际上是由传统文论范畴的生成性质这一特殊性所制约着的。而且我们只有从方法论的高度来认识之，才能充分理解这种研究方法对于传统文论及其范畴研究的学科建设意义。钱穆先生曾说过：“欲求了解某一民族之文学特征，必于其文化之全体系中求之。”①这对于传统文论概念、范畴及其体系的研究来说，也完全是适用的。问题在于如何为这种研究方法定位，按照时下的说法，其属于宏观研究当无疑，但反过来我们也可以说它是一种非常实在的微观研究，其将传统文论范畴与传统文化哲学精神结合起来加以深入细致的考察辨析，考察其历史生成过程，比较其内涵特质，在阐释其美学理论价值之同时更说明其所体现的文化哲学精神，可谓既微且细矣。所以，在目前对于宏观研究、微观研究还没有一个科学的、统一的界定的情况下，我们有意避免了用宏观或微观来为此命名。

二

将传统文论概念、范畴置于传统文化哲学的大背景下去研究，有利于我们从更深层次上去了解每一种文论范畴的本质特征，以及其产生和发展的历史必然性。但是，当我们在运用这种方法时，又必须清醒地认识到文化哲学和文论思想、审美意识在概念上是不相等的，不能在它们之间画等号。也就是说，文化哲学的概念更广泛，而文论思想、审美意识的概念则比较窄，前者可以包容后者，后者除体现前者的一般精神而外，同时又有自身特定的内涵。所以，我们在研究传统文论概念、范畴及其体系时，既不能把它们从传统文化哲学背景下孤立出来去分析，又应该警惕不能把一切传统文化哲学精神和文化哲学范畴都视为文论、美学思想和文论、美学范畴。

---

① 钱穆：《中国文学讲演集》，巴蜀书社 1987 年版，第 21 页。

这也就是说，在研究实践中，我们既要看到某种文化哲学精神对某种文论思想、审美意识的直接的或间接的影响，看到某种文化哲学概念、范畴与某种文论和美学概念、范畴之间的血缘关系，但是又要看到这种文化哲学精神本身还不一定就是文论思想、审美意识，以及这一文化哲学概念、范畴也不等于就是文论和美学概念、范畴。在研究中，我们要进行具体的辨析，既阐明它们之间的内在联系，又要指出它们的不同之处，同时发现它们之间互相汇通的契机何在。尤其是后者，对于我们探讨和总结传统文论概念、范畴及其体系的内在义理、价值指向和文化特色至关重要。例如，庄子的"心斋"、"坐忘"理论，无疑对传统文论和美学思想以及传统文论和美学概念、范畴产生了重大的影响，但庄子并不是把它们作为文论和美学理论提出来的，甚至庄子所讲的"虚静"，也不属于文论和美学概念，而只是一种哲学概念，尽管"虚静"后来成为传统文论中涉及创作心理和审美心理方面的一个重要范畴。所以，在阐释这些文学、美学的概念、范畴时，我们就应具体分析庄子学说与它们之间的过渡转化与汇通过程及其内在必然性，否则，就属于牵强附会。

然而，在当前的传统文论、美学思想及其范畴、体系的研究中，便存在着这样一种倾向，就是把传统文化哲学中属于政治的、哲学的、伦理道德的甚至是日常生活中的一些概念，不加分析界定笼统地说成是文论或美学范畴。这种将文化意识与审美意识混同为一的现象，使得其研究显得非常不确切，因而也难于令人信服。这方面的例子是不难列举的，这里笔者只以近年来关于《周易》美学的研究为例，来说明之。

有的学人在研究《周易》的所谓"美学智慧"时认为，《周易》中存在着诸如太极、阴阳、生死、中和、形神、意象以及刚柔、动静等"一系列审美范畴"，这就是典型的将文化哲学概念、范畴与美学概念、范畴混为一谈了，将文化、哲学意识与审美意识等同了。这里仅以"太极"为例作一定的辨析。"太极"是传统哲学中的一个标志宇宙本原及其无限性的重要范畴，最早出现在《易传》中。《易传·系辞上》云："《易》有太极，是生两仪，两仪生四象，四象生八卦。"这里的"太极"是指宇宙本原的至高无上、至极无以复加的性质，而从太极到两仪到四象到八卦的说法则表明了《易传》作者对宇宙生成过程的一种看法，亦表明了《易传》作者已不满意原始阴阳五行学说在宇宙生成问题上的多元论说法，而试图建构出一种一元论的宇宙本体学说。至于"太极"到底是什么，其属于精神实体还是物质实体，《易传》对其性质并未作出界说，因此后世的思想家纷纷从自己的哲学观点来解释之，形成了旷日持久、丰富多彩的哲学论辩。无论如何，在《易传》中“太极”所涉及的仅是宇宙生成方面的问题，而并没有涉及艺术、审美方面的问题，这是再明显不过的事实。所以“太极”只是属于宇宙本体论方面的一个哲学范畴，而绝非是一个审美范畴。当然，“太极”及其与之相关联的“气”、“元气”、“精气”以及“有无”、“本末”等哲学范畴，对传统文论、美学本体论思想的产生发挥了诱导、启迪作用，并且提供了具体的理论价值资源。如传统文论、美学中的“气”、“道”、“大”、“虚实”等概念、范畴，以及其他如“神”、“妙”等范畴，均或直接或间接地受到了来自于《易传》“太极”说的影响。最明显的莫如刘勰在《文心雕龙·原道》中杂合老庄和《易传》中的宇宙本体论而提出了“人文之元，肇自太极”的观点，他的具体论述为：“文之为德也大矣，与天地并生者何哉？夫玄黄色杂，方圆体分，日月叠璧，以垂丽天之象；山川焕绮，以铺理地之形：此盖道之文也。仰观吐曜，俯察含章，高卑定位，故两仪既生矣。惟人参之，性灵所钟，是谓三才；为五行之秀，实天地之心。心生而言立，言立而文明，自然之道也。”意谓“道”（“太极”）生“两仪”（天，地），“两仪”生“三才”（天，地，人），由此才有了“人文”（包括文学）现象的产生。刘勰的这种文肇自道的文源论，基本上代表了古人对于文学本源、本体问题的认识，可以看出刘勰在这里明显地借用了《易传》的“太极”说来建构自己的文学本源、本体论。但是，我们并不能因为《易传》中的“太极”这一范畴对后世的文论、美学思想产生了较为深远的影响，便认为它本身已成为一个审美范畴，甚至刘勰在提出“人文之元，肇自太极”之时，也还是在哲学的层面上使用“太极”这一范畴，而并没有将它改造成为文论范畴。如“太极”一样，“阴阳”、“刚柔”、“动静”、“生死”等概念，在《易传》中亦都属于文化哲学概念，而不成其为审美范畴。至于“形神”，作为一对哲学范畴，导始于《管子》，经庄子、荀子、王充而发展成熟，《易传》中并没有出现形、神对举的情况。《易传》中“形”的概念是在论“卦象”时出现的，如“见乃谓之象，形乃谓之器”（《系辞上》），其与“象”构成一对概念；而“神”则是一个单独的范畴，如“阴阳不测之谓神”，“穷神知化”、“精义入神”（《系辞上》）、“神而化之”（《系辞下》）等。所以在《易传》中形与神之间并没有义理上的关联，故而构不成一对范畴。至于“意象”，虽然《易传》在阐说自己的“卦象”说时对意、象、言三者之间的关系作了论述，但并没有出现“意”、“象”连缀的情况，所以似乎也不可以说《易传》中已经出现了“意象”这一范畴。当然，《易传》

中的刚柔、言、意、象、神、大等概念中已经包含着一定的文学和审美意识，同时《易传》的文化哲学精神确实对中国古代文论、美学思想及其范畴、体系产生了极其深刻的影响。但是，所谓“范畴”，指人们对客观事物的本质联系的思维形式，其是构成一种理论体系的最基本的要素；一种理论体系无疑需要由许多命题来组成，而命题又必须借名词概念来加以表述，其中只有那些最基本的名词概念才可称为“范畴”。所以某种理论范畴的出现，只能是在对该理论所研究的现象进行理论的抽象概括之后。对于中国古代文论、美学来说，情况亦如此。这就告诉我们，研究传统文论、美学范畴与研究传统文论思想、审美意识不同，对于后者，我们可以追溯到史前时期，但是对于前者，则不能不以古人在对文学和审美现象进行理性认识的基础上加以抽象概括而形成的重要理论命题为对象。而《易传》中的一些审美意识，无论如何还达不到对于文学、审美现象的抽象概括、理论总结的高度，所以不可以“范畴”名之。这种将文化意识与审美意识混为一谈的现象，还表现在如有的学人断言：从《周易》本文到《易传》完成了从原始巫学智慧向美学智慧的转换。以及认为《易传》中的卦爻形符号，本身就是一种符号美学，其充满了数理智慧、意象氛围、生命冲动、阴阳变易、中和境界、人格理想以及太极氤氲等美学内容，其构成了中华古代独特的美的旋律与美学天地，这样的说法确实太离谱了。首先，《易传》的文化哲学精神中无疑包含着一定的审美意识成分，但这并不等于它已经完全变成了“美学智慧”。其次，如果认为卦爻形符号就是一种符号美学，那么六十四卦岂不可以称之为六十四种美学命题或概念或范畴，然而这却是非常荒唐的。此外，如认为先秦时期孔子、庄子等讲的“游”以及庄子所讲的“物化”等已是美学范畴了的说法，也是大可值得商榷的。事实上只要稍加考辨，我们就会发现传统文论、美学概念中的相当一部分来源于先秦哲学，故先秦可以说是传统文论、美学概念的发轫期，但这时的文论、美学概念还不是严格意义上的文论、美学概念，诸子们提出这些概念，大多都不是专门针对和说明文学、美学理论问题，而旨在阐述自己的文化哲学思想。同时，作为文论、美学概念，它们的内涵还不十分确切，尚没有一个明确的界定，所以只能称它们是一些包含着一定的文论、美学意义的文化哲学范畴，而不能认为已经是成熟的文论、美学范畴了。

三

事实上，我们还必须将传统文论概念、范畴与传统文学创作和批评鉴赏结合起来加以研究，因为传统文论概念、范畴的形成和发展除了受传统文化哲学精神的影响而外，与传统文学创作和批评鉴赏亦存在着互动关系，许多文论概念、范畴在其形成及发展演变的历史过程中总是随着文学创作实践的发展而展开自己的逻辑运动，而又通过具体的批评、鉴赏表现出来并且得到提高、完善，这对其思辨特点和理论品格亦产生了重要的影响，从而形成了传统文论概念、范畴的比较侧重于体验、直觉以及与创作实践印证等特点。所以，作为一种方法论的思考，其完整的表述应该是将文论范畴与文化哲学精神、文学创作和批评鉴赏结合起来，在融会贯通的基础上进行考察研究，这样至少可以保证使我们从不同的角度、不同的层面对传统文论范畴及其体系的形成、演变的历史轨迹和义理、特征获得较为深入的把握。

传统文论范畴发展的历史是极其悠久的，其种类和内容也是极其丰富的，而其表现形式更是千姿百态、错综复杂的，所以在整理研究之中，我们还应该注意文论范畴与理论批评流派之间的关系问题，因为同一范畴在不同的文论家加以运用时往往显出内涵上的差异。同时，还应注意文论范畴与文类批评之间的关系问题，因为一些范畴在不同的文体批评中含义会有所不同。以上两个原因，往往造成了传统文论范畴的多义性、流变性。另外，传统的文体概念，无论种类还是内容都极其丰富，这自然与传统文论注重文体批评有关，这些文体概念实际上具有文论范畴的性质，在理论内涵上已经上升到了范畴的高度，历代文论家在对它们进行界定、诠释时，赋予了它们非常充实的美学含义，我们可以从中解读出关于文学发生学、文学创作论和文学发展论的一些本质规律或普遍性原理方面的理论学说。然而，至今这方面的研究还是一个薄弱环节，所以应该将其纳入文论范畴研究的范围之中。以上几点，在我们反思传统文论范畴研究方法论时亦不容忽视。

关于传统文论范畴体系的探讨，至今还没有出现能大体上勾勒、描述出既较为全面，又符合这一体系的生态面貌的历史真实成果来。从已有的为数不多的几种这方面论著来看，或失之于简单随意，所选择阐释的一些范畴彼此之间缺乏内在联系，只能算是对一些单个范畴的解说，很难构成一个相对完整的大体上能反映出传统文论体系总体风貌的体系；或失之于主观臆测，所选定的范畴未必真正是传统文论范畴体系网络的枢纽之所在，在逻辑的整合、归类以及级别层次划分方面则明显地套用了西方文论体系的模式，亦未必合于传统文论范畴体系之经纬向度。然而，这一工作之学术难度又确实是非常大的，因为中国传统文论范畴体系与西方文论范畴体系相比较，实际上是一种“潜体系”，所以整合、建构是必不可少的工序，平面的勾勒、描述将无济于事。企图用一种模式对传统文论范畴体系加以解说，实际上是难以达到预期目的的，不过其至少可以为我们提供一个认识的出发点，所以各种认识之间的互相综合、融会又是必然的。故而，这一工作的完成将会是一个漫长的过程。近年来的传统文论及其范畴研究，在方法上一定程度上还存在着“贴标签”、“现代化”的弊端，其表现为不尊重原始本文，不深入把握古人所处的历史文化氛围，没有准确地理解古人话语的本来含义，而是以现代的、西方的文论知识来套裁传统文论，比如将“言志说”解作是“主体论”，将“虚静”说视为“非理性”，将“味说”称为“接受”说，等等。这种“贴标签”、“现代化”的方法，实际上将传统文论当做了当代文论、西方文论的注脚、副本。这样的研究所产生的结论因其与研究对象的本来面目甚远，故并不能真正实现对于传统文论的资源利用，而恰恰构成了对这一资源的消解。罗根泽先生曾针对古代文论研究中的“西化”现象批评道：“凡是有价值的学说，必有与众不同的异点；但创造离不开因袭，所以也有与众不殊的同点，不幸研究学艺者，往往狃同忽异；大抵五四以前则谓后世的学说上同于上古，五四以后则谓中国的学说远同于欧美。实则后世的学说如真是全同于上古，则后世的学说应当取消，中国的学说如真是全同于欧美，则中国的学说应当废弃。所以我们不应当糅合异同，应当辨别异同。辨别异同就是辨似。……学术没有国界，所以不惟可取本国的学说互相析辨，还可与别国的学说互相析辨。不过与别国的学说互相析辨，不惟不当妄事糅合，而且不当以别国的学说为裁判官，以中国的学说为阶下囚。糅合势必流于附会，只足以混乱学术，不足以清理学术。”①遗憾的是这种情况至今仍存，确实值得深思之。试想一下，如果我们的研究在理论阐释、评判认同以及表述方面都与国外汉学家同一腔调，那才真正是一种悲哀。所以，只有努力消除对传统文论范畴理解上的文化隔阂，我们才能真正吃透它的内在精神，才能从中发现已经被当代文论所遗弃而又必须加以继承的东西。如果一味地“贴标签”，搞“现代化”、“西

① 罗根泽：《中国文学批评史·绪言》，上海古籍出版社 1984 年版，第 31～32 页。

化”，将今人、西人的知识强加于古人，这样将离传统更远，无法使我们有效地汲取传统的精华并使之传衍下去，以弥补当代文论中缺少东方精神之不足，从而使我们所提出的增加当代文学理论体系的民族特色，兼采中西之长融会贯通的目的永远停留在口号上。这又从另一个侧面说明将传统文论范畴与传统文化哲学精神、传统文学创作和批评、鉴赏结合起来考察研究的方法的意义之所在，因为其可以使我们能深入传统文论之堂奥，发掘总结出来的理论资源确实是属于古人的东西。如此方能克服上述方法论上的缺陷，并且使传统文论范畴研究真正显出自己的价值意义来。

（原载《文艺研究》1996年第2期）

钱锺书的文化通变观与学术方法论

20世纪是中国社会结构充满重大变革的世纪，同时也是学术文化产生大裂变、大转型的时代。在这一由传统思想、学术向现代思想、学术转化的过程中，中与西、古与今、体与用之间的相互冲撞激起了一股股人文思潮，引发了一场场文化论争，同时亦给参与其间的现代学人带来了诸多思维的灵感和创造的契机。在中国现代人文思想演化过程中，中西、古今、体用这三组范畴自始至终都起着"关键词"的作用，从而成为一个关乎中国文化命脉、走向的原点性问题，可以说整个20世纪中国人文学术思想的发展演变，就是围绕着这一文化焦点问题而展开的。由于文化立场、知识结构之不同，使得中国现代学术史上产生了许多文化和思想姿态各个不同的人文学者，而切入这一问题之深浅程度，以及思想营构的力度之大小、原创性之有无和历史合理性之多寡，实际上便成了判断一个现代中国人文学者之文化价值分野和学术贡献的重要标志。

由于中西、古今、体用所代表之文化问题本身的复杂甚而至于谲诡，使得现代中国人文思潮之风云变幻境况空前，从而又使百年中国成为一个学术大师、名家辈出的时代，所涌现出的众多的名师宿儒，犹如一颗颗璀璨的星星，镶嵌在20世纪中国学术文化的天幕上，照亮了中国现代学术的穹空。在这耀目的星群之中，被时人誉为"文化昆仑"、"博学鸿儒"的钱锺书，无疑属于最为炳焕者之一。他的《围城》、《谈艺录》、《管锥编》，都够得上是"灵蛇之珠"、"荆山之玉"品级的人类文化瑰宝，一个人文知识分子，只要三者拥有其一，便可声名振起，播扬四海，但"以生知之资志困勉之学"的钱氏却以其精深的学问、卓越的识见、纯粹的品性和对学理、艺道的彻悟，而独能兼作家与学者二美于一身，独能握抱此三宝于一家，从而给20世纪中国的人文领域营造了一座风光险远而"人之所罕至焉"的"奇伟瑰怪非常之观"①,"文化昆仑"、"博学鸿儒"之叹良有以矣。作为一个纯正的人文学者,钱锺书堪称"于学无所遗,于辞无所假",写心造艺能"自骋骥騄于千里"②,其成就确非庸辈所可比拟;他的智慧风貌、思想品格、人生修炼境界和创造精神兼得中西人文之精义妙谛而臻于极境,这一切流淌于其著作的字里行间,汇为一泓思想清流,曰为"钱学"③,并以其人文魅力、精英品位而成为天下众多学子研读、考究之对象,几成"显学"。

戊寅岁末,钱锺书走完了自己89岁的人生旅程,静静地离世而去。一颗学术巨星划破世纪之交的星空,书写出一道美丽的弧线摇曳而远逝,融入历史的长河,从而为一个以清妙淡泊养气致静为宗,终生游艺于亚椠欧铅之间,融贯中西学术大论,深究天人要义而得其三昧,而完全人文化、学术化了的人生画上了一个美丽的句号,为20世纪中国人文、学术思想增添了一道亮丽的光彩。作为文化贤哲、学术大师的钱锺书魂归道山了,但作为具有普遍文化意义的钱锺书之著作却是"不朽"的,而钱锺书研究,则是一个尚需付出几代人之努力的人文课题。尤其是当前,在20世纪中国学术史研究纷纷启动的学术态势下,将"钱学"纳入中国现代学术史这一大背景之中而解读之,对其所诠释着的文化精神和学术理路加以体认,其意义不但在于深化钱锺书研究本身,而且亦可收反思现代中国学术得失之功效。笔者不揣谫陋,草拟此文,披陈谬见,以为后生末学致意于先贤前哲之远游也,亦谨就教于大方之家矣。

一

柯灵在《促膝闲话中书君》一文中这样写道:"我近来常想,我们这一代知识分子,究竟生得其时,还是生不逢辰,真是难说得很。一方面是世界性政治地图的重绘,独立自由的钟声响彻云霄,核子时代的物质文明灿烂辉煌,我辈何幸,覩此盛世!但另一方面,却是战祸连绵,内忧外患不断,意识领域剧烈冲突,心理平衡严重失调,新社会难产的长期阵痛。知识分子卷在翻滚的时代涡流里,随着潮涨潮落,载浮载沉,有的不幸惨遭灭顶;只有

---

① 见王安石《游褒禅山记》,《临川先生文集》卷八十三。

② 语出《典论·论文》,系曹丕赞誉建安才俊之语。

③ "钱学"一词可以有不同的含义,既可以用来指钱锺书之学术思想,也可以指对钱锺书学问之研究,如"龙学"、"红学"然者。此处"钱学"一词取前者之意,对后者则以"钱学"研究指陈之。

少数人如崖岸壁立，经得住骇浪怒涛，坚忍不拔，表明历史考验人，人也考验历史。将钱氏的为人为学，放在这样的大背景前面来考察，也许能更平实地权衡他的分量。”①诚哉斯言！确实，钱锺书的一生，他的学术研究以及思想方式和学术方法之形成与发展演变，均是在20世纪中国这一特定的历史时空中发生的，社会结构的几番变革，文化思潮的风起云涌，学术体制的调整衍变，不可能不对他的学思带来影响，而他所体现出之文化姿态、所持之思想方法以及所感兴趣的研究课题，又无不表明他对所处时代的文化、学术氛围之体认态度以及在人文观念层面上所采取之价值对策。所以，我们应该将钱锺书置于20世纪中国学术文化这一大背景之中来考察之，方可更加准确地感受到他的分量，更加清楚地认识到“钱学”的学术成就以及所体现的人文理性精神和所创建的学术范式，从而能更加全面、更加合理地评价“钱学”对于中国现代学术之意义。

钱锺书(1910～1998)，字默存，号槐聚，江苏无锡人，出身于书香世家，其父为著名古文家钱基博。钱氏幼时受过私塾和新式学堂两种教育，13岁考入美国圣公会办的苏州桃坞中学，1927年又入美国圣公会办的无锡辅仁中学。1929年入清华大学外文系，1933年毕业，到沪上光华大学教英文，1935年考取庚款公费留学生赴英国牛津大学深造，1937年获文学士学位，旋至巴黎大学研究院研究法国文学，1938年返国。回国之后即任时已并入西南联大并迁于昆明的清华大学外文系教授，1939年返沪小住并辞去清华教职，于是年11月赴任设于湖南兰田的国立师范学院外文系主任一职。1941年由湘返沪，先后任震旦女子文理学院教授、南京国立中央图书馆编纂、国立暨南大学外文系教授，并参加沪上文艺界的一些活动。1949年夏迁居北京，任清华大学外文系教授，并负责外文系研究所事宜，1950年起兼任《毛泽东选集》英译委员会主委，1952年全国高校院系调整后调文学研究所(初隶属北京大学，后隶属中国科学院哲学社会科学学部，现隶属中国社会科学院)任研究员。“文革”期间，于1969年冬曾被下放于设在豫南的“学部”“五·七”干校，1972年春始获准回京。1978年至1980年间，曾先后赴意大利、法国、美国以及日本等国从事学术交流活动，1982年起任中国社会科学院副院长，1993年起改任顾问。1998年12月19日，钱锺书先生久病无治，辞别人世。

① 柯灵:《促膝闲话中书君》，见《读书》1989年第3期。

钱锺书家学渊源，幼承庭训，其父子泉先生对他责督甚严，因此自幼年起，他就对经、史、子、集各部典籍有广泛的涉猎，并酷爱文学，除系统地阅读了《古文辞类纂》、《骈体文钞》、《十八家诗钞》等典籍外，对中国古今小说、林译小说以及外文原版小说也是异常痴迷，常常陶醉其间。加之他天资过人，有过目不忘之功①，所以在青少年时期就打下了坚实的国学根底，同时对西方哲学、文学亦有浓厚的兴趣，曾有过研究西洋哲学的念头。钱氏的才力还体现在早在中学期间他所作的骈、散文以及古体诗就文笔练达，辞采斐然。这些，无不为他以后的从事文学创作和学术研究奠定了坚实的基础，同时亦影响了他日后研究兴趣和文章风格之形成。钱锺书正式开始学术研究和学术论著的写作，始于他在清华大学外文系读书期间。在六十余年的学术生涯中，他除了创作出大量的风格独特的旧体诗、小说和散文外，更将自己的生命倾注于学术研究之中，以文学研究为依托，兼综人文各科，连类古今中西，撰写了一系列视野广阔、识见精湛、议论卓出而具有非凡的思想原创性和学术开拓性的论著，在中国现代学术史上独树一帜，因而使得研究"钱学"成为中国现代学术史研究中的一个重要课题，同时亦成为反思百年中国人文发展的一个不容忽视的话语。纵观钱锺书一生的治学过程，我们可以将他的学术研究和著述历程分为四个时期：

第一时期：1929～1938 年。从钱氏入清华大学始，至英、法留学归来回母校清华任教止，为钱锺书学术研究之早期，时间跨度为 10 年。有的文章在谈到钱锺书的写作分期时，以 1939 年至 1949 年为第一期，云："1938 年学成归国，钱锺书 29 岁，三十而立，英年有为，由此开始其一生的研究写作生活。"②这是不够准确的。其实，钱氏甫进清华，在学识才力方面便显露出了惊人的才华。当时，"他的中英文造诣很深，又精于哲学及心理学，终日博览中西新旧书籍"③，因而"兼通中西文学，博及群书，宋以后集部殆无不过目"④。所以，即使在当时名流才士林立的清华园中也显得矫矫不

---

① 吴忠匡在《记钱锺书先生》文中云："中书博闻强记，凡经他浏览过的典籍，几乎过目不忘，一些名家的大集不说，某些杂记小说和小名家诗文，你只要考问他，他也能穷源溯流，缕述出处，甚至一字不漏地背诵出来。"见《随笔》1988 年第 4 期。

② 张文江：见《钱锺书著作的分期和系统》，见《钱锺书研究》第二辑，文化艺术出版社 1990 年版，第 56 页。

③ 饶余威：《清华的回忆》，《清华大学第五级学生毕业五十周年纪念》，1984 年。

④ 钱穆：《八十忆双亲师友杂忆》合刊，三联书店 1988 年版，第 113 页。

群，异常引人注目，近年来被广为征引的吴宓当年品评钱氏的一席话便可为证："自古人才难得，出类拔萃、卓尔不群的人才尤其不易得。当今文史方面的杰出人才，在老一辈中要推陈寅恪先生，在年轻一辈中要推钱锺书，他们都是人中之龙，其余如你我，不过尔尔。"①钱氏后来亦曾谈到自己当年在清华刻苦钻研学问的情形："及入大学，专习西方语文。尚多暇日，许敦宿好。妄企亲炙古人，不由师授。择总别集有名家笺释者讨索之，天社两注，亦与其列。以注对质本文，若听讼之两造然；时复检阅所引书，验其是非。欲从而体察属词比事之惨淡经营，资吾操觚自运之助。渐悟宗派判分，体裁别异，甚且言语悬殊，对强阻绝，而诗眼文心，往往莫逆冥契。"②因此，自入清华始，钱锺书除以"默存"、"中书君"之名在《清华周刊》、《国风半月刊》等上发表了大量的旧体诗而外，亦开始了学术类论文写作，从1930年开始，他在《清华周刊》、《新月月刊》、《大公报》、《国风半月刊》、《学文月刊》、《文学月刊》、《天下月刊》、《文学杂志》等刊物上发表了《小说琐征》、《中国文学小史序论》、《论不隔》、《中国固有的文学批评的一个特点》等论文，以及《一种哲学的纲要》、《休谟的哲学》、《美的生理学》和评论周作人的《中国新文学的源流》、沈启无编《近代散文钞》等的书评，同时还有用英文写的论文《中国古剧中的悲剧》，以及获牛津大学文学士的学位论文《十七、十八世纪英国文学里的中国》等。钱锺书这一时期的写作是一个重要的时期，他后来治学的一些特点，如在研究过程中注意广泛地吸收西方人文学说中的新观念，古今、中西之间和人文学科各科相互贯通，以及注重从对一些具体的人文现象的实证性分析中总结、归纳出带有一定规律性的哲理、心理以及诗心、文心，等等，在这一时期的写作中已经露出了端倪。如书评《一种哲学的纲要》对卡纳特的批评，《美的生理学》对文艺批评运用科学方法与概念的讨论，均反映出他对西方哲学、文艺理论和美学之熟悉程度，以及卓出的思辨与语义分析能力。又如《小说琐征》将笔记、小说、正史、佛典、经书、文集、诗话、戏曲中关于同一故事之记载摘录出来，相互比勘，以印证小说中某项记载的来历，显示了他搜集材料以及进行绵密的考证之功夫。而《中国新文学的源流》则通过对"文学"、"诗"、"文"等概念之义界的

---

① 转引自郑朝宗《但开风气不为师》，见《〈管锥编〉研究论文集》，福建人民出版社1984年版，第1页。

② 钱锺书：《谈艺录》（补订本），中华书局1984年版，第346页。

分析，以及深入考察传统诗、文的文体职能，而指出在传统文学中，诗、文“分茅设蕝”，各有各的规律与使命，“在传统的文学批评上，似乎不是两个各各不相容的命题”，以文载道，以诗言志，在一个作家那里可以“羽翼相辅”，并行不悖，从而纠正了周作人提出的在当时影响甚大的所谓中国文学史上存在“载道”与“言志”两种思潮交互循环的错误说法。又如《中国固有的文学批评的一个特点》一文，对于中国文评“把文章通盘的人化或生命化”的所谓“人化”批评的特点之抉微，以及对所谓“中国特色的文学批评”与“中国文学批评的特色”之辨析，辨析毫厘之间，发人所未发，具有极大的学术价值。而《中国文学小史序论》围绕“文学”之义界、“文学史”与“文学批评”之关系、文学发展源流、文体观念、文学史分期、文学发展之历史因果关系、文学与社会时代之关系、文本解读与文学接受诸问题的讨论，系统地阐述了他的文学史观。上述两文体现出钱锺书能在稔熟文学史实的基础之上，运用现代思维和新型知识对复杂的文学史问题进行梳理和诠释的思辨批判的理论功夫。遗憾的是时至今日，在当年被钱氏批驳得体无完肤的周作人的“载道”与“言志”二分说，在许多人那里还被奉为“经典”之见而乐道不疲；而在文学史观的认同方面，欲求在文学史著作中完全修复历史的纯客观的历史主义文学史观与完全否认历史本体存在而视文学史为历史主义神话的解构文学史观两派之间的冲突一直延续至今，其实这一问题在钱氏的文章中已经从理论上阐述清楚了，对于我们今天文学史观的建构大有借鉴意义。在这一时期，钱氏关注的理论问题还有西方近代哲学评价、历史哲学问题、诗化哲学、道德定律问题、文言与白话问题、文学翻译问题、文学思潮评价问题、文学复古思潮评价问题，等等，可见涉猎面之广。另外，钱氏善于运用辩证思维方法，他的在学术析解、理论评说时能执两用中、合观圆照而反对在理论主张上坠于一边以致偏枯不全之研思特点，于此时的论作中亦已初步形成。如其时瑞恰慈的《文学批评原理》正风靡西方，钱氏在《美的生理学》一文中对该书所提出的应重视心理学等现代科学的研究予以充分肯定，指出文学批评应该“借重”于“日新又新的科学——尤其是心理学和生理学”，同时又指出文艺研究中引进科学的方法往往会出现走极端的倾向，因此要坚持“科学实事求是的态度”，而切忌“卖弄科学”“方法”，正是辩证思维精神之体现。所以，在划分、研究钱学形成与发展阶段时，应对钱氏这一阶段的研究与论作情况予以充分的重视，而不该忽略。

第二时期:1939～1949年。自赴湘担任国立师范学院教职始,至再次北上到清华任教止,为钱氏学术研究的第二阶段,时间跨度亦为10年。在这一时期里,钱锺书撰写出版了《谈艺录》一书,并在《国立师范学院季刊》、《新语》、《大公报》、《观察》等报刊上发表《中国诗与中国画》、《小说识小》、《谈中国诗》等论文和一些书评。长篇小说《围城》、短篇小说《人·兽·鬼》以及散文集《写在人生边上》也于这一时期出版,可谓是勤于笔耕,成就斐然。《谈艺录》之作,代表了钱氏在学术研究方面迈入了一个新的境界。该著融古今中外广博的知识和作者对诗学问题的精审卓见而一之,不仅于宋以后诗歌的体裁别异、宗派判分、诗心文眼有诸多发掘,而且能广征博引,沟通中西,对中西诗论及美学中若干貌异实同或貌同实异的问题,作了精微的辨析、比较和阐发,不仅是一部在现代学理导引下具有集大成性质的诗学论著,而且在一定程度上也可以看做是一部内容丰富而详密的比较诗学著作。钱氏《赴鄂道中》五首之一云"晨书暝写细评论,诗律伤严敢市恩。碧海掣鲸闲此手,祗教疏凿别清浑"①,系由点化杜甫《戏为六绝句》及元好问《论诗绝句》中的有关诗句而来,讲的是自己撰写《宋诗选注》之情形,但用来说明钱氏撰写《谈艺录》时的追求也无不合适,就《谈艺录》问世后的评价和影响而言,完全可以说钱氏是一个在中国传统之浩瀚无涯的诗话的汪洋大海之中"碧海掣鲸"人,诚为中国传统诗学现代转化的"疏凿"手。而《中国诗与中国画》一文,则专就"文艺批评史上的一个问题",即中国传统艺术批评观念中诗与画之关系及其不同的评价标准问题作理论"澄清",并连带出文艺批评史研究中所存在的常变、因创、古今、新旧、质文关系之认识,以及在学术研究中对有关特征、规律进行总结概括时如何克服空谈无根、以偏概全等问题,出入古今,连类中西,立论甚高,证据确凿,针线缜密,义理丰赡,因而初一发表即受到广泛好评,后来钱氏又对该文多次加以修改,已成为中国现代文艺理论研究史上的经典论文之一。《小说识小》则继续沿着前面《小说琐征》的路子操作。钱氏这一时期的论作与后来的《管锥编》,在学术方法的发展方面可谓是"直通车",《谈艺录》之成就已使他显现出学术大家之气象。

第三时期:1950～1978年。从再进清华做教授起,到"新时期"开始,

① 钱锺书:《槐聚诗存》,三联书店2001年版,第103页。

《管锥编》交中华书局出版终①，为钱氏学术研究之第三阶段，时间跨度为28年。在这一阶段，钱锺书的主要学术工作是撰写出版了《宋诗选注》一书，发表了《读〈拉奥孔〉》、《通感》、《论林纾的翻译》等论文，以及参与中国科学院文学所《中国文学史》的编写，具体负责其中之唐宋部分，并撰写宋代诗话部分，又于"文革"期间完成《管锥编》的撰写。《管锥编》之学术贡献，奠定了钱氏世界级学术大师之地位，该著继续发展了钱氏"雅喜谈艺"②之特点，只是内容范围更扩展至整个人文领域，书中之研究对象为先秦至唐代的十部古籍，但实际上是旁推交通，联类广深，出入古今中西，可视为是对人类历史上的人文精神现象史之丛考广议，而且在方法运用上更加圆熟老成。钱氏通识方闻，辨析问题，穷原竟委，慎思明辨，能卓而成一家之言，后来论者，只成余闰。所以，在《管锥编》中贯穿新故，出其绪余；提要钩玄，折中求是，洵足以疏瀹心胸，开张耳目，为20世纪中国学术研究提供了一个传统学术文化实现创造性的现代转化的成功范例。钱氏承继了中国传统学术重在参悟天理人心，以及重视通过实际例证来阐发宇宙之道之学理特点，以其精湛的国学造诣和西学知识，游艺于亚椠欧铅之间，左右逢源，得心应手，不沾不滞，虽然研究的是古籍，使用的是文言和札记体，但所体现的学术精神则充满了现代意识，所以不可仅视《管锥编》为考证之作，而更应目为思想史著作。作为一部旷世的学术巨构，《管锥编》必将对中国当代学术发展产生深远之影响，而问题在于在当今学界恐怕已经难以觅得非常理想的解析者了，他者不说，仅就该著征引丛集，上至西周，下至近今，旁及泰西，以至古今中外典籍，无所不包，读者欲解读之，不但要熟习三千年的经史子集、佛道二藏、诗、文、小说、戏曲、笔记、方言、谚语，更还要知晓泰西语文要籍，同时对所引材料、所讨论问题之背景脉络，亦须知会，而类书之类所济之事实在少许。《宋诗选注》之作虽然亦为钱氏赢得了广泛的学术声誉，但在当时却不合时宜，曾因选录标准和一些评价尺度而受到批判，尽管选家已经于自己的诗学宗尚作出了一定程度的让步。钱氏在

---

① 《管锥编》于20世纪70年代初稿杀青，交周振甫审阅，1979年8月由中华书局刊行。

② 《谈艺录》开场白云："余雅喜谈艺，与并世才彦之有同好者，稍得上下其议论，二十八年夏，自滇归沪渎小住。友人冒景番，吾党言诗有癖者也，督余撰诗话。曰：'咳唾随风抛掷可惜也。'余颇技痒。因思年来论诗文专篇，既多刊布，将汇为一集。即以诗话为外篇，与之表里经纬也可。"见钱锺书《谈艺录》，中华书局1984年版，第1页。

20世纪80年代为香港版《宋诗选注》所写的前言《模糊的铜镜》中曾经说该书"既没有鲜明地反映当时学术界的'正确'指导思想，也不爽朗地显露我个人在诗歌里的衷心嗜好"，"由于种种原因，我以为可选的诗往往不能选进去，而我以为不必选的诗倒选进去了"，因此它在"当初不够趋时，但终免不了也付出趋时的代价——过时"。① 不过也多亏其不合时宜，才使得在当时的精神气候中居然出现了这一可以为中国选学史开辟一个新阶段、一种新境界的文本，钱氏在该书《序》中所突出的"六不"的选诗标准②，已经注解和评论中所作之在诗眼文心方面的精湛阐发，正堪称"疏凿"手，因而到底是无愧之作。至于《读〈拉奥孔〉》、《通感》、《论林纾的翻译》三篇论文，或讨论诗、画艺术特点以及中外叙事理论方则，或研究广泛存在于中外文艺传统中的所谓"感觉挪移"之"通感"审美现象之义理，或评说以林纾为代表的中国近代文学翻译所涉及之异常复杂的文化交流与人文心态问题，均是"大用外腓，真体内充"③之佳构，其在旧学与新知、材料发掘与理论诠释、现象分析与宏观性结论发见等重大学术思想原则方面，无不可以提供参鉴。因此，这一时期是钱氏学术生涯中真力弥满、倾其所积而酿造学术精品的一个阶段。

第四时期：1979～1998年。于《管锥编》行世之后始，终止于钱氏辞世，为钱锺书学术研究之最后一个阶段，时间跨度为20年。在这一阶段，钱锺书不但修订了旧作《谈艺录》，于原来的九十一个条目之下加了大量的"补订"，并增加了一十九条作为"补遗"，使其篇幅大大扩展，内容更加宏富，义理更加缜密条畅。而且又对《管锥编》已发表部分进行修订，有《管锥编增订》、《管锥编增订之二》。同时，还发表有《诗可以怨》、《汉译第一首英诗〈人生颂〉及有关二三事》、《一节历史掌故，一个宗教寓言，一篇小说》等论文，以及为自己旧作新刊所作前言、序引等文字和为他人著作所作之序，

---

① 钱锺书：《模糊的铜镜》，见《钱锺书散文》，浙江文艺出版社1997年版，第468页。

② 如果参之于钱锺书发表于《文学研究》1958年第2期评论钱仲联所作《韩昌黎诗系年集释》的长篇书评，则对他的选诗标准以及如何笺注、集释的学术见解当了解得更为充分。

③ 司空图：《二十四诗品·雄浑》。

以及一些会议发言之类的文字。除此之外，如有其他，亦成遗作了①，于此，笔者不是知情者。这里所举的钱氏在此阶段的三篇论文，亦称精湛，前面一篇考察传统诗学在孔子诗“可以怨”这一母题之下所衍生出的一系列诗学见解与命题，以及对司马迁与韩愈之差异的评说，均称辨析毫厘，并一如既往地连带出西学中的类似观念，以抉发中外共同的诗学、文心；后两篇则对文学翻译中或者文学题材和故事原型流播中所衍生之文化交流、对话方面的一系列意味深长而耐人寻思的人文现象进行评析，亦不可多得。

以上对钱锺书的学术研究作了分期并予以简要之评述。欲详叙钱锺书的学术成就与贡献，即使对于一部部头不小的专著而言，也绝非是一件轻松之事，何况在一篇论文之中。这里想特意指出的两点是钱锺书对中国古代文学理论批评研究疆域的拓展和对传统的诗话、札记体裁之利用与提升。钱氏指出，传统的文学批评本无定体，标出名号的文谈、诗话等仅为其中之一部分，大量的潜藏在其他形式的著述之中，如诗、词、笔记、小说、戏曲，乃至谣谚和训诂等里面，尽管可能是三言两语，但谈言微中，具有精辟见解，甚至专门的文评著作也“无堪俦匹”，因而值得珍视。虽然它们“零星琐屑”而“够不上系统的、自觉的理论”，但是“自发的孤单见解是自觉的周密理论的根苗”，“把它们演绎出来，对文艺理论很有贡献”，②故应特意爬抉之，而不能仅仅将目光投注于《文心雕龙》、《诗品》等上面。在这方面，钱氏所作的学术贡献是举世公认的，他在《谈艺录》与《管锥编》以及许多论文中刻意以求，自一些从来鲜有人问津的材料中钩稽出具有鲜活生命力的文论观点，如从《毛诗正义》中发见孔颖达关于诗、乐本质差殊之合理见解，云为“开宗明义”之言，并谓：“仅据《正义》此节，中国美学史即当留片席地与孔颖达。不能纤芥弗遗，岂得为邱山是弃之借口哉？”③又如从民间谚语“先学无情后学戏”一语中发见其在戏剧美学上的“深厚的义蕴”，认为这句

---

① 《管锥编·序》云：“初计此辑尚有《全唐文》等书五种，而多病意倦，不能急就。已写定各卷中偶道及‘参观’语，存而未削，聊为异日之券。”及云：“又于西方典籍，褚小有怀，绠短试汲，颇尝评泊考镜，原以西文属草，亦思写定，聊当外篇。”（中华书局 1979 年版）钱氏在这一阶段于此工作进展如何，须待将来遗作出版之后方可知晓。

② 钱锺书：《读〈拉奥孔〉》，见《钱锺书散文》，浙江文艺出版社 1997 年版，第 222 页。

③ 钱锺书：《管锥编》第一册，中华书局 1979 年版，第 62 页。

话在“理论上的发现”，“并不亚于狄得罗的文章”。① 钱氏之《谈艺录》就文体而言，属诗话之体，这一点他在该书开篇中已予以点破，至于《管锥编》则采用的是笔记、札记之体。这两种文体都是中国独有的著述形式，其讲究的是笔墨精妙，可以做到挥洒自如，以简御繁而有余不尽，只是现代学术兴起以来便逐渐式微，成为历史橱窗中的东西。而钱氏采纳了它们，以经济妙曼之笔来点化评析古籍中所涉及的种种人文现象尤其是诗心、文心、哲理、心理，而他的知识工具与学理意识以及价值追求则是现代的，但是亦无不称身合体，显得那么雅饬惬意，所以即是对这种文体之提升或曰现代转化。问题恐怕不在于使用这种文体好不好，而在于何以钱氏能做到这样，自然与他之学养与不欲趋同之治学品位相关联，探讨这一现象对今后我们的学术研究如何优化知识结构、如何确立文化创新目标大有裨益。

曾与钱锺书有过文字因缘的老文人卢弼在《和默存〈寻诗〉原韵》诗中云：“绮思妙谛易翻空，凿险探幽意境同。彩意千言千气象，雄词万里驾长风。翠微吐纳形骸外，关塞收归掌握中。君已高吟鸣天下，衰龄驽蹇愧难工。”②这当然是在形象地描述钱锺书之诗的风格特点，但笔者以为用来指陈钱锺书学术研究的主体精神风格，亦是恰切的。而说到钱学的主体精神，我们又不能不想起柯灵曾经对钱锺书的精神风姿作过的描述：“钱氏的两大精神支柱是渊博和睿智，二者互相渗透，互为羽翼，浑然一体，如影随形。他博极群书，古今中外，文史哲无所不窥，无所不精，睿智使他进得去，出得来，提得起，放得下，升堂入室，揽天下珍奇入我襟抱，神而化之，不蹈故常，绝傍前人，熔铸为卓然一家的‘钱学’。渊博使他站得高，望得远，看得透，撒得开，灵心慧眼，明辨深思，热爱人生而超然物外，洞达世情而不染一尘，水晶般透明与坚实，形成他立身处世的独特风格。这种品质，反映在文字里，就是层出不穷的警句，因为他本身就是一个天下的警句。渊博和睿智，二者缺一，就不是钱锺书了。”③确实，钱氏身上和他的著作中潜含着一种精神，那就是非常深沉的爱国情感和文化道义与人文关怀方面的情愫与使命感，于此我们只要了解一下钱氏一生的出处行藏，读一下《谈艺

---

① 钱锺书：《读〈拉奥孔〉》，见《钱锺书散文》，浙江文艺出版社 1997 年版，第 225 页。

② 转引自李洪岩：《智者的心路历程——钱锺书的生平与学术》，河北教育出版社 1995 年版，第 408 页。

③ 柯灵：《促膝闲话中书君》，见《读书》1989 年第 3 期。

录·序》、《谈艺录》开场之白中的有关文字，品味品味《管锥编》中的一些有深沉寄寓的感慨与议论，以及杨绛在《干校六记·误传记妄》中所记录的那段对话①，便当有所会心，这里不赘述。

二

中国自进入近代社会以来，“闭关锁国”的局面被强迫打破之后，社会、政治、经济和文化开始发生一系列结构性的变化，文化选择方面的价值冲突便由此而引发，各种人文思潮此起彼伏，一刻也未曾有过停息，只是随着社会和时代氛围的变化，其表现形态有所不同而已。这一文化价值冲突反映在 20 世纪的学术研究方面，尤其是人文研究方面，产生了传统与现代、中学与西学之间价值选择上的矛盾冲突，并且广泛地体现于人文各学科研究观念与研究方法方面，有主张彻底打倒传统者，有坚守旧学而反对新文化者；有要求“全盘西化”者，有坚持中国文化本位者；有提倡“西体中用”者，有执行“中体西用”者，形成了种种人文思想流派，相互抗衡，彼此消长，贯穿于现代学术史的过程之中，以致古与今、中与西、体与用之关系成为一个世纪性的人文学术难题，任何一个欲深入思考中国文化命运的学者都不得不面临这一问题，作出自己的价值判断与选择，尽管可能有明朗与暧昧之别，但从根本上来说是无法逃遁的，如果细致分析一下，发生于不同时期的种种学术论争，其中绝大多数都涉及对于这三者之关系的认同，构成了论争中观念冲突之最为核心的部分。

由于社会思潮的影响，以及知识结构所限，相当数量的人文学者在处理古今、中西文化价值认同上陷入了二元对立的思想困境，形成了激进主义与保守主义的两军对垒，输攻墨守，争端大起，溯其原因，恰如钱锺书在与人论白话与文言优劣时所指出的那样：“双方皆未消门户之见，深闭固拒，挟恐见破，各否认彼此根本上之有存在价值也。”②当然，在现代学人中，也不乏对此问题具有非常富有历史理性的通识达观者，而其中又以钱锺书所表现出的人文理念与学术姿态最具学理内涵，尽管他从来不直接参与各种论争，但这并不说明他是一个温和主义者或在文化立场上持“乡愿”

---

① 杨绛：《干校六记》，三联书店 1981 年版，第 64～65 页。

② 钱锺书：《与张君晓峰书》，见《钱锺书散文》，浙江文艺出版社 1997 年版，第 409 页。

态度，而是由于自身特殊的知识结构体系和深刻的历史理性意识，使得他在这一问题上表现出了一种阅世老人般的平静、深沉，通过学术立场建构和研究课题与方法论选择，以及著述中的有关论述来表达自己的文化理念精神。在文化发展观上，钱锺书是一个“通变”论者，基于深厚学养的思想方法与广阔的文化视野而形成的人文智慧与理性意识，使他免却困扰了许多人的文化焦灼，也使他的研究与一切庸浅、浮躁划清了界限。所以，处于世纪之交的今天，当我们反思中国现代学术思想发展演变的历史之时，钱锺书的文化发展观是非常具有认同价值的。

先说钱锺书的古今文化观。古与今问题之所以成为中国现代思想史上的一个焦点问题，在于其关涉现代中国文化发展走向和学术研究中如何对传统资源进行评价与取舍。而且，这一问题在中国也是一个具有悠久的历史渊源的问题，早在先秦时期就成为思想学术领域里的一个观念交锋场所，从此就没有退出过传统学术话语系统，形成了“通变论”、“新变论”、“复古论”三派意见，而自近代以来中国社会、文化进入“千古变局”始，围绕这一问题所产生的文化冲突更加激烈，形成了“荣今虐古”与“荣古虐今”两种观念之间的对抗。在“荣今虐古”一方，如“五四”运动前后以胡适、陈独秀等人为代表的《新青年》派，因主张“文学革命”和白话文而彻底否定传统文化，以为其中埋藏着民族的“卑劣无耻之根性”①，因此提出“凡属贵族文学、古典文学、山林文学，均在排斥之列”②，且“必不容反对者有讨论之余地”，甚至迁怒于汉字本身，认为“中国文字，既难载新事理，且为腐毒思想之巢窟，废之诚不足惜”③。这种对传统文化的绝望之产生，在于这些激进者置身于东西方社会发展的巨大时差中，看到了西方科学民主给社会带来的进步与繁荣，而将中国社会发展严重滞后的原因归结于传统文化，所以认为只有彻底抛弃传统才能迎来德、赛二先生，才能有社会的发展，是为典型的“荣今虐古”。从我们今天的认识来看，这种对待传统的态度，就批判精神而言，自有其历史合理成分，但将社会发展的制约因素完全归结于人文传统方面，于是不问青红皂白，摧毁全部历史，割断古今，实行文化上的“休克疗法”，则无疑是片面的、非理性的，其意义仅在推动社会革命和政治

---

① 陈独秀：《东西民族根本思想之差异》，见《青年杂志》第一卷四号。

② 陈独秀：《文学革命论》，见《新青年》第二卷六号。

③ 陈独秀：《答钱玄同〈中国今后之文字〉》，见《新青年》第四卷四号。

批判方面，在思想与学理方式上则多有不合人文理性原则之处。我们肯定“五四”新文化运动的历史进步意义，但对此亦毋庸讳言。而且，这种以狂飙突进式的政治批判代替冷静细致的学术思考的文化批判方法，为后来思想文化领域轻贱传统文化的政治与文化偏见播下了种子，如 20 世纪 50 年代学术界对“厚今薄古”的简单化理解，“文革”中彻底砸烂传统的民族虚无主义的流行，80 年代在“启蒙”的口号下“全盘西化”论的再次出现，等等。总之，相对于“荣古虐今”而言，“荣今虐古”对现代中国学术思想和方法的影响要更大一些，在社会政治思潮的推动下，反传统、造古人之反的意识极度延伸，广泛地渗透于人文研究领域之中，演变为一种时尚学风，于是“妖魔化”传统，以达到解构、割断古今联系之目的，形成了在“革命”口号下为了营造一种政治性的思想氛围，以支持和驱动社会政治批判运动，而粗暴地对待传统的学术范式。而在“荣古虐今”一方，如康有为、刘师培等人，一度则泥古守旧，反对变革；极端维护旧学和传统道德伦理体系，反对“新知”。康有为主张尊孔读经，倡言“此后诸君，当以保存国粹、读经守教为唯一之职责”①，以及“以孔子为大教，编入宪法，复祀孔子之拜跪明令”②。梁启超则认为“若夫道德之根本，则无古无今无中无外而无不同”③，以及“治心治学本原之学，我先民所以诏我者，实既足以供我受用而有余”④。国粹派、保皇派如是，而新文化运动的反对者们，如因主编《东方杂志》而知名的杜亚泉以及“学衡派”诸人，与当时国际上正在兴起的东方文化救世思潮相呼应，以调和中西文化的姿态出现，但言谈中却往往流露出墨守传统、反对革新的意识。如杜亚泉即强调“吾国数千年之固有文明，决不能为百余年来新产之西洋文明所破坏”，及“愿吾国人勿拾取西洋十八九世纪中已破坏之文明断片，掊吾国人之固有文明”。⑤ 而学衡派吴宓、梅光迪等虽然提倡“昌明国粹，融化新知”，可是实际上对新文化却充满敌意，他们指出胡适等人诬言“旧文学为死文学”这一点固然不错，但全盘否定新文化运动，

① 汤志钧编：《康有为政论集》，中华书局 1981 年版，第 956 页。

② 汤志钧编：《康有为政论集》，中华书局 1981 年版，第 957 页。

③ 梁启超：《德育鉴》，见《饮冰室合集·专集之二十六》，中华书局 1989 年版，第 1 页。

④ 梁启超：《德育鉴》，见《饮冰室合集·专集之二十六》，中华书局 1989 年版，第 2 页。

⑤ 伧父：《对于未来世界之准备如何》，见《东方杂志》第十六卷一号。

攻击道："号为'新文化运动'者，甫一启齿，而弊端丛生，恶果立现。"①这种思潮对现代中国的人文研究亦产生了一定的影响，如梁漱溟的将"中国原来的态度重新拿出来"②的"东方文化救世论"，以及 20 世纪 80 年代以来的较为风行的"新儒学"、"国学热"等，与杜亚泉、学衡派的主张一样，一定程度上都是"中体西用"在不同时期的不同表现。上述两种文化立场尽管水火难容，但在思维模式方面却有一致之处，就是将古与今、传统与现代的关系看做二元对抗的矛盾，其情形正如当年属于《新青年》一派的汪叔潜所言："所谓新者无他，即外来之西洋文化也；所谓旧者无他，即中国固有之文化也。……二者根本相违，绝无调和折衷之余地。"③实际上都是在革命或守成两种观念传统中打转，而均不得"通变"之义。

与我们在现代思想史上见惯了的那些激进的、彻底的反传统者或保守的、执拗的泥古者迥异，钱锺书没有陷入传统与现代二元对立的思维定势和非此即彼的价值评判取舍模式。在他看来，古与今相与存在，传统与现代之间有着千丝万缕的联系，我们根本无法割断它们的相互关系，因此要善于从传统之中发现"现在性"，从现在的东西中寻找传统的"因子"。为此，他提出要树立一种"史观"，这种"史观"一方面可以使我们"了解过去的现在性"，"知道过去并不跟随撕完的日历簿而一同消逝"④；另一方面又能认识到现代之所以为现代，有来源，有造因，并不是偶然或忽然的事，"形成现代的因子，早潜伏在过去的时代中"，"现代不过是收获着前代所撒布下的种子，同时也就是撒布下种子给后代收获"⑤。同时，钱锺书认为传统实际上是一个变数，虽然传统往往就是惰性的代名词，但是"事物的演化又迫使它以变应变"，不得不经常相机破例，"实际上作出种种妥协，来迁就演变的事物"⑥，这可以视之为传统出于维系自身延续之需要而求助于现在。另外，当代人的生活也离不开传统，人们出于现实之需要而往往请出传统

---

① 梅光迪：《评提倡新文化者》，见《学衡》第 1 期。

② 梁漱溟：《东西文化及其哲学》，商务印书馆 2000 年版，第 204 页。

③ 汪叔潜：《新旧问题》，见《新青年》第一卷一号。

④ 钱锺书：《论复古》，见《钱锺书散文》，浙江文艺出版社 1997 年版，第 505 页。

⑤ 钱锺书：《旁观者》，见《钱锺书散文》，浙江文艺出版社 1997 年版，第 136 页。

⑥ 钱锺书：《中国诗与中国画》，见《钱锺书散文》，浙江文艺出版社 1997 年版，第 188 页。

来帮忙，这就是“常常把过去来补足现代的缺陷，适应现代的嗜好”①；人们“不仅把将来理想化了来满足现在的需要”，也乐于“把过去理想化了来满足现在的需要”，所以传统无不跟着现在转移，用钱氏的话来讲就是“过去也时时刻刻在变换的”，“过去已是给现在支配着的”②。钱锺书在《中国诗与中国画》中的一段议论集中地体现了他的这一“史观”：“传统愈悠久，妥协愈多，愈不肯变，变的需要愈迫切。于是不再能委曲求全，旧传统和新风气破裂而被它破坏，新风气的代兴也常有一个相反相成的表现。它一方面强调自己是崭新的东西，和不相容的原有传统立异；而另一方面更要表示自己大有来头，非同小可，向古代也找一个传统作为渊源所自。”③

由这种“史观”所决定，钱锺书认为，人们对传统的诠释与评价无不受影响于现实的认识条件，传统可以被利用于当下的文化建设而具有重大的资源价值作用，正是在这一意义上，他接受了“一切历史都是当代史”这一说法：“近代一位意大利哲学家有句名言：‘在真正意义上，一切历史都是现代史。’古典诚然是过去的东西，但是我们的兴趣和研究是现代的，不但承认过去东西的存在并且认识到过去东西里的现实意义。”④在对传统的评价问题上，中国思想史上向来存在着“荣今虐古”或“荣古虐今”两种思想方法倾向，以至关于古与今谁者优谁者劣的诉讼一直难以止息。在现代学术史上，围绕这一问题所产生的文化矛盾更加激烈，“五四”新文化运动中的激进者彻底扫荡传统，主张不读线装书，是典型的“荣今虐古”；而国粹派则反对白话，株守传统，为典型的“荣古虐今”。无论是毁宗灭祖，还是因循守旧，都是在“新变”或“复古”两种观念传统中转圈，均不得“通变”之义。就实际情况而言，“荣今虐古”的观念对现代中国学术思想和方法的影响要更大一些，在社会政治思潮的推动下，反传统、造古人之反的意识极度延伸，广泛地渗透于人文研究领域之中，于是“妖魔化”传统，以达到解构、割断古今联系之目的，演变为一种时尚学风，形成了在“启蒙”的口号下为了营造

---

① 钱锺书：《近代散文钞》，见《钱锺书散文》，浙江文艺出版社 1997 年版，第 104 页。

② 钱锺书：《旁观者》，见《钱锺书散文》，浙江文艺出版社 1997 年版，第 139 页。

③ 钱锺书：《中国诗与中国画》，见《钱锺书散文》，浙江文艺出版社 1997 年版，第 188 页。

④ 钱锺书：《古典文学研究在现代中国》，见《钱锺书研究》第二辑，文化艺术出版社 1990 年版，第 4 页。

一种革命性的思想氛围，以支持与驱动文化大批判运动，而粗暴地对待传统的学术范式。对于这种缺乏历史意识甚至非理性的“薄古”学风，钱锺书提出了自己的见解，他反对现代研究者在认识上处处流露出“后来居上，今是昨非”的态度，而指出：“假使一个古代思想家值得我们研究，我们应当尊重他为他的时代的先驱者，而不宜奚落他为我们的时代的落伍者，换句话说，我们应当看他怎样赶在他同时人之前，而不应当怪他落在我们之后，古人不作，逝者如斯，打死老虎够得上什么好汉？”①这种持平之见尽管在当时可能显得有些落伍，但唯其平实，才更具有人文理性精神。

钱锺书之“史观”所包含的另一层意涵是从发展的眼光来分析与评价传统。他重视传统，重视人文进程中的古今联系，但又不认为传统是一种僵化不变的东西，并且反对食古不化。诗乐离合、文体递变是一个最易引起古今优劣之争的问题，《谈艺录》对此专门加以讨论。钱氏针对清人焦循在《雕菰集》卷十四《与欧阳制美论诗书》中的“不能弦诵者，即非诗”，“诗文相乱，而诗之本失”，以及“诗亡于宋而遁于词，词亡于元而遁于曲”等言谈，而评论道：“诗、词、曲三者，始皆与乐一体。而由浑之划，初合终离。凡事率然，安容独外。文字弦歌，各擅其绝。艺之材职，既有偏至；心之思力，亦难广施。强欲并合，未能兼美，或且两伤，不克各尽其性，每致互掩所长。即使折衷共济，乃是别具新格，并非包综前美。”②认为诗体总是处于发展变化之中，其并不意味着诗之消亡。又针对明代前后七子复古拟古的主张，以及郎瑛《七修类稿》中所讲“文章与时高下，后代自不及前代”之言，而指出：“夫文体递变，非必如物体之有新陈代谢，后继则须前仆。”③又云：“文章之革故鼎新，道无它，曰以不文为文，以文为诗而已。向所谓不入文之事物，今则取为文料；向所谓不雅之字句，今则组织而斐然成章。谓为诗文境域之扩充，可也；谓为不入诗文名物之侵入，亦可也。”④并认为司空图《诗赋》中所云“知非诗诗，未为奇奇”之语，以及赵闲闲《滏水集》卷十九《与李孟英书》中说的“少陵知诗之为诗，未知不诗之为诗，及昌黎以古文浑灏，

---

① 钱锺书：《休谟的哲学》，见《钱锺书散文》，浙江文艺出版社 1997 年版，第 123 页。

② 钱锺书：《谈艺录》，中华书局 1984 年版，第 27 页。

③ 钱锺书：《谈艺录》，中华书局 1984 年版，第 28 页。

④ 钱锺书：《谈艺录》，中华书局 1984 年版，第 29～30 页。

溢而为诗，而古今之变尽”之言，为“皆深有识于文章演变之原”。① 钱锺书的古今文化观在他的具体研究中得到了很好的贯彻，如他评价明清时期的小说批评家将《水浒》、《儒林外史》等白话小说与《史记》挂钩，以及“五四”新文学将白话散文之源头追溯到明代“公安”、“竟陵”两派的这种所谓“野孩子认父”、“暴发户造家谱”的现象，认为：“它会影响创作，使新作从自发的天真转而为自觉的有教养、有师法；它也改造传统，使旧作品产生新意义，沾上新气息，增添新价值。”钱氏又指出：“一个传统破坏了，新风气成为新传统。新传统里的批评家对于旧传统里的作品能有比较全面的认识，作比较客观的估计；因为他具有局外人的冷静和超越，所谓‘当局称迷，旁观见审’，而旧传统里的批评家就象‘不识庐山真面目，只缘身在此山中’。”② 处于传统之中往往是“见树不见林”，而处于传统之外，则又往往是“见林不见树”，局外人往往就是门外汉。这也是钱氏强调打通古今之命意所在。

再说钱锺书的中西文化观。中西文化问题亦是一个始终困扰着中国现代学术的文化价值问题，对于20世纪的人文研究从理念到方法均产生了深刻的影响。在这一问题上，钱锺书是既反对抱残守缺，又反对全盘西化，同时也与“中学为体，西学为用”论者不同声调，而有自己独立的中西文化思想体系。自海禁开放以来，西学源源不断地传入中国，并导致了传统学术的裂变和向着现代形态的转化，尤其是经过“五四”新文化运动的扫荡，传统的人文价值系统基本解体，从而失去了原来的主流地位而处于边缘化的位置。但是，即便如此，在人文研究领域，冥顽不化、排拒变革、极端敌视西学和新文化者亦大有人在。另有一类人，虽然承认西方的物质文明先进，并乐于享用，然而在精神文明方面则严守传统，坚信华夏人文优于域外人文，如文学艺术、伦理道德者还是自家的好，根本无需向他人学习，夷夏界限甚为分明，不容半点西学成分掺入，以保持自身学统之纯正。可是，西方科学文化、人文思潮的强劲传播与传统人文的逐渐衰微，则为不争的事实。所以，大多学人无论于西学之观念还是方法，均能兼收并蓄，在中西互参互照中拓展思想视野，革新观念和方法，以合时代之节拍，而由此使自己的学术研究出现一片新的天地，则也是事实。然而，在此方面又产生两

---

① 钱锺书：《谈艺录》，中华书局1984年版，第29～30页。

② 钱锺书：《中国诗与中国画》，见《钱锺书散文》，浙江文艺出版社1997年版，第190页。

种倾向，一是对传统人文完全失去自信，由民族虚无主义而鼓吹全盘西化；再就是对西学知之甚浅，道听途说，生吞活剥，然而偏要援西入中，以西解中，其结果自然可想而知。对于这些情况，钱锺书知之甚详，并予以评论："余尝谓海通以还，天涯邻比亦五十许年，而大邑上庠尚有鲰生屈儒未老先朽，于外域之舟车器物乐用而不厌，独至行文论学，则西来之要言妙道绝之惟恐不甚，假信而好古之名，以抱残守阙自安于井蛙裈虱，是何重货利而轻义理哉？盖未读李斯《谏逐客书》也。而其欲推陈言以出新意者，则又鲁莽灭裂，才若黄公度，只解铺比欧故，以炫乡里，于西方文学之兴象意境概乎未闻，此皆眼中金屑，非水中之盐味，所谓为者败者是也。譬若啖鱼肉，正当融为津液，使异物与我同体，生肌补气，殊功合效，岂可横梗胸中，哇而出之，药转而暴下焉，以夸示己之未尝蔬食乎哉？故必深造熟思，化书卷见闻吾灵性，与古今中外为无町畦，及夫因文生情，应物而付，不设范以自规，不划界以自封，意得手随，洋洋乎只知写吾胸中之所有，沛然觉肺肝中流出，曰新曰古，盖脱然两望之矣。姜白石诗集序所谓与古不得不合，不能不异云云，昔尝以自勖，亦愿标而出之，以为吾党告。若学究辈墟拘隅守，比于余气寄生，于兹事之江河万古本无预也。"①在此，钱氏既对那些于西方文化仅"重货利而轻义理"的"中体西用"者进行了辛辣的讥刺，又对那些只知"排比欧故"以炫博识而实际上对西学义理全然不通的"鲁莽灭裂"者不屑一顾，确实点中了中国现代学术发展过程中所存在的两种弊端之穴道，尤其后一点，对于因吸纳西学而不能融会贯通所患之"消化不良症"，大有药石作用。应该说，在融会贯通中西人文学说方面，钱锺书为中国现代学术所作之贡献鲜能有比拟者，其《谈艺录》与《管锥编》沟通、融会文化、诗学观念，确实是"深造熟思"，达到了"与古今中外为无町畦"的境界。也正因为艺高，方能敢言，如上引如此鞭辟入里之言，又有几人能道出。曹聚仁曾云："时人之中，博古通今，精究欧西文艺，而能运化中国文艺，辜鸿铭往矣；师友之中，如朱自清、朱光潜、王了一、吕叔湘、钱锺书诸氏，都有他们的成就，而以钱锺书为最湛深。"②回首百年人文研究历史，这一评价丝毫不为过。

百年中国人文学术发展的历史，也就是中西人文思想由相互对峙、相

---

① 转引自郑朝宗《续怀旧》，见《随笔》1987 年第 2 期。

② 曹聚仁：《中国学术思想史随笔》，三联书店 1986 年版，第 397 页。

互碰撞到相互渗透、相互糅合的文化对话和交流的过程。这也是一个不可移易的历史发展趋向,中国现代学术只有接受西方人文思想和方法体系之影响,引入西方式的学理、概念及其思辨方法和分析框架,同时于本土的问题结合,方能建立起自己的话语系统。但是,既云"对话"与"交流",便非是单向的,而是双向的,即如钱氏所云:"文化交流是双向的,中国'走向世界',也可以说是'世界走向中国'。咱们开门走出去,正由于外面有人推门、敲门、撞门,甚至破门跳窗进来。"①正因为如此,钱锺书在自己的学术研究中始终不渝地贯彻了文化对话的原则,《谈艺录》序云:"凡所考论,颇采'二西'之书,以供三隅之反。盖取资异国,岂徒色乐器用;流布四方,可征气泽芳臭。故李斯上书,有逐客之谏,郑君序谱,曰'旁行以观'。东海西海,心理攸同;南学北学,道术未裂。虽宣尼书不过拔提河,每同《七音略序》所慨;而西来意即名'东土法',堪譬《借根方说》之言。非作调人,稍通骑驿。"他有感于因为文化隔膜以及"欧洲中心主义"的原因,西方学者在对中国文化无知的情况下产生了许多误解,指出:"黑格尔尝鄙薄吾国语文,以为不宜思辨;又自夸德语能冥契道妙,举'奥伏赫变'为例,以为相反两意融会于一字,拉丁文中亦无义蕴深富尔许者。其不知汉语,不必责也;无知而掉以轻心,发为高论,又老师巨子之常态惯技,无足怪也;然而遂使东西海之名理同者如南北海之马牛风,则不得不为承学之士惜之。"②并通过论"易"之"一名三义"而予以纠谬。这虽然是针对黑格尔的错误而发,但是中国现代人文学者之中因对传统隔膜以及受"欧洲中心主义"影响者,从而"鄙薄吾国语文"比之于黑氏有过之而无不及者,又不知有几许。中国现代学术研究中多有对中国人文特点进行概括,而 20 世纪 80 年代以来尤甚,但其中的一些,如声言中国文学为"表现主义"美学体系,西方文学为"再现主义"美学体系;中国精神主"静",西方精神主"动";中国文化属"乐感"文化类型,西方文化属"罪感"文化类型;中国思维是神秘主义的直觉性质的,西方思维是理性主义分析性质的;中国文论是非体系、非逻辑的,西方文论是体系化、逻辑化的。这样以偏概全,眼中只见树而不见林,不是"掉以轻心",便是妄意"鄙薄"。钱氏提出合观本土与域外文化,沟通中西文心、诗

---

① 钱锺书:《〈走向世界丛书〉序》,见《钱锺书散文》,浙江文艺出版社 1997 年版,第 460 页。

② 钱锺书:《管锥编》第一册,中华书局 1979 年版,第 2 页。

心，并身体力行之，正是对此种“恶劣化”之文化比较的一种正本清源。对传统学术文化传统的无知以及排斥拒绝，对域外学术文化传统的道听途说以及盲目崇拜，以为举凡中国者皆落后陈旧，凡西洋者皆进步新潮，这种非理性的文化价值心态，是20世纪中国文化危机产生的原因之一。其实，真正有生命力的新潮思想都应该有其传统的基础，真正富有创造性的思想无不来自于对传统资源的深邃理解和利用，最成功的创新者同时又必须是一个最深刻的继承者，学术文化传统的可贵之处也正在于此。如果割断与传统的血肉筋骨联系，而热衷于比较、对话，并且豪言创新发展，则无异于邯郸学步，与学理之道完全相乖违。在这方面，20世纪50年代初我国文艺学曾原封不动地照搬苏联文艺理论模式，中哲史研究则在相当长的时间里套用西方哲学模式而对古人思想强行进行唯物或唯心划线，有的著作对老庄哲学到底属于何者，反复变化以致最后终于说不清楚了，原因正在于脱离了中国文化本体和具体特点。所以，钱锺书的上述之见以及在具体的研究中坚持沟通中西的做法，告诉我们参照并非照搬，沟通不是等同，亦提供了中西文化对话的成功之例。

三

钱锺书的文化通变观是构成其人文理性精神的核心部分，并在学术研究中始终不渝地坚持之，将其贯彻到对中西文化、文学等具体问题的分析评价之中，从而形成了他善于“打通”古今、中西以及人文学科各学科间界限的治学特点。而为求“打通”，又须对古今、中西文化中大量的哲学、文艺、美学以及历史、语言、心理、宗教等文化现象作具体的辨析诠解，而不是仅从某一家、某一派的理论出发作一番空泛的议论或随心所欲的演绎，此又形成了他寓理论阐述于实际问题的考辨之中，不为贪求体系化而丧失认识范围之广博与诠释角度之全方位的另一治学特点，曰“阐释之循环”。为使上述两点行之有效，在思维认识上就必须做到通观达识，思转自圆，以及以辩证的精神处理形而上与形而下、体与用等学理关系问题，此又形成了他圆融观照而充满辩证精神的治学特点。此三者构成了钱锺书学术方法论的主要特色，并以其在观念和方法两方面的创新性质而在现代学术史上独树一帜，而备受世人瞩目。在此仅对前两种方法作一些体认。

钱锺书的“打通”有三层含义：一是在时间上打破古今界限，二是在空间上打破中西界限，三是不受人文学科各学科划分的局限。融通观之，在古今中外人文思想发展历史这一无限广阔的视野背景上来审视、辨析种种文化、文艺现象，纵观古今，连类中西，于圆观遍照中阐述他的种种学术见解。这种“打通”方法，钱氏早在撰写《谈艺录》之前的研究著述中即加以运用，如《中国文学小史序论》、《论不隔》、《中国故有的文学批评的一个特点》等文在对有关问题展开讨论时均属如此。在《谈艺录·序》中，钱氏将自己的“打通”说正式标举出来，并切实地予以贯彻，书中出入古今，“采‘二西’之书”，循古人“旁行以观”之法，以“供三隅之反”，以“征气泽芳臭”，足以为证。在其后的研究中，无论是鸿篇巨制《管锥编》，还是《中国诗与中国画》、《读〈拉奥孔〉》、《诗可以怨》等论文，在学术方法与目的上仍一以贯之，只是更加圆熟而已。

钱氏的“打通”方法，建立在其所认同的“东海西海，心理攸同；南学北学，道术未裂”这一观念基础之上。在他看来，古今之间往往气息相通，中西之间确实存在着“奇缘佳会”，域外学说在一定程度上无不可以为中国旧说作“笺注”，反之亦然。同时，他又认为人文学科之间见分见合，既有区别又有联系，不相等但并非不相通。他说：“我们讲西洋，讲近代，也不知不觉会远及中国，上溯古代。人文科学的各个对象彼此系连，交互映发，不但跨越国界，衔接时代，而且贯串着不同的学科。由于人类生命和智力的严峻局限，我们为方便起见，只能把研究领域圈的愈来愈窄，把专门学科分得愈来愈细。此外没有办法。所以，成为一门学问的专家，虽在主观上是得意的事，而在客观上是不得已的事。”①所以，在钱氏那里，不但古今“通”，中西“通”，而且哲学与文学、小说戏曲与历史、诗与音乐、书与画亦“通”，他就是在这“通”的过程中探究具有普遍文化意义的哲理、心理、诗心、文心。我们看其《谈艺录》与《管锥编》，除了中西之间“通骑驿”而外，对于经史子集、佛道二藏、小说笔记乃至谣谚俗语，亦无所不取。郑朝宗在《〈管锥编〉作者的自白》一文中引钱锺书语云：“弟之方法并非‘比较文学’，以此词通常意义说。而是求‘打通’。以打通拈出新意。”②原来，钱氏式的“打通”之关捩点在“拈出新意”。在不同文化、不同时期、不同学科之间建立联系，正是钱氏研思过程中的一个主要着眼点，他的全部学术研究工作无不体现了这种

① 钱锺书：《诗可以怨》，见《钱锺书散文》，浙江文艺出版社 1997 年版，第 330 页。

② 《人民日报》1987 年 3 月 16 日。

精神。对此，钱氏有云："吾辈穷气尽力，欲使小说、诗歌、戏剧与哲学、历史、社会学等为一家。……要能舍筏登岸，毋如抱梁溺水也。"①"打通"之目的既在于为求"交互映发"、"拈出新意"，则贵在能进能出，收放自如，否则不是荒野跑马，便是画地为牢，"舍筏"云者即指此而言。

讲到钱氏的"打通"，尤其是中西"打通"，不得不涉及他对自己的研究属于不属于比较文学之看法。20世纪80年代以来，有一种意见将《谈艺录》、《管锥编》目为比较诗学、比较文学的典范之作，并视钱锺书为比较文学研究大师，而另一种意见则反对这种说法，并引杨绛在《记钱锺书与〈围城〉》中所讲的钱锺书议论当前比较文学的一段话，意在说明钱氏极其反对别人将他的著作说成是比较文学，以及钱氏所用的方法也不是比较的方法。应该说这两种说法都有一定的事实根据，但又都不全面。前一种说法不准确之处在于以偏概全，不能因为《谈艺录》、《管锥编》作了大量中外文化、文学比较，就以为它们纯然属于比较诗学或比较文学著作，而比较方法也不是钱氏所用之主要的方法，况且时下的那些"狗比狗大，狗比狗小"的比较方法与钱氏所理解与运用的比较方法在学理上确实差距甚大。后一种说法亦有可商榷之处，我们且看钱锺书所说过的一段话："'三十年为一世'，四十年前真如隔了几世。那时候，对比较文学有些兴趣的人属于苏联日丹诺夫钦定的范畴：'没有国籍护照的文化流浪汉。'他们至多只能做些地下工作，缺乏研究的工具和方便。《管锥编》就是一种'私货'；它采用了典雅的文言，也正是迂回隐晦的'伊索式语言'。这个用意逃不出莫芝博士的慧眼。"②意思很明白，钱氏在此说《管锥编》是"私货"，将自己归于"他们"之列，说明他也是"对比较文学有些兴趣"。所以，以笔者之见，对于杨绛文中所云，应理解为钱锺书对"现在人家大讲"之"比较文学"的学理与学风的一个评价态度，不愿与此辈同伍，更反对扯他作大旗。所以，并不能认为钱氏之著作与方法与比较文学毫无干系，当然我们也反对完全将《谈艺录》、《管锥编》定性为比较诗学、比较文学著作，反对将钱氏之方法仅仅定性为比较方法，比较只是钱氏著作及其方法的特点之一。

"打通"是钱学方法论的特点之一，也是钱氏的研思目标，所以具有观

---

① 钱锺书：《谈艺录》，中华书局1984年版，第352页。

② 钱锺书为莫芝著《管锥编——从钱锺书的管锥编到对杜甫的新观察》一书所作的序，见陆文虎编《钱锺书研究采辑》第2辑扉页，三联书店1996年版。

念和方法两方面的开创性意义，其可以为研究主体引入新的思想与方法而实现知识要素的新的组合，从而形成一种创新机制。钱锺书的“打通”，具有多方面的人文意义。首先，这种“打通”对于早先的那些对西方物质文明乐用不厌，而对异域人文学说则避之唯恐不及，且处处以为祖宗之宝贝为域外先进科学技术之先导的“鲰生屈儒”而言，可以击破其人文观念上的夜郎自大，使其知道中土之外尚有一片广大的天地，而不至于总是为一种虚假的价值梦幻而陶醉不已。其次，对于20世纪中国人文研究在现代转型的过程中出现的观念和方法危机，亦具有针砭作用和认同价值。我们知道，中国传统思维的特点之一是整体观照、和合会通，而西方传统思维的特点之一则是条分缕析、分门独立，两者互有短长。从20世纪以来，中西思维在某种程度上出现了相互借鉴、相互位移的现象。在西方学界，非黑格尔化的运动一直延宕至眼下，将人文各学科予以综合诠释正成为许多学人心仪的一个方法论选择。而在中国，在传统学术由古典形态向现代形态转化的过程中，西方的科学方法成为中国现代学术方法之主流，近百年我们的哲学、文学理论和美学研究，基本上以西方的理论模式为主体，在更多的情况下，中国传统的哲学、文学和美学思想仅作了西方理论之注脚，包括比较研究在内的对传统理论的研究，相当一部分是以西律中，按照西方的样子来套裁中国的东西。这方面的例子很多，如《中国诗学大纲》的作者杨鸿烈认为“我们现时绝对的要把欧美诗学书里所有的一般‘诗学原理’拿来做说明或整理我们中国所有丰富的论诗的材料的依据”①，所以他在该书《序》中即明言自己的方法是“援引欧美诗学家研究所得的一般原理来解决中国诗里的许多问题”。又如朱光潜在《诗论·抗战版序》中认为“中国向来只有诗话而无诗学”，原因是中国人“重综合而不喜分析，长于直觉而短于逻辑的思考”，所以即以西律中，他在1984年为该书重版所写的《后记》中又说要“用中国诗论来印证西方诗论”。结果名曰互参互照，名曰比较，但参证或印证之结果在一定程度上或许已经改写了古人的思想，使其成为西方理论之附庸，此与我们前面所述钱氏的“打通”在研究出发点和学理方法上都甚有差异，其优劣不言而自明。另外，在学科划分方面也存在着过于琐细、过于专业化因而难免有偏枯之弊端，对于传统学术的那种主动的“模糊”文史哲界限从而形成一种未分化的、无畦畛的本文观念的思想，基

① 杨鸿烈：《中国诗学大纲》，商务印书馆1928年版，第31页。

本上持疏离态度，这过然使20世纪中国的人文研究在方法论模仿的过程中勉强形成了自己的现代特征，但在一定程度上所谓“现代转换”的过程又无异于一种置“浑沌”于死地的“凿窍”行为。他所做的工作，对于中国学术传统而言，确实具有“回过头来另眼相看”的意义，最起码可以说“钱学”没有失去中国学术的“自性”，而深识钱氏之“打通”，亦可收反思中国现代学术方法论得失之功效。钱学的“阐释之循环”的方法，具体体现为其研究大多是由讨论一个个具体的中国文化问题发端，转而将目光投向西方，引出西方文化中类似的观点看法，然后再回过头来用新的眼光来看原来的问题，中西互参互照。这种中西参照的过程，有时在一个问题的研究中要往复数次，但不管如何，最后总是能回到原来的问题上，钱锺书将他的这种方法称为“蛇衔尾”，又曰“阐释之循环”。钱氏有云：“积小以明大，而又举大以贯小；推末以至本，而又探本以穷末；交互往复，庶几乎义解圆足而免于偏枯，所谓‘阐释之循环’者是矣。《鬼谷子·反映》篇不云乎：‘以反求覆？’正如自省可以忖人，而观人亦资自知；鉴古足佐明今，而察今亦裨识古；鸟之两翼、剪之双刃，缺一孤行，未见其可。”①这种方法我们可以从钱氏的《谈艺录》、《管锥编》以及许多论文中得到印证。《谈艺录》作为一部诗学著作，对宋、元、明、清乃至20世纪初的文评现象融通观之，并加以与西方典籍的观照，被评为是“中国诗话里集大成的一部巨著，也是第一部广采西洋批评来诠注中国诗学的创新之作”②。书中引用了大量的宋、元、明、清诗话以及笔记、随笔，所涉及的诗学理论问题是多方面的，举凡鉴赏论、创作论、作家论、作品论、批评论、文体论、修辞论、风格论等无不论及，体现了钱氏极深的诗学造诣和独到的文艺见解。但其都是结合具体的作家、作品作深入而精到的阐发，而不是泛泛而论，讲抽象的大道理。《管锥编》所论对象虽为上古至唐的十部典籍，但其内容所涉及的文化覆盖面极其广泛，文学、美学、哲学、史学、宗教、语言学、心理学以及其他门类的东西无所不包，哲理、心理、文心、诗心无不探究，对于诸子百家、经史子集、佛道二藏、诗词书画方面的典籍征引甚繁，并时时观照以域外的种种人文现象，亦是广取博纳，堪称对整个世界范围的人文精神史进行了周览纵观。但其亦是往往

① 钱锺书：《管锥编》第一册，中华书局1979年版，第171页。

② 夏志清：《追念钱锺书先生——兼谈中国古典文学研究之新趋向》，（台湾）《中国时报》1976年2月9日。

围绕一个具体文本、一种具体的概念命题，一个比喻，甚至是一个具体的字眼、句式或语象的讨论而展开，而不是摆开架式抡大道理，书中没有明显的体系框架结构，因而也避免了被预设的理论体系与逻辑推着走而失去思考辨析的主体性这一理论研究过程中极容易犯的通病。《管锥编·序》云："瞥观疏记，识小积多。学焉未能，老之已至！遂料简其较易理董者，锥指管窥，先成一辑。假我岁月，尚欲赓扬。又于西方典籍，褚小有怀，绠短试汲，颇尝评泊考镜，原以西文属草，亦思写定，聊当外篇。敝帚之享，野芹之献，其资于用也，能如豕苓桔梗哉？或庶几比木屑竹头尔。"这当然充分表现了钱氏之自谦，但除此而外，也说明钱氏的理论见解，包含在他对中西文化典籍所载之具体人文现象的考释之中，正是这些对"豕苓桔梗"、"木屑竹头"的"理董"之中包含了丰赡的义理，体现出钱氏博大精深的人文思想。

钱锺书的人文思想与学术理论，散布在他对范围广泛的中西文化现象的诠释之中，他所采用的这种方法形成了一个突出的特点，就是尽量地避免进行纯理论推绎。他研究问题，不是以一个既定的理论框架做模子，来套裁现象事实，使之服从先在的模式之需要；也不是从某种事先预设的因而具有很大的假定性的结论出发，将事实现象作为这一结论的附庸性例证而大论特论之。钱锺书始终认为，学术研究要从实际出发，深入所关注的对象之内部，而毋尚空谈，他曾云："我有兴趣的是具体的文艺鉴赏和评判。"又云："'现象''本质'之二分是流行套语，常说'透过现象，认识本质'。愚意以为'透过'不能等于'抛弃'，无'现象'则'本质'不能表示。例如'索引派'的文论以为文艺作品是真人真事的化妆，就是对'现象'不够尊重。"①这就涉及钱锺书对待理论体系的态度问题，以及如何评价钱学的理论思辨成就的问题。一种评价意见认为钱锺书做的是考据工作，他的繁征博引是在"掉书袋"，炫耀自己的博学，他的著作缺乏理论体系，甚至难入专著之列，因而将他归入"朴学"一类。这显然是一种皮相之见，云为目论耳食一点也不过分。虽然钱氏没有建构一套什么理论体系，但这并不能说明他不能为，而是不欲为。关于理论体系，钱氏曾有云："许多严密周全的思想和哲学系统经不起时间的推派消蚀，在整体上都垮蹋了，但是它们的一些个别见解还为后世所采取而未失去时效。好比庞大的建筑物已遭破坏，

① 罗亭辑：《钱锺书书札书钞（资料）》，见《钱锺书研究》第三辑，文化艺术出版社1992年版，第316页。

住不得人也唬不得人了，而构成它的一些木石砖瓦仍然不失为可资利用的好材料。往往整个理论系统剩下的有价值东西只是一些片段思想。脱离了系统而遗留的片段思想和萌发而未构成系统的片段思想，两者同样是零碎的。眼里只有长篇大论，瞧不起片言只语，甚至陶醉于数量，重视废话一吨，轻视微言一克，那是浅薄庸俗的看法——假使不是懒惰粗浮的借口。"①又云："在历史过程里，事物的发展往往跟我们闹别扭，恶作剧，推翻了我们定下的铁案，涂抹了我们画出的蓝图，给我们的不透风、不漏水的严密理论系统捅个大窟窿。通常说'历史的教训'，仿佛历史只是严厉正经的上级领导或老师；其实历史也像淘气捣乱的小孩子，爱开玩笑，捉弄人。有机会和能力来教训人，笑弄人，这是历史的胜利；很少人听取或听懂它的教训，几乎没有人注意和在意它的笑弄，那是历史的——失败。"②正因为有此见解，所以他的研究始终围绕着一个个具体的人文现象而进行，兴趣在于对具体的学术问题进行考辨。他并不是在一般意义上反对理论体系，只是反对那种套用各类仅仅是一隅之见的片面的理论或定义，将问题简单化以图取省事，而主张要深入到现象之内部，深入到逻辑背后中去，以有真正的学术发现。他与"朴学"之间在学术范式上的差异是无需多言的，而对于"朴学"之态度，参照他的有关议论亦可了然③。因而，理论体系在钱锺书的著作中如"水中之盐"，而非"眼中金屑"。也正因为如此，钱学更具有思想原创性，给研究者留下非常广阔的阐释空间。

有必要指出，钱学方法论之背后，隐含着一种思想义脉，就是谙熟事物间一与多、一贯与万殊之辩证关系。如果我们将规律之道视为"一"、"一

---

① 钱锺书：《读〈拉奥孔〉》，见《钱锺书散文》，浙江文艺出版社 1997 年版，第 223 页。

② 钱锺书：《汉译第一首英诗〈人生颂〉及有关二三事》，见《钱锺书散文》，浙江文艺出版社 1997 年版，第 365 页。

③ 钱氏有云："乾嘉'朴学'教人，必知字之诂，而后识句之意，识句之义，而后通全篇之义，进而窥全书之指。虽然，是特一边耳，亦祗初桄耳。复须解全篇之义乃至全书之指（'志'），庶得以定某句之意（'词'），解全句之意，庶得以定某字之诂（'文'）；或并须晓会作者立言之宗尚、当时流行之文风，以及修辞异宜之著述体裁，方概知全篇或全书之指归。"（见《管锥编》第一册，中华书局 1979 年版，第 171 页）又云："眼孔生得小，视界想来不会远大，看诗文只见一个个字，看人只见一个个汗毛孔。"以及"训诂音韵是顶有用、顶有趣的学问，就只怕学者的头脑还是清朝朴学时期的遗物，以为此外更无学问，或者以为研究文学不过是文字或其他的考订。朴学者的霸道是可怕的"。（见《释文盲》，《钱锺书散文》，浙江文艺出版社 1997 年版，第 49 页）

贯”，那么它实际上是通过宇宙间事物之“多”、“万殊”而体现出来的，整体包含在具体之中，具体各自从不同角度显现整体，此正所谓“一多相依”、“一贯寓于万殊”，事理、物理如此，哲理、文理亦无不如此。而钱氏正是以其彻悟事物间的这种关系而形成了他思转自圆的思维方式和方览圆闻的治学特点，在中外人文思想之瀚海中畅游，以自己的学术根性和一双思想慧眼，游刃有余地与种种人文难题周旋，无不切中肯綮，堪称斫轮高手。他对中外文心、诗心和哲理、心理的抉剔发微工作，目的就在于从具体现象的分析中见出规律之道来。

一种人文理性的形成自有其主体的内在逻辑，一种学术范式的创立亦有其观念与知识结构的背景，而这种人文理性与学术范式一旦与历史的需求相契合，即可成为共享性文化资源，通过对钱锺书文化通变观与学术方法论的体认，我们有理由相信“钱学”已经成为当前人文研究领域的一种共享性资源。由于特殊的社会政治、文化方面的原因，在 20 世纪 80 年代之前，“钱学”所独具的人文理性和学术精神与方法，基本处于边缘化的位置，但是当历史回复到理性发展的轨道上之后，“钱学”的意义便可立即显现出来。尤其是在世纪之交的今天，在我们反思百年中国人文学术历程的过程之中，“钱学”必将成为一个重要的话语，通过深入的研究，一定可以从中发现许多可资借鉴的东西，它们对于中国当代人文科学的发展无疑具有深远的意义。当然，我们不应该将任何一个学术大师视为学术神话，对于钱氏亦应如此，而事实上在近年的一些关于 20 世纪几位学术大师的研究中，这种倾向并非不存在。

（原载《中国社会科学》1999 年第 4 期）

主导多元　综融创新

从20世纪50年代至今，敏泽在学术园田里的辛勤耕耘已逾半个世纪之久了。在这半个多世纪的岁月里，敏泽不但以自己的勤学敏思、精心笔耕，为当代中国的文学、美学研究贡献了许多富有学术原创性的论著，成为文学理论批评和美学研究领域的一个重要的学术开拓者，而且亲身经历了我国文艺界的一系列重大的历史事件，担当了一位历史见证人的角色。作为文学、美学研究方面的学术大家，敏泽的学术成就是多方面的。他的研究范围涉及中国古代文学理论批评史、中国美学思想史、文学和美学基本原理、当代文学评论以及文化理论与批评等诸多领域，并在这些领域俱取得了不俗的学术成果，其中既有系统深入地研究阐述我国传统文学理论批评和美学思想发展历程的鸿篇巨裁，又有勇于探索文学和美学基本原理方面重要问题的创新之论，还有密切关注当下文学创作和文化发展中现实问题的敏锐之作。史家的深沉，理论家的勇气，批评家的敏锐，三者集于一身，由此而形成了他具有自己独特品格的治学方略。学术视野开阔，理论、历史、现实并重，使他的学术研究体现出一种综融而广博的大气象。

在谈到自己的治学经验时，敏泽曾经这样说道："在科学研究上，首先应该重视的，是品格的锻炼和培养的问题。有了这一精神和态度，就敢于不怕权威或地位，不怕刮风，不怕科学地否定既成的结论，使你勇往直前，义无反顾。科学研究上的真正成就与科学的精神和品格，总是相辅相成，相得益彰的。"①他还认为学术研究："固然应该继承前贤往哲一丝不苟的严谨治学态度，但方法上也确实应该随时代之前进不断更新和开拓。"②在半个多世纪的学术生涯中，敏泽就是这样始终不懈地追随着当代中国先进学术文化的前进步伐，在文学、美学研究领域以科学求实的精神孜孜不倦地思想着、探索着。在总结自己的学术经验时，敏泽如此讲道："文字生涯，

① 敏泽：《治学琐谈》，见《古典文学知识》1986年第6期。

② 敏泽：《研究古代文论点滴谈》，见《文史知识》1985年第7期。

冷暖自知。问学数十载,感慨良多,难以三言五语概之。简言之,一要一以贯之,既不可以朝秦暮楚,更不可以临风弄姿(例如依靠某种龙卷风起家却又毫无任何内疚地奢谈什么"龙卷风"之类);二要虚怀若谷,既要善听忠告,有错必改,又要能够坚持己见,不怕人非,不惧躲在阴沟里造谣言、施暗箭之类;三要多点辩证法,少点形而上学,而这在我们的几十年现实生活和学术活动中,又恰恰是一种积习难改的痼疾。"①作为一个当代著名的文学理论家、美学家,敏泽在20世纪中国文艺学、美学研究学术史上留下了自己的深深的足印,总结、探讨一下他的学术成就及其治学特点,可以获得多方面的启迪,因而是一件很有意义的事情。

一

《中国文学理论批评史》和《中国美学思想史》两部著作,为敏泽的学术代表作。这两部著作自20世纪80年代问世以来,便在国内外学术界产生了广泛的影响,对于推动中国文学批评史、中国美学史学科研究的发展起了积极的作用。敏泽是从1958年以后才专门从事传统文论和美学思想研究的,虽然起初他从事的是新文学理论批评和美学原理方面的研究,但是已经"深深感到清理和批判地继承我国古代文学理论这份极其丰富的遗产,对于建设具有我国民族特点的马克思列宁主义文学理论的重要性和必要性"②。1957年,他"有幸"被划为右派,政治上一旦成为另类,便失去了从事文学评论和美学理论研究的资格,于是转向故纸堆,开始了对传统文学理论批评史和美学思想史的研究。

在当时的政治文化气氛中,研究环境之险恶和条件之艰难,可想而知。但是,敏泽却能依靠自身的一种超常毅力,于"文革"前夕完成了《中国文学理论批评史》的初稿撰写工作。该书初稿在"文革"初期遗失了后面的部分,"文革"后期只好在极端困难的情况下加以补写,后又经过多次反复修改定稿,全书分上下册,凡70余万字,于1981年由人民文学出版社印行。该著在前辈学者研究的基础上,将中国文学批评史的研究向前推进了一大步。该著能引起学界的关注与好评,主要在于:(1) 改变了以往的中国文

---

① 敏泽:《文化·审美·艺术——论文三辑·后记》,山西人民出版社2002年版。

② 敏泽:《中国文学理论批评史·后记》,见《中国文学理论批评史》下册,人民文学出版社1981年版,第1187页。

学批评史研究仅仅着眼于诗文理论的局限，以相当的篇幅梳理、阐述传统戏曲文学理论批评和小说理论批评的发展历史及其内涵与特点，从而拓展了传统文论史研究的疆域。(2) 注重考察各个历史阶段的思想、文化特点及其对文学理论批评发展的影响，书中讲述每个断代时期文学理论批评嬗变情况时，在《绪论》部分均对该时期的社会和思想文化语境特点予以分析，并具体指出该时期的文论思想受其影响而呈现出的新内容与特点，而在阐述文论家或文论著作的内容和特点时，也注意分析其与所处的社会思想文化语境之间的蛛丝联系。(3) 以翔实的历史文献为支持，善于理论逻辑方面的分析概括和整合建构，从纷纭复杂的文学理论批评史料中，理清脉络，分清主次，剪裁取舍，以理论批评家为经，以文学或文学理论批评的问题和文学理论批评概念范畴为纬，既注重揭示文论思想演变过程中的相互联系，即前后历史时期之间的发展脉络关系，或某一文论思想在不同历史阶段的演变状况，又注重同一时期不同文论家之间的相互比较，如此的进行多维度的整合建构，经过双重历史还原①，从而提供了一个既符合中国古代文论的历史原生态面貌而又充满现代体认特点的关于传统文学理论批评发展演变历程的文本。(4) 着力于梳理、阐释传统文论固有的重要概念、范畴的萌生和发展演变情况及其内涵特质，尤其注意考察它们在不同阶段以及不同的文论家的言说中所呈现的不同面貌，从而既清楚地描述出它们的历史发展轨迹，又对它们的内涵和特点作出了准确而有深度的理论阐述。这些方面，均可以看做是该著作的学术创新之处。

然而，该书毕竟实际上成书于“文革”之前，由于作者当时“摘帽右派”的特殊身份和艰窘处境，整个书稿在资料搜集方面和撰写过程中遇到了难以想象的困难，加之受当时极“左”思潮的影响而导致的认识上的局限，使得在一些问题的认识上无可避免地留有时代的印痕，或者使得一些应该实事求是叙述的问题，不能秉笔直书，有的甚至就是不得碰的禁区。该著出版时，作者已经认识到了这方面所存在的许多问题，但已无法加以大的改

---

① 今人撰写史著，俱是在对历史文本加以现代阐释的基础上为之，其中便存在着一个历史还原的问题，而这其中又包含两个方面的还原，一是讲求视界融合，忠实地解读古人，务使所阐述出来的内容符合古人的原义；一是将古人的文论话语放在历史发展的链条中加以考察，看他在哪些方面承继、沿袭了前人的话语，哪些方面提供了自己的话语，为文论史增添了新的内容，从而在文论史上给他一个准确的历史定位，笔者称此为“双重历史还原”。

动。所以印行两版之后，鉴于所存在的缺点和不足，便建议暂停再版，而予以修订。实际上，从1980年起，敏泽即开始着手该著的修订工作，历时十载有余，终告成功，并于1993年改由吉林教育出版社刊行。该书的修订，要而言之，一是修正了一些欠妥之处，如对原先过多的强作阶级划分和唯物、唯心划线之处的修正，以及没有必要的现实主义、浪漫主义标签贴粘之处的删落；二是增加了一些章节和大量的新资料和观点，其中增加内容最多的是小说理论，其次为戏曲理论和词论。对于过去被作为禁区的，如钱谦益、曾国藩等，都实事求是地作了补充；应写而未写及的，如李兆洛、潘德舆等，也作了必要的补写。原先失之简略的，也都作了尽可能的补充。对于文论史上那些散见的、零星的而又具有重要的理论意涵问题，也都予以钩稽和耙疏，如关于"春秋笔法"及其对后世文学理论的影响，以及意象问题等①。并且，在对一些理论问题作分析时，增加了中西文论比较内容。每一断代时期的绪论部分，内容也得到了进一步的加强，对每一时期的文学理论特点、新的概念范畴的诠释，尽可能地予以充实、丰富。经过修订之后的《中国文学理论批评史》，其学术创新的特点更加突出。也正是因于这些学术创新，使得该著成为一部超越前贤之作，为传统文学理论批评史的书写提供了一种新的范型，从而在自20世纪初开始的中国文学批评史书写的学术史中获得了自己不可移易的位置。

敏泽的传统文学理论批评史的研究成果，除上面所叙而外，尚结集出版有论文集《形象·意象·情感》，其中收有专论中国古代意象理论、"春秋笔法"对后世文学理论的影响、佛学输入对艺术形象理论的影响、古文论中的情感理论，以及论《文心雕龙》之"道"、论叶燮《原诗》、论传统文论中的"真"与"幻"等重要问题的论文，他的论文三集《文化·审美·艺术——论文三辑》中也收有一部分传统文论研究的成果。除此而外，他还为由湖南教育出版社推出的《中国思想史》丛书主编了《中国文学思想史》(上、下卷)一书，其中他本人撰写有近20万字的内容。这些富有原创性的研究成果，

---

① 敏泽对于"春秋笔法"及其对后世文学理论批评的影响问题，以及中国古代意象理论问题的研究，系受钱锺书先生的启发和指点而来，分别参见《中国文学理论批评史·序》(修订本)及注①，以及《关于钱锺书先生二三事——与钱先生交往回忆之一》(见《钱锺书研究集刊》第2辑)。其研究成果，除体现在该书修订本的相关部分之中，又分别撰写了《中国古典意象论》、《试论"春秋笔法"对于后世文学理论的影响》两篇论文，收于其论文集《形象·意象·情感》(河北教育出版社1987年版)。

与他的《中国文学理论批评史》一道，为20世纪以来的中国文学理论批评史研究学术史增添了一道亮丽的色彩，为今后的传统文论研究提供了珍贵的学术资源。

二

敏泽的《中国美学思想史》是目前所见最为成熟的一部中国美学史著作，也是一部充分展示了著者的学术个性和在传统思想史、文化史、艺术史方面之深厚造诣的精品之作。该书的撰写与《中国文学理论批评史》的修订实际上是同时开始的，历时8年之久方告杀青，如果算上准备期则所用时间更久。全书共3卷，约150万字，由齐鲁书社于1989年出齐。该书格局宏巨，体例严密，史料翔实，持论精当，体现出作者对于中国美学史研究之目的、方法、历史分期，以及对于传统美学思想体系之总体特征和发展规律、各个历史时期美学思潮流变、重要美学概念范畴之萌生和演变、各家各派美学思想和各种艺术门类的美学精神演化等问题的系统而深入之考察与把握和卓有见识之诠释和描述。

敏泽之撰写传统美学思想史，除了力避与传统文学理论批评史的重叠雷同而外，还达到了方法论上的自觉。他认为，中国美学史的研究必须具有一种文化的眼光，要把整个美学史放在中国文化的背景中来考察；中国美学的特点要从中国文化的特点、从审美意识的起源和形成谈起，否则便讲不清楚中国美学的体系及其特点。为此，他做了艰苦而长期的准备工作，对史前史、考古文物、各时代的社会风貌和文化、思想特点，乃至传统文学艺术的总体特点加以认真的研究把握，在深思之中参悟其精神实质。同时他又认为，要在中西比较的过程中来分析、总结中国美学的特点，亦即要在世界美学的视野中考察中国美学问题，以利于总结出中国美学在观念意识和思维认识方法上的独特性，乃至整个中国美学体系的特点和中华民族审美心理结构的独特性。他还认为，在研究中除要努力做到历史与逻辑相统一外，还要充分吸收社会科学和自然科学的新观念、新方法，如文化人类学、心理学等，以增强研究的当代性，帮助发掘出新的历史内容。但对于那种尚无真正了解，而生搬硬套的做法，他又十分地反感。正是在这样的学术理念和方法的导引下，敏泽对中国美学思想的总体特征作出了自己的体认，他认为中国美学体系及其特征的形成，可以用三句话来概括，即“以法自然的人与天调为基础，以‘中和之美’为核心，以宗法制的伦理道德为特色”①，第一句讲的是哲学基础，其分布于中国美学的各个流派之中；第二句讲的是基本风格，其作为一般精神，渗透在中国美学的具体内容之中；第三句讲的是价值取向，其根植于从原始社会起就与西方不同的血缘氏族关系、伦理道德意识特点。要言不烦，堪称精湛。

《中国美学思想史》一书，对传统美学史的研究和书写，提供了足资借鉴的学术经验：(1) 从丰富的美学、文化史料出发，注重历史还原基础上的整合建构，对中国美学思想提供了富于创造性的历史描述和内涵阐述，表现出了建立在渊博知识上的深沉的历史眼光和精深的理论识力。(2) 注意对文化氛围的考察，把研究中国美学思想的特点与探讨中国文化精神的特点融合起来，在文化史的大背景下认识和阐述美学思想的生成和演变。如分析中国美学思想体系的形成，先考察西周以来文化与人的觉醒与人的觉醒为标志的新文化意识之发生与发展；又如对“中和之美”的分析，亦能从哲学、文化思想、文化心理结构、伦理道德、思维机制等多方面、多角度加以综合研究。在介绍每一断代时期的美学思想之前，都加一绪论，详尽地介绍该时期的文化、思想、文学艺术发展特点，如魏晋南北朝时期的绪论竟然占了四章，分别介绍了其时玄学兴起之后儒、道、释思想之间所呈现出的新关系及其对美学思想的影响，贯彻了在一定的文化气候中分析、把握当时的美学思想的宗旨，从而充分地揭示了美学思潮变迁与文化氛围、人的文化心理结构发展之间的密切联系。(3) 该著对于传统美学思想发展历史的叙写，所采取的方法基本上为略小存大、举重明轻的治史方法，以便突出中国美学体系的特点和历史嬗变的规律。但是，对那些片言而蕴美学精义的古人之简短谭语，并未因其小而摈弃之，而是惜之唯恐不及，纳入视界，剔抉爬梳，钩玄探幽，遂成不凡之响。如受钱锺书《管锥编》之启发，在第 1 卷第 11 章中从先秦典籍中钩稽出诸如写忧造艺、杂糅情感、通感以及含混美与含蓄美等鲜为人注意的问题，予以精到的解析。(4) 不满足于仅作平面的历史描述和内容疏讲，而是十分注重揭示各家各派美学观念与所处时代之文化思潮、美学思潮以及整个美学史发展链条、规律的关系，以及揭示各时期美学思想与当时的思想文化的关系，较好地处理了点与面、点与线、纵与横之间的关系，故对中国美学思想发展的历史进程与规律特点、

---

① 敏泽：《中国美学思想史》第 1 卷，齐鲁书社 1987 年版，第 88 页。

各时期美学思潮之特征、各家各派有代表性的美学思想的内涵特质作出了说明。(5) 注重对重要美学概念、范畴、命题的整理和阐释，如第1卷第20章即以“新的美学观念的诞生和形成”为题，对魏晋南北朝时期的“气韵”、“形神”、“风骨”、“象外”、“境界”等重要美学范畴的产生、发展演变轨迹及其内涵作了析解，第2、3卷亦对诸如“兴象”、“兴寄”、“意象”、“味”、“韵”等范畴作了诠释，无不洞幽烛微，机杼独发，见前人所未见。(6) 在历时性和共时性两个维度上考察美学思想的流变，最突出者莫过于对一系列美学范畴的研究，既梳理其历时发展情况，又辨析其共时特点，即在同一时期的美学家那里，或在诗、文、书、画、乐、舞等各个艺术门类中的流布形态。同时，还对一些相邻或相近的概念、范畴的不同内涵予以考辨，如对于“意象”与“意境”的辨析。(7) 坚持历史与逻辑辩证统一的态度，在书写过程中最大限度地还原中国美学发展演变之完整的历史形态，以见出其原生态样式，并具体分析和描述形形色色的美学见解如何依次作为一个辩证否定的环节而存在，后起的美学话语在接受前人思想成就的基础上又如何超越之，准确地再现了传统美学思想发展中的“滚雪球”现象。敏泽在该书中对于清代叶燮美学理论体系，以及石涛的“一画”论绘画理论等专题的诠解，也备受学界称道。此外，他还发表了一系列专题论文，如《关于传统美学批评的两种标准问题》、《中国传统艺术理论体系及东方艺术之美》以及《“再现”与“表现”的中西美学比较研究》①等，澄清了美学史上一些具有重大理论意义的问题。

《中国美学思想史》曾获国家图书奖和中国社会科学院优秀科研成果奖等多种奖项，并被翻译成韩文在韩国出版。近年以来，因《中国美学思想史》要收入湖南教育出版社的大型丛书《中国思想史》系列之中，敏泽又对该书进行了一次修订，增加了10余万字的篇幅，使其在内容和注释体例以及引文版本等方面更趋完善。总之，《中国美学思想史》一书，已成为传统美学史研究的奠基之作，标志着中国美学史学科建设已渐趋成熟，其在体例和内容方面的创新之见，正在对近年来这方面的研究产生着积极的学术意义。

---

① 分别见《文艺研究》1989年第4期、《文学遗产》1994年第3期、《外国美学研究》1985年第2期。

三

除了两部史著而外，敏泽在文学和美学基本理论研究以及当代文学评论方面亦有浓厚的学术兴趣，半个世纪以来一直笔耕不辍，发表了大量识见精卓的论作，如专著《文学价值论》以及论文集《主体性·创新·艺术规律》、《文化·审美·艺术——论文三辑》①等，在哲学思辨、理论建构方面体现出较高的学术水准，表现出了理论家的深刻和批评家的敏锐以及强烈的社会责任心。

在文学理论研究方面，敏泽对诸如文学的本质规律及其特征、现实主义与“典型化”原则、文学与人性、人道主义和“异化”及其与文学之关系、文学的继承与创新关系、文学主体性、民族特色的马克思主义文论体系建设、全球化语境与文论发展关系等重大理论问题，文学价值论体系建构问题，以及文学批评的原则和方法问题，都进行了深入的探讨和阐发。在 20 世纪 50 年代，敏泽对文学的本质及其特征的认识，主要体现了他的现实主义文学观。他认为：“艺术，是现实的艺术的反映；艺术美的根源在于客观现实，因而要求艺术最真实、最深刻、最完满地反映现实。”并申明：“现实主义的再现现实，绝不意味着抹杀艺术家的灵感对于创作所起的作用。”②但总的来说，受当时的文艺思潮和认识条件的影响，其在理论的表述上，尚存在着过分强调反映功能而或多或少地忽视主体表现特征的缺陷。新时期以来，敏泽对文学的本质特征的认识得到了系统的展开。他在不抛弃现实主义文学观念的前提下，更深入到文学创作活动的内部，揭示出实质性和规律性的东西，使其现实主义文学观念得到了必要的深化与更新。他曾在《关于艺术特征的问题》一文中对包括自己在内的原有的文学观念作了深刻的反思：“多少年来，我们常说艺术的对象是客观现实，这是完全正确的，却又是十分不够的。因为这一提法概括了艺术的来源，却并不能区分艺术与哲学、政治、科学的界限，而只说明了它们相同的部分。”关于艺术的本质特征，他认为：“艺术之所以为艺术，首先是由于它研究和描写的对象是现

---

① 敏泽：《文学价值论》，社会科学文献出版社 1997 年 1 月初版，1999 年 1 月修订再版；《主体性·创新·艺术规律》，人民文学出版社 1988 年 3 月初版；《文化·审美·艺术——论文三辑》，山西人民出版社 2002 年 4 月初版。

② 敏泽：《主观唯心论的美学思想》，见《新建设》1957 年 3 月号。

实社会中的人，人的思想、情感、命运、灵魂和情操，而并非一般的社会现实。”①可以看出，这一重新界定比之认为“艺术是现实的艺术反映”，克服了只注意到文学艺术的表现特点而忽略了其对象特点以及失之笼统的不足，更加符合文学艺术的本体存在状态。关于文学的继承与发展的关系，敏泽曾作过不少的论析。他指出，“创新是艺术发展的必然”，“文学发展的历史，就是作家、艺术家们不断创新的历史”。他在充分肯定借鉴和移植外来艺术经验对创新的必要性的前提下，有针对性地强调了继承民族优秀传统与创新的关系，指出“一个伟大的、世界性的作家，都必然首先是本民族的，才能成为世界性的”②，“不能把坚持和发展民族传统和借鉴吸收外来艺术经验形而上学地对立起来”③，所以，在确立我们的文学发展观时，就不能对民族传统抱虚无主义的态度，不能只做横向的移植，而不要纵向的继承。敏泽还通过对“五四”文学及鲁迅等人的文学道路的分析，指出“五四”新文学的出现和发展，在“总体上并不是民族文学冲突的否定，而是民族传统在新的历史条件下的一种丰富和发展”，“外来文化、文学和传统文化、文学，深刻的批判传统和继承发扬传统这种对立因素的独特、奇妙而又浑然一体，正是鲁迅成为一代巨人的重要因素”。④ 关于人性、人道主义、“异化”问题，早在20世纪50年代，敏泽就曾试图从人性的角度认识“共同美”，但当时的历史条件没有允许他走多远。20世纪80年代初期，在人性、人道主义问题仍属于理论禁区之时，他便果敢地撰写了《论人性、阶级性和文学》、《论思想和文学领域中的“异化”及抽象人性、人道主义的问题》⑤等文，重点探讨了人性、人道主义、“异化”及其与文学、美学的关系，对这方面的一些相关的重要问题作出了理论澄清。敏泽认为，中国当代文论、美学体系的建构和发展，要处理好传统与现代、中与西的关系，在坚持马克思主义的原则指导的前提下，汲取传统文论的精华，广采博纳包括西方现当代新兴人文学说在内的西方文论、美学、文化中的有益成分，予以融会贯通，在综融的过程中实现创新之目的。这种见解，贯彻在他的一系列

---

① 见《新文学论丛》1980年第2期。

② 敏泽：《艺术的创新问题》，见《文学评论》1981年第3期。

③ 敏泽：《关于民族形式》，见《光明日报》1983年5月5日。

④ 敏泽：《鲁迅对待民族文学传统的态度》，见《中国社会科学》1983年第1期。

⑤ 敏泽：《论人性、阶级性和文学》，见《文艺理论研究》1981年第1期；《论思想和文学领域中的“异化”及抽象人性、人道主义的问题》，见《昆仑》1984年第1期。

论述当代文论话语本土化和全球化与新世纪文论走向的论文之中。

四

从20世纪90年代以来，随着我国社会的结构性变化，以及经济全球化之影响，文化发展问题成为学界普遍关注的一个热点话题。敏泽出于一个理论工作者的责任心，也开始思考中国当代文化发展的战略性问题，并密切关注当下文化的状态和所存在的弊端，撰写了一系列论文。敏泽的文化理论研究和文化批评，亦体现了理论视野开阔、逻辑分析缜密和综融广博的特点。在他的讨论文化发展中的古与今、中与西关系的一些文章中，这种特点表现得尤为突出。中西文化关系是现代中国面临的一个极其重要的文化学问题。虽然中西在文化上早有接触，但是，如果从“问题”史的角度来看，中西文化关系在中国文化中成为突出的“问题”，却是在近代的晚清，中西文化关系恰是在中国文化处于极端的危亡乃至屈辱中成为一个尖锐的问题、成为中国知识分子挥之不去的一个情结的，而这一问题的彻底解决恐怕要等到中华文化的全面复兴之时，那时中西文化问题对中国来说才不成其为问题，正如美国人现在不会把美中文化的关系视作一个极其尖锐的问题一样。“五四”新文化运动没有也不可能彻底解决这个问题，随着新世纪改革开放的不断深入，尤其是在20世纪80年代以来的文化论争中，这一问题又一次尖锐地突现出来。我们今天乃至在未来一个较长的时间内恐怕也不可能解决这个问题，但我们可以找出朝着解决这一问题发展的方向。为此，敏泽在《综合创造论与我国文化与美学及文论的未来》等论文中提出“融通中西，连类古今”的“综合创造论”的努力方向。

敏泽文化观念的综融态势，始终在时间与空间两个维度上展开，就综合创造论产生的背景来说，在时间维度上，他揭示历史处境的不同会影响知识分子对中西文化关系的看法，晚清至于“五四”乃至当代，在西方强势文化的过大压力下，知识分子在焦灼的心态下往往或偏执于“西”，或偏执于“中”，在两种极端中跳荡。敏泽特为推崇徐光启“欲求超胜，必须会通”的文化态度，而这恰是因为晚明西方文化尚未对中国文化形成压力之势。这样，敏泽便实际上向我们清晰地梳理出了中西文化关系的问题史，如果将其本人的综合创造论也同样置于这一问题史中，则我们要说，今天提出综合创造论适逢其时，因为中国综合国力的不断提高，为我们的文化心态相对平和起来奠定了一定的现实基础。时间维度赋予综合创造论以历史深度。在空间维度上，敏泽又指出，综合创造论是针对“全盘西化”、“西体中用”、“儒学复兴”、“重构”等时下的各种文化理论提出的，可以说有着极强的问题意识。就综合创造论本身而言，也是在“时间的古今问题”与“空间的中西问题”两个维度上展开的。在中国文化内部，敏泽针对新儒家理论，提出儒家以外还要综合道、释等文化资源，此可谓空间上的综融。中国文化传统尚有近现代的传统也需要综融，此可谓时间上的综融。正是这种时空的双向综融，使综合创造论一方面呈现出博采广纳的大气，另一方面也呈现出清晰、严密的逻辑系统性。再一方面，敏泽的综合创造论并非仅仅是一种纯理论的建构，他把钱锺书先生视作综合创造论的具体实践者，他的几篇钱学研究的论文堪称综合创造论精彩的个案研究。

事实上，“综合创造论”也可谓敏泽对自己学术研究总体方法的一种总结。他在《哲学研究》上发表的一些论当前文化、社会科学与自然科学关系的论文也体现了理论研究综融广博的特点。他既有理论家的深刻，同时也有批评家的敏锐。一个批评家的敏锐还体现在对自身所处历史环境特性的准确把握上。中国人文学者当下的历史处境是：内，面临着市场化；外，面临着全球化。由此给当下的人文学术界提出了一系列新的研究课题。在许多文章中，敏泽针对当前文化发展中所存在的一些问题，旗帜鲜明地发表了自己的批评意见，回应了现实对于理论研究所发出的挑战，并且能始终坚持马克思主义的立场和方法，坚持民族主体精神，在今天文化开放、价值多元的社会语境中，坚持这样的文化立场，显得尤为难能可贵。

五

敏泽的学术思路有三个特点自始至终体现得非常明显：一是非常重视对艺术本质规律及其特征的揭示；二是致力于马克思主义民族化的文艺理论体系的思索与建构，具体包括在从事古典文论研究本身和论析一般文学理论问题时能把历史与现实、古与今沟通起来，立足于当代的高度，向古代文艺理论的精华进行必要的认同，以推动理论的向前发展；三是追求现实感与历史感的互相渗透、和谐统一。

经过长期的积累，敏泽在治学道路和研究方法上形成了自己的特点。他取径较广，文学、美学、文化共治，理论、史述、评论兼及，以求视野广阔，理解全面。他主张：(1) 微观与宏观相结合。认为要汲取传统学术经史子集兼攻，不画地为牢局于一隅的长处，以及西方人文学科的总体研究、系统研究、比较研究的方法，以利于打破各学科间的藩篱，弥补条缕割析的弊端。其《我国古文论中的情感论》、《“模仿”与“表现”的中西美学比较研究》①等论文就是这方面的很好的尝试。(2) 沟通古今、中西，揭示诗心、文心的规律。前者之例如在论析文学特征时注意文学观念的历史延伸性，以古启今，以今鉴古，说明从古人的“情性”、“中有本主”到今人的讲论“主体性”实际上正是一条观念的长河。后者之例如指出王夫之的“作者用一致之思，读者各以其情而自得”与西人“接受美学”实属同旨。(3) 汲取、借鉴新观念、新方法。敏泽曾云：“固然应该继承前贤往哲一丝不苟的严谨治学态度，但方法上也确实应该随时代之前进不断更新和开拓。”②如指出“文气”即为文者临文时之精神心理状态，气盛则言宜，气馁则言败，这实际上是借用心理学知识与方法来剖析与阐述。(4) 博搜厚积，熔炼消化。为学要有广博的蓄积，要善于熔炼、吸收和消化，博约相济，弃粗取精，是敏泽一贯遵奉的治学原则。他的曾博得海内外学者称赞的《魏晋至唐关于艺术形象的认识——兼论佛教输入对于艺术形象理论影响》和《中国古典意象论》，就是在留心采撷的基础上经过一番淘洗钩稽之功，遂累腋而成裘。

（原载《文学评论》2003 年第 4 期）

---

① 前者见《古代文学理论研究》第四辑，上海古籍出版社 1981 年版；后者见《外国美学研究》1985 年第 2 期。

② 敏泽：《研究古代文论点滴谈》，见《文史知识》1985 年第 7 期。

如何阐释和表述传统文论范畴

范畴研究对于中国古代文论研究的意义和作用，在 20 世纪 90 年代以来得到了方法论意义上的自觉，并且带动了当时的研究，对中国古代文论研究的学术深化产生了积极的推动作用。但是新世纪以来，随着整个学术和思想文化语境的变迁，范畴研究的学术价值在一定程度上受到了一些质疑，究其原因，不外有二：一是阐释向度的单一，尤其是一味地采取“以西解中”的诠释方法，从通行的文学概论教科书的概念和定义出发，寻找传统文论中的某一范畴进行一番内涵阐述，而最终的结果则难免将传统文论范畴作为西方文论的一个注脚，以印证西方文论之普适性意义。二是学术视界的狭窄，将所要阐释的对象抽离于其所产生和形成的文学史语境、文论史语境以及哲学和思想文化语境，而仅仅满足于作一番断章取义式的、抽象的理论话语推阐和演绎。因此，问题的实质不在于要不要进行范畴研究，而在于如何来研究它，也就是在传统文论范畴研究中我们应该如何来阐释和表述它。

笔者在近年来一直主张，我们今天的传统文论研究，要注重中与西、古与今等不同文化视界之间的良性深度融合；要回到传统文论自身的文化原点，回到影响传统文论产生和发展的文学史语境、哲学文化语境、学术史语境以及价值论语境中来，以此而推动新世纪的中国古代文论研究进一步走向深化。在传统文论范畴研究中，我们更是需要这样的一种学术自觉，并且寄希望于通过这一学术途径来帮助我们摆脱当前传统文论范畴研究的尴尬处境。近来，笔者拜读了刘方喜博士的《声情说——诗学思想之中国表述》一书，除了知识学方面的收获而外，深感该著在传统文论范畴研究的学术方法和理念方面也给我们提供了许多有益的东西。因此，不揣浅陋，通过该著之特点和学术成就，结合笔者平时所思考的关于传统文论范畴研究的学术方法论的一些问题，就如何阐释和表述传统文论范畴这一问题，谈谈自己的一得之见，以就教于大方之家。

一

《声情说——诗学思想之中国表述》(知识产权出版社 2007 年版)一书近 60 万字,是刘方喜积近十年之力,广为搜罗原始文献,反复推敲、潜心研究、精心结撰而成的。置于中国古代文论现代研究的学术史中来看,该书在学术方面作出了不少新的拓展,体现了新世纪以来传统文论范畴研究在学术理念和方法论探索方面所呈现出的一些新气象。

从研究内容上来看,该书首先是有关中国古代文论范畴的一种研究,该书的研究定位是:提升一个"范畴"("声情"),揭示一个"系统"(以"文"为轴心的"汉语诗学形式范畴系统"),即把"声情"提升到与"意象"相并列的高度,并进一步探究这两个范畴与另一重要范畴"神韵"的内在逻辑关联,将这三大范畴同时置于以"文"为元范畴的"形式序列"("未形→有形→无形")与"功能序列"("不尽意→尽意→意无穷")及这两个序列的相互作用中来考察。诚如该书所指出的那样,"意象"在古代文论范畴研究中得到了较为充分的展开,而"声情"范畴则几乎是研究中的一个空白点。该书以较为充分的原始文献,揭示"声情"及相关范畴"声气"等在古代诗论中有着较高的使用频率,并从多方面揭示"声情"论之于汉语古典诗学理论体系的重要性和基础性。从总体上来说,该书基本上达到了预先设定的研究目的。"声情"确乎是与汉民族文化精神传统相关、能体现民族特色的一个重要而基本的诗学范畴,该书扩大了汉语诗学的核心范畴,丰富了中国古代文论范畴方面的研究,具有一定的填补空白的意义。

笔者以为,近一个世纪的中国古代文论的现代研究历程,基本上是在批评史研究、理论专题研究和范畴研究三个方面展开的,而范畴研究不单单是为了描述、还原研究对象,更是为了考察、阐释中国古代文学理论的发展历史和内涵特质,所以不但是探讨整个中国古代文学理论体系的一项基础性工作,而且对于当代文论的建构亦具有提供理论资源的不可替代的作用。总体来看,目前学术界在对中国古代文论范畴体系及其结构特点的整体把握方面力度尚嫌不够,有的甚至缺乏这方面的自觉意识,该书在这方面则有着较强的自觉意识,把"声情"、"意象"、"神韵"等诸范畴置于以"文"为元范畴的体系中来分析,能从整体上揭示中国古代诗论尤其形式理论内蕴的逻辑依据、结构方式与次序以及中国传统的知识特点和思维义法等,使其中的"潜体系"转变成了"显体系",有利于我们今天更清晰地把握古代诗歌理论的内在理路。传统文论范畴的形成与发展演进，与文体的发展演变联系密切，后者推动、促进了前者的发展和成熟，该书揭示"声情"范畴论的发展与诗歌这种体裁的发展密切相关：声情论潜孕于儒家强调诗乐交融、重视声教等诗学传统之中，在创作实践上，唐诗的一大审美特征正是声情茂美，而声情范畴论最终也就正是在明人尤其格调派对唐代诗歌体式特性的理论总结中趋于成熟的。同时，该书也指出，在理论上，"声情"论又体现了诗歌对语言形式中的一种即语音形式的情感表现力的重视和开掘，这又贯穿于汉语古典诗学之始终。因此，总体上来说，该书的分析基本上做到了逻辑与历史较好的统一。古代文论现代研究中另一常见问题是批评史、范畴体系等研究与文学史语境的剥离，该书并不满足于以"文"为元范畴的体系内部的自成一体，同时还分析揭示这一范畴体系与中国古代诗歌具有民族特色的整体审美风貌的紧密联系，指出"声情"茂美、"意象"丰富、"神韵"灵动，是汉语诗歌独具民族特色的三大基本审美特征，三者的和合方构成汉民族诗歌审美风貌之全貌，而既往研究对"声情"范畴研究的忽视，造成了对古代诗歌整体审美风貌理解和把握的偏失。与此相关，唐诗与宋诗的不同，乃是古代诗歌发展史中的一个重要创作现象，同时诗歌唐宋之争也是古代诗歌理论史中的一个重要议题，该书从"声情"范畴理论的角度作了自己的阐释。由于与古代诗歌创作实际及古代诗学基本传统比如重视吟诵的传统等历史语境的紧密联系，该书所提出的"声情"说就具有较强的说服力，对于古代诗歌发展史的研究等也有一定启示。

该书著者不拘泥于单纯的范畴研究，还试图在诗歌基础理论尤其语言形式理论上有所突破，并为此作了较为深入的语言哲学探索。这方面就涉及古代文论现代研究中古与今、中与西及唯科学主义与人文主义等诸端复杂交织而往往纠缠不清的问题。

二

首先看古今、中西关系。在中国文化一个多世纪的现代化进程中，古与今往往形成二元对立关系，"荣古虐今"与"荣今虐古"两极跳所形成的怪圈总是在困扰着我们。由于中国文化现代化离不开西方文化的外力作用，古今关系又与中西关系纠缠在一起。该书在这方面的探索首先体现在表述体例上，以"述"、"疏"、"辨"等传统学术用语来命名各个章目，这在古代文论现代研究中相对是比较少见的，大致看来，书中"述"的部分基本上是述而不作的文献梳理，“疏”则在述的基础上有所作，而“辨”则主要侧重于“作”即理论阐释。此外，在该书中，作为研究对象的一系列范畴自然均是古代的，而在最基本的方法论上也均采用了古代的范畴如“有—无”、“体—用”、“天—人”等，此略可见其有意识的考究，试图与现代西方概念术语保持一定距离。此外，笔者还注意到一些细节，即在该书大部章节中，对西方理论文献的征引极少，这说明该书著者显然有意采取了较为审慎的克制做法，只在全书“赘语”部分对西方现代相关理论文献作了集中梳理和分析。这种表述体例或表述策略的实际效果如何，是可以进一步探讨的。

当然，该书在这方面的探索主要还是集中在理论阐释上。概括说来，古代文论现代研究中，古今涉及的是一种文化时间关系，中西涉及的是文化空间关系，这两种基本关系中显然有同有异，如何处理好这两种关系，首先要对这其中的同与异两方面均有具体而准确的揭示和把握。西方现代诠释学尤其其中的“视界融合”理论，对我们思考这两种关系有重要的理论启发。该书强调以《尚书》、《毛诗序》围绕“诗言志，歌永言”的相关表述为研究的出发点，认为对这些经典论述百分之百的“以古述古”只能是一种诠释学神话。《毛诗序》相关表述涉及“志”、“情”、“言”、“嗟叹”、“咏歌”、“手舞足蹈”等因素，该书分析指出，在今人通行的解读中，大抵只注意“志”、“情”与“言”、“嗟叹”、“咏歌”、“手舞足蹈”之间的二元区分，这实际上沉陷在“意义（内容）→形式”二分模式及哲学上的“主体→客体”二分这一很大程度上是西学的模式中了，这在多大程度上“忠实于”古人并非毫无可议之处。该书并不自我标榜“更忠实于”古人，而是非常自觉地转换了自己的诠释模式，即不是强调“志”、“情”与后四者的二元区分，而是突出地强调“言”、“嗟叹”、“咏歌”、“手舞足蹈”之间的区分，尤其是立足“咏歌”或“永言”而突出其与其他因素之间的区分。该书还进一步把自己诠释的立足点表述为“所以道”，这同时也是该书一个基本的研究视界，正是从此视界出发，该书梳理出了大量为今人既有研究所忽视的极具理论价值的古代原始文献。该书还分析指出，片面强调从“言志”、“所道”出发的这一单一研究视界的形成，与我们受西方情感表现的诗歌观念及工具论的语言观念的影响密切相关。与此相关，该书还对古代文论现有研究的整体格局即把古代文论研究定位为就是单纯的“诗文评”研究提出质疑，强调在古代诗学中，作为“经学”的诗学与作为“诗文评（诗话）”的诗学至少同等重要，也正是基于这一基本认识，该书从作为“经学”的诗学也就是诗经学中梳理出了大量极具理论价值的原始文献，比较令人信服地证明了除“诗文评(诗话)”外，诗经学同样也是古代诗学研究的理论富矿。

以“言志”为立足点和出发点，把古代文论研究定位为“诗文评”研究，皆体现了研究中的独特视界，从该书的基本理论态度来看，并未把这些视界说成是错误的，而以自己的不同的研究视界为唯一正确的，因而也并未否认既往相关研究的理论价值。尽管采取了比较审慎的克制态度，但从该书“赘语”对西方理论的梳理来看，该书并未刻意回避西方理论的影响。这种研究路数的理论启示在于，对于包括古代文论在内的传统文化研究，或许并不存在唯一正确的理论视界，不管该视界是来自西方还是研究者独创的，问题的关键恰恰在于我们在研究中应该不断地去探索新的视界，新视界的发现就会形成新的“视界融合”，而在不断产生的新的“视界融合”中，古代文化思想的丰富性会不断地展现出来，而这表明古代文化思想并非铁板一块。这其中还涉及理论阐释与原始文献之间的关系问题：在古代文论研究中，不断地去发现以前所未注意到的孤本、善本等固然重要；但探索和发现新的理论视界，进而去揭示那些可能并不难找到的原始文献的理论价值同样重要。该书研究路数侧重于后者，构成该书重要文献基础的诗经学文献并非是难找的稀有文献(《四库全书》中就有这样的大量文献)，但诚如该书所指出的，诗经学大量极具理论价值的原始文献，进入我们已有的古代诗歌理论史研究成果中的数量是非常有限的。从这个意义上来看，该书也具有较高的文献价值，只是对这些易找的原始文献的“发现”，主要仰赖于新理论视界的探求。该书不局限于“诗文评”而融通经史子集的路数，确实代表古代文论研究经过一个世纪的学术积累后进一步向纵深方向发展的新气象。

当然，古今、中西之间的视界融合问题，还涉及辨清其中同与异的关系，“荣古虐今”或“荣今虐古”，“援中入西”或“援西入中”，这些问题往往就出在或只注意到了“同”而忽视了“异”，或反之只注意到了“异”而忽视了“同”。该书所谓的“诗学思想之‘中国表述’与‘哲学表述’”就体现了这方面的探索。该书强调，所谓诗学思想之“中国表述”是相对于其“中国注解”而言的，即所谓“诗学思想”作为某种普适性的东西来自西方，而汉语诗学理论只提供材料佐证，也就是只是西方普适思想的注解和例证而已，这种基本路数非常普遍地存在于现代中国学术研究的诸多领域之中，极端的例子，如用“唯物主义—唯心主义”的模式分析和框定中国古代哲学的历史发展脉络，以“现实主义—浪漫主义”为中国古代文学历史的发展主线，等等。这些西学模式与中国文化历史实况是否吻合是个问题，其实，即使一定程度上是吻合的，结果也是中国古代文化只成了西方既有理论体系或模式的一种注解而已。统摄中国现代文学理论的一个基本西学模式是“内容—形式”，今人也以此去分析中国古代文论，如何超越这种既定的西学模式，可以从多方面加以探索，该书的一个基本思路是上升到更高的层面，追溯这一模式本身所欲解答的更为基本的问题是什么。从语言哲学的角度，该书提出这一更为基本的问题就是“形式”与“意义”的关系：无论用什么民族语言创作，创作者都要面临这一问题，因此，这一问题又可以说是世界性的，具有较强的普适性。而“内容—形式”模式，乃是对这一普适性问题的“西方式解答”，该书认为，对这一普适性问题的“中国式解答”的基本方法论模式则是“体—用”。该书还进一步深入分析指出，意义与形式的关系，在哲学本体论上又跟人与自然的关系密切相关，在这方面，西方模式是“主体—客体”，而中学基本模式则是“人—天”。“内容—形式”、“主体—客体”模式的理论预设是这两种因素本来是二分，以此为出发点去追求两种因素的统一；而“体用一如”、“天人合一”模式的理论预设则认为两种因素本来就是交融在一起的。该书的特点在于以“体—用”为基本的方法论范畴对形式与意义关系这一普适的、基本的诗学问题作了“中国式解答”，并以“体—用”为诗歌语言形式结构论范畴、以“天—人”为生成论范畴，将这两方面紧密结合在一起展开讨论。“体—用”、“天—人”也是贯穿该书始终的最基本的方法论范畴，该书以此对“情”、“道”与“文（声、象形式）”的关系进行了分析，最终勾勒出这样一种完整图式：通过充分而全面的开掘语言“声”、“象”、“义”之“三用”，充分释放出语言潜能的杰出诗作，在“人（情）”与“世界（物、道、天）”之间建立起了三重丰富关系，而一般语言往往只能建立单一的概念性关系。应该说，这种理论路数在古代文论研究既有成果中还是比较少见的，具有一定的创新性，较为具体而清晰地揭示出了汉语诗学不同于西方诗学的系统的理论景观和深层的哲学基础。此外，该书还以“美—能—神”三层论结构全书，从形式美学的角度来看，西人以“美”为最高范畴，而我们古人则以与“道”相关的“神”为最高范畴，“美—能—神”三层结构论也是颇能体现民族特色的。“内容—形式”、“体—用”乃是解答同一基础性问题的两种模式，两者同中有异、异中有同，因此，该书认为，诗学思想之中国表述，就不仅仅只具有中国性，同时也具有普适性，这为与西方诗学平等有效的对话创造了真实的条件，同时该书也因此强调自己的研究定位：不仅仅只是诗歌的"古代"理论研究，同时也是诗歌的"基础"理论研究。

三

古代文论研究流行弊端除了与文学史语境剥离外，还存在与哲学文化语境剥离的倾向。当然，在古代文论的一些研究成果中，并不乏对古代哲学文化思想的背景描述，这方面的问题或许表现为：文论思想与哲学文化思想是两张皮，尤其忽视文论思想跟与其相关的哲学文化思想之间不同的方面，两者缺乏必要的过渡性的连接点，从而两者并不能做到具体的贯通。该书在这方面作了一些具体的努力，可以注意的有三点：其一，有关诗歌语言形式生成与世界、人生的关系问题。如该书分析"神韵"范畴时，除指出其与道家哲学思想的关联这一众所周知的事实而外，更进一步紧密结合诗歌语言形式来谈道家思想对诗学的影响，指出"未形→有形→无形"是古人（如王夫之等）描述诗歌语言形式生成的一种图式，而在思想渊源上这又首先是老子、庄子勾勒的一种人生图式、世界图式，如此，就使古代诗歌形式理论与道家哲学思想得以具体的贯通。这样的情况在书中可以说是比比皆是，由此而形成了该书在阐释方面的一大特点，确实值得充分肯定。又如在讨论《庄子》对文艺思想的影响时，一般研究者都会提及其中的"心斋"、"坐忘"等说法，该书则指出这其实只涉及《庄子》所论"得道"途径中的一种，可以说是"心与物游"的得道途径；而《庄子》中大量"匠人"故事则揭示了得道的另一途径，即"指与物化"。该书罗列了后世书、画、诗等诸种艺术理论表述中征引《庄子》匠人故事的大量原始文献，印证这方面的重要影响，然后分析指出：如果说更重观念活动的哲学家偏重"心与物游"的心灵超越方式的话，那么，离不开形式创造的艺术家则更偏重"指与物化"的创造性的超越方式，这种解释还是比较妥帖的，确有发前人所未发之处。其二，有关言意之辨的问题。该书以诗经学"'言之不足'而'永言'可足"、易经学"'言不尽意'而'系辞'可尽"论为语言哲学基础。易学中的言意之辨，一般古代文论研究者也常有提及，但是往往停留于哲学泛论，诗学与哲学所论不分，该书则区分了两者的不同：如果说"言不尽意"表述了语言的表达困境的话，一般来说，这一困境对哲人来说是绝对的，对诗家而言则是相对的；对此表达困境，哲人往往采取消极的、外在的超越方式（以言破言、意会而不言传等)，而诗家则采取相对积极的、内在的方式，即通过语言本身的形式创造来克服和超越“言不尽意”。此外，该书第七章、第九章、第十二章还通过分析一系列范畴，对诗歌语言“意义”的独特性作了多方面的探讨：通过对“辞达”的辨析，揭示诗之“意”有“浅”与“深”之分；认为接受者所面临的“诗无达诂”正与诗歌创作者所面临的“言不尽意”相对应，表明诗之独特之“意”有“可解(可用概念解释)”与“不可解”之别；指出古人所谓的“兴”、“意无穷”揭示了诗之“意”的“开放性”，而不同于普通语言意义“封闭性”；通过对明人谢榛所谓“辞后意”的分析，揭示语言形式的和谐合规律性对诗人创作、诗歌意义生成具有能动的推动作用，而今人却认为符合语言形式规律对诗人情感表达、自由创作只有阻碍作用；认为古人“兴”论强调了诗歌语言感动、兴发而给人以愉悦的审美功能与开放性的意义功能的交融，而西人形式美学只强调愉悦功能、诠释学只强调意义功能，形成二元对立，我们的古代诗学超越了这种二元对立，形成了一种不同于西方的独特的“审美诠释学”。这些系统探讨，大致构成了一种较具理论价值的诗歌意义哲学。其三，所谓儒道互补问题。这一提法早已有之，文论研究者也常有涉及，该书的特点是将这种文化哲学上的一般性提法，落实到具体的诗歌语言形式创造过程中去，分析指出：在“未形→有形→无形”的形式生成过程中，儒家更强调“未形→有形”，即强调语言形式的创造性、功能性，而道家更强调“有形→无形”，即强调其超越性，而“未形→有形→无形”的完整图式，才能体现汉语诗学形式理论的整体性，这一完整图式可以说是儒道互补在诗学中的具体体现。一般认为《易经》是儒家经典，但魏晋玄学把道家思想带进了对《易经》的注解中，于是，后世易学中实际上交融着儒道两家思想，对言意关系也就作出了不同的理解：对于倾向于儒家思想的注解者来说，“言不尽意”是相对的表达困境，可以通过人文创造加以超越；而在倾向于道家思想的注解者，这是绝对的表达困境，对此只能作心灵的超越。如果说儒家更强调语言形式的创造性的话，那么，道家更强调其超越性，而汉语诗学形式理论强调创造性与超越性的统一，同样体现了一种儒道互补精神。最后，该书还作进一步的抽象概括，指出儒家以“人—人关系”为价值立足点，而道家则以“人—天关系”为价值立足点，而两者一起构成了汉语诗学价值论的基本立足点，而形式理论相对侧重于“人—天关系”这一立足点，也就是说，在古人看来，诗歌语言形式相对独立的价值最终应在“人—天关系”中探求。这种深入而全面的剖析，一方面可以使我们了解汉语诗学哲学思想基础的整体性，另一方面也建构起了与西方诗学进行具体对话的哲学平台。

古代文论现代研究涉及的另一问题是唯科学主义与人文主义的关系，也就是求是与致用的关系。“声情”涉及语言中的一种形式要素即语音，该书指出，“五四”以来，在西方唯科学主义、结构主义语言学的影响下，有关语音包括古代诗歌格律形式的研究，在中国现代音韵学中取得了大量丰硕成果，而这种学术研究路数是不会关心语音的人文性的。另一方面，在人文性极强的诗歌活动中，创作上以散文化、反格律为旗号，白话新诗不重视对汉语语音情感表现力的开掘；在理论和诗歌观念上受文学语言工具论影响，也不重视语音形式相对独立的人文价值。诸多因素纠结在一起，造成的最终结果是在现代汉语诗歌的创作和理论研究中，“声情”几付阙如。该书认为，唯科学主义语言研究往往对语言形式与意义关系作静态的研究，而诗学应对此作动态研究，即把这种关系置于诗人创造语言形式的动态过程中来审视，以此为立足点，该书在分析大量原始文献的基础上揭示：我们古人以“言之不足”或“言不尽意”即语言表达功能固有的局限性为逻辑起点，如此，诗人创造包括“意象”、“声情”等语言形式的过程，就是克服和超越“言不尽意”的过程。在汉语诗人不断的形式创造过程中，汉语在形式和功能上的有限性不断地被超越。同时，该书还指出，诗歌形式创造过程，既是超越语言有限性的过程，也是诗人超越自身存在有限性的过程，在这种过程中，诗人与语言、语言的意义与形式是高度交融在一起的。该书还指出，在西方极端形式主义和极端工具论的影响下，在白话新诗中“声情”失落了，而这标示着某种“与汉语形式不可剥离的精神”的失落，并进一步导致对“汉语文化共享体”认同的缺失。该书有着比较强的问题意识，力图对在西方诗学影响下的中国现代诗学既定理论思路和哲学基础有所超越，并对汉语现代诗歌的历史性缺失有针对性的思考，这对于我们思考古代文论的当代性等问题有一定启示。

此外，该书还对“声情思维”、“声情批评”及“文”与“道”、诗与乐的关系等论题，作了较有新意的阐释。应该说，该书研究的中心问题即“声情”论，是一个不大不小、较为具体而集中的论题，但这一问题又涉及语言学（音韵学）、音乐学、语言哲学、美学等诸多学科和领域，该书在这些多领域的研究不可能达到完全的均衡，一些方面研究得不够深入甚至存在疏漏恐怕是难免的。随着综合国力的不断提升，中国学者的学术自信也在不断升腾，该书著者有为博大精深的汉语诗学思想在新的历史状况下实现别开生面的宏愿，当然，这恐非一人一时之力所能成，但我们还是愿意乐观其成的。

（原载《中国文化研究》2008 年秋之卷）

下编

谈"易象"

近年来,在关于《周易》的研究中,一些学人很重视《易》之"象"与文学形象的关系及《易传》的"卦象说"与古代文学形象理论的渊源关系等问题,并取得了不容低估的成就,这是应该充分加以肯定的。但是由于这一工作还处于开始阶段,所以,有一些问题还有待于我们的进一步探讨。比如,卦、爻象的性质和功能到底是什么?它们与文学形象有无关系?卦、爻辞有哪些特点?它们在哪些方面与文学形象有一致之处?通于《诗》之"比兴"的到底是卦、爻辞还是卦、爻象?《易传》对"象"的解释意义何在?对我国古代文学形象理论产生了什么样的影响和启发?本文想就这些问题发表一些自己的看法,以就教于方家同行。

一

《易传》由卦、爻形和卦、爻辞两部分组成,它们都可以称为"易象"。"象"一词在《周易》中多处出现,仔细辨析之,可以发现共有三种含义:(1)"象"谓宇宙间客观存在的具体事物。如《系辞上》曰:"圣人设卦观象。"孔颖达《正义》解释说:"圣人设画其卦之时,莫不瞻观物象……"又如《系辞下》曰:"八卦成列,象在其中矣。"王弼注曰:"备天下之象也。"《正义》解释说:"言八卦各成列位,万物之象在其八卦之中。"上引两文中之"象"均指物象,《易传》认为存在于天地间的形形色色之"象"乃是"圣人"创造卦、爻象时所仿照的蓝本。(2)"象"谓卦、爻形。如《系辞上》曰:"圣人有以见天下之赜,而拟诸其形容,象其物宜,是故谓之象。"《正义》解释后一句说:"六十四卦皆拟诸形容,象其物宜……以是之故,谓之象也,谓六十四卦是也。"又如《系辞下》曰:"爻象动乎内,吉凶见乎外,功业见乎变。"上引两文中之"象"指卦、爻形,《易传》认为它们乃是由"圣人"观察天地间万事万物、模拟其形状而创造出来的,它们具有比喻、象征的功能,能"见意",即借助于具体物象而阐明深刻的"义理",并且能告诉人吉凶。(3)"象"属动词,谓对具体事物形容进行模拟和状写,以阐明一定道理的方法,带有形象、象征的意思，如“象其物宜”之“象”，“象也者，像此者也”之“像”，均属是也。《易传》认为“圣人”在创立卦、爻形即“立象”时所采用的方法就是这种“象”的方法。

卦、爻辞在《周易》中皆称为“辞”，从不称为“象”，如“君子居则观其象而玩其辞”①中的“象”与“辞”即分别指卦、爻象和卦、爻辞。但后来也有人把卦、爻辞称为“象”，如《左传》昭公二年记载：“春，晋侯使韩宣子来聘……观书于大史氏，见《易象》与《鲁春秋》。”杜预注曰：“《易象》，上下经之象辞。”②宋人项安世《周易玩辞·象》亦曰：“凡卦辞皆曰象。”因此，一般讲“易象”，往往笼统地包含卦、爻形和卦、爻辞。“象”的特点是借助于具体事物形象来比喻或象征一定的道理，这种特点和文学艺术的具体形象性有一定的相通之处。那么，是否可以说卦、爻形和卦、爻辞都具有类似于文学的形象性，或者说都是形象思维的产物呢？笔者认为不能，因为尽管卦、爻形和卦、爻辞都被称为“象”，但是它们在性质上却完全不同。前者虽然被《易传》及历代易学家们认为是一个由“圣人”在观察事物基础上创造出来的模拟了事物之形容、体现了事物内在本质及其关系、有生动形象性和鲜明比喻象征性且包罗万象的体系，但是这种解释是不科学的。从实质上讲，卦、爻形只不过是一套占筮图式符号而已，这种“象”本身不是形象思维的产物，不具有形象比喻和象征的功能，所以和文学的形象性没有相似之处。后者却不同，它们是具有文学形象特点的文字性东西，是“象”写客观事物的产物，形象、比喻和象征的特点非常突出，这种“象”才真正和文学的形象性有非常一致之处。下面，通过对卦、爻形和卦、爻辞的来源及其特点的分析来进行具体的论证。

二

占卜作为一种宗教巫术活动，其起源可以追溯到原始社会时期，据考古发现，人类早在新石器时代后期就开始利用占卜来预测吉凶了。古代的占卜形式多种多样，筮占仅仅只是其中之一，此外还有龟占、星占、梦占、相法等等③。关于八卦、六十四卦的产生来源，向来有伏羲作八卦，文王演为

---

① 《系辞上》。

② 《易经》曾分上下，见孔颖达《周易正义》卷首。

③ 参见李镜池《周易探源》，中华书局1978年版，第172页。

六十四卦，而且还制定了卦、爻辞之说。但是，经许多易学家考证，认为这是不可信的，如李镜池先生就认为："所谓伏羲作八卦，只意味着八卦的来源很古远而已。"①笔者认为八卦是随着古代筮占方法的初步完善而出现的，它解决了可以把筮占结果用书面图式符号来表示的问题；八卦不可能由传说中的人物伏羲发明出来，它的创造者应该是当时具体从事筮占活动的人们。同样，六十四卦也并非是周文王囚于羑里时演成的，它是随着筮占需要的扩展以及古代数学知识的进步，才在八卦的基础上扩展而来的，这个创造是一个很长的演变过程，不可能一下子完成。

关于卦画"—"和"－－"的意义众说纷纭，有人认为"—"象征天，"－－"象征地；有人认为它们是龟卜兆纹的演变；有人认为是男女生殖器官的象征；还有人认为是一种原始的象形文字。这些在目前还都是些无法加以确证的揣测。笔者认为既然《易经》是一部占筮书，那么把"—"和"－－"看做是筮时用的两种不同形状蓍草的书面符号比较合理。它们本身也不体现什么阴阳概念，《易经》中还没有出现上升到哲学高度的阴阳概念，甚至连作为一个词组的"阴阳"二字也没有出现，通览全篇，只可发现一个"阴"字，即《中孚·九二》爻辞"鸣鹤在阴"之"阴"，但这和属于哲学范畴的"阴阳"完全是两码事。阴阳观念是古代人民在长期的社会实践基础上对自然社会规律作出的一种认识，属于哲学范畴，最早见于《老子》、《左传》、《国语》等书。后来，《易传》用阴阳思想解释"—"、"－－"二爻及其排列变化，发展了早期阴阳学说。但是，这并不等于这二爻本来就表示阴阳二者的矛盾对立概念，实则，它们只是一长两短的两种符号线条，本身不具有比喻和象征的功能。

六十四卦全是以"—"和"－－"排列而成的。我们知道龟卜以龟甲裂纹的形状来判定吉凶祸福，筮占则根据蓍草的排列形状来断定，所以，以阴阳二爻组成的全部六十四种卦形只不过是筮占时蓍草可能出现的六十四种排列形状的图式符号罢了。(在此过程中也可能融合了龟甲裂纹"兆")卦、爻象的象征意义并不是它们本身固有的，而是在长期的筮占活动中由占筮人在解释卦象、阐明吉凶时慢慢加上去的。起初，主观随意性极大，不管占筮活动在当时的作用多么重要，占筮者和求问者的心理多么恭敬虔诚，卦象的象征意义都是即兴式地赋予的，不可能规范化。但是，随着人们

① 参见李镜池《周易探源》，中华书局1978年版，第152页。

认识范围的扩大和抽象思维能力的提高，以及筮占经验的积累，人们对卦赋予的象征意义就逐渐固定下来，确定为乾（☰）—天、坤（☷）—地、震（☳）—雷、巽（☴）—风、坎（☵）—水、离（☲）—火、艮（☶）—山、兑（☱）—泽，即八种符号分别代表八种不同的物质，然后又在这个基础上不断补充扩大，把一些相近的事物和属性相同的事物也包裹进来，以后就约定俗成，再也无法改变了。这就是所谓的卦象说，即用象征意义来解释八卦、六十四卦。这正反映了人们的认识受宗教筮术的束缚，认识主体与认识客体被卦象隔开而不能直接接触，认识只能在巫术的思维模式中崎岖进行的现象。所谓的六十四卦的比喻象征意义只不过是后来人们从外部注入其内的，从本源和实质上来讲，它们仅仅是一套占筮图式而已，具体点说仅是占筮时蓍草排列形状的书面符号化表示。这种排列起初或许只是一种主观人为的发明，用不着"仰则观象于天，俯则察法于地"，也很难相信曾"拟"了天地万物之"形容"，具有"象其物宜"的功能。我们可以想象一下，如果没有占筮人临时牵强附会的解释，或者把卦象下面所"系"的"辞"即卦、爻辞去掉，全部六十四卦就仅仅只是一些一长两短的线条的单调重复排列了，人们就很难明白它们有什么意义，当然和文学形象也没有关系。

如果上面的论述能成立的话，我们就可以说卦、爻形之"象"和文学形象的关系就如肝胆胡越，遥不相及，如果硬要说卦、爻形具有类似于文学的形象性的特点，那么围棋谱、象棋局之类的图式亦可说类于文学形象了。所以，我们在分析"易象"与文学形象的关系时一定要注意到卦、爻形本身的性质特点，最好不要不加辨析的说"易象"类似于文学形象。

三

卦、爻辞是"系"在卦、爻形下面，用来解释卦象的，也属于《易》之"象"。它们并非一人一时所为，更不是和八卦、六十四卦同时产生的，而是由卜官、太卜等从积累下来的大量占筮资料即筮辞中选择整理，并且经过一定的分析组织而逐渐加工出来的。我们知道，无论龟卜的裂纹也好，六十四卦卦形也好，它们和现实生活中的吉凶祸福根本没有任何必然的联系，以它们来断定吉凶与否，全靠占卜人临时牵强附会的解释，这种主观臆说的记录就是卜辞或筮辞，如出土的甲骨卜辞就是龟占结果的记录，筮辞则是筮占时解说卦形的记录。起初，由于占筮者不同和时地的差异，筮辞的变化性是很大的，根本没什么统一性，它全是主观猜测和随意发挥。但是，随着人们认识范围的逐步扩大，筮辞也不断演化更新，并且逐渐趋向于定型化。再者，我们知道占筮在古代社会中曾是一种很重要的事情，人们以它来决定生活行动的取舍，统治阶级更由此来测定征战畋猎及其他事物的吉凶祸福，所以就需要把对卦象的解释以文字的形式固定下来，以便为占筮准确的提供参考和推论的依据。正是由于这些原因，原始的筮辞才逐步演变成了今天我们所见到的卦、爻辞，当然这也为《易经》的成书创造了成熟的条件。《易经》的编纂工作当是由太卜、卜官们完成的，具体成书时期已无可确考，但是从一些卦、爻辞所反映的社会讯息来看，一般认定在商周之际，但也有主张在西周中期或者晚期的，不过这无关于我们探讨其与文学形象的关系之宏旨。

虽然《易经》在实质上还是一部筮占书，但是由于编者有意无意地把自己的直接生活经验及时代历史的因素加进对卦象的解释中，故许多卦、爻辞实质上就是反映商周社会历史状况的珍贵资料。我们可以看到卦、爻辞中除了一些告喻吉凶征兆的占筮结论之辞如“元亨利贞”、“光亨贞吉”、“利有攸往”等之外，其中大量的和实际生活有着密切的联系，有历史掌故，有寓言故事，有谚语格言，更多的是抒情式歌谣。《易经》成书时，卜筮官们正是将这些“对于事物之观察，对于涉世之经验，对于哲理之见解，纂入书中”①，故向来被认为是“当时社会生活的实录”②。所以卦、爻辞虽然是解说卦象的，但是它们和卦、爻象的性质是完全不一样的。如前所言，卦、爻象仅是占筮工具排列的符号图式，它们并不起源于模拟事物形状，象征自然规律，比喻人事道理，等等。而卦、爻辞则不同了，它们有的是上升到理性高度的对事物的抽象认识，但绝大部分是对事物进行感性形象描绘，比喻、象征的特点极其鲜明，而且生活内容丰富多彩，文字简单明快，风格含蓄隽永，本身就是优美的文学作品，只不过是由于“系”在卦、爻象之下，用以解释卦意，“明吉凶”，遂完全被排除在文学之外，可是，这并不妨碍我们来分析一下它们所具有的形象、象征以及譬喻的特征。

先看卦、爻辞的形象性：

贲如皤如，白马翰如，匪寇，婚媾。——《贲·六四》爻辞

① 高亨：《周易古经通说》，中华书局1958年版，第6页。

② 李镜池：《周易通义·前言》，中华书局1981年版，第2页。

乘马斑如，泣血涟如。——《屯·上六》爻辞

得敌，或鼓，或罢，或泣，或歌。——《中孚·六三》爻辞

羝羊触藩，羸其角。——《大壮·九三》爻辞

上面四条爻辞，或者描绘古代娶亲或抢亲场面；或者表现征战克敌、胜利凯旋的情形；或者状写一头公羊角触篱笆，但被卡住，“不能退，不能遂”的窘迫境遇，都十分形象生动，尽管采用的是类似白描的手法，但读起来格外自然逼真。可见，卦、爻辞的“象”物已达到了很高的水准。

再看卦、爻辞的象征性：

井渫不食，为我心恻，可用汲，王明并受其福。——《井·九三》爻辞

明夷于飞，垂其翼。君子于行，三日不食。——《明夷·初九》爻辞

密云不雨，自我西郊。——《小畜》卦辞

黄裳，元吉。——《坤·六五》爻辞

上面四条卦、爻辞，或者以清洁的井水象征人的清德美才；或者以翅膀受伤不能振飞的雉鸟象征行于泥涂、“三日不食”之“君子”；或者以云雨绸缪象征事情尚未发生，正在酝酿阶段；或者以“黄裳”象征人有美德在内，无不含蓄隽永，寓意深长。尤其是《乾》卦爻辞以“潜龙”、“见龙”、“飞龙”、“亢龙”等不同形象象征“君子”在不同环境中的不同处境，其象征意义更加隐晦。卦、爻辞为了寓喻一定的“义理”而运用的这种含而不露、隐而不显的象征手法确实达到了很成熟的地步，比如把《明夷·初九》爻辞和《诗·鸿雁》的“鸿雁于飞，肃肃其羽。之子于征，劬劳于野”加以对比，就会发现前者的运用象征手法完全不逊于后者。

最后看看卦、爻辞的比兴手法的运用：

鸣鹤在阴，其子和之。我有好爵，吾与尔靡之。——《中孚·九二》爻辞

枯杨生稊，老夫得其女妻，无不利。——《大过·九二》爻辞

枯杨生华，老妇得其士夫，无咎无誉。——《大过·九五》爻辞

拔茅茹以其汇，征吉。——《泰·初九》爻辞

舆说辐，夫妻反目。——《小畜·九三》爻辞

以上五条爻辞，或者以"鸣鹤"起兴，引起欲与人共饮之咏；或者以枯槁的老杨树发出嫩芽烘托、比喻老头（老妇）娶年轻女子（小伙）为妻（夫）；或者以"拔茅"喻敌之易驱；或者以车舆脱其辐比喻夫妻反目不和，它们都是或者以物起兴，或者以事作譬，或者兴中有比，其比兴手法的运用已十分娴熟，如《中孚·九二》爻辞就运用了和《诗·关雎》基本上相同的"兴"法。尤其是《渐》卦六条爻辞均以鸿起兴，从"鸿渐于干"、"鸿渐于磐"直至"鸿渐于陆"，层层递进，兴中有比，无疑就是一首含蓄蕴藉的抒情诗歌。

从以上分析可以看出，卦、爻辞的形象、比拟和象征的特征是非常鲜明的，这是因为它们真正贯彻了"观物取象"、"立象见意"的主旨，摄取了大量历史与现实生活的现象，其中蕴涵着丰富的"象"。不幸的是卦、爻辞并非是如《诗经》一样的一种自觉的文学创作，而是在解说卦象或者编纂《易经》时产生的，或者其中一些原是在民间创作出来，后被占卜人或《易经》编纂者所采用，从而失去了它们的文学功用。但是，即便如此，我们亦无法否认在孕育它们的过程中艺术思维的方式曾得以运用，因为从卦、爻辞的特点来看，它们确实表现了丰富的思想与联想力，创造了许多栩栩如生的生活形象。所以，尽管卦、爻辞这种"象"在诞生之后就被投入筮术的"圣水"中进行了"洗礼"，做了原始宗教迷信的"教子"，但不无理由可以把它们看做是类似于文学形象的东西。

总之，笔者认为卦、爻形和卦、爻辞虽然都属于《易》之象，但是，实际上性质是完全不同的，一为抽象的筮占图式符号，一为生动的状物、形象的比拟寄意的文字表现；前者本身不具有譬喻、象征的功能，后者是对客观事物的种种"象写"，并且寓意鲜明，和文学的具体形象性相通。所以，我们在辨析《易》之"象"与文学形象的关系时，必须仔细分析，不可武断，以免把本来和文学形象毫无关系的卦、爻形硬说成和文学形象相通。

四

最后谈谈"易象"通于《诗》之"比兴"这一问题。有人认为《易》之"象"通于《诗》之"比兴"的根本之处乃是在于《易》的卦画借物象作形象性譬喻，而《诗》之"比兴"也是借物象作形象性譬喻。这种观点的最大疏漏之处亦在于对同属于《易》之"象"的卦、爻形和卦、爻辞没有区别对待，并且把卦、

爻辞的特点作用移到卦、爻形上，遂认为卦、爻象通于《诗》之“比兴”。下面作一些具体的分析。

《论语·子路》篇曰：“子曰：南人有言曰：人而无恒，不可以作巫医。善夫！‘不恒其德，或承之羞。’子曰：不占而已矣。”孔子认为只有不用于占筮才能体会出《恒·九三》爻辞“不恒其德，或承之羞”的普遍性意义。荀子也曾说过“善为《易》者不占”①之言，可见他重视的也是卦、爻辞。《系辞上》曰“以言者尚其辞”，《正义》解释云：“以言者尚其词者，谓圣人发言而施教者，贵尚其爻卦之辞，发其言辞，出言而施政教也。”这说明到了战国时期，人们开始把《周易》当做政典之籍，“尚其辞”，像用《诗》、《书》一样引用卦、爻辞中的话，以作为“施政教”的准则或根据。唐代的孔颖达在《周易正义》中说“爻辞以物象明人事”，并认为此“若《诗》之比喻”，不但认识到了卦、爻辞以比喻方式阐明“人事”，即通过描绘具体事物来比喻、象征一定道理的特点，而且还认为在为统治阶级“施政教”服务这点上，卦、爻辞和《诗》具有相同的作用。明清以来，“《六经》皆史”之说出现，卦、爻辞就更加受到了重视。如王守仁认为“以事言谓之史，以道言谓之经，事即道，道即事，《春秋》亦经，《五经》亦史，《易》是庖牺氏之史……”②章学诚也认为“《六经》皆先王之政典也”，他并且还在《文史通义》中专设《易教》篇。从“易教”二字的立意本身来看，说明他也十分重视卦、爻辞的可使“圣人”“发言而设教”的作用。章学诚又在《文史通义·史德》篇中说：“史之赖于文也，犹衣之需于采，食之需乎味也。采之不能无华朴，味之不能无浓淡，势也。”章学诚既然把《周易》看成是“先王之政典”之一，即史之一，就必然注意其中的“文”的情况，结果发现卦、爻辞与“象辞”在“以物象明人事”方面与同属“先王政典”的《诗》有一致之处，遂认为“《易》‘象’通于《诗》之‘比兴’”。而且，他还注意到不光卦、爻辞、“象辞”以及《诗经》重比兴，诸子百家也喜欢以拟物比喻、以小见大等手法表明各自的观点，所以又说：“战国之文深于‘比兴’，即其深于取‘象’者也。”③这里的“取‘象’”就是指卦、爻辞和“象辞”的形象描写、比喻和象征等手法。以上说明，从孔子开始，历代都十分重视卦、爻辞，并且也是由此来谈通“比兴”的。

---

① 《荀子·大略》。

② 王守仁：《传习录》上，见《王文成公全书》卷一。

③ 章学诚：《文史通义·内篇·易教下》，上海书店据1926年商务印书馆旧版影印，1988年版，第6页。

《易传》对于卦、爻辞的特点也作了一些解说。在《系辞上》中，我们见到的主要是对卦、爻辞作用的说明，如：

系辞焉以明吉凶。

系辞焉，所以告也。

彖者，言乎象者也。①

又《系辞下》亦曰：

圣人之情见乎辞。

意思无非是说卦、爻辞是解释卦象之意，阐明吉凶的。但是，在《系辞下》中，我们可以看到《易传》对卦、爻辞"以物象明人事"的具体方法特色的认识，如：

其称名也杂而不越。

其称名也小，其取类也大。其旨远，其辞文。其言曲而中，其事肆而隐。

《易传》认为卦、爻辞在"见义"上有如下五个特点：(1) 以小见大，即"《易》辞所称物名多细小，若见豕负涂噬腊肉之属"，但是，"言虽是小物而比喻大事，是所取义类而广大也"。(2) 以此明彼，即"近道此事，远明彼事"。(3) 以理明事，即"不直言所说之事，及以义理明之"。(4) 形象状物，即"变化无恒，不可为体例，其言随物屈伸……"(5) 含蓄，即虽然"其辞放肆显露，而所论义理深而幽隐也"。② 当我们把卦、爻辞的这些特点和《诗》之"比兴"的特点以及整个文学艺术的表现特点加以对照时，可以发现它们之间达到了惊人的一致。当然，这绝非是偶然，因为卦、爻辞的一部分本身就是优美的抒情歌谣，如高亨先生曾在《周易古经通说》中对卦、爻辞进行过考

① 《易传》又把卦辞称为彖。彖者，断也，即断定吉凶。

② 上引均见孔颖达《周易正义》。

释，认为“《周易》卦、爻辞，先秦人皆称之曰繇”①。李镜池先生也曾认为“《周易》中也有比兴式的诗歌”，我们读一些卦、爻辞“仿佛是在读《诗经》”，②“卦、爻辞的编著者之所以能够写成这样的诗歌，喜欢运用这样的韵文，一定不是他个人能够这样特创。《诗经》的‘雅’、‘颂’中，很有些是西周初叶的作品，那时候的诗歌，是在一个颇为流行，极力发展的时代。卦、爻辞的编纂者，就在这样的时代潮流之中，受诗歌的影响，作成同样的文章”。③ 他还认为一些卦、爻辞的来源可能是卦、爻辞的编纂者把“流行于民间的歌谣采入《易》筮辞中”④。

唐代以来，开始了对《易》卦、爻辞与《诗经》的比较研究。从孔颖达到章学诚诸人都对卦、爻辞与《诗经》进行对比分析，发现卦、爻辞与《诗经》在运用比兴手法方面具有一致之处，遂得出了《易》“象”通于《诗》之“比兴”的结论，于是，对卦、爻辞特点的认识在《易传》的基础上又深入了一步。孔颖达说：“凡《易》者，象也，以物象而明人事，若《诗》之比喻。”他又说“爻辞以物象明人事”，可见他主要指爻辞若《诗》之比喻。孔颖达还对《易传·象传》即“象辞”进行了分析，认为“象辞”“或有实象，或有假象。实象者，若‘地上有水，比也’；‘地中生木，升也’，皆非虚，故言实也。假象者，若‘天在山中’，‘风自火出’，如此之类，假而为义，故谓之假也。”但是，“虽有实象，虽有假象，皆以义示人，总谓之象也”。⑤ 把这和他的认为卦、爻辞若《诗》之比喻合在一起来看，我们知道他已经认识到了卦、爻辞和“象辞”的文学特点，即形象、比喻和象征的特点。宋人陈骙直接把《中孚·九二》爻辞“鸣鹤在阴，其子和之。我有好爵，吾与尔靡之”和《诗经》对比，认为这条爻辞“使入《诗·雅》，孰别爻辞？”⑥卦、爻辞中类似的条目还很多，并非仅此《中孚·九二》一条，这就等于说一些卦、爻辞在“比兴”手法的运用上达到了和《诗经》同样成熟的地步，它们也应该是属于诗歌范围之内的“比兴”作品。明人茅坤在《唐宋八大家文钞总序》中说：“孔子系易曰：其旨远，其辞文。

---

① 繇即为谣之借字，而“徒歌谓之谣”，见《尔雅·释乐》。高亨：《周易古经通说》，中华书局1958年版，第10页。

② 李镜池：《周易探源》，中华书局1978年版，第47页。

③ 李镜池：《周易探源》，中华书局1978年版，第49页。

④ 李镜池：《周易探源》，中华书局1978年版，第47页。

⑤ 上引均见孔颖达《周易正义》。

⑥ 陈骙：《文则》，人民文学出版社1998年版，第5页。

斯固所以教天下后世为文者之至也。”认为卦、爻辞“其旨远，其辞文”的特点是“天下后世为文者”所应遵循之原则，这就等于沟通了卦、爻辞与文学之间的关系。此外，还有许多人也都认识到了《易》“象”与《诗》之“比兴”有密切的关系，如皎然认为“取象曰比，取义曰兴，义即象下之义。凡禽、鱼、草、木、人物、名数，万象之中，义类同者，尽入比兴”①；张蔚然说“《易》象幽微，法邻比兴”②；金圣叹说“《诗》之微言奥义，都入《易》”③；汪师韩说“可与言《诗》，必也通于《易》”④；章学诚说“《易》之象也，《诗》之兴也，变化而不可方物”，“战国之文深于‘比兴’，即其深于取‘象’者也”，“《易》‘象’通于《诗》之‘比兴’”⑤。皎然诸人虽然没有明说卦、爻辞在“比兴”手法运用上和《诗经》有一致之处，但从他们言及的“易象”特点来看，无疑主要是指卦、爻辞而言。

综上所述，笔者认为，所谓的“《易》象通于《诗》之比兴”，应该是指《易》之卦、爻辞在“观物取象”、“立象见义”时所运用的形象状物以及比喻、象征等方式与《诗》之“比兴”的相似性而言，而本节开头提到的那种认为《易》之卦爻画借物象作形象性譬喻，《诗》之比兴也是借物象作形象性譬喻，所以二者相通的说法是不够确切的。

以上从几个方面对“易象”与文学形象的关系作了一些辨析，并且还对近年来出现的一种观点提出了不同的看法。探讨“易象”与文学形象之关系的工作还仅仅是个开始阶段，加之笔者识见所限，谬误纰漏之处，再所难免，故希专家同行，不吝赐教。

（原载《思想战线》1986 年第 3 期）

---

① 皎然：《诗式·用事》，人民文学出版社 2003 年版，第 31 页。

② 张蔚然：《西园诗尘》，见周维德辑校《全明诗话》第三册，齐鲁书社 2005 年版，第 2463 页。

③ 金圣叹：《唱经堂才子书汇稿·释小雅》，见《金圣叹全集》第一册，凤凰出版社 2008 年版，第 7 页。

④ 汪师韩：《诗学纂闻·四美四失》，见《清诗话》，上海古籍出版社 1963 年版，第 440 页。

⑤ 章学诚：《文史通义·内篇·易教下》，上海书店据 1926 年商务印书馆旧版影印，1988 年版，第 5～7 页。

论“易象”与中国古代文学形象理论之关系

《易传·系辞下》曰:“《易》者,象也,象也者,像也。”《周易》是一部“象”书,“易象”是其核心。“易象”的特点是通过描绘具体事物,构成种种形象逼真的“象”,以比喻、象征一定的道理,其具体方法有“实象”和“假象”之分,这与文学艺术的通过创造一定的艺术形象来表达作者的思想情感的思维和认识方式颇有一致之处。《易传》认识到了“易象”的这一特点,它发展了春秋以来的“卦象”说,并在此基础上提出了“取象”说和“言”“意”关系说,对“易象”的特点作了较深入的描述。《周易》虽然不是一部文学评论著作,但“易象”及“取象”说、“言”“意”关系说却对我国古代文学理论批评,尤其是对关于文学形象的理论认识产生了深刻而源远流长的影响,一定程度上可以说其成了古代文学形象理论的源头之一。所以,对此作一具体的考察是不无意义的。

一

“易象”实际上包括卦、爻形和卦、爻辞两部分。

《易传》在解释“易象”的起始时,提出了“取象”说。《系辞上》曰:“是故夫象,圣人有的见天下之赜,而拟诸其形容,象其物宜,是故谓之象。”又《系辞下》曰:“古者包牺氏之王天下也,仰则观象于天,俯则观法于地,观鸟兽之文与地之宜,近取诸身,远取诸物,于是始作八卦,以通神明之德,以类万物之情。”《易传》认为《易》之“象”是“圣人”在观察自然界和社会界中的物事和人事现象,以及研究自然界和社会界阴阳变化规律的基础上创造出来的,是对客观外界的一种“象”写,即模拟和象征。这种认识体现了唯物主义的认识特征。《易传》的“观”物“取”象说,在思维认识方法上很有价值,它在解释“圣人”如何“立象”时所用的“拟”、“象”、“观”、“取”、“通”、“类”等词,很值得注意,这几个词都是动词,它们代表着一种思维与表达方式——在直接观察事物的基础上,不离开事物之具体生动的形容,真实、形象地状写之,从而创造出种种逼真的“易象”。如此“取”来之“象”,由于使用了形象模拟的方法，所以还保持着事物原有的生动、具体的形象特征。这里，指出了“易象”的特点之一——形象。

《易传》又认为“易象”的功能是为了“见意”，即孔颖达《正义》所言之“以物象明人事”，《易传》称之为“立象见意”。《系辞下》指出，“立象”时所运用的具体方法是：“其称名也小，其取类也大。其旨远，其辞文。其言曲而中，其事肆而隐。”认为“易象”具有以小见大、言浅意远的特点，如孔颖达《正义》所说的，其虽然“所称物名多细小”，但“近道此事，远明彼事”，又“不直言所论之事”，故其义“深而幽隐”。这里，指出了“易象”的另一特点——象征。

《易传》对“易象”特点的认识有牵强附会的一面，但就其认为“易象”具有形象、象征的特点这点而言，却无不符合实际情况。我们知道，卦、爻形作为一套卜筮图式符号，表示的仅只是卜筮时蓍草排列形状的种种不同变化，其本身“不是记录思想的工具”，仅只是一些“空洞的符号”①，所以，认为它们是“观物取象”的结果，具有“见意”的功能，纯属“后起的附会”②。《易传》在这一点上亦犯了同样的错误。但是，它对卦、爻辞特点的认识却是准确的。卦、爻辞作为“观物取象”的产物，其形象状物、比喻象征的特点十分鲜明，我们可以从下面三则例子中得到证明。《屯卦·上六》爻辞：“乘马斑如，泣血涟如。”《小畜卦》卦辞：“密云不雨，自我西郊。”《大过卦·九二》爻辞：“枯杨生稊，老夫得其女妻，无不利。”第一则形象化地描写了古代抢亲场面，二、三两则或以云雨绸缪象征事情正在萌发阶段，或以老树发芽比喻老夫娶少妻得子，均为意义较为幽隐的优美的比兴诗句，由此足以证明卦、爻辞所代表的“易象”确系在“观物取象”的基础上为“见意”而“立”之“象”。

当我们把“易象”的这些特点与诗歌的“比兴”，乃至整个文学艺术的表现方式加以对比，可以发现它们之间达到了惊人的一致。当然，这绝非偶然，实际上，卦、爻辞的一部分本身就是优美的歌谣，“《周易》卦、爻辞，先秦人皆称之曰繇”③，它们的来源可能是编纂者把“流行于民间的歌谣采入《易》筮辞中”④。明白了这一点，“易象”及“取象”说对古代文学评论关于

---

① 任继愈主编：《中国哲学发展史》（先秦卷），人民出版社 1983 年版，第 595 页。

② 李镜池：《周易探源》，中华书局 1978 年版，第 64 页。

③ 高亨：《周易古经通说》，中华书局 1958 年版，第 10 页。

④ 李镜池：《周易探源》，中华书局 1978 年版，第 49 页。

文学形象特点的认识产生启迪和影响，就非为神秘而难以理解的了。

"易象"及《易传》的"取象"说对古代文学理论产生的影响是很深远的，它们启迪了人们对艺术形象特点的认识。我们可以从汉代的一些作家的自述中见出"取象"说对他们的影响，如刘安在《淮南子·要略》中说在写作该书时用了"假象取耦，以相譬喻"、"假譬取象"以"领俚人之意"的方法。又如枚乘认为自己的创作是"比物属事，离辞连类"①；王延寿亦说其作赋是"图画天地"、"写状其状"、"随色象类，曲得其情"②，都无不有"取象"的含义。司马迁在评论屈原时所说："其文约，其辞微……其称文小而其指极大，举类迩而见义远。"③这是"取象"说在文学批评中的最早具体运用。魏晋以来，理论批评对于文学形象的认识进入了一个新阶段，其突出的特点之一是更加注意从文学形象与"易象"在"立象见意"上的相似一致方面进行理论上的建树。如挚虞认为文学创作是"情发之，因辞以形之；礼义之旨，须事以明之……所以假象尽辞，敷陈其志"④。陆机认为文学创作的特点是"缘情"、"体物"，所以必须注意形象的创造，以求得"穷形而尽相"、"辞达而理举"的目的。刘勰充分吸取了《易传》"取象说"的精神，以"象"论文，取得了理论上的建树。他提出文学创作要"取象"，要"神用象通"。创作中"草区禽族，则触兴致情，因变取会。拟诸形容，则言务纤密；象其物宜，则理贵侧附"。总之，创作是"情以物迁"、"神于物游"，然后立象以达情，此为文事之"机要"。他又认为文学创作中"取象"的具体方法是"以少总多，情貌无遗"、"辞约而旨丰，事近而喻远"，受《易传》之影响显而易见。这些，都是在"易象"及《易传》的"取象"说的启发影响下，人们对文学形象性的特点和规律的认识。尤其是刘勰，他的一些话就是由《易传》中的一些词句直接演变来的。唐至清代，人们对"易象"与文学形象，尤其是诗歌艺术形象的一致性关系认识得更清楚了。如孔颖达认为："凡《易》者，象也，以物象而明人事，若《诗》之比喻。"⑤皎然则说："取象曰比，取义曰兴，义即象下之义。凡禽、鱼、草、木、人物、名数，万象之中，义类同者，尽入比兴。"⑥茅坤

① 枚乘：《七发》，见萧统《文选》卷三十四。

② 王延寿：《鲁灵光殿赋》，见萧统《文选》卷十一。

③ 《史记·屈原贾生列传》。

④ 挚虞：《文章流别论》，见《艺文类聚》卷五十六。

⑤ 孔颖达：《周易正义》。

⑥ 皎然：《诗式·用事》，人民文学出版社 2003 年版，第 31 页。

说:“孔子系易曰:其旨远,其辞文。斯固所以教天下后世为文者之至也。”①张蔚然说:“《易》象幽微,法邻比兴。”②金圣叹说:“《诗》之微言奥义,都入《易》。”③章学诚说:“《易》之象也,《诗》之兴也,变化而不可方物”,“战国之文深于‘比兴’,即其深于取‘象’者也。”④他们都准确地认识到了卦、爻辞之“取象”、“立象见义”与诗歌的“比兴”及整个文学艺术的形象表现原则的一致关系,所以,反过来主张文学创作要吸收“立象见义”、“旨远”、“辞文”的精神,达到高度的形象化水准,以增强其表现力。所以,章学诚就干脆说“《易》‘象’通于《诗》之‘比兴’”⑤,而汪师韩则更称“可与言《诗》,必也通于《易》”⑥。可见,理论批评很早就认识到了“观物取象”、“立象见义”、“以小见大”等形象化的思维认识和表现方法是文学创作的规律,这种思想的不断发展丰富就构成了我国古代形象理论的主要骨干。然而,溯其源头,实始于“易象”及《易传》之“取象”说。

二

“易象”对古代文学理论批评关于言、意关系的探讨也产生了影响。

《系辞上》在论述“象”的作用时说:“子曰:‘书不尽言,言不尽意。’然则圣人之意,其不可见乎?子曰:‘圣人立象以尽意,设卦以尽情伪……’”“象者,言乎象者也。”又《系辞下》曰:“圣人之情见乎辞。”这就是说言、意之间在表达与被表达上存在着矛盾,但“象”可解决这个矛盾。“意”是看不见的思想和情感,要用语言把它完全传达出来颇为困难,但是,“圣人”通过观察事物,摄取可能引导人们朝所要表达的“意”方面产生联想的具体物象而创造出具有形象鲜明而又深刻、含蓄特点的“易象”,通过这一感性符号即能

---

① 茅坤:《唐宋八大家文钞总序》,京华出版社 2002 年版。

② 张蔚然:《西园诗尘》,见周维德辑校《全明诗话》第三册,齐鲁书社 2005 年版,第 2463 页。

③ 金圣叹:《唱经堂才子书汇稿·释小雅》,见《金圣叹全集》第一册,凤凰出版社 2008 年版,第 7 页。

④ 章学诚:《文史通义·内篇·易教下》,上海书店据 1926 年商务印书馆旧版影印,1988 年版,第 5～6 页。

⑤ 章学诚:《文史通义·内篇·易教下》,上海书店据 1926 年商务印书馆旧版影印,1988 年版,第 7 页。

⑥ 汪师韩:《诗学纂闻·四美四失》,见《清诗话》,上海古籍出版社 1963 年版,第 440 页。

领悟其中所蕴涵的“意”，如此，“象”就完成了其“尽意”的功能。在言、意、象三者的关系上，《易传》肯定了“象”的“尽意”作用，“象”、“意”并重。

然而，这在当时和以后却是一个热烈讨论的问题，并对文学理论批评产生了极大的影响。这是因为道家和玄学家对言、象、意关系的看法和《易传》不一致。庄子认为：“可以言论者，物之粗也；可以意致者，物之精也；言之所不能论者，意之所不能察致者，不期精粗焉。”①又认为：“筌者所以在鱼，得鱼而忘筌；蹄者所以在兔，得兔而忘蹄；言者所以在意，得意而忘言。”②前一段话的结论是言不能尽意，后一段话的意思则好像又说言可以尽意，只不过得“意”之后就应急速把“言”舍弃，言、意不可并留。统而观之，互相并不矛盾。观庄子之意，言不过是得意之工具，只要不拘泥于言，意是可以通过言而得的；言之所以不能尽意者，是由于只停留在言本身，以言为目的，“道隐于小成，言隐于荣华”③，为言而忘意，于是意就无可得了。在言、意二者之间，庄子重意而轻言。关于这一问题，魏晋时期玄学理论的奠基者王弼认为：“夫象者，出意者也。言者，明象者也。尽意莫若象，尽象莫若言。言生于象，故可寻言以观象；象生于意，故可寻象以观意。意以象尽，象以言著。故言者所以明象，得象而忘言；象者，所以存意，得意而忘象，犹蹄者所以在兔，得兔而忘蹄；筌者所以在鱼，得鱼而忘筌也。然则，言者，象之蹄也；象者，意之筌也。是故，存言者，非得象者也，存象者，非得意者也。象生于意而存象焉，则所存者乃非其象也；言生于象而存言焉，则所存者乃非其言也。然则，忘象者，乃得意者也；忘言者，乃得象者也。得意在忘象，得象在忘言。故立象以尽意，而象可忘也；重画以尽情，而画可忘也。”④从王弼的这一番宏论本身并不能看出“言不尽意”的意思。他认为言、象、意三者之间是层层递进的关系，每递进一次就必须进行一次扬弃，言不可无，但言不可存，“寻言以观象”而象得之后，言就必须被扬弃；同样，象不可无，但象不可存，“寻象以观意”而意得之后，象必须被扬弃，如此，才能最终“得意”。所谓“得意在忘象”、“得象在忘言”，并非如有些解释那样，认为“忘象”、“忘言”是得意、得象的前提，而是说在意、象得之后应急速把

---

① 《庄子·秋水》。

② 《庄子·外物》。

③ 《庄子·齐物论》。

④ 《周易略例·明象》，见王弼著、楼宇烈校释《王弼集校释》下册，中华书局1980年版，第609页。

象、言扬弃掉。总之，王弼强调言、意、象之间对立的矛盾，认为它们不可并存，从而重意而轻言、象。

不管是《易传》的意、象并重，还是庄子、王弼的重意轻象，都从各自的方面对古代文学形象理论产生了很大的影响。文学是用语言描写具体事物来表现作者对生活的观察认识及其内在情感的，故亦有言、象、意的关系，三者之间亦不无矛盾。陆机在《文赋》中曾有"恒患意不称物，文不逮意"之叹，遗憾言、物、意三者不能逮称相及。另外，形式主义者或拘泥于言词，或专雕镂物象，"以事形为本"，"假象过大"、"逸词过壮"①，以至于如《文赋》所批评的"言寡情而鲜爱，辞浮漂而不归"，求其情思，"兀若枯木，豁若涸流"。这实际上就是没有处理好言、象(物)、意之间的关系，偏于言、象而忘意。我国文学重视"言情"，要求情意充沛，言带情思行，物以意感浸，如此，方为文章之最高境界。于是，针对创作中重言、象而轻意的现象，理论批评就吸收《易传》的"立象见意"说和庄、玄的重意思想，要求不可执著于言、象，而应宣心写妙，使意余言外，含蓄蕴藉，韵味无穷，这就是意象、神似、象外等美学概念范畴的提出。对此，从较早的《淮南子》到陆机、刘勰、司空图、严羽诸人都有谈说。然而，文学之事又不同于玄学理论，玄学中"象"只是"义理寄宿之蘧庐也，乐饵以止过客之旅亭也"，而文学中之"象"却为"文情归宿之菟裘也，哭斯歌斯、聚骨肉之家室也"，故不可"忘言觅词外之意，超象揣形上之旨"。② 所以，理论批评中论述象、意关系就并非完全循庄子、王弼之径，而是有所取舍，同时又吸收《易传》象、意并重的思想，主张创作中言、象、意要互不相离，伴随始末。例如，陆机认为创作构思要"情曈昽而弥鲜，物昭晰而互进"，刘勰亦认为创作活动是"情以物兴"、"物以情观"，"神居胸臆……物沿耳目"。总之，他们都主张首先是在情与物结合的基础上形成意象，然后"窥意象而运斤"，用辞把它传达出来。这一问题在唐及唐以后同样受到重视，如王昌龄、苏轼、李东阳、谢臻、王夫之、方东树等人都有不少论述，并且还作出了理论上的发展开拓，从而形成了我国古典文学理论中的"意象"论。总之，陆机、刘勰等人所提出的正是文学创作中的言、象、意的关系，只是他们不是道学家，亦不是玄学家，不求空寂虚无之"道"，亦不贵"以无为本"，而是主张文学创作要给欣赏者提供实实

---

① 挚虞:《文章流别论》，见《艺文类聚》五十六。

② 钱锺书:《管锥编》第一册，中华书局 1979 年版，第 14～15 页。

在在的以作者之情感拥抱过的审美实体——艺术形象，所以，言、象在他们那里就未曾受到被扬弃之威胁，文学家与哲学家本色之异，于此豁见。综上所述，可以作出如下之总结：《易传》和庄、玄对刘勰等人的影响几乎是同时发生的，即他们既接受《易传》“立象尽意”的思想，又吸收庄、玄重“意”的精神，并且结合文学创作的实际提出了我国古代“缘情”、“体物”，即既不空言情，也不为写物而写物，而是在描写外物的同时抒发诗人之情兴，也就是要有“意象”，要有情景交融、意味深长的诗歌美学纲领。

三

“易象”有实象、假象之分，这亦对我国古代文学创作及理论批评中的虚、实问题产生了影响。

在《周易·乾卦·象传》中“《象》曰：天行健，君子以自强不息”一句下面，孔疏曰：“先儒云此等象辞，或有实象，或有假象。实象者，若‘地上有水，比也’；‘地中生木，升也’，皆非虚，故言实也。假象者，若‘天在山中’，‘风自火出’，如此之类，假而为义，故谓之假也。虽有实象，虽有假象，皆以义示人，总谓之象也。”《易传·象传》是解释 64 卦卦名、卦义以及 386 条爻辞的，它和《易经》的卦爻辞差不多，一般都是以形象、比喻或象征的手法说明卦爻象之义。孔颖达这段话的意思是说《象传》在解释卦爻象之意时或者取现实中真实存在的事象作比，或者虚构出现实中无有，也不可能会有的事象托喻，前者为“实象”，后者为“假象”。例如《升卦·象传》中的“地中生木，《升》。君子以顺德，积小以高大”，就是以树木在地上生长、由小到大比喻“君子”之美德积累由少渐多。树木在地上生长是真实的自然现象，以此来比喻说明《升卦》卦义，故谓之为“实象”。而《大畜卦·象传》中的“天在山中，《大畜》。君子以多识前言往行，以畜其德”，则是以“天在山中”比喻“德积于身”①，然而谁也没有见过“天在山中”，《象传》此言实为虚构，仅借此来说明《大畜卦》的卦义，故称为“假象”。其实，这样的情况不独《象传》有之，卦爻辞本是“立象见意”、“以小见大”的始作俑者，其中的“实象”或“假象”更是屡见不穷，现稍举例明之。《泰卦·初九》爻辞“拔茅茹以其汇，征吉”，以茅草易于连根拔去喻敌国易于被驱，征战获胜。《豫卦·六二》爻辞“介于石，不终日，贞吉”，以坚石易碎喻人如过刚，则易于受毁。以

---

① 孔颖达：《周易正义》。

上两例均以真实的事物作比喻来说明所属爻象之意，是谓“实象”。《归妹卦·九二》爻辞“眇能视，利幽人之贞”，以盲人能明视比囚人获释出狱；《震卦·九四》爻辞“震遂泥”，以雷坠落泥土之中喻强权者之刑威扫地。这两例中“眇能视”、“震遂泥”都不是真实事物，是虚构出来的，故为假象。“实象”、“假象”之说虽出于较晚之孔疏，然而作为“易象”的两种类型，或者《易》之“取象”的两种方法，却是卦、爻辞本身固而有之的，孔疏对此仅作了阐发。

通过上述举例，可以看到《易》之“实象”、“假象”与文学创作中的征实与虚构颇为一致。钱锺书先生曾说：“《正义》‘实象’、‘假象’之辨，殊适谈艺之用。古希腊人言想象(imagination)，谓幻想事物有可能者(things that can be)，亦有不可能者(those that cannot be)，例如神话中人生羽翼，三首三身；文艺复兴时期意大利论师马祖尼(Jacopo Mazzoni)称述以为亚里士多德遗教者也，非即‘实象’与‘假象’乎？”①《周易》中之“实象”、“假象”，实开我国古代文学创作征实与虚构二法之先河，并对理论批评探讨艺术表现的实与虚问题产生有一定的影响。比如，《诗经》的比兴手法就是《易》之“取象”方法在文学创作中的第一次具体运用，其使用最广泛的是选取生活中的实际物象，“比方于物”或“感发志意”，即通过这些物象来传达诗人们的思想情感，这种“托事于物”或“引类连譬”都是在忠实于生活物象的基础上进行的，皆“言实”而非虚称，所以创造出了许多生动逼真的“实象”。但一些诗句也不妨“假而为义”，如“周余黎民，靡有孑遗”②即为一例，其发挥了人类思维中想象的功能，“取”了这一通过虚构合成的只可在诗人的意象中存在而不可能在实际生活中出现的违反事情物理的“假象”来“尽意”。可见，“实象”和“假象”两种“取象”方法明显地体现于《诗经》的艺术形象创造之中，其后的诗歌、赋、小说和戏曲创作之中亦如此。所以，文学创作中的所谓写实和虚构两种方法，实际上就是《易》之“取象”的“实象”与“假象”二法的发扬光大。但是，人们在谈论古代文学创作方法的渊源时，总是认为写实方法发源于《诗经》，浪漫虚构的方法起始于庄、骚，而疏略了《易》之“取象”方法对此之影响，这是不应该的。《易》之“取象”之“实”、“假”二法对古代文论关于文学表现的实与虚方法的讨论也不无影响，如孟子就对于

---

① 钱锺书：《管锥编》第一册，中华书局1979年版，第15页。

② 《诗·大雅·云汉》。

《诗经》中的一些"假象"发表过评论，认为："说诗者不以文害辞，不以辞害志，以意逆志，是为得之。如以辞而已矣，《云汉》之诗曰：'周余黎民，靡有孑遗'，信斯言也，是周无遗民也。"①认为"周余黎民，靡有孑遗"实际上是一种"假象"，是"假而为义"而"非是之谓也"②，故对此不能持"高叟"之"固"，做字句训诂，而要善"逆""假象"后面所示之意，如此方为得之。后来文论中关于诗歌创作的形似与神似，赋创作的征实与夸饰，以及小说、戏曲创作的奇幻与写真等问题的讨论，都是围绕着艺术形象和创作方法的实与虚，即文学中的"实象"与"假象"问题而开展的。直到清代，刘熙载还在《艺概·赋概》中说："赋以象物，按实取象易，凭虚构象难。能构象，象乃生生不穷矣。"可见其影响之深远。总之，古代文论中对于写实方法和理想方法的认识是以讨论文学形象及其创作方法的实、虚特点而进行的，文论家们运用《易传》的"取象"说和借鉴于"易象"之"实象"、"假象"之辨，发表了一系列的见解，其中不无精到入微之识。所以，说及"实象"、"假象"之辨对古代文论中关于艺术形象及其表现特征的认识产生的影响，是无可置疑的，故值得我们注意。

更值得我们注意的是古人对艺术形象之虚、实，即"假象"和"实象"之间的辩证统一关系亦有评说，如曾作出"《易》'象'通于《诗》之'比兴'"之致精评论的章学诚认为："有天地自然之象，有人心营构之象……心之营物，则情之变易为之也；情之变易，感于人世之接构而乘于阴阳倚伏之为也。是则人心营构之象，亦出天地自然之象也。"③对于"实象"与"假象"之关系的解释颇有辩证意味。王国维在《人间词话》里说道："有造境，有写境，此理想与写实二派之所分由。自然中之物互相关系，互相限制。然其写之于文学及美术中也，必遗其关系限制之处。故虽写实家亦理想家也。又虽如何虚构之境，其材料必求之于自然，而其构造亦必从自然之法律。故虽理想家亦写实家也。"人们一般认为这段话较早地对写实和理想二法之间的关系作了精辟的论说，其实同样的意思章学诚之言中已经包含，而且是结合"易"之实象和假象讲的，所以，更应视为难得而可贵。"易象"及《易传》的"取象"说，"言"、"象"、"意"关系说对我国古代文学创作以及理论批评关

① 《孟子·万章上》。

② 《孟子·万章上》。

③ 章学诚：《文史通义·内篇·易教下》，上海书店据1926年商务印书馆旧版影印，1988年版，第6页。

于文学形象理论的认识所产生的影响十分深远，需要作深入细致的探讨。本文仅粗略地谈了一些不甚成熟的看法。概而言之，笔者认为，在研究中国古代对于文学形象及其创作方法特性的认识时，不应忽视“易象”、“取象”说和“言”、“象”、“意”关系说，以及“实象”、“假象”二法在这方面对后世产生的影响，应把其作为渊源来考察，充分估价其对后世的启迪作用。其实，《周易》作为列于“群经之首”的一部古老的文化典籍，这样来认识它是不为过誉的。

（原载《西北大学学报》1987 年第 3 期）

《淮南子》的艺术创作论和审美鉴赏论

《淮南子》是西汉皇室贵族淮南王刘安招致门客、在他的主持下集体撰写的一部文集。它是一部体系庞大、内容丰富、于杂芜中见统一、于综合中有独创的著作，其思想特点可用“持以道德，辅以仁义”①及“讲论道德，总统百家”②来概括，即一方面以“道”为纲，“考验乎老庄之术”③；另一方面又广采博收，“兼儒墨，合名法”④。总之，它“非循一迹之路，守一隅之指”，“弃其畛挈，斟其淑静”⑤，在广泛吸收先秦思想资料的基础上进行自己的思想构建，从而在自然观、历史观、认识观和人性观等诸多方面发展了先秦思想。

《淮南子》中美学、文艺思想之丰富，非汉代其他子书所能比拟。书中涉及艺术创作和审美鉴赏的地方很多，受其哲学思想影响，《淮南子》对此发表了许多新颖独到的见解，从而发展了先秦文艺思想，并且对后世产生了深远的影响。本文的目的就是试图对《淮南子》的艺术创作论和审美鉴赏论作一初步梳理，并且力求对其美学特质作出尽可能准确的揭示，以就教于方家。

一、“有充于内而成像于外”——艺术创作的文情关系

关于文艺创作与主体情感的关系问题，在先秦时期就有所认识，尤其是发展到荀子那里，提出了“乐者，乐也，人情之所必不免也”⑥的著名命题，情感对创作的作用受了前所未有的高度重视。《淮南子》中有大量言论

---

① 《淮南子·览冥训》。
② 高诱《淮南子·叙目》注。
③ 《淮南子·要略》。
④ 《汉书·艺文志》。
⑤ 《淮南子·要略》。
⑥ 《荀子·乐论》。

触及了情感与艺术创作的关系问题，它继承了先秦儒家，尤其是荀子的肯定情感对创作动力作用的思想。但是，由于哲学认识上的不同而引起的对于人性、情感态度上的差异，使得《淮南子》在一定程度上突破了从孔子以来的关于情感必须接受“礼”的规范的观念，并没有表现出如孔孟那样的以社会政治性的道德伦理精神取代情感中正常人性内容的褊狭意识，所以，它对情感与创作之关系的认识就在先秦的基础上取得了重大的突破。

《淮南子》认为艺术创造的实质是主体情感活动释发的过程。《本经训》云：

> 凡人之性，心和欲得则乐，乐斯动，动斯蹈，蹈斯荡，荡斯歌，歌斯舞，歌舞节则禽兽跳矣。人之性，心有忧丧则悲，悲则哀，哀斯愤，愤斯怒，怒斯动，动则手足不静。人之性，有侵犯则怒，怒则血充，血充则气激，气激则发怒，发怒则有所释憾矣。故钟鼓管箫，干戚羽旄，所以饰喜也；衰绖苴杖，哭踊有节，所以饰哀也；兵革羽旄，金鼓斧钺，所以饰怒也。必有其质，乃为之文。

这段话表明，人都有喜怒哀乐之情，并且都有表现的欲望，而所谓的歌、舞、乐等艺术正是人的这种心灵历程的记录。比如，当一个人内在的欢乐之情萌动，达到不得不表现的时候，他就可能会用“钟鼓管箫”奏起欢乐的音乐，或者发之于口唱出动听的歌声，或者伴着音乐挥动“干戚羽旄”作“禽兽跳”，即跳起节奏欢快的舞蹈，这是人性使之然。又，在这一具体的艺术活动过程中，所谓的“钟鼓管箫”、“干戚羽旄”等仅仅只是“饰喜”之物，即借以传达主体内在欢乐情绪之物具，而仅有这些物具是不能构成完整的艺术审美过程的，主体内在强烈的情感充盈才是这一艺术审美过程得以发生和形成的根本原因。所以，任何艺术创作都可以看做是一种主体情感的展现过程。

上述意见，在《淮南子》中并不是一个孤立的认识，书中关于古代音乐产生的看法就对上面的认识作了进一步的补充和例证说明，从而使上述认识得到了深化。如它认为古代音乐的产生是由于“夫人相乐，无所发贶，故圣人为之作乐以和节之”①，指出文艺创作的根本特征是“发于词，本于情”②，从而提出了艺术创作必须是“有充于内而成像于外”；“……古之为金石管弦者，所以宣乐也……此皆有充于内而成像于外”。③《淮南子》在此提出了艺术的“成像”问题。艺术创作活动产生了具体的艺术品——“像”，任何艺术都必须有“像”，否则就没有具体艺术品的产生。但是，这种“像”必须是“充于内”之情感的物质外化，或者说是一种传达符号，它从主体情感孕育而出，传递着主体的审美情绪，使其得到延伸，成为一种具体时空中的稳态存在。所以，艺术的“成像”过程就是创作主体的人性情感、审美意绪激发和外化的过程，这是一条创作的基本原则，其核心实质就是强调艺术创作要“本于情”。

《淮南子》如此强调艺术创作必须是主体内在情感之自然“宣”露，于是又认为只有那些从内心深处迸发出来的饱浸着真诚情感的艺术才真正具有美的魅力，也就是认为艺术的审美价值主要体现于其所凝结的情感之上。《修务训》云：

> 故秦楚燕魏之歌也，异转而皆乐，九夷八狄之哭也，殊声而皆悲，一也。夫歌者乐之徵也，哭者悲之效也，愤于中则应于外，故在所以感。

又《缪称训》云：

> 宁戚击牛角而歌，桓公举以大政；雍门子以哭见，孟尝君涕流沾缨。歌哭，众人之所能为也，一发声，入人耳，感人心，情之至者也。

高诱解“愤”为“发”之意，“徵”、“效”为“应”、“验”之意，大致不差。这样，上述诸言就是认为艺术的审美价值的大小在于其所蕴涵情感的厚薄，这实际上也是在强调创作必须出于“情之至”。所以，所谓“愤中应外”的美学实质与“有充于内而成像于外”一样，都是强调主体情感是艺术之“本”。

---

① 《淮南子·本经训》。
② 《淮南子·泰族训》。
③ 《淮南子·主术训》。

上述《淮南子》关于创作与情感之关系的认识所触及的美学课题正是艺术创作的文情关系问题，“必有其质，乃为之文”是它在这一问题上所持的美学态度。总之，它认为艺术创作应以情为主，文情双美。《缪称训》说道：“文者所以接物也，情系乎中而欲发外者也。以文灭情则失情，以情灭文则失文，文情理通，则凤麟极矣。”成功的创作必须文情双备，不可或缺。但是，在二者的关系上，情必须是第一位的，因为“根本不美者，枝叶茂者，未之闻也”①。所以，成功的创作必须发源于“怀情抱质”之怀，这是艺术创作的“不传之道”。可以看出，《淮南子》对艺术的文情关系的认识主要是接受儒家而来的，这样就不免表现出一些儒家美学的特征，如它也谈到“节情”的重要性，《泰族训》云：“今取怨思之声，施之于管弦，闻其音者，不淫则悲。淫则乱男女之辨，悲则感怨思之气，岂所谓乐哉？”“温惠柔良”、“宽裕简易”是“诗之风”、“乐之化”，所以，“音不调乎雅颂者不可以为乐”。但是，从上述《淮南子》的一系列认识来看，它在某些方面又突破了儒家的美学原则，如强调“愤中应外”和强调“情之至”，即主张必须自然宣泄情感，这就不同于儒家的一味强调以“礼”制情。同时，认为艺术不仅可以“饰喜”，而且还可以“饰怒”，即通过对悲、哀、愤、怒等情感的宣泄而达到“释憾”的作用，这更是对儒家“中正”、“和合”美学原则的突破。另外，它还批评了儒家把艺术视为施行教化的工具的观念，认为他们“弦歌鼓舞，缘饰诗书”，乃是为了“买名誉于天下”②，而并非是真正出于情感审美的需要，违背了“本于情”的原则，故称之为“失乐之本”。总之，虽然《淮南子》在文情关系上不无自相矛盾之处，但新的认识观念无疑占主要地位，故可以认为它在情感与创作之关系的认识上突破了儒家美学原则，发展了先秦时期对文情关系的认识。

二、“中有本主”——艺术的主体独创性

《淮南子》如此凸现情感在艺术“成像”过程中的作用，实际上就是强调审美关系中主体的作用，也就是强调艺术创作的情感主体性。所以，《淮南子》在充分认识了艺术创作的文情关系的基础上又提出了“中有本主”的原则，对艺术创作过程中主体性的保持与独创性的发挥问题发表了自己的见

① 《淮南子·缪称训》。
② 《淮南子·俶真训》。

解。

《淮南子》认为艺术创作要保持高度的主体性，主体性与独创性具有直接的因果关系。《氾论训》云：

> 譬犹不知音者之歌也，浊之则郁而无转，清之则燋而不讴。及至韩娥、秦青、薛谈之讴，侯同、曼声之歌，愤于志，积于内，盈而发音，则莫不比于律，而和于人心，何则？中有本主，以定清浊，不受于外，而自为仪表也。

何为"中有本主"？"中有本主"即为"愤于志，积于内"，指创作主体的内在情感充溢。在《淮南子》看来艺术创作必须"自为仪表"，即具有独创性，否则就不能实现创作的真正价值。而艺术独创性的实现又有赖于创作者主体性的高度树立与发挥，即要"中有本主"。因为个性化是独创性的前提，而主体性一般与个体性是连在一起的，故不能"中有本主"就难以做到"自为仪表"。这就是说主体情感与艺术独创性之间有着必然的内在联系，而且这种联系是双重的。

《淮南子》认为这种内在联系的表现之一，在于情感能激发起个体强烈的创造意识。《齐俗训》曰：

> 且喜怒哀乐，有感而自然者也。故哭之发于口，涕之出于目，此皆愤于中而形于外者也。譬若水之下流、烟之上寻也，夫有孰推诸？故强哭者，虽病不哀，强亲者，虽笑不和，情发于中而声应于外。

又《诠言训》曰：

> 故不得已而歌者，不事为悲；不得已而舞者，不矜为丽。歌舞而不事为悲丽者，皆无有根心者也。

这里强调艺术创造必须以个体情感世界作为"根心"，因为这一"根心"能使主体萌发强烈的表现要求，即所谓"含而未吐，在情而不萌者，未之闻也"①。这一要求其势犹如"水之下流"或"烟之上寻",使主体内在形成无可遏制的创造意识的流动冲袭,从而使主体在情感的驱使下真正进入创造境界。如果没有此"根心",而是无乐而欢愉,无哀而悲伤,虚假造作,矫揉强饰,为创作而创作,即属"情无符检,行所不得已之事"②,这样的创作是不可能产生真正的艺术品的。所以,没有情感"本主"的支配,就没有作为美的创造前提的个体自由创造心理存在,于是,艺术的独创性也就无从谈起。可见,以情感"本主"为创作的"根心"是实现艺术独创性的重要途径之一。

《淮南子》又认为这种联系还表现于主体情感作为一种具有充分个体特征的心理内容,是艺术表现的对象,其凝结于作品之中,形成艺术个性的内在品质。前面所引《淮南子》诸文中出现的"本于情"、"有充于内而成像于外"、"愤中形外"等,表明其认为艺术必须以主体情感为内容特质,"情系于中……诚出于己,则所动者远矣"③,情感是艺术品美的魅力之所在。情感的审美品格在于它代表着创作主体的内在世界,创作"本于情",其所达到的目的是主体心灵的展现,这其中无不包括主体的个性心理及创造性方面的特征展现,而创造活动的结果——艺术品则正是这一切即艺术家精神世界特点的外化。所以,艺术创作的"自为仪表"最终落实在创作过程中的"中有本主"之上。如不其然,在创作中专事形状模样之巧而以为独创之计,其就犹如儒者之礼膜之拜,"升降揖让,趋翔周游,不得已而为也,非性所有,于身情无符检,行所不得已之事,而不解构耳,岂加故为哉!故不得已而歌者,不事为悲;不得已而舞者,不矜为丽。歌舞而不事为悲丽者,皆无有根心者也。"④这样的"中无根心,强为悲丽"⑤,离真正的独创差之甚远,故难以"和于人心"。所以,从本质上来看,艺术独创性主要是指创作主体情感个性在作品中的渗透,即主体性格转化为艺术个性特质而言。

"中有本主"是《淮南子》强调艺术创作的主体独创性而提出的一个命题,从视情感为艺术之灵魂生命而言,其与"有充于内而成像于外"在美学精神上是一致的,均为对先秦美学思想的总结提高。先秦儒家对艺术表现

---

① 《淮南子·缪称训》。
② 《淮南子·诠言训》。
③ 《淮南子·缪称训》。
④ 《淮南子·诠言训》。
⑤ 高诱注语。

情感多有谈言，但过分强调情感必须接受“礼”的规范，即主张“节情”，这种强调的实质是要求一般化的社会道德伦理精神甚至政治意识对作为个体生命力量和人性表征的情感在渗透中进行取代，故难免不对主体带来禁锢。道家主张彻底的“去情返性”，认为喜怒哀乐好恶之情“不可入于灵府”①。要在“悬解”静穆之中进入与“道”同一的境界，并以此为美和艺术观照的极致，故他们没有提到主体情感灌注与美和艺术之创造的密切关系问题。当然，《淮南子》对儒家的“节情”说和道家的“去情”而“养性”说也多有袭说，但提出“中有本主”，并把“本主”界定为主要指主体情感世界，这却是它的独特认识。正是从这一方面看，《淮南子》的艺术主体性意识显示了自己崭新的意义。

三、“游乎心手众虚之间”——规矩与自由创造问题

关于创造过程中法度规矩与主体自由之间的关系，孟子曾说过，“不以规矩，不能成方圆”②、“梓匠轮舆能与人规矩，不能使人巧”③。庄子寓言中的议论更多，如“工倕旋而盖规矩，指与物化而不以心稽”④、“不疾不徐，得之于手而应之于心”⑤，等等，对生产技艺和艺术创作中的“心”、“手”关系作了初步的认识。在《淮南子》中，谈到规矩和创造之关系的地方很多，它吸收了庄子的一些思想而又有所发展，一系列出色的议论中蕴涵了丰富的美学思想，使对艺术创作中“心”、“手”关系的认识达到了一个新的高度。

《淮南子》肯定和赞扬了那种进入主体内在自由境界的艺术创造技能。《齐俗训》说：

> 故剞劂销锯陈，非良工不能以制木；炉橐埵坊设，非巧冶不能以治金。屠牛吐一朝解九牛，而刀以剃毛。庖丁用刀十九年，而刀如新剖硎，何则？游乎众虚之间。若夫规矩钩绳者，此巧之具也，而非所以巧也。故瑟无弦，虽师文不能以成曲，徒弦则不能悲。故弦，悲之具也，而非所以为悲也。若夫工匠之为连钒运开，阴闭眩错，入于冥冥之眇，

---

① 《庄子·德充符》。
② 《孟子·离娄上》。
③ 《孟子·尽心下》。
④ 《庄子·达生》。
⑤ 《庄子·天道》。

神调之极，游乎心手众虚之间，而莫与物为际者，父不能以教子。瞽、师之放意相物，写神愈舞，而形乎弦者，兄不能以喻弟。今夫为平者准也，为直者绳也，若夫不在于绳准之中，而可以平直者，此不共之术也。故叩宫而宫应，弹角而角动，此同音之相应也，其于五音无所比，而二十五弦皆应，此不传之道也。

这一大段出色的议论从表面上看似乎只是对庄子庖丁解牛、大匠运斤之说的踵事增华，但实际上渗透着更多的美学意识。《淮南子》在此首先对那种把艺术技能发挥到极致从而进入一种可以充分显示出主体对法度能自由把握、适应的创造境界表示了由衷的赞叹，但接着就引发到音乐艺术创作之上，评论了音乐创作中法度之范与技能把握、创造力高扬之间的关系。《淮南子》认为艺术创作不可能没有一定的规矩准绳，因为任何创造活动及其结果首先必须做到符合规律，否则难以成立，故以违抗规律为创造之独之论实难以通达。但是，艺术创作同时又是不受规律束缚而能充分显示主体创造力量的自由活动，这就是说规矩法度不应成为局限主体创造力量的樊篱，因为如果以规矩为本，亦步亦趋，就等于扼杀了本应充满活力的创造生命。可见对规矩服从有主动与被动、积极与消极之分，而真正符合创造要求的无疑是前者。所以《齐俗训》又云："工匠之斫削凿枘也，宰庖之切割分别也，曲得其宜而不折伤。拙工则不然，大则塞而不入，小则窕而不周，动于心枝于手而愈丑。"既要"得其宜"而又不是"动心枝手"求得，即无规矩而又无不合规律。《淮南子》总结工匠们的高超娴熟技艺为能"游乎心手众虚之间"，如果以庖丁为例，这就是指庖丁在解牛时能"依乎天理"，"因其自然"，下刀总在牛体骨骼的空隙之处，刀入则迎刃而解。但这种切中肯綮又不是苦寻苦找所得来，而是手起刀落，在极其自由的状态下进行的，即如庄子所说的"以神遇而不以目视，官知止而神欲行"①。可见，所谓"游乎心手众虚之间"，就是指创造者进入主体自由的创造境界之后对法度规律所达到的直觉把握情状。这种直觉把握首先是要做到能超越法度，而不是奴性的服从之，因为只有超越才能自由，而自由是创造的前提。但这种超越又绝不是毁弃法度，而是超越中的积极把握，即运用之妙，存乎其人，"不在绳准之中而可以平直"，对法度确实达到了不求而又无不合之的自由运用程

① 《庄子·养生主》。

度。这种超越中的积极把握由于杜绝了从事机械模范之“丑”，而又不至于抛弃规矩，所以是一种最理想的创造境界，对一个创造者来说能否达到这一境界是至关重要的。如师文、“瞽师”达到了这一境界，就可以在演奏中“放意相物，写神愈舞”。又如“宋画吴冶，刻刑镂法，乱修曲出，其为微妙，尧舜之圣不能及。蔡之幼女，卫之稚质，捆纂组，杂奇彩，抑墨质，扬赤文，禹汤之智不能逮”①。故《齐俗训》言称：“得十利剑，不若得欧冶之巧；得百走马，不若得伯乐之数。”

《淮南子》称这种能高度体现主体自由和能充分发挥主体创造力量的造艺之“巧”为“不共之术”、“不传之道”、“父不能以教子”、“兄不能以喻弟”。但是，这里并不是如庄子那样在宣传神秘不可知论，因为它认为在艺术创作中对法度规矩的自主性把握能力来之于长期的艺术实践过程。如《修务训》云：

> 今夫盲者目不能别昼夜，分白黑，然而搏瑟抚弦，参弹复徽，攫援摽拂，手若蔑蒙，不失一弦。便未尝鼓瑟者，虽有离朱之明，攫援之捷，犹不能屈伸其指。何则？服习积贯之所致。
>
> 今鼓舞者，绕身若环，曾挠摩地，扶旋猗那，动容转曲，便媚拟神，身若秋药被风，发若结旌，骋驰若骛。木熙者，举梧槚，据句枉……龙从鸟集，搏援攫肆，蔑蒙踊跃，且则夫观者莫不为之损心酸足，彼乃始徐行微笑，被身修擢。夫鼓舞者非柔纵，而木熙者非眇劲，淹浸[渍]渐靡使然也。

认为乐师的出色演奏技能和舞蹈艺人们的令人叹观的艺功并非天生如此，乃系“服习积贯之所致”、“淹浸[渍]渐靡使然也”。从建立在实践基础上的体认不可替代这点而言，这确实是“父不能以教子”、“兄不能以喻弟”。所以，所谓的“不传之道”、“不共之术”并不是认为它们是纯先天的和神秘而不可知的，而是强调主体的实践亲历。后来桓谭讲“能观千赋则善赋……能观千剑则晓剑”②，刘勰说“凡操千曲而后晓声，观千剑而后识器”③，均

---

① 《淮南子·修务训》。

② 《道赋》，见《全后汉文》卷十五。

③ 《文心雕龙·知音》。

是对《淮南子》此一认识的正确引申发挥。当然，《淮南子》此说中又无不有重视个人天赋的重要性的含义在内，这本身也是合理的，而且其亦不能“共”、“传”。所以，无论如何《淮南子》此说是合理的，并且在认识上超过了庄子。

《淮南子》认为创作要“中有本主”，要“游乎心手众虚之间”，从强调艺术创作必须具有主体性、不受制于外而言，二者在基本精神上是互相贯通的，因为对法度的掌握和创造力的发挥也有“中有本主”问题，其能力的大小与主体的审美情趣无不密切有关，同时如何更好地表现出“本主”，也无不有赖于创造能力的提高。这两种认识的结合互补，代表着《淮南子》对艺术创作的认识所达到的新的高度。

四、美在“君形者”——艺术的形、神关系

形、神问题在先秦时期主要是一个哲学问题，讲的是关于人的身心关系。这一问题的起源可以追溯到《管子》那里，该书《内业》篇云：“凡人之生也，天出其精，地出其形，合此以为人。”又《心术》篇云：“气者身之充也。”虽然没明确以形神命题，但已表现了欲从精神和形体划分的角度对人进行本体考察的倾向。庄子对形神关系谈得比较多，如言“形残而神全”、“外其形骸”①、“非爱其形也，爱使其形者也”②，等等，从其基本哲学思想出发，提出了重神轻形的主张。庄子论形神主要是从本体论的角度来谈如何体“道”的。但是，他又认为美在神而不在形，这说明其中亦渗透着一定的美学意识。而荀子提出“形具而神生”③，则肯定了神对形的依赖关系。《淮南子》从哲学和美学两个方面发展了先秦时期的形神观，尤其值得注意的是它第一次从形与神的角度来直接讲述艺术和艺术创作问题，不但把注重传神的美学思想具体地输入艺术理论系统中来，而且从方法论的意义来讲，更具有开拓性的意义。

我们先来看一看《淮南子》是如何从一般哲学意义上认识形神关系的，《原道训》云：

---

① 《庄子·大宗师》。
② 《庄子·德充符》。
③ 《荀子·天论》。

> 夫形者，生之舍也；气者，生之充也；神者，生之制也。一失位则三者伤也……今人之所以眭然能视，营然能听，形体能抗，而百节可屈伸，察能分白黑，视丑美，而知能别同异，明是非者，何也？气为之充，而神为之使也。

又《精神训》云：

> 精神盛而气不散矣。精神盛而气不散则理，理则均，均则通，通则神，神则以视无不见，以听无不闻，以为无不成也。

《淮南子》把人的生命划分为形、气、神三方面，形指人的身体，气指人的血气，神则指人的内在精神。从上面的引文来看，《淮南子》是非常重视神的作用的，强调要以神为主，如《原道训》中又讲道："以神为主者，形从而利；以形为制者，神从而害。"《精神训》则曰："心者形之主，神者心之宝也。"《诠言训》亦曰："神贵于形也，故神制则形从，形胜则神穷。"认为神为形之主，形受神之主宰，所以神制形从。

《淮南子》的重神思想影响了它的美学思想，它第一次正式提出了文艺创作重在传神的主张。《淮南子》认为艺术创作必须充分表现出对象的精神特质，即要传神。书中讲道：

> 画西施之面，美而不可悦；规孟贲之目，大而不可畏，君形者亡焉。（《说山训》）

这里之"君形者"即主宰形之神，《淮南子》认为画家所绘之西施之面、勇士孟贲之目虽然很"美"或很大，却不使人感到爱悦或敬畏，这是因为作者只图绘出他们的外在形骸，而没有表现出他们的"神"，即内在的情感、意志等充分显示个性特点的精神特质，以至人们不能由此观照到生命的内在光辉而产生强烈的愉悦感或力量感，故觉其"不可悦"或"不可畏"。没有灵魂的偶像是没有审美价值可言的，所以，《淮南子》强调艺术表现重在传"神"，而不能徒具其表。另外，《淮南子》又认为艺术传神的另一种表现是创作必须表现创作者本人的精神情感特点。如云：

使但吹竽，使氐厌窍，虽中节而不可听，无其君形者也。（《说林训》）

昔雍门子以哭见于孟尝君，已而陈辞通意，抚心发声，孟尝君为之增欷唈，流涕狼戾不可止。精神形于内而外谕哀于人心，此不传之道。使俗人不得其君形者而效其容，必为人笑。（《览冥训》）

《韩非子·外储说右》篇说："田连成窍，天下善鼓瑟者也。然而田连鼓上，成窍擫下，而不能成曲。"《说林训》之言似本韩此说。从这两段引文的含义来看，《淮南子》认为在创作中艺术家的内在精神是整个创作活动的主宰，如果失去这一主宰，如但、氐合吹和只会仿效别人之"容"的"俗人"那样，"不得其君形者"就不会有成功的艺术创造，《淮南子》把此亦称为"君形者亡"。这反映到艺术作品方面，就是作品中必须表现出创作主体的精神面貌，否则，徒有形式而"无其君形者"，就只能成为"必为人笑"的皮相之货，而要做到这点必须是创作者内在有之而谕于外，即"愤中应外"。可见，《淮南子》文艺思想内部各成分之间彼此是有联系的。同时，我们还可以看出我国古代文学创作和理论批评强调表现情感和重传神，二者之间有着内在的必然联系。

从《淮南子》的艺术形神观念来看，我国古代以传神为主而形神兼备的美学思想在它那里已初具轮廓，但是由于后来社会思想文化政策的改变，它的这一与庄子哲学和美学思想多少有些渊源关系的美学思想被社会湮没，在汉代没有产生应有的影响，当然也不会得到发展补充。从魏晋始，形神关系问题始从哲学与文艺两个不同领域各自独立发展，文艺领域，尤其是绘画理论方面对形神关系讨论一时亦兴趣浓重，古代美学中的艺术形神理论就是在此时发展成熟的，其后形神之谈就成家常之词了。然其所受之影响，很大程度上是来之于《淮南子》。

五、"载哀"与"载乐"——鉴赏主体情感差异与美感差异

艺术鉴赏，也是审美方式之一。但是，在鉴赏过程中往往会出现美感差异现象，如"心有忧者……琴瑟鸣竽，弗能乐也"，如果"患解忧除"，则就

可以“居安游乐”①，陶醉在一片音乐声中。又如：“申喜闻乞人之歌而悲，出而视之，其母也。艾陵之战也，夫差曰：‘夷声阳，句吴其庶乎？’同是声而取信焉异。”②这是一种实际存在的现象，如何解释这一现象呢？《淮南子》认为美感差异导源于鉴赏主体的情感差异。如《齐俗训》云：

> 夫载哀者，闻歌声而泣；载乐者，见哭者而笑。哀可乐者，笑可哀者，载使之然也。

又《缪称训》云：

> 心哀而歌不乐，心乐而哭不哀。

何为“载”？“载”就是在某种情感充溢下之“心境”，亦即鉴赏者的情感心态，《淮南子》认为这种情感心态制约着鉴赏主体的美感心理势态，就是说不同的“心境”产生不同的审美情绪。如申喜失母“心哀”，夫差胜齐“心乐”，一者“载哀”，一者“载乐”，而“心哀而歌不乐”，“心乐而哭不哀”，两种不同的心境导致了两种不同的审美情绪产生，前者“闻乞人之歌而悲”，后者感觉“夷声”为吉利之音③，于是就出现了所谓“哀可乐者，笑可哀者”这种主体审美情绪与客体情感特质逆反的现象，这就是美感差异的产生，而究其原委，实为“载使之然也”。《淮南子》的这一认识是完全合理的。我们知道，审美感受的一个突出的特点是其带有浓厚的主观情感色彩，在审美过程中，主体并不表现为对客体的物质属性进行知性判断，而往往是从自身情感需求出发对客体进行诸如“泪眼问花”、“数峰苦清”式的移情式的感受与体验。所以，美感就往往表现为客体对主体在情感上的适应、交融，由于主体的情感状态以及鉴赏要求不同，故不同的鉴赏者或者同一鉴赏者在不同的鉴赏心理条件下对同一鉴赏对象便可以获得不同的审美感受，《淮南子》所讲的“载哀者，闻歌声而泣”或“载乐者，见哭者而笑”的情况正是其中现象的一部分。这种情况，对于现代美学知识来讲并没有什么深奥之

---

① 《淮南子·缪称训》。
② 《淮南子·缪称训》。
③ 高诱注：“‘阳’，吉也。”

妙,只需从鉴赏活动的主体性原因加以解释即可获得颇具信服力的说明,然而,对于两千多年前的《淮南子》来说,认识到这点却是十分难能可贵的。

《淮南子》对美感差异现象的解释,除是对问题本身的说明外,实际上还涉及了鉴赏活动的性质问题。从它的那些议论来看,其对于鉴赏活动特性之一的鉴赏主体性特点也是有所察觉的,如它所说的"心哀而歌不乐,心乐而哭不哀"的情况,正说明鉴赏活动亦是主体自身情感运动及主体情感对客体进行强剧的介入、渗透过程。但是,所谓鉴赏的主体性并不完全指鉴赏中的美感差异现象而言,而是指鉴赏活动中主体情感在美的再创造过程中的作用而言。这种再创造不一定都是"哀可乐者,笑可哀者",欣赏中主体的审美感受与客体的情感特质一致的情况更加普遍。对此,《淮南子》亦有所认识,如《主术训》云:"夫荣启期一弹,而孔子三日乐,感于和;邹忌一徽,而威王终日悲,感于忧。"又如《泰族训》云:"赵王迁流于房陵,思故乡作为山水之讴,闻者莫不殒涕。荆轲西刺秦王,高渐离、宋意为击筑而歌于易水之上,闻者莫不瞋目裂眦,发植穿冠。"这里,鉴赏者的主体性不会不有所表现,因为如果鉴赏主体内心没有强烈的情感激发,并且与演奏者发生心理情绪上的共振,主体就会在被接受客体面前毫无所动,这样客体也就不会对主体产生美感效应。但是,由于鉴赏者能"感于和"或"感于忧",所以客体"至精入人深"、"能使人为之哀乐"①的美的特质就能通过鉴赏者的美感正常地表现出来,如闻幽居而思归之歌则"殒涕",闻壮行前的豪悲之唱则"瞋目裂眦,发植穿冠",并没有出现美感差异现象。这本已属于题外了,但为了不产生误会,特作此说明,并且还可以补充说明《淮南子》对鉴赏主体性的认识。

《淮南子》的"载哀"、"载乐"说,是对荀子"心忧恐"则"饷万物之美而盛忧"②、《吕氏春秋》"耳之情欲声,心不乐,五音在前弗能听"③等的进一步发挥提高。作为对一种鉴赏心理的揭示,它们的认识都有一定的意义,不过,《淮南子》中对此问题的议论并不仅仅限于作现象上的描述,而且涉及美感差异及艺术鉴赏的特性等问题,并对此作了一定的阐释,这是它发展、深化了的地方。

---

① 《淮南子·主术训》。

② 《荀子·正名》。

③ 《吕氏春秋·适音》。

对于艺术鉴赏,《淮南子》还发表了一些很好的见解,如《泰族训》曰:“六律具存而莫能听者,无师旷之耳也……律虽具,必待耳而后听。”《人间训》亦曰:“夫歌《采菱》、发《阳阿》,鄙人听之,不若此《延路》、《阳局》。非歌者拙也,听者异也。”认为鉴赏者必须具有一定的欣赏能力,这是必要的前提,否则再好的艺术呈现于前也不能接受,如鄙俗之人由于缺乏一定的艺术修养,故对《采菱》、《阳阿》这样优美高妙的歌曲不能鉴赏,而宁愿接受《延路》、《阳局》这样的鄙歌俗曲。所以,所谓“师旷之耳”就是指鉴赏主体的鉴赏能力。马克思曾说:“如果你想得到艺术的享受,那你就必须是一个有艺术修养的人。”①又说:“对于没有音乐感的耳朵来说,最美的音乐毫无意义……”②二者所言基本一致,都是强调鉴赏主体必须具有起码的欣赏能力。

以上,对《淮南子》的艺术创作论和审美鉴赏论作了一定的论析。必须申明一点,即这并不是《淮南子》的艺术创作论和审美鉴赏论的全部内容,它对“神”即想象思维的特点、文质关系、有与无及一与多的关系以及诗、乐与时代的关系等问题的认识也具有一定的美学进步意义,对此笔者已另有专文分析,故本文中未加涉及。可以看出,在时代环境和自身哲学思想的影响、制约下,《淮南子》的一系列认识形成了自己的特点,它在继承的基础上创造性地发展了先秦文艺、美学思想,并且对后世产生了多方面的影响。当然,《淮南子》的艺术思想除了前面谈到的这些我们认为具有发展意义的内容而外,还存在着因袭照搬先秦艺术思想主要是老庄美学思想和儒家“礼乐”观念的一面,因篇幅关系,文中没有详述,这里交代一下,以免误会。

(原载《文学遗产》1987 年第 4 期)

① 马克思:《1844 年经济学哲学手稿》,人民出版社 2000 年版,第 146 页。
② 马克思:《1844 年经济学哲学手稿》,人民出版社 2000 年版,第 87 页。

《淮南子》对于情感与审美之关系的认识

《淮南子》，又名《淮南鸿烈》，是西汉淮南王刘安和其门徒“八公”以及“大山、小山之徒”①集体撰写的一部书，该书之特点是“其旨近老子，淡泊无为，蹈虚守静，出入经道”②。但是，为了“讲论道德，总统仁义”③，又“兼儒墨，合名法”④，这就使它的思想内容既庞杂而又零乱，甚至互相矛盾，故《汉书·艺文志》列其为“杂家”。较之汉代其他“子书”，《淮南子》中包含的美学思想更丰富些，其中对于美、美感以及诗、乐发表的一系列意见，代表了西汉“罢黜百家，独尊儒术”，思想定于一尊之前，社会上一部分人受“黄老”思想影响而对美和艺术的看法。本文仅就《淮南子》中对于情感与审美关系的认识谈点个人浅陋的意见，以就教于专家同行。

一、情感与人性

情感问题并不是一个新问题。早在先秦时期，儒家学派就非常强调之。但是，他们强调情感，同时也更加强调情感必须接受“礼”之规范。

在对待情感这一与审美艺术有密不可分的关系的人的性情问题上，《淮南子》和先秦儒家及董仲舒在态度上有明显的差异。

对于情感，《淮南子》在许多地方明确地表现了肯定的态度，如：

> 人之性，心有忧丧则悲，悲则哀，哀斯愤，愤斯怒，怒斯动，动则手足不静。人之性，有侵犯则怒，怒则血充，血充则气激，气激则发怒，发怒则有所释憾矣。（《本经训》）

---

① 高诱《淮南子·叙目》言：刘安“与苏飞、李尚、左吴、田由、雷被、毛被、伍被、晋昌等八人（即所谓‘八公’——笔者）及诸儒大山、小山之徒，共讲论道德，总统仁义，而著此书”。

② 高诱《淮南子·叙目》注。

③ 高诱《淮南子·叙目》注。

④ 《汉书·艺文志》。

且喜怒哀乐，有感而自然者也。故哭之发于口，涕之出于目，此皆愤于中而形于外者也，譬若水之下流，烟之上寻也，夫有孰推诸？（《齐俗训》）

盖情甚乎叫呼也，无诸己，求诸人，古今未之闻也……怀情抱质，天弗能杀，地弗能霾也……含而弗吐，在情而不萌者，未之闻也。（《缪称训》）

上述诸言，明确地肯定喜怒哀乐等是人有感于物事而必然产生的内在情感，并且认为“释憾”，即对内在的情感加以表现是人的自然要求之一，情感“愤于中”就必然要求“形于外”，这犹如“水之下流、烟之上寻”，无法加以遏制。同时，还认为情感表现具有“甚乎叫呼”的巨大的深入人心的力量。

《淮南子》从自然人性的角度肯定了情感产生存在的合理性及其作用意义，这在认识上是一个进步。我们知道，先秦儒家学派也强调情感，但他们更强调“礼”。如孔子就反复强调一切社会活动包括人的精神活动在内必须服从于“礼”的要求，他曾说“兴于诗，立于礼，成于乐”①，“博我以文，约我以礼”②，还更明确地提出要“乐而不淫，哀而不伤”③，较早地提出情感必须接受“礼”的规范，即认为情感必须控制在“礼”所允许的范围内，不可造次超越。孟子声称“我善养吾浩然之气”④，但是，他又把这种“浩然之气”归结为是由“集义所生”，到底还离不开“礼”的规范。荀子比较深入地论述了情感与音乐的关系，但他对包含着真实而又充沛的情感之音乐就未必真正欣赏，他认为“郑卫之音，使人心淫”⑤，所以，提出要“以道制欲”，以防止情感对人造成“惑”、“乱”之不虞。汉代以来，受儒家思想和治“经”风气之影响，一些儒生同样强调“礼”对情感的规范作用，虽然他们也认为情感与人的自然特性有关系，且为艺术表现之必不可缺的因素，但实际上却把情感仅仅限制在封建统治及其伦理道德所允许的窄狭范围之内，或者说仅只视“礼”、“天理”为情感之唯一内涵，抽掉了其中所应包含的其他人性方面的内容。这种伦理性的观念，对艺术和美学发展造成了不利影响，如

---

① 《论语·泰伯》。

② 《论语·子罕》。

③ 《论语·八佾》。

④ 《孟子·公孙丑上》。

⑤ 《荀子·乐论》。

《诗大序》提倡"发乎情，止乎礼义"，《礼记·乐记》则在情性之分的基础上进一步视情感为产生"悖逆诈伪之心"、"淫佚作乱之事"之"物欲"，于是坚决主张以封建政治及伦理道德之"天理"规范、净化之。尤其是武帝以来，为适应封建帝国和加强社会政治思想统治的需要，董仲舒提出了"罢黜百家，独尊儒术"的文化政策，并且把儒家思想和阴阳五行说融合起来，制造出一套"天人感应"、"君权神授"的神学目的论的庸俗哲学体系。对于情感问题，其态度比先秦和汉代草创之时显得更加狭隘，他一反过去性静情动之说，而主张性善情恶，认为情感可使"人人从其欲，快其意，以逐无穷，是大乱人伦而靡斯财用也"①，故必须对情感包括对声乐等艺术的美感享受加以规范，"使之度礼"②。于是，他提出"教化之情不得，雅颂之乐不成"③，"故礼，体情而防乱者也"。这也就是说应该使"礼"、"教化"等道德伦理内容完全渗透到人的心理机制中去，做到"非礼而不言，非礼而不动"，具体讲来就是"目视正色，耳听正声，口食正味，身行正道"④。因此，我们知道董仲舒实际上以儒教神学取代了情感中正常的人性内容，禁锢个性，毁灭情感，由此而对艺术产生的必然要求就是使其完全沦为体现封建等级制度、维持伦理教化的工具。这充分体现了集权主义支配下思想统治之酷烈。在这一问题上，《淮南子》的进步性体现在：认为情感乃人心感遇现实而生，这体现了朴素的唯物主义的认识特征；认为情感乃人对现实生活反映的自然表露，并且具有主体动力作用。这在集权思想统治的社会环境下具有保持人格个性和增强文学艺术审美魅力的积极作用。⑤

《淮南子》在一定程度上把情感与人的自然本性联系在一起，把它作为一种主体的力量而加以肯定，其原因较为复杂，但大体上可以从思想渊源与当时的社会历史条件这两方面加以说明。从思想渊源方面来讲，主要与其接受道家"自然"、"无为"思想以及先秦时期天人关系上的唯物主义思想有关⑥；从社会历史条件来讲，主要与当时社会中尚未完全减退的重"黄老"风气以及刘安与中央集权政府及其思想文化专制政策之间的矛盾等有

---

① 《春秋繁露·度制》。

② 《春秋繁露·天道施》。

③ 董仲舒：《举贤良对策》，见《汉书·董仲舒传》。

④ 《春秋繁露·天道施》。

⑤ 因《淮南子》属"杂家"，所以一些地方也谈到情感的规范问题，详后。

⑥ 书中某些地方又从庄学极端虚无思想出发，对情感持虚无否定的态度，详后。

关。《淮南子》的情感人性论渗透到其对情感的美学态度中去，就必然形成一种与董仲舒提出的弥漫一时的以禁锢情感、毁灭个性为目的的神学美学思想不同而更有利于艺术发展进步的美学思想。

二、情感与艺术创造

我国文学艺术，从先秦时代开始就非常重视情感抒发与审美创造的关系，如《诗经》有云“心之忧矣，我歌且谣”①、“君子作歌，维以告哀”②；屈原《惜颂》云“惜诵以至愍兮，发愤以抒情”；荀子云“乐者，乐也，人情之所必不免也，故人不能无乐……夫声乐之入人也深，其化人也速……其感人深，其移风易俗”③；《吕氏春秋·大乐》云“乐之有情，譬之若肌肤形体之有情性也”；《诗大序》云“诗者，志之所之也，在心为志，发言为诗。情动于中而形于言”、“变风发乎情”；《礼记·乐记》云“凡音者，生人心者也。情动于中，故形于声，声成文，谓之音”，“乐也者，音之所由生也。其本在人心之感于物也”，等等，初步认识到了艺术的由情而生、以情感人的特征，即认识到了艺术创作的内在动力主要是情感，而并非抽象的理性观念。

但是，由于受时代和认识的局限，对于审美创作主体的情感在美的创造中的作用，以及艺术中情感的审美价值等问题，当时还没有很明确的认识，到了《淮南子》，才结合一些具体的艺术创造事例，对情感与艺术创造的关系作出了更新的认识。

《淮南子》认为审美创作主要是一个情感活动过程。《本经训》言：

> 凡人之性，心和欲得则乐，乐斯动，动斯蹈，蹈斯荡，荡斯歌，歌斯舞，歌舞节则禽兽跳矣……人之性，有侵犯则怒，怒则血充，血充则气激，气激则发怒，发怒则有所释憾矣。故钟鼓管箫，干戚羽旄，所以饰喜也；衰绖苴杖，哭踊有节，所以饰哀也……必有其质，乃为之文。

这段话表明，人都有喜怒哀乐之情，都有表现这种内在情感的欲望。比如，当一个人内在的欢乐之情萌动，达到不得不表现的时候，他就可能会用“钟

① 《诗·魏风·园有桃》。
② 《诗·小雅·四月》。
③ 《荀子·乐论》。

鼓管箫”奏起欢乐的音乐，或者发之于口唱出动听的歌声，或者伴着音乐挥动“干戚羽旄”作“禽兽跳”。但是，“钟鼓管箫”、“干戚羽旄”仅仅只是“饰喜”之物，即借以表现人们内心情感的东西，更重要的是内心必须真正具有欢乐之情，没有内在的情感之“质”，仅仅有外在的那些“钟鼓管箫”、“干戚羽旄”之“文”，是不能形成艺术创作的。所以，《齐俗训》又说：“故弦，悲之具也，而非所以为悲也。”乐师用琴弦弹奏出美妙动听的曲子，这是由于演奏者把自己的内在情感倾注于其中了，如果没有乐师内在饱满情感的赋予，“徒弦则不能成悲”①。由此可知，作为审美方式之一的艺术创作首先是主体的情感活动过程，是主体情感借助于外物加以表现的过程。“夫歌者，乐之征也；哭者，悲之效也，愤于中则应于外，故在所以感。”②任何艺术创作都是“愤于中”的情感之外“应”过程，没有内在情感，就不复有审美创作活动存在，更不要说创作过程中审美情绪的产生了。“必有其质，乃为之文”，正是这一点的概括说明。

为了进一步证实此，《淮南子》以上古音乐为例进行了更详细的说明。它认为正是为了表现喜乐之情才产生了上古音乐，如《泰族训》言：“今夫雅颂之声，皆发于词，本于情，故君臣以睦，父子以亲。故韶夏之乐，声浸乎金石，润乎草木。”这是因为“古者圣王在上，政教平，仁爱洽，上下同心，君臣辑睦，衣食有余，家给人足，父慈子孝，兄良弟顺，生者不怨，死者不恨，天下和洽，人得其愿。夫人相乐，无所发贶，故圣人为之作乐以和节之”③。对“发于词，本于情”作了具体说明。但是，后世统治阶级“弦歌鼓舞，缘饰诗书，以买名誉于天下”④，在“田渔重税，关市急征，泽梁毕禁，网罟无所布，耒耜无以役，民力竭于徭役，财用殚于会赋，居者无食，行者无粮，老者不养，死者不葬，赘妻鬻子，以给上求，犹弗能澹，愚夫蠢妇皆有流连之心，凄怆之志”的情况下，却“撞大钟，击鸣鼓，吹竽笙，弹琴瑟”，⑤这是“失乐之本”，即违背了“必有其质，乃为之文”的原则。这里，我们明显看出《淮南子》接受了墨家“非乐”思想的一些影响，区别在于《淮南子》的目的是为了强调音乐创作必须从情感出发，而不是由此而否定音乐艺术本身。最后，

① 《淮南子·齐俗训》。
② 《淮南子·修务训》。
③ 《淮南子·本经训》。
④ 《淮南子·俶真训》。
⑤ 《淮南子·本经训》。

《淮南子》得出结论:“故古之为金石管弦者,所以宣乐也……此皆有充于内而成像于外。”①诗、乐、舞等艺术之“像”皆为“充于内”之情感的外化形式,或者是审美情感的符号化而已。毋庸置疑,艺术的“成像”过程也是情感活动的过程。

《淮南子》既然认为审美艺术创作是一个情感活动的过程,即认为诗、乐艺术的产生必须是创作主体内在情感之自然“宣”露,那么,就必然主张只有那些从内心深处迸发出来的,饱浸着真诚情感的诗、乐才最有艺术的魅力,也就是说艺术的审美价值主要体现于其所表现的情感之上。它说:

> 故秦楚燕魏之歌也,异转而皆乐,九夷八狄之哭也,殊声而皆悲……夫歌者乐之徵也,哭者悲之效也,愤于中则应于外,故在所以感。②(《修务训》)
>
> 宁戚击牛角而歌,桓公举以大政,雍门子以哭见,孟尝君涕流沾缨。歌哭,众人之所能也,一发声,入人耳,感人心,情之至者也。(《缪称训〉)
>
> 及至韩娥秦青薛谈之讴,侯同曼声之歌,愤于志,积于内,盈而发音,则莫不比律。何则?中有本主,以定清浊,不受于外,而自为仪表也。(《氾论训》)

这里明确指出,诗、乐等艺术的真正感人之处在于其所包含的情感,比如秦楚燕魏的音乐尽管形式各异,但是都可以使人“为之哀乐”,其原因正在于它们都蕴涵着真实的情感。情感具有很强的心理穿透力量,所以,诗、乐中蕴涵的情感越充沛就越能感动人,比如宁戚、韩娥、秦青等人的歌唱就是自己内在情感的直接抒发,所以才能“一发声,入人耳,感人心”,否则,不会获得如此强烈的艺术效果。情感贵在真诚,精诚在内,发之于外,则感人至深且广,所以《淮南子》主张创作首先必须“中有本主”,即“愤于志,积于内”,然后“盈而发音”,如此则无不激动人心,竭尽歌唱之能事。我们看出,这实际上是《礼记·乐记》“唯乐不可以为伪”的发展。

于是,《淮南子》反对创作中情感上的虚假造作,矫揉强事,如言:

---

① 《淮南子·主术训》。

② 高诱注“愤”为“发”之意,“徵”、“效”为“应”、“验”之意。

春女思，秋士悲，而知物化矣。号而哭，叽而哀，而知声动矣。容貌颜色，理诎偄倨，知情伪矣。故圣人栗栗乎其内，而至乎至极矣。（《缪称训》）

故强哭者，虽病不哀，强亲者，虽笑不和。情发于中，而声应于外。（《齐俗训》）

故不得已而歌者，不事为悲，不得已而舞者，不矜为丽，歌舞而不事为悲丽者，皆无有根心者。（《诠言训》）

真正的诗、乐正如“春女”、“秋士”感于“物化”而发动内在“思”、“悲”之真情一样，亦系之于充溢着喜怒哀乐情感之“根心”，而不得无乐而欢愉，无哀而悲戚。那些“容貌颜色，理诎偄倨”，勉强而作出来的歌舞，因并非是情感使之然，所以空洞无物，徒具“悲”、“丽”的形式而没有真正的审美的价值。所以，真正的艺术必须是出之于情感的表现需要，否则就只能给人一片“情伪”的感觉。总之，《淮南子》认为诗、乐等艺术创作应以情为主，文情并茂。它说：“精神形于内，而外谕哀于人心，此不传之道。使俗人不得其君形者而效其容，必为人笑。”①又说：“文者所以接物也，情系于中而欲发外者也。以文灭情则失情，以情灭文则失文，文情理通，则凤麟极矣。”②既主张情“质”第一，又以为形式之“文”亦不可或缺。但是，无论如何，真诚的情感是诗、乐艺术的根本，是其美的魅力所在，“根本不美者，枝叶茂者，未之闻也。”③所以，真正的诗、乐必须源于“怀情抱质”之怀，这是艺术创作之“不传之道”。

从以上可以看出，《淮南子》对于情感与艺术创作的关系的认识较之以前进步了不少，主要体现于：(1) 认为审美艺术创造主要是审美主体情感活动的过程；(2) 认为情感是艺术审美价值的主要体现者。再联系《淮南子》对情感所持的自然人性观点来看，我们可以说真正对情感在艺术审美中的作用看得如此重大在《淮南子》之前还没有过，这说明《淮南子》对艺术创造的审美心理结构的特点有充分的理解和把握，其对艺术创作的发展进步也无不具有积极的推进意义。

---

① 《淮南子·览冥训》。

② 《淮南子·缪称训》。

③ 《淮南子·缪称训》。

三、情感与审美鉴赏

艺术鉴赏，作为审美活动之一，与情感也有非常密切的关系。但是，这个关系具体应该怎么解释呢？比如对于鉴赏者情感状态与美的欣赏、审美主体情感差异性与美的创造的关系等问题如何解释才比较合理些呢？这些问题在《淮南子》之前基本上没涉及多少，是《淮南子》第一次较集中地论述到此，新颖合理之见书中屡见不鲜。

首先，《淮南子》认为对于欣赏者来说，审美鉴赏也是一个情感活动的过程。《主术训》言：

> 夫荣启期一弹，而孔子三日乐，感于和；邹忌一徽，而威王终日悲，感于忧。动诸琴瑟，形诸音声，而能使人为之哀乐。悬法设赏，而不能移风易俗者，其诚心弗施也。宁戚商歌车下，桓公喟然而寤，至精入人深矣。

《泰族训》言：

> 赵王迁流于房陵，思故乡作为山水之讴，闻者莫不殒涕。荆轲西刺秦王，高渐离、宋意为击筑而歌于易水之上，闻者莫不瞋目裂眦，发植穿冠。

创作者内在情感“动诸琴瑟，形诸音声”，产生了美的音乐，但是，这音乐能否产生“至精入人深”的艺术效果却又离不开欣赏者的情感活动，只有欣赏者“感”于乐曲所表现的情感时，即欣赏时使自己的情感也参入其内，才能产生真正的审美情绪，感受到艺术的美。这是《淮南子》对情感与审美鉴赏的总的看法。比如，荣启期一番演奏竟使孔子三日之内心情一直沉浸在欢乐情绪之中，邹忌一支曲子使得威王终日悲伤而不能自已，这是由于他们能“感于和”或者“感于忧”，即听乐曲时内心激发起了强烈的情感活动，并且内心产生的这种情感和乐曲所表现的情感在指向上一致，正是由于这种欣赏者自身情感的介入，才使得他们的鉴赏过程能够完成，达到了审美的目的。同样，赵王的思乡之作和高渐离、宋意的易水悲歌使“闻者”“殒涕”，产生了“瞋目裂眦，发植穿冠”的强烈共鸣，这也是因为“闻者”感受到了他们歌曲中所表现的悲愤之情，此时此地听者的情感和歌者的情感交融难割，达到了同一境界。相反，如果孔子和威王在听音乐时内心毫无所动，就不可能感受到其中的和乐之情或者忧伤之情，音乐的“使人为之哀乐”的艺术感人力量也就无从产生了。《淮南子》又说：“夫歌《采菱》、发《阳阿》，鄙人听之，不若此《延路》、《阳局》。非歌者拙也，听者异也。”[①]《采菱》、《阳阿》都是比较高雅些的歌曲，但是因为“鄙人”不能理解其中所表现的情感，不能产生情感上的共鸣，所以，在他们听来还不如《延路》、《阳局》这些和自己的情感较接近的俗乐。可见，欣赏者在一首乐曲面前能否产生情感活动，乃决定着欣赏过程中审美情感的产生与否。从这个意义上讲，欣赏过程中鉴赏者的情感活动过程亦即是美的创造过程。

在上述《淮南子》对于情感与审美鉴赏的关系的认识中，值得我们加以充分注意的是它认为，在艺术欣赏过程中，作为客体的艺术品本身更主要的表现为对主体审美情感的产生起一种诱导作用，主体内在情感活动的强烈程度以及情感的性质制约着审美能否进行以及进行的方向。这是值得加以肯定的。

前面论到的《淮南子》对于鉴赏者情感状态与美的欣赏关系的认识中，实际上已经包含了一些关于审美主体情感差异与美感差异的关系的认识，这一问题在《淮南子》别的篇章中多次涉及，且在情感与审美鉴赏的关系中显得非常重要。

《淮南子》认为美具有客观性，如曰“兰生幽谷，不为莫服而不芳”[②]、“昆山玉瑱，而尘垢弗能污也”[③]，即是说幽谷之兰因其“性”而芳香可人，昆山之玉因其质佳而琬琰晶莹，它们并不因为不被人佩服或者蒙被尘垢而“失大美也”，所以，“美之所在，虽污辱不能贱”[④]。但是，美的存在是一回事，人们能否感受到美又是另外一回事，二者并不是永远统一的。审美鉴赏中往往有这样的情况：“心有忧者，筐床衽席，弗能安也；菰饭犓牛，弗能甘也；琴瑟鸣竽，弗能乐也。患解忧除，然后食甘寝宁，居安游乐。”[⑤]同样一种美的事物，比如由“琴瑟鸣竽”演奏成的表现欢快情绪的音乐，有的人

---

① 《淮南子·人间训》。
② 《淮南子·说山训》。
③ 《淮南子·诠言训》。
④ 《淮南子·说山训》。
⑤ 《淮南子·诠言训》。

欣赏它时能感受到快乐，而“心有忧者”却“弗能乐也”。这就是说，美感的差异性是很大的。那么，美感差异产生的原因何在呢？

《淮南子》认为审美既然是一种情感活动，那么，美感的产生就不得不和主体情感发生密切的联系，而美感的差异性正是根源于审美主体情感的差异。它说：

> 申喜闻乞人之歌而悲，出而视之，其母也。艾陵之战也，夫差曰："夷声阳，句吴其庶乎?"同是声而取信焉异，有诸情也。故心哀而歌不乐，心乐而哭不哀。夫子曰："弦则是也，声则非也。"(《缪称训》)

申喜“心哀”则所听“乞人之歌”“不乐”，夫差“心乐”则所听“夷声”“不哀”，这说明了一个事实，即审美鉴赏与欣赏者的“心境”(即情感状态)有极大的关系，由于主体情感不同，便形成了对美的不同看法，即美感的差异。我们知道，审美感受的一个突出的特点是其带有浓厚的情感因素，而情感则是人们对客观事物是否符合自己的需要而作出的一种主观心理反映。审美过程中的情感并不是对客观事物本身的属性的反映，而是对对象与主体之间的某种关系的反映，在审美时，主体总是对客体作出适合于自身情感需要的判断，由于主体情感需要的不同，对同一审美对象便可以作出不同的审美判断，所以，便产生了如此之现象：一方面美有客观的存在性，另一方面美感又有很大的差异性。对此现象，较有信服力的解释只能是从主体情感差异方面寻找原因，否则，很难获得令人满意的答案。《淮南子》从具体的审美事实出发，认为“夫载哀者，闻歌声而泣；载乐者，见哭者而笑，哀可乐者，笑可哀者，载使之然也”①。即认为“哀可乐者，笑可哀者”，或者“同是声而取信焉异”这些美感差异的形成是“载使之然”，是“有诸情”，这说明《淮南子》对审美主体情感差异与美感享受的关系已有了较深刻的认识。当然这个认识并不仅仅体现在这一方面，对艺术创作中的这种现象，《淮南子》照样认识到了，比如，从其所说的“心哀而歌不乐，心乐而哭不哀”中，我们同样可以看出它已经认识到了由于创作者情感状态不同(哀、乐)便可以创造出不同形态的美(哀歌、欢歌)来。

综上所述，可以看出《淮南子》对于情感与艺术鉴赏及其与美感情绪之

① 《淮南子·齐俗训》。

关系的认识是非常精辟的。它第一次明确认识到艺术欣赏能否真正成为一次美的享受，关键在于接受者的情感充溢与否，以及能否在艺术本体的诱导下将这种情感上升为审美情感；审美主体情感差异是导致美感差异的直接原因，在不同情感心理的支配下可以创造出属于不同审美范畴的美。这些意见在当时的历史环境中是很先进的，甚至今天对于我们来讲也不无借鉴作用。

四、情感与“愤书”

《淮南子》对情感所持的自然人性观点以及重视艺术中愤悲情感的审美价值的态度，与稍后不久司马迁的“发愤著书”说在精神上亦有相似之处。下面试说之。

东汉桓谭云：“淮南不贵盛富饶，则不能广聘骏士，使著文作书。”“汉之淮南王，聘天下辨通，以著篇章。书成皆布之都市，悬置千金，以延示众士。”①可见，生活在屈原故土上，处于诸侯王位置并且和中央政权有冲突的刘安在人格个性上保持着较大的独立性。在这种情况下，屈原其人其文是非常容易引起他在情感上的共鸣的，他赞颂屈原是“蝉蜕浊秽之中，浮游尘埃之外，皭然泥而不滓。推此志，虽与日月争光可也”②。这些言语表明屈原的伟岸人格、高洁情怀已成为审美对象而融化进刘安的情感之中。还有，《淮南子》中累累出现“愤”字，如“愤于中而形于外”，“哀斯愤，愤斯怒”，等等。此外，又认为血充气激而发怒是“释憾”，艺术创作可以对这种现象“饰”而表现，广而言之，亦可以说艺术表现过程就是一种“释憾”，即心理情感的发泄过程。这说明刘安对个体人格的积极性是颇为赞赏的，对于悲愤之情他也并不是严加鞭挞，而是承认其产生和存在之合理性，以及其美感价值。在这一点上，刘安和司马迁是有相通之处的。

刘安实为屈原作品之第一个评论者，司马迁属于受其影响者则无疑，这可从《史记·屈原贾生列传》将刘安评屈子之语完全载入而获证。司马迁对屈原的评赞特别突出了诗人“发愤以抒情”这一点，这一点和刘安完全相同。在受屈辱而力求自振的情况下，司马迁自觉地把屈原引为同调，仿

---

① 桓谭：《新论》，见《新辑本桓谭新论》（新编诸子集成续编），中华书局 2009 年版，第 2 页。

② 班固：《离骚序》，见《汉书·艺文志》。

佛从屈原“抒其愤思”的壮举中看到了自己生命光辉之所在，于是提出“发愤著书”，要把情感中的痛怒“饰”而表现于纸上，这不正是《淮南子》所说的“释憾”吗？当然，在个人品格和历史进步性两个方面，刘安及其门徒是根本无法与对中华民族作出卓越贡献的司马迁比的。但是，在对待愤怨情感的美学价值问题上他们确实有相近之处。这除了他们都崇拜屈原而外，和他们都接受道家“自然”思想也不无关系。《淮南子》受老、庄的“自然”、“无为”思想影响，对情感持自然人性态度不待说了，司马迁在思想上一定程度的接受道家思想影响也绝非是无迹可寻的。班固曾贬责《史记》“是非颇缪于圣人，论大道则先黄老而后六经，序游侠则退处士而进奸雄……”①尽管表现了受儒统思想束缚的局限性，但并非是捕风捉影之言。司马迁受道家思想影响与其父司马谈实际上是一个新道家有密切关系。司马谈在《论六家要旨》中实际上对道家学说表现了明显的兴趣，而司马迁继承乃父“遗志”著《史记》，在思想上和其“先人”当然不会是完全隔绝的。所以，从“发愤著书”说可以看出司马迁对情感基本上也持自然人性的态度。《淮南子》与司马迁对情感，尤其是悲愤之情所持的认识既然相近，那么，从“释憾”到“发愤著书”无疑是一个合理的发展进步。

《淮南子》对于情感与审美关系的认识，在文学理论批评史，尤其是美学思想史上占有一定的位置，值得引起足够的重视。但是，由于《淮南子》属于“杂家”，由刘安和众多幕客集体撰写而成，本身思想非常混杂，故此而带来的艺术观和美学思想上互相冲突的现象是非常明显的。对于情感问题，《淮南子》亦表现了如此的特点。《淮南子》书中的一些篇章往往受道家思想局限，从道体虚无、清静无为、寡欲恬淡的本体思想出发，主张人必须全部身心沉浸在“道”之中，不为外物所撄心，优游于世而不为物化，“自得”其身，“不哀不乐，不喜不怒”②，“与道为一”，“通于天机”③，排斥任何个人情感的产生。所以，反对现实中的一切专为“宣乐”或者“喻哀”的审美艺术，因为这些东西都是些使人“营其精神，乱其心志”④，破坏“体道者”之“志德”的“人累”，而主张一种涵盖一切现实音乐之上的直接与“道”之精神

① 《汉书·司马迁传赞》。
② 《淮南子·缪称训》。
③ 《淮南子·原道训》。
④ 《淮南子·原道训》。

相贯通的“无乐”之乐，不表现任何个人情感的“极乐之乐”①。终于，在庄学虚无与极端思想支配下，由肯定情感、重视情感的审美价值走向对情感完全持虚无态度，犯了庄子由崇尚自然而发展到虚无的同一弊病。抑或这种荒唐的矛盾现象源于撰者各家手笔不同，成书时兼容并蓄，未加律一，这里不敢妄加判定。另外，《淮南子》还受儒家学派影响，在一些地方提到情感受“礼”之规范问题。它认为人们必须时刻保持“中正”、“和合”的心理状态，即使内心产生了情感也应使其符合“礼”的要求，不可过分激烈，因为如任情感自由的充盛外溢，就会淫僻邪乱，伤害本性。所以，尽管艺术是表现情感的，但所表现的必须是经过规范了的情感，否则就不利于社会的治政教化。由于它认为诗、乐的目的在于“致和”，所以，反对如赵王思乡之咏和高渐离、宋意易水悲歌这些使“闻者”“殒涕”的音乐，认为这些“怨思之声”“不调乎《雅》、《颂》”，属于“不淫则悲”之列，故“不可以为乐”，而其理想中的艺术楷模无疑是充分体现着“温惠柔良”、“宽裕简易”等“诗之风”、“乐之化”的“雅颂之声”。这和它所强调的艺术应是“情于中则应于外”、不可勉强为之的观点处于相互对立的位置。② 当然，从这种一书中互相抵牾的观点并存的现象可以看出当时社会的思想意识还未定于一尊、各家学说在统治阶级中间均可产生影响的特点。由此可见，《淮南子》在艺术与美学观方面存在着无可弥合的矛盾，对此，我们必须予以充分的注意，否则就会失之于片面，由于篇幅关系，这里只能略提一下，不能详细论述。

（原载《中国古典文学论丛》第 4 辑，人民文学出版社 1986 年 10 月）

① 参见《淮南子·本经训》、《淮南子·原道训》、《淮南子·泰族训》诸篇。

② 参见《淮南子·本经训》、《淮南子·泰族训》、《淮南子·诠言训》诸篇。

《淮南子》的美论

《淮南子》是西汉皇室贵族淮南王刘安招致门客，在他的主持下集体撰写的一部文集。其思想特点可用高诱讲的“讲论道德，总统仁义”和书中自言之“持以道德，辅以仁义”①来概括，即虽然它在宇宙观、人生观和认识观等方面表现出明显的道家思想倾向，但又“非循一迹之路，守一隅之指”②，对先秦其他各家思想亦无不有所采撷，但它在综合的过程中亦进行了自己的思想创新，在许多方面发展了先秦思想。所以，《淮南子》一方面大量因袭先秦美学思想，尤其是老庄美学思想，但是，它同时又在许多地方发展了先秦美学思想，从而取得了在美学思想史上无可取代的重要地位。就对于美的认识来讲，它在新的历史环境和认识条件下，对美的特性作了许多方面的揭示，在一系列问题上，它的认识比之于前人有了新的发展。

美与自然之“道”及主体实践——美的本质问题

《淮南子》对于美的本质的认识是以其新“无为”思想为基础的。但在很大程度上对老庄道论作了改造。它认为“道始于虚霩”③、“道曰规，始于一”④，已初步具有了以唯物的观念解释宇宙起源及其发展的意识。在天人关系上，它对“无为”作了新的界说，书中讲道：“或曰：无为者，寂然无声，漠然不动，引之不来，推之不往，如此者，乃得道之象。吾以为不然。”“若吾所谓无为者，私志不得入公道，嗜欲不得枉正术，循理而举事，因资而立功，权自然之势，而曲故不得容者……非谓其感而不应，攻而不动者。”⑤可见，《淮南子》的认识是一方面强调因势顺时，不“拂道理之数，诡自然之性”，一

---

① 《淮南子·览冥训》。

② 《淮南子·要略》。

③ 《淮南子·天文训》。

④ 在哲学史研究中，一般认为这里之“虚霩”、“一”指近乎元气的物质状态，故《淮南子》此言实讲宇宙的形成过程。

⑤ 《淮南子·修务训》。

方面又强调人功，否则，“听其自流，待其自生，则鲧禹之功不立，而后稷之智不用。若吾所谓无为者，私志不得入公道，嗜欲不得枉正术，循理而举事，因资而立功，权自然之势，而曲故不得容者。”①所以，《淮南子》的“无为”学说，实际上包含着服从客观规律与发挥主体能动作用二者有机统一的思想，与老庄已有质的不同。它还进一步把最高哲学范畴“道”与主体实践过程联系起来，认为“行之所知，事之所秉，动之所由，谓之道”②，体现出重视主体功能在社会历史进程中的作用的倾向，使其最终与老庄“心斋”、“坐忘”、“养性”的认识路线划清了界限。在这一思想基础上，《淮南子》对规律性与目的性的关系问题有了进一步的认识，《泰族训》云：

> 禹凿龙门，辟伊阙，决江濬河，东注之海，因水之流也。后稷垦草发菑，粪土树谷，使五种各得其宜，因地之势也。汤武革车三百乘，甲卒三千人，讨暴乱，制夏商，因民之欲也。故能因则无敌于天下矣。夫物有以自然，而后人事有治也。故良匠不能斫金，巧冶不能铄木，金之势不能斫，而木之性不可铄也，埏埴而为器，窬木而为舟，铄铁而为刃，铸金而为钟，因其可也，驾马服牛，令鸡司夜，令狗守门，因其然也。

毫无疑问，这里明确地认识到人的一切实践活动必须遵照自然规律，只要顺应自然规律去行动，其结果就能符合目的要求，这说明《淮南子》已初步意识到合规律性与合目的性的有机统一为衡量主体活动的价值尺度。从表面上看来这些似乎与美的问题无涉，但实际上其中已包含了对人与自然、主体与客体之关系这些分析美的本质时无法避开的问题的认识。《淮南子》对美的本质的认识正是建立在这一哲学思想基础之上的。

首先，《淮南子》肯定了美与自然现实及其运动的联系，这是它对美的本源和本质认识的第一个层次。《俶真训》曰：

> 至道无为，一龙一蛇，盈缩卷舒，与时变化……引楯万物，群美萌生。

① 《淮南子·修务训》。
② 《淮南子·人间训》。

《淮南子》的“无为”之“道”，非是“虚无”、“无物”，而是“物”之“道”，即自然之“道”。自然之“道”使“群美”“萌生”，于是《泰族训》云：

> 天地所包，阴阳所呕，雨露所濡，化生万物。瑶碧玉珠，翡翠玳瑁，文彩明朗，润泽若濡，摩而不玩，久而不渝，奚仲不能旅，鲁般不能造，此之谓大巧。

这就是说由“天地施化”而来的“大巧”之物具有审美的价值。《坠形训》更历数了许多这样的“大巧”之美：

> 东方之美者，有医毋闾之珣玗琪焉；东南方之美者，有会稽之竹箭焉；南方之美者，有梁山之犀象焉；西南方之美者，有华山之金石焉；西方之美者，有霍山之珠玉焉；西北方之美者，有昆仑之珠琳琅玕焉；北方之美者，有幽都之筋角焉；东北方之美者，有斥山之文皮焉；中央之美者，有岱岳，以生五谷，桑麻鱼盐出焉。

这里，《淮南子》以崇敬之情充分肯定了现实物质世界本身之美，这种美不是超尘出世、玄虚缥缈而不可捉摸，而是洋溢着感性自然的光彩，并且无比丰富而不可穷尽。这实际上是在肯定美的自然属性或自然的审美品格。

《淮南子》认为美具有客观实在性，但是它并没有因此而否认美与主体的联系，而是认为美与主体的实践活动切近而不可分割。《说林训》云：“清醠之美，始于耒耜；黼黻之美，在于杼轴。”醇美的“清醠”、文章斑烂的“黼黻”，作为一种存在性的美，其有符合自然特性的一面，但是，它们是人的实践活动的产物，具有合目的性的一面，所以，从本质上来讲，它们是二者的统一。《淮南子》并不是只看到了自然界有利于人类实用的一面，而且还进一步认为自然亦是人的观照对象。《泰族训》云：

> 凡人之所以生者，衣与食也。今囚之冥室之中，虽养之以刍豢，衣之以绮秀，不能乐也，以目之无见，耳之无闻。穿隙穴，见雨零，则快然而叹之①，况开户发牖，从冥冥见昭昭乎？从冥冥见昭昭，犹尚肆然而

---

① 王念孙云：此句当作“快然而笑之”。

喜，又况出室坐堂，见日月光乎？见日月光，旷然而乐，又况登泰山，履石封……〔又况〕历万物在其间者乎？其为乐岂不大哉？

主体仅有物质的满足是不行的，必须有精神上的自由，而这一精神自由的获得可以是投身于雄浑广大的自然之中，“纵志舒节，以驰大区”①，“横八崇，致高崇”②，在对自然的观照中激扬起无限的生命情感和主体意志。这其实是对自然的一种精神上的占有，自然“浑浑苍苍，纯朴未散，旁薄为一，而万物大优”③，是生命自由的象征，它在激扬主体精神力量的同时，又接受了主体的情感、意志的射线。所以，在主体由此而形成的“徒倚于汗漫之宇，提挈天地而委万物”的心态境界中，作为观照对象的自然已转化为美的本体，它合于主体的目的，故能使主体产生“快然而叹之”、“肆然而喜”、“旷然而乐”，乃至于“其为乐岂不大哉”的美感效应。而且，这种对对象的观照并非如书中一些地方巢袭老庄而来的那种“视乎无形”、“听乎无声”④，“慷慨遗物，而与道同出”⑤，以与“虚”、“无”之“道”相契合的体“道”观照，而是对日月光辉、山石江河、万物众灵感性之美的享受，故由此而产生的“至乐”亦不同于体“道”时内心静穆直觉而获致的那种超人生、无目的的“至乐”，而是充溢着渴望发现外部世界之美的热情。由此可见，自然对象作为客观存在之美，其在由自在之物转化为审美对象的过程中，与主体的联系较之物性上的利用与被利用关系，又深入隐蔽了一层，而这正代表着《淮南子》对美与主体实践关系认识的进一步深化。

由上可见，《淮南子》认为美是一种客观存在，然而它又是人的发现与创造，与主体实践关系密切而不可割裂，故从本质上来说，美是人与自然、主体与对象、灵性与物性的有机统一。于是，似乎可以认为，对于美的合规律性与合目的性二者结合一致的本质特性，《淮南子》已有所认识，起码它的上述认识中已包含了这一观念的种子。可以看出，这里不再是重复老庄“大音希声”的思想，而是认为美是凝结着主体实践与情感精神的具体存在，这就肯定了美的客观性、现实性、人文性，从而最终摆脱了老庄美学思

---

① 《淮南子·原道训》。

② 《淮南子·要略》。

③ 《淮南子·俶真训》。

④ 《淮南子·说林训》。

⑤ 《淮南子·原道训》。

想消极成分的影响，对美的本质问题作了重新认识。

《淮南子》对于美的本质特性的认识不可能是十分全面的，而且也不无自相矛盾之处（照搬老庄与发展创新之间），它只能在时代和认识条件所允许的范围内作一些探索，并且对前人的认识作出一些修正，而不可能作出较为完整系统的认识。比如它同时亦认识到了社会生活领域和人自身亦存在着大量的美，如言"仁智勇力，人之美才也"①、"仁勇信廉，人之美才也"②、"博闻强志，口辩辞给，人智之美也"③等等。但是，受认识的局限，它并没有对这些社会性和人格性的美作进一步的探讨。《淮南子》重视自然美，把自然美与主体精神扩展联系起来的审美价值观对魏晋南北朝美学思想，尤其是六朝山水美学思想产生了启迪和影响，六朝山水美学彻底摆脱了先秦的"比德"观念，而强调主体在自然面前的生命自由的愉悦情感，即自然对主体精神及人格形态的净化、复原作用，这其实在《淮南子》中已初见端倪。

"美""不能贱"、"恶""不能贵"——美、丑辩证关系及美的相对性、条件性

关于美丑关系，首先，《淮南子》肯定了它们之间的对立界限。书中认为：

> 玉之与石，美之与恶。（《氾论训》）
>
> 琬琰之玉在洿泥中，虽廉者弗释；弊箄甑瓾，在袝茵之上，虽贪者不搏。美之所在，虽污辱世不能贱；恶之所在，虽高隆世不能贵。（《说山训》）
>
> 曼颊、皓齿、形夸、骨佳、不待脂粉芳泽而性可悦者，西施、阳文也。啳睽哆噅、籧蒢戚施，虽粉白黛黑，弗能为美者，嫫母仳倠也。（《修务训》）

在这些论述中，无疑表现着一个明确的思想，即认为美与丑是两种对立的存在，任何个人主观上对它们的宠辱都不能改变二者之间的差别界限。这

① 《淮南子·诠言训》。
② 《淮南子·兵略训》。
③ 《淮南子·泰族训》。

说明《淮南子》非常重视事物的内容特质与美丑判断之间的关系，实际上再次肯定了美的客观存在性。

其次，《淮南子》又认为美丑之间的区别又不是绝对固定不变的，在一定情况下它们可以相互转化。《修务训》云：

> 今夫毛嫱、西施，天下之美人。若使之衔腐鼠，蒙蝟皮，衣豹裘，带死蛇，则布衣韦带之人过者，莫不左右睥睨而掩鼻。尝试使之施芳泽，正娥眉，设笄珥，衣阿锡……则虽王公大人有严志颉颃之行者，无不惮悇痒心而悦其色矣。

又《齐俗训》云：

> 广厦阔屋，连闼通房，人之所安也，鸟入之而忧；高山险阻，深林丛薄，虎豹之所乐也，人入之而畏……《咸池》、《承云》、《九韶》、《六英》，人之所乐也，鸟兽闻之而警……所以为乐者，乃所以为哀，所以为安者，乃所以为危也。

这里尽管没有明说，但分明认为美丑之间的对立区分并非是永恒不变的，随着关系和条件的变化，二者可分别转化为自己的对立面，这说明美丑关系还存在相对性的一面。《淮南子》认为美丑可以互相转化，其根源在于事物之间"形殊性诡"，各不相同，有时候其特性亦为局限性，如"马不可以服重、牛不可以追速"，等等。这说明，"物无贵贱，因其所贵而贵之，物无不贵也，因其所贱而贱之，物无不贱也"。所以，在进行事物价值分析、包括美丑判断时，就必须从正反两方面的整体考察中察致其值得肯定的成分，"各用之于所适，施之于所宜"，"使各便其性"，"处其宜，为其能"①，这样就可做到"物莫所不用"②。可见，《淮南子》对美丑相对性的认识实际上亦是对美的相对性的说明。受这一认识影响，《淮南子》还认为美不必是绝对完善的，甚至不存在多少绝对之美，如言"嫫母有所美，西施有所丑"③，"夏后世

---

① 《淮南子·齐俗训》。
② 《淮南子·缪称训》。
③ 《淮南子·说山训》。

之璜不能无考，明月之珠不能无类”①；等等。嫫母尽管外貌丑，但“能行贞正”，有“美才”，故有其美的一面；西施是“古之好女”，但“未必贞正”，故亦有丑的一面。所以，在美丑判断中就不能“以小过揜其大美”②，尽管“貂裘而杂，不若狐裘而粹”③，但求全责备往往要遗弃大量应该肯定的美，因为“小恶不足妨大美”④。

美丑相互转化的事实说明美丑实际上总是处于一定的关系结构之中，所以，同一事物在不同的关系之中便会有美或丑的不同呈现，如“靥在頰则好，在顙则丑。绣以为裳则宜，以为冠则讥”⑤、“带不厌新，钩不厌故，处地宜也”⑥，这实际上亦是认为美是有条件的。《淮南子》认为任何美都具有条件性，美的存在条件就是必须既合人的目的又合客观规律，否则，破坏了二者统一的存在条件，美就立刻转化为丑，如“贯甲胄而入宗庙，被罗纨而从军旅”⑦之类，就是由于违反了美的存在条件，所以表现为丑而不是美。

上述《淮南子》对于美丑关系及美的相对性、条件性的认识，尽管还有一些缺陷，如以人与动物的好恶不一来说明美的相对性就不恰当，这显然是受了庄子的影响。但是，就主要精神而言，它的认识无疑富有辩证特点，这与其继承了老庄道论中的素朴辩证思想不无关系。《淮南子》对于美丑关系等的议论基本上是在庄子的基础上进行的，它所标举的那些事例大部分在《庄子》中已出现。庄子认识到了事物属性及其功利作用的复杂性和相对性，但他由此而失去了继续以辩证的态度确认事物的属性和功利个性的确立存在于一定关系结构之中的意志，而认为无所谓什么属性、功利特点，它们“樊然淆乱，吾恶能知其辩”⑧，故最终走向了齐美丑的绝对相对主义论。《淮南子》不可能不受庄子的一些消极影响，如书中一些言论抄袭庄子，亦认为美与丑“道通为一”，故教授人要以“以死生为一化，以万物之一方”的观念来对待美丑，“视珍宝珠玉，犹石砾也；视至尊穷宠，犹行客也；视

① 《淮南子·氾论训》。
② 《淮南子·氾论训》。
③ 《淮南子·说山训》。
④ 《淮南子·氾论训》。
⑤ 《淮南子·说林训》。
⑥ 《淮南子·泰族训》。
⑦ 《淮南子·主术训》。
⑧ 《庄子·齐物论》。

毛嫱西施，犹颠丑也”①，追求“无美无丑”的“玄同”境界。这说明在这一问题上，《淮南子》的认识亦有二重性。但是，它认为美与丑虽然不是静止而不变的，它们在一定条件下是可以相互运动转换的，但美丑之间的对立差别并不能因此而被抹杀掉，这种对立界限毕竟是一种客观存在，所以，美丑不是不能加以判断的。庄子由大谈美丑相对而走向泯灭美丑界限，否认客观现实之美的存在，这首先是他在价值观念毁灭后的必然归宿，同时也说明其并不真正理解和承认美的相对性和条件性，而是以绝对、永恒的标准来衡量美，他的美的理想即为“道”的理想，难怪其美学思想实际上表现为对“道”的美学阐述。而《淮南子》对美的相对性、多样性表现了真正的了解与承认，这表明在庄子那里失去了的价值确认信念，因时代社会的原因又重新回来了。

“美人者，非必西施之种”——美的多样性、发展性

关于美的多样性，《淮南子》认为事物在内容与形式上具有丰富多样的属性与特征，多方面地满足了人们合目的性与合规律性统一的审美要求，所以，美不是单一模式化的，而是多样随变的，如曰：

> 美人者，非必西施之种；通士者，不必孔墨之类。（《修务训》）
> 西施、毛嫱，状貌不可同，世称其好美均也。（《说林训》）
> 佳人不同体，美人不同面，而皆说于目。（《说林训》）

尽管意思非常明白，可是言必称美人，似乎再也讲不出更深刻的了，但是，在这种具体生活中的审美经验基础上更深入一步，就是在社会和历史意识上的要求用开阔的目光发现和肯定广大无极的世界中存在的多样丰富之美：

> 天不一时，地不一利，人不一事，是以绪业不得不多端，趋行不得不殊方。五行异气而皆适调，六艺异科而皆同道。（《泰族训》）

所以，认识最终要超出窄小的生活审美圈子而走向更通观、更深远的历史之中：

---

① 《淮南子·精神训》。

夫随一隅之迹不知因天地以游，惑莫大焉。虽时有所合，然而不足贵也。（《说林训》）

单一化、模式化是美亦即社会历史发展的敌对力量，审美中的按图索骥，无异于“客之乘舟，中流遗其剑，遽契其舟桅，暮薄而分之”，均为“不知物类”①。

对于美的认识，在先秦儒家那里是与对作为社会秩序和伦理道德规范的“礼”的认识和肯定密不可分的，而在道家那里又是与对作为宇宙本体和社会、人生的理想影子的“道”的观照合而为一的，由于他们在历史观和认识观上具有唯心的倾向，所以，美在他们的观念中亦如“礼”或“道”一样，应该是纯一而不旁衍的，这实际上等于取消了美的多样性和发展性。而《淮南子》肯定了美的多样性，并且肯定了其与社会发展之间的联系，可以看出它对这一问题的认识具有一定的历史眼光。

上述《淮南子》对于美的多样性的认识，已体现出它能以发展的眼光对待美，当这种意识和其反对“循俗”，主张“变古”、“与化推移”的社会观结合起来，而提出“因时变而制礼乐”②的文艺发展观时，就更增强了它的美论的历史意识内容，它认为美永远处于发展之中。

《淮南子》借鉴“极则反，盈则损”这一古代关于事物发展规律的认识观念，并且吸收、继承荀子、韩非子的社会发展观，提出要“变古”、“周事”、“与化推移”，如认为：“天地之道，极则反，五色虽朗有时而谕，茂木丰草有时而落，物有隆杀，不得自若。故圣人事穷而更为，法弊而改制，非乐变古易常也，将以救败扶衰，黜淫济非，以调天地之气，顺万物之宜也。”③《淮南子》也继承了荀子和韩非子关于文化、艺术要适应顺应时代而发展的认识观念，再加之以自身历史观的影响渗透，遂形成了自己的文艺发展观，其核心观点就是认为文学艺术与时俱变，故主张“应时耦变”④，“不必循旧”。

关于文艺与社会发展的关系，《淮南子》认为：

尧《大章》，舜《九韶》，禹《大夏》，汤《大濩》，周《武》、《象》，此乐之

① 《淮南子·说林训》。
② 《淮南子·汜论训》。
③ 《淮南子·泰族训》。
④ 《淮南子·齐俗训》。

不同也。故五帝异道，而德覆天下，三王殊事，而名施后事。此皆因时变而制礼乐者……是故礼乐未始有常也。(《氾论训》)

认为任何文化和艺术都是一定社会时代的产物，即所谓“五帝三王之法籍风俗，一世之迹也”①，时代的发展决定了文艺也必须随之而变化，比如：“王道缺，而《诗》作，周室废，礼义坏，而《春秋》作”②，不存在一成不变的道理，它们的兴衰隆替与时代的变迁紧紧地结合在一起。因此，它反对尊古贱今、模仿古人。如《修务训》云：

世俗之人，多尊古而贱今，故为道者必托之于神农、黄帝而后能入说，乱世暗主，高远其所从来，因而贵之。

紧接着它列举了种种盲目尊古现象，如：“邯郸师有出新曲者，托之李奇，诸人皆争学之，后知其非也，而皆弃其曲。”又如：“今取新圣人书，名之孔墨，则弟子句指而受者必众矣。”《淮南子》对这种盲目崇旧的意识与行动进行了辛辣的嘲讽。它提出“不为古今易意”、“贵是而同古今”，如《修务训》又云：

鼓琴者，期于鸣廉修营而不期于滥胁、号钟；诵诗书者，期于通道略物，而不期于《洪范》、《商颂》。

这里所体现出的正是“有符于中”(《修务训》)、“制礼乐，而不制于礼乐”③的发展思想。

《淮南子》的上述关于文艺发展规律的观念充满了强烈的社会批判精神和朴素的辩证思想，它既是对美、艺术的发展属性的揭示，又是对那种追求模式同一的不正确的审美心态的否定。不过，《淮南子》的文艺发展观比较杂混，儒、道、墨三家的思想都有掺入，结果造成互相抵牾不统一的现象，比如它一边认为“不必法古”、“不必循旧”④，一边又认为“言不合乎先王

---

① 《淮南子·齐俗训》。
② 《淮南子·氾论训》。
③ 《淮南子·氾论训》。
④ 《淮南子·氾论训》。

者，不可以为道；音不调乎雅颂者，不可以为乐”①，足见观念之混乱。不过这大约与《淮南子》系集体著述有关。但是，较之它们，上述反对复古，主张“与化推移”的认识观念所占位置更突出些。

“美珠不文，质有余也”——文质关系

文质关系，在先秦美学中就是一个重要问题，儒、道、法各家对此都发表过自己的意见。《淮南子》对文质关系也发表了一定的意见，其特点是在继承先秦文质思想的同时，又表现出欲把各家认识加以融合的倾向。

《淮南子》在文质关系上所表现的第一个认识倾向是吸收先秦美学思想中重自然的观念，尤其是吸收韩非子“好质而恶饰”的“重质”思想，认为美是由其天然性质决定的，故反对文饰，甚至以为文饰是对美的一种破坏力量。如《说林训》云：

> 白玉不琢，美珠不文，质有余也。

又《诠言训》云：

> 饰其外者伤其内，扶其情者害其神，见其文者蔽其质。无须臾忘为质者，必困于性；百步之中，不忘其容者，必累其形。故羽翼美者伤骨骸，枝叶美者害其根茎，能两美者，天下无之也。

认为事物之美在于其天然之“质”，任何文饰非但不能增加其美，而且还有害于天然之美的存在，故是不必要的。这显然是韩非子“物之待饰而后行者，其质不美”②的翻版。此类议论在《淮南子》中还很多，如“男子树兰，美而不芳”、“文不胜质，之谓君子”③等等。故《淮南子》认为由“天地施化”而来的“大巧”之美是最高之美，而那些靠人工修饰而成的“美”只能是美之“小”者，如《泰族训》云：

---

① 《淮南子·泰族训》。

② 《韩非子·解老》。

③ 《淮南子·缪称训》。

宋人有以象为其君为楮叶者，三年而成，茎柯豪芒，锋杀颜泽，乱之楮叶之中，而不可知也。列子曰：使天地三年而成一叶，则万物之有叶者寡也。夫天地之施化也，呕之而生，吹之而落，岂此契契哉！故凡可度者小也，可数者少也。至大，非度之所能及也；至众，非数之所能领也。

这一说法亦来之于韩非子，体现的是道家“恃万物之自然而不敢为”①的崇尚自然思想。另外，《诠言训》亦云：“大乐必易，大礼必简，易故能天，简故能地。”“易”、“简”就是保持自然天成的品格，如此方能成“大”，此说来自《易传》，与《原道训》重复道家而说的“已雕已琢，还反于朴”的精神一致，都是视自然质朴为最高之美。

由此可见，《淮南子》重“质”轻“文”思想主要是对先秦美学中同样认识观念的综合，这种思想作为一种强调美与自然同化，强调包括艺术创作和欣赏在内的审美态度与自然精神化一的美学思潮，对后世的艺术创作和鉴赏理论产生了深远的影响，有其值得肯定的方面。但是，其中也不无褊狭之处，就是把文与质对立起来，一概排斥之，重复犯了韩非子的错误。韩非子“好质而恶饰”，主要体现了他的“美”、“用”合一的思想，《淮南子》对此亦有所表露，如言：“工为奇器，历岁而后成，不周于用。”故反对“以其知巧诈伪饰众无用”，反对“车舆极于雕琢，器用逐于刻镂，求货者争难得以为宝，诋文者处烦挠以为慧”②。这与韩非子认为的文饰使人“怀其文而忘其质，以文害用”，故“使木鸢飞”者“不如为车輗者巧”③基本一致。当然，《淮南子》推崇“质”美，反对文饰，并不纯粹为了讲求实用功利，更大程度上是在强调一种美学精神和艺术风格，其与韩非子毕竟存在着很大的区别。

但是，它并没有把韩、老的一概反对“文”的观念坚持到底，而又接受了儒家孔子“文质彬彬，然后君子”的观念，提出“必有其质，乃为之文”④，认为文质可以两全，从而使美的事物更加美。这固然有些如高诱所指出的“出入经道”，或者如扬雄所说的“乍出乍入”⑤，但正唯如此，才能融合各家

---

① 《韩非子·喻老》。
② 《淮南子·齐俗训》。
③ 《韩非子·外储说左上》。
④ 《淮南子·本经训》。
⑤ 《法言·吾子》。

认识，并且修正了自己认识上的片面之处。关于"文"的意义，《淮南子》谈了三点看法。首先，它认为尽管"质"是美得以存在和被确认的前提，但在"质"的基础上加以一定的文饰，可使其更美。比如西施和阳文尽管是"不待脂粉芳泽而性可说者"，但如果能"施芳泽，正娥眉"等，施以一定的外饰，就会美上加美，这样的"文"既不有害于"质"，亦符合人的目的性要求，所以不是无益的。又如它在谈创作时讲道："文者所以接物也。情系于中而欲发外者也。以文灭情则失情，以情灭文则失文，文情理通，则凤麟极矣。"① 认为创作必须文情双美，不可或缺。这就不同于韩非子"其质至美，物不足以饰之"②的褊狭之见了。其次，它又认为"文"的作用还表现在其可使那些中等之质的对象达到美，如那些"美不及西施，恶不若嫫母"者，正需要"芳泽之所施"③，有此文饰，亦可以成其美。《淮南子》还指出真正能对美带来积极作用的是"美饰"而不是"丑饰"，比如毛嫱、西施"粉白黛黑"，能增其美，属"美饰"，但是，如果使她们"衔腐鼠，蒙蝟皮，衣豹裘，带死蛇"，就会使人"睥睨而掩鼻"，这样则成"丑饰"。所以，《淮南子》强调"不为丑饰"④，以免与目的相违，使本来美的事物变丑。

综上所述，可以认为《淮南子》对文质与美的关系的认识基本上是综合先秦文质思想主要是儒、道两家的有关认识而来的，但它也做了一些融会贯通的工作，在一些具体问题上如关于文饰的作用意义，它的认识还是非常深入细致的，而且亦颇具新颖之意。

"和"与"同"、"一"与"多"——美与和谐

《淮南子》还从讨论音乐艺术中的"和"与"同"、"一"与"多"的关系等美学问题出发，对美，主要是艺术美的内部结构关系，即美与和谐问题作了一定的探讨。

《淮南子》在阐述自己认识观中关于事物的发展规律的思想时，从大量的音乐事例中认识到艺术美的生成与其内部的矛盾对立结构甚有关系，故作了一定的揭示。

首先，它以为音乐美的特征之一是"异声而和"。如云：

---

① 《淮南子·缪称训》。
② 《韩非子·解老》。
③ 《淮南子·修务训》。
④ 《淮南子·主术训》。

弹一弦不足以见悲……以水和水不可食，一弦之琴不可听。（《说林训》）

丝管金石，大小修短有叙，异声而和。（《缪称训》）

这里认为，音乐演奏中单靠一弦之音，或者仅有毫无高低快慢变化的一种音调，是不能“成曲”的，即不能构成审美的对象，故“不境以见悲”、“不可听”。音乐是讲究和谐的艺术，但是为什么又要求其内部必须具有音之不“同”、调之不“一”的构成关系，即其和必出于不同，其谐必得于不一呢？这是因为一般来说单一之音是不具有审美属性的，而一首优美的乐曲其内部构成因素高低、修短各个不同、不一，互相处于对立位置，形成一种矛盾互异的结构关系，在这一结构之中，各因素尽管相差相异，然而它们却能于高低跌宕、变化不穷之中显示出自己的特殊功能，即“不同而皆用”，由“相反”而促成“相成”，从而产生出音乐的和谐之美。概而言之，《淮南子》认为音乐艺术之美在于和谐，而和谐之美乃出之于音之不同，调之不一，不同则和，不一则谐，故“和”而不“同”、“多”而不“一”是音乐美的一大特征。

其次，《淮南子》又认为尽管“异声而和”是音乐艺术之美的基本特征之一，但是，绝对的差异杂多乃至于混乱无主亦不符合音乐美的特征要求，所以，不“同”之中还需要“同”，不“一”之外尚得有“一”，即必须异中有同，同中有异，或多而能一，一多相依。如何做到这一点呢？《淮南子》认为首先需于杂、多之中有一主要成分，以总摄、统贯众诸，如《主术训》云“得要以应众，执约以治广……运于璇枢，以一合万，若合符者的”及“执一而应万，握要而治详”，指出必须要有一个关键中枢，以统领众多不同，做到一贯万殊。这样，不同可构成同，不一可化为一，从而见出整体性、统一性，即众多异音在“一”的统贯下，实现从异到同、从多到一的辩证转换运动，达到“有叙”，构成一个有机的美的整体。此外，《原道训》中说的“音之数不过五，而五音不变，不可听也……故音者，宫立而五音形矣”，似乎亦是在讲“宫”的主使其他的“一”的功能。可见，“一”的作用是非常大的，其好比“五寸之键，制开阖之门”①，能否“一”是音乐艺术成败的关键。所以，“多”中有“一”亦是音乐美的重要特征。

① 《淮南子·主术训》。

《淮南子》认识到"一"在艺术美构成中的重要作用，这无疑具有独创性意义。我们知道，关于艺术创造的"和"与"同"的关系，早在先秦时代就有所认识，如《左传》昭公二十年记载晏子对齐侯问中就提到了音乐的"相成"、"相济"关系，《国语·郑语》记载史伯曾认为"声一无听、物一无文"，《易传·系辞下》亦云"物相杂曰文"，等等。前述《淮南子》所言之"异声而和"、"相待而成"，基本上就是对这些说法的借用与发挥。但是，这个时期对"和"与"同"、"一"与"多"之关系的认识，重点在强调"多"，强调通过"多"而显示艺术不"一"、不"同"的审美特征，而对于"一"的作用则没有指出。实际上，"一"亦是艺术的重要美学特点，《淮南子》第一次认识并强调了这一点，从而对古代美学思想的发展作出了贡献。

《淮南子》对"和"与"同"、"一"与"多"这些艺术美的内部结构关系的认识虽然比较零散，且大都限于音乐方面，但它的一些看法却很精湛，尤其是对"一"的强调，是其认识的独见之处。它们说明《淮南子》对美、主要是艺术美的特征的认识达到了深化的层次。《淮南子》的这些认识思想汇入了我国古代美学思想发展的长河，是古代美学中对这一问题认识的组成部分之一。

以上，对《淮南子》的美论作了一些分析。《淮南子》中的美学思想不只这些，它还对艺术创作和审美鉴赏发表了大量的议论，笔者对此已另有专文分析，故本文没有涉及。可以看出，在时代环境和本身哲学意识的影响下，《淮南子》的美论形成了自己的特点，它在继承的基础上创造性地发展了先秦美学思想，并且在汉代美学思潮流变中独树一帜。《淮南子》之后，社会美学思潮产生了一次变迁，这就是董仲舒美学思想的出现，这两种美学思想分别属于两个时期，《淮南子》的美学思想是西汉前期社会美学思潮的主要代表，而董仲舒的美学思想则是西汉中期社会美学思潮的代表，它们分别代表着汉代美学思想发展的两个阶段。由于《淮南子》成书于西汉社会思想文化发生急剧转折的前夜，不但书中的思想倾向与后来独尊儒术的文化统治政策有质的差异，而且刘安本人亦因"谋反"事露而自杀，所以，使其没有受到应有的重视。但是，即便如此，它对后世美学思想，尤其是魏晋美学思想产生了多方面的影响，魏晋美学的审美价值观与《淮南子》的审美价值观在主要精神上基本一致，前者是后者的进一步发展成形，这与《淮南子》和魏晋玄学在会通儒道、融合各家方面具有一致的思想性格无不有关。所以，从古代美学思想发展的情况来看，《淮南子》的美学思想上承先秦，下启魏晋，为我国古代美学、文艺思想流变过程中一重要环节，其地位不容低估。

（原载《文学评论》丛刊第 31 辑，文化艺术出版社 1989 年 3 月）

《淮南子》述略

在两汉美学、文艺思潮研究中，明显存在着重《诗大序》、《乐记》以及扬雄、王充诸家的倾向，而对于曾被誉为是“秦以后子书之最出色者”的《淮南子》，却未皇厝意，即使偶尔有人谈及，则或失之于片面，或浅尝辄止，不能深得其旨。

实际上，《淮南子》是一部体系庞大、内容丰富，于杂芜中见统一，于综合中有独创的著作。书中美学、文艺思想之丰富，在汉代的子书中也是不多见的。《淮南子》的美学、文艺思想创造性地发展了先秦美学思想，而且，在汉代美学和文艺思潮流变中独树一帜，是我们了解汉代，尤其是西汉前期社会美学思潮和文艺观念的一个重要窗口。从更广泛的联系方面来讲，亦可以说它上承先秦，下启魏晋，乃我国古代美学、文艺思想流变过程中一重要环节。所以，对《淮南子》的美学思想作一深入的考察研究，具有重要的意义。

一、《淮南子》的作者及著录情况

《淮南子》是西汉皇室贵族淮南王刘安招致门客，在他的主持下集体撰写的一部文集。

刘安约生于汉文帝元年(前 179 年)，死于汉武帝元狩元年(前 122 年)，是高祖刘邦的少子淮南厉王刘长之子。淮南厉王刘长在文帝时以“谋反”获罪，于流徙四川途中绝食而死，文帝把厉王封地划为三，改封其子，刘安为淮南王。安于武帝元狩元年亦因“谋反”事发而自杀身亡，其地改为九江郡。

关于刘安著书的情况，《汉书·淮南衡山济北王传》记载：

> 淮南王安为人好书，鼓琴，不喜弋猎狗马驰骋，亦欲以行阴拊循百姓，流名誉。招致宾客方术之士数千人，作为《内书》二十一篇，《外书》甚众，又有《中篇》八卷，言神仙、黄白之术，亦二十余万言。

高诱《淮南子·叙目》亦云：

> 安为辩达，善属文……天下之方术之士，多往归焉。于是遂与苏飞、李尚、左吴、田由、雷被、晋昌等八人，及诸儒大山、小山之徒，共讲论道德，总统仁义，而著此书。

《淮南子》的其他作者，除伍被外事迹不详。伍被，《汉书》把其与蒯通合传，为纵横家之流。另外，王充曾在《论衡·谈天》篇中说伍被、左吴之辈能“道异类之物，外国之怪，列三十五国之异”，可见，他们均博闻强识，口辩辞给，并且熟悉先秦文化和异方风物。

刘安的著述甚丰，除《淮南子》外，著录于《汉书·艺文志》中的还有《淮南道训》二篇、《淮南外》三十三篇①、《淮南王赋》八十二篇、《淮南王群臣赋》四十四篇、《淮南歌诗》四篇、《淮南杂子星》十九卷，《旧唐书·经籍志》和《新唐书·艺文志》还著录有《淮南王万毕书》，等等。这其中之大部分，亦显然系集体著述。

上述刘安等人的著作大部分已经佚失，流传至今者主要是《淮南子》一书。《淮南子》本名《鸿烈》，该书《要略》篇云：“此《鸿烈》之《泰族》也。”高诱注曰：“鸿，大也；烈，功也。凡二十篇②，总谓之《鸿烈》。”即为明证。在汉代，它还被称为《内篇》、《内书》、《淮南》、《淮南内》或《淮南鸿烈》等。《淮南子》之名，始见于《隋书·经籍志》。《汉书·艺文志》将《淮南子》列为杂家，所著录的《淮南子》二十一卷，篇目次第为：一、《原道训》，二、《俶真训》，三、《天文训》，四、《地形训》，五、《时则训》，六、《览冥训》，七、《精神训》，八、《本经训》，九、《主术训》，十、《缪称训》，十一、《齐俗训》，十二、《道应训》，十三、《氾论训》，十四、《诠言训》，十五、《兵略训》，十六、《说山训》，十七、《说林训》，十八、《人间训》，十九、《修务训》，二十、《泰族训》，二十一、《要略》。

汉代注释《淮南子》的共有四家，除高诱外，尚有许慎、马融和延笃。四家之注，流传至今者只有高、许两家，余均失传。高、许二家之注，在唐代还

---

① 侯外庐等主编《中国思想通史》第二卷称《淮南子》“除现在二十一卷外，更有外篇十九卷”。按：这里所言“外篇十九卷”实误。乃将《淮南杂子星》十九卷误为外篇。《汉书·艺文志》对《淮南外》三十三篇和《淮南杂子星》十九卷分别著录，篇卷亦不相同，显为两种著作，故不能混一或互相替代。

② 《要略》一篇未算入内。

分别流传，至宋代则已相参混淆，不可复辨。许注有辑本。今本《淮南子》亦二注相杂，一般认为篇题下有“因以题篇”四字者为高注，有“故曰”二字者为许注，其实不然，如《原道训》篇题注中即二者皆有。实际上，除《缪称训》、《齐俗训》、《道应训》、《诠言训》、《兵略训》、《人间训》、《泰族训》和《要略》等八篇外，余十三篇皆许、高两家之注相混①。历代校勘、注释《淮南子》的版本在百种以上②，然一直没有比较理想的定本，明刻本以《增订汉魏丛书》本流传最广，清刻本以庄逵吉校本传播最广。刘文典有《淮南鸿烈集解》，汇集了前人注解的成果，校勘和考订亦甚用力，本文所引《淮南子》诸篇文句，即据刘氏《淮南鸿烈集解》本。

二、《淮南子》产生的社会历史背景

据《汉书》记载，《淮南子》一书于汉武帝初期进于刘彻，可知，其成书时期在尚属西汉前期的文、景时代。

西汉前期，秦火初灭，社会凋敝，与这一特定历史环境相适应，汉王朝吸取秦亡的教训，采用了休生养民、安定社会以恢复生产的措施。在思想文化领域，则大力提倡“黄老”之学，以作为其统治术的指导思想。从刘邦建国到汉武帝“独尊儒术”这段时间里，黄老思想基本上占统治地位，尤其在号称“文景之治”的时代，即《淮南子》成书的年代，更是风靡一时。《史记·曹相国世家》记载：

> （曹参）闻胶西有盖公，善治黄老言，使人厚币请之。既见盖公，盖公为言治道，贵清静而民自定……参治要用黄老术，故相齐九年，齐国安集，大称贤相。

又《史记·外戚世家》：

> 窦太后好黄帝老子言，帝及太子诸窦不得不读黄帝老子，尊其术。

---

① 今人吴检斋有《淮南旧注校理》，在陶方琦《异同诂》的基础上做了更进一步的疏通校理工作。

② 参看吴则虞《淮南子书录》，《文史》（新建设杂志编辑部编）第二辑。

由此可见情况之一斑。黄老哲学是托名黄帝之言，崇《老子》之术的一种哲学思想。早在战国时期就已存在，但到了汉初才得到广泛的传播。这是因为汉初的社会环境为它提供了传播的条件，而黄老思想又反过来对汉初的经济发展起了积极的作用。虽然如此，统治者对刑名、儒学等犹有提倡，故战国时期百家争鸣的余响犹在，各家之间，尤其是儒道两家之间的互绌现象非常严重，其如司马迁所说："世之学《老子》者，则绌儒学，儒学亦绌《老子》。'道不同不相为谋'，岂谓是耶？"①这是因为随着社会经济的恢复和发展，儒学也欲与道家学说争得定于一尊的地位，这种斗争一直延续到武帝即位。武帝为了实现"尊王攘夷"的方略和维护"大一统"的中央集权政治，弃黄老而尊儒学，采纳了董仲舒"罢黜百家，独尊儒术"的对策，从而使儒道互绌的斗争以儒学取胜，成为"正统"而告终。但是，汉初的思想学说发展，不仅有各家的互绌，而且为了适应大一统的历史要求，各家也在互相采纳、吸收。儒家如此，道家也不例外。以道家论，其即"因阴阳之大顺，采儒墨之善，撮名法之要"②，汇集百家之长而同归于道。《淮南子》就是这一过程的产物，时代思想文化的特点影响和决定了它的思想特点，也影响和制约着书中美学思想的特质。

三、《淮南子》的思想特点及对美学思想的影响

关于《淮南子》的思想特点，可用高诱讲的"讲论道德，总统百家"和书中自言之"持以道德，辅以仁义"(《淮南子·览冥训》，以下引自本书者，只列篇名)来概括之，下面从两个方面对此作一简要说明。

以"道"为纲，主尊"黄老"。《淮南子》一书，基本上是以道家学派之"道德"学说作为认识的理论基石和出发点的。高诱在《叙目》中云：

> 其旨近老子，淡泊无为，蹈虚守静，出入经道……物事之类。无所不载，然其大较归之于道。

该书《要略》篇也谈到了著此书之宗旨，云：

---

① 《史记·老子韩非列传》。

② 司马谈：《论六家要旨》，见《史记·太史公自序》。

夫作为书论者，所以纪纲道德，经纬人事……考验乎老庄之术，而以合得失之势者也。

道家思潮在《淮南子》中确实起着贯穿始末的作用，书的首篇《原道训》衍老，次篇《俶真训》述庄，在宇宙观和人生观两方面均体现出浓重的道家思想色彩，其他篇章也时时“考验乎老庄之术”，以为权事立衡之根据。

首先，《淮南子》对《老子》所倡导之“道”备极推崇，如云“夫道者，复天载地，廓八方，柝八极，高不可际，深不可测，包裹天地，禀授无形”、“夫太上之道，一生万物而不有，成化像而弗宰”（《原道训》），竭力强调“道”的“虚”、“无”品格，推崇其作为宇宙母体本源的非物质性和超时空性，类似的议论在书中比比皆是。

其次，书中对《老子》道论的核心“道法自然”、“无为”等观念也作了进一步的发挥，反映到人生观和认识观上就是亦如老、庄那样提倡“虚静”、“养性”，如书中主张“以恬养性，以漠处神”（《原道训》）及“忘肝胆，遗耳目，心志专于内，通达耦于一，居不知所为，行不知所之，浑然而往，逯然而来，形若槁木，心若死灰”（《精神训》），等等。另外，从《淮南子》对其他各家学说所持之态度，亦可看出它对道家学说的推崇。《俶真训》云：“百家异说，各有所出，若夫墨、杨、申、商之于治道，犹盖之无一橑而轮之无一辐，有之可以备数，无之未害于用也。已自以为独擅之，不通之于天地之情也。”所以，篇中批评了儒家关于繁文缛节和三年之丧的主张，甚至还批评了“仁义之术”。又《主术训》把儒、墨两家放在一起批评：“孔墨博通，而不能与山居者入榛薄险阻也……而欲以遍照海内，存万方，不因道之数，而专己之能，则其穷不达矣！”《览冥训》对法家学派批评尤厉，认为商鞅、申不害、韩非等人用严刑重诛、“斩艾百姓，殚尽大半”的做法无异于“抱薪而救火”。《诠言训》则对公孙龙、邓析等名家“粲然于辞而贸名”、“巧辩而乱法”和纵横家苏秦等“善说而亡国”作了批判。可见，《淮南子》所崇尚的是它所认为能“统天下、理万物、应变化、通殊类”的道家学说，而以为其他各家皆一时之论，不足以称为大道，它们与道家学说比较，犹如车辐之于车毂，“有之可以备数，无之未有害于用也”。所以，在《淮南子》中道家处在总统百家的显要位置上。

虽然《淮南子》表现了欲以道家学说驾驭百家的倾向，但它又不是完全因袭先秦道家，而在很大程度上对老庄道论作了改造，主要表现在：

第一，对于老子提出的“道”，朝唯物主义方向作了一定的改造，如书中认为“道始于虚霩”、“道曰规，始于一”（《天文训》），一般认为这里之“虚霩”、“一”指近乎元气的物质状态，“虚”或“一”的分化过程就是宇宙的形成过程。这已初步具有了以唯物的观念解释宇宙起源及其发展的意识，在古代认识史上为从道的一元论宇宙观向气的一元论唯物主义宇宙观的发展起了中介作用。

第二，抛弃了老、庄天道自然无为思想中的消极因素，对“无为”概念作了新的界说，如书中讲道：“或曰：无为者，寂然无声，漠然不动，引之不来，推之不往，如此者，乃得道之象。吾以为不然。”（《修务训》）“若吾所谓无为者，私志不得入公道，嗜欲不得枉正术，循理而举事，因资而立功，权自然之势，而曲故不得容者，事成而身弗伐，功立而各费名，非谓其感而不应，攻而不动者。”（《修务训》）可见，这里所言之“无为”的内涵是一方面强调遵循客观规律，因势顺时，不“拂道理之数，诡自然之性”；另一方面又强调任何成功须臾离不开人的主观努力，否则，“听其自流，待其自生，则鲧禹之功不立，而后稷之智不用”（《修务训》）。由此可确言，《淮南子》所言之“无为”与“蔽于天而不知人”的老庄之“无为”有质的不同。

第三，把最高哲学范畴“道”与认识论紧密联系起来，认为“行之所知，亭之所兼。动之所由，谓之道”（《人间训》），体现了力图把作为本体的“道”与主体实践互相结合的倾向，这就能在一定程度上摆脱老子尤其是庄子论“道”时陷入玄虚而脱离具体的认识轨道的弊端。

第四，在上述第二、三两点的制约下，其在人性问题上也表现出不同于老庄“去情返性”、“养性”的认识倾向。如认为人虽然是自然界的实体构成之一，但人这种自然实体不同于其他自然之物，其不仅由“精气”构成，而且具有主体实践和精神两方面的能力，故能影响和占有自然，如《诠言训》所言之“百姓穿户凿牖，自取照焉”、“百姓伐木芟草，自取富焉”，以及《原道训》所言之“今人所以睦然能视，营然能听，形体能抗，而百节可屈伸，察能分白黑、视丑美，而知能别同异，明是非者，何也？气为之充而神为之使也”，就是针对此而言的。所以，它认为人如果丧失了主体的实践和精神功能，就“虽生与人均，然而不免为人戮笑”（《精神训》）。这种重视主体功能在社会历史进程中的作用的意识与书中一些地方所表现出的老、庄“心斋”、“坐忘”的“养性”哲学比较已具有质的差异。

第五，继承和发展了老子哲学中矛盾对立统一、相反相成的朴素辩证法思想，更注意事物的关系结构中“一”的作用。同时，还把矛盾统一、相反相成的原理应用于对社会发展规律的认识之中，引出改革旧制、变古易常的必然性的结论，从而形成了与老、庄近乎原始观念全然不同的“与化推移”的社会发展观。

总之，《淮南子》吸收和改造道家思想，并在此基础上进行一定的思想构建，形成了书中比较完整的其指归在于阐明贯通天、地、人的道德原理，欲以指导当时政治时事的思想体系。

《淮南子》的这一思想特点与汉初重“黄老”的社会思潮是紧密联系在一起的。

广收博采，总统百家。《淮南子》虽然“持以道德”，对此外各家多有责斥（阴阳家除外），但这并不妨碍它在一定程度上对它们加以吸收利用，以充实、丰富自己的思想体系，便于世用。

首先，《淮南子》吸收了儒家的“仁义”学说和“民本”思想。《俶真训》云：

> 以道为竿，以德为纶，礼乐为钩，仁义为饵，投之于江，浮之于海，万物纷纷，孰非其有。

说得多么露骨，“道德”与“仁义”二者结合即可行之于世而永不为败，“辅以仁义”的奥秘即在于比。所以书中反复讲道：“国之所以存者，仁义是也；人之所以生者，行善是也。国无仁义虽大必亡，人无善志虽勇必伤。”（《主术训》）“仁莫大于爱人”（《泰族训》）、“民者国之本也。国者，君之本也”（《主术训》）、“为治之本务在于安民”（《诠言训》），等等。据《史记》记载，刘安“行仁义，天下莫不闻”（《淮南衡山列传》），从《淮南子》中亦可以看到它确实以“仁义”为一面政治旗帜。这其中似乎凝结着治乱兴亡、尤其是秦王朝迅速灭亡的历史教训，或者正由于此，《淮南子》的思想倾向才有“辅以仁义”的一面。但是，《淮南子》对此并不是毫无保留地接受，书中主张要像遵循自然一样地遵循民众之情欲。因其性而养其性，不要把社会道德伦理规范要求与普通人性对立起来。比如，人民有“好色之性”、“饮食之性”、“喜乐之性”、“悲哀之性”，故可以因之以制“大婚之礼”、“大飨之谊”、“钟鼓筦弦之音”，“衰绖哭踊之节”，但是制定这些礼乐制度时一定不能拂逆民性，而应“因民之所好，而为之节文”，“因其所喜以劝善，因其所恶以禁奸”，因为，“因其性则天下听从，拂其性则法悬而不用”（《泰族训》）。可见，《淮南子》把“物有以自然，而后人亨有治也”（《泰族训》）的“无为”思想渗入到儒家的“礼乐”、“仁义”思想之中。正是在这一融合之中使其带上了自己思想的色彩。

其次，阴阳五行学说在《淮南子》中也处于重要的位置，有一个现象值得注意，即《要略》篇对各家学说均作了得失评说，而唯独没有触及道家和阴阳家。这说明《淮南子》在一定程度上视阴阳五行学说如道家学说一样，其位置同为居于百家之上。《要略》中的一段话表明了这一态度：“言道而不言终始，则不知所仿依；言终始而不明天地四时，则不知所避讳；言天地四时而不引譬援类，则不知精微；言至精而不原人之神气，则不知养生之机；原人情而不言大圣之德，则不知五行之差。”此外，从《天文》、《地形》、《时则》等沿袭阴阳家术语而名篇的情况亦可窥见一斑。

总之，《淮南子》以为阴阳五行学说具有超时空性，在一定程度上与道家学说一样，亦具有综合百家的优势，故其在全书思想体系的构建中同样起着一定的骨架作用。吸收阴阳学说，把强调遵循自然法则的道家学说和讲天文历数规律的阴阳五行学说加以糅合，以建构自己的宇宙论模式和人事政治体系，这在《吕氏春秋》中已见端倪。有汉以来，这一倾向表现得更为自觉，这是秦汉以来思想发展的趋势之一。还有，《淮南子》对法家的“法术势”及变古“周事”思想和墨家的节用、节葬主张等亦无不有所采撷。这就实现了《要略》篇所言之“非循一迹之路，守一隅之指”、“弃其畛挈，斟其淑静”的方针，从而形成了“论道”而又“兼儒墨，合名法”（《汉书·艺文志》），在广阔的文化背景之上探讨宇宙自然的性质和社会发展的特点以及治世存亡之术的思想格局。这是《淮南子》的另一思想特点，其与西汉时期重视对先秦文化进行总结的社会文化背景密切相关。

当然，《淮南子》在继承先秦学术思想的基础上形成的学说体系，还是一个非常不严密的体系，其荟萃诸子，旁搜异闻，牢笼古今，博极众家，这固然反映了汉初统治者试图建立一个宏大文化体系的雄心壮志，但是企图“折衷周秦诸子”、“结古代思想之总帐”①，各家思想兼收并容，这就难免造成互相矛盾冲突的弊端，这一现象在书中表现得相当严重。

---

① 胡适：《淮南鸿烈集解·序》，见刘文典撰《淮南鸿烈集解》，冯逸、乔华点校，中华书局1989年版。

了解掌握《淮南子》的思想结构及其特点，对于研究其美学思想是十分重要的。上述《淮南子》的思想特点对其美学思想产生了深刻的影响。由于“持以道德”，故《淮南子》在美学思想上亦多宗老、庄，它大量巢袭老庄旧说，毫不夸张地说老庄美学思想在书中差不多又重复出现一次。不过尽管有此因袭现象，但由于哲学思想中已具有了如前所述的一系列新的认识成分，故书中美学思想同时又具有创造和发展的一面。由于“辅以仁义”，兼采各家，所以《淮南子》对儒家尤其是荀子的“礼乐”观念和重视艺术的情感表现思想、法家韩非的“重质”美学观念以及墨家的“非乐”思想也有所吸收利用。此外，《淮南子》还对《易传》、《吕氏春秋》的美学思想进行了一定的选择性的吸收。《淮南子》在接受这些古代美学思想资料的同时，能把它们融会于自己的美论和艺术创作及审美鉴赏论中，从而丰富和发展了这些被吸收的美学思想成分，有些方面甚至作出了新的创造。总之，《淮南子》的美学思想所涉及的问题相当广泛，其所包含的认识成分亦非常复杂，其有利的一面是丰富了书中的美学思想，但同时亦带来观念不统一甚至互相抵牾的缺陷，使书中的美学思想最终没能形成一个较为严密完整的体系。这固然是由于其思想特点而致，但与其成于集体之手亦不无关系。尽管如此，但就其所具有的新的认识观念而言，《淮南子》的美学思想仍有重大的研究价值。

四、关于《淮南子》美学思想的评价问题

从以上的分析中可以看出，《淮南子》除开因袭照搬先秦美学思想，主要是老庄美学思想和儒家“礼乐”观念及文艺思想那部分而外，在时代环境和本身思想的影响下，书中美学思想形成了自己的特点。它在继承的基础上创造性地发展了先秦美学思想，并且在汉代美学思潮流变中独树一帜，是西汉前期社会美学思潮的主体。当时社会上存在着激烈的儒道互绌现象，反映到美学思想方面，就存在着和《淮南子》的美学思想对立的另一种美学思潮，即以《诗大序》和《乐记》为代表的美学思想。但是，由于“黄老”思想占有统治地位，所以，和重“黄老”的社会思潮精神一致的《淮南子》的美学思想无疑更处于主导地位。《淮南子》之后，社会美学思潮产生了一次变迁，这就是与《淮南子》的美学思想处于对立位置的董仲舒的美学思想的出现，并取代《淮南子》的地位而成为社会美学思潮的主要代表。这两种美学思想分别属于两个社会阶段，《淮南子》的美学思想是西汉前期社会美学

思潮的主要代表，而董仲舒的美学思想则是西汉中期社会美学思潮的代表，它们分别代表着汉代美学思想发展的两个阶段。由于《淮南子》成书于西汉社会思想文化发生急剧转折的前夜，不但书中的思想倾向与后来的独尊儒术的文化统治政策有质的区别，而且刘安本人亦因“谋反”事露而自杀，所以，使其没有受到应有的重视。但是，即便如此，它对后世美学思想，尤其是对魏晋美学产生了多方面的影响。《淮南子》美论中重视自然美的思想对六朝山水美学思想产生过一定的启迪和影响作用，魏晋山水美学彻底摆脱了先秦的“比德”观念，而强调的是主体在自然面前产生的生命自由的愉悦情感，即自然对主体精神的复原、净化作用，这其实在《淮南子》的美论中已初见端倪，如它把自然美与主体精神扩展联系起来的认识即是。《淮南子》对艺术创作和鉴赏的认识思想则对后世产生了多方面的影响，如它对作为艺术特性之一的艺术的“释憾”、“愤中应外”特点的认识就与司马迁的“发愤著书”说不无关系，后者是对前者的合理发展。又，它的“文”“情”统一和反对“贵古贱今”的思想对东汉王充和晋代葛洪的影响非常明显。更值得注意的是，它对艺术创作中主体情感的动力作用和情感的审美价值的强调，对魏晋南北朝进一步重视文学的情感特性的认识产生了积极的影响。同时，它对“神”的特点的揭示，对陆机和刘勰对艺术创作中“神思”，即形象思维现象的认识产生的影响亦是很明显的。此外，《淮南子》对艺术的“形”、“神”关系的认识以其同时具有观念原理和认识方法两方面的意义而介入了美学范畴，促进了我国古代美学主要是绘画和诗歌理论中形神理论的发展。可见，《淮南子》的美学观念对后世美学思想产生的影响是多方面的。

在讨论《淮南子》的美学思想的评价和影响问题时，我们还遇到了这样两个问题，因涉及如何评价《淮南子》的美学思想及其影响，故笔者愿在此发表点个人的浅见。

第一，《淮南子》的美学思想和董仲舒的美学思想的性质区分问题。有学者认为《淮南子》“已经涉及人与自然的相互感应的观点，显然是董仲舒美学的先声”①，笔者认为此说大为不妥。首先，他们对人和天本身的认识不同。《淮南子》认为人是由“精气”发展来的，是自然的一部分，而董仲舒

① 见李泽厚、刘纲纪主编《中国美学史》第一卷，中国社会科学出版社 1984 年版，第 482 页。

则认为人是天按照自己的面貌创造出来的。《淮南子》认为天是由混沌之气分化而成的，其并不具有意志，而董仲舒则正好认为天具有意志并时刻俯视着人间。这样，他们对所谓"人与自然"的关系即天人关系的认识便有质的不同，《淮南子》认为人应在遵循自然规律的前提下去发现、创造和占有自然界，充分地享受外部世界之美，而董仲舒则认为人要用自己的行为来感动天，以换取天，即上帝的慈悲。这是两种完全对立的天人观。对天人关系的认识不同，影响所及，他们对美的认识便迥异。《淮南子》在其"无为"学说影响下形成的美学思想文中已述，不用再说。董仲舒在其"天人感应"神学目的论思想影响下，一是认为天是有意志、能够实行赏罚的神；再就是认为人的情感交化同天的变化之间有一种对应关系①，自然现象完全被人格化了，他所说的"天人合一"，主要是指"天神合一"，或"人神以和"，而这两点正是董仲舒的美学思想中的核心观念，这是不能不加辨析的。总之，他们的美学思想分野不同，基本精神大相径庭。但是，论者不考虑这两种天人观的互相对立和这两种美学在基本精神方面的明显区别，仅因为《淮南子》亦曾说过人之"形骸九窍取象与天合同。其血气与雷霆风雨比类，其喜怒与昼宵寒暑并明"(《要略》)②等言语，就认为《淮南子》是"董仲舒美学的先声"，似属仓促之论。这样的论断不但混淆了两种美学思想的性质，而且也否定了两种美学思想所代表的西汉美学思潮发展的两个阶段的存在。

第二，《淮南子》的美学思想与《文心雕龙·原道》篇的关系问题。李泽厚、刘纲纪主编之《中国美学史》第一卷在评论《淮南子》美学思想的影响时认为："《文心雕龙》的美学的基本思想，就它同前代的关系来看，和《淮南鸿烈》美学有联系。如《文心雕龙》以《原道》作为开宗明义的第一章，以自然之道贯穿全书，似乎与《淮南鸿烈》有关。"③笔者认为，此说有需进一步细致推敲之处。首先，我们认为《文心雕龙》的基本美学、文学思想表现出的

---

① 《春秋繁露·阴阳义》曰："天亦有喜怒之气，哀乐之心，与人相副，以类合之，天人一也。"又《为人者天》曰："天之副在乎人，人之情有由天者矣。"

② 由于哲学思想基础不同，《淮南子》的这一观念与董仲舒的"人副天数"的实质完全不同。况且这对《淮南子》的天人观没有多少代表意义，更没有影响到《淮南子》的美学思想，而董仲舒的"人副天数"说就不同了。

③ 见李泽厚、刘纲纪主编《中国美学史》第一卷，中国社会科学出版社 1984 年版，第 482 页。

是儒家思想倾向①，而《淮南子》的美学思想则不然。在一些具体美学问题上，《淮南子》对《文心雕龙》有影响，如我们前面所谈到的那些，这可看做是二者的联系之处。但是，认为《文心雕龙·原道》与《淮南子》"有关"则不易理解。《文心雕龙》的《原道》篇主要是吸收了《易传》中属于儒家思想范畴的"神道设教"观念②。同时，又提出要"征圣"和"宗经"，故紧接有《征圣》、《宗经》，再加之《正纬》、《辨骚》，为"文之枢纽"。这里，"道"、"圣"、"经"三体一位，是一个被神化了的组合。所以，《文心雕龙》不见得真"以自然之道贯穿全书"。而《淮南子》是真正讲自然之"道"的，它对《易传》的自然哲学思想有所吸收，但对其"神道设教"思想却作了扬弃，故其并没有表现出如刘勰那样的以"神道设教"为认识基础的原道、征圣、宗经的文学观念，这有其"因时变而制礼乐"的文艺发展观为证。论者大约以为二书均以《原道》开篇，就武断其间必有联系在，而殊不知《淮南子》的《原道训》"全衍老子之旨，故以《原道》名篇"③，此不同于《文心雕龙·原道》之以"神道设教"之"道"立旨。所以，二书开端虽俱标出"道"，然各自之"道"互不相同，所以，所谓的"联系"、"有关"是不存在的。当然，这里并不否认《淮南子》和《文心雕龙》的美学思想在具体方面存在影响与被影响的关系。

以上，对《淮南子》的美学思想及其评价和影响问题作了一些考察分析。但是，千里之遥，跬步难至，笔者学积微薄，识力有限，故谬见疏差之处在所难免，祈请各位专家先生赐正。

（1986 年 3 月）

---

① 参见敏泽《中国文学理论批评史》上册，人民文学出版社 1982 年版，第 186～193 页。

② 《文心雕龙·原道》云"神理设教"及"道沿圣以垂文，圣因文而明道"。此与《易传》"圣人以神道设教，而天下服矣"（《观卦·彖传》）相似，任继愈主编《中国哲学发展史·先秦卷》（人民出版社 1983 年版）认为《易传》的"神道设教"思想属于儒家思想范畴（见该书第 655～667 页），笔者同意此说。

③ 杨树达：《淮南子证闻》卷一，见杨树达著《淮南子证闻·盐铁论要释》，上海古籍出版社 1985 年版，第 1 页。

论汉魏六朝的赋体源流批评

赋是兴盛于两汉时期的一种新文体，关于其源流的辨别是两汉魏晋南北朝时期文学批评的重要任务之一，留下来的大量批评史料反映了当时一些重要的、有代表性的文学思想。本文的目的就是意欲通过对这些批评史料的分解，对当时的赋体源流讨论情况作一些必要的评析，以及对各家的批评意识、文学观念作一些体认、评价。不足之处，祈请方家指正。

一

从历史材料来看，较早对赋作文体辨源的是班固。早先目录学家刘歆曾"总群书而奏《七略》"①，班固的《汉书·艺文志》是在《七略》的基础上"删其要"而成的，故班固对于赋体源流的意见部分包含了刘歆的看法。班固对赋体渊源的看法主要体现在《汉书·艺文志》和《两都赋序》之中。《汉书·艺文志》云：

> 传曰：不歌而诵谓之赋，登高能赋，可以为大夫。言感物造端，材知深美，可以图事。故可以为列大夫也。古者诸侯卿大夫交接邻国，以微言相感，当揖让之时，必称诗以喻志，盖以别贤不肖而观盛衰焉。故孔子曰：不学诗，无以言。春秋之后，周道寖坏，聘问歌咏，不行于列国，学诗之士，逸在布衣，而贤人失志之赋作矣。大儒孙卿及楚臣屈原，罹谗忧国，皆作赋以风，咸有古诗之义。其后宋玉、唐勒，汉兴，枚乘、司马相如，下及扬子云，竞为侈丽闳衍之词，没其风谕之义。

又《两都赋序》云：

> 或曰：赋者，古诗之流也。昔成康没而颂声寝，王泽竭而诗不作。

① 《汉书·艺文志》。

大汉初定，日不暇给。至于武、宣之世，乃崇礼官，考文章，内设金马、石渠之署，外兴乐府协律之事，以兴废继绝，润色鸿业……故言语侍从之臣，若司马相如、虞丘寿王、东方朔、枚皋、王褒、刘向之属，朝夕论思，日月献纳。而公卿大臣御史大夫倪宽、太常孔臧、太中大夫董仲舒、宗正刘德、太子太傅萧望之，时时间作。或以抒下情而通风谕，或以宣上德以尽忠孝，雍容揄扬，著于后嗣，抑亦雅颂之亚也。

把这两段文字合而观之，可看做是班固的一篇赋体源流论。他认为：《诗经》中的篇什都可以合乐歌唱，但当时诸侯卿大夫在外交场合互相“揖让”之时，为了“以微言相感”而谕其志，往往“不歌而诵”，即赋诗。战国时期，虽然聘问歌咏、赋诗言志之风不流行了，但一些“失志”之士为了谕其“罹谗忧国”之“志”，“皆作赋以风”，如荀子、屈原等人，由此而产生了第一批“贤人失志”之“赋”。逮及汉代，赋体大兴，赋家迭出，如枚乘、司马相如、扬雄诸辈，但这时之“赋”比之荀、屈的“贤人失志之赋”，均“竞为侈丽闳衍之词，没其风谕之义”，故已大失“古诗之义”。总之，班固认为赋是袭古代“不歌而诵”的诵诗方法发展而来的脱胎于《诗经》的一种文体，其可以“抒下情而通风谕”，“宣上德以尽忠孝”，为“润色鸿业”之具，故堪称是“雅颂之亚”。所以，他为赋体所下的定义是“不歌而诵谓之赋”、“赋者，古诗之流也”。

班固对赋的形式体制、思想原则作出了一些渊源考辨，并且对战国以来赋的创作情况进行了描述，其意见有合理之处。所谓“不歌而诵谓之赋”一语，系征引古语，意思在于说明赋由古代的赋诗发展演变而来，其特点是“不歌而诵”。“赋”的本意之一为“诵”，如《左传》隐公三年“卫人所为赋《硕人》也”，又《国语·周语上》“师箴，瞍赋，矇诵”，及《毛诗·鄘风·定之方中传》“升高能赋”，几处之“赋”均训为“诵”。在春秋时代，赋诗活动曾兴盛一时，如《左传》文公十三年记：“郑伯与公宴于棐，子家赋《鸿雁》，季文子曰：‘寡君未免于此。’文子赋《四月》，子家赋《载驰》之四章，文子赋《采薇》之四章，郑伯拜，公答拜。”同《诗经》比较，赋之显著特点之一是不能合乐歌唱而只能诵读，汉宫中也确实养了一批辞赋家，经常当众诵读他们的作品，如《汉书·王褒传》记宣帝曾诏使著名赋家王褒到太子宫奉侍，“朝夕读奇文及所自造作”，“太子喜褒所为《甘泉》及《洞箫颂》，令后宫贵人左右皆诵读之”。所谓“赋”为“古诗之流”，此处之“流”与《汉书·叙传》中“刘向司籍，九流以别”之“流”同意，均意指“文体”，故班固的意思是说赋是《诗经》之一体。“赋”原为《诗经》“六义”之一，郑玄解释其特点为“直铺陈”，即与“比、兴”相反的直述铺陈。另外，《尔雅·释名》云：“敷布其意为之赋。”王逸《楚辞·九章》注云：“赋，铺也。”汉赋的写景状物叙事，全以铺陈的笔法为之，与《诗经》之“赋”法有相类之处，故班固认为作为文体之“赋”来之于“六义”之“赋”，于是径言赋为《诗经》之一体。当然，班固在此使用“流”一词，还包含有其他之意，即认为赋沿用了古诗表现形式上的某些特点，保留了古诗的讽谏之义、恻隐之情，甚至保留了“风”的余韵。班固为赋所下的两个定义尽管着眼点不同，但意思一致，分别从两个方面指出了赋与《诗经》在文体上的渊源关系，言明了赋是古代诵诗及“六义”之“赋”的直接演变，其见就阐明赋体受《诗经》影响而言，自有合理的一面。此外，这两个定义却更多地暴露了他对作为文体之“赋”和作为诗义之“赋”在意义上的混淆不清，他并未能清楚地划分开赋与《诗经》在文体上的界线。

原因盖出于班固的文学观念、批评意识完全局限于儒家经典传统，其论赋体渊源，着眼之处在于赋的功能，还没有自觉到认为“赋”为一种判然“与诗画境”（刘勰语）之新兴文体的程度。他言赋为古代诵诗的演变发展，为“古诗之流”，除了指明赋体在形式体制上的某些特征而外，更主要的在于要为赋与《诗经》在思想和功利方面建立一种直接承接关系，即认为赋必须像汉儒的意识观念中的《诗经》一样，为统治阶级尽“风谕”之职，使赫赫帝业“著于后嗣”，以成为“雍容揄扬”的三代“颂声”之继响。《文选》注者李善在“赋者，古诗之流也”下注云：

> 《毛诗序》曰诗有六义，二曰赋。故赋为古诗之流也，诸引文证皆举先以明后，以示作者必有所祖述也。

原来，班固言赋为古诗之流，目的在于表明自己“祖述”古人为诗“风谕”而作《两都赋》，“以极众人之所眩，折以今之法度”①。班固囿于古代诵诗和“诗义”，他的辨析还仅局限于功利作用等外部关系方面，并没有对赋的源流体变及其原因作出深入的阐发，这自然对抬高赋在当时政治生活中的地位作用有利，但最终却抹杀了赋在文体上的独立性，从而暴露出了他的文体意识、批评观念之“宗经”特点。

---

① 《两都赋序》，见萧统《文选》卷一。

班固还将“颂”作为“赋”的同义字，将赋体称作“颂”，或者“赋颂”连称，如《汉书》中关于庄助的一段记载，言皇上每遇“有奇异，辄使为文，及作赋颂数十篇”。另外，《汉书·艺文志》的《诗赋略》于“杂赋”目下列有“杂行出及颂德赋二十四篇”，“李思孝景皇帝颂十五篇”。这是由于班固认为赞颂为赋的主要功用之一，其可“宣上德以尽忠孝，雍容揄扬，著于后嗣”，为“雅颂之亚”。事实上，汉代“赋”与“颂”在名称上互换使用的情况相当普遍，如司马相如的《大人赋》亦称《大人颂》，王褒的《洞箫赋》又称《洞箫颂》，而王充《论衡》中称“赋”为“赋颂”亦有多处，如云：“方今尚书郎班固、兰台令杨终、傅毅之徒，虽无篇章，赋颂记奏，文辞斐炳，赋象屈原贾生，奏象唐林谷永。”“赋颂”与“记奏”显为两种文体，分别以“赋”、“颂”通用的情况出现，除上面所讲的原因外，很可能还与“颂”与“赋”同可训作“诵读”有关。《孟子·万章下》：“颂其诗读其书，不知其人可否？”所谓“颂其诗”即“诵读其诗”之意。赋只能诵读，而“诵”即“颂”也，故一些内容并非“赞颂上德”的赋作，其篇名亦冠以“颂”字，如东方朔的《旱颂》即其例之一。然而班固的以“颂”称“赋”或“赋颂”连用，其用意却在于赋的“赞颂上德”之功。另外，班固在《汉书》中还将赋体称作“辞赋”，或单以“辞”代替之，如云“梁客皆善属辞赋”①、“辞赋大者与古诗同义”②、“赋莫深于《离骚》，(扬雄)反而广之；辞莫丽于相如，作四赋”③。以“辞”或“辞赋”为赋体之名称，在《史记》中即已出现，如《史记》司马相如本传即有“景帝不好辞赋”云者。在中国文体分类学上，“辞”的文体意义不很确定，后来一般指“楚辞”，即“骚体”，所以已故徐复观先生认为“辞”系指“楚人歌谣腔调的辞”④。而在班固的文体观念中还“辞”“赋”不分，故他称屈原作品亦为赋，如《汉书·艺文志》中有“屈原赋二十五篇”云云。这大约是由于骚(辞)、赋相较于诗均属“不歌而诵”之列，故乃视为同一。使骚、赋分体而立是昭明太子萧统在《文选》中之事。

二

班固认为“古诗之流”，其后众家都援此说，遂酿成一派之见。如杨德祖《答临淄侯戕》：“今之赋颂，古诗之流，不更孔公，风雅无别耳。”皇甫谧

---

① 《汉书·枚乘传》。
② 《汉书·王褒传》。
③ 《汉书·扬雄传》。
④ 徐复观：《西汉文学论略》，见《新亚书院学术年刊》第13期。

《三都赋序》:“子夏诗序曰:一曰风,二曰赋。故识赋者,古诗之流也。”挚虞《文章流别论》:“赋者,敷陈之称,古诗之流也。”萧统《文选序》:“诗有六义,一曰风,二曰赋……至于今之作者,异乎古昔。古诗之体,今则全取赋名。荀宋表之于前,贾马续之于末,自兹以降,源流实繁。”颜之推《颜氏家训·文章》:“歌咏赋诵,生于诗者也。”等等。其中作为文体分类学家的挚虞和萧统两家的影响较大,他们与班固不同之处在于没有涉及赋体发展与古代诵诗的关系,而认为赋体只是由诗“六义”之一之“赋”衍生演变而来的,更着力强调赋体与“六义”之“赋”在“铺陈”手法上的一致性,以此视后者为前者之渊源所在。

挚虞认为今之赋导源于古诗之“赋”,“假象尽辞,敷陈其志”是它们一致的特点,所不同的是古诗之“赋”因辞而形情,因事而明“礼义之旨”,而今之赋则多“淫浮”之病。萧统则认为古诗中本有“赋”之一体①,从荀子、宋玉等人开始专取此而造篇,并且又以此来作其制作的体制之名,由此,作为古诗之一的“赋”遂演变为“赋”这种新文体。这里需要指出的是,虽然古诗之“赋”与汉赋都讲铺陈,但并非完全相同。“六义”之“赋”之铺陈是直叙,即不借助于比兴而直说之,而汉赋之铺陈除直叙而外亦包括其象物时文辞上的铺张扬厉、尽情描摹,以及结构上的恢宏浩大。另外,汉赋在写作中并不排斥使用比兴手法,故范文澜《文心雕龙·诠赋》注曰:

> 赋比兴三义并列,若荀屈之赋,自六义之赋流衍而成,则不得赋中杂出比兴,今观荀屈之赋,比兴实繁,即士蔿所作,有弧裘龙茸语,三句之中,兴居其一,谓赋之原始,即取六义之赋推演而成,或未必然。

即针对此而言。故云赋体即由“六义”之“赋”单独发展而来,难免有以偏概全之嫌。然此说影响甚广,后世巢袭者甚众,如祝尧《古赋辨体·两汉体》言:“汉兴,赋家专取诗中赋之一义以为赋。”王芑孙《读赋卮言》亦以为赋“三百篇其百世不迁之宗矣”,等等,不胜枚举。与班固同样,挚虞、萧统等人的赋体辨源俱体现出一股浓烈的“宗经”意味,不过这在当时又是难以克服的。在当时人们的文体观念、批评意识中,诸如颜之推的“文章者源出五经”的看法是相当普遍的,如《世说新语·文学》篇记载孙绰认为“《三都》、

① 他认为风、雅、颂、赋、比、兴是诗之六体,而非为三体三用,见萧统《文选序》。

《二京》、五经鼓吹”，刘孝标注此云：“言此五赋是经典之羽翼。”这种观念直可追溯到汉初，当时淮南王刘安在评价屈原时认为《离骚》等作品是“依经立义”，其“风谕之义”与《诗经》同义，故为“古诗之流”，之后为屈原辩护者莫不以此为立说根据。这种观念在班固开始的赋体源流批评中得以延伸，“宗经”思想使视野狭窄，其认识只能达到以赋体为《诗经》之“羽翼”的程度，而不会认识到楚辞与赋体的渊源关系。

在分析赋体发展史时，萧统和班固一致，特意标出荀、宋两家，这是正确的。荀子的《赋篇》是最早以文体的赋称题的一篇文章，宋玉则有《高唐赋》、《风赋》等制作，尽管有人怀疑荀子《赋篇》的篇名可能是刘向所加，荀子自己是否称其作为“赋”并无实证可查，但这并不影响他在赋史上的位置。事实上到了汉代，关于赋体名称的使用仍不统一，属于赋体的制作常冠以它称，除前言之“颂”、“辞”之外，甚至还以“诗”称之，如庄忌之《衷时命》、王褒之《九怀》、刘向之《九叹》等为赋体，然作者却称之为“诗”。所以，尽管贾谊的《鹏鸟赋》是可确考的最早以赋命名的一篇作品，但实际上荀、宋等人的作品已开了赋体创作的先声。班固、萧统关于荀、宋在赋史上位置的看法，后来被刘勰所接受。与班固不同，讲赋体发展史时萧统没有提到屈原和枚乘。他认为骚与赋是两种文体，前者言情，具恻隐，含风谕；后者专效物，极侈丽闳衍之词，不载以正道，故在《文选》中分立名目，而班固则辞赋不分，类归为一。使骚、赋分体而立，从文体分类的角度看无疑更合理一些，当然这也是萧统尊屈子的具体方法之一。至于枚乘，萧统则在《文选》中专立“七”一体，把枚乘《七发》及所有以“七”名篇的仿制全归之，这大概是由于自枚乘作《七发》之后，仿效者群起，一时以“七”名篇者甚众，并经久而不减，傅玄《七谟序》曾云：

> 昔枚乘作七发，而属文之士若傅毅、刘广世，崔骃、李尤、桓麟、崔琦、刘梁、桓彬之徒，承其流而作之者纷焉：七激、七兴、七依、七款、七说、七蠲、七举、七设之篇。于是，通儒大才马季良、张平子亦引其源而广之，马作七厉、张造七辩，或以恢大道而导幽滞，或以点瑰侈而托讽咏，扬辉播烈，垂于后世者八十有余篇。自大魏英贤迭作，有陈王七启，王氏七释，扬氏七华，从父侍中七诲，并陵前而邈后，扬清风于儒林，亦数篇焉。

由此可见一斑。萧统因见于此，特立“七”一体，但这样是不合理的，章学诚曾就此而责难：“今以枚生发问有七，而遂标为七，则九歌、九章、九辩亦可标为九乎？”①而班固则把《七发》及以“七”名篇的仿制之作全归之于赋体，在这一点上，班固则高明于萧统。

三

关于赋体源流，刘勰的批评是比较全面而准确的。《文心雕龙》专设《诠赋》一篇，对于赋的文体演变及特征作了较为详尽而准确的说明，其云如：

> 诗有六义，其二曰赋。赋者，铺也；铺采摛文，体物写志也。昔邵公称公卿献诗，师箴（瞍）赋。传云：“登高能赋，可为大夫。”诗序则同义，传说则异体，总其归涂，实相枝干。故刘向明不歌而诵，班固称古诗之流也。至如郑庄之赋大隧，士蔿之赋狐裘，结言短韵，词自己作，虽合赋体，明而未融。及灵均唱骚，始广声貌，然则赋也者，受命于诗人，而拓宇于楚辞也。于是荀况礼智，宋玉风钓，爰锡名号，与诗画境；六义附庸，蔚成大国。遂述客主以首引，极声貌以穷文，斯盖别诗之原始，命赋之厥初也。

刘勰论赋体源流分三步。首先，刘勰注意到了赋与《诗经》之关系，认为赋体的起源与作为诗之写作方法之一的“赋”及古代赋诗有联系。他是从赋体艺术特点与“六义”之“赋”及赋诗之特点的一致性上来考虑此的。他认为《诗经》之“赋”法的特点是铺陈其事，而“不歌而诵”之“赋”虽说与“六义”之“赋”“异体”，但其亦有铺陈的特点，所以，二者“实相枝干”，如郑庄公赋“大隧”，士蔿赋“狐裘”，既是“不歌而诵”，又是“铺陈其事”。当然，“大隧”、“狐裘”这样的制作，虽然“词自己作”，特征上已“合赋体”，但还属于“结言短韵”，没有真正从诗体中独立出来，所以不能和以后的赋等量齐观，用刘勰话来讲就是还“明而未融”。当然，刘勰认为《诗经》为赋之渊源之一也有从思想性上考虑的原因，刘彦和论文主张宗经，曾言：“赋、颂、歌、赞，则

---

① 章学诚：《文史通义·诗教下》，上海书店据1926年商务印书馆旧版影印，1988年版，第24～25页。

《诗》立其本。”[①]在他看来，一切文学都要“依经立义”，赋作为一种文学形式，不仅在其形式上承接了“六义”之“赋”的特点，而且在思想原则方面也必须接受《诗经》的规范，在这一点上他的观点与班固、萧统等人是一致的。

其次，刘勰与班固等人不同的是他不但认识到了“赋自诗出”，而且还认识到楚辞对赋体的兴起亦起了极大的影响作用，甚至正因为受到楚辞的影响才使赋最终与诗“分歧异派”，独成一体。何为其然呢？因为《诗经》中虽然用“赋”法“铺陈其事”，但是文学创作中第一次用“铺陈其事”的方法象物叙事、做到声貌齐美、“品物毕图”的却是屈原，他是“赋”法在文学创作中运用的“拓宇者”，对后来赋家的影响是极其显著的。另外，屈原在比、兴手法运用上亦有发展，比之《诗经》更为朗丽绮靡、环诡耀艳，更富有情感的渗透。这对后来赋家广用比兴亦不无影响。《文心雕龙·辨骚》篇云：“固知楚辞者，体宪于三代，而风杂于战国，乃雅颂之博徒，而辞赋之英杰也。观其骨鲠所树，肌肤所附，虽取熔经意，亦自铸伟辞……是以枚贾追风以入丽，马扬沿波而得奇，其衣被词人，非一代也。”《比兴》篇云：“三闾忠烈，依诗制骚，讽兼比兴。炎汉虽盛，而辞人夸毗，诗刺道丧，故兴义销亡。于是赋颂先鸣，故比体云构。”《才略》篇云：“相如好书，师范屈原，洞入夸艳，致名辞宗。然核取精意，理不胜辞。故扬子以为‘文丽用寡者长卿’，诚哉是言。”刘勰认为屈原为“雅颂之博徒”，“辞赋之英杰”，贬之为“博徒”，盖因屈辞中有“异乎经典”的“四事”，这是刘勰批评意识中的“宗经”思想在作怪；称之为“辞赋之英杰”，意思却是说屈原大大发展了“铺陈”的手法，“伟辞”成篇，奇丽眩目，突破了原始之“赋”法。但是，刘勰又认为比起赋家的“夸毗”之作，屈原还能“讽兼比兴”，在思想原则上更接近于《诗经》一些，而后来的枚乘、贾谊、司马相如、扬雄等人则无不沿屈原“奇”、“丽”之波而驰骋文章，虽然这种“师范”走向极端，以致“洞入夸艳”，然而也只有这样才能使他们“致名辞宗”，即成为典型的汉赋作家。由于屈原对后来的赋作家起了如此之“衣被”作用，所以在赋的发展史上刘勰给了他一个“轩翥诗人之后，奋飞辞家之前”[②]的位置。虽然屈原对赋体演变产生了如此之影响，但刘勰还认为他是诗人，而不是赋家，因为屈原虽为“辞赋之英杰”，但其“讽兼比兴”，“去圣未远”，不像之后的荀子、宋玉等“结隐语，事数自环”，“发巧

① 《文心雕龙·宗经》。
② 《文心雕龙·辨骚》。

谈，实始淫丽"，成为地地道道的"博徒"。所以《文心雕龙》分立《辨骚》、《诠赋》两篇，在他的批评意识中屈原的作品与后来的赋是不同的，他更多的是注意到屈骚对赋的影响，而不是把它们看做是赋体作品，这当然是出于对屈辞与汉赋在文体形态和思想特质两方面不同特点考虑的结果。

再次，关于赋体演变成熟的标志问题。刘勰认为《诗经》之"赋"法和古代赋诗以及屈原伟辞奇丽、声貌齐美、品物毕图的创作为赋体的产生积累了足够的艺术经验，正是在这种艺术经验积累的前提条件下，"荀结隐语，事数自环；宋发巧谈，实始淫丽"①，产生了"铺采摛文，体物写志"的新文体——赋。荀、宋二人的创作具有分界线的意义，荀子《赋篇》首创"客主以首引"，即以客主答问开篇，宋玉《神女赋》、《登徒子好色赋》诸篇巧谈毕发，文彩淫丽，"极声貌以穷文"，这都有别于《诗经》创作中所用的"原始"之"赋"法，也不是简单的"不歌而诵"了，和屈骚在形式特征和思想原则上亦有差别，他们的创作基本上奠定了赋体文学之最"厥初"的特征，是赋体文学的开山之作。刘勰又指出经荀子、宋玉二人作"赋"，并且"爰锡名号"，"赋"这种原来仅为"六义附庸"的一种写作方法，遂"蔚成大国"，"与诗画境"，终于发展成为一种独立的新文体了。刘勰把赋体的形成归之于荀况和宋玉，确实很有文体眼光，荀子的《赋篇》与《诗经》和屈辞均不同，它通过对礼、智、箴、云、蚕五种事物的刻画，表达了希望君王和臣宰在道德修养上应具备此五种事物的优点的愿望，虽不甚"铺采摛文"，但"假象尽辞，敷陈其志"，具有"体物写志"的特点，故刘勰推崇："荀况学宗，而象物名赋，文质相称，固巨儒之情也。"②至于宋玉，大约由于其文章太"淫丽"的缘故，刘勰对他没什么赞语，但实际上他的《风》、《钓》诸赋和其《九辩》不同，后者基本上和屈原的作品一样，属抒情诗，而前者却显然为象物之作，且以旁观者的口吻来描述，不露明显的抒情痕迹，故似应属于司马迁讲的"好辞而以赋见称"③之列。所以，他在赋史上的位置亦不容置疑。

对荀子、宋玉以后的赋体发展，刘勰亦曾勾勒出一个大体轮廓。《诠赋》篇云：

---

① 《文心雕龙·诠赋》。

② 《文心雕龙·才略》。

③ 《史记·屈原贾生列传》。

> 秦世不文，颇有杂赋。汉初词人，循流而作，陆贾扣其端，贾谊振其绪，枚、马播其风，王、扬骋其势，皋、朔已下，品物毕图。繁积于宣时，校阅于成世，进御之赋，千有余首，讨其源流，信兴楚而盛汉矣。

最后两句带有总结的性质，言赋繁盛于汉，自无异议，而曰赋“兴楚”，亦不无道理。宋玉为楚国土生土长的作家，至于荀子，虽为赵人，但他曾两次适楚，长期在楚国为仕，任兰陵令，死后亦葬于楚之兰陵，他的《赋篇》即作于楚地，再加上屈原对赋体的影响，所以说赋兴于楚是言之成理的。

刘勰的阐述赋体渊源，除个别情况，如赋体产生受先秦散文、纵横家以及民间文学的影响等没有谈及而外，还是较全面的。从刘勰的论述可以看出他注意从发展的眼光看问题，认识到了一种文体的产生与社会与文学本身发展之间的复杂联系，更为可贵的是他提出赋是一种独立的“与诗画境”的文体，所以也就没有再沿用所谓赋为“古诗之流”的模棱两可的说法。在论述方法上，亦如他论其他文体一样，首先是“释名以章义”，说明赋的定义；继之论赋与诗、骚的区别；其次论赋体的正式产生；其次“原始以表末”，论说赋的沿革；其次“选文以定篇”，举出有代表性的作品以明赋体之特点。其步骤是很周密的。刘勰的文体思想和批评方法有许多值得借鉴之处。

四

最后谈一下这一时期对于赋的分类问题。

最早为赋分类的是刘歆与班固，班固“因七略之辞”、“删其要以备篇籍”，成《汉书·艺文志》，故刘歆对赋的分类可于《汉书·艺文志》中窥出。班固将赋类分为四，即屈原赋、陆贾赋、孙卿赋和杂赋，其中屈原一类包括二十家三百六十一篇，陆贾赋二十一家二百七十四篇，孙卿赋二十五家百三十六篇，杂赋十二家二百三十三篇。前三类为别集，后一类为总集。刘师培《论文杂记》称，屈原赋一派为写怀之赋，陆贾赋一宗为骋辞之赋，孙卿赋一派为阐理之赋，①其实未必然，司马相如之赋何尝不骋辞，司马迁《悲士不遇赋》未必不写怀，扬雄作赋必拟相如之弘丽温雅“以为式”②，而今司

---

① 刘师培：《中国中古文学史、论文杂记》，人民文学出版社 1959 年版，第 115～116 页。

② 《汉书·扬雄传》。

马迁列入陆贾一派，相如入屈原一派，扬雄不与相如同派而入陆贾派，故刘说似于实情难符。然班固此分援何为据今实不可测得，亦没有深究之必要。班固之前扬雄有“诗人之赋”与“辞人之赋”之分，实系从思想内容着眼，不属体派之分。后曹丕、桓范、陆机、刘勰等论文体时都没有对赋进行具体分类。挚虞有《文章流别集》、李充有《翰林论》，其中对赋当有分类，惜其书已佚，他们对赋的具体类分也就无由窥得了。萧统《文选》分文学为三十八类，赋为其一，于赋又分十五子类，为一京都、二郊祀、三耕籍、四畋猎、五纪行、六游贤、七宫殿、八江海、九物色、十鸟兽、十一志、十二哀伤、十三论文、十四音乐、十五情，实系以题材划分，伤于琐碎，故累遭后人讥病，然比之班固之分似有迹可寻。

（原载《延安大学学报》1989 年第 3 期）

魏晋名理学与六朝审美主体精神

人们往往喜欢将魏晋美学与文学艺术看做一曲旋律优美、节奏激扬的生命组曲，并将谱写出这一乐曲的历史原因归于当时所出现的人性的自觉。事实也正是如此，如果没有魏晋士人的那种对于宇宙、生命意义以及人生价值所在的思考与寻觅，没有士人在玄风熏醉中对于清谈的沉溺，何来人的自觉？又何处显示那种超脱、旷达与潇洒的魏晋风度呢？而这些正体现着六朝士人的人格转型与价值新变，亦构成六朝审美主体精神的一个主要标志。但是，这一切之得来，都是在魏晋思潮的推动下产生的，当时先后出现的名理学与玄学以及佛理学在不同的层面上均给魏晋新型人格的形成与六朝审美主体精神的诞生从哲学基础、性命原则到理想人格、价值取向诸多方面提供了直接的思想资源。所以，我们分析六朝审美风尚的形成与发展，以及这种风尚所蕴涵的精神内涵，便应该首先从考察以“自然”为逻辑起点来建构天人新义及人的价值学说的魏晋名理学入手。

一、名理学与才性之辨和人物鉴识

东汉末年，业已摇摇欲坠的刘氏政权，终于经受不住政治动乱和农民起义的风雨而崩坼，曹魏政权代之而兴。“魏之初霸，术兼名法”①，曹操推行名法之治，目的是为了满足统治阶级选举和任用人才这一现实的需要，为此，当时的知识界展开了一场关于才性问题和鉴识人物的标准和原则的讨论，并且迅速发展为主流社会思潮之一，此即为一般被称为魏晋三大思潮之一的魏晋名理学的兴起。

名理之学以讨论人的才性问题和人物鉴识的标准与原则为主要内容，其在方法上继承了先秦名家细密严谨的名辨方法，在名实理论的基础上探讨才性以及识人和用人问题，这种对于“名分”、“名目”之理的研究，实际上与当时的现实政治有着密切的关系。而且，名理学在兴起和发展的过程

① 《文心雕龙·论说》。

中，广泛地吸收了先秦名家、法家、儒家以及道家的思想，促进了它们之间的渗透与融合，对于起兴之玄学之形成与发展，从某种程度上而言，也可以说是奠定了一定的思想基础，故实际上成为从两汉经学过渡到魏晋玄学的一个中介环节。

探讨人的才性以及品鉴人物，并非始于汉末魏初，而是从先秦以来便有之的知识界的一个传统。先秦诸子和汉代思想家在各自的著述中都留下了不少这方面的思想资料，包括对人的贵贱、贫富、祸福、寿夭等所谓"命"与"性"的评论，对人的德行、才能、仪容等的评价，以及选用人才的原理和方法等的探讨，等等。但是，汉末魏初兴起的与现实政治关系密切的才性之辨和人物品鉴，却是对在汉代儒术理论影响下形成的人的价值学说和人才选任标准的批判与否定。自汉武帝实行"罢黜百家，独尊儒术"的思想文化政策以来，董仲舒的一套建立在"天人感应"、"天人合一"的宇宙——道德本体论模式上的思想学说，由于适应了统治阶级调整社会秩序、统一思想、制定新的道德伦理规范的需要，取代了黄老之学的话语权力位置，成为一种新的话语系统，并且获得了官方意识形态的地位，其话语权力体现、渗透到了思想文化的各个方面。这种新的话语系统的诞生，必然导致思想、学术界对自身的价值进行调整，其所带来的必然结果，就是庸俗繁琐的经学和谶纬之学的泛滥，影响所及，儒生们便只能通过治"经"来实现自己的一切人生价值追求。于是，埋首五经之中，读死经，死读经，尊奉祖宗"家法"，不敢越雷池半步，甚而至于有人解《尚书》中的两个字，便要用十多万字，完全陷入了言之无物的繁琐考证和虚妄价值之中。更为严重的后果是，在这种风气之下，社会上出现了欺世盗名的假儒生，这些人由于看到经学不失为求官进仕的捷径，便依倚道艺而自抬身价，以盗取虚名而跨入利禄之途，由此而对朝廷的通过选拔贤才来强化专制政治、巩固封建统治的人才制度造成了直接的破坏。到东汉末年，此风益盛，愈演愈烈。另一方面，统治阶级"以名立教"，将符合他们利益的政治观念、道德规范等立为名分，定为名目，号为名节，以之进行教化，并以"孝悌"、"孝廉"等道德范畴作为评判人物和选拔人才的依据，采取"察举"、"征辟"的方法，或者委托地方根据中央政府对人才的要求标准对人物进行考察评议，自下而上地推荐人才，或者由中央政府或各级官府自上而下地发现和委任人才。从汉高祖刘邦于公元前 196 年 2 月下"求贤诏"始，两汉时期一直遵循这种由地方举荐"贤良方正"的人才制度而选任官吏，而在实施的过程中，种种名不副实的弊端之出现则是在所难免的。于是，便有如葛洪在《抱朴子·审举》篇中记载的汉末人所讽刺的“举秀才，不知书；察孝行，父别居。寒素清白浊如泥，高第良将怯如鸡”之“名士”的出现。更有如《后汉书·陈蕃传》中所记之赵宣者，其人为父行服守孝二十余年，“乡邑称孝”，一举成名而被荐之为官，然而后来发现，此人竟然居住在为父守孝的墓道里二十来年中先后生了五个儿子。如此的“行孝守服”，实属对“孝”的一种亵渎，自然最终前功尽弃，声名狼藉，落为万世笑柄。

东汉末年，对这种人才价值观和人才选任制度的批判因素终于形成，便是在地方“察举”中，出现了与宦官势力相对立、相抗衡的知识界的“清议”，即所谓“汝南月旦”。这种“清议”通过臧否人物，即评论品题人物而干预朝廷对官吏的选任，其中自然免不了士人间的相互吹嘘标榜，但是毕竟起到了一定的“舆论监督”作用，以至朝廷有时也不得不“随所臧否，以为与夺”①。如郭泰、许劭、许靖等人都是当时品题人物的权威，史书有载，“泰之所名，人品乃定。先言后验，众皆服之”②，“劭与靖俱有高名，好共核论乡党人物，每月辄更其品题，故汝南俗有月旦评焉”③，甚至在曹操未得势之前，也是借助于许劭的品题才扩大了自己的知名度，从而在政治上逐步发迹的。曹操出身微贱，一心想博取声名功业，但唯恐不被注视，便备了厚礼去拜见当时以品题人物而名满天下的许邵，让其也对自己品评一番，许邵实际上是瞧不上他的，所以只是在不得已的情况下才应付着讲了两句，就这样曹操还是相当满意的。曹操本人的自况也证明了这一点：“孤始举孝廉，年少，自以为非岩穴知名之士，恐为海内人士所见凡遇。欲为一郡守，好作政教以建立名誉，使世士明知之。”④

在“清议”风气的冲击下，传统的人才价值观到了曹魏时期终于产生了质的变化。曹操掌握政权之后，利用庶族而抑制打击门阀贵族，以巩固自己的政权。“魏武好法术，而天下贵刑名”⑤，他杂糅先秦名家“正名实”和法家“贵刑名”的思想，而提出了自己的一套法治思想。又出于推行法术政

① 《后汉书·符融传》。

② 《后汉书·郭泰传》。

③ 《后汉书·许劭传》。

④ 《魏志·武帝纪》注引《魏武故事》。

⑤ 《晋书·傅玄传》。

治的需要，在选用人才上提出了“明扬仄陋，唯才是举”①的主张，以为“举贤勿拘品行”，应启用那些“高才异质，或堪为将守，负污辱之名，见笑之行，或不仁不孝而有治国用兵之术”②的人。曹操的这种重才轻德、“唯才是举”的做法，完全突破了汉代以来推行的以“孝悌”、“孝廉”、“明经”为标准，即以德行以及与之相关的对儒家经典的掌握为标准的取士用人制度，不再以所谓“经明行修”作为衡量人格、才能的依据，而是承认才德之间存在着差别和矛盾，重视“才”独立于“德”的价值意义。

除了曹操的法治理论以及人才思想而外，徐幹等人的名实思想亦为魏晋名理学的兴起产生了直接的影响。徐幹是汉魏之际思想界的一个重要人物，为了给曹操推行法术政治提供理论依据，他撰写了《中论》一书，从讨论名实问题入手，针对种种社会积弊以及汉末“清议”中的吹嘘标榜现象，提出了改革吏治以及择人求贤、考察官吏的具体看法。针对社会上求名之风甚盛、尚名之人相诈的现象，徐幹提出了“实立而名从之，非名立而实从之”③的主张，并从此主张出发，对时人为求名利而崇尚浮华交游的风气提出批评，认为这样的结果是“释王事，废交业，游远邦，旷年岁”④，与古代为“求贤”、“举贤”而进行的“交游”“名有同而实异”，为害甚烈。关于选任人才，徐幹主张要注重“道德之实”，而不为虚名所惑，于此，他不无揶揄地说：“若欲备百僚之名，而不问道德之实，则莫若铸金为人而列于朝也，且无食禄之费矣。”⑤三国时期的刘廙亦在徐幹名实理论的基础上，针对现实中“名实相违，好恶相错”的流弊，而提出了为“正名”而“督实”的识人、用人的主张。刘廙字恭嗣，南阳安众人，曾被曹操辟为丞相掾，转五官将文学，魏文帝曹丕亦甚器重之，让他作过黄门侍郎。刘廙指出：“奸巧机于内，而虚名逸于外。人主贵其虚名，而不知贱其所以为名也。虚名彰于世，奸实隐于身。人主眩其虚，必有以暗其实矣。”⑥因此必须依事正名，循物兴制，以真正做到名实相一，物制相应。可以看出，他们的理论都是直接为曹魏政权的“求贤”、“获贤”而服务的。

---

① 《三国志·魏书·武帝纪》。

② 《三国志·魏书·武帝纪》注。

③ 《中论·考伪》。

④ 《中论·谴交》。

⑤ 《中论·亡国》。

⑥ 《全三国文》卷三十四。

讲到魏晋名理学，不能不提到刘邵和他的《人物志》。刘邵是曹魏集团中的一位识见高明的思想型人物，以熟谙人物才性、深知用人之道见长。他的《人物志》是一部关于如何识别才性、如何选用人才的著作。在书中，刘邵继承和发展了我国古代“形具而神生”的形神观思想，以情性、形神、才能三者的统一作为辨识才性和品鉴人物的理论依据。首先，关于人的情性的本质，刘邵认为：“凡有血气者，莫不含元一以为质，禀阴阳以立性，体五行而著形。苟有形质，犹可即而求之。”①以“元一”（元气）、“阴阳”（气化）、“五行”为构成人的形体、性情的物质条件和要素。这种从自然“元气”出发认识人的性命本体的观点，强调人性的自然基础，与董仲舒的建立在“天人感应”神学目的论基础上的人性本体论具有质的不同，是对王充的“人之所以聪明智慧，以含五常之气”②，以及王符“天地壹郁，万物化淳，和气生人，以统理之”③的“元气说”的继承和发展。刘邵又认为：“盖人物之本，出乎情性，情性之理，甚微而玄，非圣人之察，其孰能完之哉。”④就是说，要认识人物，特别是认识人的复杂而多变的内在精神世界，殊为不易。但是，刘邵又以为，通过对人在气禀过程中所形成的特殊形质的观察了解，从形神、情性、才能三者统一的认识出发，就完全可以掌握人的内心情变及其他精神特点。因为在他看来，人在形质、情性、才能方面的差异性与多样性，正是由于不同质的“气”即“阴阳”、“五行”所决定的，是谓“依乎五质”。人的情性才智同其自然形质构成有着密切的相关性，无不著于形容，见于声色，发于情味。因此，刘邵提出了从一个人的仪、容、声、色、神五个方面来识别查验其人格质量、才智特点的办法，以及“九征”、“八观”、“七缪”等识鉴人物的手段。总之，刘邵认为一个人的神、精、筋、骨、气、仪、容、言等，都与他的德行、情感、智能、个性有关，而所谓品鉴就是要善于通过观察这些人由于禀受元气之不同而形成的外在自然特征，来识别其内在世界，以免出现“能识同体之善，而或失异量之美”的情况。

在刘邵的观念中，人并非仅仅是“孝悌”、“明经”等道德伦理的符号，而是有着鲜明的个性气质、独特的仪容风姿的生命之体和社会存在物。在《人物志》中，刘邵从“元气禀受”的观点出发，将人区分为圣人、兼德之人和

---

① 《人物志·九征》。

② 《论衡·论死》。

③ 《潜夫论·本训》。

④ 《人物志·九征》。

偏才之人三种类型。其中，第一种类型为圣人，其能兼容各种“气”，不以专门才能擅美，而能“总达众材”，为理想之人格，如曹操一类帝王之才可以称之。第二种类型为兼德之人，其能够同时兼有几种才能，如张良、韩信等能够辅佐王业的英雄之才可以称之。第三种类型为偏才之人，其只禀受一种“气”，又可细分为口辩、儒学、智意、伎俩等不同种类，这类人在现实中最为常见。刘邵非常重视从气质的角度对人的个性特点加以考察分析，在《人物志·体别》中，他将偏才之人的性格划分为强毅、柔顺、雄悍、惧慎、凌楷、辩博、弘普、狷介、休动、沉静、朴露、韬谲等十二种类型，并具体描述了每一种性格的总的特征、优点和缺点，兹简要介绍如下：

强毅之人：性格特征是狠刚不和。优点是厉直刚毅，材在矫止，可与立法；缺点为失在激讦，难与入微。

柔顺之人：性格特征是缓心宽断。优点是柔顺安恕，每在宽容，可与循常；缺点是失在少决，难与权疑。

雄悍之人：性格特征是气备勇决。优点是雄悍杰健，任在胆烈，可与涉难；缺点是失在多忌，难与居约。

惧慎之人：性格特征是畏患多忌。优点是精良畏惧，善在恭谨，可与保全；缺点是失在多疑，难与立节。

凌楷之人：性格特征是秉意劲特。优点是强楷坚劲，用在桢干，可与持正；缺点是失在专固，难与附众。

辩博之人：性格特征是论理赡给。优点是论辩理绎，能在释结，可与泛序；缺点是失在流宕，难与立约。

弘普之人：性格特征是意爱周洽。优点是普博周给，弘在覆裕，可与抚众；缺点是失在溷浊，难以厉俗。

狷介之人：性格特征是砭情激浊。优点是清介廉洁，节在俭固，可与守节；缺点是失在拘扃，难与变通。

休动之人：性格特征是志慕超越。优点是休动磊落，业在攀跻，可以进趋；缺点是失在疏越，难以持后。

沉静之人：性格特征是道思回复。优点是沉静机密，精在玄微，可与深虑；缺点是失在迟缓，难以捷速。

朴露之人：性格特征是申疑实埳。优点是朴露劲尽，质在中诚，可与立信；缺点是失在不微，难与消息。

韬谲之人：性格特征是原度取容。优点是多智韬情，权在谲略，可与赞善；缺点是失在依违，难与矫违。

可以看出，刘邵对于各种性格类型的分析是非常细致入微的，而且他还能辩证地看问题，认为一个人性格方面的长处往往也就是他的短处，如强毅之人的长处是厉直刚毅，但这又往往可以导致其苛求别人；柔顺之人的长处是柔顺安恕，但这又往往可以导致其优柔寡断。因此，对人的认识、评价便不能求全责备，而应充分尊重其个性，做到"观其所短以知所长"。刘邵人才思想的另一个显著特点是重视智慧的价值。他在《人物志》中认为，"智者德之帅也"、"夫圣贤之所美，莫美于聪明"。这种将智慧聪明视为理想人格之内核的观念，与传统的儒家思想将仁义道德看做理想人格最高境界的观念形成了鲜明的对比。刘邵还认为"聪明秀出谓之英，胆力过人谓之雄"，以为智慧聪明与胆力过人是构成"英雄"的必要条件，英雄之所以成其为英雄，正在于他具有聪明智识四者有机结合而形成的完整的智能结构。

刘邵《人物志》的出现是汉魏之际人的价值思想嬗变的一个重要标志。从上面所介绍的情况来看，刘邵是为了响应曹操"求贤"、"择才"的政治需要，遵循曹操"唯才是举"的人才思想，通过对于人的"性情之理"、"人情机枢"的深入分析评价，提出了一系列品鉴人物的标准与方法，体现了重视与强调人的个性、气质、聪明智慧以及胆力才能等自然性情因素的特点，这对于汉代以来在儒家"名教"思想影响下形成的人的价值学说是一个强有力的冲击，对于促进魏晋时期人的主体意识的觉醒，促进其时关于人的价值思想学说由强调伦理道德的重要性向强调个体个性才能的重要性的转型，产生了积极的作用。刘邵以后，以讨论鉴识人物标准和才性问题为主要内容的名理学继续有所发展，并形成了以辩论"才性"问题为热点的社会性大论争，傅嘏、钟会、李丰、王广等正始时期有名的人物，先后都卷入了这场论争之中，竞相发表自己的看法，钟会还把讨论过程中各家不同的观点加以整理分析，撰为《四本论》的集子①，从而使才性问题成为正始以来玄学清谈的主要话题之一，一直延续到南朝。《四本论》作为玄学清谈人士的必读

① 《世说新语·文学》："钟会撰《四本论》，始毕，甚欲使嵇公一见。置怀中，既定，畏其难，怀不敢出，于户外遥掷，便回急走。"

之书后来失传，但是我们可以从《世说新语·文学》篇注引《魏志》中的一段话得知当时论争的大致情况，其曰如：“会论才性同异传于世。四本者，言才性同，才性异，才性合，才性离也。尚书傅嘏论同，中书令李丰论异，侍郎钟会论合，屯骑校尉王广论离。文多不载。”可见，在论争中，以傅嘏为代表的一方主张才与性是一回事，故云“才性同”；以李丰为代表的一方主张才与性是两码事，故云“才性异”；以钟会为代表的一方认为才与性虽然不是一回事，但是二者之间又有密切的联系，故云“才性合”；以王广为代表的一方认为才与性既不是一回事，也没有什么联系，故云“才性离”。由于历史资料的散失，当时讨论中关于才、性概念的确切含义已经很难彻底搞清楚了，但是从仅有的一些文献记载如《三国志·魏书》中有关人物的本传以及《全三国文》、《全晋文》中的有关文章来看，当时的讨论者对才与性的概念理解极不一致，有的将才与性理解为德与才的关系问题，有的则理解为认识的来源问题，加之立论者所持之见都与自身的阶级利益目的密不可分，才性统一（才性同、才性合）论者代表的是世族儒门的利益，才性对立（才性异、才性离）论者代表的是庶族和新进官吏的利益，因此便难以取得一致之见。这种政治色彩的出现是由才性之辨的历史背景所决定的。曹丕执掌政权之后，命陈群创立了九品官人法，即九品中正制。作为一项选举法令，九品中正制的推行，是以巩固当时士族儒门的世袭地位、排斥庶族地主和新进官吏为代价，而换取曹魏政权的相对稳定。但是，九品中正制将阀阅等级、名望儒学作为选举的主要标准，重“性行”而忽略才能，弊端实在多多[①]，实际上已经背离了曹操“唯才是举”的人才思想，而庶族与士族之争便势所难免了。“四本才性”之辨正发生在这一历史条件下，曹魏嘉平（249～254）年间，司马氏集团擅政，曹魏集团与司马氏集团之间的权力之争愈演愈烈，这一情况对才性辩论也产生了深刻的影响。因此，从政治的角度来看，才性之辨实质上是统治阶级内部两派政治势力之间的利益冲突斗争在学术思想上的集中反映。但是，从魏晋时期关于人的价值思想发展的角度来看，这场讨论在推进魏晋人的以天道自然为核心的性命原则的形成方面，具有不可低估的作用。尤其是其中的才性对立论者，出于自身利益而

① 马端临：《文献通考·选举考一》评九品官人法云：“评论者自是一人，擢用者自是一人。评论所不许，则司擢用者不敢违其言；擢用或非其人，则司评论者本不任其咎。体统脉络，各不相关。”

强调人的才能的独立价值，对于魏晋时期以人的自觉、人对自身才能的价值的肯定为中心主题的思想解放之潮的形成，产生了极大的影响。正始以来，随着九品中正制的实行，人物品评已被士族门阀所操纵，官吏的实际任用主要不再依靠自身的智慧才能，而是取决于出身门第的高卑，因此这时的才性之辨、人物品鉴便与现实政治中的选举、用人逐步脱节，而与正在兴起的玄学清谈合流，转向哲学性质的对社会理想和人生意义的本体性探讨和审美性质的对人物才情风貌的品赞。因此，原先包含在才性之辨、人物品鉴中的关于人的"性情之理"的讨论，以及对人的个性、智慧、才能的观察评论和强调重视，在哲学和美学两个方面都得到了深化，并对当时的审美意识和文学思想的发展产生了积极的影响。

二、天道自然观念与性命原则

在上一节中，我们对魏晋时期的才性之辨、人物品鉴产生的历史背景、发展过程进行了一定的体认。在才性问题的讨论过程中，由于各家对才性的理解不一，加之政治立场、思想观念也不尽相同，所以看法不尽一致，但是有一点却是相同的，即讨论各方都重视人的自然性情，将自然性情视为人之"本"。这种以自然性情为人之"本"的价值观念的提出，强有力地冲击了汉代以来在政治和用人制度方面所采取的"因名立教"的制度，从政治思想的角度批判、清算了名教思想在人格和人的价值思想方面的虚假浮华弊端，而在思想来源方面，则体现了名、法、儒、道融合的倾向。同时，我们看到，辨析讨论才性问题和识鉴人物的价值标准，虽然其直接目的是研究和解决与现实政治有关的才性和识人、用人问题，属于政治、伦理范畴，但是，又不仅仅局限于此，其中也包含着对于人格思想、人格美的本原探讨等属于美学范畴的内容。魏晋名理学对当时文人所产生的影响，主要体现在讨论才性之辨与人物鉴识标准过程中所提出的一系列关于人的价值思想方面。这种关于人的价值的思想，得到了文士们的普遍认同，并反映在他们的本体意识之形成以及对性命原则的认识之中。因此，作为一种新的社会思潮，才性之辨和人物品鉴代表了一种新的关于人的价值之评价和审美的思想观念之崛起，即重视人的个性、才能，标举人的自然之性，而作为促使一个时代的美学、文学艺术主体精神构成和审美意识与风气新变的最根本的因素，正是这种对于人的价值评价标准的改变。尤其是正始以来，才性之辨和人物鉴识逐渐从政治实用化的清议演变为哲学和审美化的清谈，便更直接地影响了当时社会上关于人格审美风尚之变化。所以，才性之辨和人物鉴识及对当时的人格审美意识的影响，应该成为我们考察整个六朝审美风尚的新变轨迹及特点，以及认识魏晋南北朝文学艺术主体精神构成与发展过程及意趣的一个重要切入点，而要达到这一点，又必须从分析当时士人的天道自然观念和性命原则开始。

先说天道自然观念。魏晋士人对人生的反思是从思考本体问题开始的，在道家思想影响下形成的天道自然观念，构成了他们的本体存在论。“自然”观念渊源于老庄哲学，但是其作为一种时代思潮而再度勃兴，却与魏晋时期的精神文化气候有着密切的关系。刘邵的《人物志》在谈到人才鉴识时曾有“以无为德，以虚为道”以及“道思玄远，然后乃周”的议论，并且认为“建功立业，莫不须理而定”，而此“理”即“自然”之理，亦即“天地气化，盈虚损益”之道理。发掘老庄“自然”、“无为”思想的意义，以此来解构名教观念，以建构出一套可以适应于现实政治所需的人才价值思想，是名理学在发展过程中的一个突出特点。曹魏正始前后，政局动荡，名教式微，司马氏集团与曹魏集团之间的斗争日趋激烈，社会一片黑暗。士大夫为了逃避政治迫害，保全性命，便从老庄思想中寻求精神寄托，于是社会学风和谈风大变，一时注《老子》、注《庄子》成风，高谈老庄成为时尚所重之雅事。这时的清谈与汉末的清议比较，已有了质的区别。后者专限于臧否人物，即评论、鉴别人才，为官府征辟人才发挥社会舆论的作用。前者则以老庄学说为主，探玄道，剖析妙理，体悟玄虚，以求得心理上的平衡和精神上的解脱。在此情况下，作为老庄生命哲学核心的“自然”观念，便首先被人们所接受，并以此作为思想资料，通过清谈论争来阐发其中所包含的深刻义理，在此基础上形成了魏晋人的本体意识，从而为新思潮奠定了哲学基础。

正始时期的玄学家曾对“自然”概念进行过热烈的讨论，如夏侯玄说：“天地以自然运，圣人以自然用。自然者，道也。”①王弼在解释老子“道法自然”时则说：“道不违自然，乃得其性，法自然也。法自然者，在方而法方，在圆而法圆，于自然无违也。自然者，无称之言，穷极之辞也。”②正始玄学是调和名教与自然的产物。“君亲自然，非由名教”③，在老庄思想的熏染

---

① 张湛：《列子·仲尼》注引。

② 《老子》二十五章注。

③ 袁宏：《三国名臣序赞》，见萧统《文选》卷四十七。

下，魏晋人较为普遍地把“自然”看做是比“名教”更为本质的东西，他们通过对“自然”范畴的认识，申明了自己对于宇宙本体、天地法则、天人关系的认识态度。而主张“以无为本”，提出“名教出于自然”之命题，则是为了达到调和儒、道之目的，以消除自然与名教之间的对立，来为自身的生存方式、思想意志、情感体验解决伦理道德评价层面的难题。因此，从实质上来讲，讨论“自然”观念，也就是讨论人性主题和审美价值标准问题。以嵇康、阮籍为代表的竹林名士对“自然”的理解，与王弼、何晏等人有所不同，他们出于政治态度的原因，以非常激烈的姿态攻击司马氏集团所倡导的礼法名教，提出“越名教而任自然”的主张，并体现于自己的生活行为和情感方式之中。所以，虽然就哲学观念而言，嵇、阮的“自然”思想与王、何等人一样同属于“贵无”一派，但由于嵇、阮二人在政治上与司马氏集团有冲突，故而不搞“自然”与“名教”调和。

魏晋人的天道自然观念，发展到元康时期又有新的变化，主要体现于郭象折中王弼“贵无”与裴頠“崇有”两种观念，在融合的基础上所提出的“独化”说。郭象注《庄子》是集各种玄论的大成之作，他之“独化”说，其核心内容是认为宇宙万物都“独化而足”，事物本身就是其产生与存在的根据，不应再于此“有”之外去寻找什么存在的依据。此外，郭象又提出“冥境”说加以补充，他认为事物都由“迹”和“所以迹”两方面构成，“迹”指事物外部之形，“所以迹”指事物之“真性”；“迹”受时空局限，“所以迹”则没有时空之限制，所以要“捐迹返一”，如此便会“理至”而“物性自一”。郭象的“自然”观之实质，是为了给他进一步折中调和儒道提供哲学依据，他将名教与自然等同起来，扬弃了王弼的“名教出于自然”的说法，而径言“名教即自然”，并且把“有为”与“无为”也等同起来，认为有为即无为，无为即有为，二者无别。这样，服从纲常名教就是顺从“天理自然”，反之亦然。于是，玄学发展过程中的一对重大的矛盾终于得到了解决，使玄学清谈中长期争论不休的“有”与“无”、名教与自然等问题得到了调和统一，而剩下的问题就是如何“率性而动”、“随理而行”，去“践履名教”了。郭象的“自然”思想，为当时门阀士族的统治提供了一整套新的理论根据，体现了当时思想界对天人关系的一种新的价值思考趋向，从而将玄学大大地向前推进了一步。

再说性命原则。王充的思想对魏晋人天道自然观念和性命原则的形成产生了直接的影响。王充针对董仲舒“天人感应”、“君权神授”的思想，运用“效验”事实的方法，对老庄的自然无为思想进行了精湛的阐发，提出了“万物自主”的命题，认为：“天动不足以生物，而物自生，此则自然也；施气不欲为物，而物自为，此则无为也。”①王充《论衡》一书对魏晋名理学和玄学思潮起了重要的作用，他的包括天道自然观念在内的一系列思想，对魏晋思潮产生了积极的影响。事实上，魏晋人正是接过王充所用过的天道自然这一批判武器，以此发端，向旧的天人信条和礼法名教展开批判，从而拉开了新思想的帷幕。将“自然”观念引入人性论范畴和美学范畴，并将其上升为价值尺度，是魏晋知识分子思想解放的一个重要标志，这种观念一经兴起，便迅速渗透到社会生活与思想文化的各个方面，成为当时的知识分子调整自己的人生理想和建构新的人文精神，以及追求一种新的审美情趣的主要哲学基础和价值依据。

性命之说起于先秦儒家。儒家思想家在论及人性时，有“性善”、“性恶”及“天命”之说。爰及汉代，儒家人性学说与董仲舒的“天人感应”神学目的论合流。魏晋以来，士人普遍看重性命问题，将“性命”一词上升为一个哲学范畴，并援引庄老哲学和王充的“自然”、“真”观念，来反思人性、人格问题，所形成的“天道性命”观念成为他们确认与实现自身价值的一个重要原则。前述刘邵等人强调以一个人的自然之性如何作为鉴识人物的标准，实际上即是将人还原为自然、个性的存在，这对于魏晋南北朝文人摆脱旧的性命模式，显扬个性、矜学逞才风气的形成，起了积极的推动作用。而正始以来玄学家对于性命问题的看法，亦体现了重视人的“自然之性”的倾向。如王弼便提出了“万物以自然为性”的命题，并解释“自然”为“物性自得”，此“万物”当然包括作为“三才”之一的人，因此他又将“性命”界定为“自然之性”。也就是说，人的性命，即人的“自然之质”，是“物之本性自足”的表现。王弼等人在认识人性时扬弃了先秦性命学说中人性有善恶的伦理因素，而将“以无为本”的本体观念引入人性范畴，以“物性自然”的观点立论，强调人性是一种“自然”的存在，对此要因而不为，顺而不施。这种以“自然”思想为哲学底蕴的性命原则，对魏晋文人的自然主义、个性主义主体意识的形成产生了深刻的影响。嵇康与阮籍更是推崇自然人性，如嵇康认为：“马不毁以求驯，兽不群而求畜，则人之真性无为，正当自然，耽此礼为矣。”所谓人的“真性”，就是“口之于甘苦，身之于痛痒，感物而动，应事而

① 《论衡·自然》。

作，不须学而后能，不待借而后有，此必须之理，吾所不易也”①。关于人的才性问题，嵇康的看法则是：“夫元气陶铄，众生禀焉，赋受有多少，故人性有昏明，惟人特钟纯美，兼周内外，无不毕备。”②这种才性观亦体现了重视自然人性的倾向。嵇、阮认为礼法名教破坏了人的自然本性，使人性发展进入不合乎自然的状态，而为了恢复人的自然本性，就必须“越名教而任自然”。嵇、阮的这种思想姿态，主要是为了批判纲常名教的虚伪性以及揭露司马氏集团借名教之名而行欺诈杀戮之实的恶行，而事实上，他们也有自己所认同的名教，即合于顺应自然的名教。郭象的性命观是由其“独化”论发展而来的。在他看来，事物各有天性所受，既不可逃，也不可加，此之曰“物各有性，性各有极”。人亦如此，因禀受自然之气而形成的“性分”，为“真性”或曰“自性”。郭象一方面强调不能改变人的自足本性，一方面又认为要因时而变，不能持故而滞。但是，彼此并不矛盾，因为他所说的变，实质上是一种“无心”的顺应。他认为自然之理本身包涵着不以故自持和随变所适这么两条原则，能变亦意味着“不自用”，“不荷其累”，而这正是“自然”的当然之意。郭象在强调要保持事物的自足本性的同时，又提出对事物要尽其所能，这当然也包括人在内。他在《庄子·秋水》注中以马牛为例来说明，认为像“落马尾”、“穿牛鼻”这些在庄子看来是违反马、牛的“自然”的举动，实际上是符合马、牛的本性的，因为它们生来就是供人役使的，是它们性命之本分。如果不这样，那倒反而违背了马牛的真性。所以，所谓“落马尾”、“穿牛鼻”这一类现象，虽然看起来是“人为”的，但实际上是顺应自然的，因为这是符合性命学说中事称其能、各当其分这一原则的。

通过以上的分析，可以看出，由天道自然观念的提出而论及性命原则，从本体问题而回到对人自身的讨论上来，对人性主题作出进一步的认识，产生了魏晋思潮中的“天道性命”学说，这是主体内在性自觉过程中的魏晋知识分子在思考宇宙、生命本质时所必然要遇到和解决的问题，而所建构出的一系列观念无不具有思想转型的意义，其对于魏晋文人主体意识和人格理想的形成，以及无论是文学艺术创作鉴赏还是日常生活行为中的审美价值取向的追求，均产生了积极而深刻的影响。

---

① 嵇康：《难自然好学论》，见戴明扬校注《嵇康集校注》卷七，人民文学出版社1962年版。

② 嵇康：《明胆篇》，见戴明扬校注《嵇康集校注》卷六，人民文学出版社1962年版。

三、人格范式与主体价值

魏晋士人热衷于探讨本体问题和深入反思性命问题，体现了他们对人的主体的关注，其中也隐含着对人格问题的重视。在庄老思想学说影响下，魏晋士人所建构的天道自然本体意识与顺应自然的性命原则，作为魏晋自然主义思想体系的核心，为他们透析生命与人性提供了主要的价值尺度，并且导引和决定了他们对理想人格的认同。正是在这种本体意识和性命原则的影响下，他们把实现主体"无为"、"无心"或"体无"、"顺有"，并且能够独立自足、绝对自由、游外弘内、无限超越，作为理想人格的追求。人格即意味着一种范式，范式的存在出于个性追求生命价值实现的需要，先秦思想家们发明了"圣人"这一指称来示意，所以传统思想中的"圣人"观，正是理想人格的范式化。魏晋人的"圣人"观体现了他们的理想人格追求，他们所认同的理想人生，已经不同于汉儒们所景仰的那种能够明诗书、制礼乐、行教化、致太平的"圣人"化人生了，而是以能充分体现人性之"自然"为指归。

刘邵在《人物志》中认为"元一"、"阴阳"、"五行"是构成人的资质的要素，人格的差异和多样化，主要就是由禀气不同所决定的，而其中又以"中和"即中庸之性为最贵。但是刘邵又以道家的虚静无为来解释儒家的中庸之德，赋予"圣人"人格以道家人生哲学的内容，从而使"圣人"老庄化，这正是汉代儒家的正统人格理想向魏晋时期新理想人格的一个过渡。王弼的"圣人"观派生于他的"贵无"哲学。他将理想人格与自然之道联系起来，认为圣人之心即是宇宙本体的显现，圣人以"无"为心，能体道而无为；圣人能以性统情，不以情乱性，等等。可以看出，王弼通过将孔子老子化而力求在人格问题上调和儒道。嵇康、阮籍二人对理想人格的认同异于王弼，这完全取决于他们的政治态度。嵇、阮由于不满意司马氏集团以名教为名而行戕杀异己的黑暗统治，对这一政治集团的凶残、险毒、奢侈、荒淫更是深恶痛绝，因此在政治上抱不合作态度，于是他们便以老庄学说为武器，称"老子、庄周是吾师也"，"非汤武而薄周孔"。而王弼等人则主张"崇本举末"、"体用如一"，以达到折中儒道、调和名教与自然之目的，并进而创说一种更能适合于门阀统治需要的思想。嵇、阮所推崇的是《庄子》一书中的那些逍遥狂放、超尘绝世、卓尔不群的"至人"、"真人"，尊之为"圣人"。在他们眼里，这种"与造物同体，天地并生"的"至人"，正代表了一种最高的人格准则。阮籍曾赞美,“至人无宅,天地所容;至人无主,天地为所;至人无事,天地为放”,“世之名利胡足以累之哉。”①可见,他们的理想人格完全是庄子式的,他们还主张服药行散以求长生,养神蓄精以求超脱,这正是他们崇奉“至人”式人格理想的具体表现。

郭象的人格理想是主张“内圣外王”。他注《庄子·大宗师》“孔子曰:彼游方之外者也,丘游方之内者也”一句曰:

> 理有至极,外内相冥。未有极游外之致,而不冥于内者也;未有能冥于内,而不游于外者也。故圣人常游外以宏内,无心而顺有,故虽终日挥形而神气无变,俯仰万机而淡然自若。

所谓“游外以宏内”、“无心而顺有”,即既能超越现实又能反顾人事,亦即王弼所说的“应物而无累于物”,这便是“内圣外王”。郭象的这种建立在“名教”即自然基础上的以调和儒道为特征的人格理想,对后世产生了深远的影响,他的“内圣外王”的人格范式选择,同时又是一种文化模式选择,得到了广泛的认同,至今仍为新儒家所津津乐道,被认为是概括出了传统文化的精义。

总之,从刘邵到郭象,尽管各家所主张的理想人格有所不同,但在将“圣人”老庄化,以及以“无心”、“无为”、“体无”为理想人格的特征方面基本上是一致的,这正是魏晋时期崇尚自然、折中儒道的思想文化特点在人格问题上的具体体现。理想人格境界的追求过程也就是生命价值的实现过程,同时也是日常生活和文艺创作与赏鉴之中的审美活动所要体验、寻觅的终极性价值目标。所以,魏晋文人士大夫独特的行为方式和精神境界,以及对一种审美风气的崇尚和文艺活动中着意于某种意境的营造,我们均可以将其看做是他们所选择的理想人格范式的操作化演示。

社会的动荡,往往为思想解放提供了契机,在旧思想失去维系人心的力量,而新思想正在形成的过程中,一般来说正是思想活跃、价值重构、主体觉醒的时期。魏晋时期特定的历史环境,正好为当时的人们提供了一个价值反思的机会。人们在经历了黄巾起义、党争之祸、军阀混战、饥馑灾荒等磨难之后,原有的价值信念幻灭了,代之而来的是现实的痛苦和忧患,对

---

① 阮籍:《大人先生传》,见陈伯君校注《阮籍集校注》卷上,中华书局 1987 年版。

生与死的强烈关注，促使人们重新思考人、人生的意义和价值这些问题。于是，要求彻底摆脱外在权势和陈腐观念的束缚，认识和把握真正的自我，肯定人的主体价值，这便成为一种自觉的意识而伴随着名理学和玄学的兴起迅速弥漫开来。魏晋思潮中关于本体观念和性命原则学说的形成，为这种主体价值重构奠定了坚实的哲学基础，而人格范式的确立，又为个性的发展提供了轨迹，遂使魏晋文人士大夫的思想性格显示出种种独特的风姿神韵，使他们的生命迈入审美的境界。

魏晋文学艺术与审美主体精神的形成，与这一时代人的价值的觉醒是在同一条轨道上发展的，重视和肯定自我价值是其最突出的特点。曹操推行"唯才是举"的用人政策，对旧的天人信条和人格模式产生了极大的冲击，为主体自觉铺平了道路。名理学从人才学的角度充分肯定了才能的价值，便是对人的自我价值、个性意义的间接肯定。玄学家强调人的内在精神觉醒，把精神超越放在生命的首要位置，从而使魏晋人的自我价值实现由外在事功的追求向内在神韵化追求方面转变。

肯定自我价值，使魏晋文人士大夫的生活和美学趣味产生了转折性的变化，情感充盈，神思飞扬，风神潇洒，蔑视礼法，放浪形骸，崇尚玄远，优游自然……种种"自我"的诗意化显现，提供了一种美学范畴，曰为"魏晋风度"。人格与个性的高标，促进了文学艺术的空前繁荣，以及审美活动的极度活跃，人们从多方面追求着主体价值的实现，体验着生命存在的意趣，从而产生了一代灿烂的审美文化景观。

（原载《东南大学学报》2002 年第 4 期）

《中论》叙录

一

《中论》是产生于东汉末年的一部子书，由徐幹撰写。该书是一部政论性著作，其意旨："大都阐发义理，原本经训，而归之于圣贤之道。"①所以，历代史书除《宋史》将其列入杂家类而外，其余者均将其列入儒家类。

徐幹，字伟长，北海剧（今山东乐昌县东）人②，生于东汉灵帝三年（170年），死于献帝建安二十二年（217年）。"建安七子"之一，汉魏之际著名的文学家、思想家，传附《三国志·魏书·王粲传》。徐幹出身于庶族，"其先业以清亮臧否为家世"③。他少有才气，好学成癖，能苦读，善沉思，年纪极轻时就已经博览群书，对儒家典籍非常熟悉，并且出口成诵，下笔成章，具有不同凡俗的文学才华，时人赞评他："含元休清明之气，持造化英哲之性。放口而言，则乐诵九德之文；通耳而识，则教不再告。未志乎学，盖已诵文数十万言矣。年十四，始读五经，发愤忘食，下帷专思，以夜继日。父恐其得疾，常禁止之。故能未至弱冠，学五经悉载于口，博览传记，言则成章，操翰成文矣。"④汉献帝初平元年（190年），董卓乱起，徐幹离开临淄，避乱海

---

① 《四库全书总目》卷九十一，子部儒家类一。

② 据《后汉书·郡国志》，北海国剧县属青州，其地在今山东乐昌县东，潍坊西南。

③ 《中论·序》，龙溪精舍本卷首。

④ 《中论·序》。

表①。后复归临淄，仍旧幽居隐迹，勤学冥思，屡拒州郡礼命②。建安中，应命归曹操，辟为司空军谋祭酒掾属，又转五官中郎将文学③。建安十九年(214年)为临淄侯文学④，后以疾休息，又除上艾长，亦以疾不行。曾数次随军征行，亦曾多次参与邺中游宴活动，并撰有诗、赋以纪之。建安二十二年(217年)染时疫，与陈琳、刘桢、应玚等一时俱逝。

徐幹是一个性格恬淡的人。东汉末年，"国典隳废，冠族子弟，结党权门，交援求名，竞相尚爵号"，然而徐幹则"闭户自守，不与之群，以六籍娱心而已"⑤。后虽然被曹操征用，有过五六年的从戎征行经历，但终因不堪俗务之劳而托病请去。去官归隐之后，徐幹更是"潜身穷巷，颐志保真，淡泊无为"，"养浩然之气，系羡门之术"⑥，并且开始了《中论》一书的撰写⑦。由于徐幹一生轻官忽禄，不耽世荣，唯以读书著文自娱，因此"擅名于青土"⑧，在士林中颇有影响。徐幹死后次年，曹丕在《与吴质书》中对他的为

---

① 《中论·序》："于时董卓作乱，君避地海表。"又谢灵运《拟魏太子邺中集诗》八首《徐幹诗》代叙幹之生平云："伊昔家临淄，提携弄齐瑟。置酒饮胶东，淹留憩高密。"又《文选》卷四十杨修《答临淄侯笺》李善注亦谓："伟长淹留高密。"胶东、高密皆近海之地，故称海表。盖徐幹旧居临淄，以战乱迭起，临淄牢落，故往胶东半岛一带避之。又《中论·序》："于时董卓作乱，幼主西迁，奸雄满野，天下无主。圣人之道息，邪伪之事兴，营利之士得誉，守道之贤不彰，故令君誉闻不振于华夏，玉帛安车不至于门。考其德行文艺，实帝王之佐也，道之不行，岂不惜哉！君避地海表。"

② 《中论·序》："君避地海表，自归旧都。州郡牧守礼命，踧踖连武，欲致之。君以为纵横之世，乃先圣之所厄困也，岂况吾徒哉？有讥孟轲不度其量，拟圣行道，传食诸侯；深美颜渊、荀卿之行，故绝迹山谷，幽居研几，用思深妙。以发疾疢，潜伏延年。"

③ 《三国志·魏志·王粲传》："幹为司空军谋祭酒掾属，五官中郎将文学。"按：司空军谋祭酒无掾属，此传是疑脱去"丞相"二字。又《三国志·魏志·武帝纪》："(建安)十六年春正月，天子命公世子丕为五官中郎将，置官属。"《晋书·阎瓒传》："昔魏文帝之在东宫，徐幹、刘桢为友，文学相接之道并如气类。"

④ 徐幹为临淄侯事不见《三国志·魏志·王粲传》。然《晋书·郑袤传》云："魏武帝初封诸子为侯，精选宾友，袤与徐幹俱为临淄侯文学。"又《三国志·魏志·郑浑传》注引《晋阳秋》亦谓袤："初为临淄侯文学。"事当可信。

⑤ 《中论·序》。

⑥ 《中论·序》。

⑦ 《文选》卷四十吴质《答魏太子笺》："至于司马长卿称疾避事，以著书为务，则徐生庶几矣。"又《文选》卷二十四曹植《赠徐幹诗》："顾念蓬室士，贫贱诚足怜。薇藿弗充虚，皮褐犹不全。慷慨有悲心，兴文自成篇。"李善注："蓬室士，谓徐幹也。"朱绪曾《曹集考异》卷四："'兴文自成篇'，指《中论》也。"

⑧ 曹植《与杨德祖书》，见萧统《文选》卷四十二。

人和才学作了如此评价:"观古今文人,类不护细行,鲜能以名节自立。而伟长独怀文抱质,恬淡寡欲,有箕山之志,可谓彬彬君子矣;著《中论》二十余篇,成一家之言,辞义典雅,足传于后,此子为不朽矣。"又《三国志·魏志·王粲传》注引《先贤行状》亦评论徐幹曰:"幹清玄体道,六行修备,聪识洽闻,操翰成章,轻官忽禄,不耽世荣。"徐幹的思想和人生价值观,主要以儒家正统思想为基调,这从他在《中论》一书中对儒家仁义道德观念和政治学说的种种强调可以得到印证。他崇尚孔颜乐处之人格精神,忧道不忧贫,在非常困顿的情况下,"统圣人中和之业,蹈贤哲守度之行"①,以十分平和的心态完成《中论》一书的撰写,说明他是一个忠实的儒者。但是,徐幹在思想性格上又有渴望出世之一面,并最终去官归隐,他的这种行谊与《中论》一书中所表现出的对于社会、人生的道义感、责任感似乎有所矛盾,则又说明在人生理想方面,他也受到道家思想的影响,而这种现象在汉魏之际的士人中是相当普遍的。

关于徐幹的生卒年,说法不一。《三国志》卷二十一注引《魏略》云:"(建安)二十三年,太子(曹丕)又与质书曰:'岁月易得,别来行复四年。三年不见,《东山》犹叹其远。况乃过之,思何可支?虽书疏往反,未足解其劳结。昔年疾疫,亲故多离其灾,徐、陈、应、刘,一时俱逝,痛何可言邪!'"按照《三国志》及曹丕《与吴质书》所言,则徐幹应当是生于东汉灵帝建宁三年(170年),卒于献帝建安二十二年(217年)。而《中论·序》则云:"(徐幹)年四十八,建安二十三年春遭疠疾,大命陨颓。"依《中论·序》此说,则徐幹应当生于东汉灵帝四年(171年),卒于献帝建安二十三年(218年)。又傅璇琮、沈玉成《中古文学丛考》以为《魏略》所云"二十三年"当作"二十四年",如是则可证《中论·序》之说成立。两说并存,其中必有一误,但是考虑到夺去徐幹等人生命的那场瘟疫发生于建安二十二年,所以《三国志》和曹丕《与吴质书》中的说法较为可信。

二

传本《中论》一书分上下二卷,共计二十篇,从《治学》至《爵禄》十篇为上卷,《考伪》至《民数》十篇为下卷。又《群书治要》辑有《中论》逸文《复三年丧》、《制役》两篇,今本《中论》多附录之,可见今本《中论》已非完本。通

① 《中论·序》。

过分析历代官私书目对《中论》一书的著录情况，可知该书是在宋代出现残缺情况的。

关于《中论》的历代著录情况，《隋书·经籍志》著录六卷，《旧唐书·艺文志》、《新唐书·艺文志》以及《崇文总目》也作六卷①，而晁公武《郡斋读书志》、陈振孙《直斋书录解题》则并作二卷②，《文献通考》、《四库全书总目》亦作二卷③。曾巩曾经校勘《中论》一书，并序云："始见馆阁及世所有徐幹《中论》二十篇，以为尽于此。及观《贞观政要》，怪太宗称尝见幹《中论·复三年丧》篇，而今书此篇阙。因考之《魏志》，见文帝称幹著《中论》二十余篇，于是知馆阁及世所有幹《中论》二十篇者，非全书也。"④又晁公武《郡斋读书志》十谈到《中论》的著录情况时云："今此本亦止二十篇，中分上下两卷。按《崇文总目》六卷，不知何人合之。李献民云'别本有《复三年丧》、《制役》二篇'，乃知子固时尚未亡，特不之见尔。"分析历代书目对《中论》一书的著录情况，尤其根据曾巩、晁公武所提到的《中论》的《复三年丧》和《制役》两篇逸文的情况来看，我们可以知道，直至宋仁宗景祐元年编撰《崇文总目》之时，《中论》一书应该尚有完本存世，但是到了南宋时期该书即已残缺不全，并且出现了将所存二十篇合并为上下两卷的本子，而晁公武、陈振孙、马端临等人的著录所依据的就是这一本子。此外，我们还可以知道，《中论》一书在北宋时即有不同的版本，曾巩明言所见《中论》为二十篇，则说明他所见之版本已经缺少了《复三年丧》和《制役》二篇，而曾经编撰《邯郸书目》的李献民所见之"别本"，则比曾巩所见之版本多出了《复三年丧》、《制役》两篇。到了南宋高宗绍兴年间晁公武编撰《郡斋读书志》之时，他所依据的是已经合并为上下两卷的本子，说明其时《中论》已经不复有完本行世了。所以，《四库全书总目》在讲到《中论》的版本情况时云："是书隋、唐志皆作六卷，隋志又注云：'梁目一卷。'《崇文总目》亦作六卷，而晁

---

① 《隋书·经籍志》三："徐氏《中论》六卷，魏太子文学徐幹撰，梁目一卷。"又《旧唐书·经籍志》下："徐氏《中论》六卷，徐幹撰。"又《新唐书·艺文志》三："徐氏《中论》六卷，徐幹。"又《崇文总目》三："《中论》六卷，徐幹撰。"

② 晁公武《郡斋读书志》十："《中论》二卷。右后汉徐幹伟长撰。"又陈振孙《直斋书录解题》九："《中论》二卷，汉五官将文学徐伟长撰。"

③ 《文献通考·经籍略》："《中论》二篇。"又《四库全书总目》九十一："《中论》二卷，汉徐幹撰。"

④ 见《曾巩集》卷十一《徐幹〈中论〉目录序》。

公武《读书志》、陈振孙《书录解题》并作二卷，与今本合，则宋人所并矣。书凡二十篇……曾巩校书序云：'始见馆阁《中论》二十篇，及观《贞观政要》，太宗称尝见幹《中论·复三年丧》篇，今书独阙，又考之《魏志》，文帝称幹著《中论》二十余篇，乃知馆阁本非全书。而晁公武又称李献民所见别本，实有《复三年丧》、《制役》二篇。李献民者，李淑之子，尝撰《邯郸书目》者也。是其书在宋仁宗时尚未尽残阙，巩特据馆阁不全本著之于录，相沿既久，所谓别本者不可复见，于是二篇遂佚不存。"综合我们在前面征引的材料所述的情况，可知《四库全书总目》所云与实情相符。

《中论》有原序一篇，然不著作者姓名，所以究竟出之于何人之手，似乎难以确考。但是，根据《中论·序》结尾的一段话，可以推断该序应系徐幹同时代之人所作。《中论·序》有云："余数侍坐，观君之言长怖，笃意自勉而心自薄也。何则？自顾才志不如之远矣耳。然宗之仰之，以为师表。自君之亡，有子贡山梁之行，故追述其事，粗举其显露易知之数，沈冥幽微、深奥广远者，遗之精通君子，将自赞明之也。"从这段文字所透露的信息可知，该序之作者曾经与徐幹有所往来，对徐幹的道德文章非常景仰，对《中论》一书十分推崇，徐幹故世之后，其出于对亡者的思念以及担心《中论》一书从此湮没，便特意作了此序。所以，断定该序作者系徐幹同时代之人应无疑义。正因为有《中论·序》中的这么一段文字作佐证，所以陈振孙、严可均以及《四库全书总目》均以为该序系徐幹同时人所作①。又，《中论·序》与《中论》之注的作者是同一个人，也就是说，这个与徐幹同时代之人不但为《中论》作序，而且《中论》之注也是出之于他的手笔。姚振绪《〈隋书·经籍志〉考证》二十四云："案《中论》旧序末云：'故追述其事，粗举其显露易知之数，沈冥幽微、深奥广远者，遗之精通君子，将自赞明之也。'此数语，则为注其书者之所作，可知也。"至于这个为《中论》作序和注之人的具体姓名，虽有是"任嘏"的说法，但因缺乏文献方面的佐证，故实难以考定。唐人马总《意林》五云："《中论》六卷，徐伟长作，任氏注。"既然《中论》之序与注皆出自同一人之手，那么按照马总此说，则《中论》之序便也应该是这个姓任的人所作了。但是，此任氏是否就是与徐幹同时代的任嘏呢？虽然任嘏是

---

① 陈振孙《直斋书录解题》九云《中论》："《唐志》六卷，今本二十篇，有序而无名氏，盖同时人所作。"严可均《全三国文》卷五十五注云："此序徐幹同时人作，旧无名氏。"《四库全书总目》九十一云："又书前有原序一篇，不题名字，陈振孙以为幹同时人所作。今验其文，颇类汉人体格，知振孙所言为不诬。"

徐幹同时代之人，本人亦善于著述，但是关于他为《中论》作序及注一事，因史书及历代书目中均没有记载，故而尚且无法确认之，所以严可均《全三国文》卷五十五注云："任嘏与幹同时，多著述，疑此序文及注皆任嘏作，不敢定之。"应该说，这是一种比较审慎的说法。

《中论》之版本有《汉魏丛书》本、《四部丛刊》影印明黄省曾本、胡维新《两京遗编》本、小万卷楼校勘本、龙溪精舍本等。其中，小万卷楼本钱名培据《汉魏丛书》本校以《群书治要》、《意林》及唐、宋类书，并作《札记》二卷，又依《群书治要》补《复三年丧》、《制役》二篇，最为完备。又，中华书局出版的俞绍初辑校之排印本《建安七子集》，附录有《中论》校点本，其校勘亦较为精审。

三

关于徐幹著《中论》一书，《中论·序》云："(幹)从戍征行，历载五六。疾稍沈笃，不堪王事，潜身穷巷，颐志保真，淡泊无为，惟存正道。环堵之墙，以庇妻子，并日而食，不以为戚。养浩然之气，习羡门之术。时人或有闻其如此而往观之，或有颇识其真而从之者，君无不容而见之。厉以声色，度其情志，倡其言论，知可以道长者，则微而诱之，令益者不自觉而大化，阴行其所匡济，亦已多矣。君之交也，则不以其短，各取其长，而善之取，故少显尽己之交，亦无孜孜和爱之好。统圣人中和之业，蹈贤哲守度之行，渊默难测，诚宝伟之器也。君之性，常欲损世之有余，益俗之不足，见辞人美丽之文，并时而作，曾无阐弘大义，敷散道教，上求圣人之中，下救流俗之昏者，故废诗、赋、颂、铭、赞之文，著《中论》之书二十二篇。"可见，作为现存建安七子唯一的一部"子书"，《中论》一书是徐幹有感于时人疏离儒家思想价值原则，竞相追逐"美丽之文"，为了"求圣人之中"、"救流俗之昏"，而"废诗、赋、颂、铭、赞之文"，即放弃诗、赋、铭、赞等文体的写作，在离群索居、远隔尘嚣的情况下撰写而成的。《中论》全书分前后两卷，大体而言，前卷十篇论个人德行修养，后卷讲帝王之术和治乱之策。书中辞义典雅，谨守儒家的思想价值标准，多祖述先王、孔孟之言，体现内圣外王思想，应该说很好地完成了作者"阐弘大义，敷散道教，上求圣人之中，下救流俗之昏"的著述目的。

徐幹将其著作称为《中论》，体现了他对儒家"中"的思想价值观念的强调。关于"中"之意义，《中论》中多有阐发之处，如《贵言》篇曰："言有序，不失事，中之谓也。”又《赏罚》篇曰：“故先王明恕以听之（按：此处之‘恕’字，疑为‘哲’字之误），思中以平之，而不失其节也。”指出“中”即是“有序”、“不失事”、“不失其节”。为此，他在《贵言》篇中还特意举仓梧丙娶美妻让兄，以及尾生与妇人约会的事例来说明之：“昔仓梧丙娶妻美，而以与其兄，欲以为让也，则不如无让焉。尾生与妇人期于水边，水暴至，不去而死，难为信，欲以为信也，则不如无信焉。”在徐幹看来，仓梧丙以美妻让兄，不如不让；尾生与妇人约会，大水淹来死守不去而死，不如无信，二人所为均事与愿违，就在于做事过于极端，失去度数，以致背离了“中”的原则。这也就是说即使是做好事，也要把握一定的度数，不能失“中”。正因为如此，《寿夭》篇又指出凡事“得其所则尊荣，失其所则贱辱”，所以一切事情都要本着适“中”、得“所”的原则来处置，在制定行为准则之时必须要“原事类之宜而循理”。此外徐幹在《核辩》篇中的一段话也体现出他对“中”的原则之执著追求：“君子之辩也，欲以明大道之中也。是岂取一坐之胜哉？人心之于是非也，如口于味也。口者，非以己之调膳则为美，而与人调之则为不美也。故君子之于道也，在彼犹在己也。苟得其中，则我心悦焉，何择于彼？苟失其中，则我心不悦焉，何取于此？”徐幹所强调的“中”，既是一种思想价值观念，又是一种思维认识过程中的方法论原则，就其思想资源而言，其明显受到了《黄帝内经》、《淮南子》中“适宜”、“有度”思想的影响，包含有朴素辩证法的因素。

徐幹是在东汉末年政治腐败、道德沦丧的社会背景下，为了矫正时弊而撰写《中论》的。所以，书中的种种议论，以及所提出的一系列见解，都是针对当时的社会现实而发的，其目的则是为了达到治国致平之政治目的。同样，书中所表现出的重新建立儒家政治理念和伦理道德规范的强烈意念，也是出于革除政治弊端和疗救社会风气败坏这一现实需要。比如，土地兼并和蓄奴是东汉时期的两个极其严重的社会问题，由此而引发了一系列政治危机，是造成社会动荡不安的根本原因。针对于此，徐幹提出要限制“纡青拖紫”的“贵者”兼并土地和广蓄奴婢，他认为社会的贫富不均、士人的贫困不足，都是由官僚贵族们的兼并、掠夺造成的，为此应“令蓄田宅奴婢者有限”①。需要指出的是，徐幹的主张限制“贵者”蓄奴，除了出于为了增加国家财富，缓和社会矛盾，以达到治理天下之政治目的而外，又与他

① 见《中论》逸文《制役》。

的坚持“人为贵”的民本思想有一定的联系。他曾提出“天地之间含气而生者莫如人”①的观点，而奴婢生来也同样是人，故也应以“博爱”②态度来对待之。所以，《制役》篇云：“夫奴婢虽贱，俱含五常，本帝王良民，而使遍户小人为己役，哀穷失所，犹无告诉，岂不枉哉！”为了治理乱世，挽救社会危机，徐幹提出了劝学、崇礼和严明赏罚的施政主张。他认为治理天下必须依循圣王的礼法而行，而圣王的礼法则是“贵有常尊，贱有等差；君子小人，各司分职”，只有如此才能“下无僭上之愆而人役财力能相供足也”③。此种认识往往成为徐幹分析和解决社会问题的指导思想，这也说明他是一个儒家政治理念和社会理想的坚决的信奉者。徐幹非常重视赏罚对于治理国家的重要性，将其提到了“政之大纲”的高度，故《赏罚》篇云：“赏罚之不明也，则非徒治乱之分也，至于灭国而丧身，可不慎乎，可不慎乎！”虽然民性都畏刑乐赏，但是一定要善于运用，不可一味地严刑厚赏，于此《赏罚》篇又云：“赏罚不可以重，亦不可以轻。赏轻则民不劝，罚重则民亡惧；赏重则民侥幸，罚重则民无聊。”同时，赏罚也不可以疏、数，即太滥或太少，因为“数则所及者多，疏则所漏者多”，均起不到赏罚的作用，而正确的做法应该是“思中以平之，而不失其节也”。这又体现了他主张实行“中道”的思想原则。

由于东汉以来社会极端黑暗、腐败，使得一些士人对政治产生了非常鄙夷、蔑视的心理，更有人因此而对社会、历史抱悲观、虚无的态度，并且形成了颓废、享乐的人生观，而放弃了自己的社会责任，以及士人所应该承担的对社会的批判职责。而徐幹则有所不同，他除了针对当时的社会现实状况而提出了自己的政治主张之外，同时还强调士人要奋发图强勇于进取，《爵禄》篇中提出士人应该积极地谋求爵禄和功德，便是他这种思想的集中体现。所以，徐幹在《中论》中所阐发的思想观念和政治主张，实际上代表了当时一批出身于庶族阶层、具有积极进取精神的士人对于社会的批判意识，以及他们为了争取社会、政治地位而在政治上所提出的诉求。但是，在门阀世族势力垄断仕途的情况下，出身于庶族和平民者的仕进与上升道路又毕竟是异常崎岖艰难的，所以在《中论》中，徐幹又难免表现出些许来之

---

① 《中论》逸文《复三年丧》。

② 见《中论·智行》。

③ 见《中论》逸文《制役》。

于思想深处的迷惘与痛楚。《爵禄》篇云:“故良农不患疆场之不修,而患风雨之不节;君子不患道德之不建,而患时世之不遇。《诗》曰:‘驾彼四牡,四牡项领,我瞻四方,蹙蹙靡所骋。’伤道之不遇也。岂一世哉,岂一世哉!”这里因感慨时世难遇而体现出的迷惘和悲哀的思想情绪,正是社会资源严重不足的庶族士人在欲谋求功业和爵禄而不得时所产生的一种人生悲哀。《爵禄》篇又认为,对于爵禄只能抱“求之有道,得之有命”的态度,并以为“舜、禹、孔子可谓求之有道矣;舜、禹得之,孔子不得之,可谓有命矣。非惟圣人,贤者亦然”。承认有不可把握的支配人之命运的存在,而且最为奈何不得。又《考伪》篇云:“君子者能成其心,心成则内定,内定则物不能乱,物不能乱则独乐其道。”此番言语正好可以用来解释徐幹为什么“有箕山之志”,“颐志保真”、“恬淡寡欲”、“清玄体道”,以及修炼“羡门之术”之原因,同时也反映了老庄思想对他的人生态度的影响,以及他的政治、道德理念与人生态度之间在某些方面并非完全吻合。

四

《中论》一书所体现的徐幹的社会、政治理念以及人生姿态已如上述。由于追求得“中”、适“宜”,《中论》在持论析理方面非常平实、圆融,这自然是其一大优点。但是如果过于执中,便会影响思想和理论批判的锋芒,将徐幹的《中论》与同时代的仲长统的《昌言》相比较,便可看出徐幹之作在辞义典雅方面胜过仲长统之作,但在批判锋芒方面则略显钝了一些。正因为如此,《中论》在中国传统思想史研究中一直被重视不够,在许多中国哲学史、思想史著作中甚至不被提及。事实上,《中论》在思想方面还是有其独到之处的,在许多哲学问题的认识上有一定的推进之处,对于考察汉魏之际的思想演变更是有其独特的价值。这里,分别从天道观、名实论、人才观和学习论四个方面,对《中论》所体现的徐幹的哲学思想谈一些看法。

天道观。在天道观方面,徐幹的思想明显地受到了王充的影响,也是持“天道自然”的认识立场。一方面,他同王充一样,认为“天道迂阔,暗昧难明”①。对于凌驾于人之上的自然和社会力量感到一定的神秘莫测、迷惘不解。另一方面,他也同样认为天是无目的、无意志的,并不能主宰人事。在徐幹看来,自然界和社会存在着“常道”和“变数”,事物的规律就由

---

① 《中论·夭寿》。

此"常道"和"变数"构成，所以不能因为"变数"而否定"常道"之存在及其作用，亦不能因为"常道"而否定"变数"的存在和作用。比如人的生命之长短与其性格、心理以及修养状态是有关系的，孔子所说的"仁者寿"应是一种"常道"，不能因于存在着颜渊仁而夭死这一"变数"而否定"常道"之存在。徐幹又认为，人世间的祸福并非天所施予，而是人类自身行为的结果。比如比干、伍子胥由于重道义而坚持自己的信念，违背了君王的意旨，苦谏获罪而受戮，这是"已知其必然而乐为焉，天何罪焉？"①在徐幹看来，天纵然有获福人的意思，也没有实现的手段，既然人们不会对自然界出现的反常现象予以非难，那么对于人世间的祸福所表现出的偶然性和盲目性也应如此。所以，徐幹指出，在观察事物和分析问题之时，不应该被偶然性、盲目性所遮蔽，而必须考察同类事物的正常、适宜情况，依据事物之道理来立论。又比如，在"治世"即正常的情况下，"行善者获福，为恶者得祸"，此为"常道"；而在"乱世"即反常的情况下，"行善者不获福，为恶者不得祸"，此为"变数"，我们不能因为有非常情况而怀疑正常情况，这叫"知者不以变数疑常道"②。

名实论。名实之"名"指名称、概念，"实"指事实、实在，其是中国思想史上的一个传统问题，早在先秦时期各家各派就开始予以讨论。汉魏之际，受王充疾虚妄的诘辩之学的影响，社会上兴起了"重证验"、"重思考"的学术风气，名实理论问题又得到当时思想家的普遍关注，仲长统《昌言》、徐幹《中论》以及刘邵《人物志》等均将此作为一个重要的问题予以讨论。先秦名家对名实关系的辩论，还仅只停留在一般概念的表达与理解上，并没有与社会现实政治问题联系起来，而汉魏之际的名实理论却是与对汉末社会实际问题的讨论联系在一起的，其所针对的对象是汉代"以名立教"思想统治措施导致的在取士用人方面出现的种种"名不副实"的政治弊端，因而具有明显的意识形态批判的特点。也就是说，其时的名实理论，不仅仅或者说主要不是一个逻辑理论范畴的问题，而是一个政治、伦理道德范畴的问题。可以看出，仲长统、徐幹、刘邵等人，对惠施、公孙龙的著作并没有太多的兴趣，他们更多的是接受了王充、王符、荀悦等人讲求"验实"的思想传统，从讨论名实问题入手，对汉末因名立教、注重"名检"的政治思想展开尖

① 《中论·夭寿》。
② 《中论·修本》。

锐的批判。

名实思想在《中论》中占有重要的位置,《考伪》、《贵验》、《谴交》、《核辩》均涉及了名实辩言问题。徐幹在《考伪》篇中指出,社会政治腐败的一个突出问题就是求名之风甚盛、尚名之人相诈的“虚伪浮华”风尚,对于许多人而言,“苟可以收名而不获实则不去也,可以获实而不必收名则不居也”。“父盗子名,兄窃弟誉,骨肉相诒,朋友相诈”,几乎成为一种普遍的社会现象,而随着这种现象的出现,“真伪相冒,是非异位”也就在所难免了。对于这种可称为是“邦家之大灾”的崇尚虚名、轻视实务的恶风陋习,徐幹提出了自己的“实立而名从”的名实思想。他说:“名者,所以名实也。实立而名从之,非名立而实从之也。故长形立而名之曰长,短形立而名之曰短,非长短之名先立,而长短之形从之也。仲尼之所贵者,名实之名也。贵名乃所以贵实也。夫名之系于实也,犹物之系于时也。物者春也吐华,夏也布叶,秋也凋零,冬也成实,斯无为而自成者也。若强为之则伤其性矣。名亦如之,故伪名者皆欲伤之者也。人徒知名之为善,不知伪善者为不善也,甚惑矣。”在这里,徐幹将名实之间的关系,以及伪名废实的危害阐述得非常清楚了,他认为概念之名乃反映客观物事的实在之有,故而物先而名后,实立而名从,其位置次序是不容颠倒的。从这一名实观念出发,徐幹对当时社会上的种种伪名废实现象提出了尖锐的批判,并认为:“夫名者,使真伪相冒,是非易位,而民有所化,此邦家之灾也。”于是,强调“考伪”,反对“求名”;强调“贵实”,使名实相符。因于痛恨伪名,徐幹又发挥王充的证验思想,在《贵验》篇中明确地提出了证验的原则:“事莫贵乎有验,言莫弃乎无征。言之未有益也,不言未有损也。”所谓“无征”之言,即是诡辩浮夸的言说,与实不符、与验无征的空谈。又《谴交》篇曰:“名有同而实异者矣,名有异而实同者矣,故君子于是伦也,务于其实,而无讥其名。”所谓“务于其实”,同样体现了对证验之强调。徐幹在《核辩》篇中关于辩必须以实验为目的的议论,也体现了他的“贵实”思想,其曰如:“俗士之所谓辩者,非辩也;非辩而谓之辩者,盖闻辩之名而不知辩之实。故目之妄也。俗之所谓辩者,利口也。彼利口者苟美其声气,繁其辞令,如激风之至,如暴雨之集,不论是非之性,不识曲直之理,期于不穷,务于必胜,以故浅识而好奇者,见其如此也,固以为辩,不知木讷而达道者,虽口屈而心不服也。夫辩者,求服人心也,非屈人口也。故辩之为言别也,谓其善分别事类,而明处之也,非谓言辞切给,而以陵盖人也。”这里把“辩”的作用定位于一种分析工具,其作用是为了“论是非之性”，“识曲直之理”，而不是只顾说得痛快，而不能明白处断。

人才观。讨论人才评价标准和如何选人、用人，也是《中论》的重要内容之一。东汉时期，实行名教之治，从中央到地方，采用荐举征辟的选士用人制度，以“孝悌”、“孝廉”作为评价人才和选用官员的依据，十分注重操行。所以，砥砺名节、崇尚德行，遂成风俗。但是其流弊，往往矫情过甚，甚至走向虚伪。汉魏之际，在人才价值观方面出现了与传统观念不同的新思想，就是偏重才智而轻视德行的人才评价观念。这种思想在《中论》一书的《治学》、《智行》、《审大臣》等篇中也有体现。徐幹认为，评价人才，录用官员，首先应以“才”为依据。《智行》篇云：“或问曰：‘士或明哲穷理，或志行纯笃，二者不可兼，圣人将何取？’对曰：‘其明哲乎！夫明哲之为用也，乃能殷民阜利，使万物无不尽其极者也。圣人之不可及，非徒空行也，智也。伏羲作八卦，文王增其辞，斯皆穷神知化，岂徒特行善而已乎？’……或曰：‘苟有才智而行不善，则可取乎？’对曰：‘何子之难喻也。水能胜火，岂一升之水灌一林之火哉……且管仲背君事仇，奢而失礼，使桓公有九合诸侯、一匡天下之功，仲尼称之曰：微管仲，我其被发左衽矣！召忽伏节死难，人臣之美也，仲尼以比为匹夫匹妇之为谅矣。是故圣人贵才智之特，能立功立事，益于世矣。如愆过多，才智少，作乱有余而立功不足，仲尼所以避阳货而诛少正卯也，何谓可取乎！汉高祖数赖张子房权谋以建帝业。四皓虽美行，而何益夫倒悬？此固不可同日而论矣。”在这里，徐幹明确地回答了德行与智慧二者孰为重要的问题。他反对传统的一味的重德行轻智慧的人才思想，提出了智慧重于德行的新观点。在徐幹看来，圣人之所以为圣人，“非徒空行也，智也”。圣人是最能“尽聪明”、发挥聪明才智的人。圣人并非是空有德行，而是有智慧才能。圣人最看重有特殊智慧的人，他们能立功、立事，有益于世，至于德行方面即使有些缺陷也不大紧要。相反，隐居独处的德行之士，虽有美行，但对社会却没有什么用处。当然，德行极差而又少才智，作乱有余而立功不足者，也是不可取的。在《智行》篇中，徐幹特别强调的一点是智慧能生财富民，能解救人民的苦难，最大限度地肯定了智慧推动社会发展进步的积极意义。

徐幹重才轻德的人才思想，批判了汉代门阀世族势力陈腐的人才观念和选士用人标准，为出身于庶族、平民的士人跃登政治舞台鸣锣开道，具有解放思想的重要作用。他对才智和才智之士之作用的肯定具有发聋振聩的意义，对于传统儒学形成了强烈的冲击，有利于人们从虚伪、僵化的儒家经义、教条的束缚中解脱出来，并且为后来曹操推行“唯才是举”①，选拔“不仁不孝而有治国用兵之术”②的用人政策提供了思想、理论方面的依据，因而对于历史的发展起了积极的作用。

学习论。徐幹非常强调学习的重要性，在《治学》篇中专门论述了学习的意义以及学习的方法。徐幹认为，学习是君子修身养德、建功立业，从而达到“身没而名不朽”的唯一途径。学习之所以具有如此重要的价值，在于其可以“疏神达思，怡情理性”，故而圣人视之为“上务”，即第一要紧之事。在学习的内容方面，徐幹认同的是儒家的教育传统，以为学习应以“六德”、“六行”、“六艺”③，即儒家之所谓“三教”为主要内容，用他的话来讲，就是“三教备而人道毕矣”。他认为这样的学习，对于一个人的全面发展具有重大的意义，故曰：“学犹饰也，器不饰则无以为美观，人不学则无以有懿德。有懿德，故可以经人伦；为美观，故可以供神明。”

徐幹反对汉儒的训诂章句之学，在《治学》篇中，他嘲笑“鄙儒”的所谓“博学”，仅仅是“务于物名，详于器械，矜于训诂，摘其章句”，认为这样的学习，并不能“统其大义之所极”，也无法“获先王之心”，结果只是“劳思虑而不知道”，“费日月而无成功”。因此，他强调学习应以认识、探求“道”为首要目的。徐幹认为“学者求习道也”，故而指出：“凡学者，大义为先，物名为后，大义举而物名从之。”又指出：“故君子之于学也，其不懈犹上天之动，犹日月之行，终身亹亹，没而后已。”在他看来，学习之成败在于能否“立志”，“志者，学之帅也；才者，学之徒也。学者不患才之不赡，而患志之不立”。所谓“立志”，就是要勤勉努力，坚持不懈而学习的目的，应该是达到“心明”、“身修”，“智慧”和“德行”二者要兼备。

五

徐幹的著作，除了《中论》而外，《隋书·经籍志》著录有《徐幹集》五

---

① 《三国志·魏书·武帝纪》。

② 《三国志·魏书·武帝纪》裴注。

③ 六德：智、仁、圣、义、中、和。六行：孝、友、睦、婣、任、恤。六艺：礼、乐、射、御、书、数。

卷①，《旧唐书·经籍志》、《新唐书·艺文志》亦均著录有《徐幹集》五卷②，《北堂书钞》卷九十八引《徐幹集序》云："幹聪识博闻，操翰成文。"可见隋本《徐幹集》有序一篇。但是该集已失传，今只存辑本，较常见的辑本有：《徐伟长集》六卷（含《中论》），明代杨德周辑，见清代陈朝辅《汇刻建安七子集》；《徐伟长集》一卷，见清人杨逢辰辑《建安七子集》；《徐伟长集》一卷，见丁福保辑《汉魏六朝名家集初刻》。又严可均辑徐幹文入《全后汉文》卷九十三，逯钦立辑徐幹诗入《魏诗》卷三。注释本则有吴云主编《建安七子集校注》所含《徐幹集》等。又中华书局刊行有俞绍初辑校《建安七子集》，其中辑录《徐幹集》一卷，除收录了徐幹的诗、赋、文作品而外，并且附录有徐幹著作考、徐幹佚文存目考、徐幹年谱，以及《中论》校点本，是目前所见收录徐幹著作最为完备者。

徐幹的诗作数量不多，计有《答刘桢诗》一首，《情诗》一首，《室思》一首，《为挽船士与新娶妻别》一首，另有《赠五官中郎将诗》一首已佚，仅有《文选》卷二十三《答何劭诗》注中保留"贻尔新诗"四字。《室思》为一组诗，《玉台新咏》将全诗分为六章，而《广文选》、《古诗纪》以前五章为《杂诗》，末一章为《室思》，皆不可从。《室思》为拟作之思妇诗：

沉阴结愁忧，愁忧为谁兴？念与君相别，各在天一方。良会未有期，中心摧且伤。不聊忧餐食，慊慊常饥空。端坐而无为，仿佛君容光。

峨峨高山首，悠悠万里道。君去日已远，郁结令人老。人生一世间，忽若暮春草。时不可再得，何为自愁恼？每诵昔鸿恩，贱躯焉足保。

浮云何洋洋，愿因通我词。飘飘不可寄，徙倚徒相思。人离皆复会，君独无返期。自君之出矣，明镜暗不治。思君如流水，何有穷已时。

惨惨时节尽，兰叶复凋零。喟然长叹息，君期慰我情。展转不能寐，长夜何绵绵。蹑履起出户，仰观三星连。自恨志不遂，泣涕如涌

① 《隋书·经籍志》四："魏太子文学《徐幹集》五卷，梁有录一卷，亡。"

② 《旧唐书·经籍志》下："《徐幹集》五卷。"《新唐书·艺文志》四："《徐幹集》五卷。"

泉。

思君见巾栉，以益我劳勤。安得鸿鸾羽，觏此心中人。诚心亮不遂，搔首立悁悁。何言一不见，复会无因缘。故如比目鱼，今隔如参商。

人靡不有初，想君能终之。别来历年岁，旧恩何可期。重新而忘故，君子所尤讥。寄身虽在远，岂忘君须臾。既厚不为薄，想君时见思。

“室思”犹“闺情”。诗的前五章写女子对远方的爱人的思念、盼望、失望之情，末一章写希望对方不忘旧情。也有人认为此诗别有寄托，作者在诗中以夫妇喻君臣，表现对朝廷的向往之情，但是以徐幹“轻官忽禄，不耽世荣”之生活态度，该诗恐怕是难以作出“以夫妇喻君臣”之解释的。整个组诗写得流利婉转，情致缱绻，娓娓道出，淳厚质实而不失自然清畅，故历代多有佳评，如谭元春即以为此诗“宛笃有《十九首》风骨”①。又徐幹在该诗中多用虚字，如“端坐而无为”、“自君之出矣”之类，成为《室思》的写作特点之一，亦得评家赞许，如黄子云评曰：“伟长用虚字作骨，弥觉峭劲，七子中另自成一格”②。《室思》在邺下文人同类作品中属佼佼者，对后世影响不小，自刘宋孝武帝始，取“自君之出矣”一语以为题，另创乐府新歌，继作者不绝，直至唐代张祜，总共十五人之多。钟嵘在《诗品》中将徐幹诗列为下品，并评曰：“白马与陈思答赠，伟长与公幹往复③，虽曰‘以莛扣钟’，亦能闲雅矣。”“莛”，小木枝；“以莛扣钟”，即用小木枝撞钟。刘向《说苑·善说》：“子路曰：建天下之鸣钟，而撞之以莛，岂能发其声哉？”又东方朔《答客难》：“语曰：以管窥天，以蠡测海，以莛撞钟，岂能通其条贯，考其文理，发其音声哉？”钟嵘在此以“钟”喻曹植和刘桢的诗，“莛”喻曹彪和徐幹的诗，认为他们二人回赠曹植、刘桢的诗，犹如用小木枝撞大钟。但是，他们的诗毕竟还称得上“闲雅”，所以仍得以“预此宗流”，列为下品。钟嵘对于刘桢、徐幹二

---

① 见谭元春《古诗归》卷七。

② 见黄子云《野鸿诗的》，《续修四库全书》第1701册，上海古籍出版社2002年版，第201页。

③ “白马”，指曹彪，系曹植异母弟，魏文帝黄初元年(226年)封白马王。曹植有《赠白马王彪》诗一首，曹彪有《答东阿王》一首。公幹：刘桢字公幹，“建安七子”之一。刘桢有《赠徐幹》诗一首，徐幹有《答刘桢诗》一首。

人诗的高下的区分，后人曾有异议，如明代胡应麟云："以公幹为巨钟，而伟长为小梃，抑扬不已过乎！"①清代王士祯亦云："建安诸子，伟长实胜公幹，而嵘讥其以莛扣钟，乖反弥甚。"②

清人严可均《全后汉文》辑徐幹文一卷，其中有《齐都赋》、《西征赋》、《序征赋》、《哀别赋》、《嘉梦赋序》、《冠赋》、《圆扇赋》、《车渠椀赋》、《七喻》，以及失题文一则，共十篇，大多系残文，其中之《冠赋》，实系《齐都赋》之佚文而误立，实九篇。又徐幹还曾作有《行女哀辞》、《仲雍哀辞》③，已佚。徐幹的辞赋写作也相当出色，在当时已颇有名气，曹丕《典论·论文》评价说："王粲长于辞赋，徐幹时有齐气，然粲之匹也。如粲之《初征》、《登楼》、《槐赋》、《征思》，幹之《玄猿》、《漏卮》、《圆扇》、《橘》赋，虽张、蔡不过也。然他文未能称是。"刘勰在《文心雕龙·诠赋》中列述魏晋时期赋的创作时，于建安作家仅提及二家，而徐幹即为其中之一，曰如："及仲宣靡密，发端必遒；伟长博通，时逢壮采。"又《文心雕龙·才略》亦云："徐幹以赋论标美。"认为他的辞赋和论说文同样为人们所推重，这里的"论"，应该就是指《中论》。徐幹的《齐都赋》中有这样的描写："其川渎则洪河洋洋，发源昆仑。九流分逝，北朝沧渊。惊波沛厉，浮沫扬奔。南望无垠，北顾无鄂(边)。"在描绘手法上有汉赋夸张扬厉的特点，这就是刘勰所说的"时逢壮采"。

（原载《差异》第3辑，河南大学出版社2005年11月）

① 《诗薮·外编》卷二。

② 王士祯：《渔洋诗话》卷下，影印文渊阁四库全书本。

③ 《北堂书钞》卷一〇二引挚虞《文章流别论》："建安中，文帝与临淄侯各失稚子，命徐幹、刘桢为之哀辞。"建安二十一年(215年)夏，曹丕、曹植各失幼子，徐幹和刘桢奉命各作有《行女哀辞》、《仲雍哀辞》。

建安文人尚“气”之风引发的美学新义

汉末以来时局的动荡不安，社会政治、经济结构的巨变以及精神文化气候的变迁，使得作为汉代文化、学术主流的经学逐步走向消解，一种新的人文思想在时代精神的浇灌下迅速滋生壮大起来，并首先表现在当时的文学之中，这就是以“三曹”与“七子”为主的建安文人群体的文学创作，他们的思想情感抒发和精神气质风貌，代表了建安文人的审美主体精神的主要特征，从华夏审美风尚演变的历史轨迹来看，确确实实开了一代之新风。

魏晋南北朝文人主体精神的转变是传统文人精神演变史上极其重要的一个环节，而建安文人主体精神的觉醒则正式掀开了魏晋南北朝文学、美学主体精神转折的第一页。这一转折是从当时特殊历史条件下出现的人性的觉醒开始，并进而产生文学的自觉而逐步展开的，所以我们也只有循着这一历史的轨迹而进行考察，才可以对魏晋南北朝文学、美学主体精神的形成及其特点作出准确的把握。事实上，建安文人的思想与情感具有非常丰富的内涵，其作为一种精神复合体，人们可以从不同的层面、不同的角度加以体认，作出种种概括，但是尚“气”则无论如何都是一个主要的特点。建安文人的尚“气”，形成于主体意识觉醒和文学自觉的过程之中，而反过来又有力地促进了其时人性的觉醒与文学、美学的自觉，以尚“气”为主要特征的建安文学主体精神犹如一束强光，投射到当时正处于转型之际的文化舞台上，解构了维护纲常名教统治的包括审美文化在内的整个文化价值体系，驱散了由名教思想所造成的盘踞在人们心中的精神阴影；又如一曲气势磅礴的乐曲，以其发聋振聩的力量，呼唤着新的人文精神、新的审美观念之诞生，从而开创了中国文学、美学历史发展的一个崭新的时代。

一、从人的自觉到文的自觉

自从鲁迅先生在《魏晋风度及文章与药及酒之关系》中指出“曹丕的时代可说是‘文学的自觉时代’”之后，魏晋时期是一个“文学的自觉时代”的说法便被人们普遍接受，遂差不多成为学界的一种流行话语。鲁迅先生的这篇文章是于1927年7月23日、26日分两次在广州夏期学术演讲会上所作演讲的记录，其中“文学的自觉时代”是用引号引起来的，可见有所出处，查同年3月日本弘文堂书房所出铃木虎雄《中国诗论史》一书，在该书第2篇第1章有“我认为魏代是中国文学的自觉时代”之语，鲁迅所言是否本之于此，也未必没有可能，但是深究这个似乎没有多大的必要，也未必能验证清楚。重要的在于鲁迅此言确实道出了一个事实，即从汉末建安时期开始，中国文学进入了一个自觉发展的时期。

魏晋时期之所以能成为“文学的自觉时代”，自然与当时的社会现实、文化氛围的影响以及文学自身的发展演进有着密切的关系。首先，“文学的自觉”是建立在“人的自觉”的基础之上的，也就是说，“人的自觉”为“文学的自觉”提供了前提条件，如果没有“人的自觉”是断断不会有“文学的自觉”出现的。其次，无论是“人的自觉”还是“文学的自觉”，都不是突如其来的，而是有一个历史的发展演进过程。汉代的文人，可以分为文学之士与文章之士两类，前者主要指儒生，后者主要指文章家。汉代的“文章”的概念，包括辞赋、史传、奏议三种文体，诗歌并不包括在内。“文学的自觉”的一个首要的前提条件是文人或曰文士角色的产生，而文士角色的出现，并不仅仅标志着社会分工的变化以及知识阶层的分化，其同时也体现了人对自身价值实现的一种肯定。没有大量的文士、文章之徒的出现，是不可能出现文学的繁荣的，这些文士可称为是“文章之徒”，诗文歌赋是他们的长项，也是他们实现自身价值的途径。汉代尤其西汉是经学笼罩整个思想与学术领域的时代，儒生是当时知识界的主流，他们终生治经，以经术作为自我实现的途径。但是，汉代也是一个文学侍从辈出的时代，在朝廷和各封国都有一批文学侍从之臣簇拥在皇帝或诸侯王周围，如《汉书·贾邹枚路传》云：

吴王濞招致四方游士，阳与吴严忌、枚乘等俱仕吴，皆以文辩著名。

是时，景帝少弟梁孝王贵盛，亦待士，于是邹阳、枚乘、严忌知吴不可说，皆去之梁，从孝王游。

又班固《两都赋序》云：

> 大汉初定，日不暇给。至于武、宣之世，乃崇礼官，考文章，内设金马、石渠之署，外兴乐府协律之事，以兴废继绝，润色鸿业……言语侍从之臣，若司马相如、虞丘寿王、东方朔、枚皋、王褒、刘向之属，朝夕论思，日月纳献。而公卿大臣御史大夫倪宽、太常孔臧、太中大夫董仲舒、宗正刘德、太子太傅萧望之等，时时间作。或以抒下情而通讽喻，或以宣上德而尽忠孝，雍容揄扬，著于后嗣，抑亦雅颂之亚也。故孝成之世，论而录之，盖奏御者千有余篇，而大汉之文章，炳焉与三代同风。

班固在此极力渲染了汉帝国的文章之盛，但是有一点可以看得很清楚，就是文士的角色都属于“文学侍从”，类同俳优，他们的任务或曰职责是为统治者“润色鸿业”，前曰这些文士通过诗文辞赋实现自己的价值也只能建立在这一点上，因此这种价值实际上是缺乏独立性的。所以，尽管汉代的文章事业确为空前兴盛，但从社会对文士角色的认同以及文士们自身的生存和写作立场来看，离人的自觉与文的自觉尚有一定的距离。

建安以来，由于中央政权崩溃，军阀割据，南北对峙，社会进入了大动荡、大分化、大组合的过程，传统的维系人心的思想规范和价值理想的消失，导致了思想上的漫无所归；儒学衰颓，佛道大兴，玄风炽盛，形成了一代社会思潮，深刻地影响着文化个体的精神面貌。置身于如此现实环境之中的文人士大夫阶层，他们的价值世界无不经历了一次由毁灭而重建的过程。汉代的文士，在独尊的儒家教义的统摄下，一般都屈从于神学目的论和宿命论，自命清流，迂腐执拗。而魏晋文士则不同，他们已经从儒生们惨淡经营的经学中解脱出来了，由于受名理学所提倡道德才性观念以及玄学本体论和佛、道的影响，开始格外关注个体生命的问题。生命意识的觉醒，拓展了他们的价值视野，于是他们崇尚自然，崇尚清峻通脱，看重精神风貌，希冀能发现人性之自然，返回自然人格，以求获致个体人格的自由。与此紧密相关，消极悲观、颓废享乐的倾向也日益滋长，士人阶层的生活准则由崇尚功业而改变为追求狂放，或遁入山林，或溺于佛道，或沉湎于杯酒仙药，或放荡不羁。社会氛围、时代特点和文化风气方面出现的特点，促使魏晋时期的人生观念和审美意识发生了新变，塑造了魏晋文人心态和魏晋文学的审美主体精神，由此而形成了独具一格的魏晋文人形态。这一切无不为文学艺术的创作注入了主体生命的活力剂，而魏晋时期人的自觉与文的自觉，魏晋文学在主体意识、个性特征、抒情色彩等方面的特点之呈现，以及在主题内容、体裁形式、艺术技巧、美学风格等方面特色的形成，俱可以从当时思想文化氛围的变化中找到答案。

建安文人的审美主体精神所高扬的是人的个性，而这种个性又是以追求自然人性的释放为基本价值目标的。所谓人性的解放，就是在人的发展中确认“自然”这一主题，每个人都能立足于个人的自然禀赋，并能自觉地认识到这一禀赋自身的价值，这样所谓个性的自然与自然的个性也就是一回事情了，这就不可避免地引发了魏晋文人主体自觉的出现。在此情况下，文人们可以不再像汉代“循吏”那样循规蹈矩，也不再像经生们那样皓首穷经，而是如刘勰在《文心雕龙·明诗》中所描述的那样，“怜风月，狎池苑，述恩荣，叙酣宴”，“纵辔以骋节”，“望路而争驱”，纵意所如地从事自己所要做的事情。这一主体审美意识的自觉以文学自觉的形式表现了出来，而主体审美意识的自觉又利用文学的自觉不断地冲击着旧有的观念，拓展着人们的精神视野，曹丕在《典论·论文》中揭橥文章乃“经国之大业，不朽之盛事”，以及曹氏父子雅好艺事所产生的感召效应，亦对文章脱离儒学获得独立地位起了积极的推动作用。所以，尽管其时干戈扰攘，但文士们犹不废吟咏，事出沉思，义归翰藻，竞相通过文章而获誉天下。文学的自觉鼓励着文人们自由地发挥自己的思想与想象，积极地展开自己的审美体验活动，而不再像汉儒那样，“以多同自减，思不出位，使奇事绝于所见，妙理断于常论”①。具体而言，文学的自觉是从文与质两个方面展开的，在文的方面是追求文辞的华丽和形式的完美，在质的方面则以爽朗刚健、意气骏发的精神，以及饱满的现实内容取代汉赋的那种铺陈排比、雍容华贵、歌功颂德的面孔，确实做到了“以情纬文，以文被质”②。建安以来，五言诗创作生机勃勃，并且逐渐成为诗歌的主要体裁，其他文体亦迅速发展，创作数量大增，《隋书·经籍志》著录三国时的文集即达六十余种，可见这确是一个文士辈出、制作如林的时代，云为“文学的自觉时代”是恰切的。

二、建安文人尚“气”的审美精神

“气”是中国古代哲学、文论和美学中的一个重要范畴。“气”的概念出

---

① 嵇康：《答难养生论》，见戴明扬校注《嵇康集校注》卷四，人民文学出版社 1962 年版，第 187～188 页。

② 沈约：《宋书·谢灵运传论》。

现较早，如西周末周太史伯阳父云："夫天地之气，不失其序。若失其序，民乱之也。阳伏而不能出，阴迫而不能蒸，于是有地震。"①又春秋时医和云："天有六气，降生五味，发为五色，徵为五声，淫生六疾。六气曰阴阳风雨晦明也。分为四时，序为五节，过则为灾。"②这里之"气"，显然指决定天地自然运行的一种物质性的东西。春秋战国以来的思想家们经常用"气"这一概念来表示构成宇宙万物包括人的生命现象的一种基本物质要素。如《老子》曰："万物负阴而抱阳，冲气以为和。"《管子》则进一步提出了"精气"说，该书《内业》篇云："凡物之精，此则为生。下生五谷，上为列星。"又："精也者，气之精者也……凡人之生也，天出其精，地出其形，合此以为人。和乃生，不和不生。"又《枢言》篇云："有气则生，无气则死，生者以其气。"《管子》还认为人的精神也由"气"构成，如《心术》篇曰："气者身之充也……思之思之……其精气之极也。一气能变曰精。"庄子则提出了万物为一气之变化的观点，如《庄子·知北游》云："人之生也，气之聚也，聚则为生，散而为死……故曰通天下一气耳。"荀子则认为气为宇宙间万事万物赖以存在之基础，《荀子·王制》云："水火有气而无生，草木有生无知，禽兽有知而无义。人有气有生有知且有义，故最为天下贵也。"《易·系辞上》亦有"精气为物"云云。《吕氏春秋·尽数》云："精气之集也，必有入也。集于羽鸟，与为飞扬；集于走兽，与为流行；集于珠玉，与为精明；集于树木，与为茂长；集于圣人，与为琼明。"

"气"概念除了指构成宇宙万物之基始和生命之源泉而外，又用来指人的精神状态和道德境界。《左传·昭公九年》云："味以行气，气以实志，志以定言，言以出令。"《孟子·公孙丑上》云："夫志，气之帅也；气，体之充也。夫志至焉，气次焉。故曰：'持其志，无暴其气。'" 又云："志一则动气，气一则动志也，今夫蹶者趋者，是气也，而反动其心。"又云："'我善养吾浩然之气。'敢问何谓浩然之气？曰：'难言也，其为气也，至大至刚，以直养而无害，则塞于天地之间。其为气也，配义与道，无是，馁也。是集义所生者，非义袭而取之也。行有不慊于心，则馁也。'"汉代以来，"气"的概念又有进一步的发展与深化。《淮南子·天文训》云："道始于虚霩，虚霩生宇宙，宇宙生气，气有涯垠，清阳者薄靡而为天，重浊者凝滞而为地。清妙之合专易，

---

① 《国语·周语》。

② 《左传·昭公元年》。

重浊之凝竭难，故天先成而地后定，天地之袭精为阴阳，阴阳之专精为四时，四时之散精为万物。”将“气”看做是宇宙生成演化过程中的一个环节，即“道”是经由“气”这一中介环节而产生宇宙万物的。董仲舒则糅合阴阳学说与人性论，将“气”人格化，把“气”与人的性情善恶联系在一起，赋予“气”以道德的属性，目的则在于使其所主张的道德伦理价值本体化，这同时也就使“气”概念神秘化了。如《春秋繁露·五行相生》云：“天地之气，合而为一，分为阴阳，判为四时，列为五行。”但又认为：“天之大经，一情一性。性生于阳，情生于阴，阴气鄙，阳气仁。曰性善者，是见其阳也；谓恶者，是见其阴也。”王充论“气”，是对董仲舒出于神道设教目的而将“气”人格化、道德化之解构。《论衡·谈天》篇云：“天地，含气之自然也。”又《自然》篇言：“天地合气，万物自生，犹夫妇合气，子自生也。”又《率性》篇曰：“人之善恶，共一元气，气有多少，故性有贤愚。”认为万物之间、人与人之间之所以有不同，并非天意所安排，而是自然禀气之多少所决定的。王充的自然元气论不但在理论上有力地批判了董仲舒气论中的天命论成分，而且他的以气释性的观念与方法，对魏晋以来重视人的自然禀赋和个性特点产生了深刻的影响。

从先秦两汉思想家对“气”的认识来看，所谓“气”可分为“物质态”与“精神态”两种，前者主要用以诠释宇宙自然的构成与演化，属于本体论范畴；后者主要用以人的气质形成及精神境界，属于主体论范畴。何休《公羊传解诂》隐公元年释“元”云：“元者气也，无形以起，有形以分，造起天地，天地之始也。”这里之“气”，正指“物质态”之气；郑玄注《礼记·祭义》曰：“气也者神之盛也。”这里之“气”，当指“精神态”之气。但是，由于受中国传统哲学“天人合一”思想方法的影响，古人论到人的生命、性情时往往与自然联系起来，所以二者结合紧密。

“气”范畴进入文论与美学，有一个过程。孟子的“养气”说是讲人的道德修养的，他所谓的“浩然之气”是道、义经由主体内化而成为心理现实，从而形成一种充满道德力量的精神状态，这实际上开了后世将“气”与人的主体性情联系起来之先河。由于“气”关乎人的性情，所以“气”概念便频频地出现在论诗乐的文字之中。如《礼记·乐记》云：“德者，性之瑞也；乐者，德之华也。金石丝竹，乐之器也。诗，言其志也；歌，咏其声也；舞，动其容也：三者本于心，然后乐气从之。是故情深而文明，气盛而化神，和顺积中，而英华发外：唯乐不可以为伪。”认为诗、乐、舞本于人之性情，性情的善恶决定着诗乐好坏，所以注重“养气”，达到“情深”、“气盛”的境界，便成为产生既美且善的音乐之关键。所以，“气”之“象”决定着乐之“象”，故《礼记·乐记》又曰“逆气成象，而淫乐兴焉”、“顺气成象，而和乐兴焉”。

魏晋以来，“气”这一概念被广泛运用于人物品鉴和文学批评之中，从而完成了其由哲学范畴向文论、美学范畴的汇通。刘邵《人物志》云：“凡有血气者，莫不含元一以为质，禀阴阳以立体，体五行而著形。”这里之“元一”即指“气”，刘邵用“气”来释人之性，与董仲舒的最大不同之处是他将“气”视为赋予人之自然生命和性格特征的本根，而不再将“气”与人的性情善恶直接挂钩，这自然是受王充“自然”观念的影响而来的，魏晋名理学关于人的性格、才能的认识即是以王充的“自然之气”学说为哲学基础的。正因为“气”范畴在这时已经被用来说明人的性格和才情的特点，所以其便被引入文学批评，用来说明、品藻一个作家的个性与风格特点，从而成为一个既涉及文之本源，又涉及作家主体性以及作品风格诸多方面的范畴，而这一切又是以曹丕《典论·论文》为开端的。曹丕在《典论·论文》中云：“文以气为主，气之清浊有体，不可力强而致。譬诸音乐，曲度虽均，节奏同检，至于引气不齐，巧拙有素，虽在父兄，不能以移子弟。”在此，曹丕吸收了从先秦以来“气”分清浊以及“气禀”等观念，而提出了自己的“文气说”。他所说之清“气”，指具有俊爽豪迈特点的阳刚之气，与孟子所说“浩然之气”相似，浊“气”则指具有凝重沉郁特点的阴柔之“气”。在曹丕看来，这种或清或浊之“气”，由自然禀赋而得之，即由一个人生来对气的禀受所决定的，同于王充所说的“人禀气而生，含气而长”①，所以既不能“力强而致”，又不能传授给他人。“气”作为一种生命元素，由生理和心理两方面的因素所构成，其决定着一个作家的个性、才能、情感乃至思想与行为，而又由于文学作品的风格实际上是作家的主体精神的综合体现，所以“气”亦决定着文章的风格特征。曹丕提出了“文气说”，并在《典论·论文》和《与吴质书》中从文气的角度对建安七子进行了品评，如认为王粲虽然“长于辞赋”，但因于“体弱”而“不足起其文”；徐幹“怀文抱质，恬淡寡欲，有箕山之志，可谓彬彬君子者矣”，虽然“时有齐气”，但足以与王粲匹敌；应玚“斐然有述作之意，其才学足以著书”只是“和而不壮”；刘桢“壮而不密”，“有逸气，但未遒耳”；孔融“体气高妙”，但是“不能持论，理不胜辞”。指出由于各人的气质不同，因而

---

① 《论衡·命义》。

在风格方面便有所差异，甚至这种气质个性还影响到对文体的选择与驾驭，有人擅长某文体，有人则擅长另一种文体，王粲、徐幹、刘桢、孔融长于诗赋，而陈琳、阮瑀、应玚则长于章表书记之类的文体，都与他们自身的禀"气"有关。这就是说曹丕不但将作家的气质个性与其文章风格联系在一起品鉴，而且还与所适应的文体一并观之，所谓"文非一体，鲜能备善"云者，根本原因便在于一个作家的气质对他擅长的文体有所限制。

总之，"气"这一范畴具有非常浑厚的文化内涵，其从文化哲学领域引入文学、美学领域，产生了"文气说"，用以诠释作家的个性、精神风貌以及独特的审美创造力等，确实具有重大的理论创新意义。曹丕的以"气"论文，开了传统文论作家与作品风格批评之先声，在他之后，以"气"论文便逐渐被批评家所采用，并予以充实发展，如刘勰在《文心雕龙》中、钟嵘在《诗品》中均使用"气"这一范畴来批评作家与作品，再后来就成为中国诗文评之老生常谈了。又由于"文气"说是由先秦以来的"气"论哲学逐步演变而来的，所以它亦带有传统文化哲学范畴体用合一、即体即用的特点，具有多向度的理论阐释功能，简言之，它涉及了关于文学的本体论、主体论、文本论以及风格论等理论层面，诚如有的论者所言："曹丕正是借助气这一人的生命元素，建立起了他的文学主体论。这一文学主体论，强调的是作家的创作个性，作家独立的存在价值。而作家的创作个性和作家独立的存在价值，莫不本原于人的生命元素——气。这就使曹丕的文学主体论，具有了本体论的色彩。"①

同时，从孟子发端的"养气"说也得到了进一步的发展充实，体现于刘勰《文心雕龙·养气》篇。传统哲学认为，气是构成万物并赋予其生命运动能力的基本要素，故而人的智慧才能、思想情感、气质个性、人格道德等均与气有直接的关系。所谓"养气"，是对人的生命和精神的一种营卫活动，以达到自我充实、净化、完善、升华之目的。文论中的"养气"说亦如此，其目的也是为了提高主体素质，从而达到最佳的创作状态。孟子最早提出"养气"说，他之所谓"养气"，指人的一种道德修养工夫，"气"为"集义所生"，需"配义与道"，即只要按照儒家的道义标准加强人格修养，便可生成"至大至刚"的"浩然之气"，并且这种"浩然之气"与"知言"即辨别言辞的能力有密切的联系，见《孟子·公孙丑上》。曹丕以"气"论文，形成的"文气"

---

① 詹福瑞：《中古文学理论范畴》，河北大学出版社 1997 年版，第 170 页。

说前面已经说到，这里简要地介绍一下刘勰的“养气”说。刘勰在《文心雕龙》中专门列出《养气》篇，可见他对此问题之重视。在篇中，刘勰从作家心态和精神的生理养护的角度，探讨了“养气”与创作的重要关系，其见解集中体现于下面这段话之中：

> 志于文也，则申写郁滞，故宜从容率情，优柔适会。若消铄精胆，蹙迫和气，秉牍以趋龄，洒酒以伐性，岂圣贤之素心，会文之直理哉！且夫思有利钝，时有通塞；沐则心覆，且或反常，神着方昏，再三愈黩。是以吐呐文艺，务在节宣，清和其心，调畅其气，烦而即舍，勿使壅滞。意得则舒怀命笔，理伏则投笔以卷怀，逍遥以针劳，谈笑以药倦，常弄闲于才锋，贾余于文勇。使刃发如新，凑理无滞，虽非胎息之迈术，斯亦卫气之一方也。

刘勰认为文章在写作中，文思利钝和文笔之通塞，取决于作家内在之气的状态如何，如果精神饱满，心态从容优柔，则最有利于艺术创造力的发挥，所以善于调养之气，于写作至关重要。这也从另一个侧面说明当时文学、美学对“气”的注视程度。

刘师培在《中国中古文学史》中认为：“汉魏之士，多尚骋词，或慷慨高厉，或溢气坌涌。”①之所以如此，与当时的社会现实有着密切的联系。我们知道，魏晋美学、文学主体精神是在消解汉代经学话语权威这一大的思想文化背景下产生和成长起来的。从汉武帝“罢黜百家，独尊儒术”，立五经博士始，经学便成为汉代文化之主流话语系统，而其所诠释的名教观念更成为一种思想律令，规范、垄断着士人的精神世界。董仲舒的公羊经学以阴阳五行学说为认知方法论，作为官学在统治者的支持下得以传播，就性质而言属于神学目的论，其“天人合一”论是以神道设教为价值指归的，所以在发展的过程中谶纬色彩越来越浓，最后终于成为一种迷信色彩十分浓重的官方文化哲学。在这种情况下，人只能作为名教的符号、工具而存在，是没有自身的人格独立性而言的。汉末以来，时势乱离卸除了人们精神上的负重，这时原先备受挤压的主体性的要求就会从角落之处挪移到中心位置，并展现其资质，形成各自的独特个性。名理学的兴起更加促进了

① 刘师培：《中国中古文学史、论文杂记》，人民文学出版社1959年版，第24页。

关于人的价值思想的发展，刘邵在《人物志》中所体现出的肯定人物个性气质及鉴识人物的方法，实际上代表了当时社会中普遍流行的注重人的精神气质和才情能力的风气，而且这种风气一旦形成，又对当时文士们的精神生活以及文学艺术产生了广泛的影响。曹丕所提出的“文以气为主”就是这种风尚在文学艺术领域中的具体体现。

魏晋时期推崇自然，以坚持和发展个性为美的审美风尚，由于具体的时代环境的不同，而在内涵和表现特征方面有所差别。在建安至魏正始这一段时期里，便主要体现为尚“气”。这里之“气”，指一个人先天禀赋而来之气质、个性，与后天的德行修持无关，亦不同于传统哲学中作为物质元素的混沌之“气”，而是指一个人禀受自然“元气”而形成的独特气质、个性及其表现这种气质、个性的才华。建安时期的文士身处乱世而能保持建功立业、昂扬向上的思想格调与情感力度，便与他们的追求、发展个性即所谓尚“气”的主体精神密切有关。追求和发展个性，倡扬个性之美，是建安文人生命主体意识觉醒的一大特点，也是建安时期社会审美风尚的一个显著的特点。人的觉醒不仅表现为对生命的热爱，而且也表现为发现和重视个性。然而，传统的儒家道德伦理观认为生活在一定群体、社会中的人，应始终把群体和宗法制的利益放在第一位，并以将社会群体规范的道德伦理作为衡量人格美丑的标准指数，如孔子言“里仁为美”，孟子说“充实之谓美”，董仲舒把道德伦理本体化，所言之“仁之美者在于天”①，以及所谓“孝悌”、“明经修行”等人格律令，均是只强调人的德行之善，而忽视人的个性之美。尤其是两汉时期，在董仲舒“屈民以伸君，屈君以伸天”的理论基础上所实行的礼法统治，更是将人视为一种社会、群体符号，否定人的个体存在性，使人的个性在宗法制的道德伦理关系的严密束缚和禁锢中完全消解，而成为迷失自我、毫无个性的礼法标本，阮籍在《大人先生传》中描写并嘲讽的那种“服有常色，貌有常则，言有常度，行有常式，立则磬折，拱若抱鼓，动静有节，趋步商羽，进退周旋，咸有规矩，心若怀冰，战战栗栗，束身修行，日盛一日”的“儒生”，堪可为身处礼法统治之下的汉代儒生写真。汉末以来，儒家思想衰颓，礼法名教禁锢渐松，道家生命哲学的影响日渐扩大，清议与人物品鉴之风日盛，这些无不促进了人的自我价值的觉醒，作为对先前礼法统治的一种强烈反弹，社会上出现了个性解放的大潮。在才性之辨和人物

---

① 《春秋繁露·五道通三》。

品鉴风气的直接影响下，人们对于人的价值的思考、对于人格美的认同标准产生了新的变化，即抛弃了传统的以礼法风范为人的价值尊严、人格之美所在的观念，而从天道自然的哲学本体观出发，认识、评价人性、人格美，赋予人以新的意义和地位。于是，魏晋人的以追求和发展个性为特征的主体意识逐步形成，并成为一种审美风尚，在士林中蔓延。一批富有历史正义感和责任心的知识分子，冲破纲常伦理的罗网，以狂狷的精神，反抗虚伪的礼教对人的个性、价值的抹杀，追求真个性、真面貌。于是，所谓"人以克己为耻，士以无措为通，时无履德之誉，俗有蹈义之愆"①，便成为当时士风之真实写照。

尚"气"的表现之一是超越礼法而追求"通脱"。汉末以来，礼法松弛坠废，已失去了其精神约束作用，然而统治者又常常假借礼法来为自己的奸邪行为辩解或剪除异己分子，而士人中的一些激进者亦越发不拘礼法，以种种言论与行动来揭露统治者之虚伪无耻。于此，敢以正气凌暴虐，宁可被杀而不可受辱，以生命捍卫自身气节之孔融与祢衡堪为代表。他们二人均属生活于建安时期的文人，在人格方面他们能做到慷慨任气，自然率真；在文章写作方面，他们则以气遣词，体高气妙。孔融被曹操杀害之罪名是"大逆不道，宜极重诛"②，但实际上是因为他揭露曹操"大逆不道"破坏礼法而丧命的。孔融对曹操的篡汉之心有所不满，时袁绍、曹操的势力正盛，均有取天下之意，但他"无所协附"，史载"融知绍、操终图汉室，不欲与同"③。而对曹操等乱世奸雄假窃礼法掩饰自己虚伪的面目和除掉反对者的行为，则更是不能见容，每以辛辣的讽刺揭露之。据《后汉书·孔融传》记载，曹军破邺城后，曹丕私纳袁绍子袁熙之妻甄氏，孔融就给曹操写了一信，信中有"武王伐纣，以妲己赐周公"的怪话，曹操不明其意，问出自何典，孔融便回答说："以今度之，想当然耳。"又曹操颁发禁酒令，理由是酒可使亡国，孔融亦深不以为然，在致曹操的信中偏偏为酒大唱赞歌，称"酒之为德久矣"，并说"昨承训答，陈二代之祸，及众人之败，以酒亡者，实如来诲。虽然，徐偃王行仁义而亡，今令不绝仁义；燕哙以让失社稷，今令不禁谦退；鲁因儒而损，今令不弃文学；夏商亦以妇人失天下，今令不断婚姻。而将酒

---

① 《晋书·王坦之传》。
② 《后汉书·孔融传》。
③ 《后汉书·孔融传》。

独急者，疑但惜谷耳，非以亡国为戒也”①，一下子就揭穿了曹操的老底。在与曹操往来中，孔融类似这样的偏宕乖忤之言甚多，在曹操看来自然是一种侮慢之辞了。

尚“气”的主体审美精神的另一方面的表现特点是逞才弄学，唯才是论，通过才学来显示自己的人格魅力和自我价值。王充认为：“人，物也，万物之中有智慧者也。”②又认为：“天地之性人为贵，贵其知识也。”③然而，在汉代礼法统治的社会中，并非是以一个人的自然天赋的才情智慧来作为评量其优劣的依据，而是从伦理的角度来评量之，即所谓“尚贤”者是也。“别贤不肖”最为汉儒们所强调，虽然他们也谈“才”，但是并不是将“才”作为一种独立的评价人的标准，而是附带于“贤”之下，于是评价一个人优劣的唯一标准便是“贤”或“不肖”。汉魏之际开始的思想文化转型，使得人们否弃了汉儒的价值观，将人看做与天地并列的“三才”之一，并认为才性本为一体，因此自然天赋所决定了的才学智慧应成为人格之特质，评价人的价值的标准应是这种自然才学的高低，而不应是礼法名教律令准则。曹操“唯才是举”的思想，刘邵将自然才学作为品第人物的标准，“四本才性”辩论中对才与性离合异同的争论，促进了这种人的价值思想的发展，使之成为建安以来人们追求人生价值、主体自我实现的一个目标。加之名士清谈、品藻人物风气的推波助澜，终于酿成一种时代风尚，便是不饰自我，随时随处尽情地显露才华，务求超人，以此而展现自己的价值，博取身价美誉。在这种风气的影响下，魏晋士人们渴望可以在任何场合、任何领域毫无忌讳地展露自己的学识，逞弄自己的才华，以博取生命价值中不可缺少之世人的美誉。曹丕在《典论·论文》中形容建安时期的文士是：“今之文人，鲁国孔融文举，广陵陈琳孔璋，山阳王粲仲宣，北海徐幹伟长，陈留阮瑀元瑜，汝南应玚德琏，东平刘桢公幹，斯七子者，于学无所遗，于辞无所假，咸以自骋骥騄于千里，仰齐足而并驰，以此相服，亦良难矣。”曹植在《与杨德祖书》中说：“昔仲宣独步于汉南，孔璋鹰扬于河朔，伟长擅名于青土，公幹振藻于大魏，足下高视于上京。当此之时，人人自谓握灵蛇之珠，家家自谓抱荆山之玉也。”刘勰《文心雕龙·明诗》说：“暨建安之初，五言腾踊。文

---

① 《后汉书·孔融传》注引。

② 《论衡·书虚》。

③ 《论衡·对作》。

帝陈思纵辔以骋节；王、徐、应、刘，望路而争驱。”钟嵘则在《诗品序》中说：“降及建安，曹公父子，笃好斯文；平原兄弟，郁为文栋；刘桢、王粲，为其羽翼。次有攀龙托凤，自致于属车者，盖将百计。彬彬之盛，大备于时矣。”此外，《三国志》中所记如曹操炫卖才智，杨修矜持才情之类的事迹亦多不胜举，而《晋书》中如嵇康“少有奇才”、吕安“才气高奇”、齐王攸“少以英奇见称”、夏侯湛“才华富赡，早有名誉”此类的记载更是比比皆是，无不证明才学已成为评价一个人的价值和人格魅力的主要依据。恰如刘勰所说，这的确是一个“俊才云蒸”的时代。

建安时期如此，其实在整个魏晋时期又何尝不是如此呢？《世说新语》一书对此多有精彩的记录，如《赏誉》篇载：“苏与邢乔俱司徒李胤外孙，及胤子顺并知名。时称：‘冯才捷，李才明，纯粹邢。’”《品藻》篇载：“简文问孙兴公：‘袁羊何以？’答曰：‘不知者不负其才，知之者无取其体。’”《排调》篇记：“魏长齐雅有体量，而才学非所经。被宦当出，虞存嘲之曰：‘与卿约法三章，谈者死文笔者刑，商略抵罪。’魏怡然而笑，无忤于色。”另外，又如《晋诸公别传》记：“（郭璞）奇博多通，文藻粲丽，才学赏誉足参上流。”又王隐《晋书》记：“（挚虞）与太叔广名位略同；广长口才，虞长笔才，俱少政事。众坐，广谈虞不能答，虞退，笔难广，广不能答。于是更相嗤笑，纷然于世。”犀利的谈锋，巧妙的应对，美文制作，等等，均被视为是才华超众绝伦之证明。在当时，清谈和诗文创作是人人跃跃欲试以求一显身手的比武擂台。自建安以来，士人们无不将作文赋诗看做是表现个人天赋才能的最佳途径，如祢衡吊张衡说：“南岳有精，君诞其姿；清和有理，君达其机。故下笔绣辞，扬手文飞。”①曹丕称应玚“其才学足以著书”②；曹植评王粲“文若春华，思若涌泉，发言可咏，下笔成篇”③；吴质谓“陈、徐、应、刘，才学所著”④；《世说新语·言语》篇记“法畅著《人物论》，自叙其美云，悟悦有神，才辞通辨”；《晋书·顾恺之传》记顾撰《筝赋》后自云：“吾赋可比嵇康《琴赋》，不赏者必以后出见遗，识者亦当以高奇见赏。”它如《续晋阳秋》称许询“有才藻，善属

---

① 祢衡：《吊张衡文》，见严可均辑《全后汉文》卷八十七，中华书局1958年版，第943页。

② 曹丕：《与吴质书》，见萧统《文选》卷四十二。

③ 曹植：《王仲宣诔》，见赵幼文《曹植集校注》卷一，人民文学出版社1984年版，第164页。

④ 吴质：《答魏太子笺》，见萧统《文选》卷四十。

文”,《世说新语·文学》篇著引《文士传》谓夏侯湛“有盛才,文章炳思”,至于清谈中才士们逞才斗学,以犀利的谈锋、巧妙的应对征服对方众人,甚至以一言而博得天下名的例子,在《世说新语》中随处可见,这里不赘述。人们不但以才自重,寻找一切机会表现自己的才学,而且社会上重才、爱才的风气亦甚为浓重,曹氏父子网罗众才的事迹自不必言说,其他如贾谧罗致西晋著名文士为“二十四友”,自称领袖;“(潘)岳总角辩慧,摛藻清艳,乡邑称为奇童,弱冠辟太尉、司空府”①;“(鲍照)少有文思,宋临川王爱其才,以为国侍郎”②。从上引之例可以看出,重视才学,或持之以自诩,或持之以论人,争价才学,博取美誉,确为魏晋南北朝时期文人中的一种风气。他们的尚才,甚至走向了唯美主义的路子,其中的极端者唯才是论,以自然才学的高下作为评价一个人个性价值的唯一标准,而不顾及人的社会性和道德责任感,这与魏晋文人持以十分开放的思想精神境界,基于自然的独特个性,而自由地将人间美丑善恶向极端发展的总体时代精神特点正相吻合。

三、“气”与建安文学的审美特征

刘勰曾在《文心雕龙·时序》篇中以酣畅淋漓的笔调对建安文学之格局与风格体貌特点作了如下之描述:

> 自献帝播迁,文学蓬转;建安之末,区宇方辑。魏武以相王之尊,雅爱诗章;文帝以副君之重,妙善辞赋;陈思以公子之豪,下笔琳琅。并体貌英逸,故俊才云蒸:仲宣委质于汉南,孔璋归命于河北,伟长从宦于青土,公幹徇质于海隅;德琏综其斐然之思,元瑜展其翩翩之乐;文蔚、休伯之俦,于叔、德祖之侣,傲雅觞豆之前,雍容衽席之上,洒笔以成酣歌,和墨以藉谈笑。观其时文,雅好慷慨;良由世积乱离,风衰俗怨,并志深而笔长,故梗慨而多气也。

这里指出了建安文学的特点是“梗慨而多气”,所谓“梗慨”即慷慨,亦及豪壮;“多气”则指充满生命意识,这种生命意识之形成既与作家的气质个性

---

① 臧荣绪:《晋书》卷十,见汤球辑《九家旧晋书辑本》,中华书局1985年版,第92页。

② 虞炎:《鲍照集序》,见钱仲联《鲍参军集注》,上海古籍出版社1980年版,第5页。

有密切联系，又与当时"世积乱离，风衰俗怨"的社会现实相关联。所以，建安时期的文学创作既体现了鲜明的主体气质个性特征，又表现了深刻的思想内涵，其时的作家正是通过个人的生命境遇来表现对于社会、人生的忧思、慨叹与怨恨。如果我们将刘勰在此处讲的建安文学"梗概多气"与钟嵘用"建安风力"概括建安诗歌的特点合而观之，便可以有充分的理由相信尚"气"确实是建安文学的一个主要特征。

于此，有必要对"建安风力"这一审美范畴作一简要的阐述。"风力"一词，本是魏晋以来的人物品鉴用语，"风"指人禀受天地自然之气而充满生机的内在生命活力及其运动；"力"也就是"气"，如王充在《论衡·儒增》中所言："人之精乃气也，气乃力也。"故"风力"实为一赞誉人物内在所具有的那种生命劲气勃发、意志昂扬的精神气质之美的用语。但是，"风力"一词同时又被引入艺术理论批评，广泛地运用于书法、绘画和文学批评之中。钟嵘在《诗品序》中将"风力"引入诗评，用来概括建安时期诗歌创作所具有的那种遒劲刚健、悲凉慷慨的美学品格与风貌。建安诗人，如曹操、曹植、王粲、陈琳等，受汉乐府诗歌精神的影响，在诗歌创作中积极地表现社会现实和民生疾苦，以及抒发自己渴望建功立业的理想和统一天下的志向，语言清新，辞采华茂，感情炽烈充沛，情调慷慨高昂。钟嵘在《诗品序》中评述魏晋诗歌创作风格演变时，把建安诗歌的这种思想与艺术方面的特点称为"建安风力"，并主张诗歌创作要"干之以风力，润之以丹采"，又据此而批评了当时如孙绰、许询等玄言诗人专意在诗中讲述玄学理念，缺乏文采与情趣的创作倾向。"建安风力"与刘勰所说的"风骨"在含义方面多有相通之处，而唐代以来所出现的"汉魏风骨"、"建安风骨"等术语，与"建安风力"的内涵亦基本相同。

建安文学的这一特征自然本于当时的文人普遍重尚"气"的主体精神。刘勰曾指出建安文人的主体特征是"慷慨以仗气，磊落以使才"①。也正因为如此，方能做到"志深笔长"。钟嵘则在《诗品》中评曹植："骨气奇高，词采华茂，情兼雅怨，体被文质，粲然今古，卓而不群。"又评刘桢："杖气爱奇，动多振绝，真骨凌霜，高风跨俗。但气过其文，雕润恨少。"沈约亦在《宋书·谢灵运传》中指出曹植、王仲宣等文士俱"以气质为体"。这些均可以看做是对建安文士重个性而尚"气"这一具有时代特征的审美风尚的说明。

---

① 《文心雕龙·明诗》。

“气”作为一种审美特质，在文学创作中的体现可以从三个方面加以体认。

第一，通过作品来表现主体强烈的生命意识。魏晋作家的生命意识与他们所处之时代关系密切，社会离乱，战祸频繁，因此感时叹世，渴望功业，忧生惧死，伤逝悼亡，就成为其时文学的主题内容。曹操在《短歌行》中发出了“对酒当歌，人生几何”的英雄悲唱；阮籍的《咏怀》诗则传出“徘徊将何见，忧思独伤心”的愁吟；刘琨在《重赠卢谌》诗中则有“功业未及建，夕阳忽西流”的忧感。这种哀思伤悲实际上正说明作者精神深处对人的生命、价值的恋恋难舍之情，所以我们读其时的作品，所获得的强烈感受首先就是文人们对自己人生体验的酣畅淋漓的描述与诠释，不管是蒙上了一层忧伤的情调，还是闪耀着明亮的色彩，总之是充盈在字里行间，耐人寻思。刘勰指出阮籍是“使气以命诗”①，何以言之呢？我们可以从李善注阮籍诗时所讲的几句话中得到解释：“嗣宗身仕乱朝，常恐罹谤遇祸，因兹发咏，故每有忧生之叹。”②正是这种在时代重压下所产生的忧生之叹，使阮籍的《咏怀》诗具有震撼人心的力量。

曹植在诗歌艺术上取得了极高的成就，钟嵘《诗品》评其诗：“骨气奇高，词采华茂，情兼雅怨，体被文质。”之所以如此，主要就是与他通过诗篇所传达出的强烈的生命意识，以及这种生命意识所具有的意蕴丰厚的审美感染力密切相关。我们可以通过他的《薤露行》一诗来加以体味：

天地无穷极，阴阳转相因。
人居一世间，忽若风吹尘。
愿得展功勤，输力于明君。
怀此王佐才，慷慨独不群。
鳞介尊神龙，走兽宗麒麟。
虫兽犹知德，何况于士人。
孔氏删诗书，王业灿已分。
骋我径寸翰，流藻垂华芬。

---

① 《文心雕龙·才略》。

② 见萧统《文选》卷二十三。

曹植曾在《与杨德祖书》中说:“吾虽德薄,位为藩侯,犹庶几戮力上国,流惠下民,建永世之业,流金石之功,岂徒以翰墨为勋绩,辞赋为君子哉?”又说:“若吾志未果,吾道不行,则将采庶官之实录,辩时俗之得失,定仁义之衷,成一家之言。虽未能藏之于名山,将以传之于同好。”这正可以与本诗互读。在本诗中,曹植慨叹于天地之无穷,人生之有限,希望能在短暂的生命过程中建功立业,而即使不能,也要退而求其次,驰骋笔翰,通过文采成就来留名于后世。《左传》曰:“太上有立德,其次有立功,其次有立言,虽久不废,此之谓三不朽。”“三不朽”事业,是传统的文人士大夫普遍的价值追求,曹植在兄弟中最有才华,曹操也认为他“最可定大事”①。因此,他怀有输力明君的强烈愿望,执著于勋业、荣名的追求。但是由于政治上的失意,竟使他的意念无法实现,便只好转而以著述来求得垂名于后世。史书中记载:“陈思王精意著作,食饮损减,得反胃疾。”②正可见他虽处忧患而不厌弃人生的志向。诗中充满了感慨忧生、愤怨不平之气,集中抒发了作者在特定时空中形成的生命意识,以“天地”、“阴阳”起篇,议论与抒情巧妙结合,语势浑阔,气象雄浑,悲歌慷慨,正是建安诗歌“梗慨多气”特点之具现。当然,魏晋时期这种表现生命意识的作品在美学上之成功,也与其中的自然淳朴、生动鲜明的意象营构有着密切关系,如曹植在《赠徐幹》诗中以“惊风飘白日,光景驰西流”来喻写人生之易于流逝;曹植在《七哀》诗中通篇运用比兴,借“闺怨”来寄托自己的苦闷之情;阮籍在《咏怀》第一首中以“孤鸿号外野,翔鸟鸣北林”来形容生命的孤寂;张协在《杂诗》中通过“朔风动秋草,边马有归心”来传达思乡情怀,等等,从而达到了形神兼备、生气贯注的艺术境界。

第二,在作品中表现对社会、命运的抗争,以及张扬个性、才智。社会的不公,人生的受阻,以及个性被压抑,最能牵动诗人敏感的情怀,所以每每发为咏叹,一股不平之气喷涌而出。如“建安七子”之一的刘桢,是一个性格倔强之人,他不谄权贵,好为不平,因此在内心压抑中,往往从精神深处升腾起一种强劲的抗争意识。他在《赠从弟》之二中这样写道:

亭亭山上松,瑟瑟谷中风。

---

① 《三国志·魏书》注引《魏武故事》。

② 《三国志·魏书》注引《魏略》。

风声一何盛，松枝一何劲。
冰霜正惨凄，终岁常端正。
岂不罹凝寒，松柏有本心。

该诗通篇纯用比兴手法，以挺立于高山之上勇于抗迎风寒冰霜的松树为喻，勉励堂弟要坚贞自守，不要屈服于外力的压迫。这既是勉励别人，也是自况，其中所体现的情操和抗争意识相当浓烈。钟嵘《诗品》评刘桢："仗气爱奇，动多振绝，真骨凌霜，高风跨俗。但气过其文，雕润恨少。然陈思以下，桢称独步。"从本诗言近意远、平淡而有思致来看，也确实如此。这种情况，我们从魏晋时期曹植、嵇康、左思、刘琨、陶渊明等诗人的作品中也可以看到。梁代萧子显在《南齐书·文学传论》中云："文章者，盖情性之风标，神明之律吕也。蕴思含毫，游心内运，放言落纸，气韵天成。莫不禀以生灵，迁乎爱嗜。"魏晋时期抒发抗争意识、表现个性才情的篇什，正充分地体现了这一点。而从这一意义上来说，尚"气"也就是指在创作中真实地表露主体对于社会、人生的情感体验，刻画主体的个性风貌，而所谓神思飞扬、情感勃发、爱恶鲜明、气韵生动等审美特点的获得，亦正因于此。更主要的还在于在这种咏唱之中，体现着诗人主体对于生命价值的关注，以及为求伸张个性所激发出的生命情感。

第三，对于创作灵感的激发与艺术韵味的内在关联。气作为生命元素，无不体现着一个人内在精神运动的韵律与节奏，其一旦受压必迸发，遇阻将曲进，从而使生命过程更加丰富多彩，变化不尽，而对于审美创作来讲，正可以带来灵感契机。曹植的《洛神赋》写的如此飞舞灵动曲尽运思之妙，与他在曹丕的迫害下所产生的生命压抑之感和苦闷意识是不无关系的，文中的韵律节奏与主体内在的生命情感轨迹是合拍的。陶渊明田园山水诗的写作动力与韵味情趣，也与他"少无适俗韵，性本爱丘山"①息息相关。

这实际上涉及了六朝时期产生的"气韵"、"风神"以及"风流"几个审美范畴。在艺术批评中，"气"指流动不息的生命活力以及与之相关的气质、个性、志趣和情操等，"韵"指超越于形表的幽微淡远的意味，合为一词则指艺术作品、艺术形象所蕴涵和表现出的鲜活灵动、余味悠长的情趣、韵味。

---

① 《归园田居》之一，见《陶渊明集》卷二，中华书局 1979 年排印本。

其既可用以评人，也可用以评论艺术作品，后者体现了中国传统文艺批评“人化”的特点。从六朝时期开始，“气”与“韵”即联为一词，成为一个极其重要的美学范畴，广泛用之于画论、诗论等艺术批评之中，绘画以“气韵生动”为上品，诗歌以“气韵天成”为至境。论艺强调“气韵”，体现了传统艺术创作重“传神”，以及讲求生气流转、意味深长的特点。

“风神”本为魏晋人物品评用语，因具有审美品鉴的意义，故又转用于文艺批评，用来指艺术作品所具有的风韵神采。汉代相人重筋骨，魏晋识鉴重神明，所以多用“神气”、“神情”、“风韵”、“风神”等语评人。《晋书》、《世说新语》中“风神”的用例有“风神高迈”、“风神清令”、“风神秀彻”、“风神魁梧”等等。风为气之流动状态，神为气之主宰，则“风神”实为人之精神气质的外部表现。唐代以来，“风神”被广泛用于文艺批评，成为一个重要的审美范畴。在书画理论方面，如孙过庭、张怀瓘、姜夔等人的书画评论，“风神”这一术语使用得非常频繁，尤其是姜夔，更在《续书品》中专列“风神”一节，并将“风神”作为书法美学的基本范畴，视之为书法美诸因素的综合体现。在诗文评方面，如胡应麟云“作诗大要不过二端：体格声调、兴象风神而已”，将“兴象风神”与“体格声调”对举。茅坤则云“《史记》以风神胜，而《汉书》以矩矱胜”，将“风神”与“矩矱”（即法度）对举。标举“风神”，将文本看做是一个有机的生命个体，强调其应具有自身独特的风韵神采，此为“风神”术语被使用的一般情况，由此可看出这一范畴所体现出的审美趣味。涵泳品味“三曹”或“七子”的有关篇什，亦不难体味到建安诗歌因尚“气”而在创作构思和艺术韵味所呈现出的具有独特的“气韵”、“风神”之美学新气象。如曹操的《观沧海》、《龟虽寿》，前人评曰：“魏武帝如幽燕老将，气韵沈雄。”①前者不但写出了浩渺无际的大海的形象和魅力，而且其中也融进了诗人自己的人格理想与政治抱负，全诗力度浑壮，气势恢弘，意境深远，表现出了作者如海一般壮阔、豪迈的激越情怀，诗中所表现的大海的豪放疾迅、浩瀚不羁、包容一切的形象，与作者之内在之气，是互为表里的。后者气势雄浑，刚迈俊爽，跌宕悲凉，诗语古直，境界浑远，独臻超越，亦无不来之于诗人奋发昂扬、英雄天下之气，确如古人所评，是“名言激昂，千秋

---

① 敖器之：《敖陶孙诗评》，见刘士鏻编、蔡镇楚校点《文致》，岳麓书社 1998 年版，第 90 页。

使人忼慷"，"以写己怀来"、"根在性情"。①

"风流"亦为人物品鉴用语，指一个人所具有的神采风韵，尤偏重于那种柔婉优美的神采风韵，如《汉书·樊英传》："世之所谓名士者，其风流可知矣。""风流"之显现，与人物内在的"气"之特质相关，禀气不同，个性气质便不同，至于何种气质所产生的精神个性和人格魅力之美能被称为"风流"，系由时代的审美风尚所决定，建安文士的神采是一种"风流"，清谈名士的韵度是又一种"风流"，而嵇康、阮籍的放达也是一种"风流"。由于传统文艺批评之"人化"批评的特点，"风流"又转用于诗文评，指艺术作品所具有的独特的风格之美，有时则特指具有柔婉优美特点的风格。如葛洪《抱朴子·辞义》："苟以入身为佳，适心反快，鲜知忘味之九成，《雅》、《颂》之风流也。"此处之"风流"，即指《雅》、《颂》的风格之美。又如钟嵘《诗品》卷中评谢瞻、谢琨等"才力苦弱，务其清浅，殊约风流媚趣"，此处之"风流"，则指谢瞻等人诗作的柔婉优美的风格特点。须指出的是，"风流"这一范畴，皆有指述文本的独特风格之美和揭示作者主体精神特点之功用，如苏轼《书唐氏六家书后》中的"颜鲁公书雄秀独出，一变古法，如杜子美诗，格力天纵，奄有汉魏晋宋以来风流，后之作者殆难措手"，及元好问《论诗三十首》中的"邺下风流在晋多，壮怀犹见缺壶歌"，皆属是也。

谢赫曾说："风范气韵，极妙参神。但取精灵，遗其骨法。若拘以体物，则未见精粹；若取之象外，方厌膏腴，可谓微妙也。"②文艺作品之所以含韵见妙，究其原委，无非有一种生命之气在顿挫飞舞。所以，文本的气韵生动，首先是主体精神情感的呈现，须有气贯注其间。当然，魏晋文学的内容与艺术特点是丰富多样的，但"以气为主"，在作品中扬举主体的生命意识却是最为核心的一点。

（1996 年 8 月）

---

① 陈祚明：《采菽堂古诗选》卷五，上海古籍出版社 2008 年版，第 130 页。

② （南齐）谢赫：《古画品录》，见沈子丞编《历代论画名著汇编》，文物出版社 1982 年版，第 18 页。

竹林名士的生存方式与精神追求

魏晋之际，在士大夫文人中间，出现了一股任性放达、轻时傲物的风气。这种风气在备受时人推崇的"竹林七贤"那里得到了典型的体现，因此人们便称之为"竹林风气"，而其中又以阮籍、嵇康为最。"竹林七贤"所处的时代正是玄学清谈之风在士林中盛行之际，正始末年，曹氏集团与司马氏集团的政治斗争以曹爽一系的失败而暂告一段落，正始玄学的两位领袖人物王弼与何晏退出了社会舞台，前者病死，后者被杀，作为魏晋玄学发展第一个阶段的"正始玄学"随之而画上了一个句号。但是，玄学清谈并没有因此而停止发展，而是继续以自己内在的逻辑向前进行，以嵇、阮为代表的一批名士以异于王、何的姿态出现在玄坛上，由此而构成了玄学发展的第二个阶段，即"竹林玄学"。"竹林玄学"最突出的特点在于其一改"正始玄学"的那种重视抽象凝远的玄思的风格，而侧重于追求一种风神潇洒的生命情调，使玄学清谈进入了一个新境界，并且对当时文士的精神心理产生了深刻的影响，更由于嵇、阮二人既是哲学家，又是诗人，所以他们的哲学思考具有诗性的色彩，而他们的诗歌则又具有哲理内涵，这种诗性哲学与哲性诗学的二重组合，使得玄学与文学在他们那里出现了合流的现象，而这便大大地加强了玄学意识向文学主体精神渗透的力度。所以，当我们考察魏晋文学主体精神流变时，应该把以嵇、阮为代表的竹林名士的生存方式和精神追求作为一个重要的问题来认识。

一、关于竹林七贤

"竹林七贤"是对三国魏末七位人士的称谓，他们分别是嵇康、阮籍、山涛、向秀、刘伶、阮咸、王戎。《世说新语·任诞》云："陈留阮籍、谯国嵇康、河内山涛，三人年皆相比，康年少亚之。预此契者，沛国刘伶、陈留阮咸、河内向秀、琅邪王戎。七人常集于竹林之下，肆意酣畅，故世谓'竹林七贤'。"又《三国志·魏书·王粲传》注引《魏氏春秋》记载："康寓居河内之山阳县，与之交游者，未尝见其喜愠之色，与陈留阮籍、河内山涛、河内向秀、籍兄子咸、琅邪王戎、沛人刘伶，相与友善，游于竹林，号为七贤。”由此可见，这七人经常在一起交游，而他们又都是当时的清流名士，在时人的眼里自然属于道德高妙之人了，所以就冠以“七贤”的雅号，以为褒扬。至于“竹林”云者，按照上引两种典籍之说，应该是指实实在在的竹子树林，但也有人认为这里的“竹林”与佛教有关系，其并非实指，而是比附佛典中天竺迦兰陀之竹园，冠于“七贤”之前，以为标榜。如陈寅恪先生认为：“大概言之，所谓‘竹林七贤’者，先有‘七贤’，即取《论语》‘作者七人’之事，实与东汉末‘三君’、‘八厨’、‘八及’等名同为标榜之义。迨西晋之末僧徒比附内典外书之‘格义’风气盛行，东晋初年乃取天竺‘竹林’之名加于‘七贤’之上，至东晋中叶江左名士孙盛、袁宏、戴逵辈遂著之于书(《魏氏春秋》、《竹林名士传》、《竹林名士论》)，而河北民间亦以其说附会地方名胜，如《水经注》中‘清水篇’所载，东晋末年人郭缘生撰著之《述征记》中嵇康故居有遗竹之类是也。”①不过人们一般还是相信郦道元《水经注》卷九“清水”条中的有关说法②，认为实有竹林其地，嵇、阮等人曾在此处肆意酣畅地优游行乐，从而得名。

“竹林七贤”在当时确实风誉扇于海内，影响极大，以至《世说新语·任诞》开篇讲的就是他们的事情。人们往往将“竹林七贤”看做是正始玄学之后出现的一个学术流派，并将他们视为魏晋风流的典型代表，但实际上这七个人之间是存在着差别的。陈寅恪曾云：“七贤诸人虽为同时流辈，然其中略有区别。以嵇康、阮籍、山涛为领袖，刘伶次之，王戎、阮咸为附庸。”③其实这一区别主要不在彼此的年龄差异和谁为领袖谁为附庸方面，而是体现在他们各自的生活道路、人生态度和思想倾向的差异方面。其中，嵇康、阮籍、刘伶、阮咸自始至终服膺老庄，越名教而任自然。山涛、王戎则好老庄而杂以儒术，向秀主张名教与自然合一。在政治态度方面，他们之间的分歧也非常明显。嵇康、阮籍、刘伶仕魏，对当时大权在握欲取曹魏政权而

---

① 陈寅恪：《金明馆丛稿初编》，上海古籍出版社1980年版，第181页。

② 《水经注》“清水”条：“黑山在县地白鹿山东，清水所出也……又迳七贤祠东，左右筠篁列植，冬夏不变贞萋，魏步兵校尉陈留阮籍、中散大夫谯国嵇康、晋司徒河内山涛、司徒琅邪王戎、黄门郎河内向秀、建威参军沛国刘伶、始平太守阮咸等同居山阳，结自得之游，时人号之为竹林七贤，向子期所谓山阳旧居也，后人立庙于其处。”参见王国维《水经注校》，上海人民出版社1984年版，第298～299页。

③ 陈寅恪：《金明馆丛稿初编》，上海古籍出版社1980年版，第181页。

代之的司马氏集团抱不合作态度。向秀在嵇康被害后被迫出仕，阮咸入晋曾作过散骑侍郎，但不为司马炎所重。山涛原先“隐身自晦”，四十岁后方出仕，但因投靠司马师，历任尚书吏部郎、侍中、司徒等，成为司马氏政权的高官。王戎功名心盛极，且为人鄙吝，入晋后做过侍中、吏部尚书、司徒等，历仕晋武帝、惠帝两朝，即八王乱起，他亦优游暇豫，不失其位。竹林名士作为与王弼、何晏同时代的知识分子，也是玄学清谈中人，高平陵政变之后，正始名士中的政治骨干遭到了毁灭性的打击，曹爽、何晏等八族被诛，司马氏又重新打出名教的招牌，作为思想文化统治的工具，一时形成了“礼教尚峻”的情势，这时思想文化方面随之而出现了一些新的变化，七贤中间也产生了分化，山涛、王戎、向秀继续坚持名教自然合一、调和儒道的观点，走的还是王、何的思想路子；而阮籍、嵇康、阮咸、刘伶则持名教与自然对立的观点，将正始玄学中崇尚自然的思想发展到了极端，然而这也正是竹林玄学或曰竹林精神的特点所在。这说明“七贤”在才情、品性和风度方面，确实存在着差别，而就思想的分量和影响言，“竹林七贤”的领袖应该是嵇康与阮籍二人，他们的思想和生活行为方式构成了所谓“竹林精神”的主要内涵。所以，我们分析魏晋风流或曰魏晋风度对当时的文学主体精神的影响，即主要以他们二人为主。

二、嵇康、阮籍生命哲学的二重性

嵇康与阮籍差不多与何晏、王弼同时，但他们的活动主要在正始以后。阮籍生于建安十五年(210 年)，卒于景元四年(263 年)。嵇康生于黄初四年(223 年)，于景元三年(262 年)被司马氏杀害。嵇、阮二人年龄相差十余岁，他们的思想在崇尚庄子、追求归返自然这一点上基本相同，但由于性格上的差异和对庄子思想的接受在侧重层面上有所不同的原因，亦使他们在思想和社会行为方式上呈现出若干不同的地方，大体而言，在嵇康身上，庄子式的洁身自好、愤世嫉俗的特点体现得最为突出，而在阮籍身上，庄子式的“和光同尘”的特点体现得较为明显一些，以此为在苦闷中寻求解脱的途径，他们两人的结局之不同，显然是与此大有关系的。笔者以为，造成这种不同情况的原因，如果从思想根源的角度来分析，是与庄学内部本身、尤其是“自然”这一范畴内涵的丰富性不无关联的。庄学中的“自然”，如果我们将它看做是一个充满主体价值意向的范畴的话，其意涵即具有二重性，即清静寡欲、素朴无为是一种“自然”，而随波逐流、“和光同尘”而不显露一己之好恶来对抗天下，这也是一种“自然”，而“自然”的这种两重语义、两种价值系统正好分别在嵇、阮二人身上得到了体现，将嵇康与阮籍两人合观，我们可能正好得出对于庄学“自然”范畴在主体层面上所具之内涵的较为完整的理解。

关于嵇康与阮籍，《三国志》与《晋书》中有许多记载，通过这些史料文字，我们可以对他们二人的思想与性格有所了解。《三国志·王粲传》云：“瑀子籍，才藻艳绝，而倜傥放荡，行己寡欲，以庄周为模则。官至步兵校尉。”又云：“时又有谯郡嵇康，文辞壮丽，好言老、庄，而尚奇任侠。至景元中，坐事诛。”另外，《晋书》卷四十九记：“康早孤，有奇才，远迈不群。身长七尺八寸，美词气，有风仪，而土木形骸，不自藻饰，人以为龙章凤姿，天质自然。恬静寡欲，含垢匿瑕，宽简有大量。学不师受，博览无不该通，长好《老》、《庄》，与魏宗室婚，拜中散大夫。”又《三国志·王粲传》注引嵇康兄嵇喜在《嵇康传》中说嵇康：“家世儒学，少有俊才，旷达不群，高亮任性，不修名誉，宽简有大量。学不师授，博洽多闻，长而好老、庄之业，恬静无欲。性好服食，常采御上药。善属文论，弹琴咏诗，自足于怀抱之中。以为神仙者，禀之自然，非积学所致。至于导养得理，以尽性命，若安期、彭祖之伦，可以善求而得也。著《养生篇》。知自厚者所以丧其所生，其求益者必失其性，超然独达，遂放世事，纵意于尘埃之表。”又《晋书》卷四十九记载：“阮籍字嗣宗，陈留尉氏人也。父瑀，魏丞相掾，知名于世。籍容貌瑰杰，志气宏放，傲然独得，任性不羁，而喜怒不形于色。或闭户读书，累月不出，或登临山水，经日忘归。博览群籍，尤好《庄》、《老》。嗜酒能啸，善弹琴。当其得意，忽忘形骸。时人多谓之痴，惟族兄文业每叹服之，以为胜己，由是咸共称之。”可见，嵇、阮二人均崇尚老庄，性格狂狷，不拘礼法，所以人们将“越名教而任自然”视为嵇康、阮籍思想与行为的共同标志。

嵇康与阮籍的这种思想性格特点，与他们所处的时代有着密切的联系。嵇、阮生活于魏晋易代时期，其时曹魏集团与司马氏集团之间的权力争斗异常激烈，而曹魏集团的实力则日趋衰弱，正始之后，朝政大权实际上已经落入司马氏手中。司马氏集团实行名教统治，表面上维护儒家礼教，宣扬忠孝之道，实际上则是利用名教杀伐异己，所以他们所倡导的名教完全是虚伪的。嵇、阮正就生活于这样一个社会动荡不安、政治异常黑暗的年代，而他们又都是属于曹魏集团中正直的知识分子，不满意曹魏集团内部的政治腐败，而对虚伪欺瞒、尔虞我诈的司马氏集团更是深恶痛绝。在司马氏的统治下，如嵇康和阮籍这样的正直之士，尽管义直气正，但却不免神辱志沮，苦闷压抑，故而对司马氏政权有着强烈的反抗意识，成为当时反对名教的著名人物。嵇、阮的反对名教，所采取的方法是在思想观念上崇尚老、庄顺应自然的学说，在行为方式上避世逍遥，借以得到精神自慰。但是，嵇、阮的反抗名教，并非是要完全抛弃儒家礼教，而只是否定司马氏的虚伪名教。他们标榜自己为老、庄之徒，实际上应该从两个层面来分析，一是确实体现了当时玄学思潮的重“自然”的价值倾向，再就是以此来表示在政治上不与司马氏合作的态度。由于这两方面的原因，使得名教与自然在他们那里显得似乎是水火不相容，因而与正始玄学通过援道入儒的诠释方法来调和名教与自然之间的冲突形成了区别。正因为这样，嵇康与阮籍在思想、价值追求方面与行为方式上便存在着“二重性”。一方面，他们在言论上拼力主张和在生活行为上实践“越名教而任自然”；而另一方面，他们在骨子里面又是名教的真正维护者。他们所要“越”之“名教”是伪饰的、为黑暗政治统治服务的假名教，而所要维护的则是能体现先秦儒家伦理教化思想核心的真名教，这便构成了他们生命哲学的二重性。鲁迅曾经在《魏晋风度及文章与药及酒之关系》中指出：“……古代有许多人受了很大的冤枉。例如嵇阮的罪名，一向说他们毁坏礼教。但据我个人的意见，这判断是错的……至于他们的本心，恐怕倒是相信礼教……将礼教当作宝贝看待的。”笔者以为，鲁迅的这一论断是准确的，是轻易推翻不了的。

嵇康虽然从冠带之年起即“不涉经学”，称“老子、庄周，吾之师也”①。然而，这并不是嵇康思想与性格的全部。事实上，嵇康在价值认同过程中内心仍旧充满了矛盾二重性。一方面，他相当激烈地反对名教，公开地打出了“非汤武而薄周孔”的旗子；另一方面，则又赞扬孔子是一个损己为世、经营四方的圣人。一方面，他表白自己是志在守朴，托好老、庄，无措于是非；另一方面，在严酷的社会政治现实面前，他又不能不刚肠疾恶，显明臧否，以至于与司马氏集团的对立情绪愈演愈烈。嵇康甚至在身陷囹圄、性命难保之际，还在《家诫》中教诲自己的儿子说：“人无志，非人也。但君子用心所欲准行，自当量其善者，心拟议而后动。若志之所之，则口与心誓，守死无二，耻躬不逮，期于必济。若心疲体解，或牵于外物，或累于内欲，不

① 嵇康：《与山巨源绝交书》，见戴明扬校注《嵇康集校注》卷二，人民文学出版社1962年版。

堪近患，不忍小情，则议于去就；议于去就，则二心交争；二心交争，则向所以见役之情胜矣。”要“口与心誓，守死无二”，不要“二心交替”。其实，我们从他的一系列思想言行中，又何尝看不出他始终处于一种“二心交替”的矛盾状态呢？嵇康生命中的苦闷与悲剧，与他的这种“二心交替”有着内在的联系。在这方面，阮籍亦同于嵇康。据《晋书》本传记载，阮籍的儿子阮浑少年时也羡慕通达，不拘小节，阮籍对他说：“仲容（阮咸）已豫吾此流，汝不得复尔。”

当然，我们也要看到，嵇康在《与山巨源绝交书》中以所谓“七不堪”与“二不可”为理由而拒绝去做官，除了说明他不满司马氏政权的思想情绪而外，同时亦与他确实在精神上存在着追求超脱世俗、返归自然的倾向有着密切的联系，我们读他的《卜疑》，可以明显地看出，嵇康是一个认真思考探讨人生进退出处的人，在入世、出世、游戏人间这三种处世方式中，他的选择是出世，而出世又有种种不同的方法，嵇康对自己的方法的定位则是融合老子之清静抱一与庄子之洞达放逸，处人间而超世俗，自由而闲适，过一种如他在《赠秀才入军》诗中所向往的那种“俯仰自得，游心太玄”及“琴诗自乐，远游可珍”的优游容与的生活。《赠秀才入军》共十八首，是嵇康写给他的哥哥嵇喜的一组诗。嵇康幼年丧父，全赖嵇喜抚育成人，兄弟情谊十分深厚。但是，嵇喜醉心于仕途，这在追求高情远趣的嵇康看来，就不免过于凡俗了一些，因此在爱戴之中或许又保留着些许轻蔑，有人评该组诗第九首云“起八句便言入军，激昂有气势，然似嘲”①，讲得不无道理。最能体现嵇康追求高情远趣志向的是组诗第十四首，诗中这样写道：

息徒兰圃，秣马华山。
流磻平皋，垂纶长川。
目送归鸿，手挥五弦。
俯仰自得，游心太玄。
嘉彼钓叟，得鱼忘筌。
郢人逝矣，谁与尽言。

表面看来，诗中描写嵇喜在行军休息时的种种情趣。在诗人的笔下，嵇喜

① 陈祚明：《采菽堂古诗选》卷八。

率领步卒休息时，在长满兰草的野地里憩息放马，在平原草地上弋鸟，在长河边垂钓，手里挥拨着五弦琴，志在高山流水，眼睛远望鸿雁归去，俯仰自得，从而领略到心灵与宇宙自然合二为一的至上妙趣。这一切该是多么悠游自在，多么宁静而富有诗情画意！然而，这并非是实际的军旅生活，而是出于嵇康的想象，借此抒发自己的人生理想追求。据《晋书》本传记，嵇康“常修养服食之事，弹琴咏诗，自足于怀”。另嵇康在《与山巨源绝交书》中如此自叙：“今但愿守陋巷，教养子孙，时与亲旧叙阔，陈说平生，浊酒一杯，弹琴咏诗，志愿毕矣。”本诗中清淡玄远、悠然自得的场景，与嵇康的这种达观自适的生命情调正相吻合，“目送归鸿，手挥五弦”这两句千古传诵的名句，对此体现得尤为真切而饱满。“俯仰自得，游心太玄”二句，则点出了全诗的主旨，即诗人一切服膺自然，以体悟天地自然之道为乐的高情远趣。可以说，本诗所写的在自然山水间悠游行乐、体道悟玄的闲情雅趣，本身即为一种诗意化的生命意象组合，我们可以真切地感受到嵇康以及六朝时期一批追求超越的清流人物们的生命妙境。诗中将谈玄悟道与体物写景巧妙地糅合在一起，意境超迈，确实体现出嵇康诗歌托喻清远的风格特征，而这种艺术风格正是在玄学清谈风气影响下所形成的时代审美风尚之具体呈现。

至于阮籍，这种矛盾二重性表现得比嵇康有过之而无不及。阮籍在早年本是胸怀壮志的，他在《咏怀》第三十八首中这样写道：

炎光延万里，洪川荡湍濑。
弯弓挂扶桑，长剑倚天外。
泰山成砥砺，黄河为裳带。
视彼庄周子，荣枯何足赖。
捐身弃中野，乌鸢作患害。
岂若雄杰士，功名从此大。

又第三十九首：

壮士何慷慨，志欲威八荒。
驱车远行役，受命念自忘。
良弓挟乌号，明甲有精光。

临难不顾生，身死魂飞扬。
岂为全躯士，效名争疆场。
忠为百世荣，义使令名彰。
垂声谢后世，气节故有常。

前一首表现阮籍的远游之志、高举出世之想，诗中挂弓扶桑、倚剑天外，以河岳为狭小且不甘于如庄周之辈终于枯槁的“雄杰士”，与阮籍笔下的另一艺术形象“大人先生”实为同调，俱是他欲求摆脱世俗、超然与天地之外的出世思想之表现。后一首则反映了他渴望建功立业、救世赴难、功成身退的内衷。联系他在《咏怀》第十五首中所言“被褐怀珠玉，颜闵相与期”，追慕以德行高尚著称的颜渊和闵子骞等先贤，以古代贤者为楷模，立志济世，向往功名，正好看出他思想价值的另一方面，反映出他曾经是一个有政治抱负的人。阮籍在早年儒家思想较为浓重，“昔年十四五，志尚好书诗”①，他的《乐论》就基本上是演绎儒家礼乐思想的一个文本。但是，由于身处魏晋之际，曹氏集团与司马氏集团之间展开了政权争夺，司马昭继其兄司马师为大将军后，日谋代魏，于甘露五年杀曹髦，立曹奂为帝，又于景元四年灭蜀汉，自称晋王。司马集团在取代曹魏政权的过程中，党同伐异，残酷镇压异己力量，人们稍有不慎，家身性命便难以保全，以至于天下名士人人自危。在这种情况下，阮籍也收拾起了自己的“济世志”，开始不问世事，日日饮酒，以醉酒作为自我保护的手段。司马昭为了拉拢阮籍加入自己的阵营，曾经向阮家求婚，让阮籍将女儿嫁给自己的儿子司马炎，但阮籍沉醉六十日不省人事，无法言谈，司马昭只好作罢。与嵇康的切直、执著相比，在性格上阮籍则要圆滑一些。司马氏执政之后，为了灭祸，阮籍不得不应召为从事中郎，高贵乡公即位后，又封爵关内侯，徙散骑常侍等。但是，阮籍的态度是让做官不敢不做，做了官之后不干事则在我，将全部人生付与酒，酒既可避祸，又可为乐，不饮何为？《晋书》本传记：“籍本有济世志，属魏晋之际，天下多故，名士少有全者，籍由是不与世事，遂酣饮为常。”②当时，钟会数次问阮籍时政方面的事情，欲想从他的回答中挑出毛病来治罪，但是阮籍都以大醉为由而获免。可见，阮籍的做官和饮酒完全是出于不得已的

① 阮籍：《咏怀》第十五首，见萧统《文选》卷二十三。
② 《晋书》卷四十九，中华书局 1974 年版，第 1360 页。

自我保护手段。

在家身性命难保的情况下，阮籍的思想便由儒家转向道家，《咏怀》第十五首便表现了他在思想价值方面的这一转折。当然，在这一转折中，当时社会上流行的庄玄思潮，对于他的思想转化也产生了影响。然而，酒并不能解决阮籍潜藏于内心深处的价值焦灼，他厌恶、愤慨世俗的污秽，但由于惧祸又不得不虚与委蛇；仕既不愿彻底同流合污，尚多所回避；而隐又不能完全了结尘念；有感于人生之无常，时光易逝，所以及时行乐，但越是这样越易激发悲愤、忧伤的情怀，生命便在这种恶性循环中走进一个无底的黑洞世界，精神上所承受的根本无法分清是轻还是重。所以，阮籍的一生实际上始终徘徊于世俗内外，有时高洁，有时世俗，使得他除了酒以及胡闹而外，并没有真正找到自己的精神支撑点，因而内心异常孤单、苦闷。这便形成了他玩世、佯狂而不是高蹈真放、抗志为怀的特点。正是在这一点上，嵇、阮形成了区别。嵇康与阮籍在当时的士林中影响都非常大，尊从者甚众，虽然他们对司马氏政权都抱一种不合作的态度，但是嵇康处处不给面子，而阮籍却不但表面上依附之，甚至可以代替郑冲写《劝进笺》①，其结果嵇康被杀，阮籍则以酣饮佯狂而获免。不但获免，即在处处大胆而别出心裁地挑战名教，以至于“礼法之士疾之若仇”的情况下，“而帝每保护之”，《晋书》本传在记写这一史实时，将原因归结为阮籍的“发言玄远，口不臧否人物”，但恐怕更为关键之处还在于他的“和光同尘”。不过嵇、阮虽在思想的具体内容以及性格与处世方法上有明显的不同之处，可是崇尚自然、因循自然仍是他们的共同特点，他们分别将庄子人生哲学中“自然”这一范畴的两种内涵发挥到了极致。

嵇、阮的生命意识是在魏晋玄学思潮的影响下形成的，其哲学基础是老庄的“自然”思想学说。嵇康在《明胆篇》中说：“夫元气陶铄，众生禀焉，赋受有多少，故人性有昏明，惟至人特钟纯美，兼周外内，无不毕备。降此以往，盖阙如也。或明于见物，或勇于决断，人情贪廉，各有所止，譬诸草木，区以别矣。兼之者博于物，偏受者守其分。”阮籍在《达庄论》中认为：

---

① 《世说新语·文学》：“魏朝封晋文王为公，备礼九锡，文王固让不受。公卿将校当诣府敦喻。司空郑冲驰遣信就阮籍求文。籍时在袁孝尼家，宿醉扶起，书札为之，无所点定，乃写付使。时人以为神笔。”又《晋书》本传：“会帝让九锡，公卿将劝进，使籍为其辞。籍沈醉忘作，临诣府，使其之，见籍方据案醉眠。使者以告，籍便书案，使写之，无所改窜。辞甚清壮，为时所重。”

“天地生于自然，万物生于天地。自然者无外，故天地名焉；天地者有内，故万物生焉。当其无外，谁谓异乎；当其有内，谁谓殊乎。”所谓“圣人贵名教，老庄明自然”，此言道出了儒道两家不同的人生价值取向。“名教”思想是汉代思想家为适应封建大一统专制帝国意识形态统治的需要，将先秦儒家的礼乐文化学说与董仲舒的“天人感应”神学目的论学说糅而为一的产物，其以强调道德本体化，压抑、扭曲自然人性为特点，对两汉的思想、学术以及人格理想、社会审美风尚和文学艺术产生了决定性的影响，带来了种种消极的现象。所谓“自然”，即老子所云之“人法地，地法天，天法道，道法自然”①之“自然”，为道家生命哲学之核心，法天贵真，自然无为，顺应物性，反对礼义对人性的束缚压制，是其中心意旨。庄子继承了老子的这一思想，将老子的“自然”学说改造成为一种彻底的自由主义人性论，所谓“无以人灭天，无以故灭命”是也。汉末以来，随着儒家纲常名教思想的衰微，道家的“自然”学说甚为流行，其时的才性之辨、人物品鉴便体现出了以老、庄“自然”学说为思想基础的重视和强调自然人格的特点。玄学兴起之后，“自然”更成为王弼等人玄学本体论中的一个重要范畴。王弼的以“自然”说为支撑点的贵无论哲学，否定人格神的存在，力倡包括人在内的天地万物以“自然”、“无为”为其存在方式，视其为“道”之魅力所在，并以之对抗司马氏集团的名教统治。阮籍、嵇康的“越名教而任自然”自不待言，即使以糅合“名教”与“自然”而著称的郭象，虽然反对王弼的万物统一于“无”的贵无论哲学，但也认为“自然”是物的性质和存在方式，因物性各不相同，所以要充分尊重事物的特性，因物而为，讲求自然。只是在郭象看来，名教也是一种“自然”，如执意毁败之，则反而成为不“自然”。这正是郭象“独化”论哲学之特点所在，其实质在于维护士族阶层的阶级利益。总之，天道自然，性命自然，人性自然，这样的观念犹如一条红线，贯穿于整个魏晋思想之中，对这一时期的人性觉醒和人格理想的形成，产生了极其深刻的影响，嵇、阮亦毫不例外。我们从嵇康的《养生论》、《释私论》、《声无哀乐论》、《太师箴》等著作和阮籍的《通老论》、《达庄论》、《大人先生传》，以及他们的诗作中，可以充分见出他们倾心“自然”的思想价值追求。

三、放任狂诞：作为一种人格姿态

嵇康与阮籍的以“自然”为哲学底蕴的生命意识，决定了他们的人格姿

① 《老子》第二十五章。

态。当然，同样是崇尚“自然”，在人格上可能会呈现出不同的特点来，这要看如何诠释“自然”，如何选择“自然”的方式，以及具体的社会历史环境需要或允许什么样的人格形态存在。嵇、阮所代表的竹林玄学不同于正始玄学的地方是名教与自然的关系更加趋于紧张，以至激烈对抗，他们提出“越名教而任自然”、“非汤武而薄周孔”，正体现了这一点。玄学思潮的这一转变，也影响了士人们精神气质和人格风范的转变，就是由注重对抽象玄远的玄理的内在体验而变为展示和欣赏自然率真、狂放任诞的生命情调，这也就是正始之音向竹林之风的转变。

在人格审美方面追求放任狂诞，并非始于嵇、阮，早在汉魏之际即已出现并成为一种时尚。对于魏晋人而言，以“自然”为美的人格审美风尚，具体体现为对自然率直的人格美的追求，六朝人的种种自然放达、洒脱风流的行为俱由此而来。只是以“自然”为美的人格审美风尚，在不同的历史时期有不同的表现形态。在汉末至正始时期，主要表现为对于人性自然的推崇与追求。曹操本人以通脱豪放、自然任性而不加藻饰著称，史载他“为人佻易无威重，好音乐，倡优在侧，常以日达夕……每与人清论，戏弄言诵，尽以头没案中，肴膳皆沾之于巾帻，其轻易如此”①，正所谓“推诚心不为虚美”②。曹操不拘小节、放达自任如是，曹丕比之亦逊色不了多少，我们仅从《世说新语·伤逝》篇记载他为王粲送葬时学驴叫一事，便可以想见他亦是一个通脱自然的性情中人。好学驴鸣，始于东汉后期的戴良。《后汉书·逸民传》记：“良少诞节，母喜驴鸣，良常学之以娱乐焉。”后来在魏晋士人中蔚为风气。《世说新语·伤逝》曰：“王仲宣好驴鸣，既葬，文帝临其丧，顾语同游曰：‘王好驴鸣，可各作一声以送之。’赴客皆一作驴鸣。”大约人要学驴叫，必须先深呼吸，使胸间充气饱满，然后引颈开喉，延声鸣啸，使胸中所蓄之气排放出去，方可逼真，如此当会获轻松舒展之感，由此亦可见魏晋士人不受拘限而唯求自然通脱的特点。至于曹植诗酒风流，与周围文人才士交游的洒脱事迹，更不必细说。在曹氏父子的带动下，以及受曹操的以人物的内在质性为重的用人政策的影响，通达自然、任性使气在士林中一时蔚然成风，所谓磊落胸怀、坦荡如砥，成为建安文人人格之美的一个标志，而为后世所景慕。

---

① 《三国志·魏志·武帝纪》注引《曹瞒传》。

② 《三国志·魏志·荀彧传》荀彧评曹操语。

崇尚自然人格，我们从魏晋时期的人物品鉴中亦可以见出。当时的品评人物，最高的赏誉就是"自然"。如郭嘉称赞曹操是"公体任自然"①，孟康评崔林为能"禀自然之性"②，丁廙称曹植"天性仁孝，发于自然"③，杨修则誉曹植"体通性达，受之自然"④，刘邵在《人物志》中虽然直接使用"自然"一词的次数不多，但是他的人才学理论和理想人格观念无不建立在人性自然的基础之上。这种以"自然"为美的人物品评风尚一旦形成便经久而不衰，如《晋书·裴秀传》所记毋五俭对裴秀的评语即为："生而岐嶷，长蹈自然，玄静守真，性入道奥。"正始以来，司马氏"以孝治天下"，并以残酷的暴行镇压异己力量，因而使得个体与群体、自然与名教之间的矛盾冲突更加激烈。这时以"自然"为美的人格审美风尚，表现为"越名教而任自然"的狂放不羁。以嵇康、阮籍为代表的"竹林七贤"，有鉴于儒学的虚伪和礼法对理想人格的阻碍和束缚，从道家的思想武库中取来"自然"这一武器，"以庄周为师"，"非汤武而薄周孔"，将汉末以来的个性解放、人格觉醒又大大地向前推进了一步。嵇康在《难自然好学论》中认为：

> 六经以抑引为主，人性以纵欲为欢。抑引则违其愿，纵欲则得自然。然则自然之得，不由抑引之六经；全性之本，不须犯情之礼律。固知仁义务于理伪，非养真之要求，廉让生于争夺，非自然之所出。

又在《释私论》中提出了"无措"、"通物"、"越名任心"的人格美理想。阮籍则在《大人先生传》以及《咏怀》第六十七首中对"礼法之士"的虚伪造作予以辛辣的讽刺，在嘲讽、批判迂腐、伪善的儒生方面，二作有异曲同工之妙，可互读。在阮籍的眼中，这些礼法之士是"服有常色，貌有常则，言有常度，行有常式，立则磬折，拱若抱鼓，动静有节，趋步商羽，进退周旋，咸有规矩，心若怀冰，战战栗栗，束身修行，日慎一日"，总之一个个恪守礼法，服饰华贵，高谈阔论，道貌岸然，矫揉造作，言行不一，无不令人生厌。当然，正如我们前面所指出的那样，阮籍对礼法之士的厌恶，更多的是出于对当时虚伪名教的揭露，而并非是要从根本上否定真正的儒家礼法，陈祚明在《采菽

① 《三国志·魏志·郭嘉传》。
② 《三国志·魏志·郭嘉传》。
③ 《三国志·魏志·陈思王传》。
④ 《三国志·魏志·陈思王传》注引《曲略》。

堂古诗选》中评阮籍《咏怀》第六十七首云:“自有托礼以文其伪,售其奸者,而礼乃为天下患。观此诗知嗣宗之荡轶绳检,有激使然,非其本意也。”这也说明《晋书》本传所记“籍又能为青白眼,见礼俗之士,以白眼对之”,实在也是有激而然。

崇尚自然,追求个人意志的自由,并进而流为放任狂诞,实际上是对礼法戕贼人性的反抗。汉末以来,虽说名教日渐衰微,但作为一种工具,在现实生活中还被加以利用,如《后汉书》卷一百记,路粹奏孔融为“大逆不道,宜极重诛”,就是因为孔融“不遵朝仪,秃巾微行,唐突宫掖”。又据《晋书》卷八十二记,陈寿“遭父丧有疾,使婢丸药。客往见之,乡党以为贬议。及蜀平,坐是沈滞者累年”。这足以证明世俗对礼法之拘守,到魏晋之际就更严了,所以嵇、阮等便以更为激进、更具破坏力的行为来对抗之,不如此不足以显现自己的“自性”之自然和揭露他人的遵法之伪善。在嵇、阮看来,放任狂诞是主体师心自任的体现。刘勰《文心雕龙·才略》云“嵇康师心以遣论”,确为中肯之论。其实,嵇康不但在著书立言中如此,即在生活行为中,嵇康也是追求“师心”的。他在《难养生论》中言:“故世之难得者,非财也,患意之不足耳! 意足者,虽耦耕圳亩,被褐啜菽,岂不自得。不足者虽养以天下,委以万物,犹未惬然。则足者不须外,不足者无外之不须也。无不须,故无往而不乏。无所须,故无适而不足。”嵇康在这里所说的“意”,实际上就是主体的精神意志,而“意足”就是精神自由。一个人只要意志充实、精神自由,即使生活条件再差,也能自得其乐;如果内在精神空虚,即使将整个世界给他,也是乐不起来的。精神自由之得来,既要排斥外界对主体意志的束缚,同时更要讲求自意为足,不能将自己的存在完全系之于外界条件,无休止地索要,他在《与山巨源绝交书》中所说的“四民有业,各以得志为乐”,就是这个意思。在强调师心自任方面,阮籍要比嵇康更为激烈,他在《大人先生传》中将那些所谓的礼法君子比作是藏匿于裤裆里的虱子,并指出:“汝君子之礼法,诚天下残贼乱危死亡之术耳,而乃以为美行不易之道,不亦过乎?”又认为:“不避物而处,所睹则宁;不以物为累,所逌则成。徜徉足以舒其意,浮腾足以逞其情。”虽然方式不尽相同,但在务求“舒意”、“逞情”这一点上,嵇、阮是一致的。

在日常生活行为中,嵇康、阮籍为求舒意逞情,处处表现出一种反抗时俗、放任狂诞的特点。如阮籍,在《世说新语·任诞》以及刘孝标的注中,共记写了他八条狂放行为,分别为:(1) 遭母丧,但大肆饮酒食肉,为严重的触犯礼法，因此当时有一个叫何曾的礼法之士便参他“明公方以孝治天下，而阮籍以重丧显于公坐饮酒食肉，宜流之海外，以正风教”，只是因司马昭保护他，方能脱免。(2) 听说步兵校尉职位空缺，就要求去任职，原因是听说那里“厨中有贮酒数百斛”。另据《三国志·魏志·阮籍传》注引《魏氏春秋》记，阮籍“旷达不羁，不拘礼法……闻步兵校尉缺，厨多美酒，求为校尉，遂纵酒昏酣，遗落世事……时率意独驾，车迹所穷，辄恸哭而返”。(3) 嫂子要回娘家去，他就去送别，而按照礼法，叔嫂之间是不通问的。有人因此而讥笑他，他竟然回答：“礼岂为我辈设也。”(4) 邻居妇人颇有姿色，当垆酤酒，他同王戎经常去该美妇处饮酒，醉了就睡在这女人旁边，人家丈夫开始有疑，伺察后证明阮籍“终无他意”。(5) 邻居有一个女子有才色，未嫁而亡，阮籍与她无亲，也不相识，但“望哭，尽哀而去”。(6) 要安葬母亲，但“蒸一肥豚，饮酒二升，然后临诀直言：‘穷矣！’都得一号，因吐血，废顿良久”。(7) 母亲将死，他仍安坐不动地与人下围棋，对弈者要求停止，他不肯，继续留人家要决一胜负。终局后“饮酒三斗，举声一号，呕血数升，废顿良久”。(8) 母亲去世，裴楷去吊唁，见他正醉，“散发坐床，箕踞不哭”。凡此种种，足见阮籍确为不崇礼法，率意独行，孤舟不系，想怎么做就怎么做，确实放任狂诞得可以，《世说新语·任诞》以他来开篇，再合适不过了。《世说新语·简傲》篇及注还记有他的一些狂傲的故事，这里不赘述。比之阮籍，嵇康的师心自任、狂放不羁则表现为真情率直，简慢狂傲。《世说新语·简傲》记：“钟士季精有才理，先不识嵇康，钟要于时贤俊之士，俱往寻康。康方大树下锻，向子期为佐鼓排。康扬槌不辍，旁若无人，移时不交一言。钟起去，康曰：‘何所闻而来？何所见而去？’钟曰：‘闻所闻而来，见所见而去。’”又注引《文士传》：“康性绝巧，能锻铁，家有盛柳树，乃激水以圜之，夏天甚清凉，恒居其下傲戏，乃身自锻。家虽贫，有人说锻者，康不受直。唯亲旧以鸡酒往，与共饮啖清言而已。”这正反映了嵇康愤世嫉俗而不受礼法约束的个性。嵇康在《卜疑》中塑造了一位“宏达先生”：

有宏达先生者，恢廓其度，寂寥疏阔，方而不制，康而不割，超世独步，怀玉被褐，交不苟合，仕不期达。常以为忠信笃敬，直道而行之，可以居九夷，游八蛮，浮沧海，践河源，甲兵不足几，猛兽不为患；是以机心不存，泊然纯素，从容纵肆，遗忘好恶，以天道为一指，不品识物之细故也。

这又何尝不是他的自画像呢？《世说新语·容止》云："嵇康身长七尺八寸，风姿特秀。见者叹曰：'萧萧肃肃，爽朗清举。'或云：'肃肃如松下风，高而徐引。'山公曰：'嵇叔夜之为人也，岩岩若孤松之独立；其醉也，傀俄若玉山之将崩。'"又注引《康别传》云嵇康："……伟容色，土木形骸，不加饰厉，而龙章凤姿，天质自然。"相互对照一下，可以说嵇康无异于他笔下的"宏达先生"。而且，再与阮籍在《大人先生传》中所描写的那位"逍遥浮世，与道俱成，变化聚散，不常其形"的"大人先生"相对照，亦可知道此"大人先生"与彼"宏达先生"堪称同调，这正说明嵇、阮在反对礼法的思想宗旨方面是一致的。

除嵇、阮而外，竹林七贤中的刘伶也是一个极其狂放不羁者。《世说新语·任诞》记有他的如下二则故事："刘伶病酒，渴甚，从妇求酒。妇捐酒毁器，涕泣谏曰：'君饮太过，非摄生之道，必宜断之！'伶曰：'甚善。我不能自禁，唯当祝鬼神自誓断之耳。便可具酒肉。'妇曰：'敬闻命。'供酒肉于神前，请伶祝誓。伶跪而祝曰：'天生刘伶，以酒为名，一饮一斛，五斗解酲。妇人之言，慎不可听！'便引酒进肉，隗然已醉矣。"又："刘伶恒纵酒放达，或脱衣裸形在屋中。人见讥之，伶曰：'我以天地为栋宇，屋室为裈衣，诸君何为入我裈中！'"又《世说新语·文学》注引《名士传》云刘伶："肆意放荡，以宇宙为狭，常乘鹿车，携一壶酒，使人荷锸随之，云：'死便掘地以埋！'土木形骸，遨游一世。"能饮酒，能醉酒，这在六朝名士中十分普遍，但刘伶将此发挥到了登峰造极之境，从他所作《酒德颂》来看，酒无疑成为他生命中的欢乐颂。阮籍亦如是。此外如阮咸，《世说新语·任诞》云："阮仲容先幸姑家鲜卑婢，及居母丧，姑当远移，初云当留婢。既发，定将去。仲容借客驴，著重服，自追之，累骑而返，曰：'人种不可失！'"又云："诸阮皆能饮酒，仲容至宗人间共集，不复用常杯斟酌，以大瓮盛酒，围坐，相向大酌。时有群猪来饮，直接去上，便共饮之。"魏晋之间士人的放任狂诞行为是举不胜举的。总之，或裸裎醉饮，或傲世抗俗，或服食行散，或扪虱而谈，或好乐喜啸……种种率性而为、近乎荒诞的行为，体现了他们追求天然自放、不拘于俗的人格理想，其中自然不免有纵欲放浪的感官享受成分，但是这种放浪是出于高压政治之下的一种反抗形式，具有浓重的社会性色彩，故非后来贵游子弟空有其表而没有内涵的为放浪而放浪所能比拟。《世说新语·任诞》注引《竹林七贤论》云："是时竹林诸贤之风虽高，而礼教尚峻。迨元康中，遂至放荡越礼。"又《晋书·戴逵传》载戴逵在《放达为非道论》中说："放者似达，所以乱道。然竹林之为放，有疾而为颦者也；元康者为放，无德而折中者也。可无察乎?"又《世说新语·德行》注引王隐《晋书》言："魏末，阮籍嗜酒荒放，露头散发，裸袒箕踞。其后贵优游子弟阮瞻、王澄、谢鲲、胡毋辅之之徒，皆祖述于籍，谓得大道之本，故去巾帻，脱衣服，露丑恶，同禽兽，甚者名之为通，次者名之为达也。"亦充分地说明了这一点。

通过以上叙述，我们可以得知，以嵇、阮为代表的竹林玄学承正始玄学之续，但在很大程度上又突破了王弼、何晏融合儒道的思想模式，而极度标举自然与名教相对抗，就思想价值而言，他们更倾向于接受了庄子一派的人生哲学，对于西晋之后庄学的更进一步兴盛，以及礼法名教更加受到冲击，产生了直接而深刻的影响。竹林名士在生存方式与精神追求上企慕庄子之逍遥，使他们追求个性解放获取自由独立人格的意识更加强烈。嵇康与阮籍又都具有音乐家和诗人的气质，出入于哲学、音乐、诗赋之间，能融会贯通之，于正始之后社会政局激烈动荡的年代里，开创出足以与正始之音媲美的竹林之风，既为魏晋清谈别开生面，又使魏晋文学主体精神在他们那里呈现出一种新的姿态。因而，无论是从哲学史或文学史、美学史的角度来看，还是从当时所具之显著地位或以后所产生的深远影响来看，竹林风气都是一个非常有意义的精神文化现象。

如果要作一个简短性结语的话，或许可以说，通过上述几个方面的叙述与分析，我们所能得出的结论大致应该是：包括哲学、文学、美学、宗教等成分在内的整个魏晋文化是异常璀璨耀眼的，而由这些因素所汇合而成的魏晋文学主体精神亦同样是异彩纷呈的。文人们感应着时代与文化的发展剧变，捕捉那社会与思想裂变中所迸发出的精神之光，聚结在主体精神的镜面上作出了令人炫目的反射。无论是人物识鉴还是以气论文，无论是清谈玄思还是狂放任诞，无论是亲和山水还是田园隐逸，都不仅深深溉沾着哲学思想与文学艺术之精华，而且为人格、生命所哺育。反过来，又促进、深化着哲学、文学艺术的发展，并且对后世产生了源远流长的影响。如果说，传统文学主体精神有一个变化最为深刻、内涵最为丰富的时期，那么，这个时期就只能是魏晋南北朝时期。

（1996 年 10 月）

论玄学清谈与六朝审美风尚之新变

玄学是三国魏齐王曹芳正始①时期由何晏、王弼等人所创立的一种学说，它的出现是为了因应当时门阀士族统治所遇到的一系列政治、道德问题，而在思想上寻找一种理论依据。玄学的主要思想资源是庄老学说与《周易》学说，援老入孔，融合儒道，是其基本特点。玄学是继魏晋名理学之后产生的又一种主流思想潮流，在魏晋思想的流变中居于重要的位置，从宏观的历史视野来看，它的出现促进了当时思想文化的转型，因此成为中国思想发展史上的一个重要环节。从玄学的精神内涵、文化旨趣，其在社会上的传播情况，其对人们的生活方式、情感世界之影响，以及所衍生出的种种文化、心理方面的现象来看，在一定程度上而言，其确实又具有泛审美文化的特点，故而对当时及之后的华夏审美风尚和文艺思想产生了极其深远的影响。

作为魏晋时期的三大社会思潮之一，玄学的产生以及发展演变与当时的社会现实和政治环境有着密切的关系，它的意义不仅仅限于哲学领域，在其形成和发展演变的过程中，通过“清谈”这一中介，产生了非常丰富的文化现象，从而对魏晋时期的整个社会文化氛围、精神气候以及文学艺术和审美意识产生了多方面的深刻影响。所以，要考察魏晋审美主体精神和审美时尚的流变，必须对玄学文化现象进行研究，看它是如何通过“清谈”这一中介而影响了当时士人的精神世界和美学趣味，为六朝审美风尚增添了哪些新的色彩。

一、玄学流变及对美学思潮的影响

玄学兴起于正始时期，但是在当时并不称为“玄学”，而在更多的情况

---

① 正始为魏废帝曹芳之年号。曹芳系魏明帝之子，于魏明帝青龙三年立为齐王，于明帝景初三年(239 年)正月即帝位，时年仅七岁，次年改元正始，至正始十年四月改元嘉平，嘉平六年(254 年)九月被废，仍为齐王。从正始元年(240 年)至正始十年(249 年)正月，史称“正始时期”。

下被称为"玄远"之学或"三玄之学"，现存的三国两晋典籍中也没有发现"玄学"这样的称谓。"玄学"之称，是后来的人们对它的一种通称。玄学之"玄"，出之于《老子》第一章："无名天地之始，有名万物之母。故常无欲，以观其妙；常有欲，以观其徼。此二者同出而异名，同谓之玄，玄之又玄，众妙之门。"在这里，老子以"玄"来形容道之高深、幽远及神妙的特点。关于"玄"字，许慎《说文解字》的解释是："幽远也，黑而有赤色者为玄，象幽而入覆之也。"《周易·坤·文言》有"天玄而地黄"之言，系通过"玄"字来表示天的幽深邃远的特点。王弼《老子指略》云："玄，谓之深也。"即深远难测之意。王弼、何晏等人所开创的这种思想学说之所以被人们称为"玄学"，这是因为当时谈玄理的人士以《周易》、《老子》、《庄子》为思想库藏，而这三种典籍所包含的宇宙论、本体论方面的学说，确实具有"玄"的特点，在当时被称为"三玄"。如《颜氏家训·勉学》云："何晏、王弼，祖述玄宗，递相夸尚，景附草靡……洎于梁世，兹风复阐，《庄》、《老》、《易》，总谓之三玄。"在魏晋南北朝时期，将《周易》、《老子》、《庄子》称为"三玄"的现象十分普遍，于其时的典籍中随处可见。所以，以"玄学"一词来命名王、何等人的学说，应该说是颇为恰当的。

玄学的产生有其特定的社会历史背景和深刻的思想文化根源。汉末的社会大动乱引发了思想文化的裂变，西汉以来一直居于统治地位的儒家思想逐渐式微，道家思想开始流行，加之佛道二教的传播，形成了一种多元化的文化和思想格局，玄学就是在这种社会现实与思想文化的土壤上产生的。汤用彤在《魏晋玄学论稿》中论及玄学兴起之因缘时指出："夫历史变迁，常具继续性。文化学术虽异代不同，然其因革推移，悉由渐进。魏晋教化，导源东汉。王弼为玄宗之始，然其立义实取汉代儒学阴阳家之精神，并杂以校练名理之学说，探求汉学蕴摄之原理，扩清其虚妄，而折衷于老氏。于是汉代经学衰，而魏晋玄学起。"①

玄学所讨论的内容，看起来似乎是一些非常深奥玄妙而远离现实的问题，但实际上与时代现实息息相关。从政治学的角度来看，它的产生是为了适应曹魏政治形势的变化，以维护其统治这一现实需要为目的的。曹操、曹丕之后，曹魏政权日见衰落，"九品中正制"的实行，使得朝政被门阀士族所把持，朝纲涣散，享乐腐化成风，尤其是到了正始年间，曹爽擅权，朝

---

① 汤用彤：《汤用彤学术论文集》，中华书局1983年版，第214页。

中奢侈淫逸之风更加盛行，在曹魏政权日趋衰颓的同时，司马氏集团的权力却越来越强大起来，直接威胁到了曹氏政权的生存。在这种情况下，曹氏集团的一些思想家们便意欲通过倡导老子学说中的朴素自然思想而反对奢侈浪费，以及清静和无为而治的政治思想策略，以达到改善、巩固其统治之目的。所以，就实质而言，玄学的产生正好是曹魏政权衰弱的一种表现。从思想的角度来看，玄学的产生是为了填补汉代经学坠坏所造成的思想空缺，吸收先秦老庄思想和汉代黄老学说，调和儒道，以建构一种适合当时现实所需的思想体系。经学作为汉代的官学，在发展的过程中逐渐丧失了生命力，到了汉末已彻底坠坏，以崇尚老庄思想、强调自然之道为核心的天人新义作为一种社会思潮发展迅速，在这种情况下不对儒学加以改造，不融入新的时代内容，是无法改变其失去人心的现状的。所以，在此情况下正始年间以崇尚老子学说为主的何晏、王弼的贵无玄学便应运而生。何、王从现实需要出发改造老子思想，然后又据以解释孔子思想，从而又达到了改造儒学的效果，终极目的则是援引道家的宇宙本体论来论证儒家名教的合理性。所以，玄学实际上又是调和自然与名教的思想产物。

从文化、学风的角度来看，玄学的产生是汉末魏初的清议与清谈发展演变的必然结果。汉末魏初的清谈，内容偏重于人物品题以及与之相关的才性问题，从徐幹、刘邵等人对于人才价值的有关论述来看，以自然元气解释才性的形成，强调人的个性才性的价值，以及倡导无为政治与贵柔哲学，均已表明了意在通过吸收老子思想来为曹魏政权的用人政策服务之目的。而何、王二人的玄学清谈，则只是在内容上超越了人物品题、才性评价的认识范围，而援引老子的道论，进一步从本体论的角度，通过对宇宙本体、本质的探讨解释，为儒家的道德学说与名教思想加上一层本体论的色彩，使其继续发挥作用。所以，从汉末魏初人物识鉴到正始时期的玄学清谈，在文化与学风方面有其内在的发展演变规律。

魏晋玄学的发展经历了四个阶段。《世说新语·文学》"袁彦伯作《名士传》成"条刘注曰："（袁）宏以夏侯太初、何平叔、王辅嗣为正始名士，阮嗣宗、嵇叔夜、山巨源、向子期、刘伯伦、阮仲容、王濬冲为竹林名士，裴叔则、乐彦辅、王夷甫、庾子嵩、王安期、阮千里、卫叔宝、谢幼舆为中朝名士。"这里将玄学的发展划分为三个时期，即正始、竹林、中朝三个阶段。正始玄学亦称正始之音，为玄学的第一个阶段，代表人物为王弼、何晏，其特点是以老子学说为主，在哲学思想方面主张"以无为本"、"以有为末"以及"以无为体”、“以有为用”，由此而构成其“本无末有”的宇宙本体论。在政治思想方面崇尚老子的自然、无为而治之术，以为名教出于自然，因而提出治理天下应以自然无为为本，以名教为末。因此，人们一般将王弼、何晏一派的玄学观点称为“贵无派”玄学。以竹林名士嵇康和阮籍为代表的玄学为玄学发展的第二个阶段，他们的特点是与何、王二人同样崇尚老子的自然无为思想，并进而提出“越名教而任自然”的主张。同时，他们又都激赏庄子逍遥遁世的思想，在生活行为方面不拘礼法，狂放任诞，因而被称为“旷达派”玄学。元康时期以郭象为代表的独化论玄学为玄学发展的第三个阶段，郭象的“独化”论说是在向秀《庄子注》的基础上发展而来的，其特点是反对王弼、何晏等人的贵无说，而主张“有”为自生独化而来，无需以“无”作为本体，因而被称为“崇有派”玄学。在政治思想方面，郭象主张名教及自然，儒道为一家，逍遥无需遁世，宏内即游外，成为在传统思想史上影响极大的“内圣外王”说。其实，讲到玄学的发展还应该加上东晋时期，因为这一时期玄学的发展又出现了新的特点，主要体现在调和贵无与崇有两派的思想方面，如其时所出现的张湛的《列子注》就明显地有着这一特点，此为玄学发展的第四阶段。另外，其时还出现了佛、玄合流的现象，许多佛徒如道安、支遁、僧肇等纷纷以老庄玄学解释佛学，将佛学玄学化或曰老庄化，并且在认识论上表现出合有无为一的倾向。自此而后，从理论发展的角度来看，玄学便不再有什么新的思想创造变化了，但在社会中的影响依然很大，《宋书·雷次宗传》记载：“元嘉十五年，征次宗至京师，开馆于鸡笼山，聚徒教授，置生百余人。会稽朱膺之、颍川庾蔚之并以儒学，监总诸生。时国子学未立，上留心艺术，使丹阳何尚之立玄学，太子率更何承天立史学，司徒参军谢元立文学，凡四学并建。”又《宋书·何尚之传》云：“(元嘉)十三年，彭城王义康欲以司徒左长史刘斌为丹阳尹，上不许，乃以尚之为尹，立宅南郭外，置玄学，聚生徒。”这是“玄学”之称较早见于史书的记载。从这些记载，我们可以知道，“玄学”于南朝刘宋时期被立于学官，与儒、文、史并为“四学”，可见其作为一种思想学说，在当时影响之大。而且，它被立为学官，则更说明在当时甚至成了一门学科，与儒学、文学、史学并列。

玄学的中心话语为“本末”、“有无”，即天地万物存在的根本依据问题，属于宇宙本体论范畴。从思想内容来看，玄学实际上融合了先秦至汉魏儒道思想的精华，基本上是以老庄道论的观点来解释儒家经典，将道家的自然无为思想与儒家的纲常名教结合起来，即所谓以老解孔、援道入儒者是也。玄学作为继魏晋名理学之后兴起的一种新的主流社会思潮，是魏晋思想发展演变的必然结果。魏晋玄学的形成影响了一代社会思潮，其中便包括文学、美学思潮在内，因而对魏晋南北朝的文学、美学主体精神的发展起了巨大的推动作用。首先，玄学的产生动摇了汉代的以儒家伦理道德为思想基础的文学、美学价值观念，儒家诗教原则独占统治地位的局面被打破，先秦道家的美学思想进入了文学和美学的话语系统，开始发挥它的历史影响，使得文学不再是经学的附庸，而走上了相对独立发展的道路。文学创作与理论批评取得相对独立的地位，这在中国古代文学发展史上是一个历史性的转折、历史性的进步。其次，相对于汉代的"天人感应"神学体系而言，玄学的产生具有思想解放的意义，玄学清谈家们所探讨的一些涉及本体论、认识论以及人格价值方面的问题，其内在实质隐含着人性这一主题，因而促进了当时人性的进一步觉醒以及主体价值的确认。尤其是庄子学说价值的被发现，使得庄子人生哲学中不受世俗羁绊、追求精神绝对自由、超越现实存在、保持个人独特品格等内容，影响了一代文人的精神风貌，对其时的文学从主体精神到创作风格都留下了深刻的印记。从建安七子开始，思考人生的意义和表现社会现实成了魏晋文学的中心主题，使得文学不再单纯是"厚人伦，美教化"的政治伦理工具，而是走向个人精神领域的深处，吟唱人生命运之悲欢离合。其时的文学创作，从《古诗十九首》开始，到建安诗歌，经正始、太康诗歌，以及东晋玄言诗、山水诗，直到陶渊明的田园隐逸诗，无不充满对社会秩序重建和生命价值实现的渴望，以及对世道荒谬、人生无常、欢寡愁殷的苍凉感慨，体现于思想和风格两个方面。所以，无论昂扬、积极，还是消极、悲观、颓废；无论是建安风力，还是响逸调远的嵇、阮风格；无论是繁缛绮合的太康之风，还是玄风弥漫的东晋诗坛；无论是左思、鲍照的抗争，还是陶渊明的自挽，都是特定的时代精神之折射，而这种文学、美学精神的形成，应该说玄学清谈都从中起了程度不等的发酵作用。

玄学清谈不但为当时的思想领域注入了新的活力，而且促进了人们思维方式的变革与思辨水平的提高。许多思想家、文人，或者在陶醉与清谈之同时，或者受清谈所带来的文化氛围之影响，或者在清谈风气弥漫于整个社会公共文化空间从而形成一种诗意化的文化气氛之激发下，对诗文、音乐、绘画、书法亦格外赏爱，以此展露自己的才情，更有人潜心于诗心、文心及其他艺术规律的体察与探究，产生了如曹丕《典论·论文》、陆机《文赋》、挚虞《文章流别论》、刘勰《文心雕龙》、钟嵘《诗品》以及宗炳《画山水序》、谢赫《画品》等文论著作，提出了一系列极其重要的美学概念与范畴，其中的一些，如“气韵”、“风神”、“意象”等等，都是通过玄学这一津梁，直接间接地接受老庄美学思想的影响而引发出来的。所以，玄学清谈尽管向来有“误国”之恶谥，但是似乎还鲜有人说过它“误”了文学、美学。

二、玄学清谈与名士的“玄思”之美

魏晋玄学清谈，肇始于汉末士人的乡闾清议。而清议之风的形成又是由东汉士人之“浮华交会”之风演变而来的。陈寅恪先生在分析汉末士人之特点时指出东汉中后期的士大夫：“其出身则大抵为地方豪族，或间以小族。然绝大多数则为儒家之信徒也。职是之故，其为学也，则从师受经，或游学京师，受业于太学之博士。其为人也，则以孝友礼法见称于宗族乡里。然后州郡牧守京师公卿加以征辟，终致通显。”①这是由于东汉选士比较注重社会舆论，当时国家取士制度，采取察举和征辟两种方法。所谓“察举”，系指由朝廷下诏，规定朝廷所需要的人才的类型，如“贤良中正”、“直言极谏”、“武猛堪将帅”等类，地方官员则在所辖区域内搜集这些人才，推荐到朝廷；所谓“征辟”，则是指直接从“布衣”或一些地位卑微的地方官吏或曾经做过高官的人中挑选人才，授予高位，以及各级官府选拔人才担任僚属。伴随着察举制和征辟制，产生了乡闾清议的风气，亦即品评人物之风。

到东汉末年，清议的性质产生了一定的变化，其不再局限于为朝廷取士品评人物，而且在品评人物时连带地批评朝廷政治的腐败，这自然与当时选举制度之腐败相关。汉末的宦官专权与党争愈演愈烈，清流与浊流及名士与宦官之间的斗争也相当激烈，一些著名的清议人士，如陈蕃、李膺、郭泰等在社会上影响很大，他们高自标持，独特风裁，以名教是非为己任，所以使其时的清议甚至发展为席卷许多太学生参加的群众性运动，《后汉书·党锢传》中对此有所记载：“桓、灵之世，主政荒谬，国命委于阉寺，士子羞与为伍，故匹夫抗愤，处士横议，遂乃激扬名声，互相题拂，品核公卿，裁量执政，幸直之风，于斯行矣。”汉魏之际，清议又有变化，就是与当时曹操唯才是举的用人措施结合在一起了，成为一种探知人的精神才性和识鉴人

---

① 陈寅恪：《书〈世说新语〉文学类钟会撰〈四本论〉始毕条后》，见《金明馆丛稿初编》，上海古籍出版社 1980 年版，第 43 页。

才的方式，刘邵的《人物志》就是当时以人才识鉴、才性辨析为主要内容的人物清谈的理论概括与升华。在魏初的人物清谈中，已对老庄道论与王充的自然之道哲学大量吸收，所以其便成为东汉清议与魏正始以来玄学清谈的一个过渡。对此唐长孺曾在《清谈与清议》中有说明：

> 东汉以征辟察举之制选拔统治者所需要的人才，而乡间清议乃是征辟察举的根据；于是人物批评为当时政治上极为重要的事情……其标准则是依据儒家所宣扬的道德来衡量。东汉末年，现实政治的腐败，特别是黄巾起义促使统治阶级中一部分较为敏感的士大夫开始感觉依据这个标准所选拔出来的人才不能符合统治阶级的要求，于是在怎样确立选举标准这个问题上加以考虑。玄学是从这一点出发的，清谈从清议的互称转变为玄谈就是玄学形成的过程。①

魏正始年间，玄学兴起，社会上玄风炽盛，由此而引起了士人谈风的变化，清谈的内容不再限于人物识鉴与才性之辨，而延伸到探究天人之际的玄学义理，即主要是谈“玄”，所以这时的清谈又称玄谈，即使是争辩才性和品鉴人物，也是已经与玄学合流了，如“四本才性”讨论中的才性统一论者，他们便从才性统一的立论发展为对体用范畴的阐述，实际上已经触及了有无、本末这些玄学清谈的核心话语。正始时期参与玄学清谈的名士们是一批活跃在当时思想舞台上的新知识分子，他们的领袖人物是夏侯玄、何晏和王弼三人。这些玄学清谈家，大多为出身于名门大族的名士，他们超脱世俗，崇尚清谈，谈锋甚健，互相见面聚会必定要剖玄析虚，争辩玄理，所谓“四本才性，声无哀乐，皆言家口实，如客至之有设也”②，此之谓也。凡是崇尚清谈的玄学家，大都是出身于名门大族的“名士”。东晋袁宏在《名士传》中将魏晋玄学清谈名士划分为正始名士、竹林名士和中朝名士，这实际上也代表着玄学发展的不同阶段。

名士的玄学清谈，一改汉儒那种裂章断句、繁琐考证的呆板读经方式，而淫浸于形而上的抽象思辨之中，由此而开一代以清谈为乐、以玄思为美的风气。《世说新语·文学》篇记：“何晏为吏部尚书，有位望，时谈客盈坐。

① 唐长孺：《魏晋南北朝史论丛》，三联书店 1955 年版，第 290 页。
② 《南齐书·王僧虔传》。

王弼未弱冠，往见之。晏闻弼名，因条向者胜理，语弼曰：'此理仆以为极，可得复难不？'弼便作难，一坐人便以为屈。于是弼自为客主数番，皆一坐所不及。"又："傅嘏善言虚胜，荀粲谈尚玄远，每至共语，有争而不相喻。裴冀州释二家之义，通彼我之怀，常使两情皆得，彼此俱畅。"这些人的生活，恰如当时人所言："以洪笔为锄耒，以纸札为良田，以玄默为稼穑，以义理为丰年，以谈论为英华，以忠恕为珍宝，著文章为锦绣，蕴五经为缯帛，坐谦虚为席荐，张义让为帷幕，行仁义为室宇，修道德为广宅。"①大家以玄会友，互相争辩，在平等的关系中共同探讨，成为那时思想文化领域里的一道特殊风景。

玄学清谈的方式一般为"主""客"问难式，即先由主家谈论内容以及个人见解，称为"竖义"或"立义"，然后由一客或数客问难，叫做"咨疑"或"作难"。对于客家即反方提出的问题和看法，主家要予以答辩，如此而经过多次往复对答，便可以将问题搞清楚，此所谓"送一难"而"通一义"者也。如果双方争执不下，便可各自保留己见，而由第三者出面综合二家之见加以分析评议，务使"两情皆得，彼此俱畅"。清谈的主持者必定手持麈尾，既以显示身份，亦可助谈锋。这种麈尾，形如树叶，靠柄处较平直，既不同于羽扇，又不同于拂尘，总之是一种特殊的道具。东晋大名士王导作有《麈尾》云："道无常贵，所适惟理。谁谓质卑，御于君子。拂秽清暑，虚心以俟。"就是说，它本来是当拂尘、扇子用的，可以"拂秽清暑"。但是，其到了清谈名士的手中，情形就不一样了，而且在玄谈时只有善于清言的领袖人物式的名士才有资格拥有它。这一点从"麈尾"的命名也可以看出。"麈尾"所带之长毫，取之于麈的尾毛，而麈是一种大鹿，鹿群奔跑时，麈尾的摇动可以指挥鹿群的行向，"麈尾"之取义正在于此。六朝时期有一些描写麈尾的篇什，如许询在《白麈尾铭》说麈尾"君子运之，探玄理微"；徐陵则在《麈尾铭》中说麈尾"拂静尘暑，引饰妙词。谁云质贱，左右宜之"。清谈者手执麈尾，便可以领袖群伦，发号施令。所以，在当时的清谈中，一旦有谁执麈尾，即立刻身价倍增，成为清谈的实际组织、主持和指挥者。《世说新语·容止》篇记："王夷甫容貌整丽，妙于谈玄，恒捉白玉柄麈尾，与手都无分别。"又《世说新语·文学》篇记："客问乐令'旨不至'者，乐亦不复剖析文句，直以麈尾柄确几曰：'至不？'客曰：'至！'乐因又举麈尾曰：'若至者，那得去？'于

① 《世说新语·赏誉》。

是客乃悟服。”因此，后世又称清谈为“麈谈”。

这种执麈尾清谈的风气一旦形成，便蔓延于世，并一直持续到南朝梁代。名士们身居士族，毫无衣食之虞，他们以《老子》、《庄子》、《周易》这三种在当时被称为“三玄”的著作为思想资源，通过清谈辩论来评论和发挥其中所包含的深刻义理，并将其运用于诸如才性之辨、有无本末、言意之辨、声无哀乐等著名命题的讨论之中，在一种自由宽松的气氛中谈论玄道，剖析妙理。为了能在清谈中取胜而一鸣惊人，名士们非常乐于在学问上下工夫，以至研读《老子》、《庄子》成为他们的生活需要之一，所谓“三日不读《道德经》，便觉舌本间强”①，故人人勤学敏求，个个多善辞令。对于这些谈玄的名士来说，研说玄理不是枯燥的哲学思辨，而是一种能带来审美愉悦的文化娱乐活动，耽于玄思，领悟玄妙之理，成了他们最大的精神享受，以至往往因清谈而达到废寝忘食的地步，更有甚者因此而累病谈死。如《世说新语·文学》篇记：“孙安国往殷中军许共论，往反精苦，客主无闲，左右进食，冷而复暖者数四。彼我奋掷麈尾，悉落满餐饭中。宾主遂至暮忘食。”又《世说新语·言语》篇记：“诸名士共至洛水戏。还，乐令问王夷甫曰：‘今日戏，乐乎？’王曰：‘裴仆射善谈玄理，混混有雅致；张茂先论《史》、《汉》，靡靡可听；我与王安丰说延陵、子房，亦超超玄著。’”据《晋书·乐广传》记载，卫玠因在清谈中不能理解乐广所说的“因也”二字是何道理，便大病了一个多月。又据《世说新语·文学》篇的记载，还是这个卫玠，虽然体弱却极有谈癖，他母亲担心他累病谈死，便不准他参加清言谈论，但是终不能禁，后来在与谢鲲的一次通宵达旦的清谈中，终于因疲劳发病而亡。对于这些玉柄麈尾之流精于玄思，善言妙理，溺于清谈，乐此而不疲的场景，《世说新语·文学》篇中有不少绘声绘色的描述，这里摘录几条，以见其情形：

> 裴散骑娶王太尉女，婚后三日，诸婿大会。当时名士，王、裴子弟悉集。郭子玄在坐，挑与裴谈。子玄才甚丰赡，始数交未快。郭陈张甚盛，裴徐理前语，理致甚微，四坐咨嗟称快，王亦以为奇，谓诸人曰：“君辈勿为尔，将受困寡人女婿。”

> 谢镇西少时闻殷浩能清言，故往造之。殷未过，有所通，为谢标榜

① 《世说新语·文学》。

诸义，作数百语。既有佳致，兼辞条丰蔚，甚足以动心骇听。谢注神倾意，不觉流汗交面。殷徐语左右："取手巾与谢郎拭面。"

支道林、许掾诸人共在会稽王斋头。支为法师，许为都讲。支通一义，四坐莫不厌心；许送一难，众人莫不抃舞。但共嗟咏二家之美，不辨其理之所在。

殷中军、孙安国、王、谢能言诸贤，悉在会稽王许。殷与孙共论《易》象，妙于见形。孙语道合，意气干云，一坐咸不安孙理，而辞不能屈。会稽王慨然叹曰："使真长来，故应有以制彼。"即迎真长，孙意己不如。真长既至，先令孙自叙本理。孙粗说己语，亦觉殊不及向。刘便作二百许语，辞难简切，孙理遂屈。一坐同时拊掌而笑，称美良久。

敏捷的才思，深微的论证，简洁优美的辞藻，出新意于已怀，拔妙理于他人之上，这一切使得玄理清谈成为士族知识分子寻求精神享受的工具以及争比才智高低的场所。实际上，玄学清谈已与名士们的生命意象和价值理想紧密地联系起来了。清谈家们通过哲理论辩和语言表达来发现、展示和欣赏他们所推崇的玄思之美，对他们来说，玄理、玄思、玄言是一种能够给人带来充分审美愉悦的智慧游戏。玄思清言之风不但在士族官僚中蔓延，甚至连皇帝们也纷纷加入了清谈大军的行列，以至从正始年间到东晋，此风愈演愈烈，并且其绪余一直延宕至南朝，从而成为魏晋南北朝时期的生活审美风尚之一。在此风尚的影响下，所谓"思致"、"思理"、"理致"、"清言"等成了评论人物之美的惯常用语，此在《三国志》、《世说新语》等书中多有记载，不胜枚举。

在玄学清谈之风的煽动下，一时善玄思、识妙理、能清言之辈繁若众星，如何晏少有异才，善谈《易》、《老》，能清言，当时权势达贵、天下谈士，多宗尚之。王弼则更堪称神童，年仅十来岁，便通老子道学，通辩能言，连已经名满天下而位居吏部尚书的何晏见了也不得不赞叹曰："后生可畏。若斯人者，可与言天人之际矣！"①此外如钟会、嵇康、阮籍、阮侃（嵇康好友）、卫瓘等俱为谈论微言的高手。至于前面提到的卫玠更是善言《老》、《易》，

① 《三国志·钟会传》注引何邵《王弼传》。

可"达旦微言"[1];谢玄亦因"能清言"[2],遂与支道林结为好友;殷浩善《老》、《易》,能清言,"清言妙辩玄致,当时名流,皆为其美誉"[3],等等,不一而足。总之,这是一个重玄理、玄思、玄言的时代,这种具有审美性质的时代风尚的形成是由汉末魏初兴起的才性之辨、人物品鉴逐步演变发展而来的,反过来又对才性之辨、人物品鉴性质的转变产生了极大的影响。作为一种被普遍推崇的社会风尚,以玄思为美是六朝士林独有的精神现象,其对六朝知识分子的人生理想乃至六朝文学艺术中的本体论审美观,尤其是玄言诗、山水诗的兴起,产生了不可低估的作用。

与此相连,当时的名士非常注意在气质方面体现"玄味"。一个人的气质实际上由个性、情感、才藻构成,而魏晋名士所推崇的这种重"玄味"的气质,又与他们所认同的玄学人生态度密切相关。《世说新语·轻诋》篇记:"孙长乐作王长史诔云:'余与夫子交非势利,心犹澄水,同此玄味。"何为玄味?我们可以从孙绰与晋简文帝司马昱的一次对谈中有所知会:"抚军问孙兴公:'刘真长何如?'曰:'清蔚简令。''王仲祖何如?'曰:'温润恬和。''桓温何如?'曰:'高爽迈出。''谢仁祖何如?'曰:'清易令达。''阮思旷何如?'曰:'弘润通长。''袁羊何如?'曰:'洮洮清便。''殷洪远何如?'曰:'远有致思。''卿自谓何如?'曰:'下官才能所经,悉不如诸贤;至于斟酌时宜,笼罩当世,亦多所不及。然以不才,时复托怀玄胜,远咏《老》、《庄》,萧条高寄,不与时务经怀,自谓此心无所与让也。"[4]毫无疑问,这种"玄味"深深地渗透到了魏晋文人的主体精神之中,并在他们创作的各种形式的文本中得到了淋漓尽致的体现。

三、玄言诗所代表的晋人"体玄"的审美意向

首先,有必要指出,所谓"玄言诗"这一概念虽然有其特指的对象,但是在实际的文本认定中,往往出现界限不能准确掌握的情况,人们有时难免会模糊玄言诗、游仙诗、山水诗文本性质的确认。这是因为它们都程度不等地受到了玄学思潮的影响,是在玄学清谈这一共同的精神文化气候下所出现的精神产物,而且虽然代表着魏晋南北朝诗歌的几个不同形态和阶

---

① 《世说新语·文学》。
② 《世说新语·言语》。
③ 《世说新语·赏誉》注引徐广《晋记》。
④ 《世说新语·品藻》。

段，但总是处于一个发展链条之中。事实上，六朝山水诗始终舍不得割弃自己的那条所谓“玄学”的尾巴，总有一种“玄味”作为审美意蕴而存在于文本之中，而玄言诗、游仙诗在表现“玄”意的文本结构之中，也不乏山水形象频频出现，但是它们三者对于山水本体与表现主体之间的关系认同和价值意向的追求有较大差异，对于山水形象的解读方式和描绘刻画手段更是各个不同。这也就是说，山水诗、玄言诗、游仙诗之间，对“玄”境的体验，对山水形象的艺术刻画，均存在着美学化程度深浅的差异。同时，此即说明，这三者作为诗歌类型从理论分类上讲是平行的，相互之间在内容与艺术效果方面存在着明显的区别，但相互渗透的现象又是实实在在地存在着的。所以，当我们对玄言诗进行美学方面的分析评说时，应该注意文本确认，将所讨论的对象确定在典型的玄言诗范围内，而不要将凡含有一定的“仙心”、“玄味”的诗统统目为玄言诗，这样可以避免许多无谓的争长论短。

玄言诗是在玄学清谈影响下出现并流行于两晋时期的一种诗歌类型，尤以东晋为盛。这种诗歌专以阐述玄学义理为务，一般来说，缺乏兴会，诗语枯燥，钟嵘评其曰“理过其辞，淡乎寡味”、“平典似《道德论》”①，应该说是准确的。所以，将玄言诗称作哲学诗可能更合适一些，说它是玄学义理的文学形式改写也未尝不可。玄言诗在文学史上的评价向来不高，但是作为一种诗歌创作潮流，它的产生有其社会现实和思想方面的深刻原因，也就是说它是特定的社会精神文化气候的产物，它的写作，无疑适应了一些名士的精神需要，即表述、排遣内心的种种玄思情绪及其玄意所得，因此无不体现了晋代文人在主体精神方面所具有的一种所谓“体玄”的审美意向。所以，在考察玄学清谈对当时审美风尚嬗变之影响时，不得不对玄言诗予以特别的关注。

玄言诗形成于魏正始至西晋永嘉时期，风靡于东晋诗坛达百年之久，对其时的诗人产生了普遍的影响。东汉中叶以来，由于宦官专权，政治黑暗，隐居放逸之风在士大夫中间开始流行，产生了一批信奉老庄哲学而追求玄远的人士，如郭泰、符融、仲长统等。这种风气除了对当时的哲学思想产生影响，使其由经学、象数之学逐渐向思辨性质的宇宙本体论方向发展而外，对文学创作也产生了直接的影响。如果说其时的文学在受玄风熏染之下尚能保持自己的美学特质而不与之完全趋同的话，那么玄言诗大约正

① 《诗品·序》。

是由于过于趋同于玄学而在很大程度上失去了文学的“自性”，以至使其应有的“诗心”、“文心”及以丰富的人生情感为主要内容的美学意蕴不幸被“仙心”、“玄理”所置换了。玄言诗是魏晋玄学直接影响文学创作的产物，刘勰云“及正始明道，诗杂仙心，何晏之徒，率多浮浅”①，准确地指出了魏正始时期，由于庄老思想流行，诗歌创作受时风的影响亦祖尚玄虚，诗人们每每喜欢在篇什中表现庄老思想，以此为专务，是为“诗杂仙心”，而“浮浅”云者，则指玄言诗大多袭用老庄的词语而敷衍成篇。

东汉时期，由于隐逸风尚流行和士大夫精神世界的变化，在文学作品中谈玄论道的现象就出现了，如崔瑗《座右铭》、高彪《清诫》、边绍《老子铭》、张衡《思玄赋》等，宣扬老子哲学，表现崇尚嘉遁、追求放逸的思想志趣，而仲长统的《见志诗》二首所表现的超越现实、高蹈隐遁思想，则分明受到庄老学说和神仙道教思想的影响诱惑，成为较早在诗文中谈玄论道或表现“仙心”的作家。到了建安时期，当时诗歌创作的主流是描写社会动荡，表现建功立业的主体渴望，造怀指事，情兼雅怨，体备文质，但是谈玄论道和表现“仙心”的作品亦不在少数，尤其是其时的游仙诗，“仙心”、玄味兼而有之，而且是很浓重的。

追求玄味达到登峰造极的地步，就发展成为玄言诗。从文化全息理论的角度来看，正始玄学产生之后，玄言诗的出现恐怕即是无可避免的事情了。到了东晋建武时，玄言诗开始兴盛，出现了玄言诗人群体，较为著名者有庾阐、孙绰、许询、王羲之、温峤、孙统等。檀道鸾《续晋阳秋》：

> 正始中，王弼、何晏好老庄玄胜之谈，而世遂贵焉。至过江佛理尤盛，故郭璞五言，始会合道家之言而韵之。(许)询及太原孙绰转而相祖尚，又加以三世之辞，而诗骚之体尽矣。询、绰并为一时文宗，自此学者悉体之。至义熙中，谢混始改。

沈约《宋书·谢灵运传论》：

> 有晋中兴，玄风独盛，为学穷于柱下，博物只乎七篇。驰骋文辞，义殚乎此。自建武暨乎义熙，历载将百，虽缀响联辞，波属云委，莫不

① 《文心雕龙·明诗》。

寄言上德，托义玄珠，遒丽之辞，无闻焉耳。仲文始革孙、许之风，叔源大变太元之气。

这是主要讲玄言诗的发展过程。刘勰在《文心雕龙·时序》篇中则对玄言诗出现的社会原因加以分析：

自中朝贵玄，江左称盛，因谈余气，流成文体，是以世极迍邅，而辞意夷泰；诗必柱下之旨归，赋乃漆园之义疏。

钟嵘在《诗品·序》中对玄言诗所作的评价是：

永嘉时，贵黄老，稍尚虚谈。于时篇什，理过其辞，淡乎寡味。爰及江表，微波尚传。孙绰、许询、桓、庾诸公诗，皆平典似《道德论》，建安风力尽矣。

看起来对玄言诗的评价都不高。由于玄言诗大多都失佚，留下来的作品不是很多，所以我们也就不能完全知道它到底糟糕到何种地步。这里权且通过东晋玄言诗人的代表孙绰的一首《赠谢安诗》来感受一下："缅哉冥古，邈矣上皇。夷明太素，结纽灵素。不有其一，二理曷彰。幽源散流，玄风吐芳。芳扇则歇，流引则远。朴以雕残，实由英翦。捷径交轸，荒途莫践。超哉冲悟，乘云独反……"虽然不乏名理奇藻，但委实"平典"得可以。不过，就流传下来的一些玄言诗来看，尽管是围绕着玄理做文章，但又能与人生理趣结合起来而抒陈之，所以并非毫无美学欣赏价值。如西晋玄言诗人最早的代表者之一王济的《平吴后三月三日华林园》诗："仁以山悦，水以智欢。清池流爵，秘乐通玄……物以时序，情以化迁。"虽然属应制之作，不无谀辞，但亦不乏玄趣。而孙绰的《秋日》诗则更胜一筹：

萧瑟仲秋日，飙戾风云高。
山居感时变，远客兴长谣。
疏林积凉风，虚岫结凝霄。
湛露洒庭林，密叶辞荣条。
抚菌悲先落，攀松羡后凋。

垂纶在林野，交情远市朝。

澹然古怀心，濠上岂伊遥。

如果不抱成见的话，这诗可不是“理过其辞，淡乎寡味”。诗的前半写秋日山中自然景色的变化，天高云淡，万木凋零，一派萧瑟气象。后半写隐逸山林的逍遥情趣，表现出一种超脱时务的人生态度。全诗借山水灵气领略玄理，以山水形象作为表现玄理的媒介，追求与主体与玄理相冥合的精神境界，颇耐人寻味。孙绰曾自评其诗是“托怀玄胜，远咏老庄，萧条高寄，不与时务经怀”①，该首诗正体现了这一特点。又如女诗人谢道韫的《泰山吟》：

峨峨东岳高，秀极冲青天。

岩中间虚宇，寂寞幽以玄。

非工复非匠，云构发自然。

气象尔何物，遂令我屡迁。

逝将宅斯宇，可以尽天年。

看起来似为登泰山之作，但实际上谢道韫从未到过泰山，因而如同孙绰的《游天台山赋》一样，均乃卧游畅想之作。诗中表现出明显的好道非儒倾向，通过赞美泰山而抒发人生理趣，而这种理趣又是以追求玄、远为精神内涵的。诗的前六句赞美泰山，但是并非是从儒家观念出发礼赞东岳的神圣威严，而是以道家观念赞叹泰山为自然造化的杰作。因为泰山这座天工神斧的自然大厦十分符合诗人自己的经过庄老思想滋养的审美理想，所以她深为感慨，恍然彻悟，对天发问，并决心隐居于此，以为归宿。这时，泰山作为理想的林下佳境，与作者的心灵完全融合为一了，诗的后四句正表达了作者的这一对于人生根本途径和归宿的哲理思考。本篇虽是一首玄言诗，但并非“平典似《道德论》”，而是以理观情，以情造境，理以情出，情归于理，处处从道家审美理想的角度来观照意想中的泰山的自然之美，诗中对于泰山自然形象的美学形态的具体刻画较少，与后来的山水诗无法相比，但主体的玄理意趣表现得却异常充分，正是一种审美形态化了的“玄趣”。当时

① 见《世说新语·品藻》。

有人评谢道韫“神情散朗”、“有林下风气”①,良有以矣。

总之,玄言诗为我们体味在清谈风气影响下,士人中出现的追求“玄思”之美的风尚,提供了十分典型的文本。我们不应该因为玄言诗在后世的名声不佳而完全否定之。而且,作为一个时代的精神产品,玄言诗体现了当时的文人长于言理的特点。从孙绰、许询的诗作以及王羲之等人在兰亭雅集时的那些酬唱之作来看,无论是搜览意象还是抒发幽怀,都是以“玄胜”为旨归,体现了他们心中时时存在的一种求玄的精神冲动。大多数都能做到理趣深长,精神深沉悠远,清归外标,朗鉴内映。在风格上则是简隽清远,意旨超拔。难道这一切不是晋人在精神追求上注重“体玄”的表现吗?它没有说明六朝审美风尚和文学主体精神发展过程中所出现的一种审美旨趣吗?

四、“清”、“远”的审美品格

玄学清谈还促进了中国美学中“清”、“远”两个审美范畴的形成,而“清”、“远”所代表的美学精神又是六朝人的审美意识的主要特征之一,所以它们也是我们考察玄学清谈对当时审美风尚影响的一个重要方面。

“清”为清爽美好、雅洁不俗之义,常常用来赞美一个人的个性气质之美,或文艺作品风格、意境之独特,在魏晋时期,其差不多是“美”的同义词。“清”之概念,最早见于《老子》三十九章:“天得一以清,地得一以宁。”“清”的对立面是“浊”,分别指“气”之两种状态,而以“气”论人的精神个性时,则分别代表两种不同的内在气质特点。言“清”或“浊”,往往带有道德评价的意义,如魏晋时期的袁准在《才性》中所云:“凡万物生于之间,有美有恶,物何美?清气之所生也;物何故恶,浊气之所施也。”但也不尽其然,如曹丕在《典论·论文》中所言“气之清浊有体”,“清”指秀逸豪迈的阳刚之气,“浊”指沉郁凝重的阴柔之气,应该说其中并没有明显的道德评价意味。“清”作为美学范畴在艺术评论中出现得较早,如《淮南子·氾论训》即有“清则燋而不讴”、“浊则郁而无转”的论乐之言,在此“清”指憔悴之音,“浊”指沉郁之声。

东汉以来,流行以清浊来品评人物高下,其中“清”的概念主要用来评价人的神资、神气、神韵之美,是对人的神态之美的一种赞美。如王充云:

① 见《晋书·谢道韫传》。

"孟子相人以眸子焉，心清而眸子瞭，心浊而眸子眊。"①又云："贵贱贫富，命也；操行清浊，性也。"②到了魏晋，此风益盛，《世说新语》对此多有记载，如《赏誉》篇："王公目太尉，岩岩清峙，壁立千仞。"又："武元夏目裴(楷)王(戎)曰：'戎尚约，楷清通。'"又："世目谢尚为令达。阮遥集云：'清畅似达。'"《容止》篇："嵇康身长七尺八寸，风姿特秀。见者叹曰：'萧萧肃肃，爽朗清举。'"《世说新语》中以"清"品评人物，含义不尽相同，主要有高雅、高洁、清新、清洁、清悠、清廉等意思。如《忿狷》篇："子敬实自清立，但人为尔，多矜咳，殊足损其自然。"这里的"清立"为处世清高、立身高洁的意思。又《德行》篇："李元礼尝叹荀淑、钟皓曰：'荀君清识难尚，钟君至德可师。'"又《赏誉》篇注引《晋后略》："(刘)漠，少以清识为名，与王夷甫友善，并好以人伦为意，故世人许以才智之名。"这里的"清识"为卓识远见之意。又《赏誉》篇："司马太傅为二王目曰：'孝伯亭亭直上，阿大罗罗清疏。'"这里的"清疏"为清高放诞、不拘礼法之意。又《品藻》篇："抚军问孙兴公：'刘真长何如？'曰：'清蔚简令。'……'谢仁祖何如？'曰：'清易令达。'……'袁羊何如？'曰：'洮洮清便。'"这里的"清蔚"为清高而富有才思之意，"清易"为清高简易之意，"清便"为善清谈、有口才之意。又《赏誉》篇："王戎目阮文业：'清伦有鉴识，汉元以来未有此人。'"这里的"清伦"为高雅之意。又《品藻》篇："卞望之云郗公：'体中有三反：方于事上，好下佞己，一反。治身清贞，大修计较，二反。自好读书，憎人学问，三反。'"又《栖逸》篇："李廞是茂曾第五子，清贞有远操……"这里的"清贞"为廉洁正派之意。在当时的文艺批评中，运用"清"范畴来评论作家、作品也很普遍，曹丕的"文气"说以"清浊"评人评文自不待说，陆机《文赋》中的"箴顿挫而清壮"之言，便以"清"作为箴这种文体的标志性风格。刘勰在《文心雕龙》中更是大量使用"清"这一概念，有"清典"、"清要"、"清畅"、"清省"等等，均是评价作家、作品用语。钟嵘《诗品》亦然，有"清润"、"清拔"、"清雅"等。甚至在当时的文论家那里，辨析清浊成为风格批评的一个主要着眼点，如钟嵘即云："辨彰清浊，掎摭利病。"③萧纲云："辨兹清浊，使如泾渭；论兹月旦，类彼汝南。"④

总之，无论是用来品评、赞美人物的气质、个性、才情之美，还是用来指

① 《论衡·本性》。
② 《论衡·骨相》。
③ 《诗品·序》。
④ 《与湘东王书》，见《梁书》卷四十九《文学·庾肩吾传》，中华书局排印本。

陈艺术作品所独具的一种风格、意境之美，“清”在六朝时期确实是一个使用频率很高的概念，并且衍生出了大量的以“清”为词根的词汇，如清立、清高、清识、清疏、清便、清贞、清和、清伦、清淳、清心玉润、清远、清通、清朗、清士、清才、清真、清婉、清蔚、清贵、清畅、清易、清鉴、清令、清悟、清恬、清韶、清正、清虚、清约、清彻、清鲜、清洁、清夷、清惠、清静、清操、清历、清闲、清粹、清炤，另外还有清言、清论、清歌、清称、清流、清选、清析、清职、清誉，等等。

“远”也是六朝时期产生的一个重要的审美范畴，广泛地运用于人物品评和绘画批评中，代表了当时社会审美风尚的一种趣向。“远”的审美意识的形成，与玄学有密切的关系。“远”与“玄”同义，“玄学”又称“玄远”之学，在一定程度上，“远”即是玄学所追求的境界。

《世说新语》中出现了大量与“远”有关的词汇，如“玄远”、“清远”、“通远”、“旷远”、“平远”、“深远”、“弘远”、“远志”、“远意”、“远致”等等，都是在以“远”品藻人物时使用。如《德行》篇：“晋文王称阮嗣宗至慎，每与之言，言皆玄远，未尝臧否人物。”“王戎云：太保居在正始中，不在能言之流，及与之言，理中清远，将无以德掩其言。”“安弘粹通远，温雅融畅。”又《言语》篇：“会稽贺生，体识清远，言行以礼，不徒东南之美，实为海内之秀。”“祖东海太守承，清淡平远。”又《文学》篇：“傅嘏善言虚胜，荀粲谈尚玄远。”又《雅量》篇：“桓惮其旷远，乃趣解兵。”又《赏誉》篇：“见山巨源，如登山临下，幽然深远。”又《赏誉》篇：“康子绍，清远雅正。”又《规箴》篇：“王夷甫雅尚玄远，常嫉其妇贪浊，口未尝言钱字。”又《贤媛》篇：“雅素恢达，度量弘远，心存事外，而与时俯仰。”由此可见，作为一个审美范畴，“远”在当时士人的心目中代表着高尚的人格品性和理想的人生境界，其特点是清雅洒脱、自由放达。形成“远”的心理条件不外空、静、素、清、闲、简、旷、达、散、淡等等，对此当时人亦有所认识，如“蹈德冲素，思必清远”①。艺术创作追求“远”的审美情趣，在当时亦广泛地体现于山水诗、山水画中，通过山水形象及其内在生气的艺术表现，可以使人产生超越世俗凡尘，向往那种平淡、冲融、缥缈的“远”境，这在本质上合于沉浸在玄风中的士人的精神追求，所以在当时艺术创作和品评中出现重“远”的审美倾向，便是玄学清谈风气的合乎逻辑的延伸了。

---

① 《晋书·羊祜传》。

作为审美意识，“清”与“远”堪称比邻，在哲学基础上它们具有共同的玄学生命意识内涵，所以经常连接在一起使用，产生了“清远”这一审美范畴，指一种清幽淡远、虚旷放达的境界，既可以用于人物品藻，也可以用于诗文评，成为风格术语。用之于人物品评，如《晋书·王道传》：“道少有风鉴，识量清远。”又如《世说新语·言语》：“会稽贺生，体识清远。”又如《世说新语·赏誉》：“康子绍，清远雅正。”大凡能超凡脱俗、游心方外者，即可称“清远”，而能“清远”者，则必为名士，故“清远”实含玄学之义。用之于诗文评，如钟嵘《诗品》：“嵇康诗托清远，良有鉴裁。”无非是指嵇康诗如其人，以至“清远”成为他的诗歌风格的一个重要标识。概而言之，中国传统审美概念，大都体现出体用合一的特色，“清远”范畴亦不例外，“清远”意境之获得由心境之淡远和物境之清幽而来，因而在倡导此种风格的同时，实际上也对审美主体的人格提出了一种规定，此种规定即为不囿于世俗庸凡，游心于淡泊之所。

五、言意之辨的美学新义

在玄学的发展过程中，言意之辨始终是一个重要的问题，之所以如此，是因为这一问题关系到玄学自身认识论方法的建构。任何一种新的思想学说的形成与发展，往往首先从解决认识方法起步，这是思想发展史上的一般性规律。具体到魏晋玄学而言，玄学家们既要创建适合当时所需要的新思想体系，然而又不能彻底脱离作为思想总源头和最高价值标准的儒家经典而另起炉灶，也就是说还是只能通过注经的方式来发挥自己的见解，以求得思想的革新。在这种情况下，找到一种能充分满足他们自己所要表述思想的注经方法，就成为当务之急，而言意之辨作为一个问题正是在这一背景下被提出来的。言意之辨与魏晋玄学所探讨的本末问题有着密切的联系，所谓“言意”之“意”，就是关乎本体的义理，而讨论言意关系的主题就是要解决如何认识、如何观照本体之方法论问题，所以在魏晋玄学中，言意之辨与本末之辨两个问题始终交织在一起，成为跨越本体论与认识论两个范畴的问题。

大体而言，魏晋玄学中的言意之辨可划分为两个派别，就是“言尽意”与“言不尽意”两派，当然一个派别中的见解也不尽完全相同，如同样是主张“言不尽意”，但每个主张者之间又存在着或明显或极其细微的差别，衍生出种种不同的说法，有人主张“立象尽意”，有人主张“微言尽意”，有人则以为“妙象尽意”，还有人主张“望象求意”，都是在“言不尽意”这一共同出发点下派生出的不同命题。言意之辨虽然是一个玄学方法论问题，但是与美学、文学有着密切的关系，对于当时的清谈、玄言诗、山水诗以及书法、绘画、音乐等产生了广泛而深刻的影响。

言意关系辨析其实是一个非常古老的问题。《左传》襄公二十五年记：“仲尼曰：《志》有之：‘言以足志，文以足言。’不言，谁知其志？言之无文，行而不远。”这里的“志”显然不等同于庄子以及后来的玄学家的“意”，“志”是一种主体的意向，而“意”则是对作为本体的“道”的一种体认，但是从中也体现了孔子重视言之功能的认识态度。庄子是一个“得意忘言”论者，他曾说：“可以言论者，物之粗也。可以意致者，物之精也。言之所不能论，意之所不能察者，不期精粗焉。”①又云：“筌者所以在鱼，得鱼而望筌；蹄者所以在兔，得兔而忘蹄；言者所以在意，得意而忘言。”②可见，庄子也不是完全否定“言”的功能，而只是反对将“言”作为目的，“得意”之目的一旦实现了，就应该立即将作为工具的“言”抛弃掉。《周易》中也有论到言意关系之处，云如：“子曰：书不尽言，言不尽意。然则圣人之意其不可见乎？子曰：圣人立象以尽意，设卦以尽情伪，系辞焉以尽其言。”③认为“言”尽管不能“尽意”，但“象”是可以“尽意”的。在魏晋之前，言意关系问题并没有引起大的哲学争论，也还没有上升为一个哲学方法论问题，而后来之所以成为如此重要的问题，与玄学方法论的建构有着密切的关系，汤用彤对此有言：

> 夫玄学者，谓玄远之学。学贵玄远，则略于具体事物而究心抽象原理。论天道则不拘于构成质料，而进探本体存在。论人事则轻忽有形之粗迹，而专期神理之妙用。夫具体之迹象，可道者也，有言有名者也。抽象之本体，无名绝言而以意会者也。迹象本体之分，由于言意之辨，普遍推之，而使之为一切论理之准量，则实为玄学家所发现之新眼光新方法。④

“言意之辨”竟然成为“一切论理之准量”，可见其重要程度。言意关系问题

① 《庄子·秋水》。
② 《庄子·外物》。
③ 《周易·系辞上》。
④ 汤用彤：《汤用彤学术论文集》，中华书局1983年版，第214页。

是由魏晋名理学重新提出来的，然后过渡到玄学继续加以讨论，于此汤用彤亦有论：

> 名家原理，在乎辨名形。然形名之检，以形为本，名由于形，而形不待名，言起于理，而理不俟言。然则识鉴人物，圣人自以意会，而无需于言。魏晋名家之用，本为品评人物，然辨名实之理，则引起言不尽意之说，而归宗于无名无形。夫纵核名实，本属名家，而其推及无名，则通于道家。而且言意之别，名家者流因识鉴人伦而加以援用，玄学中人则因精研本末体用而更有所悟。王弼为玄宗之始，深于体用之辨，故上采言不尽意之义，加以变通。于是名学之原则遂变而为玄学家首要之方法。①

汤氏所言魏晋言意之辨起于人物识鉴这一点，我们还可以从《艺文类聚》卷十九引西晋欧阳建的《言尽意论》中看出："世之论者，以为言不尽意，由来尚矣，至乎通才达识，咸以为然。若夫蒋公之论眸子，钟会之言才性，莫不引此以为谈证。"这就是说，曹魏政权中期之时，蒋济、钟会、傅嘏等人在讨论人物品评中的才性问题之时，就将"言不尽意"作为自己的立论依据了。

"言不尽意"成为玄学的一个基本命题，王弼所起的作用最大。他以老庄解《周易》，将庄子的"得意忘言"与《周易》的"言不尽意"、"立象以尽意"融合为一，提出了儒道融合的玄学认识方法论——"得意忘言"论。他在《周易略例·明象》中说：

> 夫象者，出意者也。言者明象者也。尽意莫若象，尽象莫若言。言生于象，故可寻言以观象；象生于意，故可寻象以观意。意以象尽，象以言著。故言者所以明象，得象而忘言；象者，所以存意，得意而忘象。犹蹄者所以在兔，得兔而忘蹄；筌者所以在鱼，得鱼而忘筌也。

这里的"象"指"易象"，即卦、爻象，"意"指玄学本体论范畴之哲理。王弼认为意通过象来表达，象通过言来表达，言、象是可以尽意的。但是，仅仅讲到这里，离玄学所主张的"得意忘言"宗旨还是有一段距离的，所以王弼又

---

① 汤用彤：《汤用彤学术论文集》，中华书局1983年版，第216页。

说：

> 然则，言者，象之蹄也；象者，意之筌也。是故，存言者，非得象也。存象者，非得意者也。象生于意而存象焉，则所存者乃非其象也；言生于象而存言焉，则所存者乃非其言也。然则，忘象者，乃得意者也；忘言者，乃得象者也。得意在忘象，得象在忘言。故立象以尽意，而象可忘也；重画以尽情，而画可忘也。

言、象为得意之工具，而意则为认识的终极目的，不能为了工具而舍弃终极之目的，也就是说认识不能仅仅到言、象为止。所以，必须得象忘言，进而得意忘象。王弼此处之“意”实际上就是绝言超象之“无”，也就是作为本体之“道”。

王弼的言、象、意之辨在当时产生了相当广泛而深刻的影响，竹林名士、中朝名士以及江左名士大多以“得意忘言”为方法论，来注解儒道典籍，或者阐发自己的思想。如嵇康的《声无哀乐论》就是以此为立论根据而展开自己的议论的，他指出：“夫言非一定之物，五方殊俗，同事异号，举一名以为标识耳。”故而“得意忘言”，不落言筌，而直接体认本体之道与生命之妙象。又如郭象实际上也是依循得意忘象、得象忘言的方法来注解《庄子》，建构起了自己的“独化论”玄学，他以“寄言出意”的方法解读《逍遥游》就突出地体现了这一点：“鹏鲲之实，吾所未能详也。夫庄子之大意在乎逍遥游放，无为而自得，故极大小之致，以明性分之适。达观之士，宜要其会归而遗其所寄，不足事事曲与生说，自不害其弘旨，皆可略之耳。”对照他的《庄子》注解，也确实是如此。言意之辨还波及了佛学。《高僧传》载僧肇《涅般无名论》云：“夫涅般之为道也，寂寥虚旷，不可以形名得，不可以有心知，所以释迦掩室于摩碣，净名杜口于毗耶，须菩提唱无说以显道，释梵绝听而雨化。斯皆理为神御，故口为缄默。岂曰无辩？辩所不能言也。经曰：真解脱者离于言教。”明显地将得意忘言引入佛理，以为言象全无用，佛理靠灵妙冥寂之悟来达致，不靠言、象传达，这比玄学家走得更远了，这自然与释家的世界观有关。以彻悟言外附会玄学的意在言外，在魏晋南北朝佛理学中是一种很普遍的现象。

言意之辨对当时及后来中国的文学和美学思想的发展产生了非常深刻的影响。自然，文学中的言、象、意不同于玄学中的言、象、意，二者各自对言、象、意之间的关系的处理也明显不同，对此，钱锺书在《管锥编》中曾作过极其精彩的阐述，其曰如：

理赜义玄，说理陈义者取譬于近，假象于实，以为研几探微之津逮，释氏所谓权宜方便也。古今说理，比比皆然。甚或张皇幽渺，云义理之博大创辟者每生于新喻妙譬，至以譬喻为致知之具、穷理之谐，其喧宾夺主耶？抑移的就矢也！《易》之有象，取譬明理也，“所以为道，而非道也”。求道之能喻而理之能明，初不拘泥于某象，变其象可也；及道之既喻而理之既明，亦不恋着于象，舍象可也。到岸舍筏、见月忽指、获鱼兔而弃筌蹄，胥得意忘言之谓也。词章之拟象比喻则异乎是。诗也者，有象之言，依象以成言；舍象忘言，是无诗矣，变象易言，是别为一诗甚且非诗矣。故《易》之拟象不即，指示意义之符也；《诗》之比喻不离，体示意义之迹也。不即者可以取代，不离者勿容更张。王弼恐读《易》者之拘象而死在言下，《周易略例·明象》篇重言申明：“故言者所以明象，得象而忘言；象者所以存意，得意而忘象……然则忘象者乃得意者也，忘言者乃得象者也……是故触类可忘其象，合义可为其徵……穷理析义，须资象喻，然而慎思明辩者有戒心焉。游词足以埋理，绮文足以夺义……”是故《易》之象，义理寄宿之蘧庐也，乐饵以止过客之旅亭也；《诗》之喻，文情归宿之菟裘也，哭斯歌斯，聚骨肉之家室也。倘视《易》之象如《诗》之喻，未尝不可摭我春华，拾其芳草……哲人得意欲忘之言，得言欲忘之象，适供词人之寻章摘句、含英咀华，正若此矣。苟反其道，以《诗》之喻视同《易》之象，等不离者于不即，于是持‘诗无达诂’之论，作‘求女思贤’之笺；忘言觅词外之义，超象揣形上之旨；丧所怀来，而亦无所得返。以深文周内为深识底蕴，索隐附会，穿凿罗织；匡鼎之说诗，几乎同管辂之射覆，绛帐之授经，甚且成乌台之勘案。自汉以还，有以此专门明家者。洵可免于固哉高叟之讥矣！①

钱氏在此将正反两方面的情况都讲到了，堪称圆照。总之，玄学之“言”重在承载形而上之理义，文学之“言”重在描绘刻画形神；玄学之“象”微妙无

① 钱锺书：《管锥编》第一册，中华书局1979年版，第11～15页。

形，寂寞无听，文学之“象”可闻可见，声情并茂；玄学之“意”重在“识”，文学之“意”重在“情”。但是，这样说，又并非否认它们二者之间在思维机制和人文精神方面的联系，在看到玄学与文学各自的独立性之同时，密切注意在魏晋精神文化氛围中二者之间所发生的影响渗透现象，这应该是我们考察玄学言意之辨对六朝以及整个中国文学所产生深刻影响的一个基本出发点。

言意之辨对六朝文学批评所产生的积极的影响促进作用是非常明显的。传统的赋、比、兴之说，在魏晋以前是附庸于经学的，但到了挚虞、刘勰、钟嵘那里，已经将它们作为艺术思维机制和传达手段来从理论上加以体认，尤其是比、兴二法，如钟嵘在《诗品·序》中论赋、比、兴时所说的“因物寓志”、“寓言写物”以及“文已尽而意有余”等，均与王弼所谓“立象以尽意”、荀粲所谓“象外之意”和“系表之言”在逻辑义理上相通。又文学与玄学都寓意体用，差别在于前者作用于人的情感，后者作用于人的理识。但在思维构想过程中，往往会出现相同的心理状况，陆机《文赋》谈创作构想有“课虚无以责有，叩寂寞而求音”云云，刘勰《文心雕龙·神思》论艺术传达则有“意授于思，言授于意”之说，这与正始以后玄学清谈中的“得意忘言”、“言不尽意”论广泛传播，并进入文学家的理论视野，自觉不自觉地接受其影响有非常密切的关系。当然，文学批评家们对玄学与文学之界限还是清楚的，这从刘勰一再强调文学需“藻饰”，要“文质附乎性情”①，应“谈欢则字与笑并，论戚则声共泣偕”②，以及他在《文心雕龙·物色》篇中所主张的种种观点，可以得到证明。阮籍作有《清思赋》，在文中认为可闻之音，可见之形，非为音声之体，也无从见出美善，而只有从无形微妙、无听寂寞之中，方可“睹窈窕而淑清”。阮籍的八十二首《咏怀》诗，钟嵘《诗品》叹为“厥旨渊放，归趣难求”，李善《文选注》则云为“百代以下，难以情测”，大约与其文本具有如嵇康在《琴赋》中所说的“至精”、“至妙”而“不能与之析理”的特点不无关系。陆机《文赋》认为文学创作所孜孜以求的象外精意、文外曲致，其“犹舞者赴节以投袂，歌者应弦而遣声”，妙处只可意会，不可言传。而刘勰《文心雕龙·神思》更进一步申说其旨：“至于思表纤旨，文外曲致，言所不追，笔固知止。至精而后阐其妙，至变而后通其数。伊挚不能言鼎，

---

① 《文心雕龙·情采》。

② 《文心雕龙·夸饰》。

轮扁不能语斤,其微矣乎!”玄学言意之辨对六朝文论之影响和促进,可谓历历在目。而且这种影响与促进,是在思维方式与观念价值两个层面上发生的,尤其是对于批评主体思辨精神的培植这一点,最为卓著。

玄学言意之辨对当时清谈人士的主体精神所产生的影响也是不容忽视的,一些六朝名士重视风神气度,相对而言不讲究外在形迹的人格审美倾向,当与玄学思潮中的“言不尽意”、“得意忘言”有内在的联系,而这种倾向对六朝文学、美学风格的追求产生了极其深刻的影响,为当时的美学、文学批评和书画理论增添了新的内容,如陆机在《文赋》中对于文学创作中如何处理“意”与“物”、“文”与“意”关系的探讨,书画理论对于形神关系的讨论,等等。至于对后世所产生的久远影响,就更不用说了。

(1997年5月)

山水审美文化的人文意蕴和美学特点

在六朝士人的审美主体精神结构中，山水审美意识占有重要的位置。山水审美意识的进一步自觉和成熟，其文化内涵的进一步扩展，是魏晋以来的社会审美文化活动和审美主体精神发展与审美风尚演变过程中的一个突出现象，其不但积极地推动了当时的文艺创作之发展，对丰富六朝文学、美学思想起了异常突出的作用，而且对后世山水审美文化的发展更是产生了积极而深刻的影响。

在社会环境和人文氛围的影响下，传统的山水审美文化在魏晋南北朝时期进入了一个飞跃性发展阶段。对于其时的文人士大夫而言，自然山水是一座精神家园。在这座精神家园里，他们行其所行，得其所得，乐其所乐，可以登山临水，游览观赏，席芳草，镜清流，览卉木，观鱼鸟；可以结庐而居，隐逸终老，释域中之常态，畅超然之高情；更可以吟咏性情，琴棋书画，谈玄斗禅，品茗饮食……直至讲学著述，生病养懒，捐时俗，辞世伪，得意丘壑，养真葆华。无论形式有何不同，人文意蕴和精神内涵都一脉贯注，就是归趋于大自然，在与自然山水亲和的过程中获得审美享受，以使精神得到解脱超越，人格得到康复与升华。

文人士大夫们寄怀山水，优游行乐，既是自然的赤子，又是以自然山水作为精神家园的营造者。当他们放志山水，纵意游肆，与自然界的一丘一壑、一草一木亲和交流之时，既是在进行一种心灵的汲取与补给，更是在从事一种精神的输出与赋予。这是一种心灵的创造活动，它是文化的、哲学的、宗教的，当然更是审美的，而其结果就是一种充满哲学智慧的生命情调和生活美学意趣的诞生、成熟。出则渔弋山水，入则言咏属文，六朝文人士大夫通过这种生活方式和精神活动，创造地丰富和发展了洋溢着生命醇芳、散发着美学幽光的传统山水审美文化。

一、山水审美意识的觉醒与“寄畅”情调的追求

驾言出游，日夕忘归。亲近自然、爱好山水成为传统文人士大夫生活

的有机组成部分，滥觞于先秦，发展于汉代，风行于魏晋南北朝，从此以后即作为一种生命体验方式和审美文化式样，而深深积淀于华夏民族的集体文化记忆之中。

当年，孔子曾让侍坐在身边的几位弟子“各言其志”，当子路、冉有、公西华言毕，轮到曾皙时，正在鼓瑟的曾皙站起来说：“莫春者，春服既成，冠者五六人，童子六七人，浴乎沂，风乎舞雩，咏而归。”①曾皙这一不谈政治抱负、“异乎三子者之撰”的志向，偏偏得到了孔子的嘉许，夫子喟然叹曰：“吾与点也。”曾点的志向是到大自然中去优游行乐，这对于一生以“复礼”为己任的孔子而言恐怕是大相径庭的吧？其实不然。孔子一方面以克己复礼、弘德扶政而施行文行忠信四教为己任，另一方面又准备“道不行，乘桴浮于海”②，可见思想上也考虑出处进退的问题，而退处之方式之一，就是到自然中去解忧散怀。至于抗命丘园、肆志濠濮的庄子，更是后世隐逸文人们追模的榜样。庄子体验到：“心无天游，则六凿相攘。大林丘山之善于人也，亦神者不胜。”③高唱着“山林与，皋壤与，使我欣欣然而乐焉”，而创造出了一系列就薮泽、处闲旷、钓鱼闲处或伏处大山堪岩之下的神人、圣人，实际上就是贤者、隐士的形象，更是增强了自然山水的人文价值色彩。可以说，自然山水在孔子、庄子之时，就成为一种代表着特定的生命意识、生活理想、人格价值、审美情趣的文化符号和美学隐喻。

《诗经》和楚辞中的一些作品也已经透露出当时人们的山水意识。虽然其中还没有出现像后世山水诗人那样的因爱慕山水本身而登山遨游的诗篇，但也有一些描写登山临水以慰心散怀的章句，如《鄘风·定之方中》：

> 升彼虚矣，以望楚矣；望楚与堂，景山与京；降观于桑。卜云其吉，终然允臧。

又如《陈风·衡门》：

> 淇水悠悠，桧楫松舟，驾言出游，以写我忧。

---

① 《论语·先进》。
② 《论语·公冶长》。
③ 《庄子·外物》。

又如《九歌·湘君》：

登昆仑兮四壁，心飞扬兮浩荡。

又如《九章·思美人》：

吾将荡志而愉乐兮，遂江夏以娱忧。

或登高远望，或临水泛舟。登山临水既可以解故国之思，又可以写离居之悲。总之，山高可以远望，水流可以泄情，人们借山岳的崇高与江河的奔泻，获得了精神的慰藉。同时，人们对山水景物也有了一定的鉴赏意识，如《诗经》中的《卫风·淇奥》：

瞻彼淇奥，绿竹猗猗。

《曹风·侯人》：

荟荟蔚兮，南山朝隮。

《唐风·扬之水》：

扬之水，白石凿凿。

这里，淇水湾一丛丛青郁的绿竹，彩云簇拥的南山，清水激扬白石闪烁的河谷，显然给予目击者以美感。至于楚辞中所流露出来的对山水的赏爱意识就更为强烈了，如屈原《九歌·少司命》：

秋兰兮麋芜，罗生兮堂下。
绿叶兮素枝，芳菲菲兮袭予。

秋兰麋芜生满堂下，绿叶白花香气袭人，明显地透露出了对祭坛周围美景的赏爱。不过这个时期的山水观又与当时的社会背景、宗教信仰、经济条件密切相关，人们对大自然的生命力更多的是感到一种敬畏，以及对社会人生所起的保障作用。周民敬天，以天为最高主宰；但同时又是泛神论者，因此又崇拜百神，包括祖先神灵，以及日月、风云、雷雨、山川等与农业生产有关的各种自然现象。天子祭天地和诸侯祭山川是当时政治生活中的大事，祭祀的时间在每年春耕之前和秋收之后，目的则是求天佑、祈子嗣、乞春雨、谢秋收，而祭祀场所一般安排在草木茂盛的山麓河川地带。这样，自然界的山岳河川就成了上天意志的体现，君王到位的象征，人间秩序的镜子。自然之惠相当于君王之德，自然之力相当于君王之权力，而山川驯顺，草木繁茂，则无不显示着君王有德、生活安定、人民有福。在这种山水观支配下，人们对山川河谷更多的是感到它的崇高和威力，如《诗经》中所讲的那样："泰山岩岩，鲁邦所詹"①、"崧高维岳，骏极於天"②，所以，无不充满儆惕心理。同时，由于自然山水与民生经济的密切关系，人们对于自然山川更多的看到其有利于民生的一面。在他们看来，山陵含云，溪谷积雾，是雨水的源泉、季节循环的调节者，而山川大地能开花、长草、生林木，更是生存的依赖，所以就产生了《诗经》中这样的歌咏："山有榛，隰有苓"③、"终南何有，有条有梅"④、"敝笱在梁，其鱼魴鳏"⑤，很明显，这里强调的是自然山水的物质功能。虽然如此，但我们又不能否认自然山水与当时人们的精神生活已有了一定的联系这一事实。

中国文人士大夫的山水意识在汉代，尤其是东汉时期得到了迅速的发展，也就是在这个时期，到自然山水中去寻求心灵自由和美感享受的价值心理在知识阶层得到了普遍的认同，登山临水，或者隐居山林，以享受闲情逸致的生活情趣，作为一种精神生活模式或存在方式，正式被文人士大夫所接受。在汉代，文人学士已经有了凭借文学入仕的机会，并且逐步形成在传统中国社会结构中占取一定地位的新兴统治阶层。但是，他们的政治地位是没有保障的，离开皇室贵族的宠信，他们是无法与外戚、宦官以及其他的当权阶层相抗衡的。再加上汉代集权统治和大一统的文化氛围，文人学士们不可能有春秋、战国时期知识阶层那样的思想精神自由。所以，仕

① 《诗·鲁颂·宓宫》。
② 《诗·大雅·崧高》。
③ 《诗·邶风·简兮》。
④ 《诗·秦风·终南》。
⑤ 《诗·齐风·敝笱》。

而不得志的悲哀和精神受挫的情况在中下层知识分子中是颇为普遍的。在这样的情况下，自然山水在文人们的心目中就有了双重的寓意。当他们为了博取声名、获取利禄而行使文学侍从的职责时，眼中的自然山水就成了天子威严和帝国富庶的象征。他们在所献上的赋中对天子游猎的林苑山水景物竭尽夸饰之事，对京城都会山水地势不厌其烦地描述，充分地表现自己对天子拥有无比的权势财富和帝国统一繁荣的境况的赞叹与自豪，司马相如的《上林赋》、扬雄的《蜀都赋》和《羽猎赋》、班固的《两都赋》以及张衡的《二京赋》和《南都赋》等汉大赋的代表之作正是其中的典型。在这些赋中，作者们歌颂天子林苑或京城都会地域之辽阔、山岳之崇高、河流之长远，以及草木鸟兽种种物产之丰美，所流露的正是一种对社会政治的参与意识。但是，当他们对现实政治产生了疏离感，要突破现实环境，从外在的政治环境转向内心的自我之时，自然山水的寓意就不再是天子威严和帝国强大的象征，而是与自身的情志和身心幸福相连的滋养物。也正是在这一情况下，自然山水才真正进入了人们的精神生活层面，逍遥于自然山水成为一种生活情趣，一种人生态度，就是忘劬劳，外荣辱，清净闲处，养志存神，尽享闲情逸致。对于当时的文人而言，远离俗世，隐处山幽，与自然山水为伍，不仅只是逃离社会政治倾轧保身全命的手段，更是意味着把自己从政治的囹圄中解脱出来，追求个人的生命意义和存在价值。在大自然中优游终日，借山水以忘忧娱心，享受闲情逸致的生活乐趣，这种典型的中国文人士大夫的精神生活方式正式始于东汉士林。对汉光武帝中兴汉室有功的冯衍，见怨受黜，最后被赦归故里，但是冯衍与为了表示自己对君王的赤忱而投江殉身的屈原有所不同，在优游山水的生活中，他体认到了一种别样的生命意义和存在价值。他在《显志赋》中这样写道：

> 处清静以养志兮，实吾心之所乐；山峨峨而造天兮，林冥冥而畅茂；鸾回翔索其群兮，鹿哀鸣而求其友；诵古今以散思兮，览圣贤以自镇；嘉孔丘之知命兮，大老聃之贵玄；德与道其孰宝兮，名与身其孰亲；陂山谷而闲处兮，守寂寞而存神；夫庄周之钓鱼兮，辞卿相之显位。

这里已经没有了屈原在湖畔行吟时那种对自身进退取舍徘徊难定的焦灼，也不存在西汉初期淮南小山《招隐士》中所描写的那种猿狖群啸、虎豹嗥叫的令人战栗心惊的情景，有的却是清静闲处、自得其乐，自然山水成为寻求个人幸福与心灵平静的源泉。同样的情况，我们在崔篆的《慰志赋》、张衡的《归田赋》等作品中皆可以看到。

这一转变的前提，在于对人与自然之间和乐关系的体认。杨修在《节游赋》中描写了与朋友在闲暇之余观赏北园的经过，赋中这样写道：

> 尔乃息偃暇豫，携手同征；游乎北园，以娱以逞。钦太皞之统气，乐乾坤之布灵；诱烟煴之纯和，百卉挺而滋生；谷风习以顺时，桡百物而有成。行中林以彷徨，玩奇树之抽英；或素华而雪朗，或红彩而发颖。绿叶白蒂，紫柯朱茎；杨柳依依，钟龙蔚青……于是回旋详观，目周意倦；御於方舟，载笑载言；仰沂凉风，俯濯纤腕；极欢欣以从容，乃升车而来反。

如此这般地逍遥自在于湖泊林亭之间，以把玩的心态观察、赏爱自然山水，对自然山水作为一种美的实体存在进行积极的体认，赞叹于生生不息的自然生命力，赏爱于花卉树木的姿态与色彩，在情感的导引下，人与自然山水间的距离缩短了，消失了，人终于完全融入自然，于是人成为大自然的和乐旋律的一部分。

魏晋南北朝时期，在庄老哲学、玄学以及求仙、隐逸和宴游风气的推动下，自然山水日益成为文人士大夫生活的有机组成部分。到自然山水中去游玩，以获得娱乐和精神上的宁静，这对于士林阶层来说，已发展成为一门醉心的生活艺术。其时，由于士大夫阶层与集权制度、仕与隐、自然与名教之间的矛盾冲突发展到空前激化的程度，士林阶层就需要从理论和生活两方面建立起一套自我调节机制，以得到身心的平衡，而选择的结果就是玄风和清谈的畅行。其结果则是对社会政治的进一步疏离，对个体生命和精神的觉醒和珍视。于是向往神仙、企慕隐逸和怡情自适便成为魏晋以来知识分子中的一种最为普遍的情怀。而远离尘缨的自然山水就是在这求仙、隐逸、游览的热风中，成为人们寄情远志的最佳场所。在炽热的老庄玄风吹熏下，人们务求心神的超然无累，沉味于玄远的追慕。在他们的理解中，自然山水是通达老庄玄境的媒介，故而登山临水，唱咏玄虚，以自然山水作为转移情绪之手段和得“道”之所，而所要达到之精神境界则是一个“忘我”，即在寄身山水之际达到“体闲心虚，害马已去，世事都捐”①的境界。这种“以玄对山水”的情趣，是当时士林的山水意识与道家思想交错混杂的结果，为作为一种审美活动的赏玩山水涂上了一层浓重的道家哲学色彩。由赏玩山水所带来的闲情逸致之文化内涵是属于形上范畴的宇宙情调、生命意识，比之于先秦的“比德”说，以及躲灾避难、逃离人世的隐遁，这是一种从观念到方法都经过脱胎换骨的、新的“解读”自然山水的手段。当时经过庄老思想洗礼的文人士大夫们纷纷走向山水，投身自然，不仅因山水形象之美而赏心悦目，还从山水形象所呈现的生机勃勃的精神气韵而领悟到了宇宙生命本体的真义，乃至与“道”冥合，登临山水与“体道”和实现个体超然自由、逍遥无待的心灵境界一体化了。

这方面的例子不胜枚举，如《晋书·阮籍传》记：“（阮籍）或闭户读书，累月读书，或登临山水，经日忘返。博览群籍，尤好老庄。”又《晋书·羊祜传》记：“祜乐山水，每风景，必造岘山，置酒言咏，终日不倦。尝慨然叹息，顾谓从事郎中邹谌等曰：‘自有宇宙，便有此山。由来贤达胜士，登此远望，如我与卿者多矣！皆湮灭无闻，使人悲伤。如百岁后有知，魂魄犹应登此也。’”又《晋书·郭文传》记：“郭文，字文举，河内轵人也。少爱山水，尚嘉遁。年十三，每游山林，弥旬忘反。”孙绰则在《遂初赋序》中谈道：“余少慕老庄之道，仰其风流久矣。却感于陵贤妻之言，怅言悟之。乃经始东山，建五亩之宅，带长阜，倚茂林，孰与坐华幕击钟鼓者同年而语其乐哉?”一部《晋书》中“乐山水”、“游山水”、“爱山水”、“好山水”等字样随处可见，而这种对自然的热爱，同时亦可视为是对“道”的倾慕。

如果说，在“以玄对山水”式的解读自然山水的过程之中，“道”与自然山水还是分别属于两种范畴的东西，人们是以内心先有之庄老玄境来观照山水之境，即钱锺书先生在《谈艺录》中指出的所谓以“老庄为意，山水为色”，重在玄趣，那么后来所形成的“山水以形媚道”②的观念，则比前一种解读方法更发展了一步，中国文人士大夫对自然山水的解读，自此而达到了炉火纯青之境。永嘉乱后，名士南渡，江南的灵秀山水更加激发了士林的山水审美意识，而优游行乐观念的普遍流行，更促进了游山玩水的风气。同时，人们开始领悟到自然山水即是道、即是理，从而在很大程度上摆脱了

---

① 孙绰：《游天台山赋》，见萧统《文选》卷十一。

② 宗炳：《画山水序》，见《全宋文》卷二十。

玄学理念的支配，直接从山水本身所显现出来的形象、生气来体验宇宙、自然、生命之道，这样，欣赏自然之美与领悟宇宙生命本体从过程到目的就彻底合而为一了。也就是说，游山水就是读庄老，而自然山水作为一种“语言”，似乎比庄老书中的文字更能说明庄老之道，更具表现力，更能“尽意”，同时“读”自然山水，又与自身的生活更为接近，又何乐而不为呢？于是，通过山水来“澄怀观道”之风便大行于世，而且这比之于思辨谈玄，涤除了知性因素，更加符合老子“为学日益，为道日损”①的直觉体道程序。在这里，老庄作为名士精神之父的实质没变，游山玩水作为一种生活情调的内涵也没变，所不同的只是意味着对自然山水的“解读”进入了观照性欣赏的审美直觉方法论时代。

这里，我们可以举王徽之的《兰亭诗》为例来说明之。其诗云：

散怀山水，萧然忘羁。
秀薄粲颖，疏松笼崖。
游羽扇霄，鳞跃清池。
归目寄欢，心冥二奇。

山水形象唤起了审美意识，但又不止于山水形象，而是超越耳目感官享受，进入对自然生命之精神韵味的心领神会，并且由自然山水洋溢着的大化流变，运行不已的生命律动，彻悟到了作为永恒的生命本源之“道”。所以，优游山水，即观赏山水之“真”与“自然”的品格，与自然山水所呈现的生命神韵进行无碍的接触，这与庄子所说的“反真”和列子的“归真”正好一致了。

至此，赏游山水就发展成熟为一种以闲情逸致的特征，表现文人士大夫生命情调的高度艺术化的生存体验方式了。曾经居住在会稽十多年，整日游放自己于山水之间的孙绰，在其《三月三日兰亭诗序》中所抒发的正是这种嘉遁山水、逍遥自适的人生情感态度：

情因所习而迁移，物触所遇而兴感。故振辔于朝市，则充屈之心生；闲步于林野，则辽落之志兴。仰瞻羲唐，邈已近矣；近咏台阁，顾深增怀。为复于暧昧之中，思萦拂之道，屡借山水以化其郁结，永一日之

① 《老子》第四十八章。

足，当百年之溢。

《宋书·宗炳传》所述宗炳酷爱山水之程度，则更说明了山水风光在名士们的精神领域中所占之位置，其曰如：

好山水，爱远游，西陟荆岳，南登衡岳，因而结宇衡山，欲怀尚平之志。有疾还江陵，叹曰："老病俱至，名山恐难编睹，唯当澄怀观道，卧以游之。"凡所游履，皆图之于室。谓人曰："抚琴动操，欲令众山皆响。"

这表示着士大夫文人们的生活方式和精神情调，从此迈进了以自然山水作为文化消费对象的时代，而且这种文化消费活动具有浓郁的审美色彩，自然山水与他们的生活处处结缘，求仙、采药、隐逸、游览、园林、宦游、游宴等等，实际上都是士林的山水情怀主题之具体展开，而山水诗、山水画创作时代的到来，则正是这种情怀意趣的审美经验之结晶。从魏晋南北朝开始的这种士大夫文人生活历史的新篇章，在以后的唐、宋、元、明、清各个朝代一直续写下去，一代又一代的士大夫文人们，不管他是弃绝尘世、遁迹山林，还是身在江海而情归魏阙；不管是欢乐的寻开心，还是穷愁的找寄托，总之，再难割断自然山水与自身精神生活联系之纽带，散怀山水、怡情自然，在文人士大夫的生活情趣方面，已成为一种"集体无意识"的文化心理积淀。

当然，中国士大夫文人的对于山水自然的人文情怀和审美意趣，以及由此而形成的生活方式和精神情趣是比较复杂的。比如，由于儒、道两家对于社会和人生价值理想之不同，在各自影响之下所形成的生活态度导致了人们行为方式之差异，而这种差异即使是在投身于自然怀抱之中时，也还会有所体现。又由于社会政治、文化气氛和经济条件之演变，人们对山水环境的选择，以及所体现出的精神追求亦有所不同。又由于各人所扮演的社会角色之不同，亦决定了其与自然山水之间物我关系的各异。但是，无论他们是以何种行为方式，抱何种目的追求，在以自然山水怡情这一点上，却是一致的选择模式。而且，通过对自然山水的人文接受，并与其进行审美层面上的交流，却实实在在地成为他们的一种生活情趣，尽管这种情趣在价值、情感内涵方面会有所差异。

总之，作为客观存在的自然山水，人们较早地从它身上发现的只是实际功利方面的"用"和道德伦理方面的"善"的价值，前者如荀子所讲的"山林川谷美"乃在于物产与地势之有利于人，后者如孔子的临川叹逝、见大水必观，以及将山水与仁者、智者"比德"等属于先秦时代盛行的"比德"说山水鉴赏方式。而魏晋以来，随着社会环境的变迁，士林受庄老思想的洗礼，精神生活方式产生了很大的变化，自然山水最终与他们的生命情调和生活情趣结下了不解之缘，优游行乐于自然山水之间，成为他们的陶醉心灵、观照自我、体验宇宙和生命精神的一个途径，山水风光成为他们的情感源泉和人生旅侣。这无不表征着一种人类自我完善的进程，一种文化和审美机制的创建，一种生命模式和精神情致的形成。"春林花多媚，春鸟意多哀。春风复多情，吹我罗裳开。"①江山造化、山水风光在士大夫文人眼中是一个多情的"情人"，千种风流，万般风情，尽在不言之中呈现。当然，离开赏爱者之眼，也就不存在什么"江山风流"了。"非必丝与竹，山水有清音"②，六朝士人的精神情趣是要把山水融入内心，把内心呈现给山水，这种寥廓的襟怀该是多么的深邃，多么的澄明，多么的宁静！作为一门醉心的生活艺术，其哲学、美学的意蕴又是多么的深厚。魏晋南北朝的山水审美文化是一首绿色的诗。

二、嘉会欣时游

文人士大夫们优游行乐于自然山水之中的习尚，较早开始于汉末建安时期邺下文人集团的游宴生活，但是他们游览的地方一般仅限于贵族林苑或京畿近郊，并不是野外人迹罕至的自然山水，而且优游行乐的主要目的除了在林野林榭、泉水河泽间畅游而外，再就是聚友宴餐，游戏欢娱，寻享风月之乐，当然伴生的文化审美现象还是较为丰富的，比如吟诗作赋，论道谈艺等等。魏文帝曹丕曾经在写给朝歌令、文学家吴质的一封信中谈到当时他们的这种游宴生活的情景：

每念昔日南皮之游，诚不可忘。既妙思六经，逍遥百氏；弹棋间

---

① 《南朝民歌·子夜四时歌》，见郭茂倩编《乐府诗集》卷四十四，中华书局 1979 年版。

② 左思：《招隐二首》，见萧统《文选》卷二十二。

设，终以六博，高谈娱心，哀筝顺耳。驰骋北场，旅食南馆，浮甘瓜于清泉，沉朱李于寒水。白日既匿，继以朗月，同乘并载，以游后园，舆轮徐动，参从无声，清风夜起，悲笳微吟，乐往哀来，怆然伤怀。余顾而言，斯乐难常，足下之徒，咸以为然。今果分别，各在一方。元瑜长逝，化为异物。每一念至，何时可言。方今蕤賓纪时，景风扇物，天气和暖，众果具繁，时驾而游。北遵河曲，从者鸣笳以启路，文学托乘于后车。①

以细腻的笔致描述了当时的场面情形，可谓含情带彩。这里所提到的“南皮之游”，是历史上一次非常有名的文人聚会，时间是在建安十六年(211年)五月仲夏时节，参加者甚众，邺下文人集团的重要成员几乎都在场。在其时，类如这样的文人游宴聚会是很盛行的，一时成为一种风气。如建安十四年己丑十二月(209年)，曹军由合肥返谯，曹丕夜宴众宾，参加者有陈琳、阮瑀、徐幹、王粲、刘桢、应玚等人，曹丕作有《于谯作诗》：“清夜延贵客，明烛发高光。丰膳漫星陈，旨酒盈玉觞。弦歌奏新曲，游响拂丹梁。余音赴迅节，慷慨时激扬。酬谢纷交错，雅舞何锵锵。罗缨从风飞，长剑自低昂。穆穆众君子，和合同乐康。”其他人自然要唱和，建安时期的大量的游宴诗文就是这样产生的，我们可以从中想见文人们的这种游宴生活的具体情形。其时的文人游宴以及游宴文学对后世的文学产生了较大的影响，清人叶燮在《原诗・内篇》中便指出了这点：“建安、黄初之诗，乃有应酬、纪行、颂德诸体，遂开后世种种应酬等类，则因而实为创。”

游宴及其伴随的文化审美活动之所以能在当时盛行，是因曹操统一北方之后，社会政治较为稳定，生产也取得了一定的恢复发展，文士们不再像过去那样整日戎马倥偬，或颠沛流离，生活较过去稳定了些，也安逸多了，再加之当时在曹氏父子的倡导和影响下，文风较盛，所以就产生了文人们的这种社会和文化活动形式，其内容无非是刘勰在《文心雕龙・明诗》中指出的所谓“怜风月、狎池苑、述恩荣、叙酣宴”等等。在游宴中，所谓“高会构

---

① 《与朝歌令吴质书》，见萧统《文选》卷四十二。

欢娱"①、"永日行游戏"②,或者"兄弟共行游,驱车出西城"③、"斗鸡东郊道,走马长楸间"④,或者"辩论释郁结,援笔兴文章"⑤,反映了一个特定历史时期文士阶层的生活、审美习尚,以及众趋性格,也揭示了文士们的人生心态和价值追求。游宴虽然是欢娱的,但这毕竟是在动乱之中,所以欢乐之中仍然摆脱不了对于时代和个人命运的忧伤,其情形正如曹丕在《善哉行》中所说的那样:"乐极哀情来,寥亮摧肝心。"这说明,文人游宴活动之产生,作为他们的一种审美文化选择方式,在性质上本身就具有企图忘怀身处乱世、人生无常的哀伤之一面。但是这种以游览林苑美景为乐的生活态度和文化审美方式,毕竟为后来的以游览山水为赏心乐事的趣癖开了风气之先。

西晋时,文人的游宴活动同样兴盛,晋武帝泰始二年(266 年)的华林宴集以及太康元年(280 年)三月三日的华林宴集,为西晋贵游文人两次盛况空前的聚会,上至晋武帝下至群臣百官以及众多文人均参加了,并且留下了大量的诗文,《宋书·谢灵运传论》所云"降及元康,潘、陆特秀……缀平台之遗响,采南皮之高韵。遗风余烈,事极江左",正指此而言。元康六年(296 年)的金谷园宴集,是西晋贵游们的又一次盛大游宴活动,参加这次金谷宴集者有三十人,他们尽情地游宴,旖旎的自然风光,丰盛的美宴音乐,无不娱目欢心,由此金谷园也成了一代名园。石崇的《金谷诗序》⑥对此作了具体的描述:

> 余以元康六年,从太仆卿出为使持节监青徐诸军事、征虏将军。有别庐在河南县界金谷涧中,或高或下,有清泉茂林,众果竹柏,药草之属莫不毕备。又有水碓、鱼池、土窟,其为娱目欢心之物备矣。时征

---

① 曹丕:《孟津诗》,见逯钦立辑校《先秦汉魏晋南北朝诗·魏诗》卷四,中华书局 1983 年版。

② 刘桢:《公宴诗》,见萧统《文选》卷二十。

③ 曹丕:《于玄武陂作》,见逯钦立辑校《先秦汉魏晋南北朝诗·魏诗》卷三,中华书局 1983 年版。

④ 曹植:《名都篇》,见赵幼文《曹植集校注》卷三,人民文学出版社 1984 年版。

⑤ 应玚:《公宴诗》,见逯钦立辑校《先秦汉魏晋南北朝诗·魏诗》卷三,中华书局 1983 年版。

⑥ 见《世说新语·品藻》,余嘉锡《世说新语笺疏》中卷下,上海古籍出版社 1993 年版,第 529 页。

西大将军解救祭酒王诩当还长安，余与众贤共送往涧中，昼夜游宴，屡迁其坐。或登高临下，或列坐水滨。时琴瑟笙筑，合载车中，道路并作。及往，令与鼓吹递奏，遂各赋诗，以叙中怀。或不能者，罚酒三斗。感性命之不永，惧凋落之无期。故具列时人官号姓名年纪，又写著诗后，后之好事者，其览之哉！

该次游宴流传下来的诗作还有潘岳的《金谷集作诗》①，是这样描写的：

玉生和鼎实，石子镇海沂。
亲友各言迈，中心怅有违。
何以叙离思，携手游郊畿。
朝发晋京阳，夕次金谷湄。
回谿萦曲阻，峻坂路威夷。
绿池泛淡淡，青柳何依依。
滥泉龙鳞澜，激波连珠挥。
前庭树沙棠，后园植乌椑。
灵囿繁石榴，茂林列芳梨。
饮至临华沼，迁坐登隆坻。
玄醴染朱颜，但愬杯行迟。
扬桴抚灵鼓，箫管清且悲。
春荣睡不慕，岁寒良独希。
投分寄石友，白首同所归。

反映出了西晋贵游文人的生活方式和精神风采，用我们今天的话语来表述，简直可以称之为生活中的一种狂欢化的审美活动。

当然，其时的文人行乐于山水之间，并非都是这么豪华奢靡，也有比较素淡的。西晋统一之后，对于一般名士而言，名教与自然的冲突已不再像过去那样激烈，他们在仕宦与山林之间为自己找到了妥协平衡的办法，就是一方面寄身庙堂，攀附政要；一方面企慕山林，得到心神的超然无累。当时的著名人物如张华、潘岳、张协、夏侯湛、潘尼、成公绥等俱是如此，他们

① 见萧统《文选》卷二十。

的身影经常出现在回溪、峻坂、清泉、茂林、绿池、青柳间，目览神留，觞挹涌波之间；逍遥自适，动情于鹤鸣虫吟声中。他们的游览范围已不再限于园苑别墅，而扩展到野外人迹罕至的自然山水中，似乎在那险峻的山水环境中，目击涧水长流、围木高耸，聆听群山空林中的鹿鸣鹤吟，动心于山风凄啸、百籁乍吟之中，更能引发他们的观赏兴味和物得于我心的感受。对于他们来说，游览山水不一定是避世离俗的行动，或愤世嫉俗的姿态，而成为一种日常生活的调剂品。

晋室渡江之后，由于玄风影响的进一步加强，以及江南山水"千岳竞秀，万壑争流；草木蒙笼其上，若云兴霞蔚"①之美的刺激，南渡的文人名士们更加轻视世务，纵情山水。如孙统，"家于会稽，性好山水，乃求为鄞令，转在吴宁。居职不留心碎务，纵意游肆，名山胜川，靡不穷究"②。又如谢安，"初辟司徒府，除佐著作郎，并以疾辞。寓居会稽，与王羲之及高阳许询、桑门支遁游处，出则渔弋山水，入则言咏属文，无处世意"③。还有王羲之，"既去官，与东土人士尽山水之游，无处世意"④。他们以追怀玄远的心境，逍遥自适于自然山水之间，对游览山水这一时代风气起着推波助澜的作用，以至使文人士大夫的这种嗜好一时蔚然成风，成为许多文人名士生活中主要的审美价值追求之一。《世说新语·言语》篇中对这些名士们亲近自然、热爱山林的行止作了非常生动的记写，如：

王子敬云："从山阴道上行，山川自相映发，使人应接不暇。若秋冬之际，尤难为怀。"

王右军与谢太傅共登冶城，谢悠然远想，有高世之志。

王司州至吴兴印渚中看，叹曰："非唯使人情开涤，亦觉日月清朗。"

简文入华林园，顾谓左右曰："会心处不必在远，翳然林水，便自有

① 《世说新语·言语》。
② 《晋书·孙统传》。
③ 《晋书·谢安传》。
④ 《晋书·王羲之传》。

濠濮间想也。觉鸟兽禽鱼，自来亲人。”

他们流连光景，不仅把山水当做观赏对象，而且把自己也当做了自然山水中的一部分，彼此体异而性通，相泯相契。“嘉会欣时游，豁尔畅心神，吟咏曲水濑，渌波转素鳞。”①这些名士们并不是要做隐士，而只是喜欢在自然山水间游览逍遥，以解忧散怀，豁畅心神。谢灵运曾在文章中说道：“夫衣食，人生之所资；山水，性分之所适。”②这一心理自白非常具有典型性，代表着魏晋名士们的一种普遍的价值心态。所谓“性分之所适”，就是在优游行乐之时，可以达到一种“人于山水，瞩览无厌，山水于人，惊逢知己”的游目赏心境界。这当然以自我生命意识的觉醒为前提条件。事实上，这些文人名士都是老庄哲学思想的崇尚者，他们以自然逍遥为精神生活的价值准则，致力于发掘有别于违反自然、抑制性情的儒家名教的另一种生活价值思想，而远离俗世尘缨的自然山水，不仅表现了造化之工和宇宙真相，而且对它的目击耳闻，可以会意于老庄玄境，达到如庄子所说的“天地与我并生，而万物与我为一”的所谓“神超形越”的境界，这正是他们在游览山水时务必所要实现的心境和精神满足。

在这里，我们有必要花费些笔墨对魏晋时期的文人名士们赏玩山水的情形作一些具体的描述。古代以三月上旬的巳日（后来定为三月三日）为上巳节，在这一天，人们要到水边去洗涤污垢，举行消灾除邪、“祓除不祥”的仪式，称为“修禊”，所谓“溱与洧方涣涣兮，士与女方秉简兮”③，写的便是先秦时期郑国人于上巳日手执兰草，在溱、洧二水上“修禊”的场景。我们再看看永和九年（353年）三月三日王羲之、谢安、孙绰等四十二位文人雅士依风习在会稽山阴（今浙江省绍兴市）的兰亭曲水流觞、畅饮赋诗的情景：

永和九年，岁在癸丑，暮春之初，会于会稽山阴之兰亭，修禊事也。群贤毕至，少长咸集。此地有崇山峻岭，茂林修竹，又有清流激湍，映带左右，引以为流觞曲水，列坐其次，虽无丝竹管弦之盛，一觞一咏，亦

---

① 王肃之：《兰亭诗》，见逯钦立辑校《先秦汉魏晋南北朝诗·晋诗》卷十三，中华书局1983年版。

② 谢灵运：《游名山志》，见《全宋文》卷三十三。

③ 《诗·郑风·溱洧》。

足以畅述幽情。是日也，天朗气清，惠风和畅，仰观宇宙之大，俯察品类之盛，所以游目骋怀，足以极视听之娱，信可乐也。

这与其说是“修禊”，毋宁说是在自然山水间无拘无束地欢乐聚会，古老的祭礼变为感受大自然的清新与美妙的雅事：痛饮流觞，吟赋诗章，垂钓观赏，肆眺寓目。在这里，“游”取代了“禊”，这可以从收入《兰亭集》的诗作中看出，如“临川欣投钓，得意岂在鱼”①、“肆眺崇阿，寓目高林”②、“乃席芳草，镜清流，览卉木，观鱼鸟”③、“轻舟沉飞觞，鼓曳观鱼跃”④，而这“游”之特点虽为悠闲、娱乐，却也是对宇宙、自然、生命之理的领悟过程：“仰视碧天际，俯瞰绿水滨，寥阒无涯观，寓目理自陈。大矣造化功，万殊莫不均。群籁虽参差，适我无非亲。”⑤造化万殊而万象归一，群籁有别却与我皆亲，极目所见，极耳所听，无非宇宙自然之理，于是领悟到万物同枯荣、鹏晏无差别，拆除了内心与外物之樊篱，与自然融而为一。

三、作为山水审美经验结晶的山水诗

六朝时期是中国山水文学，尤其是山水诗发展成熟的时代，之所以如此，与其时的思想文化氛围、文人的生活方式和价值心态、山水审美意识的自觉、文学艺术本身的发展、佛道二教的盛行，以及士族庄园的兴起等，均有着密切的关系。但是，其中，又以山水审美意识的自觉，自然山水作为独立的审美对象之被确认，文人们较为普遍地将赏游山水作为生活中重要的一项审美文化活动为主要因素。所以，六朝山水诗凝结着其时文人丰富多样的山水审美经验，是我们考察该时审美风尚的重要文本。

有关问题我们在前面叙述山水审美意识的自觉过程时已经讲到了，这

---

① 王彬之：《兰亭诗》，见逯钦立辑校《先秦汉魏晋南北朝诗·晋诗》卷十二，中华书局1983年版。

② 谢万：《兰亭诗》，见逯钦立辑校《先秦汉魏晋南北朝诗·晋诗》卷十二，中华书局1983年版。

③ 孙绰：《三月三日兰亭诗序》，见逯钦立辑校《先秦汉魏晋南北朝诗·晋诗》卷十二，中华书局1983年版。

④ 庾阐：《三月三日临曲水诗》，见逯钦立辑校《先秦汉魏晋南北朝诗·晋诗》卷十二，中华书局1983年版。

⑤ 王羲之：《兰亭诗》，见逯钦立辑校《先秦汉魏晋南北朝诗·晋诗》卷十三，中华书局1983年版。

里介绍一下六朝士族庄园及其与山水诗发展的联系，因为士族庄园除了是一种政治、特权的体现而外，从文化的层面来看，它实际上是山水审美文化和隐逸文化相结合的产物。魏晋南北朝时期土地经济的一大特点是盛行士族庄园制度。所谓士族庄园，实际上就是一种庄园主役使佃户、部曲以及奴隶进行生产经营的封建经济组织，其为门阀士族的存在提供了经济基础。这种制度兴起于东汉时期，魏晋时期得到了很快的发展，而盛极于东晋南朝时期。士族庄园制度之所以在东晋南朝时期达到了鼎盛状况，与刘宋大明初年占山法①的颁布有密切的关系。三国时期，在江南立国的东吴就有许多士族大家，如有名的"吴郡四姓"顾、陆、朱、张和"会稽四姓"虞、魏、孔、贺等，他们都有自己的田产庄园，都是"僮仆成军，闭门为市。牛羊掩原隰，田池布千里"，无不"势利倾于邦君，储积富于公室"，因而"金玉满堂，妓妾溢房。商贩千艘，腐谷万庾。园囿拟上林，馆第僭太极。粱肉余于犬马，积珍陷于帑藏"②。由此可见，江南士族的经济势力非常强大，其庄园实际上已经成为从事农业、畜牧和园林等多种经营的经济组织。西晋时期，士族庄园在北方也有了，如石崇"有别庐在河南县界金谷涧（今河南洛阳市西北）中，或高或下，有清泉茂林，众果竹柏，药草之属，莫不毕备。又有水碓、鱼池、土窟，其为娱目欢心之物备矣"③。石崇又在《思归引序》中谈到他的这所"河阳别业"时说："晚节更乐放逸，笃好林薮；遂肥遁于河阳别业。其制宅也，却阻长堤，前临清渠，百木几于万株，流水周于舍下。有

---

① 关于占山法，见《宋书》卷五十四《羊玄保传附侄羊希传》："大明初，（羊希）为尚书左丞。时扬州刺史西阳王子尚上言：'山湖之禁，虽有旧科，民俗相因，替而不奉，熂山封水，保为家利。自顷以来，颓弛日甚，富强者兼岭而占，贫弱者薪苏无托，至渔采之地，亦又如兹。斯实害治之深弊，为政所宜去绝，损益旧条，更申恒制。'有司捡壬辰诏书：'占山护泽，强盗律论，赃一丈以上，皆弃市。'希以'壬辰之制，其禁严刻，事既难遵，理与时弛。而占山封水，逐染复滋，更相因仍，便成先业，一朝顿去，易致嗟怨。今更刊革，立制五条。凡是山泽，先常熂爈种养竹木杂果为林芿，及陂湖江海鱼梁鳝鮆场，常加功修作者，听不追夺。官品第一、第二，听占山三顷；第三、第四品，二顷五十亩；第五、第六品，二顷；第七、第八品，一顷五十亩；第九品及百姓，一顷。皆依定格，条上赀簿。若先已占山，不得更占；先占阙少，依限占足。若非前条旧科，一不得禁。有犯者，水土一尺以上并计赃，依常盗律论。停除咸康二年壬辰之科。'从之。"

② 葛洪：《抱朴子・吴失篇》。

③ 石崇：《金谷诗序》，见《世说新语・品藻》，余嘉锡《世说新语笺疏》中卷下，上海古籍出版社 1993 年版，第 529 页。

观阁池沼，多养鱼鸟。”①可见他的这一庄园的规模是相当大的。石崇的好友潘岳在洛水边上也建有庄园别墅，他“筑室穿池”，精心营造。西晋亡后，北方来的士族凭借他们的政治优势，以及从北方带来的大量佃户、部曲、奴僮和财富，四处“求田问舍”，不择手段地掠取土地，建立自己的庄园。士族们获得土地的方式，或者通过购买，或者通过巧取豪夺，或者从皇帝那里得到赐田，但是主要还是通过占山固泽手段来横暴地、大规模地掠取之。东晋末年时渤海人氏刁逵的庄园也相当有名，自他的祖父侨居京口（今江苏镇江）起，到了他们兄弟子侄，由于几辈人都“以殖货为务”，“奴客纵横，固吝山泽”，因而“有田万顷，奴婢数万人”②，可见其庄园规模之大。东晋名将谢玄在会稽始宁（今浙江上虞县西南）建造的山墅，经几代人的经营，到了他的孙子谢灵运时又进一步修营，就更是不同凡响了，谢灵运在《山居赋》中对这一庄园“傍山带水，尽幽居之美”③的种种特点作了细致的描写，详细记述了始宁一带的山岭溪涧、亭台楼宇、花草竹木、鸟兽鱼虫，在盛赞故乡山水之美的同时，表露出浓重的隐逸避世思想。据《宋书》本传记载，谢灵运此赋作于第一次隐居故乡始宁之时：“灵运父祖并葬始宁县，并有故宅及墅，遂移籍会稽，修营别业，傍山带江，尽幽居之美。与隐士王弘之、孔淳之等纵放为娱，有终焉之意……作《山居赋》并自注，以言其事。”

当时，士族庄园的名称不一，所谓“墅”、“园”、“宅”、“邸”都是指庄园。其时的庄园在筑造中体现了重视山水审美情趣的风格，既不突出楼阁堂室，也较少堆土造山，而是尽量利用山石林木和流泉池沼创造出一种自然野趣。谢灵运《石壁精舍还湖中作》：“昏旦变气候，山水含清晖。清晖能娱人，游人憺忘归。出谷日尚早，入舟阳已微。林壑敛暝色，云霞收夕霏。芰荷迭映蔚，蒲稗相因依。披拂趋南径，愉悦偃东扉。虑澹物自轻，意惬理无违。寄言摄生客，试用此道推。”④此诗描写的正是园子内外景观融为一体，以至人在园中，却可以达到神游天际的山水审美享受。士族庄园的兴起，满足了他们享受恬淡幽静的生活愿望，在庄园所处的清丽明媚的山水环境中谈玄悟道，吟诗作画，事实上南朝时期的许多山水诗正是在这种环境中产生的。所以，士族庄园在相当的程度上推动了山水诗创作的兴盛，

---

① 石崇：《思归引序》，见萧统《文选》卷四十五。

② 《晋书·刁协传孙逵附传》。

③ 《宋书·谢灵运传》。

④ 谢灵运：《石壁精舍还湖中作》，见《谢灵运集》，岳麓书社 1999 年版，第 71 页。

其本身就是山水审美文化的重要组成部分。

当然，六朝山水诗产生的环境是多样化的，在文人士大夫的生活中，经常有赴任、谪迁、调职、述职、从幸、迎驾、祖道、省亲、求仕、游学、漫游以及其他行旅的机会。对于在功名场上讨生活的文士们来说，行旅过程往往也就是一次饱览赏游山水的机会，沿途之自然山水是一种清涤剂，驻足观赏，能够使他们胸怀开阔，清除心灵上的污垢。历代山水诗和游记大都作于文人们在宦游、行旅途中，足以证明此点。这对于已经具有山水美感情怀的游历者而言，是一种自觉的行为，而登临游览，赏观风景，感物吟志，发散情怀，诗文以纪，则为一般模式。较早者如曹操征乌桓，归途中于渤海边"东临碣石，以观沧海"，在昂扬、振奋情绪中"歌以咏志"，吟为诗篇《观沧海》。到了晋代和南朝，在文人中间已经是非常普遍的现象了。如潘岳赴河阳令途中，作《河阳县作二首》，其中的第二首就记写了自己游览山水、观赏风景时所见、所感。此外，如陆机、谢灵运、谢朓、沈约、范云、何逊等均有这方面的诗篇传世。最典型者莫如谢朓，他多次升迁、调职、黜降，于宦游中以山水怡情发散心中之慨、离乡之悲、送别之情、思归之叹、隐逸之慕，写下了《之宣城郡出新林浦向板桥》、《晚登三山还望京邑》、《暂使下都夜发新林至京邑赠西府同僚》等山水名篇，其中对山水的赏爱情怀和羁旅之情互衬，山水之貌与诗人之情俱在。

中国山水诗的思想文化资源是非常丰富的，儒道释思想均渗透于其中，为其在体格、气韵方面增添了人文魅力。刘勰在谈到六朝诗歌流变时说："宋初文咏，体有因革，庄老告退，山水方滋。"①也就是说，山水诗的兴起体现了东晋玄言诗之后诗风的新变化，这里的"庄老"特指玄言诗，因为庄老思想、美学精神从来就没有从中国山水诗中"告退"过。以山水诗开刘宋一代新的诗风者首选谢灵运，他是第一个大量创作山水诗的诗人，尽管常常被人讥笑为拖有一条"玄言"的尾巴。我们同意谢灵运以其创作完成了诗歌发展史上由玄言诗向山水诗过渡的意见，但不认为凡是在诗中言"玄"者就不是山水诗，或不是好的山水诗，恰恰相反，好的山水诗还是需要有那么点"玄"味的。区分优劣的美学标准应该是看其创作的审美心理机制是如前面所讲到的"以玄对山水"，还是"山水以形媚道"，后者在艺术评价上优于前者。谢灵运的山水诗在描绘自然山水美景、表现大自然的蕴涵

① 《文心雕龙·明诗》。

之美的同时，又表现了对玄趣佛理的体悟，这对于追求人与自然合一的生命境界的六朝人而言，是非常普遍、相当正常的心理倾向，亦符合六朝山水审美文化的特征，故无愧为山水诗派之祖。谢灵运之后，齐梁永明体诗人谢朓在山水诗创作方面的成就最为突出，他在推动谢灵运以来山水诗的发展以及促进永明新诗体的形成两方面，都作出了重要的贡献。谢灵运山水诗的艺术特点是对自然景物观察细致入微，能于诗中再现山水胜景，形象鲜明，意境清幽，他的《登池上楼》、《石壁精舍还湖中作》等名作历来称道者不绝如缕，这里以他的《登江中孤屿》为例予以体味：

江南疲历览，江北旷周旋。
怀新道转迥，寻异景不延。
乱流趋孤屿，孤屿媚中川。
云日相晖映，空水共澄鲜。
表灵物莫赏，蕴真谁为传。
想象昆山姿，缅邈区中缘。
始信安期术，得尽养生年。

本诗写于他在永嘉任上，是游永嘉江中孤屿山之作。诗中写到了游览的经历和孤屿山的风光，以及在惊叹、沉醉之余为眼前美景竟为世所弃、无人赏玩而产生的惋惜之情。“云日相晖映，空水共澄鲜”二句，写白云丽日、澄江蓝天互相辉映的景色，鲜明生动，展示出一个纯净空明的空间，体现了“谢诗如清水出芙蓉”的特点。篇末从眼前的孤屿山联想到昆仑山的仙境，进而想到养生之术，表达了他想远离朝市的愿望。谢灵运的另一首《过白岸亭》也是既描写令人应接不暇的青翠空明、生机勃勃的山光水色美景，同时又抒发了所激发的玄趣，以至使整个山水画面披上了一层神秘的玄理色彩。这也正说明，在六朝的山水审美文化中，山水与玄趣是相通的，山水往往是悟道的媒介和幽情的载体。在诗中描景绘色之同时，体味玄趣，继而抒发仕途失意、荣悴穷通无常的慨叹，最后表示从此不问世事，返璞归真，是当时大多数山水诗的一般模式。其实，从这一模式，我们正好可以发现士人们在山水审美过程中的心理轨迹。

谢朓对于六朝山水审美文化的贡献也值得一说。他的诗已经完全摆脱了玄言诗的影响，在描写自然景物，以及通过山水形象寄托情志方面，在谢灵运的基础上又发展了一步，而且风格更加清逸秀丽，以至在当时就被梁简文帝誉为“文章之冠冕，述作之楷模”，梁武帝更有“三日不读谢诗，遍觉口臭”之言，至于他在后世山水诗人心目中的位置就更不用说了。谢朓的山水审美体验的心理方式，以及他在诗中表现这种体验的艺术方法，已接近于唐人，这正说明他的山水诗标志着山水审美体验的诗歌表现形式之成熟。如他的《之宣城郡出新林浦向板桥》：

江路西南永，归流东北骛。
天际识归舟，云中辨江树。
旅思倦摇摇，孤旅昔已屡。
既欢怀禄情，复协沧洲趣。
嚣尘自兹隔，赏心于此通。
虽无玄豹姿，终隐南山雾。

这是一首抒发羁旅愁怀之作，写于谢朓赴宣城太守任途中。先写江路远景，次写孤旅愁思，终以喜得外任可以远离尘嚣、全身避害而自慰。他乘舟逆水而行，长江之水滚滚东去，心中去国离乡之悲与眼前的江水归流之景，使他不禁回首遥望天际，但见帆影点点，江树离离，不胜感慨流连、痛心疾首。羁旅宦游使他感到厌倦，而幽栖避祸又使他感到自慰，抒吐而出的复杂情感，使诗人主体形象清晰地呈现在读者眼前。写景与抒发羁旅宦游之情，通过描绘山水境界来映现主体生命的“此在”样态，此诗实际上成为展示谢朓心灵世界的一面镜子。钟嵘在《诗品》中说谢朓的诗“一章之中，自有玉石”，“奇章秀句，往往警遒”。而本诗“天际识归舟，云中辨江树”一联，亦为千古传诵的名句，气象开阔，清新秀逸，清人王夫之在《古诗选评》中赏誉有加：“语有全不及情而情自无限者，心目为政，不恃外物故也。‘天际识归舟，云中辨江树’，隐然一含情凝眺之人，呼之欲出。从此写景，乃为活景，故人胸中无丘壑，眼底无性情，虽读尽天下书，不能道一句。”①

总之，山水诗体现了六朝人的山水审美体验，二者互为表里，均为精湛的人文价值创造。在其时的山水诗中，自然山水作为怡情荡性、绰玄悟道、

① 王夫之撰、张国星点校《古诗选评》卷五谢朓《之宣城郡出新林浦向板桥》，河北大学出版社 2008 年版，第 275 页。

文思奥府媒介的多重审美价值，无不得到开发，从而在中国山水审美文化发展的历史上留下了一道绚丽多姿的亮彩。

（1998年3月）

论隐逸情怀的美学特质

魏晋南北朝时期是个体与社会之关系极其不和谐的一个时代。而早在先秦时代开始，人们就为解决这种个体与社会之间的矛盾冲突找到了一种办法，这就是隐遁，即离开社会人群，投身山林江海湖泽，其目的或者是为了守望一种政治方面的信念，或者是为了维护一种人格方面的质性。这两个方面，只要任何一个方面与社会、群体发生激烈对抗，均是对一个人的情操的严重考验，对其生命是一场厄难。所以，隐遁本身是一种价值行为，一种文化符号，其中寓有丰富的思想内涵。在先秦时期，即产生了隐遁文化的文本，史传中所记写的隐遁之士是一种类型，《庄子》中所塑造的一系列伏身林野大岩、湖泽水畔的狂佯之徒是一种类型，屈原心目中隐身于烟波江上的渔父又是一种类型，尤其是后者，实际上成为中国传统文学的一个母题，"克隆"者甚众，在主题学研究中是一个特别值得探讨的现象。从人文发生学的角度而言，隐遁行为的文本化过程，也是其逐步审美化的过程，并且其作为一种文化符号和审美意象原型，必然会对后世在心理调整、价值认同以及美学意趣等方面产生暗示作用。

汉末以来特定的社会历史环境，为隐逸文化的迅速生长发展提供了绝好的土壤，以至在魏晋南北朝时期，隐逸文化所应该包含的全部主题，一一得到确认和展示，这表明中国传统隐逸文化在此时发展成熟了。从史学、社会学的角度来看，隐逸成为当时的一个严重的社会问题；从文学、美学的角度来看，其又是一个饶有意味的人文现象，所以在观照六朝审美风尚史时，应予特别注意。在不同类型的人那里，隐逸的产生动机以及表现方式是有分野之不同的，故隐逸的价值追求是多元化的，逸民之隐是为了生存，陶潜之隐是为了理想，而门阀士族之隐则是一种"行为艺术"。无论何种，都为当时的隐逸文化增添了新的内涵，也成为今天我们讨论六朝审美风尚的一个话题。

一、作为一种价值符号的隐逸文化

在中国传统文化中，文人士大夫的隐逸，是一种内在意涵非常丰富的文化、价值符号，其中便包含着审美文化的意味。隐逸，即是在一定的程度上或在完全的意义上疏离于主流社会生活之外，超脱于尘世喧嚣、庸凡俗事之上，归趋自然。因此，隐逸必然要与山水、田园结缘，但是其又不仅仅是赏玩山水。但是，栖身山谷林野之动机，由最初之为了全身避害而变为托身林泉，于山水之间感受大自然之精神，享受逍遥自适的生活情趣，却是社会、思想发展和文人士大夫精神生活方式变迁之结果，也只有这样，其才能成为一种具有审美性质的行为。而简要地追溯一下隐逸思想演变的历史轨迹，对于我们解读作为六朝审美文化现象之一的文人士大夫的隐逸情怀，是非常必要的。

在儒家思想体系中，"隐"是针对"仕"而言的，孔子有"邦有道，则仕；邦无道，则隐"之论，孟子则明言"穷则独善其身，达则兼济天下"。所以，从政治社会的参与中引身而退，这对于以道自任的君子而言，是一种不得已的选择，只意味着为了远离当政者的权势，或避开混乱不安的世局，并不代表其人生信念、道德取向的改变。对于这一点，《庄子·缮性》篇中说得再清楚不过了：

> 古之所谓隐士者，非伏其身而弗见也，非闭其言而不出也，非藏其知而不发也，时命大谬也。当时命而大行乎天下，则反一无迹；不当时命而大穷乎天下，则深根宁极而待。此存身之道也。

但是，如果是庄周式的抗命丘园，肆志濠濮，情况就大为不同了。《庄子·刻意》篇云："就薮泽，处闲旷，钓鱼闲处，无为而已矣。此江海之士，避世之人，闲暇者之所好也。"原来隐逸山林是一种"无为"的行为，就是说其所代表的是一种道德批判姿态，一种人生理想的求索。所以，庄子的"隐"，实际上是一种顺应自然、达到逍遥无待心灵境界的个人行为，具有超世绝俗的倾向，从本质和终极目的上讲，则是体"道"，以达到彼岸。这样，自然山水也就从实用功利的隐避场所变为个人生命合乎自然的逍遥牧放人生的媒介，远离俗世的自然山水便具有了滋养精神、培育价值、产生美学的意义。到了东汉时期，隐者为高士、以隐逸为高趣的思想，在文人中间逐渐开始流行，如汉末的仲长统就在其《述志诗》之二中写道：

抗志山栖，游心海左；

元气为舟，微风为柁；

翱翔太清，纵意容冶。

这真是对隐逸山林、逍遥游放的人生方式所唱的一曲赞歌。但是，在庄老玄风还没有像后来那样特别盛行的时候，这毕竟是少数情况，而大部分人的隐逸还是出于全身避害之需要。从西汉末开始，由于社会政治的原因，文人士大夫纷纷遁世隐居，史载："汉室中微，王莽篡位，士之蕴籍义愤甚矣。是时裂冠毁冕，相携持而去之者，盖不可胜数。"①到了东汉末，由于连年旱灾，以及黄巾起义和董卓之乱，这种现象就更普遍了，《后汉书》和《魏志》对此详有记载，这里不予细列。这种隐逸行为的动机，《后汉书·逸民列传》曾有准确的说明：

或隐居以求其志，或曲避以全其道，或静己以镇其燥，或去危以图其安，或垢俗以动其概，或疵物以激其清。然观其甘心畎亩之中，憔悴江海之上，岂必亲鱼鸟林草哉？

这就是说，隐居的动机更主要是出于保全性命或逃避、反抗不满的社会现实，而不是"亲鱼鸟林草"。所以，早先的"隐"并不完全意味着必须投身山林，只要能够保全家身性命，不管在何处都可以实现"隐"之目的。这方面，典型者莫如东方朔，据《史记·滑稽列传》记，东方朔"行殿中，郎谓之曰：'人皆以先生为狂。'朔曰：'如朔等，所谓避世于朝廷间也。古之人，乃避世于深山中。'时坐席中，酒酣，据地歌曰：'陆沉于俗，避世金马门。宫殿中可以避世全身，何必深山之中，蒿庐之下。'"是的，如果"隐"只是为了避世全身，何处不可以安身，何必跑到荒山野村中去。东方朔的这种"以仕为隐"论，大约是最聪明的保身方法了。所以，文学作品中就出现了"招隐"一类的作品，最早者有淮南小山的《招隐士》②，其曰如：

桂树丛生兮山之幽，偃蹇连蜷兮枝相缭，山气巃嵸兮石嵯峨，溪谷崭岩兮水曾波，猿穴群啸兮虎豹嗥，攀援桂枝兮聊淹流，王孙游兮不

---

① 《后汉书·逸民列传》。

② 见萧统《文选》卷三十三。

归。春草生兮萋萋，岁暮兮不自聊……王孙兮归来，山中兮不可以久留。

这里，自然山水被视作艰险困顿之境，隐居是一件枯槁憔悴而又充满危险的事情。所以，王康琚《反招隐诗》便有“小隐隐陵薮，大隐隐朝市。伯夷窜首阳，老聃伏柱吏”之说。当然，社会也不是安全之所，所以解决问题的最妥帖之方法就是采取庄子式的归于内心，就是“和光同尘”，入世而又能超世，达到无须避居江海而又能无往而不保其清静，西晋诗人闾丘冲在《招隐诗》中所表达的正是这种意旨：“大道旷且夷，蹊路安足寻。经世有险易，隐显自存心。嗟哉岩岫士，归来从所钦。”

这种意旨还透露出这样的思想信息，即魏晋以来，虽然隐逸思想同时盛行于士族和寒族中间，但是由于社会地位和社会角色之不同，对隐逸的价值评价便不同。在晋代，玄学思想是社会的主流意识形态，玄学的重要思想成分之一是道家特别是庄子学说，而隐逸思想又在庄学中占有重要的位置，但是如果人人都跑到深山野林中去做隐士，往而不返，社会与统治秩序又如何维系呢？所以迫切需要找到一种既不违背道家思想精神，又不妨害社会群体存在的价值阐述体系，而且还要使隐逸可以发生并且最终对个人身心享受有利，这就是隐的方式的多元化，以及虽隐而不背叛社会。所谓“朝隐”只是方式之一，郭象注《庄子·逍遥游》“肩吾问于连叔”一节对此作了重点阐述：

夫圣人虽在庙堂之上，然其心无异于山林之中，世岂识之哉。徒见其戴黄屋、佩玉玺，便谓足以缨绋其心矣；见其历山川，同民事，便谓足以憔悴其神矣，岂知至至者之不亏哉。

又阐述《庄子·逍遥游》“宋人资章甫而适诸越”节云：

然遗天下者，固天下之所宗，天下虽宗尧，而尧未尝有天下也，故窅然丧之，而尝游心于绝冥之境，虽寄坐于万物之上，而未始不逍遥也……夫尧实“冥”矣，其迹则尧也。自“迹”观冥，外内异地，未足怪也。世徒见尧之为尧，岂识其“冥”哉……若乃厉然以独高为至，而不夷乎俗者，斯山谷之士，非无待者也，奚足以语至极而游无穷哉。

在常人看来，隐与在朝是大相径庭的，但对圣人而言，彼此没有什么差别，而专门跑到山林中隐起来，是明显的示人以“迹”，不合乎体现自然之“冥”的境界。这就是郭象在这里所要告诉我们的。

另外一种解决的办法是改写隐遁作为疏离、背叛社会方式与目的之含义，将之变为享乐生活的、追求审美的“行为艺术”，门阀士族的出现为此提供了可能，并付诸实践。《晋书·嵇含传》记载：

> 时弘农王粹以公子尚主，馆宇甚盛，图庄周于室，广集朝士，使含为之赞。含援笔为吊文，文不加点。其序曰：帝婿王弘远华池丰屋，广延贤彦，图庄生垂纶之像，纪先达辞聘之事。画真人于刻桷之室，载退士于进趣之堂，可谓托非其所，可吊不可赞也。其辞曰：……先生高迹何局，生处巘岫之居，死寄彫楹之屋，托非其所，没有余辱。

又《世说新语·栖逸》记：

> 郗超每闻欲高尚隐退者，辄为办百万资，并为造立居宇。在剡为戴公起宅。甚精整。戴始往旧居，与所亲书曰：“近至剡，如官舍。”郗为傅约亦办百万资，傅隐事差互，故不果遗。

这样的例子，是在为“身在江海，心存魏阙”下注脚。或通过隐而走终南捷径，或本为热衷于聚敛之人而偏偏又喜好资助别人隐居，前者是假隐，后者是自己不去隐逸而专门制造隐逸者，不正说明隐逸被叙事化之程度吗？又《世说新语·栖逸》记：

> 许玄度隐在永兴南幽穴中，每致四方诸侯之遗。或谓许曰：“尝闻箕山人似不尔耳。”许曰：“筐篚苞苴，故当轻于天下之宝耳。”

由于同样缺乏超越凡俗之主题，亦是仅仅将隐逸停留于叙事的层面，它们自然于作为文化价值、审美意趣追求的隐逸存在着较大的距离。但是，一些士族人士由于自身的文化素质和人生态度所使然，他们完全可能将隐逸进行到底，创造出真正的隐逸文化来。如《世说新语·栖逸》：“何骠骑弟以高情避世，而骠骑劝之令仕。答曰：‘予第五之名，何必减骠骑？’”这里讲的是骠骑将军何充之弟何准的事。据刘孝标注引《中兴书》所云可知，这位“高情避世”的何准，雅好高尚，一味避世，朝廷多次征聘而一无所就，而其兄位居宰相，权倾人主，所以何准的隐逸别无其他，就是以隐逸为目的。《世说新语·栖逸》还有两则记载，其一：“阮光禄在东山，萧然无事，常内足于怀。有人以问王右军，右军曰：“此君近不惊宠辱，虽古之沈冥，何以过此？”其二：“南阳刘驎之，高率善史传，隐于阳岐。于时苻坚临江，荆州刺史桓冲将尽讦谟之益，征为长史，遣人船往引，赠贶甚厚。驎之闻命，便升舟，悉不受所饷，缘道以乞穷乏，比至上明亦尽。一见冲，因陈无用，翛然而退。”甘愿过玄寂、苦清的林泉生活，视万乘如敝屣，确实是志存肥遁，不然何以至此？而另一方面的情形却如《晋书·文苑传》所说：“京邑翼翼，群士千亿，奔集势门，求官买职，童仆窥其车乘，阍寺相其服饰……高会曲宴，唯言迁除消息，官无大小，问是谁力。”两相对比，隐逸作为一种文化符号，其所蕴涵的人生价值选择方面的信息不是已经非常明显了吗？

如果说门阀士族的隐逸，其主要目的是通过嘉遁山林，摆脱朝市喧嚣，委心自然，啸傲山水之间，尽情地领略大自然的淋漓元气，以颐养身心，尽享天年，那么，寒门之士的隐遁，除了这些目的之外，更有反抗主流社会、抗争命运不公的意义。门阀制度为士族提供了特权，所谓“上品无寒门，下品无势族”以及“公门有公，卿门有卿”现象的出现，正是因九品中正制给士族提供的特权保障造成的。在当时，入仕升迁的条件，主要是看出身门第之高下。《晋书·光逸传》载：“辅之（胡母辅之）为太傅越从事中郎，荐逸于越，越以门寒而不召。越后因闲宴，责辅之无所举荐。辅之曰：‘前举光逸，公以非世家不召，非不举也。’”又《晋书·霍原传》：“贵游子弟闻而重之。欲与相见，以其名微，不欲昼往，乃夜共造焉。”寒门不但在仕途上受门第的限制，在社交中也同样如此，处处受到排斥、歧视。在这种情况下，连文学也特权化了，出身寒门的左思耗费十年心血写出了《三都赋》，但是不为世人所重，为了免被湮没，便请名流品题，这样才家传户写，洛阳为之纸贵。在六朝时期，姿仪、清辩是造成名士风流效应的主要条件，而这也几乎被士族所垄断。士族名士无不美姿仪善谈论，这成为他们社交和入仕的一张名片。在当时人的眼里，王衍如琼林瑶树，裴楷如玉山照人，潘安和夏侯湛为连璧，杜弘治如神仙中人，王右军飘如游云矫若惊龙，周颛嶷若断山；善言者裴頠为言谈之林薮，裴绰音辞清畅泠然若琴瑟，他如乐广、卫玠之辈无不以能言见称。但是，一些博学高才的寒门士子，往往缺少的正是美姿仪善谈论，如左思貌寝而口讷，郭璞也讷于言。这方面的差异，除了个性的原因而外，难道与门阀士族在基因选择、教育、文化方面的特权和优势无关吗？因此，便有了左思在《咏史》诗第六首中表现的此种心态：

高眄邈四海，豪右何足陈。
贵者虽自贵，视之若埃尘。
贱者虽自贱，重之若千钧。

为了反抗门阀士族的排挤，为了不与门阀士族的贪浊腐化同流合污，为了从人生志向不得伸展的心理压抑中解脱出来，寒门之士较可行的选择就是隐逸，去过与自然为伍的生活，在山水林野之中领悟大化流行之妙义真谛，左思的《咏史》诗第五首中表达了这一意念：

皓天舒白日，灵景耀神州。
列宅紫宫里，飞宇若云浮。
峨峨高门内，蔼蔼皆王侯。
自非攀龙客，何为欻来游。
被褐出阊阖，高步追许由。
振衣千仞冈，濯足万里流。

陶潜的归园之隐，也属同样的价值选择。所以，寒门之士的隐遁所创造的文化和审美价值，其中寓含着强烈的社会批判和伦理评价的意识。

二、“得意在丘中”

隐逸与山水乐趣合而为一是魏晋时期玄风兴起之后的事情。当时，士林阶层在自我意识的觉醒、主体精神的伸张中，为解除精神的苦闷和心灵的枯竭，极力要从儒家名教的囹圄中解放出来，重新开辟一种以个人为中心的生活天地。在老庄自然无为的思想影响下，他们或者狷介狂傲、任情不羁，或者登山采药、养生服食，或者纵情山水、优游行乐，而寄怀隐逸、遁迹山林也蔚然成风。他们或者隐而不仕，或者亦仕亦隐，所追求的俱是超世绝俗的玄远心境，而这又与遁迹山林密切关联，因为在他们看来清静无为、逍遥自适与流连山水、与自然为伍是互为前提之事，“尚嘉遁”与“好山水”之间难分彼此。如张载《招隐诗》所云：

来去捐时俗，超然辞世伪。
得意在丘中，安事愚与智。

又如张华《赠挚仲洽诗》云：

君子有逸志，栖迟与一丘。
仰荫高林茂，俯临渌水流。
恬淡养玄虚，沈精研空猷。

这就是说隐逸山林既可以远离尘世的缠牵，能逍遥自得，又可以与自然山水为伍，在大自然的青苍翠绿间游放自乐，从而获得高超的情趣和逍遥的生活享受。这种情况，《晋书》中多有记载。如张协，因见“天下已乱”，于是便“弃绝人事，屈居草泽，守道不竞，以属咏自娱”，他还撰写了一首《七命》，全篇由“冲漠公子”与前来造访的“徇华大夫”的对话敷衍而成，展示了作者所向往的隐逸境界，即所谓“含华隐曜，嘉遁龙蟠，超世高蹈，游心于浩然，玩世乎众妙”①者也。又如潘岳，在对追逐功名感到厌倦之后，筑室种树，逍遥自得，优游闲居于自己的庄园中。又如张翰，本来出身望族，但“任心自适，不求当世”，自谓“吾本山林闲人，无望于时”，更以为“人生贵得适意尔，何能羁宦千里，以要名爵”②，因而驾还归隐。此外如谢鲲、孙统、孙绰、谢万等人，亦莫不如此。甚至，豪奢汰侈，显贵如石崇者，在晚年去官之后，亦加入了这一行列。请看他的《思归引序》：

余少有大志，夸迈流俗，弱冠登朝，历位二十五年，五十以事去官。晚节更乐放逸，笃好林薮；遂肥遁于河阳别业。其制宅也，却阻长堤，前临清渠，百木几于万株，流水周于舍下。有观阁池沼，多养鱼鸟。家素习技，颇有秦赵之声。出则游且弋钓为事，入则有琴书之娱。又好服食咽气，志在不朽，傲然有凌云之操。欻复见牵，羁婆娑于九列；困

① 《晋书·张协传》。
② 《世说新语·识鉴》。

于人间烦黩，常思归而永叹。

为隐而隐，以隐逸山水为理想、高尚之事，这在两晋及南朝时期的文人士大夫中间，向然成风，实在是太普遍了，举不胜举。

隐逸之风的形成，与魏晋以来文士们的醉心求仙采药服食也有很大的关系。悲哀岁月易逝，慨叹生命无常，这从汉代开始就成为困扰文人们的一种精神情结，亦是《古诗十九首》以及魏晋时期的游仙诗、咏怀诗的主题之一。欲求长生不死的意识早在春秋时代就出现了，在战国时期经过方士们的竭力宣传，寻求"不死之药"、"不死之道"的风气就非常盛行了。所谓长生不死并不仅仅意味着永居人世，更为理想的是离世成仙，逍遥遨游于飘邈的仙乡乐园。东汉末年社会陷入全面崩溃的境况，出于解脱个人生命焦虑和苦闷之需要，文士阶层一部分人倾心于老庄的"全身"、"养生"思想和道教的服食导引、遁世成仙的功术，所以求仙、采药的风气迅速地在文人名士中蔓延开来，而到了魏晋时期更成为那些追求个人身心自由的文人名士生活的主要内容之一。神仙是遁世避居者，仙境必定在远离尘嚣处，因此要遇仙、采药就必须告别尘事，深入名山大川，其结果就如避世隐居一样，导引文人走向自然山水，而实际上也成为一个隐居者。《晋书·刘驎之传》记："刘驎之，字子骥，南阳人……好游山泽，志存遁逸。尝采药至衡山，深入忘反。"又《晋书·王羲之传》记："羲之……又与道士许迈共服食，采药石不远千里，遍游东中诸郡，穷诸名山。"又支遁《八关斋会诗序》记："余既野室之寂，又有掘药之怀……登山采药，集岩水之娱。"入山的目的是为了求仙访道、采药服食，但又不局限于此，同时亦是一种追求心灵逍遥自适的精神表露过程，即寄怀于超越时空、无往而不适的理想价值世界，以便使自己从精神苦闷中逃离出来，优游牧放于名山胜岳、田园野泽，得到大解脱，所以其亦如避世隐居一样，同属尘外遐举。深入名山荒野求仙、采药，有时持续时间很长，在与人事隔绝、与俗世远离的环境中，求仙采药者无异于栖逸山林的逸士，在登山越岭、东张西望、瞻前顾后之际，游览山水即成为过程的一部分，其时的游仙诗、采药诗中多有"遐举游名山"、"采药游名山"之类的句子，如郭璞《游仙诗》中的"采药游名山，将以救年颓"，庾阐《采药诗》中的"采药灵山嫖，结驾登九嶷"，足以证明求仙采药与周流游览山水的相互关系。所不同者在于自然山水在求仙采药者眼中呈现的是一种仙趣、玄意，那苍木、峰陵、云雾、飞瀑，种种自然景色，足以引发仙心，增添遐想，成

为他们托志玄远的一种媒介。如潘尼《游西岳诗》:

驾言游西岳,寓目二华山。
金楼虎珀阶,象榻玳瑁筵。
中有神秀士,不知几何年。

又如湛云生《庐山神仙诗》:

吸风玄圃,饮露丹霞。
室宅五岳,宾友松乔。

自然野景唤起的恰恰是对金碧辉煌的仙境和长生不老仙人的遐想,绝妙的山水之境也就是神明之区域、列仙之苑囿。如果说魏、西晋时期的求仙与采药还较多地胶柱于仙境、灵药,以满足幻想中的长生不死欲望,那么到晋室南渡之后,在庄、禅顺乎自然、清静无为的意识影响下,所谓的求仙采药就成为名士们优游自适生活中的一种情趣,而对理想仙境的索求实际上成为对山水佳境的寻访。对于这些贵游子弟们而言,生死问题不再是最切身的烦恼,追求虚无玄远也与个人的出处进退没有必然的联系,他们所追求的是隐遁山林、逍遥自适的高情逸致,所以登山采药、服食养生就变为一种本乎性情的雅好,顺乎自然的情趣,也是他们浪迹山林、逍遥自适的山中生活的点缀。他们采药于山巅水涯、深林空谷,游览、观赏,望山瞻水,迎风弄泉,从容遐想,神通自然,沉浸在一片与自然为伍的和悦之中。

隐逸山林之风的炽盛与佛教的传播也有一定的关系。当时的一些名僧不但精于佛理,而且也精通老庄,善谈玄理,风度绝佳,文藻冠世,因而成为文人名士们争相交往的对象。再者,有名的梵刹精舍大都筑建在山水风景绝佳之处,那些绝迹事务、方外修行的沙门们实际上过的是一种隐居山水林泽和清谈佛理、玄义的优游生活,无疑也是隐士。在重心神超然、忘情得意方面,名僧与名士没有区别。对于名士们而言,拜访名僧,与他们一起清谈老庄之学和佛理义谛,以及结伴造访名山胜水,表示着一种超世脱俗的高情,也是一种优游赏玩的乐趣,如晋末的庐山莲社就是一个以名僧慧远为首的包括一百多人的隐士大集团。宗尚之一致,行处之效仿,佛门释氏对名山隐逸之风的影响便在所难免了。六朝高僧帛道猷在其《陵峰采药触兴为怀》诗中如此写道：

连峰数千里，脩林带平津。
云过远山翳，风至梗荒榛。
茅茨隐不见，鸡鸣知有人。
间步践其径，处处见遗薪。
始知百代下，故有上皇民。

帛道猷素好丘壑，优游山林，纵心孔、释，访山采药，引以为乐。这首诗表现他因采药而深入林野，而兴情，而悟理，基本上没有表现仙心、玄趣，而是更多地沉醉于对偏远幽邃的山水田园风光的赏爱情趣之中，物我情契，冲淡清远，体味山水田园完全取代了体味仙心玄理。

对于寒士中的隐逸者来说，由于他们的隐遁本来就是人生窘迫情形下的被动性选择，所以在田园山水间的存在体验与贵游子弟们是不同的，所产生的情感意兴在价值向度方面也不同。首先，他们的隐逸行为是在排拒政治污浊、反对人性异化、追求人性的真善美这一社会批判和道德评价价值层面上发生的，故而对田园山水情趣的审美体验更接近于宇宙自然的本真精神。其次，他们还要做到躬身自给，而幽处林间岩壑、乡间僻壤的生活，毕竟还是非常清苦的。如《晋书·郭文传》记：

洛阳陷，(郭)乃步担入吴兴余杭大辟山中穷谷无人之地，倚木于树，苫覆其上而居焉，亦无壁障。时猛兽为暴，入屋害人，而文独居十余年，卒无患害。恒著鹿裘葛巾，不饮酒食肉，区种菽麦，采竹叶木实，贸盐以自供。

但是，物质方面的困窘并不能妨害精神方面的满足，左思《招隐二首》之二所表现的正是这一点：

始经东山庐，果下自成榛。
前有寒泉井，聊可莹心神。
峭茜青葱间，竹柏得其真。
弱叶栖霜雪，飞荣流余津。

爵服无常玩，好恶有屈伸。
结绶生缠牵，弹冠去埃尘。
惠连非吾屈，首阳非吾仁。
相与观所向，逍遥撰良辰。

明白地道出了自己弃官归隐，筑庐东山，是在体验到富贵无常、善恶不定、仕宦多羁以后所进行的一种价值选择。自己既不愿如柳下惠、鲁少连那样辱身曲志，受禄于乱朝，也不愿像孔子所称赞为"求仁得仁"的伯夷、叔齐那样，虽不降其志，不辱其身，却饿死在首阳山，自己所要得到的只是超然、恬静地生活在大自然的怀抱之中，保持一份高洁与纯真，与自然同呼吸、共律动，逍遥自适于那美好的时光里。这种隐逸情形当然有别于谢安式的贵族化隐逸和唐代时盛行的走"终南捷径"的隐居。陶渊明的隐逸，可与左思视为同调。

但是，对于魏晋时期那些具有门阀身份的名士们来说，如东晋时的王、谢家族，情况就大为不同了。他们的隐居，一般都是在乡间别墅或私家园林中，间或远足于山水深处。《晋书·谢安传》记谢安：

又于土山营墅，楼馆林竹甚茂，每携中外子孙侄往来游集，肴馔亦屡费百金，世颇以此讥焉，而安殊不以屑意。

又《晋书·纪瞻传》记载：

瞻性静默，少交游，好读书……厚自奉养，立宅于乌衣巷，馆宇崇丽，园池竹木，有足赏玩焉。

最著名者莫如石崇建在金谷涧中的别墅金谷园，其间清泉、环溪、水碓、鱼池、茂林、青柳、土窟、峻坂，一切足资娱目赏心的设置应有尽有，一时成了名士文人们游宴寻乐的地方。这些欣慕老庄、务求心神超然无累的高门贵族之士们，以隐逸为高，以游放山水为傲，于山水佳美之处，广置庄园别墅，与志同道合的名士文人，以及深识老庄精通诗文的僧道们，优游其间，徜徉于园林山水之间，或在琴棋书画间饮酒、谈玄、赋诗，因而隐逸不再是清苦、孤独之事，而成了一种高级的享乐。王羲之的一段话准确地表明了这一点："古之辞世者或被发阳狂，或污身秽迹，可谓艰矣。今仆坐而获逸，遂其宿心，其为庆幸，岂非天赐！"①不但如此，还少不了女色相伴，如"安虽放情丘壑，然每游赏，必以妓女从"②。这当然只能是贵族阶层讲究生活素质与情趣享乐的隐逸，在两晋和南朝是较为普遍的。贵族们如此豪奢汰侈，文人们竞相趋附，所以他们的这种隐逸与自然的关系是占有性质的，田园山水只是他们进行身心休闲的场所，与自然的对话交流与相互融合，仅停留在浅表的层面上，反映出他们生命意识深层的美学化程度尚为不足，故他们的隐逸只能流于类如当今的"行为艺术"般的演示。

事实上，隐逸的原创性意义是追求自然的美善，回避社会阴暗的丑恶，与现实政治相左，因而隐士的诞生即反证出社会于真善美之缺失，而一旦隐士的队伍壮大了，这一反证就更有力量。所以，六朝隐逸文化在发展中也遭遇到了与现实政治之间的矛盾冲突，于是存在着一种如何证明自身的合理性的问题，《晋书·庾峻传》所载庾峻关于山林之士存在意义的奏疏便体现了这一意思：

> 是时风俗趋竞，礼让陵迟。峻上疏曰："……是故圣王之御世也，因人之性，或出或处，故有朝廷之士，又有山林之士。朝廷之士佐主成化业，犹人之有股肱心膂，共为一体也。山林之士被褐怀玉，太上栖于丘园，高节出于众庶。其次，轻爵服，远耻辱以全名。最下就列位，惟无功而能知止。故其清劭足以抑贪污，退让足以息鄙事。故在朝之士闻其风而悦之，将受爵者皆耻躬之不逮。斯山林之士、避宠之臣所以为美也！先王嘉之，节虽离世，而德合于主；行虽诡朝，而功同于政……莫若听朝士时时从志，山林往往间出。无使入者不能复出，往者不能复反。然后出处交泰，提衡而立，时靡有争，天下可得而化矣。"

可以说，这是站在"正方"的立场上对"反方"责难的回应，读来饶有趣味。

三、陶渊明田园生活的美学"真意"

陶渊明的田园隐逸生活是中国隐逸文化的典型，他创作的表现隐逸情

① 《晋书·王羲之传》。

② 《晋书·谢安传》。

怀的田园山水诗文，则成为传统隐逸文化中可超越历史时空的经典文本。总之，陶渊明的隐逸，在哲学和美学两个层面都具有集大成的性质，从而将传统隐逸文化提升到了极致的境界，使后世无法超越，而只有仿效。

陶渊明隐遁的价值动机有多重层面，包括对主流社会曳裾拱手、宴安自逸和贪污奔竞、奢侈糜烂状态的痛心疾首，对士族排挤欺压寒门之士的愤懑情绪，对伪善的礼法之士和虚假隐士的不屑一顾，对自己仕途之路的彻底失望，此外尚有全生远害之考虑，安闲平淡生活情趣之追求，体验宇宙的本体精神和人生存在的终极性意义，等等。他在作品中提供了这些社会观、哲学观、人生观和美学观方面的信息，并在“自然”、“返真”、“任化”、“适意”等关键词的缀合下，通过“隐逸”这一平台聚合起来，成为他隐逸价值的组成部分。陶渊明的思想价值资源有着多元化的丰富性，并呈现出复杂交织的状态。被称为“千古隐逸诗人”的陶渊明，本来是抱有一番济世宏道思想的，如在《怀田舍》诗中所云“先师有遗训，忧道不忧贫”，又在《拟古》第八中说“少年壮且厉，抚剑独行游”，又在《杂诗》第五中言“忆我少壮时，无乐自欣豫。猛志逸四海，骞翮思远翥”。但由于所处的是一个道德沦丧的社会，世风浇漓，人心不古，社会上到处充斥着虚伪的礼法之士和虚诞的狂放之徒，因而无法实现自己的济世理想，于是在进退出处之间矛盾徘徊。但是，他在经过几次出仕与归隐的反复之后，在“欲言无予和，挥杯劝孤影。日月掷人去，有志不获骋。念此怀悲悽，终晓不能静”①的慨叹中，他最终还是选择了隐遁，终于又回到了自己朝思暮想的田园故居，坚定地走上了躬耕自给的隐逸生活。庄老佛禅思想以及玄学清谈对陶渊明价值思想的影响，主要体现在他的追求个性自由，向往宁静、适意的人生境界，往往耽于思考和追求具有本体性、终极性的“真”这一问题和答案，以及肆意纵酒、不拘形迹等方面。他在《归去来兮辞·序》中言：“质性自然，非矫励所得，饥冻虽切，违己交病。”又在《感士不遇赋》中说：“宁固穷以济意，不委曲而累己。”无不表现出他对于个性价值、生命自由的维护。对他来说，学仕的过程让人违背个性，失去生命自由，自己实在无法完成这种性格的“矫励”，故而产生“望云惭高鸟，临水愧游鱼”②的心隐之痛。而《始作镇军参军经曲阿作》中所云“真想初在襟，谁谓形迹拘”，《劝农》中所谓“傲然自足，抱朴

---

① 《杂诗》第二，见《陶渊明集》卷四。

② 陶渊明：《始作镇军参军经曲阿作》，见《陶渊明集》卷三。

含真”,《辛丑岁七月中赴假还江陵夜行涂口》中的“养真衡茅下,庶以善自名”等,则显然有道家崇尚自然、委运任化的思想痕迹。陶渊明也是有“玄”心的,这可以从他在诗文中对生命存在的形上思考、对田园风光的本体性体验以及对形神关系的辨析中所表现出的意向得到证明。沈约《宋书·陶潜传》所记:“潜不解音声,而蓄素琴一张,无弦,每有酒适,辄抚弄以寄其意。”就更说明他在生活中对“大音希声”之“玄”的体验了。所不同者在于陶渊明之“玄”心,与正始名士、竹林名士均不同,他是以“平常”之心、“远”心、“无意”之心来体味“玄”,从日常生活和普通事物中领略“玄”之真谛,并又将之返还于日常生活之中,而不是在清谈和登临山水、寻仙访道中搜求“玄”心。我们可以通过他的《饮酒》第五首来体味这一特点:

结庐在人境,而无车马喧。
问君何能尔,心远地自偏。
采菊东篱下,悠然见南山。
山气日夕佳,飞鸟相与还。
此中有真意,欲辩已忘言。

以即事即景的手法,叙写安贫乐道、体玄味真,悠然自得的心境。前四句意思是,只要超越了尘俗,将事功利禄置之度外,达到寄心高旷,心无滞物,虽居人境,身在寰中,亦如同居于远离人世偏荒僻野一样,是为“心远地自偏”。后六句描写体验、玩味自然田园时所呈现的悠然、澄明心境。东篱把菊,悠然见山,山色飞鸟,此时此地此境,一切均处于当下的此在状态之中,却构成了一幅绝佳的现“真”、显“玄”的画面,又与诗人此时此刻的心境相互映衬,原来“人境”中也能产生“玄境”,决绝在于心境。所谓“此中有真意”之“真意”,正是诗人从这田园生活中所领略到的超然事外、冲淡平和的一种玄远意趣,其是人生的真正意义之所在,而这番况味是那些以功名利禄撄累其心之徒难以体味到的。这种超然境界使人沉浸、陶醉,但又只可意会,不可言说,也无须言说。有评曰本诗“心远为一篇之骨,真意为一篇之髓”,真是精湛至极。

陶渊明在诗文中对自己的田园隐逸生活作了全方位的诗意化再现,他在《归园田居》第三首中这样描述道:

种豆南山下，草盛豆苗稀。
晨兴理荒秽，带月荷锄归。
道狭草木长，夕露沾我衣。
衣沾不足惜，但使愿无违。

生动地记录下了诗人在躬耕之路上的早出晚归、辛勤劳动的情景和感受，抒发了对躬耕自给生活的热爱之情。其实，陶渊明的这种田园情怀，既体现了他不同凡俗的贞洁、磊落品格和固穷守节的思想，又流露出较为浓重的追求玄远超旨、闲适自得的意趣。作为一个避世之士、陇亩之民，陶渊明在自己的田园生活过程中，精神世界是充实的，他或饮酒怀古，或辛勤劳作，或邻里往来共话桑麻，安贫而乐道，悠然而自得。这对他而言，无异于倦鸟归林、池鱼回渊，而草屋、田亩、树木、村落、炊烟，乃至鸡鸣、犬吠，这一切对他又是显得那么亲切、诗意，使其超越了世俗樊笼，摆脱了心为身役的困境，保持了独立、完整的人格，实现了去伪趋真、避薄还淳，还原了"性本爱丘山"之本真自我。但是在当时，如陶渊明的这种以躬自耕读为乐，闲暇中"欢然酌春酒，摘我园中蔬"①式的田园式隐居，是不会产生多大影响的，以至他创造的隐逸文化的新人文审美价值的田园诗文本，直到唐代开始才真正发挥作用，在接受和评价的过程中产生了其应有的价值效应。

将陶渊明"平淡"、"任真"、"任化"的隐逸生活情调与世居门阀贵族的王、谢家族的隐逸生活加以比较，彼此之间的文化和美学意涵是非常不同的。与六朝时期其他隐逸之士比较，也有明显的差异。这里，有个性类型之不同，有对生命的哲学理解之不同，有存在状况之不同，有美学意趣追求之不同，有时代现实环境之不同。正因如此，使他的隐逸生活及其精神产品——田园诗文成为六朝隐逸文化中具有创新性、集成性以及审美化程度最高的文本，并为魏晋风流、六朝隐逸打上了一个圆满的句号。如果要点出陶渊明隐逸美学之"真意"所在，那只能是"平淡"、"任真"、"任化"。

（1998 年 6 月）

① 《读山海经》第一，见《陶渊明集》卷四。

苏轼诗学思想之义理及特点

北宋诗风的革新演变，经王禹偁、梅尧臣、苏舜钦、欧阳修而至苏轼，终于如愿以偿，浮巧轻媚、丛错采绣的五代余风黜退，在追求平易、古淡的风格化过程中，逐渐形成了宋诗异于唐诗的艺术风貌。而在此过程中，苏轼无疑是一个标志、一个里程碑，他在梅尧臣、欧阳修等人的基础上进一步开拓前进，完成了廓大宋诗疆域的时代所任，因而被视为是"集诗之大成者"①，以及对宋诗"开辟一境界"②者。

苏轼对北宋诗歌的贡献，不仅体现在他几乎为之付出生命代价的丰富多彩的创作实践方面，更体现在他的诗歌理论批评方面。他以自己的创作经验为基点，并以历史的经验为参照，更以其作为诗歌创作天才所独具之感悟和描述能力，对诗歌创作中的一系列重要理论问题作了探究，形成了自己的诗学思想体系，从而充实、发展了传统诗歌理论。本文意欲通过考察、诠释苏轼对于诗之本质、诗之功能以及诗美特征、诗美创作心理的批评观念，来认识其诗学思想之精神义理及特点，并就教于方家同好。

一、"未尝敢有作文之意"

关于诗之本质，苏轼基本上遵循了传统诗学中的心物交感、主客合一的诗美观，认为诗是诗人主体在感物的基础上内在精神境界的自由呈现，

---

① 胡仔《笤溪渔隐丛话》后集自序云："余尝谓开元之李、杜，元祐之苏、黄，皆集诗之大成者，故群贤于此四公，尤多品藻；盖欲发扬其旨趣，俾后来观诗者，虽未染指，固已知其味之美矣。"见《笤溪渔隐丛话》后集卷首，人民文学出版社1962年版。

② 沈德潜《说诗晬语》卷下："苏子瞻胸有洪炉，金银铅锡，皆归熔铸；其笔之超旷，等于天马脱羁，飞仙游戏，穷极变幻，而适如意中所欲出，韩文公后，又开辟一境界也。元遗山云：'只知诗到苏黄尽，沧海横流却是谁？'嫌其有破坏唐体之意，然正不以唐人律之。"见《清诗后》下册，上海古籍出版社1978年版，第544页。

因此我们可以视他为情感本体论者。《南行前集叙》①云：

> 夫昔之为文者，非能为之为工，乃不能不为之为工也。山川之有云，草木之有华实，充满勃郁，而见于外，夫虽欲无有，其可得耶？自少闻家君之论文，以为古之圣人有所不能自已而作者。故轼与弟辙为文至多，而未尝敢有作文之意。己亥之岁，侍行适楚。舟中无事，博弈饮酒，非所以为闺门之欢；山川之秀美，风俗之朴陋，贤人君子之遗迹，与凡耳目之所接者，杂然有触于中，而发于咏叹。盖家君之作，与弟辙之文皆在，凡一百篇，谓之《南行集》。将以识一时一事，为他日之所寻绎，且以为得于谈笑之间，而非勉强所为之文也。

这是苏轼首次对诗歌的本质这一问题发表看法。他根据与父亲苏洵和弟弟苏辙一道沿江南下、一路吟咏的创作体会，得出了作诗是主体“充满勃郁，而见于外”，“有触于中，而发于咏叹”的精神感受和体验过程；并且认为诗的产生应该是在诗人“有所不能自已”的情况下内心情感的自然表露，而不能是在“作文之意”逼迫下的勉强所为，“未尝敢有作文之意”，正复言此。同样的看法，苏轼曾多处表述过，如在《子思论》中云：“昔者夫子之文章，非有意于为文，是以未尝立论也。所可得而言者，唯其归于至当，斯以为圣人而已矣……夫子既没，诸子之欲为书以传于后世者，其意皆存乎为文，汲汲乎惟恐其汩没而莫吾知也，是故皆喜立论。自孟子之后，至于荀卿、扬雄，皆务为相攻之说，其余不足数者纷纷于天下。”苏轼在此所言之“不能不为之为工”，即等同于“有所不能自已而作”，而在义理方面，则与其父苏洵在《仲兄字文甫说》中的“自然成文”说是一脉相承的。苏洵在《仲兄字文甫说》中从《易·涣》卦“风行水上，涣”之卦象生发开来，以充溢的“水”喻作者主体，以“风”喻创作机遇，得出的结论是：“是其为文也，非水之文也，非风之文也；二物者非能为文而不能不为文也。物之相使而文出于其间也，故

---

① 宋仁宗嘉祐四年(1059年)，苏轼、苏辙除母丧，同时朝廷又诏命苏洵进京，因此苏氏父子三人于是年十月携家眷再次入京。此次旅程，“自蜀至于楚，舟行六十日，过郡十一，县二十有六”，从岷江到江陵，沿途川荆地带长江两岸的山川形胜、名胜古迹以及风俗人情，激发了苏氏父子三人的诗兴，给他们提供了丰富的创作素材。在六十天的游历过程中，父子三人就所见所闻共创作诗文一百篇。在江陵驿休息时，苏轼将这些诗文加以整理编集，定名为《南行集》，并专门写下了这篇序言。

此天下之至文也。今夫玉非不温然美矣，而不得以为文；刻镂组绣，非不文矣，而不可与论乎自然。故乎天下之无营而文生之者，唯水与风而已。”①苏洵在此所言实际上就是创作中的心物交感问题，而其哲学底蕴则是道家的“无为”、“自然”思想。在苏洵之前，田锡在论文时也主张文章要讲求“声气”，但此“声气”之得来必须出之于自然，应是“随自然而得性，任其方圆而寓理”。因此，文章在构思上应见出妙得自然之理的“元化之杼机”、“昊天之工妙”，在表现上应如“微风动水，了无定文”、“太虚浮云，莫有常态”，从而达到“不知其所以然而然”②的境界。应该说苏洵的“自然成文”说和苏轼的“文理自然”说与田锡的这一见解在精神义理方面又有着前后延续的关系。

这种认识后来一直为苏轼所坚持，而在论诗时经常道及。如在《辨杜子美杜鹃诗》中说：“且子美诗备诸家体，非必牵合程度，侃侃然者也。是篇句落处凡五杜鹃，岂可以文害辞、以辞害意耶？原子美之诗，类有所感，托物以发者也，亦六义之比兴，《离骚》之法欤！”苏轼又在《杂说》中认为创作应是“流于既溢之余，而发于持满之末”；在《与李方叔书》中指出创作不得“未甚有得于中而张其外”，等等。由此，我们可以看出，苏轼在《题渊明〈饮酒〉诗后》中提出的“境与意会”的命题，就是这种认识的理论升华，意在揭示：诗歌是诗人主体与外在世界进行情感交流的精神结晶，是主体内在世界的象征。而因物触兴，借景抒情，寓情于景，则是主体通过诗歌折射内在生命的基本途径与手段。

经过长期的创作实践和一系列的生活艰险之后，苏轼更提出诗歌创作是主体情感体验和内在情结的排遣、宣泄的看法，这实际上是对“有触于中，而发于咏叹”观点的进一步发展。苏轼作有《读孟郊诗二首》，诗中称许孟郊的诗情致真切，他说“诗从肺腑出，出辄愁肺腑。有如黄河鱼，出膏以自煮”、“水清石凿凿，湍激不受篙”，完全是诗人内在情感之真实宣泄。又认为孟郊的诗是“孤芳擢荒秽，苦语余《诗》、《骚》”，就抒泄生命痛苦情结而言，可类之于《诗经》、《离骚》。诗中并云“我憎孟郊诗，复作孟郊语”，故所

① 苏洵《仲兄字文甫说》：“故曰：‘风行水上，涣。’此亦天下之至文也。然而此二物者岂有求乎文哉？无意乎相求，不期而相遇，而文生焉。是其为文也，非水之文也，非风之文也，而不能不为文也。物之相使而文出于其间也，故曰：‘此天下之至文也。’”见《嘉祐集笺注》卷15，上海古籍出版社1993版，第412～413页。

② 田锡：《贻宋小著书》，见《咸平集》卷二。

谓“诗从肺腑出”云云，既是评人，亦为自况。这种认为诗为宣泄主体情感体验和生命情结之具的观点，更为接近诗美的本质。所以，苏轼以情感是否真切论诗，如《和陶渊明〈饮酒〉》：“有士常痛饮，饥寒见真情。”又《论学诗》：“渊明不为诗，写其胸中之妙尔。”而对于那种“屈折拳曲以合规绳，曾不得自伸其喙”①的“不情”之作，则无不睥睨视之：“道丧士失己，出语辄不情，江左风流人，醉中亦求名。”②苏轼又在《录陶渊明诗》中说：“此诗（按：指陶潜《饮酒二十首》第九首）叔弼爱之，予亦爱之。予尝有云：‘言发于心而冲于口，吐之则逆人，茹之则逆予。以谓宁逆人也，故卒吐之。’与渊明诗意不谋而合，故并录之。”所谓“言发于心而冲于口”，主要是指诗人的情感要真切，不假伪饰而言，并非是说诗不要含蓄、余味。后人批评苏诗太露太尽，此病可能与他“冲口出常言”③的主张有关，而与他在此处所言之“言发于心而冲于口”的“贵情真”的诗美观无关，而且就理论主张而言，他从根本上还是十分强调诗的言外之意、题外之旨的，如提出“境于意会”等。

基于这种认识，苏轼发展了从司马迁以来的“发愤著书”说、韩愈的“不平则鸣”说、欧阳修的“诗穷而后工”说，而进一步提出了“诗能穷人”的见解。关于诗穷而后工，苏轼对此认识深刻，他一生诗歌创作的几个丰收季节，均是在获罪贬官的穷困潦倒之时。另外，韩、欧二人的见解和苏轼一贯主张的“诗从肺腑出”、“有触于中而发于咏叹”的诗学观在内在精神上是一脉相通的，都是强调不愤不作，反对无病呻吟。所以，苏轼一再申述欧阳修之说，如云“秀语出寒饿，身穷诗乃亨”④、“恶食恶衣诗愈好，恰是霜松啭春鸟”⑤、“黄金散行乐，清诗出穷愁”⑥，等等。诗穷益工之说，符合诗歌创作的美学规律，在于其准确地揭示了创作中主体情结的释发与作品的审美品格之间的密切关系，其实际上脱胎于“诗可以怨”这一母题，代表了我国文学理论批评对于文学与人生关系的得其神髓的悟解。

但是，苏轼并没有停留在仅仅转述前人之见上，而是进一步提出了“诗能穷人”的见解。《答陈师仲书》云：“诗能穷人，所从来尚矣，而于轼特甚。

---

① 苏轼：《送水丘秀才序》。

② 苏轼：《和陶渊明〈饮酒〉》。

③ 周紫芝：《竹坡诗话》引。

④ 苏轼：《次韵仲殊雪中游西湖》。

⑤ 苏轼：《次韵徐仲车》。

⑥ 苏轼：《九日次定国韵》。

今足下独不信，建言诗不能穷人，为之益力，其诗日已工，其穷殆未可量，然亦在所用而已。不龟手之药，或以封，安知足下不以此达乎？人生如朝露，意所乐则为之，何暇计议穷达？云能穷人者固缪，云不能穷人者亦未免有意于畏穷也。江淮间人，好食河豚，每与人争河豚本不杀人，尝戏之性命。自子有美则食之，何与我事。”而在《邵茂诚诗集叙》中则从主体个性和社会因素两个方面具体申说了“诗能穷人”的原因：“至于文人，其穷也固宜。劳心以耗神，盛气以忤物，未老而衰病，无恶而获罪，鲜不以文者。天人之相值既难，而人又自贼如此，虽欲不困，得乎？”此处所谓“诗能穷人”的因素，有两点值得注意，即“盛气以忤物”和“无恶而获罪”，前者说明诗人主体个性往往与社会常规处于冲突的状态，后者揭示了诗美的被排斥、被污垢。促使苏轼提出此论的契机是他因诗贾祸，屡遭贬谪以致抑郁潦倒的政治、文学生涯，乌台诗案迫使他改变了过去“信不妄”的“非诗能穷人”的看法，而接受了“诗能穷人”这一严酷的现实，出狱后他不得不在诗中发出了“文字平生为吾累”①的感慨。苏轼的一生，实际上就是“诗能穷人”的一个例证，上引《答陈师仲书》所云，就是他以切身经历说服“建言诗不能穷人”的陈氏。此外，苏轼还经常感慨“信知诗是穷人物，近觉王郎不作诗”②、“诗人例穷苦，天意遣奔逃”③、“平生坐诗穷，得句忍不吐”④。能“穷人”之诗，在苏轼是有所特指的，指那种能医治社会之病的“言必中当世之过”之作，由此他便不“计议穷达”，不“有意于畏穷”，尽管“坐此而穷”，仍自“啸歌自得”。由此，我们可以把握苏轼对诗人主体以及诗美内涵特质的基本认同标准，同时更可以感受到他诗学观中浑厚的历史使命意识。

欧阳修讲诗不能穷人，而是人穷诗工，而苏轼则言诗能穷人，两种意见看起来似乎相抵牾，但实际上并非如此，前者是由人及诗，言诗人际遇对其诗境的决定性影响，主体情结转化为诗的审美意蕴，成就了诗之“工”；后者是由诗及人，诗人由于“言必中当世之过”，因诗而致祸，结果“坐此而穷”。前者具体肯定了一种诗美价值，后者则进一步在揭示主体与社会的关系的基础上对一种诗人主体作了肯定，这正是苏轼不同于前人之处。

概而言之，无论是主张“有触于中而发于外”、“诗从肺腑出”，还是认为

---

① 苏轼：《十二月二十八日蒙恩责授检校水部员外郎黄州团练副使二首》。

② 苏轼：《呈定国》。

③ 苏轼：《次韵张安道读杜诗》。

④ 苏轼：《叔弼云履常不饮故作诗劝履常饮》。

“诗穷益工”、“诗能穷人”，均体现出苏轼对诗歌本质或曰诗美特质的认同，而由对诗歌发生与主体精神世界之关系的阐述，进而到对诗美本质、主体条件等作出规定，则代表着其深化的过程。苏轼对诗美本质的认识，亦有一个发展变化的过程。后来，他因在政治上的失意而思想更倾向于道释一边，因此他的诗学观中亦增添了一些本体论的成分。他从诗为宇宙、自然之象征的角度领悟诗的本质，认为诗应传达宇宙、自然之生命精神。在《祭张子野文》中，他提出了诗歌“搜研物情，刮发幽翳”的命题，这在诗学史上确无人道过，有论者认为这是苏轼重“意”之体现，实在是不得要领之见。其实，苏轼在此接受了一种源于古老《易经》的哲学意识，主张诗的精神应与人类追求本体的过程相贯通，诗美应接受宇宙、自然精神的沐照，诗人应把自己安放在这样的世界之中。他晚年极度景慕陶诗，在创作和理论上力行于平静自然、清真枯淡诗境的营造和提倡，应该说与他的诗学观中这种新的成分不无关系。

二、“诗须要有为而作”

关于诗的价值功能，苏轼提出“诗须要有为而作”①，这与他的“以体用为本”的文章价值观是一致的，从根本上说，俱与他思想中的儒家“入世”思想成分相贯通，是他受儒家思想影响而形成的历史使命意识，即辅君救民、治世补国的“当世志”透过文学观的折射。

苏轼所言之“有为”含义有二，一是强调诗歌的道德评价功能，另一是强调诗歌的教化作用，总之是要求诗歌具有揭露、评判现实弊端，为社会“疗饥”、“伐病”的社会学价值。苏轼的这种“有为而作”的文章价值观在他的《凫绎先生诗集叙》中表现得更为充分：“先生之诗文，皆有为而作。精悍确苦，言必中当世之过。凿凿乎如五谷必可以疗饥，断断乎如药石必可以伐病。其游谈以为高，枝词以为观美者，先生无一言焉。”此虽为评赞颜太初的诗文，但亦表明了苏轼自己的文学价值观，其核心是认为诗文要积极地揭露、评判社会和政治流弊，“言必中当世之过”，如“五谷必可以疗饥”、“药石必可以伐病”那样，充分发挥救时补世的作用，而不能“游谈以为高”、“枝词以为观美”，徒有其文，此之谓“有为而作”。苏轼的“有为而作”与白居易的为“时”、为“事”而作几成同调，尽管他曾对白居易睥视之，有“元轻

① 苏轼：《题柳子厚诗》。

白俗”①之讥，但就文学价值观而言，他们均是儒家“美刺”、“讽谏”文学价值观的力行者。

苏轼在自己的创作实践中坚持了“有为而作”的文学价值观，对此他曾在待罪札子中反复申说，如：“昔先帝召臣上殿，访问古今，敕臣今后遇事即言。其后臣屡论事，未蒙施行，乃复作诗文，寓物托讽，庶几流传上达，感悟圣意。”②又：“臣愚蠢无状，常不自揆，窃怀忧国爱民之意。自为小官，即好僭议朝政，屡以此获罪。然受性于天，不能尽改。”③又苏辙《东坡先生墓志铭》亦云：“初公既补外，见事有不便于民者，不敢言亦不敢默视也，缘诗人之义，托事以讽，庶几有补于国。”苏轼为了不违“有为而作”之旨，在创作中“杂以嘲讽穷诗骚”④，“感慨清哀似变风”⑤，继承风、骚的讽刺传统，针对现实社会中的弊端进行政治讽刺诗的创作，既抒“忧国爱民之意”，又期“感悟圣意”、“有补于国”。由此，亦为他博得了“好骂”的令名。毫无疑问，“有为而作”正是他对自己创作实践的一个概括，当然反过来又无不影响、指导着他的创作。

于是，苏轼的批评兴趣往往在于对作品中所包含的社会学价值作出体认。如《次韵张昌言喜雨》：“爱君谁似之和老，贺雨诗成即谏书。”又《次韵朱光庭喜雨》：“清诗似庭燎，虽美未忘箴。”又《戏柳公权联句》：“柳公权小子与文宗联句，有美而无箴，故为足成其篇云。”嘉言讽谏、箴诫而贬语粉饰或专务形式技巧，强调诗应“虽美未忘箴”而不可“有美而无箴”。“虽美未忘箴”一语，高度地概括出了苏轼对于诗歌社会作用的认识：因务求“有补于国”，故“虽美未忘箴”，因此“缘诗人之义，托事以讽”，而“鸣一代之风雅”⑥，既不亏诗美，又足以尽责。“虽美未忘箴”，反过来亦可为“虽箴未忘美”，在苏轼看来，诗的诗美价值与社会价值是可以统一的。强调“虽美未忘箴”，这并没有降低苏轼诗学观的价值，因为在我们看来，强调发挥诗歌多元功能中之一元而又不忽视其他，即不认为诗歌功能之诸元是互相排斥的，这种诗学观是符合艺术规律的，任何企图将历史、社会内容排斥出诗美

---

① 苏轼：《祭柳子玉文》。
② 苏轼：《乞郡札子》。
③ 苏轼：《辨贾易弹奏得罪札子》。
④ 苏轼：《送李公恕赴阙》。
⑤ 苏轼：《次韵孙秘丞见赠》。
⑥ 苏轼：《答蜀僧几演》。

的立说最终都是站不住脚的。

苏轼的局限在于他在某种程度上还力求使自己认同儒家“发乎情，止乎礼义”，以及“温柔敦厚”的诗教原则。《王定国诗集叙》云：“太史公论诗，以为《国风》好色而不淫，《小雅》怨悱而不乱。以余观之，是特识变风、变雅尔，乌睹《诗》之正乎？昔先王之泽衰，然后变风发乎情，虽衰而未竭，是以犹止乎礼义，以为贤于无所止者而已。若夫发于情止于忠孝者，其诗岂可同日而语哉！古今诗人众矣，而杜子美为首，岂非以其流落饥寒，终身不用，而一饭未尝忘君也欤！”并评赞王定国的诗：“清平丰融，蔼然有治国之音，其音与志得道行者无异。幽忧愤叹之作，盖亦有之矣，特恐死岭外，而天子之恩不及报，以忝其父祖耳。孔子曰：‘不怨天，不尤人。’定国且不我怨，而肯怨天乎？予然后废卷而叹，自恨期人之浅也。”此序作时，已是苏轼悟得“诗能穷人”之理，深居荒蛮之时，但是他在言谈中，一是为司马迁未能全窥出《诗》之“正”，即未对“发于情止于忠孝”这一更高的原则作出阐发而感到遗憾。二是推崇杜甫在“流落饥寒，终身不用”的境遇中仍“一饭未尝忘君”，以至一鼓定音，遂成评价杜甫之千古名言。关于杜甫，苏轼还曾在《次韵孔毅父集古人句见赠》中说：“天下几人学杜甫，谁得其皮与其骨……名章俊语纷交衡，无人巧会当时情。”这当然首先是针对那些只知模仿杜诗形式技巧，而抛弃其中所反映的现实内容和“哀鸣闻九皋”的主体精神而言，但亦无不包含有对这些学杜者不能“巧会”老杜“一饭未尝忘君”之情的不满。三是认为王定国的“幽忧愤叹”之作是出于恐“天子之恩不及报”，这实际上正是苏轼自己“终是爱君”的夫子自道。以上集中代表了苏轼诗学观中的正统观念。

当然，苏轼晚年，由于种种挫折而引起思想变化，其诗美价值观由早先的更倾斜于现实批判性而过渡到追求“空”、“静”之境，影响到风格的崇尚，便是由豪迈转变为枯淡高远。这也是我们研究苏轼诗学观时不容忽视的一个问题。

三、“美在咸酸之外”

苏轼除在诗歌创作中以其天才奇绝的感悟能力孵生、表现诗美而外，更在理论批评中着意于在形而上的层面把握诗美的特点。他接受和进一步发挥了皎然、司空图等人的“象外”说、“味外”说等关于诗美特征的理论，结合自己的创作实践经验，并吸收、借鉴书画艺术中与此有关的美学经验，对诗美的特征进行了多方面的探寻，从而发展了六朝以来的诗美论，成为司空图与严羽之间的不可缺少的过渡。

司空图继承了刘勰的“隐秀”说、钟嵘的“滋味”说以及唐代以来的有关认识，认为诗美呈现为一种“象外之象”、“韵外之致”、“味外之旨”，所以又在《与李生论诗书》中提出“辨味”的问题，即求诗美于诗句之外。苏轼深识表圣论诗之“妙”，并“复其言”，亦倡“象外”、“味外”说，《书〈黄子思诗集〉后》云：“唐末司空图，崎岖兵乱之间，而诗文高雅，犹有承平之遗风。其论诗曰：梅止于酸，盐止于咸，饮食不可无盐梅，而其美常在咸酸之外。盖自列其诗之有得于文字之表者二十四韵，恨当时不识其妙。予三复其言而悲之。闽人黄子思，庆历、皇祐间能文者。予尝闻前辈诵其诗，每得佳句妙语，反复数四，乃识其所谓。信乎表圣之言，美在咸酸之外，可以一唱三叹也。”所谓“美在咸酸之外”，并非司空图原话，而是苏轼对司空图《与李生论诗书》开头一段意思的概括，其原话为：“文之难，而诗之难尤难。古今之喻多矣。”

司空图的所谓“咸酸之外”之“醇美者”，实际上就是《二十四诗品》中的“象外之象、景外之景”，“韵外之致、味外之旨”，苏轼融会贯通之，以“美在咸酸之外”概括之，无不精确。在这里，苏轼通过转述司空图的意见，道出了他自己的诗美观。苏轼力倡“象外”说，认为诗要有题外之意、言外之旨，要达到“咀嚼有味”①，不能仅在对象描摹、语言形式等方面经营，而要在此基础上创境立意。他极度推崇陶渊明、柳子厚等人的诗，除了激赏陶诗、柳诗的自然、清新、枯淡的风格以及诗情的真恳而外，亦与深赞他们的诗“温丽靖深”、“精深华妙”即余味曲包、远韵不尽有关。他评陶诗“质而实绮，癯而实腴”，又解释说：“所贵乎枯淡者，谓其外枯而中膏，似淡而实美，渊明、子厚之流是也。若中边皆枯淡，亦何足道。”②这里之“绮”、“腴”、“膏”、“美”等均属“此诗”之外，即均呈现于“象外”、“韵外”、“味外”，而这正是“咸酸之外”之“美”者。

如何捕捉“象外之象”，达到“咸酸之外”更有“醇美”者在呢？苏轼认为首先要做到“传神”，《书鄢陵王主簿所画折枝二首》：“论画以形似，见与儿童邻。赋诗必此诗，定知非诗人。诗画本一律，天功与清新。边鸾雀写生，

① 苏轼：《邵茂诚诗集叙》。

② 苏轼：《评韩柳诗》。

赵昌花传神。谁言一点红，解寄无边春。”这实际上涉及了艺术表现中的形神问题。“形”、“神”在传统美学中是一对对立的范畴，早在《庄子》和《淮南子》中已经出现了美在“神”而不在“形”的观念，六朝及唐宋时期的诗论和书画理论对此更进行了深入的探讨，苏轼的“传神”说正是对这一探讨的继续。苏轼所强调的“传神”之“神”，有两方面的含义，一指对象的个性特征，二指主体的情感意趣，二者并非互相排斥，而是在主体“观天地自然之意”，与自然精神融合的情感体验过程中统合为一，成为诗美之质。这不光在苏轼的诗学思想中，而且在整个中国美学史关于“形神”的理论中，均是如此，其实质是强调艺术创作中主体与对象互相沟通这一重要美学原则。苏轼另有《传神论》一篇，提出要表现对象之“天”、“意思”，即对象之自然天真状态与个性特征，而不必“举体皆似”。“神”、“天”、“意思”作为艺术表现所追求的“象外之象”、“韵外之致”、“味外之旨”，不单是对象本身的神情意态，而同时也是主体情感心理与对象个性融而为一的产物，其既是物象精神之再现，又是主体情感通过对象之折射。关于这一点，苏轼倍加强调，他称赞李伯时所画的“奋迅不受人间羁”的天马体现了画家“意在万里”的主体精神①。又认为王维的画不仅能描摹对象的形貌神态，而且更能不为象所拘，留意于象外，“有如仙翮谢笼攀”②，表现出了自己所向往的精神境界。这里的要旨是强调传达对象之“神”与表现主体之生命情感应成为一个统一的过程，主客互融，天人合一，既表现自然精神，又展示主体生命视境，二者统合，难分彼此，为诗美创造之极致。

据此，苏轼特别推崇诗人的“写物之功”，《评诗人写物》云：“诗人有写物之功：‘桑之未落，其叶沃若。’他木殆不可以当此。林逋《梅花诗咏》：‘疏影横斜水清浅，暗香浮动月黄昏。’决非桃李诗。皮日休《白莲花诗咏》云：‘无情有恨何人见，月晓风清欲坠时。’决非红梅诗。此乃写物之功。若石曼卿《红梅诗咏》云：‘认桃无绿叶，辨杏有青枝。’此至陋语，盖村学中体

① 苏轼《次韵子由书李伯时所画韩干马》有云：“潭潭古屋云幕垂，省中文书如乱丝。忽见伯时画天马，朔风胡沙生落锥。天马西来从西极，势与落日争分驰。龙膺豹股头八尺，奋迅不受人间羁。元狩虎脊聊可友，开元玉花何足奇。伯时有道真吏隐，饮啄不羡山梁雌。丹青弄笔聊尔耳，意在万里谁知之。干惟画肉不画骨，而况失实空留皮。烦君巧说腹中事，妙语欲遣黄泉知。君不见韩生自言无所学，厩马万匹皆吾师。”

② 《王维吴道子画》：“何处访吴画？普门与开元……吴生虽妙绝，犹以画工论。摩诘得之于象外，有如仙翮谢笼攀。吾观二子皆神俊，又于维也敛衽无间言。”

也。”苏轼之所以赞赏林逋的咏梅名句有“写物之功”，是因为诗句通过捕捉梅花“疏”、“香”、“暗”以及枝影“横斜”伸展的个性特征，并且通过明月、水边这样特定的时间和空间安排，充分地传达出梅花在朦胧月光下、清浅河水边顾影自怜、孤芳自赏的风情、神韵。然而诗中突出传达的“疏”、“香”、“暗”以及枝影“横斜”等个性特征，与其说是梅花之“天”、“意思”，毋宁说是诗人“诗如东野不言寒”、“神清骨冷无由俗”①之性情和风格的呈现，其直接表现的是梅花的精神，间接表现的却是诗人的心态②，确实做到了“状难写之景如在眼前，含不尽之意见于言外”③的境界。不难领会苏轼所强调之“写物之功”实际上就是要求诗人善于把触景所生之情、所悟之理和通过搜妙创真所得来之“象”融合成形神统一的意境。这种看法苏轼在另处又表述为“境与意会”，《题陶渊明〈饮酒〉》云：“‘采菊东篱下，悠然见南山。’因采菊而见山，境与意会，此句最有妙处。近岁俗本皆作望南山，则此一篇神气都索然矣。古人用意深微而俗士率然妄以意改，此最可疾。”“望”与“见”为近义词，但在这里“望”字之不及“见”字佳妙而使“一篇神气都索然”，是因为它不能传达出诗人此时在幽静的自然景象中的自由闲适的神情意态，而这正是诗中不可或缺的“象外之象”、“韵外之致”、“味外之旨”。没有丰富的审美经验，是无法作出这样致精入微的辨析的。所以，无论言“写物之功”，还是言“境与意会”，均体现了苏轼重“象外”、重“传神”的所谓“美在咸酸之外”的诗美观，其对传统诗美观的发展、深化之功自不待言。

四、“诗法不相妨”

在诗歌创作心理方面，苏轼吸收借鉴道家的“虚静”说和释家的“空”、“静”观，对创作过程中主体“空静”、“物化”、“神授”、“兴会”等一系列心理过程在现象描述的基础上，作了一定的理论阐述，形成了具有一定系统的艺术直觉理论，从而发展了老、庄以来的以“虚静”说为代表的传统创作心理学说。

苏轼认为，在创作中诗人内心必须“空”、“静”，以充分地集纳、感知外

① 苏轼：《书林逋诗后》。

② 苏轼《书林逋诗后》赞林逋：“先生可是绝俗人，神清骨冷无由俗。我不识君曾梦见，瞳子了然光可烛。遗篇妙字处处有，步绕西湖看不足。诗如东野不言寒，书似留台差少肉。”见《苏轼诗集》卷25，中华书局1982年版，第1344页。

③ 欧阳修：《六一诗话》，人民文学出版社1962年版，第9页。

物，并进而达到自由兴发的直觉表现境界，因而提出了“诗法不相妨”的观点。《送参寥师》云：“颇怪浮屠人，视身如丘井。颓然寄淡泊，谁与发豪猛。细思乃不然，真巧非幻影。欲令诗语妙，无厌空且静。静故了群动，空故纳万境。阅世走人间，观身卧云岭。咸酸杂众好，中有至味永。诗法不相妨，此语当更清。”苏轼在此提出的“空”、“静”之说，来源于道家的“心斋”说和释家的“心量”说。苏轼将它们熔为一炉，从而建立了自己的“空静”说。诗人在创作时之所以要保持“空”、“静”的心理状态，这是因为空则能纳，静则能动，虚心可使胸襟完全开放，物象可以保持其鲜活的特征而自由无碍地进入主体内心；静心可以排除一切既有观念的干扰，自然精神能得到充分的感应而不被歪曲。在空静中，心灵得以了悟物谛，主体能忘我而以物观物并与物共游。所以，“空”、“静”作为一种创作心理机制，其特征是主体的表层自我消失，理性隐退，达到无心而遗忘，从而进入直觉体认的心灵状态。其所实现的功能是可以助使主体自觉、集中、专一地接纳、体验亲历的外部世界，而物象可以得到最大程度的自由兴发的呈现。这是一种以空纳实、以静观动的心理方式，其过程是由消失自我、屏除知性、经游心而达到澄澈明悟的境界，这与道家的“体道”、释家的“顿悟”在心理方式上是一致的。正是在这一意义上，苏轼认为“诗法不相妨”，僧人的心境保持淡泊，是宜于创作的。当然，苏轼在此所言之“空”，系指主体的心无牵累，超然物外，而并非是说诗人要如释子那样万念俱灭、槁木朽株，因此不可理解为空幻、寂灭之意。诗是缘情之物，而释门讲究悟“空”，弃绝人世，荡空诸相，唯求“真如”，这是与诗从价值到思维截然不同的另一种精神现象。但是，并非是所有的释子都丧失了七情六欲，释子以诗名世者亦不在少数，如深受苏轼推重的参寥在当时便是一个著名的诗僧。关于诗与僧之关系，历来存在着两种不同的看法，一派认为僧人宜于作诗，这是因为沙门经过精神修炼，人格得以提升，排除了世俗杂念，超然自得，风清神旷，淡泊为怀，妙气来宅，以此心游戏于山光水色之间，陶冶性灵，既合诗为清物之旨，亦无害于悟道。另一派则认为空门不立文字，何以诗为？且释子枯空淡泊，全无豪宕之兴致，为诗必败，酸寒之气逼人。苏轼的意见无疑属于前一种，当然在僧诗所取风格方面，他主张应是清新秀丽，而不应是充斥“蔬笋语”、“酸馅气”的凡俗寒俭之态。了解这一点，对我们准确理解苏轼所说的“诗法不相妨”是极有帮助的。

“空静”作为一种创作心理机制，其功能不但有助于主体感知外物，更主要的是还能使主体超越自我，超越时空、因果之限制，从凝神感物而到达“物化”之境，促使神思发轫，从而进入自由兴发的直觉表现阶段。关于这一点，苏轼在《书晁补之所藏与可画竹三首》中说：“与可画竹时，见竹不见人。岂独不见人，嗒然遗其身。其身与竹化，无穷出清新。庄周世无有，谁知此疑神。”所谓“见竹不见人”，即指主体虚怀而物归，心无而入神。“嗒然遗其身”，语出《庄子·齐物论》“嗒然似丧其耦”，据成玄英疏，此乃为一种“凝思遐想，仰天而叹，妙悟自然，离形去智，嗒焉坠体，身心俱遗，物我兼忘”①的境界，这种“坐忘”境界是在主体收视返听、冥观玄览、内心保持虚静的过程中产生的。“其身与竹化”即意味着人随物化，物性人情，主客交融，形成如《庄子·齐物论》中的“不知周之梦为蝴蝶与，蝴蝶之梦为周与”的“物化”境界。可见，由虚心澄怀接纳、体知外物，在“忘我”中达到“物化”之境，正是“空静”这种心理机制的潜在创造力的实现，“身与竹化”有赖于“空静”之澄明心境的保持，“不见人”、“遗其身”、“与竹化”正代表了创作过程中“物化”的三个阶段。“身与竹化”的结果便是“胸有成竹”的审美意象的形成，在苏轼的审美经验中，这种“少纵即逝”的审美意象产生于“空静”、“凝神”的直觉心理过程中，有时甚至是“梦中神授”。因此，苏轼认为在传达过程中也必须“无意为文”，忘乎笔之在手纸之在前，勃然兴起，“随物赋形”，做到如他在《答谢民师书》中所说的“文理自然，姿态横生”那样，从而进到心、手、器高度统一，以至“无思”而“辞达”，臻于“神智妙达”的直觉表现境地。明乎此，我们对苏轼以庄、禅直觉说来解释孔子的“辞达”和“思无邪”，便不难理会了，其用意在于建说自己的诗创作心理说。

（原载《陕西师范大学学报》2003 年第 6 期）

① 郭庆藩：《庄子集释》卷一（下），中华书局 1981 年版，第 43 页。

苏轼的文章理论体系及美学特质

苏轼在欧阳修的奖擢下跃入文坛，正是北宋古文运动将要取得实绩之时，而这个实绩之主要体现应该说就是苏轼的文章写作和文章理论批评，正是苏轼为北宋古文运动画上了一个圆满的句号。苏轼的时代已经是古文的时代，骈文的违反辞达，仅剩下一点未殄之余风，而古文的违反辞达，则有“求深”、“务奇”两种弊端，成为新的“时文”，可称之为“古体时文”。所以，革除这一新的文弊，便成为当时文章批评的主要任务之一。苏轼承担了这一历史使命，他的文章写作和理论批评主要就是围绕着这一问题而展开的。针对唐代古文运动以来倡导古文者在观念主张和写作实践上所存在的种种违反“辞达”之弊，苏轼提出了自己的具有独特美学价值的理论见解，并且付诸创作实践，从而对唐、宋古文运动及其理论作出了重大的贡献，对后世亦产生了深远的影响。苏轼的文章创作理论系统主要由“立意”、“辞达”、“自然”三说构成，涉及文学创作中的主体条件、言意关系、风格美学三个方面的理论问题，而苏轼的创作天才、感悟能力、开放心态又使得他对这些问题的见解确乎超越流辈之上。

一

在苏轼看来，文章的第一要义是先需“立意”。据《韵语阳秋》卷三所记，苏轼曾对向他讨教作文之法的葛延之说：

> 儋州虽数百家之聚，州人之所须，取之市而足，然不可徒得也，必有一物以摄之，然后为己用。所谓一物者，“钱”是也；作文亦然。天下之事，散在经史之中，不可徒得，必有一物以摄之，然后为己用；所谓一物者，“意”是也。不得“钱”不可以取物，不得“意”不可以用事，此作文之要。

对苏轼此议论，洪迈《容斋随笔》卷十一、尤袤《梁溪漫志》卷四、王构《修辞鉴衡》卷二都有记载，仅文字略有出入，可见其影响之广。又据《清波杂志》所记，苏轼认为：

作文先有意，则经、史皆为我用。大抵论文，以意为主。

总之，认为“立意”为“作文之要”，文章写作必须遵循“以意为主”这一美学原则。

问题在于如何解读苏轼的所谓“意”，许多研究苏轼文论思想的论著都认为“立意”即强调文章的思想内容，“意”即文章之主旨，这种意见差不多已成定论。我们认为，苏轼的“立意”说，其着眼点并非在文章的内容与形式之关系方面，而是在强调文章的思想和情感的独创性，兼有弘扬创作主体之个性特点和拓展文章表现的时、空境界之意。其深刻的含义是认为要摆脱拘束，自由地表现包括审美感觉在内的主体精神；要敢于突破现成的思维模式，充分传达投射于主体心灵的“自然之理”。这实际上是针对在他之前北宋古文家的刻板与迂顽，为当时的文章抑或整个文学创作指出一条发展的通途，其美学精神的核心是要求增强文学的主体创造力。

苏轼重“立意”的创作思想，是循他年轻时代的“有意而言”的作文主张发展而来的。他曾在《策论一》中说：“有意而言，意尽而言止者，天下之至文也。”此处之“意”，指作者的思想情感而言，与“立意”说之“意”在义脉上一脉相承。苏轼认为文章之用在于述意表情，只要是真实、自由地表达了作者意绪之作，即可为“至言”。这实际上是对传统“载道”说的一种“解构”。唐、宋古文运动的一些鼓吹者极端强调“道统”、“文统”，“文以载道”、“文以贯道”成为柳开、石介等人关于文章写作的不二法则，而他们所要“载”、“贯”之“道”，又只能是统领着过去、现在、未来的先儒之“道”，实际上为文章的思想、情感传达划定了一个严格的范围。至于程、朱等理学家则更褊狭，干脆认为“作文害道”，鄙视文的价值。而苏轼之“意”，不同于“道”的关键之处，就在于其是个性化、情感化、审美化了的作者之思想境界，并受制于作者当下之境遇、精神状态，具有极大的流动性，而非如“道”那样为一种固定不变的思想范式。所以，所谓“有意而言”、“意尽而止”，实际上就是把文章创作看成是一个充分展示主体内在精神风貌的过程，这自然是对古文家、理学家之“道统”、“文统”的一个超越。在这一点上，苏轼遭到了理学家的攻讦，如朱熹即批评：“东坡议论，大率前后不同，如王介甫当国时是一样议论，及后又是一样议论。”及“东坡平时为文论利害，如主意在那一边，利处只管说那利，其间有害处亦都知，只藏匿不肯说”。① 朱熹此番评说并非完全厚诬东坡，苏轼确实在一些问题的认识上表现出如朱熹所讥讽的“两截底议论”。如对待韩愈，苏轼有时批评韩愈“拒杨、墨、佛、老甚严”，有时又非常推崇他的卫道辟佛。又如在《议学校贡举状》中赞成以诗赋取士，反对以经义取士，然而在《谢秋赋试官启》中却又以为“文章诚可以制治”，而“声律不可以入官”。然而，对于朱熹来讲，其所最不能理解、不能接受的恐怕还是苏轼在文章写作中所坚持的自由提取各家思想学说，因时因地自由地表情达意这一点。由于苏轼敢于突破“道”这一古文家和理学家为文章所设定的思想规范，因此在朱熹看来自然是散漫失“统”了。朱熹不明白东坡议论之前后不同，在于其彼时彼地感受之不同，在于其不胶柱于一种思想资源。较之于刻板的古文家和理学家，苏轼确实具有一种自由、开放的文化性格和思想视阈，这便决定了他之“意”与古文家、理学家之“道”在思想资源和文化意蕴方面都显示出不同的特点。苏轼所强调之“意”实际上是主体精神和个性气质的一种体现，较之于古文家和理学家之“道”，其无疑更贴近于人生，更贴近于独特的审美体验。

苏轼所重之“意”，从内涵上来讲，是一种基于厚博的文化修养基础之上的对于宇宙、历史、现实人生本质的独到而深沉的感受。他在《上曾丞相书》中云：

> 凡学之难，难于无私。无私之难，难于通万物之理。故不通万物之理，虽欲无私不可得也。己好则好之，己恶则恶之，以是自信则惑也。是故幽居默处而观万物之变，尽其自然之理而断之于中。其所不然者，虽古之所谓贤人之说，亦有所不取。虽以此自信，而亦以此自知其不悦于世也。故其言语文章未尝辄至于公相之门。

这里之“无私”，可理解为是一种非功利的以及无“门户”之见的文化心态，而“幽居默处”则代表着一种虚静型的主体智慧精神，它们均得之于“观万物之变”、“通万物之理”。坚持“无私”，观照“自然之理”并顺应之，既不依傍“贤人之说”，亦不惮“不悦于世”，一切皆“断之于中”，这可以说是苏轼的

① 《朱子语类》卷一三〇。

文化性格和审美意向之主要特点，而他的“立意”说正是在这种主体精神中孕育而成的。所以，苏轼所强调之“意”，实际上往往指主体在观物过程中所产生的一种审美意趣。《超然台记》中写道：

君子可以寓意于物，而不可以留意于物。寓意于物，虽微物足以为乐，虽尤物不足以为病；留意于物，虽微物足以为病，虽尤物不足以为乐。

所谓“寓意”云者，指一种纯粹的审美性观照，如此“以意摄物”，自然能充分调动主体的自觉能动性，臻入自由创作境界。对此，我们只要通过苏轼的《赤壁赋》、《石钟山记》、《超然台记》等文章，即可以体悟到他所谓的“立意”、“达意”为何等之美学境界追求了。

苏轼的“立意”说与“载道”说有如此思想文化分野之不同，其与极端追求“用”的王安石、司马光等一派政论家的论文主旨亦有区别。就强调文章须“有补于世”这一点而言，他们之间有一致之处。但是，王安石等却以“用”为唯一标准，以“用”排斥“文”，要求一切皆须验之于当下，一切皆须“同”。而苏轼之重“意”，在坚持“有为而作”、“有补于世”的同时，更要求文章表达作者的个性特征，所以他批评王安石“欲以其学问同天下”。

“意”作为由现实感发而得来之思想境界与审美感受，其在创作过程中的作用是引发和增强表现能力，使这一过程充溢思想与艺术的生机。于此，苏轼曾云：“某生平无快意事，惟作文章。意之所到，则笔力曲折，无不尽意。”①“意之所到”之“意”.应该理解为是在心物感发基础上形成的情感激流及其张力，而文章表现过程中的“笔力曲折”、曲尽人意，无不得之于此种主体内在力量。所以，苏轼曾赞许王庠“有古作者风力，大略能道意所欲者”②，又批评李方叔的文章“读之终篇，莫如所谓意者”，并指出其原因在于“未甚得于中而张其外”③。由“立意”而达“笔力曲折”，终臻“无不尽意”，可见苏轼之“意”有时又兼指作家的主体性外化于作品中所形成的审美价值。对此，我们仍可以从苏轼的《赤壁赋》中得到印证。在《赤壁赋》

---

① 据何薳《春渚纪闻》卷六引。

② 苏轼:《答王庠书》。

③ 苏轼:《与李方叔书》。

中，作者惨淡凄凉而又不失乐观放达的心情，以及对宇宙自然之理和人生之旅的冥悟和感受，是所要表达之“意”，而这一切又与赤壁月夜的山水情境融而为一，从而形成了文中描写、抒情、议论三者结合而造意深刻曲折的艺术妙境，正所谓“意之所到，则笔力曲折，无不尽意”。

苏轼的“立意”说是他创作经验的理论升华，无论在当时或后世都产生了很大的影响。宋代范温在《潜溪诗眼》中评曰：“东坡作文，工于命意，必超然独立于众人之上。”明代焦竑则在《刻苏长公外集序》中说：“唐宋以来，如韩、欧、曾之于法，至矣，而中靡独见，是非议论或依傍别人。子厚、习之、子由乃有窥焉，于言有所郁勃而未畅。独长公洞览流略，于濠上竺乾之趣，贯穿驰骋而得其精微，以故得心应手，落笔千言，坌然溢出，若有所相。”①重“意”的创作思想在中国文学批评史上源远流长，《淮南子》在论艺术创作主体性时曾有“愤中应外”、“有充于中而成像于外”的说法，其后范晔、杜牧等主张“以意为主”，书画理论中则讲求“意在笔先”。苏轼的“立意”说发展深化了前人的见解，使其内容更加充实，而将其提炼成一个光辉的美学命题。

二

“立意”说对文学创作的主体条件提出了要求，但是，文章作为一种传达或表现，如何提高其表意的功能，即如何达或述所创之“意”，便涉及创作过程中的心与手、文与意之关系，确乎关系到文本的成败与否。于此，苏轼又提出了“辞达”说。

苏轼在论文名篇《答谢民师推官书》中云：

> 孔子曰：“言之不文，行之不远。”又曰：“辞达而已矣。”夫言止于达意，疑若不文，是大不然。求物之妙，如系风捕影，能使是物了然于心者，盖千人而不一遇也，而况能了然于口于手者乎？是者谓辞达。辞至于能达，则文不可胜用矣。

又《答虔卒俞括奉议书》云：

---

① 焦竑：《澹园续集》卷一。

孔子曰:“辞达而已矣。”物故有是理,患不知,知之患不能达之与手。

又《答王庠书》曰:

所示著述,文字皆有古作者风力,大略能道意所欲言者。孔子曰:“辞达而已矣。”辞至于达,止矣,不可以有加矣。

“辞达而已矣”出之于《论语·卫灵公》,为孔门弟子所录孔子之言。又《左传·襄公二十五年》记孔子曰“言之不文,行之不远”,体现了孔子主张先质后文、质文两备的主张。但是,对于孔子的这两句话,一般认为第一句是重质轻文,第二句因与第一句看似矛盾,加之出于《左传》,故疑非真出于孔子,或者根据需要不同,分别加以引用,强调一面,忽视另一面。苏轼在这里借用了孔子的思想资料,从自己的美学思想出发作了新的解释和发挥,改变了其理论出发点,就是超出了孔子原来谈内容与形式即质、文关系的范围,而主要是探讨文学表现过程中的思维机制、表现原则等美学问题,从而为古老的“辞达”说熔铸进了新的美学意涵。就方法论而言,这是一种舍本意的借用。

仅仅把苏轼的“辞达”说视为历来对孔子原话之解的一种校正,是远远不够的。苏轼的“辞达”说的基本命题是“辞”以“达意”,但是此“达意”又不同于司马光的“足以通意斯止矣,无事于华藻宏辩也”①,也不同于王安石之单纯的“书诸策而传之人”②。从苏轼的一些议论来看,他对于作文如何做到“达”,在思维机制、表现原则与技巧等方面提出了一系列要求,大体有主客体融会贯通问题、作者气力与表现传达关系问题、审美直觉与意象持纵问题、心手器关系问题,等等。所以,他的“辞达”说的主要理论内涵是创建文学创作表现过程的美学原则,而并非仅仅停留在对“辞”的功用发表意见之上。

“辞达”说与“立意”说、“自然”说彼此之间相互关联、映照,属于同一创作理论系列。“立意”说的主旨是创建一种新的文学主体精神,“自然”说的主旨是在标立一种新的风格美学,而“辞达”说的主旨则是意在阐明传达过

① 司马光:《答孔文仲司户书》,见《温国文正司马公文集》卷六十。

② 王安石:《上人书》,见《临川先生文集》卷七十七。

程中的美学原则以及文本身的独立价值。首先，苏轼认为，作者必须善于“求物之妙”，对表现对象“了然于心”。苏轼把“物之妙”在另处又表述为“物固有是理”之“理”，于是了然“物之妙”于心即为知“物理”。一些论著将此处之“理”解释为事物内部的本质或规律，进而又认为“求物之妙”即把握事物的本质或规律，这是以认识论取代审美论，由此遂抛弃了其固有的丰富内涵。其实，在中国古代美学中，所谓“物理”、“自然之理”从来也不是单纯指事物本身的本质或规律方面之“理”，更大程度上蕴涵着感觉主体在对自然、宇宙精神的体验过程中对人生现象和生命律动的情感化的窥视、把握。具体于文学创作表现，就是在情感化的景物描写中直指人生底蕴，或曰航渡至“天人合一”之妙境。在此，“自然”成为连接作家与世界、文学与宇宙时空的津梁。所以，苏轼此处之“求物之妙”、“知物理”实际上就是指创作过程中的心物、主客互相感发、融会的过程，一个“妙”字正代表了这种物、我之间的契合。这样，“了然于心”就指“情曈曈而弥鲜，物昭晰而互进”①的审美意象的生成浮现，而“系风捕影”云者，则喻指对转瞬即逝的“感兴”、“意象”的捕捉。“系风捕影”一词原出《汉书·郊祀志第五下》，为谷永向成帝辟神怪时所用之语，苏轼在此加以借用，言临文之顷对藏如景灭、行犹响起之意象“拾得”之不易。这对作者来讲，当然是一个考验，因为这里所从事的表现不是把现成的“道”安放在文字语言组织之中，不是做礼教政治的功利诠释，亦不是简单地描述事物的外观形貌，而是进行一种游心于天地自然之间的精神体验与创造。其次，苏轼认为，做到“了然于心”是重要的，但仅此又是不够的，就表现传达的能力技巧而言，还必须做到“了然于口与手”。关于创作表现中的心、手、器关系问题，《庄子》、《淮南子》、《文赋》、《文心雕龙》等均有精辟的见解，苏轼继承了他们的思想，亦非常强调心手和谐一致、密而无际的高超技艺，如言：“有道有艺，有道而不艺，则物虽形于心，不形于手。”②“与可之教予如此，予不能然也，而心识其所以然。夫既心识其所以然，而不能然者，内外不一，心手不相应，不学之过也。故凡有见于中，而操之不熟者，平居自视了然，而临事忽焉丧之，岂独竹乎。”③心向往之的是在对法度、规矩熟练掌握的基础上直觉运用之，

① 陆机：《文赋》。

② 苏轼：《书李伯时山庄图后》。

③ 苏轼：《文与可画筼筜谷偃竹记》。

进入超越自由的创造境界。所以,苏轼提出的为求"达意"、"辞达"就必须做到"求物之妙,如系风捕影",而要实现"求物之妙",则又必须对表现对象达到"了然于心",并且"了然于口与手",实际上正是对创作中心、手、器关系的揭示,而他在《文与可画筼筜谷偃竹记》中所记文与可之语:"故画竹必先得成竹于胸中,执笔熟视,乃见其所欲画者。急起从之,振笔直遂,以追其所见,如兔起鹘落,少纵则逝矣。"则正好是对此之具体说明。

但是,苏轼的"辞达"说又并非仅仅是对批评史上的重质与重文两派观念的调和,更深的意义在于他吸收道家美学思想,将"辞达"说改造成一个创作论概念。心手无碍的互感互应与"气"密切有关,意识状态与表现方式之间不可分割,从这个意义上讲,得心应手即为气贯心手,为道艺合一,这正是道家美学思想的基本精神之一。苏轼认为,只要作者有内在风力,以"气"为文,就可以做到"能道意所欲言者",做到"辞达",如此,自然就会写出"不可以有加焉"的至文。把"辞达"问题与"气"说互相沟通,视气为达到"辞达"之关键,认为由气可进乎"了然于心"并"了然于口与手"之境界,这是苏轼的一个创新,如此"辞达"问题就超越了文质关系之范围而演变成一个地道的创作美学概念。

在北宋时,孔子的"辞达"说被许多人加以借用,来表现自己的文质观,如司马光在《答孔文仲司户书》中云:"今之所谓文者,古之辞也。孔子曰:'辞达而已矣。'明其足以通意斯止矣,无事于华藻宏辩也。"王安石在《上人书》中则云:"尝谓文者,礼教治政云尔。其书诸策而传之人,大体归然而已。而曰'言之不文,行之不远'云者,徒谓辞之不可以已也,非圣人作文之本意也。"他们均解孔子"辞达"之说为重质轻文,同于孔安国"辞达则足矣,不烦文艳之辞"①之解。他们的解释一定程度上都与孔子先质后文、质文两备之原意有距离,实际上是把孔子的言论纳入了他们自己的重功利轻辞章的文学观念系统,只是政论家之于文辞不特如道学家那样鄙弃之甚也。司马光之文质说主要是针对苏轼父子而发的,而王安石与苏轼之间在这方面的差距甚大,这说明苏轼所理解的"辞达"与他们有实质性的不同。道学家和经学家的所谓"辞达",是排斥文之"达",或曰是只期适于功利之用的"达",而苏轼则要确定文的价值,他所谓"不可以有加"云者,指文达到高妙的艺术境界,所谓"不可胜用"云者,则包括文的审美之用。苏轼与王安石、

① 何晏:《论语集解》,见《十三经注疏》之十《论语注疏》卷十五。

司马光、程朱的差异是文学与理学、政论之间的差异。在这方面，苏轼与欧阳修亦有差别，欧阳修认为“道胜者，文不难而自至也”①、“道纯则充于中者实，中充实则发为文者辉光”②，似乎无需在辞上下工夫，更不讲临文之顷的兴到神会、滤发性灵，有道即可。而苏轼却讲“系风捕影”、“求物之妙”，讲内外一致、心手相应，在理论上无疑高欧阳修一筹。所以，苏轼的“辞达”说被人誉为“论文之妙”。如程洵《尊德性斋小集·钟山先生行状》引李缯语云：“尝曰：‘文者，所以载道。言之不文，行之不远。而世儒或以文不足学，非也。顾其言于道何如耳。’每为学者诵眉山之言曰：‘物固有是理，患不能知之，知之患不能达之于口与手。辞者，达是理而已矣。’以为此最论文之妙。”关于创作过程中的心物关系和心手关系问题，苏轼在一些书论、画论中也多有阐发，其美学精神与“辞达”说是一致的。苏轼的“辞达”说受到了其父苏洵的影响，苏洵在《上田枢密书》中所讲的作文经验与苏轼的“辞达”说比较接近。

三

与“立意”说、“辞达”说紧密关联，或曰由此二说发展而来，苏轼又创建了他的所谓“文理自然，姿态横生”的“自然”说，代表了他在风格问题上的审美理想，一系列精辟的议论蕴涵着极其深厚的美学思想。苏轼在《答谢民师推官书》中云：

> 所示书教及诗、赋、杂文，观之熟矣。大略如行云流水，初无定质，但尝行于所当行，尝止于不可不止。文理自然，姿态横生。

又《自评文》云：

> 吾文如万斛泉源，不择地皆可出。在平地滔滔汩汩，虽一日千里不难。及其与山石曲折，随物赋形，而不可知也。所可知者，常行于所当行，常止于不可不止，如是而已矣。其他虽吾亦不能知也。

---

① 欧阳修：《答吴充秀才书》。

② 欧阳修：《答祖择之书》。

苏轼父子喜欢以水喻文,这是因为他们由水在流动中变化不居的特点而感悟到文章在风格上应有之美学追求。如苏轼曾讲道:“万物皆有常形,惟水不然,因物以为形而已。”以及“世有以常形者为信,而以无常形者为不信。然而方者可斫以为圆,曲者可矫以为直,常形之不可恃以为信也如此。今夫水虽无常形,而因物以为形者,可以前定也……天下之信,未有若水者也。”①苏轼论文,贵天才变化,贵以“意”摄之,独辟蹊径,总之是重“活”与“变”二字,而水之无“常”无“定”的自然特征正好能为此提供一个具象性的说明,故经常取而喻之。可以看出,苏轼无论是赞扬别人的文章能做到有意而言,意尽辄止,在风格上犹如行云流水般自由、舒展而变化迭出,还是不无自信地描述自己当汪洋恣肆之文思汹涌而来之时,不假雕琢,任情思自由抒发,而笔力曲折,无不尽其妙的情形,都以水之属性反衬文之姿态,体现出他对于文章风格的一个基本的美学追求,即摆脱束缚、不受任何固定之格式的拘限,达到自由的表现或表现的自由境地,概而言之,曰“自然”。

在中国古代美学中,受老、庄影响而形成的“自然”这一范畴,就审美主体而言,主要是强调一种扫除知性负赘、融合主客而齐物的自由兴发;就文本风格而言,是要求作品以自然现象本身呈现之运化成形的方式去表现、去结构自然,此种观念统合了自然和艺术之间的主客两极对峙,缓解了自然的兴现与艺术的刻意二者之间的张力。所以,在“自然”一词的评语之下,往往意味着肯定艺术品的重造自然的审美品格,以及艺术家的犹如自然之运动的“自然”兴发的表现力,诸如自然、自发、天机、天放、气韵生动、神逸等等,都是用来描述艺术作品妙臻自然本身情状之境的批评术语。苏轼亦正是体现了这样的批评观念,在他看来,风格的实现在于把表现方式调整到最接近自然的程度,应如自然的律动(如水之流、云之行等)那般自由地去表现,使文之气即文之内在脉搏与自然的律动合拍,与自然物象涌现时的气韵气象迹近,如此即可做到“文理自然,姿态横生”。所谓“文理”云者,正指文气、文的内在韵致。

司空图《二十四诗品·自然》曰:“俯拾即是,不取诸邻。俱道适往,著手成春。如逢花开,如瞻岁新。真与不夺,强得易贫。幽人空山,过雨采苹。薄言情悟,悠悠天钧。”司空图和苏轼都是老庄推崇自然和直觉方式的

① 《苏氏易传》卷三。

美学思想的继承者和完成者。唯需说明的是他们所提倡的这种类于庄子的不知其然而然的直觉表现方法，是建立在对事物的体察达到“了然于心”之境界的基础之上的，即是在“求物之妙”与“立意”已完成的基础之上放任精神去自由表现，其有异于西方艺术理论所说的那种完全非理性、无节制的生理与激情冲动的直觉。中国艺术直觉的心理基础是“虚静”，西方艺术直觉的心理基础是“狂迷”，彼此之间的文化差异甚大。

苏轼认为，要做到自然，必要的前提就是不得有“作文之意”。《南行前集叙》云：

> 夫昔之为文者，非能为之为工，乃不能不为之为工也。山川之有云，草木之有华实，充满勃郁，而见于外，夫虽欲无有，其可得耶？自少闻家君之论文，以为古之圣人有所不能自已而作者。故轼与弟辙为文至多，而未尝敢有作文之意。

这一命题是深刻的，其含义是：创作应该是出于“不能自已”的有感而发，而不是为作文而作文，为写物而写物。只有在直观体察中逐渐于胸中构成意象，做到“意冥玄化，而物在灵府”，才能在表现过程中做到文思如“万斛泉源，不择地皆可出”，心使笔驰，法为我用，“行于所当行，止于不可不止”，一气呵成，则无不自然而能工。相反，在“作文之意”的干扰下，则易使创作成为模写的过程。主体如果束缚于法度与物态之中，则成为文的奴隶，不是我使法，而是法使我，我累于物，物累于笔，笔累于意，意累于气；意之不足则气之不张，结果便如张彦远在《历代名画记·论画六法》中所指出的那样：“至于鬼神人物，有生动之可状，须神韵而后全。气韵不周，空陈形似，笔力未遒，空善赋彩。”

可以看出，苏轼的“自然”说实质上是强调一种天才洋溢、自得天成的创作个性，而反对模仿步逐、刻镂组绡，以迂怪艰僻饰生气之贫。对语言文辞的风格要求，苏轼主张于平易、通达中显出丰富、多样，而反对尚奇猎险，如云：“凡人文字，务使平和，至足之余，溢为奇怪，盖出于不得已。”①“扬雄好为艰深之词，以文浅易之说，若正言之，则人人知之矣。此正所谓‘雕虫篆刻’者，其《太玄》、《法言》皆是物也，而独悔于赋何哉？终身雕虫，而变其

① 苏轼：《与鲁直书》。

音节，便谓之经，可乎？”①苏轼的这一主张还体现在他对唐、宋古文运动中出现的片面尚奇弄险而走向艰涩生僻之歧途的批判之中。除此而外，苏轼又认为文章在讲究“体气高妙”的同时，还应努力做到“词理准确”，如言：“子由之文，词理准确，有不及吾；而体气高妙，吾所不及。虽各欲以此自勉，而天资所短，终莫能脱至于此。文则精确高妙，殆两得之，尤为可贵也。”②在风格上，苏轼力主多样化，他在《答张文潜书》中讥刺王安石“好使人同已”，并说：“地之美者，同于生物，不同于所生，惟荒瘠斥卤之地，弥望皆黄茅白苇，此则王氏之同。”这体现了他在风格问题上和王安石的分歧。苏轼的这些意见均由崇尚自然的美学观念而来，对于当时的种种文弊，无不具有针砭作用。

苏轼以水喻文，强调“自然”的美学风格，具体受影响于田锡和苏洵。田锡在《贻宋小著书》中云：“若使援毫之际；属思之时，以情合于性，以性合于道，如天地生于道也，万物生于天地也。随其运用而得性，任其方圆而寓理，亦犹微风动水，了无定文，太虚浮云，莫有常态。则文章之有生气也，不亦宜哉……使物象不能桎梏我性，文彩不能拘限于天真，然后绝笔而观，澄神以思，不知文有我欤，我有文欤？”③田锡为蜀人，苏轼曾为其《咸平集》作序，他们在强调创作个性方面以及对文学的功用的认识上，有一致之处。苏洵《仲兄字文甫说》云：“故曰‘风行水上，涣。’此亦天下之至文也。然而此二物者，岂有求乎文哉？无意乎相求，不期相遭，而文生焉。是其为文也，非水之文也，非风之文也；二物者非能为文而不能不为文也。物之相使而文出于其间也，故此天下之至文也。今夫玉非不温然美矣，而不得以为文；刻镂组绡，非不文矣，而不可与论乎自然。故乎天下之无营而文生之者，唯水与风而已。”④这里，以风水相遭成极观衬“无营而文生”，追求一种不知其迹之所存而自然自得的境界，以此为文章的极致。“自少闻家君之论文”的苏轼，自然对此默会于心。

苏轼的“自然”说，在金、元、明、清均不乏知音，产生了极大的影响。赵秉文、王若虚、李贽、叶燮、刘熙载等均曾给予极高的评价并加以借用、发挥。尤其值得注意的是苏轼对明代公安三袁的影响。东坡之“自然”说实

---

① 苏轼：《答谢民师书》。

② 苏轼：《书子由超然台赋后》。

③ 田锡：《贻宋小著书》，见《咸平集》卷二。

④ 苏洵：《仲兄字文甫说》，见《嘉祐集》十四。

际上已蕴涵了“性灵”、“趣”等因素，只是由于价值思想的不同，以及时代的差异，苏轼不特如三袁那样将“性灵”、“趣”与“嗜好情欲”互相沟通而已。苏轼的“自然”风格美学理想，并非仅仅限于文章方面，在诗歌方面体现为“天工”与“清新”之论，在绘画方面则有“随物赋形”之说，这可视为是他对艺术创作的基本美学规律之总结。

（原载《人文杂志》1998 年第 1 期）

跋

这本论集的编定，以及正式进入出版程序之后的校对，前后经历的时间，大约有三年之久吧。在当今事事讲究速度的情况下，这似乎确实有些太慢了。然而，究其原因，完全是因于我本人的“不着急”心态所致，而与出版社以及责编完全无关。事实上，恰恰是在河南大学出版社张云鹏总编的一再催促下，我才最终编定了此论集；也正是在本书责编李景奇女士的多次联系以及反复磋商下，我才完成了先后数次的本书引文核对和文字校对事宜。因此，对河南大学出版社张云鹏和李景奇两位编席，确实是心存感激之情！尤其是李景奇编席，因于她在编辑校对过程中的细致和耐心，使本书避免了若干错舛和意想不到的疏忽。因而，对她的职业精神之敬佩，以及对她为该书出版所付出的辛劳之感谢之情，尽在不言之中。

在本论集的编辑过程中，中国传媒大学文学院肖锋博士和北京师范大学文艺学中心张炳尉博士，或帮助电脑录入，或帮助编排电子文档结构文本，或协助查对一些引文，助力良多，这里亦谨表谢意！

党圣元

2011年8月29日于京北寓所